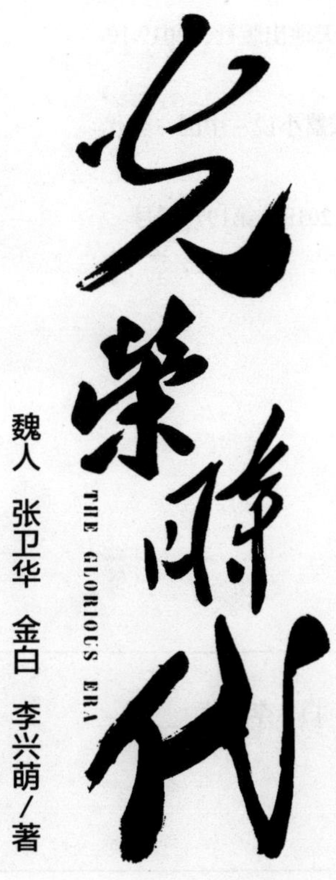

魏人 张卫华 金白 李兴萌/著

天地出版社 | TIANDI PRESS

图书在版编目（CIP）数据

光荣时代 / 魏人等著. —成都：天地出版社，2019.10
ISBN 978-7-5455-5255-3

Ⅰ. ①光… Ⅱ. ①魏… Ⅲ. ①长篇小说－中国－当代
Ⅳ. ①I247.5

中国版本图书馆CIP数据核字（2019）第197712号

GUANGRONG SHIDAI
光荣时代

出品人 杨 政
作　者 魏 人 张卫华 金 白 李兴萌
责任编辑 杨永龙 李晓娟
封面设计 思想工社
内文排版 尚上文化
责任印制 葛红梅

出版发行 天地出版社
（成都市槐树街2号 邮政编码：610014）
（北京市方庄芳群园3区3号 邮政编码：100078）
网　址 http://www.tiandiph.com
电子邮箱 tianditg@163.com
经　销 新华文轩出版传媒股份有限公司

印　刷 天津文林印务有限公司
版　次 2019年10月第1版
印　次 2019年10月第1次印刷
开　本 710mm×1000mm 1/16
印　张 33.5
字　数 515千字
定　价 58.00元
书　号 ISBN 978-7-5455-5255-3

咨询电话：（028）87734639（总编室）
购书热线：（010）67693207（营销中心）

代 序

回忆接管改造北平市警察局

刘 涌

1949年1月31日，北平和平解放。2月2日，我随中国人民解放军北平市军事管制委员会市政府公安局局长谭政文等人，来到了前门内公安街16号院，接管了北平市警察局。

在接管北平市警察局后，共接管旧警察人员一万三千六百三十五人，其中，职员两千一百六十九人、警长和警士九千一百四十七人、公役两千三百一十九人。对旧警察的接收、使用和改造工作，我们坚决执行了中央社会部部长李克农的指示，确立的工作方针是：推翻旧政权，建立人民民主专政的新政权。工作策略是：粉碎旧机构，逐步清除旧警察中的坏分子。具体步骤是：先处理原警察局内的特务分子、反革命分子，后处理普通旧警人员；先处理上层人员，后处理下层人员。对普通旧警人员以教育改造为主，对特务、反革命分子以集中管训审查为主；对有重大罪恶或现行破坏活动的人员进行逮捕、关押；对反动党团成员中有历史不清，又不坦白交代或品质不好、有劣迹、群众痛恨的人员予以开除。其中需要进行管制的人员交派出所和社会有关部门进行管制；对思想顽固、老弱病残、不称职、无改造前途的人员发给路费遣送回原籍；对旧警察中恶心不深、无劣迹、有一技之长者留用并进行教育改造；对在北平市解放前不久刚参加旧警察的青年学生中，那些思想进步、历史清白的人员，一律留用，照常工作。

对旧警察机构中的人事部门采取解散后重新组建的办法。例如，对北平市警察局中的组训室、政工科、机要室、督察处、专员室这样的反动政工机构予以撤销；对秘书、统计、通讯、司法、刑警、女警、外管、消防、总务、行政、会计和警察医院这样的业务行政部门予以改编，而后划分为人事、侦讯、治安、行政四部分。与此同时，将各警察分局旧机构中有的组、室拆散，依照市公安局的整编原则，改编成为秘书、政保、治安、总务四个业务部门。在改编中，所有科、股长以上领导除个别情况，全部改换为我接管干部。

当时限于接管干部少的原因，分驻所、派出所的人员机构仍维持原状。1949年6月，市委书记彭真亲自起草了《北平市军事管制委员会关于改革区街政权组织及公安局派出所的决定》，文中明确指出："我们在粉碎了旧的警察制度之后，必须建立新的人民公安系统和工作。目前，应该继续彻底改造派出所。政府应派大批得力干部和学生到派出所里去，并吸收旧警察中经过改造可能忠实为人民服务的分子参加派出所。"根据中央和市委领导的指示，街政府和派出所合并，取消分驻所。街政府的干部大部分转到派出所工作，这样所有的派出所里都有了接管干部。从此，市公安局的基层机构也以接管人员为主了。

对接管的旧警察局人员，我们根据政策分清类别，区别对待，该管训的管训，该使用的使用。不论对哪种人员，都不歧视和虐待，教育他们改恶从善，重新做人，使一些旧警察从心底里感受到了共产党与国民党的不同，尽全力配合新政府工作。如北平市警察局代局长徐澍，在交接工作中，确保了档案文件及武器弹药等保管完好，确保了接管和移交工作按计划顺利完成。由于他工作做得比较出色，受到了谭政文局长等领导同志的嘉奖鼓励，还被任命为北平市人民政府公安局的业务研究组组长，开展公安局业务研究工作。直到数十年后，徐澍在他的一篇回忆文章中写道："我受到任命后，内心感到十分荣幸，也感到十分惭愧。我是一个对人民有罪之人，党让我留在人民公安战线工作，给予我为人民服务的机会，这是人民公安战线上少有的事。"又如接管工作开始后不久，有个旧警察的母亲病故了，这个警察的级别低，薪水少，家里生活困难，无钱料理母亲的后事，尸体只能停放在家中，愁得不得了。想来想去他壮着胆子给市公安局领导写了个申请救济的报告，送上去后心里还直扑腾，不知能否批下来，也不知多久才能批下来。当时这个报告送到了我的手里，我看完后就在原信及封皮上批示，要行政处酌情给予补助。行政处接到信后马上做了安排，及时拨付了救济款，使这个旧警察又惊又喜。惊的是这么简单的手续，这么短的时间，事情就有了结果；喜的是他的老母可以入土为安了。他几乎不敢相信眼前发生的事情是真的，用他的话说就是："这要在以前，我这报告打上去，一级转一级，起码要转几个星期才能有结果，结果是啥还说不清楚呢。"这件事不仅使这个旧警察深受感动，对其他的留用旧警人员也有很大影响，使他们意识到共产党和人民政府并不歧视他们，共产党派来的干部都是清正廉明的，是关心、爱护并且肯于帮助他们的。这使得大多数旧警察由最初的不自愿而转变为自觉地向接管干部靠拢，心悦诚服地为人民公安机关工作。

经过审查，在旧警察人员中认定为特务分子的有四百余人。对这批特务分子的处理，市公安局严格掌握政策，向打入警察局内部的地下党同志了解情况并请他们认定处理意见。此外，还争取了北平市警察局刑事警察大队总队长聂士庆协助工作。聂士庆曾任北平市警察局秘书、北平市民政局秘书，后任北平市警察局刑警大队总队长。聂士庆长期效忠国民党、阎锡山，杀害革命干部群众，血债累累，罪恶极大。但他在北平解放前夕接受我党地下工作人员指示，营救我党地下工作同志出狱，并掩护了我党在警察局的地下工作人员。1949 年 1 月 31 日北平解放前夕，北平市警察局局长杨清植在南逃之前，煽动军统特务分子携枪逃散，最后是聂士庆将逃散人员召回。接管时，聂士庆带领刑事警察大队的军统特务及公职人员参加起义并进行登记，上缴了全部枪支武器。对聂士庆这样有立功表现的人，政府给予其宽大处理。对其他的特务分子、反革命分子，以及一切有劣迹的和底细不清的人，市公安局领导研究后决定将他们全部集中，成立了"清河训练大队"，对这些人作进一步的审查。

提起聂士庆，这里还有一段故事。一次，我和市公安局侦讯处处长冯基平等人，到天安门城楼上参观当年反动军阀残酷杀害李大钊同志所用的那座绞刑架。我们上天安门城楼时人多很拥挤，冯基平胸前佩戴的一支在当时比较珍贵的“派克”牌钢笔让扒手给偷走了。回来后大家都很气愤，认为这些扒手太猖狂，竟然偷到市公安局侦讯处处长的头上来了。当天晚上我就找到了聂士庆，说了钢笔被窃的事。不料，第二天刚一上班聂士庆就把钢笔送来了。这件事，充分说明在旧社会里警察与盗贼相互勾结的关系，因而也必须对留用的旧警察进行教育和改造。

对北平市警察局保安警察总队的接管和从保警队员手中收缴武器，也是一项重要而艰巨的工作。保安警察总队是由国民党特务和嫡系军官控制的武装队伍，有官兵近两千九百人，编为六个大队、十八个中队、一个车巡大队、一个军乐队。四名总队正、副队长中有三名是军统特务、一名是中统特务；二十多名大、中队长中特务占了百分之七十以上。武器装备上：每个大队配有两个步枪中队，一个机枪中队。每个中队有一个手枪班，其他人员配有三八步枪。机枪中队配有重机枪四挺、轻机枪两挺，步枪六十二支，其他为驳壳枪、勃朗宁手枪等。保警总队是一支装备精良的反动武装警察部队。

五四运动以来，保安警察总队屡次参与镇压民主运动，他们双手沾满了仁人志士的鲜血。为此，谭政文局长召集我和刘进中、张廷桢等同志多次开会，进行专门研究。军人出身的张廷桢深感要让敌人缴械投降，没有武装力量做后盾的艰难。谭政文指出：收缴保安警察总队的武器事关重大，对消灭城内反动武装有重要意义，对城外待编的傅作义部队也有重大影响，所以不管困难多大，必须做好，防止拒缴或携枪潜逃的危险情况出现。我经过深思熟虑后提出：我们手里没有兵，但是我们有政治上的绝对优势，有强大的军事力量作后盾，促其缴械，是完全有可能的。经过研究，大家统一了认识，决定凭借我党、我军在政治上、军事上的优势和影响，利用旧警察和保安警察总队上层、中层分子，争取下级官兵，联系愿意接近我们的人，运用和平接管的权力，提出了“民主改编，争取改造，立功赎罪”的口号。1949年2月4日至8日，经过层层深入细致地做工作，终于在市公安局公安大队的指挥、监督下，收缴了保安警察总队全部的武器。计有机枪一百五十二挺、长短枪九千九百八十七支、战刀八百七十三把、手榴弹五千九百五十四枚及子弹一百一十四万五千九百三十二发。

接管北平市警察局期间，全体军事代表、接管人员，为了社会的安宁，每日加班加点，忘我工作。但是，大家每天吃的却是窝头、小米饭、青菜，身上穿的是粗布军装，脚上登的是解放区妇女做的“支前”军鞋，过着当时北平劳动人民最低水平的生活。市公安局当时的食堂没有夜餐，劳累一天后晚上又继续加班的同志想吃点东西，只能到离市公安局不远的前门外大街夜市的小摊上去吃。一次，市公安局治安处处长赵苍壁加夜班后肚子饿得快坚持不住了，于是拉上我直奔前门夜市，从小摊上买碗新鲜的老豆腐和刚出炉的火烧，热热乎乎地吃下肚——这在当时觉得是很高兴、很满意的一次改善生活了。

我们每当谈起这些往事，仍记忆犹新，余味浓浓。当时，我们在和衣冠楚楚的国民党军政人员及西装革履、长袍马褂的社会名流打交道时，虽然穿得不如人家，但心里是那样的充实，是那样的坦然和豪迈，表现出来的是高昂的斗志、超人的工作效率。我们以共产党人艰苦朴素和全心全意为人民服务的革命精神，赢得了北平市上下各阶层人民的高度赞誉。

作者系北京市政协原副主席、北京市公安局原顾问

（此文由《首都公安》杂志根据刘涌同志口述整理）

目 录

第一章

1948年9月12日，东北民主联军突袭北宁线，辽沈战役爆发。

在短短的一个多月时间里，民主联军以摧枯拉朽之势，让国民党的精锐主力相继覆灭。

此时，北平的华北“剿总”总司令傅作义被打了个措手不及，这位坐拥六十万大军的抗战名将在反应过来后，才突然发现自己坐困愁城。

蒋介石发来电报，叫傅作义放弃北平南下，以求集全身之力于一拳，重点经营江南半壁，可傅作义却不愿意。

谁不知道南边是老蒋的地盘？何况，张学良的前车之鉴不远，东北军被“大卸八块”亦是他亲眼所见。回老家绥远？可绥远偏远落后，自己带着几十万人回去，又能坚持多久呢？更何况，毛泽东气吞山岳，也断然不会允许他在绥远扎根，对后方造成威胁。

相比傅作义的举棋不定，蒋介石倒是对南北形势看得清楚，而且，他也早对傅作义不抱希望了。如今，蒋介石最关心的就是自己的嫡系军团到底能不能及时撤回后方；还有——全力执行潜伏计划。

北平的夜晚格外寒冷。

人烟稀少的炮局胡同尽头，一栋大宅的朱漆大门在微微晃动的门灯下若隐若现。这里是国民党保密局北平看守所，阴森恐怖，刑讯室不时传出鞭打声和哀号声。

在后院的一间办公室内，国民党保密局北平站行动组组长万林生，正悠闲地听着留声机里的京剧唱段。

他是一个职业特工，身材健硕挺拔，脸上见棱见角，细小的眼睛时而闪出阴鸷的寒光。因为手段残忍杀人如麻，他有个十分贴切的外号——“万鬼子”。

这时，文书匆匆进来，将一份口供交给万林生。

万林生一跃而起，脸上的神情极度亢奋：“按照名单抓人！一个都不能放跑！”

北平市警察局外五分局内，小警察三儿一边哼着小曲，一边拎着大食盒往局长办公室走，迎面碰上了宗向方。

宗向方年届三十，是分局的老人儿，虽然他技术高超，但职位不高，只是个巡官。

宗向方吸着鼻子问道：“什么好东西？”

三儿一笑：“都一处的烧卖，您来俩尝尝？”

“算了吧，局长的消夜我哪敢吃，”宗向方也笑了笑，又指了指局长办公室低声道，“怎么的，又要待一宿呀？”

三儿也压低了声音：“战备执勤！局长说了，东北完了，咱们以后是消停不了啦！得了，您歇着，我这得趁热。”

分局局长正满嘴流油地大口吃烧卖，他一边吃一边听着外面嘈杂的叫喊声。

万林生猛地推门进来，分局局长一口烧卖噎在嗓子里，不住地咳嗽。

他急忙把一杯水灌下去，讪讪道：“老万，来怎么也不打个电话。”

分局局长满脸油腻，微笑着从办公桌后面绕出来，走到万林生的面前。万林生也不理他，直接问道：“郑朝阳呢？”

“他不当班。出什么事了？”

“他是共产党！”万鬼子狠狠说道。

分局局长的脸顿时僵了。

外五分局后院的围墙处，宗向方一跃而出，三步两步钻进了旁边的胡同。他看到厕所旁停靠着一辆自行车，二话不说骑上自行车就狂奔而去。

一个穿巡警制服的人提着裤子从厕所里跑出来，喊道："嘿，警察也敢抢！"

胡同里，宗向方骑车飞奔，拐过一个弯后他把自行车扔到一边，然后谨慎地左右看看，确定无人，他利索地跳过一堵矮墙，进入另外一条胡同，快步走向一处大门——这里是外五分局机要科科长郑朝阳的家。

郑朝阳家是一个独门独院，有三间南房。前后两个院子，都不大。东屋的窗户上隐隐透出火光。

屋内，郑朝阳正往一个大号的火盆里扔文件。盆里火光熊熊。

郑朝阳个头儿不高，身材匀称，看上去十分精干，两只眼睛不大但极为灵活，像是两个黑黝黝的玻璃球。

没错，郑朝阳的真实身份正是中共北平地下党。

十年前，他奉命考入南京汪伪政府在北京的警察培训班，并在警察局内长期潜伏。他是个十分能"混"的人，日本人在的时候，他就一路升迁；日本人投降了，国民政府接收北平，重庆来的警察和日伪留用警分成南北两派，相互死掐，可郑朝阳丝毫不受影响。他游离于南北两派之间，一路升到外五分局机要科科长的位置。

但今天，他显然混不过去了。宗向方的到来令他着实吃了一惊。

面对郑朝阳顶在自己脑袋上的黝黑的枪口和锐利的眼神，宗向方竟然感到一丝紧张。

宗向方压低声音道："万鬼子亲自带队到局里抓你，这就要到了。"

他扫了一眼屋里，看到了燃烧的火盆，注意到了郑朝阳的狐疑。

宗向方解释道："我不管你是不是共产党，我只知道咱们是警校上下铺的兄弟。我不能看着你死。快走吧，晚了就来不及了。"

远处汽车引擎的声音传来，在夜里十分刺耳。

郑朝阳收起枪点点头，说："那你呢？"

“我有办法！你快走。”宗向方说完走了。郑朝阳看了一眼地上的火盆，里面的文件已经烧成了灰。

郑朝阳拎着一双皮鞋走到后院，搬起一架梯子搭在院墙上，在梯子下扔了一只皮鞋，又将另外一只往院墙的东侧使劲扔了出去。

他翻身上了院墙，顺着院墙来到隔壁的房顶。随后，他在房顶上一路向北。

走到一个屋顶天台上，郑朝阳搬出一架梯子，搭在胡同另一边的房子的院墙上，沿着梯子到了另一个院子。他一路轻车熟路，悠闲得像是在散步。

几乎就在郑朝阳蹿上房的同时，万林生带人冲进了郑朝阳的家。

特务们翻箱倒柜，只找到一个损坏了的电台。

门外，一个特务飞快地跑了进来，手里拎着一只皮鞋，邀功似的跟万林生说是在后院的梯子边上找到的。万林生来到后院，小心地看了看梯子，随后爬了上去。

外面的胡同里，几个特务从东侧跑了过来，其中一个拎着郑朝阳的另一只皮鞋，七嘴八舌地分析着：他这是爬墙的时候丢了一只，到这儿扔了另一只，肯定是朝东边去了。

万林生也不理会众人，思索片刻，他指着另一个方向，命令道：“往西！”

万林生掸了掸手，对身边的人说：“排查警察局今天晚上打出的所有电话和外出人员，局里还有共产党！”

万林生看着旁边一脸茫然的小警察三儿，问道：“郑朝阳在北平有什么家人？”

三儿哆嗦着，万林生厉声道：“说！”

三儿又哆嗦了一下：“……有个哥。”

胡同里，宗向方压低了帽檐缓缓骑着车。前面不远处就是警察局了，他在犹豫是不是回去。出于某种原因他不能离开警察局，但出了郑朝阳的事情，万鬼子肯定会在警察局搞大清洗，自己未必就能蒙混过关。

自己冲动了，他有点儿后悔。毕竟，郑朝阳是个共产党。

突然，有个人冲出来一把抓住车把——是刚才丢车的巡警。宗向方吓了一跳。只见巡警一脸坏笑："宗爷，您抢我的车，是给共产党报信吧，别害怕，我……"

巡警话还没说完，宗向方的右手一把掐住他的喉咙。

巡警气也喘不上来，舌头吐出，面色青紫，拼命挣扎。宗向方则面色平静，像是看着一条在砧板上垂死挣扎的鱼，然后手上又加了把劲。

巡警挣扎着扯出警棍要打，被宗向方一把夺下。

宗向方扬长而去，身后是被掐死的巡警的尸体。宗向方知道，警察局自己是暂时回不去了。看形势国民党撑不了多久了，他现在要做的就是躲起来，静观其变。

西四八道湾胡同。这里是中共北平地下党总部机关所在地。

郑朝阳赶到这里，穿着棉袄长衫，戴着围巾，礼帽压得很低，按照暗号轻轻敲了敲院门。罗勇四下打量一番，才开门让郑朝阳进来。

罗勇，年纪将近五十岁，国字脸，皮肤黝黑，体格健壮，看上去饱经沧桑。他是有着二十年党龄的老地下党，也是郑朝阳的直接领导。

郑朝阳十分焦急地说："老罗，陈建叛变，我暴露了，你也得赶紧转移。"

罗勇点头道："机关刚刚接到消息了，你和我们一起走。"

"我不能走。徐宗仁那边的工作一直是我单线联系，我走了，这条线就断了。"郑朝阳说。

"可以派别的同志接替你。"罗勇道。

郑朝阳摇头："徐宗仁是个老狐狸，临时换人他会怀疑的，我得留下来。我们必须要拿到他手里潜伏人员的名单！"

罗勇有些焦急地说："这次组织被破坏得很严重，咱们的交通站已经瘫痪了。你在警察局潜伏这么多年，认识你的人太多，留下太危险。"

郑朝阳回道："这是我的地头，猫狗都和我有交情。而且我已经安排好了撤退路线，郝平川会来接应我，他是老游击了。"

罗勇思索了片刻，说："那好吧，你自己小心。拿到名单后立刻出城。"

位于弓弦胡同的保密局北平站内，国民党保密局北平站站长王辅成正瞪着笔直地站在自己面前的万林生。

王辅成面前是一份摊开的档案，照片上的人是郑朝阳。

王辅成敲着档案，怒骂道："愚蠢！这个郑朝阳从警十余年，从基层警察干到机要科科长，上下关系极深，是个极难对付的人。你居然蠢到去警察局抓人。"

万林生认错："卑职失职，自请处分。"

王辅成继续教训道："沈阳丢了，东北完了，老头子正在发火。国军五大精锐丢了三个，傅长官首鼠两端，阳奉阴违也不是一天两天了。北平的地下组织如果不能肃清，共军兵临城下，北平难保，华北难保！"

"卑职已经下令全力缉拿郑朝阳。北平已经封锁，他跑不出去。"

王辅成重重地叹了口气。

见状，万林生小声道："陈建招供，郑朝阳一直在秘密联络我们的一位高层，以图获取更重要的情报。"

王辅成死死盯着万林生，命令道："把他找出来。"

国民党宪兵和保密局特工到处搜捕共产党人。整个北平城都笼罩在恐怖的氛围之中，不断有人因和军警冲突而受伤，被送进北平医院。一时间，医院里人满为患。

郑朝山坐在一辆三轮车上，焦急地看着手表。

此人三十五六岁，中等身材，相貌清秀。他戴着金丝眼镜，身上散发着浓郁的书卷气息。他的发式不是时下流行的分头或"飞机头"，而是"自来卷儿"，看上去十分洋气。要不是他身边带着医生专用的手提包，别人会以为他是哪个大学里的教书先生。

蹬三轮车的人是郑朝山的邻居耿三。

郑朝山催促道："三爷，麻烦您快点儿，医院收了好多的伤员。"

耿三痛快应道："得嘞，郑医生。"

他使出全力蹬着三轮车，同时急促地按铃铛。

耿三的车停在了医院的大门口。

郑朝山下车，要给耿三钱。

耿三说啥也不要："得了吧，郑医生。要您钱我是您孙子。回见啊您。"

说完，他飞快地骑车走了。

郑朝山走进医院一看，楼道里满是被打伤的学生和老师，整个楼道里充斥着咒骂国民党军警和特务的声音。

一见郑朝山，青年民主促进会的副会长韩东升教授迎了上来，一把拉住郑朝山开始痛斥特务的野蛮行径：到学校里胡乱抓人、打人，简直是有辱斯文，岂有此理。

郑朝山急着要走又不忍心丢下韩教授，一时有点尴尬，直到护士长白玉兰走过来叫他才算解围。可他刚走几步，又被几个特务装束的人围住。特务二话不说拉起他就走。

几个学生见状立刻蹦了起来："干什么？狗特务！"

现场学生群情激愤和特务厮打起来。

特务掏出枪，但学生毫不畏惧。

韩教授气愤地说："我警告你们，郑医生是我们青年民主促进会的总干事。你们没有证据胡乱抓人，我要到傅总司令那里去告你们！"

特务瞪眼道："我们是奉命逮捕这个人，如果你们再不让开，别怪我们不客气！"

学生大叫："特务打人啦！"

现场大乱。特务举枪但被学生缠住，局面眼看要失控。

郑朝山大喊："不要胡来。我跟你们走！"

院长匆匆赶来询问："怎么回事，怎么回事？"

郑朝山平静地说："院长，我跟他们出去一趟，没事。"

他又回头对护士长身边的医生说："王医生，手术你来做吧。"

王医生惊恐地点点头。

郑朝山和几个特务走了出去。

韩教授痛心疾首地说："'枉把六经灰火底，桥边犹有未烧书'，这就是焚书坑儒！马上给何思源先生打电话，说我要见他！"

保密局里人进进出出。

行动队的办公室里，万林生看着眼前的几个小特务，一脸沮丧。

郑朝阳失踪了，他们连耗子窟窿都掏过了就是找不到。唯一可以肯定的就是他没出城，这更叫万林生恼羞成怒，于是他三两脚把小特务踹了出去。

紧接着，他又接到市长刘瑶章的电话，说前任市长何思源打来电话询问是不是抓了一个叫郑朝山的医生，同时还警告说，此人是青年民主促进会的重要成员，没有证据就抓人是要惹祸上身的。

万林生拍着胸脯保证：从来没见过也没听过什么郑朝山，您要不去问问党通局那边，或是问问国防部二厅。现在城里的特务组织多如牛毛，谁知道他在哪个窟窿眼儿里猫着呢。

万林生放下电话，看着文书，问："人在哪儿？"

文书回道："功德林。"

大街上，一辆又一辆囚车呼啸着闪过，行人稀少。

一队士兵列队从大街上走过，路过一个不大的红色的院门。

万林生的吉普车驶过，郑朝阳从路边的一棵榕树后转了出来，他用大围巾紧紧地裹着脸，手里拎着一盒点心一瓶酒，大摇大摆、一步三晃地来到红色院门前敲门。

会客室内，保密局冀热辽站站长徐宗仁快步走了进来。看他进来，郑朝阳摘下礼帽和围巾，脱了大衣。

徐宗仁惊道："真的是你，都这个时候了，你还敢到这儿来？！"

"有了您的金皮箭，我才好出门叫小番啊。"郑朝阳笑着说道。

徐宗仁惊叹一句，转而问道："知不知道满城都在抓你？！"

郑朝阳坐到沙发上："那又怎么样？龙行大海、虎跃深山，这儿有北海也有香山。"

徐宗仁感慨地说："你们共产党人的勇气我算是领教了。"

郑朝阳倒是很放松："徐先生，来杯茶吧。时间很充裕，咱们可以慢慢聊。"

从外面看，保密局的秘密监狱和普通民宅无异，走进里面才发现这里是另一个世界。被抓到这里的人，十有八九再也走不出这个大门。他们的家人甚至都不知道他们被抓到了哪里，也永远找不到尸体。这里是真正的阎罗洞奈何天。

刑讯室里摆满了刑具，火盆里炭火烧得很旺。

万林生坐在桌子后面的椅子上，对面的一张椅子上坐着郑朝山。

郑朝山毫不畏惧，在火盆上烤火。

万林生很奇怪郑朝山怎么会这么淡定，他觉得这个人要不是盲目自信，就是佯装镇定。出国喝过洋墨水的人究竟哪里不一样，他倒是真想看看。

"知道你一个堂堂的慈济医院的医生为什么会坐在这里吗？"万鬼子阴阳怪气地问道。

"这应该你来回答。"郑朝山的表现倒十分平静。

万鬼子一拍桌子，高声吼道："因为你弟弟是共产党！"

郑朝山脑中一震，惊诧道："朝阳？共产党？！"

"没错，级别很高。他一直潜伏在警察局里，现在被我们通缉。你是他的亲大哥，应该知道他去哪儿了吧！"万林生透过火盆的火光看着郑朝山。

郑朝山笑了一下，仍旧伸手烤火："日本人来的时候，他跑出北平说参加抗战，可没两年就回来了，说受不了外面的苦，我省吃俭用地想供他上大学，可他呢，偏偏去考什么警校。打那儿以后我们就没什么来往了，逢年过节都没上过家门。"

万林生用一根马鞭敲打着自己的皮靴，说："平时不来往，你以为我会信？"

“我母亲死得早，父亲又常年在外，朝阳是我一手带大的。这小子从小调皮捣蛋，但很听我的话。就是上警校这件事上他偏偏和我拧着来。我这人第一讨厌特务，第二讨厌警察，所以，我们就不来往了。”郑朝山淡淡地说道。

万林生“啪”的一声把鞭子拍在了桌子上：“别耍滑头！这儿不是警察局，是保密局的秘密监狱。没人知道你在这儿，弄死你挖坑埋了，你顶多算是北平城的失踪人口。”

郑朝山的眼睛里透着鄙夷：“如果他真是共产党，会傻到告诉我这个亲大哥他在哪儿？这么多年不来往，他就是怕出了事连累我。”

万林生试探道：“我现在怀疑你也是共产党。”

“那你可是抬举我了。”

万林生威胁道：“郑朝山，你是斯文人，我是军人，你有你的想法，我有我的任务。你最好别逼我动粗。”

郑朝山不急不缓地说：“暴力是愚蠢的遮羞布，爱默生说的。输不起砸桌子那是下三烂，郑朝山说的。”

万林生突然站起来，一把捏住郑朝山的下巴：“一口的好牙，不知道拔下几颗来会怎么样。来啊，伺候着！”

两个打手上来抓住郑朝山。

另一个打手拿起一个大号的老虎钳子。

郑朝山笑了，笑声十分响亮。

万林生感到很奇怪，问道：“你笑什么？”

打手把老虎钳子伸进了郑朝山的嘴里，钳住一颗牙晃动着。

门打开了，文书进来说：“您的电话。内线加急。”万林生一摆手，打手放开郑朝山。郑朝山狠狠地吐出一口血水，阴沉地盯着离开的万林生。

徐宗仁府邸的会客室里，炉火正旺，安静温暖，桌子上香茶热气缭绕。

徐宗仁背着手在屋里徘徊，郑朝阳也是一副不紧不慢的样子。

作为资深地下工作者，他太清楚徐宗仁这种老牌特工的谨慎。他要做的就是慢火炖透，再急火收汁。

郑朝阳说道："我党的政策，徐先生应该是很清楚的。不管您以前做过什么，只要能幡然醒悟，回归正途，为人民解放事业做出贡献，我们保证既往不咎。"

徐宗仁站在窗户前看着外面，半回头，没有接话。

"现在的局势已经很明朗了。东北人民解放军百万大军即将挥师入关，蒋介石全力要保江南半壁，根本无心守华北，他几次来北平想叫傅长官率军南下，可傅长官又坚持不走，两下里拉锯，平津其实已经是一块死地。蒋介石这时候叫您来接管北平站，意味着什么，徐先生应该最清楚。"

徐宗仁语声很轻："是来当替死鬼。"

他转过身来，继续在屋里徘徊。

郑朝阳看着他，说："您是东北军出身，自从张学良少帅被蒋介石囚禁以来，东北军四分五裂被步步蚕食，军长师长都不能自保，何况你一个小小的保密局边境站的站长。徐先生，现在摆在您面前的无非就是两条路——光明之路和黑暗之路。何去何从，您要想清楚。"

徐宗仁有点儿激动："我决意投诚！只是担心现在的北平如同铁桶一般，你怎么出得去？！"

郑朝阳保证道："共产党胜在万众一心，国民党败在一心七窍。所谓的铁桶在我眼里就是个大眼儿筛子。徐先生尽管放心。"

徐宗仁犹豫了一下，看向郑朝阳。

郑朝阳很是自信，微笑着。

徐宗仁从口袋里摸出一个微型胶卷，放到了桌子上，沉声道："我的身家性命，都交给你了。"

郝平川一身泥瓦匠的装扮，快步走进了一个废弃的土地庙。

郝平川生得人高马大，粗手大脚，一张国字脸，浓眉大眼。他相貌粗豪，粘上胡子就能上台演张飞。他 1939 年参加八路军，在冀中和平西一带打游击，后来，又重点配合北平城里的郑朝阳，是个实打实的老兵。

几天前，他就接到郑朝阳的指令，到城里隐蔽接应其出城。

庙里打着地铺，睡着六个人，都是泥瓦匠的装束。庙的里面还堆放着锛凿斧锯，以及一些建筑材料。

郝平川推开门，里面的几个人急忙站了起来。

他从怀里取出一张戏园子的广告，慢慢地撕开广告的夹层，然后用酒精在夹层上涂抹。很快，一行字显现出来——上午八点，望海楼。

郝平川将字条烧毁，吩咐道："检查武器！"

旁边的几个人立刻从枕头、包袱、工具箱里取出手枪、手榴弹检查擦拭。

郝平川打开墙上的一个洞，从里面取出一个红绸布包裹，里面是两把驳壳枪。他把枪放到桌子上，又摊开一包黄澄澄的子弹，开始往枪膛里压子弹。

望海楼位于什刹海边，是北平的一个大馆子，里面雕梁画栋，非常气派。

望海楼的包间里，万林生坐在八仙桌前嗑着瓜子。根据叛徒陈建供出的一个地下交通员交代，郑朝阳要在这里和接应他出城的人见面。为此，万林生早早就布置下埋伏，准备将他们一网打尽。

从酒楼里望下去，下面马路上熙熙攘攘。

楼里的食客和外面的不少商贩都是保密局的特务装扮的。万林生以为，这次万无一失。

郑朝阳一身富家公子的打扮，大皮帽子大墨镜，嘴里叼着烟嘴，趾高气扬地拎着鸟笼来到街口，远处就是望海楼。

郑朝阳停下来，仔细看了看周围的人，并没有发现异样。

他正准备过去，却发觉路边的一个馄饨摊很是奇怪——这个摊主衣衫虽然破旧，脚上的皮鞋却擦得锃亮。

郑朝阳坐了过去，放下鸟笼，喊了声："来碗馄饨。"

摊主也不打招呼，给郑朝阳盛了一碗馄饨。

郑朝阳嘱咐道："多放虾皮啊。"

摊主随手抓了一大把虾皮撒在馄饨里，眼睛却不住地往四周看。

郑朝阳又喊："再来点儿香油。"

摊主把香油瓶子蹾到郑朝阳的面前，说："自己倒！"

郑朝阳由此断定，这个摊主是假冒的。他再仔细察看，发现周围的几个商贩也都行为异常。

卖报纸的不要钱就叫人快走；崩爆米花的一声巨响之后，附近起码有三个人的手伸向了腰间。

郑朝阳心里暗道"不好"，赶紧付完账站了起来。

来到一个墙角处，他从鸟笼的底盘下拔出手枪，脸上写满焦虑，心想："娘的，被盯上了。"

不远处的胡同里，郝平川正满头大汗地走来，很快就要到望海楼了。

郑朝阳把枪上膛，心想："拼了吧，不然老郝就悬了。"

他咬牙跺脚，正准备冲出去给望海楼门口的特务几个连发，就听到附近传来莲花落的声音。

郑朝阳看向一旁，原来旁边是一座火神庙。那里聚集了很多乞丐和难民，都在墙根下晒太阳。几个乞丐拿着牛骨在一家饭馆门前打板儿唱着莲花落乞讨。

郑朝阳眉头一皱，计上心来。

转眼间，郑朝阳一身饭馆伙计的装束来到火神庙外，手里拿着一张红纸贴在墙上，上面写着：望海楼卅年庆典 烂肉面一百碗免费吃 先到先得。

旁边一个乞丐纳闷儿地看着郑朝阳。

"这位爷，您这上面写的啥？"

郑朝阳道："望海楼三十年店庆，烂肉面免费吃啊。"

乞丐两眼放光，问道："真的啊？"

郑朝阳掸掸手，笑着转身离开。

一群乞丐围了上来。

大混混儿王八爷也走了过来。

“八爷，您来看看，真的假的啊。”

王八爷摘下大墨镜一看：“肉，免费，吃！这几个字我认得！”

另一个乞丐喊道：“望海楼！”

大家一拥而出。

万林生看看手表，指针已经指向七点五十五。

郝平川已经走到离望海楼不远的地方了。他四处察看，准备进望海楼。

突然，大批的乞丐冲了过来，把郝平川挤到了一边。领头的正是王八爷。他嚷嚷着：“就是这儿，兄弟们，吃啊！”

王八爷带人冲进了望海楼。楼上下来一个特务，上前一把抓住他。

“我警告你……”

特务话没说完，王八爷已经躺倒在地哭爹喊娘：“打人啦，望海楼打人啦，胳膊折啦！打死人啦！”

特务还没反应过来，一众乞丐已经冲上来大打出手。

望海楼门口大乱，紧接着警笛声大作。不少警察听到警笛纷纷声往望海楼跑去，老百姓也都跑过去围观。

郝平川当即下令撤离，带人闪身进了胡同。他告诉队员这里暴露了，照计划，只能出城去第二联络点等“他”。

突然，背后有人叫喊一声：“站住！”

郝平川回头，看到巡长多门带着五六个警察走了过来。

多门问道：“干什么的？”

郝平川回答：“泥瓦匠。”

多门看看身强体壮的郝平川，喝道：“把箱子放下，检查。”

多门弯腰打开箱子检查，身上背的盒子炮就在郝平川眼前晃荡。

箱子里都是些锛凿斧锯。

郝平川悄悄做了个手势，身后的几个队员假意活动，成三角站位。

多门翻着箱子，用眼角余光发现自己已经处于被包围的状态。

他嘴边露出难以察觉的笑，起身盖上箱子。

“没事，你们走吧。东边封了，走西边吧。拖家带口的别耽误了生意。”

郝平川背起箱子微微点头转身离开。

一个巡警龇牙道：“哎，你个力本儿，连句人话都不会说吗？”

巡警发现自己胳膊一紧，被多门死死地抓住，急忙闭嘴。

郝平川等人走远了。

一个队员说道：“好险，队长，你的枪就在箱子底儿呢！”

郝平川来了句：“算这小子识相。警察和宪兵特务不一样，懂得察言观色。这是条老狗，知道真打起来第一个倒霉的就是他，所以装没看见，还卖咱个好。”

队员接着问：“那咱们走西边？”

郝平川点头：“就走西边！”

黑帮大佬冼登奎的府邸是三进的四合院，很是气派。

冼登奎手里把玩着钢球，嘴里叼着雪茄烟，走过回廊。路过的丫鬟保姆纷纷低头避让。

冼登奎身体强壮有力，手指粗大，是练家子出身。他走进客厅，管家谢汕急忙站起来：“大哥！”

“怎么着呀，昨晚还动了响火了？”冼登奎问，声音洪亮，底气十足。

谢汕说：“刘老三兄弟俩想黑吃黑，在楼梯上绑了炸弹安了拉弦儿想炸死我们，结果跑的时候忘了，倒把自己人炸死了。他事情做得这么绝，就别怪我们手黑了。人，我打死了；东西都带回来了。”

谢汕打开箱子，里面是烟土。

冼登奎点点头：“杀就杀了，省得道上的人觉得我们好欺负。东西收了，照常例给稽查大队留两成。剩下的都散出去，不过价格得往上提五成。”

“五成？太多了吧？下面的毒虫要是闹起来很麻烦啊。”

“怎么着？闹？谁敢！也不看看现在是什么时局，能有得吃已经是他们祖宗积德了。给下面的人一人配根棒子，谁闹就敲他的踝子骨。”

一个下人进来通报："外面有人找您。"

"谁啊？"

"郑朝阳。"

郑朝阳坐在门房看报纸，他一身青布长衫，打扮得像个大学老师。

冼登奎的独生女儿冼怡进了大门，正好看到坐在门房里的郑朝阳，顿时笑容满面："朝阳大哥，你怎么来了？"

郑朝阳微笑着说："来找你爸爸啊。"

"怎么不进去？"

郑朝阳仍旧微笑道："正在通报。"

冼怡拉着郑朝阳，说："走，先到我屋里去。你是贵足踏贱地，平时也不来。"

郑朝阳显得有些躲闪。

冼怡说道："哎，换身衣服就非礼勿视啦。我爸的事情待会儿再说，先上我那儿去，我有好东西给你看。我弄了张八大山人的真迹。"

郑朝阳被冼怡拽着往里面走，迎面遇到了冼登奎。

冼登奎喊道："八万，你干吗呢？"

冼怡尴尬中带着怒气："爸，和您说多少次了，不许叫我八万！有您这样当爹的吗？给自己女儿取小名叫八万，平时叫两声不理您，今天还当着朝阳大哥的面叫！"

冼登奎上前一把搂住郑朝阳，显得异常亲热："朝阳兄弟是自家人，叫你啥都无所谓。""兄弟，你可是老没见啦。怎么？来找哥哥喝酒啊，走，里面谈！"

冼登奎把郑朝阳从冼怡身边拉开。

"我和你朝阳叔叔说话，你个女孩子家可不许偷听啊。"

"谁稀罕您的破事。什么叔叔！讨厌！"

"朝阳大哥，完事了一定到我屋里来，我真有好东西。"郑朝阳点点头。

冼登奎拉着郑朝阳进了院子。

一进院门，他的脸就沉了下来："郑朝阳，你可真有种。知道我这儿是什么地方吗？"

郑朝阳也不理冼登奎，径直往屋里走。

冼登奎喊了一声："来啊。"

谢汕带着七八个黑衣打手出现，团团围住郑朝阳。

郑朝阳不紧不慢地说："刘家兄弟的爸爸黑旋风……"

谢汕吃了一惊："是刘家兄弟自己放的炸弹，想黑吃黑！"

郑朝阳说道："那现场我可是亲自去勘验的，爆炸的是美军 MARK2 型手雷，这种手雷重一斤一两，杀伤半径五米，只有拥有美械装备的国军才有，刘家兄弟这种窑台出来的土财主也就用用木把儿手榴弹。不过我倒听稽查大队的人说有人曾经卖过这种手雷。是谁来着，我想想……"

冼登奎马上冲谢汕说："上茶！"

郑朝阳自顾自地坐到客厅里的沙发上，看到冼登奎桌子上的雪茄烟盒子，不客气地拿出一支点燃，嘴里还说："你的品位还是这么差。"

"打仗打得饭都快吃不上了，这还是以前的存货。这年头哪行生意都不好做。实话说吧，我帮不了你。"

"不见得。你冼老大手眼通天，肯定有给自己留的备用道，冲咱们以前的交情，借来用用吧。"

冼登奎走到郑朝阳的对面坐下，也点起一支雪茄。

他深吸了一口，说："这雪茄味道虽说不是很好，但也不是什么人都能抽的。你现在不是警察了，也许我该送你去该去的地方，那样还能换俩钱儿，买几盒上好的雪茄。"

郑朝阳听了不动声色，缓缓说道："死刑犯临刑的时候我们一般都会允许他抽支烟，你冼老大气派啊，想抽雪茄也成。"

"你什么意思？"

郑朝阳从兜里拿出一沓纸摊在桌子上："自己看。这玩意儿，我那儿留了不少。"

冼登奎拿起来一看，发现是药材公司的出库单。

他的手微微颤抖着。

郑朝阳缓缓道："都是你的大北药材公司出来的。这几年咱们合作得不错，往外面出了不少中药西药。"

"可这能怎么着啊，那时候我又不知道你是共产党，你在警察局能开路条，我……"

"谁能证明你不知道我是共产党？我啊，我要是不说，这些就是你通共的铁证。在这一点上，咱们是亲兄弟。"说着郑朝阳冲冼登奎灿烂一笑。

冼登奎抓起单据撕碎扔到了地上。

郑朝阳微笑着把火柴往冼登奎面前推了推。冼登奎犹豫了一下，一把抓起火柴，点火将地上的纸屑烧毁。

"这只是一部分，剩下的在我朋友那儿。我要是出了事，这些东西就会出现在剿总司令部。"

"郑朝阳，算你狠！我送你出城。"

"我就知道冼老大最讲义气。"

郑朝阳说完拍拍屁股走了。

冼登奎面色阴沉地坐着。

不知道什么时候谢汕走了进来："大哥，这人不能留。"

冼登奎眼里透着杀机："叫母猪龙来，还有……"

他俯在谢汕的耳边低语了几句，谢汕不断地点头。

而这时冼怡还在屋里描眉画眼，等着郑朝阳。一个丫鬟跑进来告诉她，郑朝阳已经走了。

冼怡顿时觉得十分失落："走了？怎么就不说一声呢！"

第二天黎明时分，一辆黑色轿车停在西直门内春来茶馆门前。司机正是冼登奎的管家是谢汕。

轿车后面还跟着一辆军用卡车，看车门上的字是剿总缉私大队的车。

谢汕拍拍车门。

郑朝阳从茶馆里走了出来。他化了装，此刻的郑朝阳满脸的络腮胡子，穿着对襟短衫、缎子裤子、千层底布鞋，看上去像个黑帮分子。

郑朝阳拉开车门进去，发现冼怡坐在里边，有点惊讶。

冼怡笑脸相迎：“朝阳大哥！”

郑朝阳奇怪地问：“你怎么来了？”

冼怡俏皮地眨眨眼：“来送送你啊。”

谢汕无奈地说：“大小姐非要来。”

郑朝阳上了车，和冼怡并排坐在一起。

冼怡没再说什么，却突然抓住郑朝阳的手轻轻地捏了一下。

郑朝阳看了一眼冼怡，发现她好像心中有事。

谢汕开车来到城门口，一个上尉连长伸手拦住谢汕的车。谢汕停车，把路条递给连长，似乎用眼神示意了他一下。

连长走到后排，看到冼怡挽住了郑朝阳的胳膊。

他挥手道：“放行。”

城门打开了，两辆车开了出去。

汽车在飞奔，冼怡看着外面的风景，心情极其复杂。自己心爱的人就要离开了，不知道什么时候才能再见。这让她难受，但让她更难受的是，昨晚她看到一个戴着风帽背着钱褡裢、面目可憎的粗壮汉子进了自己家。这个人外号叫母猪龙，是常年给父亲干“脏活儿”的人。不知道为什么，直觉上她认为母猪龙这个时候来，肯定和郑朝阳有关系，于是忍不住去听了墙根儿。

前边出现界碑——公主坟。

谢汕停下车，说道：“就送到这儿了。郑爷，一路顺风。”

郑朝阳弯腰下车，冼怡也跟了下来。

谢汕叫道：“大小姐……”

语气中有点强硬，冼怡看了看他，轻轻地点了点头。

“朝阳大哥，”冼怡拿出一条白围巾，缓缓地给郑朝阳围上，“风大路远，当心摔着。”

说着，她的手顺势在郑朝阳的腰上碰了一下，而那正是他别着的手枪。

冼怡的眼神十分复杂，似有千言万语，却只轻轻地说了一声：“小心……”

郑朝阳微笑着点头：“我是打猎的，见过狼。”

谢汕的车掉头回去，渐渐开远了。冼怡仍在车窗里冲着郑朝阳挥手，不知不觉间，她的眼泪流了下来。她知道郑朝阳明白了自己的暗示，但她真的不知道他能不能闯过这一关。突然间她有些怨恨自己的父亲。

郑朝阳转身大步地往前走，眼睛警觉地四处观察。

不远处，一只麻雀落到了路边的一块岩石上，刚落下又突然飞了起来。

郑朝阳迅速卧倒，匍匐前进。他仔细观察，发现在岩石后面藏着一个蒙面匪徒，匪徒正四处张望。

郑朝阳悄悄摸上去，从口袋里摸出一条细细的皮绳，猛然间勒住了匪徒的脖子。匪徒挣扎几下咽了气。

郑朝阳戴上匪徒的帽子，小心地往前走着。

没一会儿，不远处的树后闪出两个匪徒。

“干什么你，谁叫你出来的。快回去。”

郑朝阳随便比画着，不停地咳嗽，快速接近对方。

看着郑朝阳比画，匪徒不明所以：“什么？你干什么？”

另一个匪徒惊觉郑朝阳穿的裤子不一样，举枪就要打。

郑朝抢先一枪干掉了他，紧跟着又一枪打在前一个人的肩膀上。

匪徒滚倒在地，气急败坏，并随手撕下了蒙面布！是母猪龙。母猪龙见势不妙撒腿就跑。

郑朝阳起身正要射击，旁边突然射出一串子弹——是美式卡宾枪的声音。

母猪龙身中数弹，挣扎了几下倒地死去。

郑朝阳高兴地起身看向射击处，却惊讶地发现来的人竟是万林生。万林生带着十几个特工围了上来。

万林生喊道：“郑朝阳，你跑不了啦！把枪扔了，咱们好好聊聊。”

郑朝阳没说话，闪身向万林生射击。

万林生身边的特工拿着美式卡宾枪和汤普森冲锋枪一起开火。

火力密集，郑朝阳被打得抬不起头来。

万林生举手示意，枪手停止射击，万林生又喊道：“郑朝阳，死扛也没用。乖乖和我们合作，官、钱，要什么有什么。听清楚没有，给你三分钟。”

郑朝阳趁这间隙拔出弹夹，发现只剩下一颗子弹：留给自己的机会不多了，但东西不能留给他们。

他捡起几根树枝堆在一起，从怀里掏出微型胶卷扔到树枝里，拿出打火机正准备点火。

万林生又喊道：“还剩两分钟啦。郑朝阳，这是你最后的机会！”

正在这时，天空中掷弹筒发射的炮弹落了下来。炮弹在保密局特工中落地开花，特工们猝不及防。

郝平川带人冲了上来。他带的人不多，但装备精良，武器清一色是汤普森冲锋枪。另外，他还带了两门掷弹筒。郝平川战斗经验丰富，他手下的战士也身经百战，不用指挥就知道怎么站位。几个人分散射击，很快就在火力上形成压倒性的优势。

万林生被炮弹削了头皮，撒腿就跑，跑到不远处的一个空地上，那里停着一辆汽车和几辆摩托车。他骑上一辆摩托车，狂轰油门，仓皇地逃了。剩下的几个特工都被击毙，战场上沉寂下来。

郝平川下令打扫战场，突然一个特工“诈尸”，端起枪对准了郝平川。枪口近在咫尺。一声枪响——郝平川安然无恙，特工倒了，身后站着的是郑朝阳。

郝平川看着郑朝阳，两人走到一起，两双手紧紧握在了一起。

冼登奎府邸内，他看着回来复命的谢汕，问道：“都办妥了？”

谢汕道：“母猪龙是老手，办事从没失过手。”

“那就好。等姓万的到了，就只能看到一个死的郑朝阳。”

谢汕恭维道：“您这招儿真是高明。这下，甭管共产党还是国民党，都得说咱的好。”

冼登奎十分得意地点燃一支雪茄道：“时局难料啊，得多留一手。”

这时，门外传来汽车和摩托车的轰鸣声，紧跟着就是喊叫声、砸门声。

冼登奎纳闷儿地看着外面，问道：“怎么回事？”

仆人跑进来报：“老爷，兵，好多的兵。”

话音刚落，一队宪兵冲进来，将他们包围了。

宪兵排长凶神恶煞地问：“谁是冼登奎？！”

冼登奎道：“我是。这位老总……”

宪兵排长一声怒吼：“抓起来！”几个宪兵给冼登奎戴上手铐。

冼登奎惊呼：“我没犯法，为什么抓我？”

宪兵排长看着他，说：“私通共产党，陷害保密局，你罪过大了。带走！”

谢汕一听目瞪口呆，手足无措，一时失去了主张。

冼登奎被人拽着往外拉，边走边喊：“怎么着了啊，赶紧给陈处长打电话！告诉他，老子被人陷害了。叫他赶紧把我捞出来，不然大伙儿全玩儿完。”

冼怡听见动静跑了出来，一脸惶恐地叫道：“爸！”

冼登奎强装镇定地安慰她：“没事，闺女，我出去遛遛，你老实在家待着。叫大表姐过来陪你。看好了我那百灵，别叫猫叼了去，别脏了口儿……”

话没说完，冼登奎就被押走了。

冼怡惊慌地追出大门喊着：“爸……”

郑朝阳和郝平川在路上走着，前面不远处是一个山村。

村口有人在站岗。郝平川向站岗的人挥了挥手。站岗的人看到郝平川，显得十分兴奋，回头大喊着：“队长，队长回来啦！”

他这一喊，很多穿着八路军军装的战士从村口拥了出来迎接郝平川，双方见了面都十分激动，有很多话要说。一帮人簇拥着郝平川和郑朝阳往村里走。

郝平川和郑朝阳跟着战士们进了大队部的院子。刚进门，一名报务员迎上来，递给郝平川一份电报。

郝平川看了看电报，把电报递给郑朝阳。

“叫咱们赶到西柏坡去参加社会部办的情报人员培训班。”

郑朝阳平安回到自己人身边，而郑朝山被抓后遭到了刑讯，兄弟俩并不知晓对方到底怎么样了。此刻，功德林监狱大门打开，一辆吉普车开了出来，车里坐着的正是郑朝山，眼睛上还蒙着布。

到了一个胡同口，郑朝山被人从车上推了下来。他摘下蒙眼布，眼睛适应了好一会儿才抬头看了看天。望着蓝天白云，他轻轻舒了一口气。

第二章

黄泥村位于河北省建屏县，跟中共中央所在地西柏坡仅有咫尺之隔。

滹沱河在村前缓缓流过，河东的东黄泥村是中央社会部所在地，对岸的西黄泥村，就是中央社会部举办的情报人员培训班所在地。

1948 年 4 月，中央社会部根据党中央的指示向西北局、华北局、华东局、晋绥分局发出电报，要求选调县团级以上、具有初中以上文化程度、身体健康的保卫干部一百人，要求这批人于 1948 年 6 月底前到中央社会部报到。

1948 年 9 月 17 日，培训班在十分简陋的条件下正式开学了。开学典礼由中央社会部部长李克农主持，刘少奇、朱德、任弼时等中央领导同志亲临大会并做了重要讲话。

新中国的第一批人民公安，就从这里诞生。

等郑朝阳和郝平川赶到的时候，培训班的学习已经进行了一段时间。不过让两人十分高兴的是，他们在北平的老领导罗勇，正在这所学校里担任教员兼领导。两人颇有如鱼得水的感觉。

这一天的课程不太一样，黑板上写了八个字：如何当好一个警察。

一个学员正在慷慨激昂地演讲，讲话时不停地挥舞着手臂，如同握着刀斧劈山砍岳："所以，我们要以革命的雷霆刀斧和激情火焰来涤荡旧社会的残渣污泥，叫旧社会的警察，那些威胁和镇压人民的帮凶，彻底得到革命的洗礼，成为新中国的真正的钢铁卫士。"这段慷慨激昂的演讲在现场引发热烈掌声。

接着，一个戴着金丝眼镜、看上去十分斯文的学员上了台。

“大家好，我叫代数理。我爸爸想叫我当个数学家，所以给我取了这么个名字。他想不到我会参加革命，当兵，甚至当警察。这个世界上有两个学科是不能有半点儿错误的，一个是化学，一个是数学。在我看来，当警察和当数学家是一样的，讲究的都是精准。我认为警察就是一个堪比数学家的职业，不能有一丝一毫的马虎……”

就在代数理慷慨陈词的时候，郑朝阳四处张望着寻找着什么。

郝平川轻声问道：“你找什么呢？”

郑朝阳低声说：“有股香味儿。”

郝平川又问：“哪儿有啊？”

郑朝阳煞有介事地闻着，最终眼光落在坐在自己前面的一个姑娘身上。从后面看，姑娘齐耳短发，穿一身非常时髦的列宁装。看不到脸，但能看到脖颈儿洁白。

郑朝阳悄悄地指指前面的姑娘，说：“香水。”

郝平川一撇嘴，道：“小布尔乔亚。”

两人言语间，讲台上的代数理已经讲完，敬礼下台。

罗勇总结道：“刚才小代同志的发言非常有见地。宋代名相包拯说过一句话：‘生死决于我，能不谨慎哉。’公安是保卫人民生命财产的第一道防线，我们这里要是出了问题，后面就会产生一连串的不好影响。所以我赞成小代的说法，人民公安，就是一个像数学家一样精准的职业。下面，还有谁想要发言？”

郝平川捅捅郑朝阳：“你去，这里就你当过警察。”

郑朝阳整整衣帽正准备上台，发现前面的女孩已经举起手。

只听罗勇说：“啊，白玲同志，请上台来。”

原来这位姑娘叫白玲，她站起来走上讲台。郑朝阳发现，这是一个十分不像警察，跟周边人也很不一样的学员。她容貌清秀、眉目如画，说话还带着一些吴侬软语的腔调，十足的江南大家闺秀的样子。如果不是她穿了一身列宁装，加上标志性的齐耳短发，郑朝阳会以为她可能来错了地方，这么个风一吹就倒的人怎么会出现在这里？

郑朝阳十分好奇，想听听她到底说些什么。

白玲语调平淡，平淡中甚至有点冷冰冰的感觉：“大家好，我叫白玲。我认为当好一个警察，需要的不是革命的激情，而是机器的冰冷。所以，刚才大家的发言，也对，但不全对。”

下面的学员一阵骚动。

“这人是谁啊？凭啥这样说？”

“太牛了吧。”

“听说是莫斯科回来的。”

“老大哥教出来的就是老大哥啊？”

郝平川和郑朝阳也相互看看。郝平川一副夸张的表情，意思是：不得了啊，小瞧不得。小布尔乔亚的大论调也能震天动地。

白玲不理会下面的骚动，继续说：“革命的激情会烧坏我们的大脑，叫人做出主观的预设性判断，也就不可避免地会出现判断失误。比如，我们如果先入为主地认为某人是反革命，在调查取证当中就会不自觉地往反革命的方向引导证据。而这种引导，也许恰恰和事实相反。比如说，就在刚才，有两个同志闻到我身上有香水的味道，就主观地断定我是个小布尔乔亚。”

郑朝阳和郝平川顿时感到十分尴尬。

白玲拿出一个小荷包：“事实上呢，我用的不是什么香水。我是军人，军人有纪律；但我又是个女孩，所以我自己做了这个。这是用艾草、丁香和槐花提炼制作的一种草药，有提神醒脑的功效，本草纲目上有配方。不过闻着确实像是香水。”

郝平川低头问郑朝阳：“什么木？”

“《本草纲目》，一本医书。”

郝平川嘀咕道：“听这姑娘说话跟听天书一样。”

白玲继续侃侃而谈：“那么，在这种预设下，如果他又捡到一方很精致的丝绸手帕，可能第一反应，就认为手帕是属于我的，因为我是小布尔乔亚嘛，我就应该用精致的丝绸手帕。但事实正好相反！因为我对丝绸过敏。”

讲台下面响起一阵笑声。

郑朝阳和郝平川听得目瞪口呆，却也无从驳斥。

下课后，郑朝阳、郝平川围坐在操场上吃午饭，饭菜十分简单：咸菜、白菜汤、窝头。

郑朝阳边吃边问："老郝，走的时候我叫你派人到城里打听我哥的事，怎么样了？"

郝平川摇摇头说没消息。

郑朝阳听了情绪有些低落：走的时候都没来得及见上他一面，也不知道他会不会受连累。

郝平川安慰道："你不是说你哥哥也算是个大人物吗，留学德国的医学博士，还是啥民主党派的总干事，应该没事。"

郑朝阳掐着额头，沉声道："就是怕连累他，这么多年才不和他往来。可真出了事……"

这时，代数理端着饭盆过来了："老郑，算上你们几个从北平来的，咱们这儿正好是一百〇八人。好啊，梁山一百单八将啊。"

郝平川说道："我看了下，咱们这儿有西北局的，还有华东局、华北局和晋绥分局的，都是县团级干部。"

代数理热情上来了，忍不住高声吟诵："心在山东身在吴，飘蓬江海漫嗟吁。他时若遂凌云志，敢笑黄巢不丈夫。"

白玲端着饭盆也往这边来了。跟别的学员随便蹲着或坐在地上不一样，她自己带了一个马扎，膝盖上还铺着一块白布，显得十分另类。她一边吃饭一边看一本小册子。

代数理介绍说："这姑娘可不简单，莫斯科中山大学毕业。学的情报，后来到咱晋绥边区当情报组组长。"

郑朝阳随口称赞道："情报组组长啊，了不起，那就是一丈青了。"

代数理笑着附和："对对对，一丈青。"

三人正说笑，白玲往这边看过来。

代数理提醒道："哎哎，老郑，看你呢。"

郑朝阳打岔说："不会吧，看你呢。要不就是看老郝。"

郝平川自顾低着头吃饭："去去去。"

白玲端着饭盆走了过来。

"郑朝阳。"

郑朝阳忙站起来。

"问你一个问题。里九外七皇城四,九门八钿一口钟。什么意思？"

郑朝阳答道："里九外七皇城四说的是城门。北平城分皇城、内城和外城，总共二十个城门。"

白玲又问："钟是钟鼓楼，八钿指什么，时间吗？"

"钿是一种响器。内城九个城门除了崇文门，一个城楼一个，所以叫八钿。崇文门上挂的是钟，崇文门敲钟，其他城门就打钿。所以叫九门八钿一口钟。每次关门打三下，每打一下门关上一截，三下打完完全关闭。所以，老百姓都说'城门响点不等人，出城进城要紧跟'。"

白玲打破砂锅问到底："原来钟也不是钟鼓楼，那为什么只有崇文门上的是钟呢？"

"崇文门以前是税关，主管京城卫戍的九门提督衙门就在崇文门，所以钟点以他为准。"

"你懂得真多。"

"老北平了。"

"那以后得多向你讨教。"

郑朝阳随口问："你那个本子上都记的什么？"

"都是些有关北平的掌故传说，我自己整理的。"

郑朝阳好奇心大起："我能看看吗？"

"可以啊。"

白玲把小册子递给郑朝阳。

郑朝阳接过一看，封面上是毛笔写的"北平手册"。

他刚要翻阅，上课的铃声响起，于是把册子还给白玲，和她一起往教室走。

郑朝阳十分小心地问道："白玲同志，你那个提神醒脑的草药真是出自《本草纲目》吗？"

白玲笑道："《本草纲目》上是有这个药方，可不是这个味道。"

郑朝阳一脸惊讶地说："那你刚才……？"

白玲从口袋里拿出一瓶没开封的香水。

"你刚才闻到的是这个，是我从苏联带回来的，是给北平苏联领事馆的翻译叶琳娜的礼物。我们在莫斯科是同学。"

郑朝阳张口结舌地看着她。

白玲丢给郑朝阳一个白眼："给你点教训，以后别这么主观。还说什么小布尔乔亚。"

白玲走了。郑朝阳愣在当场："这不是我说的啊。"

郑朝阳回头看看郝平川。

郝平川急忙竖起食指："嘘——"

晚饭时分，北平城内响起警报声。烟袋斜街内的很多人家偷偷地打开门往外瞧着。

郑朝山骑着自行车刚来到自家门前，对面杂院的房东老巡警多门披着棉衣跑了出来。

"郑医生，下夜班啊。"

郑朝山点了点头，开门进了自己家的院子。

多门的邻居、在天桥唱快板儿的蘑菇头张超在多门后面探头探脑："这是怎么地了？"

多门的另一个邻居天桥大混混儿王八爷回道："打仗呢呗！赶明儿就打到北平了！都得死！"

张超揣着手溜回自己的屋子。

多门关上大门，顺手拍拍王八爷的肩膀："八爷，早死晚死都得死，你死我死终究是死！不急，真的不急啊。"

多门也回了自己的房间，剩下王八爷一个人愣在院子里。

他努力琢磨着多门的话："什么意思啊，多爷？"

郑朝山家的院子和北平城大多数的院子一样，有影壁、鱼缸、酸枣树，院子干净整齐，大而空旷，角落里立着一个篮球架，算是一点小特色，只不过上面已经布满了灰尘。

郑朝山站在院子里，抬头看着夜空中的点点繁星。

天上似有雪花飘落，他伸手接住雪花，感受雪花在掌心融化时的那股寒意。

里屋的收音机里传出新华广播电台的播报声："我中国人民解放军在辽沈、淮海、平津战役中取得节节胜利，东北野战军和华北野战军会合后，所向披靡，平津已经在我解放军的包围之中。下面请听八路军军歌。"

"铁流两万五千里，直向着一个坚定的方向！苦斗十年，锻炼成一支不可战胜的力量……"郑朝山静静地听着。

自从上次侥幸逃生后，万林生又回到了保密局。清晨时分，他的吉普车停在弓弦胡同保密局的大门外。

院子里进进出出的都是保密局的特工，都在打包行李装箱。院子当中放着几个大汽油桶，正烈火熊熊，特工不停地往汽油桶里扔各种材料。

万林生穿过院子急急忙忙走进站长王辅成的办公室。王辅成正在屋里来回转圈儿，手里捏着一支没有点燃的香烟。

万林生低声问道："准备撤退了？"

王辅成沮丧地说："平津大势已去！总裁也没有办法了。"

"站长，情报说剿总那边有意和中共达成和平协议，不知是真是假？"

王辅成叹了口气："无论真假，平津丢失都是早晚的事。毛局长来电叫我前往南京，由徐宗仁接任北平站站长，执行潜伏计划，你来配合执行。"

万林生沉重地点了点头。

王辅成诡异地笑了下，接着说："共产党就要来了，开门迎客，我们也不能空着手啊。”

刚完成一台手术的郑朝山走出手术室，觉得很疲惫，于是快步走向自己的办公室。

一个护士追出来，高喊道：“郑医生！”

郑朝阳回头，满脸疑惑地看着护士。

“您下一台手术是一小时后。”

郑朝山微微往右侧了侧头，示意她再说一遍。只有熟悉的人才知道他的左耳听力不好。

护士反应了过来，往右侧走了一步，说道：“一小时以后。”

郑朝山微笑着点点头。护士心想：“他的微笑真的很迷人。”

郑朝山的办公室是里外套间，外面是他的办公室，里屋是一个小小的休息室，只能放下一张床，不过十分隐蔽，不熟悉的人一般看不到。屋里十分整齐，书架上满满的都是医学书籍。一进门的边上立着一架人体骨架的模型。

郑朝山进屋后，脱下白大褂随手搭在骨架模型上，顺带还把自己的帽子也扣到了“骷髅”头上。

他望着骨架模型，叹道：“弗洛伊德，今天又要忙一整天了。”

走到办公桌前，郑朝山坐下来长长地出了一口气。只有这一刻他才感觉稍微放松了一点。

桌上扣着一个相框，郑朝山将它翻了过来，照片正是自己和弟弟郑朝阳的合影。

郑朝山轻声道：“弗洛伊德，你说，他还活着吗？”

突然，外面传来一阵敲门声。

郑朝山急忙把照片塞进抽屉。

来人是韩教授，他手里拿着一个大本子，上面密密麻麻写着的都是人名——是请愿书。请愿者要解救的是一个叫杜志华的新闻记者。

韩教授气愤地说：“保密局说他是共产党要犯，这不是笑话嘛。现在各界联名上书，要把志华救出来。我知道你前两天刚出事，因为令弟……”

说到这里，韩教授停了下来，不再说话，看着郑朝山。

郑朝山翻开本子，拿出自己的钢笔在上面签上自己的名字：“老韩，记住了，我和他一向是桥归桥路归路。”

因为战争形势发展得太快了，平津地区很快就会解放，中央紧急决定让培训班的学员提前结业赶赴北平，准备接管北平的治安工作。1948 年 12 月 17 日，北平市公安局在保定正式成立。郑朝阳等人分乘五辆卡车进入良乡。

因为战争的原因，中学都放假了。郑朝阳等人选了良乡中学作为临时驻地。保定驻军对培训班学员的到来非常重视，特地拨出一个排的战士守卫这里，门口实行的都是双岗制。

一个穿工装裤的人骑着自行车从学校里出来，此人正是学校的维修工老黄。老黄在学校当维修工已经有好多年了，这次为了接待培训班的学员，特地把他叫过来对学校的设备进行简单维护。

老黄出了学校，骑着车在良乡破旧的街道中穿行，很快来到一家住户的门前。

屋里，桌子上摆着很多化妆品，一枚凤凰图案的戒指放在粉盒的旁边。尚春芝正不紧不慢地对着镜子梳妆，画眉画得十分仔细，

尚春芝一身藏青色棉布的旗袍，白色羊毛坎肩，乌黑的长发在头上绾着发簪，头上别着一支看上去十分古旧的银簪。她虽然个子不高，但是眼睛很大，睫毛也很长，看上去就是典型的北方中产家庭的少奶奶，而她真正的身份是党通局保定情报站的站长，只不过她身上的特工气质显露得很少。

一个二十多岁的女仆——秦招娣——敲门走了进来。

“太太，您表哥来了。”

“叫他进来吧。”

进门的是修理工老黄。

“招娣，你先回去吧。该洗的衣服都在这儿了，晚饭先不用做了。”

秦招娣从门边的一个木桶里把尚春芝换洗的衣服都拿了出来，装进一个蓝布兜子，出去了。

看到尚春芝还在画眉，老黄皱眉道：“都什么时候了，还搞这个！”

尚春芝从镜中瞟了老黄一眼，继续画着眉：“上海大明星阮玲玉画一条眉毛要两小时，我这才多长时间？活儿得干，脸也得要。查清楚了？”

“从西柏坡过来的，现在住在县中学里。警卫很严，看来来头不小。”

镜中尚春芝的眼睛一眯，微微一笑：“既然是共产党的精英，那就给他们精英的待遇。”

说着，她从首饰盒中拿出一个白色的瓷瓶，放到桌子上。

一个炊事员打扮的人正在菜市场采购蔬菜和羊肉。

齐拉拉突然从他身边蹿了出来，并高呼道：“二叔！”

炊事员抬头看了他一眼，笑着说：“齐拉拉，你又来打咧咧。”

齐拉拉看着车上装的米面蔬菜和羊肉，疑惑地问：“这是要开荤啊，招待哪位首长啊？”

齐拉拉翻看着羊肉，手被炊事员一巴掌打了下来。

“瞎摸什么！这是招待西柏坡来的学生们的，领导特别交代了，必须要照顾好！中午喝羊汤。”

齐拉拉双手一拍，飞快地从怀里掏出一个小纸包，像献宝似的说：“嘿！羊汤啊！您得用这个！我做的。十三香，您闻闻。”

炊事员边将纸包塞给齐拉拉，边说道：“你算了吧，谁知道你这里头掺的啥玩意儿，回头把人吃坏了算谁的？”

炊事员骑车要走，齐拉拉一把扯住后座，可怜巴巴地望着他。

“是不是中午饭又没着落了？”

“您圣明。”

“这样，今天中午吃饭的人多，我也忙不过来，你来帮个厨，别的没有，羊汤有你喝的。怎么样？”

齐拉拉大喜过望："二叔，您是我亲二叔。"

一辆吉普车徐徐开进良乡北平军管会临时驻地。罗勇从车里跳下来，站岗的战士立刻向他敬礼。

罗勇快步走进办公室，郑朝阳和郝平川也赶忙向他敬礼。

郑朝阳高兴地说："老首长，这次咱们又在一起工作了。"

"我这个副局长不好当啊，任务很重，你们也一样。局里决定，在侦讯处下面成立侦察科，你为侦讯组组长，郝平川做行动组组长，白玲任电讯组组长。以后你们一起负责全市重案、要案的侦破。"

郑朝阳声音洪亮地答道："明白。"

"进城后，要马上把北平各处的警察局都控制起来。我们人数不多，所以要充分利用现有的警力。对于旧警察，只要不是罪大恶极者，都要给他们改过自新的机会，引导他们为新中国效力。"

郝平川激动地说："首长，这些黑狗子给北洋政府当狗，给日本人当狗，又给国民党当狗，都成了精了。干脆，一个不留，全部开除。"

罗勇轻声笑道："开除？你说得倒是轻巧，就咱们这百十来号人就能管得了北平啦？要学会因地制宜、就地取材。对这些人，首长有一句话很合适，'要赶毛驴上山，就得一拉二推三打！'"

说话的时候，罗勇把一份材料递给郑朝阳。郑朝阳接过材料仔细地看着。

罗勇道："根据掌握的材料，除了国民党国防部保密局、国防部二厅和国民党党通局等的特务，还有华北的'剿总'、基层特务组织'清共先锋队'，以及英美间谍组织等大约八千余名特务。再加上国民党北平市党部、河北省党部、三青团、民社党、青年党等反动骨干分子，以及系统不明的特务，特务总数不下一万六千人啊。要在短时间内把这些特务全部肃清，任务非常艰巨。这是一场硬仗，你们要做好充分的准备。"

郑朝阳信心十足地说："放心吧，领导，保证完成任务。"

"光有这句话可是不够的，你们要尽快拿出方案来给我看。"

郑朝阳和郝平川站起来，郑重敬礼道：“是。”

良乡中学的厨房里，几个炊事员正忙着洗菜、切菜。羊肉已经收拾好，只等下锅了。

给二叔帮厨的齐拉拉负责到后院接水。不过水里有铁锈，他放了好半天，才出来清水。二叔催促齐拉拉赶紧放水煮肉。

齐拉拉放好水和肉，开始在灶坑边烧火，并从怀里掏出一包十三香要往肉汤锅里放。

二叔看到一把拦住他，说啥也不让他放：“猪不椒羊不料，羊汤要的就是一个鲜。你小子懂个屁啊。”

齐拉拉赔着笑脸说道：“好嘞，厨房里，您为大，眼如铃，声儿呱，赛过水里大蛤蟆，一戳一蹦跶。”

众炊事员一听都笑了。齐拉拉趁机从怀里掏出调料包放进锅里，搅拌好，哼唱着不知名的小调离开了厨房。

两名警卫战士走进来，闻到羊汤的香味，说要提前喝点好去上岗。

炊事员赶紧盛了两大碗放在桌上，两个警卫战士坐下来，美滋滋地喝起羊汤。

在军管会临时驻地的走廊里，郝平川正小步紧跟着郑朝阳，边走边说：“警察我们可以从自己的队伍里找。不说别的，光游击大队就有上百人，他们打日本打老蒋从来没含糊过。”

郑朝阳正色道：“老郝，当警察和打游击是两回事。”

郝平川不屑地说：“我觉得都一样，不就是站岗放哨抓特务嘛。什么样的流氓地痞见了他们都得哆嗦，他们比那些黑狗子强多了。”

“我们的队伍里有不少就是国民党兵，改造好了一样打老蒋，这些旧警察也一样。进城了，你的思想也得变变了，就从这个黑狗子的叫法开始吧。”

这时，一个小战士气喘吁吁地跑过来报告：“中、中、中毒了！有人中毒了！”

郑朝阳和郝平川飞快地奔到学校厨房里，四处查看着，大锅里煮好的羊汤还冒着热气。

排长在一旁汇报：“幸亏警卫排的两个战士因为要上岗提前吃了两碗羊汤，这要是等午饭的时候……”

郑朝阳打断排长的话，问道：“两个战士现在怎么样了？”

排长回答道：“送医院了，还在抢救。炊事班的人我已经全部扣押了，等着审讯。”

郝平川问道：“这些人都是什么政治背景？”

排长叹道：“领导对你们来保定很重视，不敢大意，挑选的都是政治可靠的老同志。唉，真没想到会出这种事，以前可从来没出过这种事情。”

郑朝阳没说话，继续四处查看着。他从汤锅里用汤勺盛出点汤闻了闻。看到地上有一张不大，但四四方方的黄纸，于是弯腰捡起来仔细看，又闻了闻。

郝平川忙问道：“老郑，闻出什么了？”

郑朝阳没搭话，仍旧四处查看。

排长接着说：“现在嫌疑最大的是一个叫齐拉拉的，他是咱们一位炊事员的远房侄子，来这里帮厨。有人看到他往汤锅里倒东西。”

郝平川气愤地说：“这是要把咱们一锅端啊。这个齐拉拉呢？”

排长忙说：“在警卫室。”

警卫室里，郑朝阳、郝平川和白玲三人坐在桌子后面的椅子上。桌子上摆着几个黄纸包、一包糖豆、一个墨绿色的弹球、一个日军军用指南针、一个只剩一半的日军军用望远镜，以及一张陈旧的地图。

齐拉拉被人一把推了进来。

郝平川突然一拍桌子，旁边的郑朝阳吓了一跳。郝平川喝道：“说，谁叫你下毒的？！”

齐拉拉一脸迷茫："下毒？我没下毒，我往汤锅里放的是十三香。"

郑朝阳拿出从厨房里捡的黄纸，问道："是这个吗？"

齐拉拉急忙道："哎，就是这个。这是我包十三香的纸，小小的纸儿啊四四方方啊……"他一边说一边还唱了起来。

郝平川喝道："住口，你还挺得意啊，可惜白忙活了！"

齐拉拉嬉笑道："这位首长，有理不在声高，没理鬼哭狼嚎。我齐大壮行得正坐得端，腰缠万贯不怕贼，坟地里睡觉不怕鬼。"

郝平川怒道："你还一套一套的，信不信我当场毙了你。"说着他就要动手。

白玲微笑着，眼睛始终盯着齐拉拉，审视着他的一举一动。

郑朝阳则急忙拦住郝平川。

郝平川把墨绿色的弹球拿起来仔细看着。上面坑坑洼洼的，还有不少的小点儿："这是什么？"

齐拉拉有点急："这是我爹给我做的，正经的和田玉。您能还给我吗？"

郝平川把弹球放下，说道："只要你把事情说清楚了，这些都会还给你。"

齐拉拉苦笑道："首长，我放的真是十三香！八路军讲政策，不兴草菅人命。"

郝平川又拿起指南针和望远镜，一边看一边说："这都是军需品，你一个江湖混子从哪儿得到的？"

齐拉拉解释道："指南针和望远镜是我爹给我的。他以前是民兵队队长。再说了，鬼子投降的时候，满大街是鬼子的家属在卖东西，这玩意儿多得是。地图是我买的，说是鬼子的啥秘密仓库。我寻思找时间去看看呢，兴许能卖俩钱儿。"

郑朝阳饶有兴味地问道："你说你爹是民兵队队长？"

齐拉拉急忙点着头说："对啊，我爹齐园是石头村的民兵队队长，当年带着几十个民兵在保定一带和鬼子转着圈地打，后来把自己的命都打没了。"

郑朝阳又问道："那你怎么成了混子呢？"

齐拉拉苦笑道："我爹没了，我娘改嫁了，我又不愿跟着我娘。没人管我，我就自己讨生活呗。"

郑朝阳微笑道："看来你混得不咋地，做的净是些鸡零狗碎的买卖。"

齐拉拉争辩道："咱这不是岁数小嘛，有志不在年高，还得看将来不是。"

郑朝阳取笑道："还是别看将来啦，说说现在吧。你说你往汤锅里放的是十三香，可谁能证明你放的就是十三香，而不是别的什么东西呢？"

齐拉拉想了想："这还真证明不了。可首长，我干吗要下毒啊？好歹我爹也是民兵队队长啊，算起来你们和我爹那都是打鬼子的，你们都是一路的。我都要冤死了。"

郑朝阳正色道："行啦，别叫屈了，回去好好想想。带出去。"

齐拉拉站起来走了出去。

三个人走进休息室。

郝平川很肯定地说："这小子，鬼头蛤蟆眼的，瞧着就不像好人，一准儿是特务。什么当民兵队队长的爹，胡扯！"

郑朝阳回道："听着倒不像是假话。"

郝平川一副恨铁不成钢的表情："老郑，你这人就是心软，看他岁数小，穿得破。我告诉你，这种人最能装了。"

白玲轻声说："凶手不是齐拉拉。"

郑朝阳和郝平川一起看向白玲。

郑朝阳问道："你怎么知道就不是他呢？"

"从齐拉拉进门我就在观察他。正常人在紧张状态下或者是紧张思考的时候都会有不同的动作，比如面色潮红、不经意地摸自己的脖颈儿或鼻头、双脚交叉，等等。但齐拉拉没有，他自始至终都很坦然，没有一点紧张的意思。"

郑朝阳反驳道："可这些对那些训练有素的特务来说，是很容易做到的啊。"

白玲白了他一眼，反问道："齐拉拉才十七岁！要是有这种心理素质，他多大开始当的特务？”

郝平川戏谑道：“听人说话看人做几个动作就断案了，你还真成神仙了。”

白玲皱了皱眉，看着粗拉拉的郝平川，反驳道：“如果真是训练有素的特务，郝平川，你第一句话就已经露馅儿了。”

郝平川疑惑地问：“哪里露馅儿了？”

“你上来就是一句‘谁叫你下毒的’？！”

郝平川不解：“这怎么了？”

白玲耐心地解释道：“如果你有确凿的证据，根本不需要问这句话，问了就说明你没证据。你这话其实是告诉嫌疑人，只要顽抗就有出路。”

郝平川愣住了，看着郑朝阳。

他不确定地问道：“这太夸张了吧，是真的吗？”

郑朝阳阴阳怪气地说：“有点道理，可也不完全对。我们审犯人一向是虚实结合，诈一诈也有用。”

白玲问道：“可在齐拉拉身上有用吗？”

郝平川有点迷糊，疑惑地问道：“朝阳，我还有哪句话说错了？”

白玲接过话，说：“你错的地方多了！在西柏坡学校的时候我就讲过，不要预设前提。案子还没办，先给人家贴上凶手的标签，就因为他是个江湖混混儿。混混儿就一定是凶手吗？混混儿就一定有胆杀人吗？你们这种凭着主观意识办案的思想必须要改！”

郝平川满脸通红，生气地说：“改？我改什么改，没什么可改的！”说完，他甩手出了门。

白玲看着郑朝阳，问：“其实你也认为齐拉拉不是凶手，对吧？”

郑朝阳饶有兴致地问道：“你怎么知道的？”

郝平川在院子里来回转圈：“莫斯科回来的怎么了？莫斯科就比北平城大吗？牛什么牛？什么摸鼻子、揪耳朵、乱动脚，凭着这就能逮到坏人啦？看把你能的！”

突然，他意识到自己正在不停地摸自己的脖颈儿（和白玲说的一样），急忙将手放下来，照着自己脖子狠狠拍了一下。

一个战士走了进来，看到郝平川站在那里，立正敬礼道："报告！这是白玲同志要的调查报告。"

郝平川一把接过报告，打开看着。

休息室里，郑朝阳继续分析案情："警卫战士因为要上岗，所以提前喝了羊汤。两个战士从喝羊汤到发病大概是半小时。这不是当即发作的剧毒，需要间隔一段时间，一是为了让所有人都能喝上毒药汤，还有就是便于下毒的人有时间逃走，可齐拉拉没走。"

"可有的凶手喜欢回到案发现场，来彰显自己有掌控能力。所以，这还不是你最终的理由。"

"对，我最终判断不是齐拉拉的，是这个。"说着，郑朝阳拿起那张包十三香的黄纸，"这就是最普通的十三香，大街上很容易买到。里面的配料也很简单，但没有杏仁，可我在羊汤里闻到一股杏仁的味道，所以凶手不是齐拉拉。"

白玲惊讶地问："杏仁？你连这个都闻得出来？"

郑朝阳微笑道："这得感谢我哥，他是个医生，从小就对药材很着迷。我们俩小时候的游戏就是猜各种药材名。"

"那现在怎么办？"

"查查在食堂开伙后有谁离开过学校。"

郝平川推门走了进来，把档案交给郑朝阳，说道："这是白玲搞的调查。她给当地部队的政治部打过电话了，核实了齐拉拉的一些情况。齐拉拉说的没错，他父亲是民兵队队长，已经牺牲了。"

郝平川看着齐拉拉的材料，说："这么快！看，咱们的白玲同志还是蛮能干的啊。"

白玲十分平淡地说："我去准备一下，查到了叫我一声。"说完，她走了出去。

"查什么？"

“等着吧，一会儿就知道了。你啊，以后和白玲同志说话别这么大声，好不好？人家是知识分子，而且还是个女同志。”

“我说话就是这样啊，改不了了！”

这时，警卫排排长走进来，向郑朝阳汇报：“查到了，这段时间只有一个人离开了学校，是学校的维修工老黄，他来给学校修水管。”

郑朝阳、郝平川、白玲来到水池边上，白玲拿出事先准备好的一卷胶布，让大家缠在脚上。郝平川不理解，郑朝阳告诉他：“这是为了跟现场的脚印区分开来。”

郝平川点点头，赞道：“心够细的。”

郑朝阳仔细检查，没有发现什么异常，于是顺着水管的走向来到一排屋后的自来水管阀门处。自来水阀门完好，水管也完好。

不过他发现水管阀门处有扭动过的痕迹，地上还有两个脚印。

白玲跟在他身后，拿着相机迅速把整个现场都拍了下来。

郝平川碰碰郑朝阳：“警察办案都这样啊。”

郑朝阳回头看看，说：“没有。我办案凭的是一双眼。”

郝平川咬牙切齿道：“我说也是！败家子，这得浪费多少胶卷。”

郑朝阳示意郝平川别说了，并找来扳手拧开水管查看，俯身闻了闻。然后他从兜里掏出一个小布包，从里面拿出一把镊子，从水管里挑出一根棉线的线头，掏出一把放大镜仔细观察着线头，线头上似有细小的药品残渣。

白玲走过来，也从口袋里拿出一把袖珍的放大镜，仔细察看着，肯定地说：“是糯米。”

郑朝阳的脑海中已经浮现维修工作案的情景：他蹑手蹑脚地来到阀门处，用扳手拧开阀门，把一个白色药丸一样的东西塞进去。白色药丸上系着一根白色棉线，他把棉线在阀门上绕了一圈后拧上了阀门，然后躲在角落里观察，且正好看到齐拉拉拎着桶来接水，齐拉拉拧开水龙头，嫌带铁锈的水脏，放了很久，终于接到清水。这时维修工才转身离开，地上留下两个脚印。”

郝平川在旁边看着出神的郑朝阳。

白玲说：“糯米粉见水就溶，特务是把毒药包裹在米粉里边，等流水溶解了外面之后里面的毒药才会露出来。”

郑朝阳答道：“是这样。”

“我只是奇怪，他干吗不直接放到水管里？”

郑朝阳轻轻敲击着一截新换的水管，说道：“这里只有这根管子是新的，其他管子都很陈旧，新换的水管里会有脏东西，需要放一段时间的水才行，而这些脏水是不会饮用的。”

白玲点头道：“看来他是算好了时间。”

郝平川急道：“你们都看出什么了？倒是说说啊！哎，白玲你刚才说的什么解？”

白玲笑道：“见水溶解。”

郝平川焦急地问：“可干吗放在水管里呢？这都怎么回事？”

郑朝阳说：“回去再聊吧。”

郑朝阳、郝平川、白玲和警卫排排长等人走进了会议室。

他们还没来得及坐下，一个警卫战士跑进来递上一份检验报告。

郑朝阳说道：“医院的检验报告显示，羊汤里的毒物是美军常用的一种毒药。这种毒药里含有砒霜的成分，所以会有淡淡的杏仁味。现在看来，水管维修工老黄有重大嫌疑。排长，你去把齐拉拉叫来，我还有些话要问他。”

郝平川说：“还是我去吧，我看我也就能干干提人的活儿了。”说完他气哼哼地走了出去。

白玲和郑朝阳相视一笑。

郝平川来到看守室门口，待警卫打开门后，他发现屋子里空无一人。地上扔着一副手铐，他抬眼看到房顶开了一个大洞，赶紧转身出门，正好看到上了房顶的齐拉拉。齐拉拉和郝平川一对上眼，转身就逃。郝平川扭身一蹿就灵活地上了房，看得警卫战士目瞪口呆。齐拉拉狂奔在前，郝平川在后猛追。

“站住，你给老子站住！”

“快点跑啊，不得了啊，被他逮住好不了啊！”

齐拉拉蹿房越脊，郝平川步步紧追。

齐拉拉从房上跳下来时失去平衡摔倒了，被郝平川一把按住。郝平川反扭他的手臂。

“不是我，真不是我。”

“不是你你跑什么？！”

郝平川一把拎起齐拉拉，几个警卫战士赶过来，重新给齐拉拉上了手铐带走了。

不远处的一个角落里，有双眼睛正看着这一幕，此人就是老黄。

老黄跑到尚春芝家里汇报：“没想到，两个偷嘴的小兵把事给搅黄了。”

尚春芝生气地说：“还是你计划不周密！你可能会暴露，要马上转移。”

“事没办完，我怎么向上面交代？放心吧，有个现成的替死鬼。”

“那好，事情办完后马上到黑松林。那里的东西要赶紧运走，如果运不走，就得全部炸掉。”

老黄点点头。

老黄走后，秦招娣从里屋走了出来。

尚春芝吩咐道：“准备撤离。”

两个人起身准备出门，但秦招娣看到尚春芝忘在桌上的凤凰型戒指，赶紧拿起递给了她。

齐拉拉被反扭着胳膊带到警卫室。

郑朝阳拿着一根曲别针摇晃着说：“用这个就能把手铐打开，还知道房顶上开天窗！”

齐拉拉快哭出来了:“我也就会这些鸡零狗碎。首长,我对天发誓,真不是我干的。”

郑朝阳严肃地说:“好了!我知道不是你。”

齐拉拉愣了下,赶紧谄媚地说:“哎呀,青天大老爷啊。”然后他突然收声,转而问道,“不过,您怎么知道不是我干的?”

郝平川喝道:“这就不用你管了。不过你现在还不能走,你需要配合我们。”

齐拉拉高兴地说:“真的啊?好好好,我配合。怎么配合?”

“继续蹲监狱。”

齐拉拉一听顿时垮了下来:“啊?!”

郑朝阳和郝平川对视一眼,显得胸有成竹。

两人一起走出了警卫室。

出了门郝平川才急忙问道:“怎么的,老郑,有主意了?”

郑朝阳笑道:“主意是有,就是馊了点儿。”

“馊主意也好过没主意。快说,什么主意?”

“能不能成,得先叫个人来帮忙。”

“谁啊?”

刚好,白玲从对面走了过来。

“她?”

宿舍里,郑朝阳正在换衣服,郝平川不放心地问:“你怎么知道他肯定没走?特务都鬼着呢。”

“这个人想把咱们一锅煮了,是个厉害角色。任务没完成他肯定不会走。最主要的是,我们抓齐拉拉的事情差不多整个保定都知道了,他是个现成的替死鬼。”

“那好,我带人去抓。”

“不行,目前情况不明。人多了容易打草惊蛇。”

“那干吗叫白玲去?她就是个相面的,看看八字还成,打仗,哼!”

“谁说我们去打仗，最多算是战前侦察，她那股子认真劲儿正合适，用你的话说，‘特务都鬼着呢’。”

郑朝阳拍了拍郝平川的肩膀，安慰道：“没事。”

郑朝阳刚出门，就看到白玲已经在院子里等着了。换了一身富贵装束的她显得十分漂亮，但表情严肃。

郑朝阳心里暗自叹息了一声：“可惜了这身衣裳。”

一个杂院里，住着六七户人家，到处堆满了杂物。

老黄在屋里小心地整理炸弹，窗帘紧拉。外面传来声音，老黄一惊，急忙把没完成的炸弹塞到床下。

是管理员来了，只听他介绍道：“就是这个院子，您进来看看。”

管理员带着郑朝阳走了进来，身后跟着一身华丽装束的白玲，两人偷偷对视了一下。

管理员卖力地推荐：“别看这儿破，院子却齐整，关键是位置好，临街。房子是旧点，可您看这石料，这上好的红砖，只要收拾收拾，那就跟新的一样。”

白玲张嘴用英语说了一串话。

郑朝阳很生气地用一口山西话怼道：“别上几天洋学堂，就忘了本了。”

白玲又用她那吴侬软语说道：“我瞧蛮好啊，不大不小。不过要看仔细，回头货比三家。”边说她边挽起郑朝阳的胳膊，在管理员的陪同下到各屋察看。

被白玲挽着，郑朝阳稍微有点尴尬，但白玲拉得很紧，不容他挣脱。

老黄始终躲在窗帘后面盯着他们。

很快，三人来到老黄的门前。

管理员一边敲门一边喊道：“老黄，是我，开门啊。”

老黄只得不情愿地打开门。

管理员解释道：“我带人来看房子。”

老黄生硬地说：“我这屋没啥可看的。”

郑朝阳故意说给管理员听：“做生意要有诚意，不让看我不买了嘛。”

管理员挤开老黄：“你这要退租就躲一边去！”然后，他殷勤地向郑朝阳说，“您请，您里边请。”

郑朝阳、白玲、管理员三人走进老黄的屋子。屋子不大，四个人显得有些拥挤。

郑朝阳假意看着墙壁和上面的房梁，暗中观察着老黄，发现他右手始终放在裤兜里，正死死地盯着自己。

白玲很紧张，她不由得看了看十分镇定的郑朝阳，发觉自己紧张得额头开始冒汗了。

郑朝阳也发现了，抬手摘下白玲的帽子替她扇风，嘴里说：“这屋里还挺热。”

白玲顿时放松了一些。

两人随便看着，白玲机警地发现了床下箱子露出的一角。

郑朝阳也看见了，不过他同时也发现老黄正狠狠地盯着白玲的一举一动。

郑朝阳问道：“看完了没有？”

白玲答道：“完了，完了。”

郑朝阳有意地先让白玲出屋子，自己跟在身后，后面是管理员，再后面是老黄。管理员的身量稍高一些，遮挡了老黄的视线。

白玲走在最前面，心跳加速，她想回头看郑朝阳，但刚要侧身就被郑朝阳偷偷推了一下，于是她赶紧转了回去，继续往外走。

老黄发现白玲有些不自然，特务的本能让他心头一震，手已经摸向衣兜。

刹那间，几个人心思各异，空气仿佛要凝固了……

郑朝阳在门口微微侧身，眼望着地上对管理员说：“那是你的钱包吗？”

就在管理员弯腰去看的一瞬间，郑朝阳挥出一拳，结结实实地打在老黄的左侧太阳穴上。

老黄挨了这一拳，觉得天旋地转，但还是从口袋里掏出了手雷。

白玲惊异地看着这一切，不过老黄还没来得及拉手雷上的保险栓，就被郑朝阳一个反手擒拿夺了下来。

老黄摔倒在地，人事不知。郑朝阳迅速解下鞋带，将老黄的两个大拇指拴在一起。

管理员已经吓得钻进桌子下面，抱着脑袋不敢出声。

白玲拿着门闩站在郑朝阳身后，身体在微微颤抖。

郑朝阳起身，想把门闩拿过来，却发现门闩被白玲攥得死死的。

郑朝阳安慰道："没事了。好样的。"

白玲闻言松开了门闩，感觉自己快要虚脱了，眼睛直直地看着郑朝阳。

郑朝阳从床下拉出箱子打开，里面全是雷管和炸药。

管理员抱着头哀求道："好汉爷，我就是看房子的，不关我事啊。我上有老母下有妻儿……"

郑朝阳喝道："行了。我是警察！"

管理员探出头来，欣喜地问："你是八路？早说啊。吓得我差点儿尿裤子。"

郑朝阳吩咐道："赶紧去门外的张记杂货铺，告诉那里的人到这里来！"

管理员点点头，跑了出去。

郑朝阳在老黄身上搜索着，没发现什么东西，于是拿起一杯凉水泼了上去。

老黄被凉水一泼，醒了过来，看着郑朝阳，一句话不说。

郑朝阳指着桌子上的炸药，说道："想得挺周全，没毒死我们，又想炸死我们？现在你的任务是完不成了，你的职务行为也可以结束了。我代表北平警察逮……"

郑朝阳话还没说完，就发现老黄目光呆滞地看着自己，突然使劲咬牙。

郑朝阳瞬间惊觉，立刻捏住老黄的下巴，喊道："张嘴，张嘴！"

白玲也明白过来，想过来帮忙，但郑朝阳和老黄紧紧纠缠在一起，她也插不上手。

她急忙冲出大门，迎面遇到郝平川跑了进来，于是焦急地喊道："快，快。"

郝平川冲进房门，看到郑朝阳坐在地上一动不动，而老黄嘴角流血，人已经死了。

郝平川走过来，探了探老黄的鼻息。

郑朝阳叹气道："毒药在他的后槽牙里，我疏忽了。"

郝平川问："还有什么事要做？"

郑朝阳吩咐道："保护好现场，老郝。叫同志们在外面守着，都别进来。"

他又喊："白玲，干活儿。"

白玲稍愣了一下，但看郑朝阳认真的样子，还是听话地干了起来。

三个人开始搜查，发现了电台和两支手枪，还有四颗美式手雷。

郝平川又在老黄身上发现了半盒烟。

郑朝阳在桌子上发现一个烟灰缸，里面有新烧过的纸灰，是很完整的一片："这上面应该有有用的情报。"

郝平川叹口气："可惜烧了。"

白玲走过来看了看，说："我试试。"

郝平川惊诧道："你？"

白玲从窗户上取下纱窗，用剪刀剪下一小块，然后将纸灰小心翼翼地放到这块纱窗上。"我在苏联学习的时候听老师说过这种方法，不知道成不成。"说着，她点燃一支蜡烛放到了纸灰下面。纸灰被再次点燃，瞬间上面出现了"黑森林"三个字，后面还有一行数字。

郝平川惊喜地喊："有了有了！"

字迹转瞬即逝，但现场的三个人都已看清。

郝平川疑惑地说："什么意思呢？"

郑朝阳愣了愣神，猛然想起了什么："得找个专家了。"

白玲撣了撣手，一旁的郝平川偷眼看着她，有些佩服又不好显露出来。

当这一切发生时，尚春芝的家里窗帘拉着，光线昏暗。她化着很美的妆，但面无表情，一边抽着飞马牌香烟，一边往一个小火盆里扔东西。

办公室里，郝平川把从齐拉拉身上找到的那张旧地图摊开。

郑朝阳指点着上面的一行小字，这行字和纸灰上的内容完全一致。

白玲此刻已经有所判断："黑森林是地名的代号，数字，应该是经纬度。"

齐拉拉又被带了进来，他照例鞠躬："首长好。"

郝平川问道："你这张地图是哪儿来的？"

齐拉拉老实交代："从一个日本娘儿们那买的。她男人死了，这日本娘儿们在大街上卖东西，其中有好多的旧书旧杂志和旧报纸，我看挺好，就买回来想倒手再卖给打鼓的。"

郑朝阳不动声色地问："杂志在哪儿？"

"都在我家呢。"

齐拉拉家在一个大杂院里，是一个小房间，寒酸破旧，地上堆了很多旧报纸和旧杂志。

齐拉拉指着其中的一摞说："就这些。"

郑朝阳和白玲开始检查。这时两人好像有了一丝默契，一个人搬东西，另一个人马上在下面搜索；一个人检查床铺，另一个人马上递工具。

郝平川看着这情景，略感欣慰。

他看向齐拉拉："你干吗单把这张地图带在身上？"

齐拉拉苦笑道："我不是想找个棒槌蒙俩钱儿吗？我就说这是日本人的藏宝图。"

郝平川一瞪眼："你个小骗子。"

白玲从旧书报中找到一个笔记本，打开一看，扉页上写着："花舞真纯"。

她欣喜地说："花舞真纯的笔记本？！这女人是花舞真纯的老婆。"

郝平川疑惑地问："谁？"

白玲解释道："保定日军的随军建筑师，保定周边和华北很多地方的军火库和仓库都是他主持修建的。"

郑朝阳接过了笔记本："难不成真是日本人的藏宝图？"

齐拉拉张大了嘴巴。

罗勇的桌子上摆着地图和花舞真纯的笔记本等一些物品。罗勇、郑朝阳、白玲和郝平川围绕着桌子。

郑朝阳说：“白玲同志分析，这张地图是日军的一个非常重要的仓库，很可能是军火库。”

他说完佩服地看向白玲。白玲没有看他，而是向罗勇汇报道：“我查了保定地区的日军电报往来记录，可以断定，黑森林就是城东大虎沟。”

郝平川说：“国民党的那些虾兵蟹将肯定在这儿捣鬼。”

罗勇吩咐道：“配合当地驻军，把它拔掉！”

秦招娣急匆匆地跑进尚春芝的房间，说：“黑松林到处都是共产党的兵。完了，全完了。”

尚春芝这会儿已经换了一身十分普通的粗布衣服，坐在梳妆台前画眉，画得很慢很仔细。

她身后的桌子上放着一碗面条，里面还卧着一个鸡蛋。

秦招娣喃喃地说：“共产党怎么知道黑森林……”

尚春芝向秦招娣示意桌上有水：“别着急，先喝口水。”

尚春芝回过头去，看到秦招娣手上戴着那枚兰花图案的戒指，微微一笑。

秦招娣抓起水壶倒了杯水，几口喝下去。

“招娣，你忘啦，今天是你生日。”

秦招娣愣住了：“姐，你还记得啊？我自己都忘了。”

“咱们是好姐妹，我怎么会忘呢。桌上是我亲手给你做的长寿面，趁热吃了吧。”

秦招娣的眼圈有点红，坐下来低头开始吃面：“姐，还是你想着我。当初要不是你救我，我早死了。这么多年你一直照顾我，你就是我亲姐。”

秦招娣很快地吃完了鸡蛋面，放下碗说：“姐，咱们还是赶紧走吧。”

“好。你去里屋先收拾一下，咱们马上走。”

秦招娣点点头进了里屋，尚春芝还是不紧不慢地画眉。

她平静地说：“招娣，中统局里只有我知道你军统的真实身份。你这么笨，害得军统整整一组的人都被日本人端了。本来是要按家规处置你的，我救了你一命，而且一直带着你。知道为什么吗？因为他们都说咱俩长得有点像，像是姐妹。这些年来我也一直把你当姐妹，你把你家里的事都和我说了。其实啊，我也是有个私心，因为你是孤儿，家里没人了。”

里屋，秦招娣坐在地上靠在床边，眼睛睁得大大的，嘴角上都是鲜血，已经死去。

屋外，尚春芝继续说着：“我想啊，关键的时候也许你能派上用场。这些年打啊杀的，我也真是累了，早就不想再过这种日子了。你要理解，我想和正常人一样，找个好男人嫁了，安稳生活一辈子，多好。你应该会理解的，是吧，招娣？”

化完眉，尚春芝走进里屋看了看秦招娣，看到她的眼睛睁得大大的，于是走过去为她合上眼睛，之后轻轻抚摩着她的脸颊，有些伤感。

尚春芝撕开右边的袖口，露出一条绷带，她慢慢地解开绷带，露出一个伤疤。

“要把这个伤疤和你身上的做成一个样子，还真是不容易，以后，我就是秦招娣了，我会替你好好活，你安息吧。”说着，她把秦招娣手上兰花图案的戒指拿下来，把自己的凤凰图案的戒指戴在秦招娣的手指上。

做完这一切，尚春芝拿起早就收拾好的包裹，用巧劲从门外把里面的门闩闩上，然后用大围巾蒙住了脸，消失在胡同深处。

保定公安局停尸房内停放着秦招娣的尸体。

一个特务眼神呆滞地看着秦招娣的尸体。

郑朝阳、郝平川和白玲都站在他的身后。

郑朝阳问道：“是她吗？”

她盯着秦招娣手上的戒指，说道：“长官，我只知道她的代号是凤凰，没见过她，我们都是通过电台联络，有时候是老黄来，不过这个戒指是真的。”

郑朝阳从尸体上摘下戒指仔细观察着。戒指略微偏大，而死者的手指上有一个长期戴戒指留下的印记。

郑朝阳疑惑地自言自语：“凤凰？”

第三章

罗勇、郑朝阳、郝平川和白玲正在办公室里讨论案情。桌子上摆放着从现场拍摄回来的各种照片和物证，所有的证据都显示，尚春芝就是保定中统的负责人，代号“凤凰”，正是她策划了学校的下毒案。死亡现场没有打斗的痕迹，门窗也没有人闯入的迹象，桌子上的水杯还提取到一枚尚春芝的指纹。显然，黑松林被剿灭后她觉得自己和上司无法交代，所以服毒自尽了。

罗勇觉得可以结案了，但郑朝阳却隐隐觉得不对，尚春芝的屋里整洁有序，她肯定是个很爱干净的人，不过她的指甲却没好好修剪，里边还有些泥垢，这有点可疑。

罗勇主张马上赶到北平，将这个案子暂时移交给北平的同志处理。

从办公室走出来后，郑朝阳、郝平川和白玲三人在院子中就起了争执。因为代数理等人勘察尚春芝住宅的时候场面非常混乱，白玲建议马上把公安办案规范化的事情提上日程，否则，不一定还要坏多少事。

郑朝阳耐心地解释道：“大家以前都是情报战线上的，没学过专业的刑侦，也就是上课的时候讲了那么一会儿。这么短的时间哪儿能吃得透呢？”

白玲讥笑道：“我看压根儿就没学进去！”她的脸严肃得像个高级领导。

郑朝阳有些生气：“白玲同志，不是每个人都能像你一样到苏联学习。这些人很多都是农民出身，连电灯、马桶都没见过，是在战争中自学成才的。在你眼里我们可能都是土包子，你可以质疑我们的学习方法，但不能质疑我们的学习热情。”

郝平川也随声附和：“就是嘛。你是吃洋面包的，我们是吃土豆窝头的，能一样吗？打石家庄的时候，我第一次喝自来水，你猜怎么着？闹了一晚上肚子。”

白玲生气地说：“不管是洋办法还是土方子，最重要的就是两个字：规范！”

郝平川问道：“啥饭？”

郑朝阳声音高了许多：“规范需要时间。”

白玲也高声道：“但我们没有时间。”

郑朝阳摆摆手，无奈地说：“我和你说不通，行，你要是愿意就弄个规范出来给老罗。只要领导同意，我们肯定当成圣旨，好吗？”说完，他也不理白玲，拉着郝平川就出去吃驴肉火烧了。

看着两人渐渐远去的背影，白玲紧紧咬住嘴唇，她突然感到很孤单。

郑朝阳和其他公安人员乘坐的卡车行驶在前往北平的路上。一路上他看见很多解放军战士走在路上，两边夹杂着老百姓的马车、驴车。

尚春芝，现在，她已经叫秦招娣了。此刻，她坐在一辆马车上，看着远去的公安人员的车队。

秦招娣问道：“把式，北平正打仗呢，我们这个时候去没事吧？”

把式大笑：“没事，保定北平我常来常往，你别看现在打，等你到的时候，仗就打完啦。”

北平大街上行人匆匆。大恒粮店的向经理站在大门口仰望着空中飞过的一架飞机。

他嘴里念叨着：“走吧，都走吧。走了才叫改朝换代！”

说完，向经理走进商会的大门，一直走到了正房。

屋里有不少衣冠楚楚的商贾，他们或坐或站。

商会会长魏樯走了进来。他中等身材，戴着金丝眼镜，穿长袍马褂，身上带着商人的油滑气息。

魏樯轻轻咳嗽了几声道：“诸位，请雅静。承蒙各位的鼎力相助，鄙人忝位商会会长职位，在这危乱的时局里总算是没出什么乱子。现在眼看着大局已定，就待新君登基了。鄙人召集大家来，是想商量一下，今后我们该怎么办。”

一位经理调着鼻烟，说：“从大清国到袁大头到小鬼子萝卜头再到国民政府，哪朝哪代也少不了商人。只要咱递了顺表纳了粮饷，该怎么干，还不是咱们说了算嘛！”

说完，他吸了一口鼻烟，打了个嚏喷。

魏檣道：“肖老板的话在理啊，眼下这北平城易主是早晚的事。可南边老蒋还有百十万军队，我估摸着一时半会儿这仗也未必打得完，就是划江而治也不是没可能啊。”

向经理哼了一声：“划江而治？想得美！就冲毛润之那个气派，‘惜秦皇汉武，略输文采；唐宗宋祖，稍逊风骚。一代天骄，成吉思汗，只识弯弓射大雕’。他能由着老蒋划江而治？”

魏檣道：“话是这么说。可南边战事一天不停，这粮食就一天运不过来，我们还是火烧眉毛先顾眼前吧。我的意见呢，大家还是先把自家的粮食都捂好了，等价位冲到最高点的时候再往外出。这可是一本万利的生意啊。”

在场的人纷纷点头称是。

魏檣接着道：“既然大家都点头了，咱就得定个规矩。同进同退，谁也别毛驴穿大褂，假充大圣人。”

他话刚说完，吸鼻烟的经理又打了一个大大的嚏喷。

1949 年 1 月 31 日，北平和平解放，北平的历史就此翻开新的一页。根据告解室的指示，来自西黄泥村培训班的公安人员提前进入北平接管警察局。

车队缓缓驶进北平城门，郑朝阳看着巍峨雄伟的城门，心潮澎湃。几个月前，他乔装打扮从这里仓皇逃走，今天终于又堂堂正正地回来了。这一瞬间，郑朝阳感到自己的眼眶湿润了。

就在郑朝阳他们的车队进城门的时候，郑朝山来到一个挂着北平青年民主促进会牌子的宅院，屋子里已经坐了七八个人。副会长韩教授看到郑朝山后急忙迎了上来："朝山，就等你了。今天叫大家来是商量一下释放北平政治犯的事情。"

郑朝山慢慢地坐下来，语气中带着谨慎："共产党已经进城了，政治犯的事，他们肯定会管的，我们还是安心等着吧。"

韩教授解释道："问题是咱们青年民主促进会的几个会员，都还没放出来。尤其是北平日报社的这个杜志华，问谁谁都不知道。警察局的人说是保密局的人干的，现在保密局的人都跑啦，我听说保密局喜欢弄什么秘密监狱，进去了就别想活着出来。杜志华别是给关进这种监狱了吧？"

另一位教授问道："朝山兄，听说你前段时间就被保密局秘密关押了？"

郑朝山平静答道："是。他们是问舍弟的事，不过我进去的时候是蒙着脸的，出来的时候也蒙着脸，被放到了西四牌楼。我也不知道自己是关在什么地方。"

韩教授满脸愁容，在屋里转圈："你是因为我直接给何思源先生打了电话，何思源又找了市长刘瑶章，这才能囫囵个儿地出来。可老杜不一样，那可是背着共产党要犯的牌子呢。朝山兄，你去找找令弟，帮着打听一下老杜的下落吧。"

郑朝山叹了一口气，说道："他人跑了，死活我也不知道。再说我和舍弟好多年不来往了，我看他心里也未必就有我这个大哥。"

众人劝解道："那不是国民党当家嘛，现在是共产党当家啦。"

郑朝山不住地苦笑着。

北平外五分局内，共产党进城的消息已经传开，分局接到通知准备迎接接收人员。整个分局上下充满着前途莫测的沉寂，所有的警察，无论是当官的，还是普通警员，都在想着同一个问题——共产党会怎么处置他们。

秃脑壳油光锃亮的分局局长正在屋里吃烧卖，满嘴都是油，他身后是巨大的蒋介石画像。

小警察三儿钻了进来："报告！"

局长吓了一跳，烧卖噎在喉咙里，他只能起身手忙脚乱地找水。

腾出嘴来的分局长拍案大骂："混账！"

三儿立马立正，求饶道："是，局长，我混账。"

局长喝道："什么事？"

"共军接管的人马上要来了，兄弟们都在门口候着呢，赵巡长叫您也出去。"

局长看着桌子上的烧卖念叨着："'都一处'，我能去哪一处呢。"

郑朝阳在分局局长的陪同下，在旧警察的敬礼与注目下，走进了外五分局。当郑朝阳的身影出现在分局门口的时候，所有的旧警察都不敢相信自己的眼睛，这个人他们再熟悉不过了——原来的同事和长官，后来的"匪谍"和逃犯。今天，这个人又回来了！

郑朝阳身后的郝平川也挺胸抬头。作为一个常年在平西一带打游击的人，进出北平是常事，郝平川没少和这些被他称为"黑狗子"的人打交道。在他眼里，这些黑狗子比日本鬼子和国民党的正规军更可恨。不过，今天，他在这些人的眼里看到了敬畏和恐惧。

郑朝阳走进分局局长的办公室，扫了眼蒋介石的画像，分局局长急忙指挥人把画像摘了下来。

郑朝阳坐在局长的椅子上满脸笑意："徐局长，或者，我该叫你徐专员？"

分局局长愣了："朝阳兄，不，郑长官，您这是什么意思？"

"咱们共事多年了，我也就不和你说什么坦白从宽了，你不光是警察分局的局长，还是保密局的情报专员。中校啊，比分局局长的级别还高呢。"

分局局长额头上的汗流了下来。

"保密局为了用警察的身份控制和迫害革命者，在警察局里大量安插特务，这都不是什么秘密了，徐局长也是其中之一。”

“郑长官，我进保密局也是迫不得已。您说，他们找上我，我敢不干吗？可我发誓，我真没干什么伤天害理的事情啊，我也恨他们。”

“那好啊，现在正是你清算他们的好机会。”郑朝阳说着从口袋里拿出一沓稿纸，抬头上印有“供述”字样，“我的办公室应该还没人用吧？你先过去，把你知道的都写下来。”

分局局长拿起稿纸往外走，走到门口时，郑朝阳沉声道：“老徐，咱们都是警察，都知道说话有两种方式：一种是挤牙膏，一种是自来水。选择哪种，你自己掂量。”

分局局长出了门，赶紧拿出手绢擦汗。

突然，三儿像猫一样蹿了出来：“报告！”分局局长吓得闭上了眼睛，几乎摔倒，他急忙扶住墙，骂道：“混……”

他回头看了一眼自己办公室的门，说：“别报告了，有什么要说的，找里面的长官。”然后慢慢地往郑朝阳曾经的办公室走去。

三儿站在门口高喊道：“报告！”进屋见到郑朝阳，他赶紧立正敬礼：“长官好！”

郑朝阳正忙着整理桌子上的文件，抬头看了一眼三儿，说道：“三儿……”

三儿跪倒在地号啕大哭。

郑朝阳一下愣住了。

三儿以极快的速度调动着鼻涕和眼泪：“郑长官，郑爷爷，是他们逼我干的，我不愿意去啊，可我没办法啊，您大人不记小人过，罗汉不嫌小鬼矬。我上有八十老母下有没断奶的孩子……”

郑朝阳奇怪地问：“你结婚了？”

三儿愣了下，说：“还没呢。”

郑朝阳笑骂道：“那你哭什么呢！”

“就就就就……就上次保密局去您家里是我带的路，可我也是上支下派啊，我上有八十老母下有没断奶的……”

郑朝阳没理他，直接问道：“宗向方呢？”

“我不知道，自打您出事以后，他也找不着了。郑爷，我上有八十老母……”

“你先起来。”

三儿站起来用袖子擦着眼泪鼻涕。

“问你个事，你知道我哥郑朝山怎么样了吗？”

三儿欣喜地说：“这我还真知道。您哥哥郑朝山和咱局的多门多大爷是街坊，我听多大爷说您哥哥被保密局弄进去关了两天，后来上面有人发了话，他就被放出来了。”

郑朝阳长出一口气，扎起武装带，手枪上膛。

三儿急忙跪下：“我上有八十老母……”

郑朝阳吩咐道：“去叫兄弟们集合，抄家伙。”

三儿愣了下，张大了嘴巴。

郑朝阳笑道：“出发抓特务啊。你跟着我，你小子可是活地图。”

三儿大喜，连忙用衣袖使劲擦着鼻涕，开心地说：“得令。”

根据徐宗仁提供的名单，前任保密局局长精心布置的五个特别行动组被一网打尽，保密局留在北平的特务力量遭到毁灭性的打击。

郑朝山在胡同里穿行，走进一个小教堂的大门。教堂里没人，他走到圣母像前，闭眼祷告，然后走进告解室。告解室的另一面已经坐着一个神父，不过看不清脸。

“徐宗仁的叛变对我们的打击实在太大了，总统拍了桌子。现在保密局的潜伏特工已经不具备战斗力，毛局长的意思是由你组建一支别动队继续和共产党干。新的行动组代号‘桃园’。”

“关于我们这些‘冷棋’的使用，已故的戴笠局长曾经有过明确指示，

‘待战时见奇效’，我认为应该等到国军反攻的时候再使用。现在北平城已经是中共的天下，我们就算行动也只能搞搞破坏，炸几栋房子杀几个人，于事无补。”

“这是毛人凤局长亲自下的命令。你不会是闲置太久，忘了自己的真实身份了吧，凤凰？”

郑朝山把玩着手里一个凤凰图案的胸章，沉默不语。

“这次带人大肆逮捕我们的人的就是你的弟弟——郑朝阳！”

郑朝山的手突然捏紧了胸章。

“他现在可是共军的‘大干部’，你作为他的大哥不应该有所表示吗？”

郑朝山没有说话。

“还有，这个徐宗仁，如果能找到，就想办法除掉他，这种党国的败类，绝不能姑息。这是你的核心组员的联络方式，尽快和他们建立联系。”

神父递过来一张字条。

郑朝山接过字条，低头去看上面的人名和联系方式，再抬头时，旁边的告解室已空无一人。

北平市警察局大礼堂内，讲台上坐着罗勇和郑朝阳等人，还有原警察局局长徐汉成。

台下坐满了身穿警察制服的旧警察，级别都很高。

罗勇铿锵有力地说：“刚才我讲了中国人民解放军平津前线司令部的《约法八章》，我们党的宗旨是打破旧机构，建立新政权。在座的各位过去为旧政权服务，做了很多对不起人民的事情，这一点大家心知肚明。现在北平已经解放，全国解放指日可待，大家应该积极揭发潜藏的特务分子，在人民政府领导下，为人民服务，将功赎罪。除现行特务、反革命分子外，所有警务人员薪金照发，保证生活。同时，三日内必须完成以下任务：所有公私枪支、一切危险物品及军用物资，一律收缴，如有隐瞒不报者，一经查出，按私藏军火论罪；各分驻所及所属派出所的一切文件、档案、物资、家具，造册登记，办理交代，不得隐瞒，违背者严惩；各安职守，维护社会秩序和交通秩序，保护资财、仓库、公用设备、名胜古迹；保持户口册的完整，做到户口不乱，不得隐藏特务、战犯，如有发现，必须立即报告，隐瞒不报者依法惩处。”

罗勇还在讲话，一个警员急匆匆地跑到徐汉城的身边，低声说着什么。

徐汉城脸色一变，对旁边的罗勇道：“正阳门大街上有人哄抢粮店。”

罗勇问道：“哦，你们应该怎么处理？”

徐汉城回道：“现在，您是局长了。怎么处理，听您的。”

罗勇笑笑，转身对身边的郑朝阳说：“你去处理一下，注意政策。”

郑朝阳转身离开。

正阳门大街上，王八爷蹬着三轮车过来，车上拉着两袋粮食。王八爷揣着袖子趴在车把上嘴里唱着小曲儿，旁边的郝平川冲出来，一把抓住三轮车的车帮。

王八爷险些从车上摔下来，破口大骂：“丫挺的，大白天抢劫啊。”

郝平川暴喝一声：“粮食是哪儿来的？”

看到和郝平川一起来的郑朝阳身上穿着解放军制服，王八爷急忙从车上跳下来，笑道：“哟呵，这不是郑警官吗？您这是得胜还朝了呗！”

郑朝阳问道：“粮食是哪儿来的？”

王八爷痞笑道：“我买的啊。”

郑朝阳讥笑道：“王老八，你吃遍四九城啥时候提过一个‘买’字？”

王八爷狡辩道：“腚大盖不过脸去，咱得讲理，您哪只眼瞧见我不是买的？”

郑朝阳拍拍粮食袋子上的字道：“松记粮店。我刚接到报案，松记粮店被抢了。”

王八爷见势不妙，撒腿就跑，被郝平川一把按住。

“郑爷！那帮孙子藏着粮食不卖，粮价比平时高了三倍都不止，这不是逼死人吗？奸商害人，你们也不管？”

郝平川拿出手铐，一把将王八爷铐在车帮上：“睁大你的狗眼，等着看！”

松记粮店大门洞开，里面的人出出进进，身上都背着粮食。

郑朝阳和郝平川急匆匆赶来时，粮店的老板头破了，坐在地上哼唧，旁边的小伙计在给他包扎。

老板哭丧着脸说：“都抢光啦！”

离松记粮店不远的恒记粮店门口，大批的群众正在疯狂地砸门。在离人群不远的地方，站着十几个旧警察，他们或蹲在地上，或倚着电线杆，或抽烟聊天儿，对眼前的场面视若无睹。

多门走过来问：“怎么个茬儿啊几位？”

巡警“哭丧棒”揣着手，一脸的幸灾乐祸：“多爷，这不是看戏呢吗！”

多门说：“这不太合适吧？还是过去吼两嗓子吧。”

哭丧棒白眼一翻，嘟哝着：“要去您自个儿去，我闹嗓子，这不正喝胖大海呢嘛。”

多门看看四周，犹豫了一下，终究还是没过去，远远地看到郑朝阳他们赶过来，他就急忙转身走开了。

哭丧棒喊道：“走啊，多爷。”

“嗯，今儿家里做炸酱面，小碗干炸。”

多门背着手，一副事不关己的悠闲样子，走出几步回头发现哭丧棒等人没注意自己，他捂住帽子撒腿就跑，几步就蹿进了胡同。

郑朝阳和郝平川跑了过来，看到街面上的人越来越多，很多人身上都背着粮食。

郝平川傻眼了，迟疑地问道：“这怎么整，都抓吗？”

看到一堆警察在围观，郝平川勃然大怒，冲了上去，喊道：“你们瞎啦，就睁眼看着？！”

哭丧棒答道：“长官，不是瞎了，是饿了，快吃不上饭啦。”

郝平川怒道：“你们还是不是警察？！”

其中一位道：“好几个月没关饷了，今晚上饭还没着落呢。”

另一位跟着道："换朝廷了，是不是警察谁知道呢，回头叫人开了瓢儿可没地方报销医疗费。"

哭丧棒道："犯不上，犯不上。"

郑朝阳不理会旧警的唠叨，径直走到粮店的门前，他挤进人群，挥着手高声说道："老少爷们儿，都先等等，听我说几句。"

拥挤的人见是解放军，慢慢地安静下来。

郑朝阳用坚定的语气说道："关于粮食问题，人民政府正在想办法解决，很快就会有粮食运到北平，大家不用担心。人民政府有规定，保护工商业和私人财产，但是对那些借机哄抬物价发国难财的人，也会严厉打击，绝不姑息。咱北平人最讲的就是理，你今天抢了他，那就是没理！"

屋里的尚掌柜趴在门缝上看着外面的情景，听到"绝不姑息"的时候忍不住直起腰来在屋里走了两步，转身又趴在门缝处往外看着。

郑朝阳接着喊道："老少爷们儿，信我一句话，人民政府一定会给大伙儿一个满意的交代，现在大家都散了吧！"

外面的市民陆续散开，尚掌柜急忙对小伙计说："快快快，烧水准备沏茶。要好茶。"

尚掌柜整整衣衫打开大门，走了出来，不过外面已经空无一人，远处是郑朝阳的背影。

秦招娣满脸是汗地走在大街上。

街上人来人往，店铺的招牌迎风招展，街上跑着人力车、三轮车、无轨电车、汽车，充满生活的气息，很有秩序。

秦招娣脸上的笑容十分灿烂，这正是她梦寐以求的生活。现在，这种生活终于触手可得了。

突然，她的身后传来垮塌声和喊叫声。原来是一个店铺工地上的脚手架倒塌了，几个工人正在里面哭喊，周围的人急忙围上去，七手八脚地把他们救了出来。在救最后一个工人的时候，他们发现一根脚手架的竹片斜插进了工人的大腿，有个人要把竹片拔了出来。

秦招娣忍不住大喊：“别拔！”可惜已经晚了。

竹片拔出来的同时，鲜血喷溅，所有的人都傻眼了。

郑朝山正好骑车经过，赶忙将车扔到一边过来查看。

郑朝山喊道：“大动脉断了，五分钟之内接不上人就完了。”

看到旁边一家绸缎铺子，他大喊道：“抬进去！”说完他带人把伤者抬进了绸缎庄。看到一张长条桌子上放着好多绸缎，他一把将上面的绸缎都推到地上，指挥其他人把伤者放到桌子上。

绸缎庄的掌柜出来阻拦，气急败坏地说：“这不成啊，见了血光以后我还怎么做生意，还是送医院吧！”

郑朝山解释道：“送医院已经来不及了，所有的损失我赔你，现在别耽误我救人！”

他把随身携带的医药包打开，向周围围观的人喊道：“过来帮我一下。”

周围的人和店铺里的伙计吓得没人敢上前。

秦招娣从人群中走出来，来到郑朝山面前。

郑朝山拿着止血钳递给她，吩咐道：“这是止血钳，他的大动脉断了，已经缩到里面去了，我得把它揪出来，然后你用这个钳子夹住，懂了吗？”秦招娣点点头。

郑朝山大吼：“过来按住他。”几个人走过来，按住了伤者的四肢，郑朝山的手伸了进去。

在伤者痛苦的哀号中，郑朝山发现秦招娣拿着止血钳的手竟然纹丝不动。

郑朝山找到断了的动脉，揪了出来，秦招娣麻利地用止血钳夹住了伤者的动脉。

郑朝山飞快地给伤者包扎，抬头发现秦招娣已经离开，只听旁边有人嘀咕着：“这姑娘真厉害，换了我早吓晕了。”

秦招娣在一个校工的带领下，来到慈济医院的庶务科，见到了远房叔叔秦玉河。秦玉河对秦招娣的到来很是惊讶，因为他上次见到秦招娣的时候，她还只是个十岁左右的黄毛丫头，而今已经是亭亭玉立的大姑娘了。

秦招娣告诉秦玉河，她母亲已经去世，家里没人了，她打算去投奔广州的姨妈，暂时待在北平，等南边的仗打完了，太平了就走。

她从脖子上摘下一个银质长命锁递给秦玉河，说道："这是我出生那年您送的，我一直戴着。我妈说您这个锁有灵性，我从小到大都没得过什么病。"

秦玉河接过长命锁端详着，感慨时光流逝、老成凋零，决定安排秦招娣在自己手下干点儿杂事。两人说话间，门帘挑起，郑朝山走进了屋子。

秦玉河急忙站起来介绍，秦招娣很有礼貌地鞠躬："郑医生好。"

郑朝山惊讶地说："哎，你是，刚才……真得谢谢你，救了他一命。"

秦招娣轻声道："您太客气了，救他的是您。"

老秦奇怪地看着他们俩，问道："怎么，你们认识啊？"

郑朝山笑道："不算是，但现在正式认识了。"

老秦微笑着说："啊，认识了好，认识了好。"

郑朝山猛然想起了什么，赶紧说道："差点儿把正事忘了。老秦，你给我找的房子我刚去看了，背阴不说还潮得厉害。我那些实验设备要是放进去用不了半年就得发霉。"

老秦一脸的无可奈何："就这房子，我还是把里面的东西硬塞进别的屋子给您腾出来的。你看看现在的时局，也就是您郑博士还想着搞什么实验。"

"那我不管，你给我换间房子。背阴倒没什么，就是别太潮了。"

秦招娣提议道："那就做做防潮，也不是多难的事。"

郑朝山和老秦两个人都看向秦招娣。

秦招娣解释道："用我们乡下的土办法，用不了多少人工。郑医生，您要是信得过我，我帮您看看去。"

郑朝山语气坚定地说："信得过。"

郑朝山带着秦招娣走在医院的走廊里，他侧目看着秦招娣俊俏的脸，笑道：“真没想到，老秦还有你这么个漂亮的侄女，以前都没听他提起过。”

“他是我远房的叔叔，以前走动也不是很多。”

“你胆子还真大，一般的女孩子可不敢干。”

“我在保定的玉华纺织厂当过几年女工，那家厂子的机器还是清朝年间的，三天两头出事故。机器把人手整个压断的场面我都见过。”

郑朝山带着秦招娣来到医院后院的一排房间里。

秦招娣四处看着：“老家挖菜窖或者盖新房的时候，都要做防潮，四个角放上石灰，石灰防潮效果好还不贵，还有啊就是得通风。”

说着，她打开了窗户：“通风防潮最好是早晨和晚上，中午外面热而屋里凉，这个时候开窗会叫屋里更潮。”她跺跺脚，接着说：“回头叫叔叔派两个人来把地面整整，再铺上油毡就差不多了。”

郑朝山看到秦招娣衣衫单薄，摘下自己的围巾给她围上。

秦招娣一下愣住了：“郑医生，这不好。”

郑朝山坦然地说：“一条围巾而已，北平很冷的，别冻坏了。”

秦招娣轻声说：“那谢谢您了。”

“不用客气，算上这次，你帮了我两次了。”郑朝山冲秦招娣微微一笑，秦招娣突然觉得芳心乱跳。

郑朝阳和郝平川一进罗勇的办公室，郝平川就愤愤不平地喊着要整治奸商。

罗勇则表示一个城市的运转离不开商人，但对不法商人，也要严厉打击，不过要的是狙击手式的精准打击，而不是迫击炮式的玉石俱焚。

郑朝阳认为满大街的警察袖手旁观才是问题，应该马上成立自己的公安学校，培养自己的人民公安，给警察队伍注入新鲜血液。

罗勇说：“这个上面的领导已经在考虑了，现在要特别注意保警总队。朝阳，这支队伍你应该很熟悉吧？”

郑朝阳点头道：“这就是一支军队，有三千多人，还有重武器。”

郝平川不屑地说："蒋介石的百万大军都叫咱们打趴下了，这些个毛人儿算个球？"

罗勇交代道："我们的大部队还没有进城，所以要密切注意他们的动向，绝不能有任何差错。为这个，我给你们调了一个人过来——白玲。"

外面白玲应道："到。"

她推门进来，并走到罗勇面前敬礼："首长。"

"小白是我们最优秀的情报专家，保定的时候你们搭档得不错，这次，要再接再厉。好了，我还有事，你们慢慢聊吧。"说完，罗勇站起来走了出去。不过他还没到大门口，郑朝阳就追了出来："保警总队也没啥了不得的。白玲同志这种高水平的人才，还是给别的分局吧。"

罗勇奇怪地看着郑朝阳："你怎么回事？白玲是在莫斯科学过情报学的专家，跟咱们这些土包子可是两回事，别的分局为了抢她还差点儿打起来。"

郑朝阳忙说："好啊，好啊，其实我倒不介意忍痛割爱。"

罗勇停下来看着郑朝阳。

郑朝阳心里有点发毛，解释道："这，其实这是郝平川的意思。"

罗勇笑了："你还真会找顶缸的，不过没用。朝阳，咱们进城的这批同志里面，只有你当过警察，是正规警校出来的。能力啊，眼界啊，自然要强些。有那么点儿小骄傲，我也能理解，可也不能因此就嫉妒能力比你更强的同志。"

郑朝阳笑了："我？有吗？"

罗勇指着郑朝阳道："你自己照照镜子，看看你现在什么样子，嘴都撇到耳朵后边啦。行了，这事啊，就这么定了。对了，我一会儿得请人吃饭，身上的钱怕不够，你带钱了没有？"

郑朝阳掏掏口袋拿出些钞票："就这些了。"

罗勇也不客气，接过来揣进兜里："下个月津贴发了还你。"说完他就走了。

郑朝阳在后面喊道："您怎么把她弄过来的啊？"

“她自己要来的。”

“为什么啊？”

“为了你！”

郑朝阳愣在当场。

郝平川走过来，看到发呆的郑朝阳，问道：“什么情况？”

看到白玲也走了过来，郑朝阳于是对郝平川说：“想吃爆肚吗？”

郝平川乐了：“想啊，不过涮羊肉可能更好。”

郑朝阳冷若冰霜地说：“就爆肚。”

忽然他又满脸堆笑地对白玲说：“小白同志，有没有时间？我们一起去吃个饭好吧，我做东。保定的时候我们合作得很好，现在又能在一起并肩作战了。”

郑朝阳走过去和白玲叽叽嘎嘎地说着。

郝平川在后面看着直打冷战：“这是要三借芭蕉扇啊。”

徐宗仁坐在柳泉居饭庄的包间里，桌上摆着些干果和茶水，他紧张地站起来又坐下，茶杯端在嘴边又放下。

罗勇走了进来：“徐先生，久等啦。”

两个人紧紧握手。

“罗先生，绥远一别，匆匆三年啦。来，请请请。”

两人都落座。

“绥远别后，我就来到北平工作。这些年，我们一直关注着徐先生。抗战期间，徐先生也是有功的嘛，所以我才派了我们最优秀的一个同志去和你联络。”

“你是说郑朝阳？这小伙子可了不起，大智大勇，有胆有识，不光灯下黑玩儿得溜，调虎离山计也使得行云流水。”

两人大笑起来。

西四牌楼街边，一间不大的只有几张桌子的小饭馆里，郑朝阳、郝平川和白玲围着桌子坐着，三盘热气腾腾的爆肚端上了桌子。

白玲看着盘子里黑乎乎的爆肚有点儿发傻，又闻了闻，微微皱眉。作为生长在江南鱼米之乡的女子，她天生对美食有着很高的要求，参加革命以来，她已经习惯了粗茶淡饭，但对这种闻上去带着腥臭味儿的东西还是望而却步。

白玲疑惑地问："这种东西能吃吗？"

郑朝阳笑道："正经北平小吃，北平人爱吃着呢。你也吃啊，这东西得趁热。"

郑朝阳不管不顾地自己先狼吞虎咽起来。

郝平川倒吃得慢条斯理："我以为北平人最爱吃的是炸酱面呢。"

"炸酱面？那得是过节有客的时候才能吃，老百姓吃炸酱面是打牙祭。"说完，郑朝阳喊着，"老板，再来一斤！"

白玲吃惊地说："还要一斤？！"

看着自己眼前的爆肚她直犯愁。

一盘肚仁儿端了上来。郑朝阳催促道："赶紧地，肚仁儿，这东西就能坚持三分钟，三分钟以后就是俩东西了。白玲，想了解北平，你就得从这东西开始。"

白玲闭上眼，一咬牙，把爆肚塞进嘴里努力嚼着，嘴边还残留着麻酱汁，看上去多了几分滑稽感。

郑朝阳似乎意犹未尽，高呼道："老板，再来盘炸窝头臭豆腐，多放辣椒。"

一盘臭豆腐端上了桌，还点缀着红色的辣椒碎，一股刺鼻的臭味熏得白玲捂住了鼻子。

炸窝头就着臭豆腐，郑朝阳吃得眉飞色舞："吃啊，白玲，热窝头就臭豆腐，这可是个乐子。哎，你像我这样，两片窝头中间夹整块的臭豆腐，然后这么一挤。"

白玲嚼着爆肚，脸色惨白。

郝平川在旁边闷头吃，努力忍住不笑。

“豆汁儿来啦。”一碗豆汁儿又端上了桌。

郑朝阳殷勤地劝道：“白玲，喝点儿这个。这可是北平城最有名的小吃，上到皇帝王公下到平民百姓没有不爱喝的。梅兰芳梅老板知道吧，家里一天喝一锅。”

白玲好奇地喝了一口豆汁儿，忍不住捂着嘴跑了出去。

郝平川再也忍不住了，哈哈大笑道：“郑朝阳，你就损吧。”

郑朝阳哼唱道：“我正在城楼观山景，耳听得城外乱纷纷。旌旗招展空翻影，却原来是司马发来的兵。”

柳泉居饭庄内，罗勇和徐宗仁推杯换盏。

“北平城内的保密局情报站被一举破获，相信国民党方面已经猜到你投诚了。那么接下来，他们会有什么反制措施？”

“以我对毛人凤的了解，他肯定不会善罢甘休。但这次损失太大，他已经不能再从外面派来人手，很可能会启动冷棋。”

“就是那些平时不活动，战时见奇效的特工？”

“是，戴笠从抗战时期就开始布置冷棋。这些特工非常神秘，相关的档案一直由戴笠掌管，后来是毛人凤亲自掌控，外人很难看到。这是一张看不见摸不着的暗网，一旦启动，破坏力将是相当惊人的。”

“这确实很棘手。不过这样也好，疖子熟了就得拔脓。他敢来，我们就敢接。”

公安局会议室里，面对围坐的郑朝阳和郝平川等人，罗勇开始布置任务：马上公开徐宗仁的投诚公告，告诉那些大大小小的特务走狗，限期到当地派出所登记，缴枪投降。来投降的，既往不咎，想蒙混过关的，后果自负！

公安局限期自首的通告发出后，在北平特务当中引起了极大的反响，原本不知道何去何从的或者担心会受到清算的特务们瞬间看到了希望。很快，一场声势浩大的“自新行动”在四九城内展开。北平内各个派出所里挤满了前来自首的特务。

小教堂内，神父焦急地告诉郑朝山："'自新行动'是釜底抽薪，必须马上采取行动，否则人心就会瓦解。趁着中共大军还没进城，策动保警总队叛乱，然后全员拉到绥远去打游击。平西有一支别动队，队长叫杨凤刚，他会接应保警总队。"

说着，他递过一张字条："这是杨凤刚的联系方式。还有，近期会有行动组的人联络你。"

郑朝山问道："我要的大功率电台和武器呢？"

"他会一起送来。"

郑朝山看完字条，点火烧掉，又顺手点燃雪茄。烟雾缭绕中，隔壁的告解室已经没有了人影。

第四章

一身富家翁打扮的罗勇来到春来茶社，径直走进了包间。里面已经有人在等候了。等候的人穿着一身保警总队的军官制服，此人是潜伏在保警总队的中共内线，代号“青山”。

罗勇赶紧走上前一把握住青山的双手，激动地说：“辛苦你啦，青山同志。”

青山的手有些颤抖，他有些哽咽地感慨道：“相隔五年了，总算又听到娘家的声音了。”

罗勇笑着说：“你这叫不鸣则已，一鸣惊人！来，谈谈保警总队的情况。”

青山告诉罗勇，保警总队下层军官的情绪十分不稳，主要是对前途的忧虑。高级军官的态度倒是应该关注，原来的总队长跑了，现在的总队长是临时代理，每天长吁短叹说自己是代理“送死”。

对于保警总队里的特务，青山说自己掌握的情况并不全面。前任保警总队总队长的副官杨怀恩这段时间非常活跃，他怀疑杨怀恩也是潜伏特务。

青山拿出杨怀恩的一张照片递给罗勇。

罗勇看着照片说：“如果真是特务，这个时候突然冒出来一定有特殊目的。”

罗勇嘱咐青山，让他最近先不要行动，到时会派人联系他。

齐拉拉骑着一辆破旧的自行车，风尘仆仆地进了北平，自行车上带着他的行李。他戴着一顶晋绥军的棉质护耳帽、大号的美军风镜，穿着国民党军的军大衣，脚上蹬的是日本人的翻毛大皮鞋。土洋结合，他这样子既古怪又滑稽。他来到公安局大门前，被站岗的旧警察拦住了。齐拉拉张牙舞爪地喊郑朝阳是他大哥，最后把郝平川喊了出来。

郝平川看到齐拉拉是一脸的冷淡，对这种江湖小混混儿他一向没什么好感。不过齐拉拉倒不在乎郝平川的态度，他口口声声要参加共产党，还发誓上刀山下火海永不变心。

郝平川斜着眼睛看着齐拉拉说："我们需要的是战士，不是混混儿。"

齐拉拉一本正经地说："郝同志，我和你打个赌，不用多久，我就能大大方方地进这个大门，而且你还得来门口迎接我。"

郝平川没理他，头也不回地走了。

齐拉拉在公安局门口一边转悠，一边念叨："郑朝阳，卸磨杀驴，你不仗义！"

冼登奎跟着谢汕来到后院的一个房间。

房间里有几个冼登奎的手下，身上都带着伤。他们刚刚奉命到平西青龙桥抢黑旋风的地盘，没想到被黑旋风的人一顿暴打，最后丢盔弃甲，逃了回来。

冼登奎气急败坏地骂："一群废物，连一个土鳖都搞不定。"

谢汕在一旁解释道："黑旋风火力太猛，有冲锋枪、机枪和手雷，并且手雷都是美国造的。听说他是跟了一个什么姓杨的司令，估摸着是国军残部在那边招兵买马。"

冼登奎破口大骂："什么狗屁司令，一伙子残兵败将。"

谢汕倒很是谨慎："这些人来路不明，咱们还是先不要招惹。"

冼登奎仔细想想，说："那好吧，叫大家都小心点。告诉大小姐，没事别出门。"

一个仆人跑过来通报："老爷，外面有个叫郑朝阳的人要见您。"

冼府的会客厅里，冼登奎一把抱住郑朝阳，奋力地眨着眼睛：“兄弟我一直都在担心你。听说你在城外遇到了保密局的万林生，天杀的畜生！”

郑朝阳也紧紧抱住冼登奎，两人的样子看上去像是准备摔跤。

郑朝阳夸张地戏谑道：“何止是万林生啊，先是有杀手想杀我，结果叫我给干掉了，然后才是保密局。当时我就想啊，万一，我是说万一，我叫杀手先干掉了，保密局的人就只能看到尸体，杀我的黑锅就叫保密局的人背了；又如果，我是说如果哈，是想杀我的那个人给保密局报的信呢？这样，在保密局他是不是也很有面子？哎，对了，那个杀手我见过，绰号‘母猪龙’，好像和你冼老大还有点交情。”

冼登奎一脸惊讶：“竟然是母猪龙这个混蛋！兄弟你放心，我这就叫人去把他家的房子点了，他把咱俩都害惨啦。”

郑朝阳一愣：“什么意思？”

冼登奎终于松开郑朝阳，两人坐到了沙发上。

“保密局的人说是我送你出的城，说我通共，把我抓进去好一顿打。幸亏八万，我闺女托门子找关系才把我救出来。你可是不知道啊，兄弟，哥哥为你可是遭老罪啦。”

郑朝阳确实有些惊讶：“还有这回事？”

“当然啊，不信你看看我身上的伤。”说着，冼登奎站起来就要脱棉袍。

郑朝阳急忙阻拦道：“行了，大冷天的。我找你有别的事。”

冼登奎坐了下来。

“昨天下午你的赌场叫人炸了，你知道吧？”

“知道啊。这帮天杀的畜生。”

“人我们已经抓到了，是青龙桥老大黑旋风的手下。说是因为年前你黑吃黑杀了他儿子，所以找你来报仇。”

“胡扯，这帮乡下土包子就是想敲诈俩钱儿花。”

郑朝阳一脸严肃地说：“明人不说暗话。黑旋风和你之间的恩怨咱以后再说。我来就是想提醒你一下，解放了，得换个方式做事了。你在江湖上还是有地位的，就劳烦你传个话下去：从现在起，道上的规矩改了，不管以前尾巴翘得有多高，现在都给我夹起来，是龙得盘着，是虎得卧着。谁要是敢在这个时候闹事，就别怪我郑朝阳是吃生肉的。”

郑朝阳笑着，看着冼登奎。

冼登奎愣了一下，马上拍着胸脯道：“放心吧，共产党是咋回事，大伙儿都清楚。当年你偷着给八路军送药品，还不都是用的我的渠道嘛，好歹我也算半个八路啊。”

郑朝阳哈哈大笑：“冼老大是明白人，那我就不多说了。”

冼登奎送郑朝阳出来，迎面遇到冼怡。

冼怡脸上写满惊喜，她几乎是蹦到了郑朝阳的怀里：“朝阳大哥！我都要担心死了，你回来了也不告诉我一声。”

猝不及防，郑朝阳只好接住冼怡，看见她已经泪流满面，他安慰说：“你看我不是好好的嘛。”

冼登奎在旁边心酸地说：“兄弟，你是不知道啊，八万这丫头听说你在城外遇到危险了，整天是以泪洗面啊。你看她现在瘦的。”

郑朝阳终于推开了冼怡，说道：“我刚回来，忙得要死，改日来看你好不好？”

“说话算数？”

“算数。”

“拉钩！”

郑朝阳只好伸出手指。

冼怡絮叨着：“拉钩上吊，一百年不不许变，谁变谁是王八蛋。”

郑朝阳苦笑着和她拉钩。

秦招娣来到郑朝山的办公室，看到郑朝山正在屋子里摆弄兰花。

她手里拿着围巾，说：“郑医生，您的围巾我洗干净了。”

“真是，还洗什么啊。”

秦招娣把叠得四四方方的围巾放到了桌子上：“用过的东西当然要洗。”

郑朝山的办公室极其干净整洁，物品摆放有序，就连脸盆架子上的毛巾也挂得十分整齐。她走到窗边，看着窗台上的兰花，问道：“您也喜欢兰花？”

“梅兰竹菊四君子嘛。怎么，你也喜欢？”

秦招娣笑着点头。

“那我倒要考考你了，中国的兰花有多少种？”

秦招娣想了想：“上学的时候听老师讲过，春兰、蕙兰、建兰、墨兰和寒兰，统称中国兰。”

郑朝山惊讶地说：“不错。中国的兰花与那种颜色鲜艳花叶硕大的热带兰花有很大的不同，质朴文静、淡雅高洁，很符合咱东方人的审美。孔子说：‘芷兰生于深林，不以无人而不芳；君子修道立德，不为困劳而改节。’”

“寻得幽兰报知己，一枝聊赠梦潇湘。”

“这是用来比喻爱情的。”

秦招娣假装惊讶地说：“是吗，这我真不知道。我还以为说的是知音。”

“中国人含蓄内敛，心里想的，从不直说。”

郑朝山走回办公桌前，拿出一个药方递给秦招娣，说道：“我这有个驱寒的药方你拿去试试。你身上寒气太重，所谓寒土不生，将来会影响生育。”

秦招娣很吃惊：“这您是怎么看出来的？”

郑朝山露出谜之微笑：“我身上寒气也重，久病成医。这个起码能让你在经期的时候，那种山呼海啸疼得死去活来的感觉轻一些。”

秦招娣收起药方，看到郑朝山桌子上的听诊器，露出很是好奇的样子：“这个，我能试试吗？”

“当然可以。”

秦招娣带上听诊器，看到郑朝山比画着自己的胸口：“来吧。”

于是，她把听诊器放到郑朝山的胸口上听着。

“听到什么了？”

“心跳好快啊，声音好大。”

郑朝山脱下白大褂给秦招娣穿上，说：“所有的行头都要配齐。”

郑朝山又从白大褂口袋里拿出一副白口罩，帮秦招娣戴上，他看了看，说道：“现在，完美了。”

郑朝山看着戴着口罩的秦招娣，眼前刹那间闪现出一个雪花纷纷的冰湖，在湖边，一个国军中尉，穿着白大褂，戴着口罩，只露出一双眼睛，在勘验尸体。

郑朝山看着秦招娣微笑道：“真像。”

秦招娣有点奇怪，随口问道：“像什么？”

“像医生啊。”

京华百货商场门口，冼怡大步流星地走出来，后面的小丫鬟拎着大包小包跟着。

“小姐，你等等我啊。平时不出门，一出门买这么多东西。”

冼怡焦急地说：“快点，叫我爹发现就不得了了。这都是给朝阳大哥买的，上次他来时，我看他衬衣袖口都是破的，肯定受了不少苦。”

冼怡挥手，旁边的一辆黄包车跑了过来。她上了黄包车，刚坐稳，黄包车就开始飞奔。

冼怡大惊，站起来大喊大叫。旁边有个人蹿出来，飞身上了黄包车，一把将冼怡按在了车里，随后拉上了车篷。

小丫鬟吓得手里的包裹掉在了地上，嘴巴张得大大的：“老爷会打死我的。”

鼓楼附近的一个胡同里，齐拉拉正蹲在地上看着放了炮的自行车轮胎骂街：“死瘪子，从保定骑到北平都没坏，偏偏这会儿坏了。”

自行车的车胎瘪了，脚镫子也掉了，齐拉拉气哼哼地把车推倒在墙上。他转身看到七八个人护着一辆黄包车跑来，每个人都毛巾蒙面。

齐拉拉迎上前去：“几位爷，打听个道……”

话还没说完，他就被领头的黑胖子一掌推到一边。

齐拉拉撞到墙上，疼得龇牙咧嘴。他看到每个人都穿着一件坎肩，后背上写着："大平号。"

黄包车从齐拉拉面前经过的时候，车帘突然被掀开，露出一个女孩被堵住了嘴的脸。那女孩在拼命挣扎，但很快被人按回了车里。

齐拉拉悄悄跟了上去。

黄包车来到一个十分偏僻的胡同里的旧宅子门前。黑胖子在门上敲着暗号，大门很快打开了。几个人把冼怡驾进了院子，黄包车被随手放到边上。

齐拉拉溜了过来，在离大院不远的地方来回转圈，想着怎么能混进去，最后他咬牙下定了决心："死瘪子，赌一把！"

郑朝阳接到报警，带着郝平川在胡同里顺着车辙和脚印追。追着追着他们发现车辙和脚印都没有了。

几个警员陆续过来报告，说没有发现踪迹。

郝平川说："小丫鬟看到了黄包车的车号。我们沿途询问一下，一定有人看到过这辆黄包车。"

郑朝阳摇摇头说："这伙儿绑匪手法干净利索，很专业，黄包车这么显眼的交通工具一定会被中途换掉。找到也不会有直接线索。"

一个警员跑过来报告说，有人看到黄包车经过果子巷往西豁口去了。

郝平川要去追，但被郑朝阳一把拦住，他说从劫持到现在已经过去半小时了，绑匪不会还用同一辆交通工具，这一定是个障眼法，想把我们往别的方向引。还是由果子巷往东逆向查找，那边胡同很多，适合藏人，要重点查那些没人住的老宅。

郝平川想想觉得心里不踏实，还是去追黄包车。不等郑朝阳交代完，他转身就走了。

果子巷以西有一处荒废的王府跨院，十分破败，没人居住。

一个蒙着脸的打手走过来，齐拉拉猛地蹿出，一棍子打在他的后脑上。打手摔倒在地，齐拉拉火速换上他的衣服，往后院摸了过去。

后院的一间破屋子里，冼怡被绑在一张椅子上。

对面的黑胖子蒙着脸，眼睛里凶光毕露，他用嘶哑的声音问道："知道我是谁吗？"

冼怡战战兢兢地回答："知道。"

黑胖子顿时傻眼了："那我是谁？"

冼怡老实答道："您是青龙桥的黑旋风大爷。"

黑胖子怒了："我蒙这么严实你还能认出我？！"

冼怡示意道："不是脸，是身上。"

黑胖子开始四下察看，但什么也没发现："怎么了？你看见什么了？"

黑胖子转身看到身边的一个兄弟穿着一件蓝布坎肩，坎肩的后背上写着"大平号"三个大字。

冼怡解释道："'大平号'是您的买卖，我爹常说大平号的黑驴……"

黑胖子转身，抓住穿坎肩儿的伙计就是一顿揍。

黑胖子长叹道："一群蠢驴笨蛋！出门抢劫还穿有字的衣裳，你们他妈的怎么不竖杆旗呢？"

只是，黑胖子没注意到自己也穿着同样的蓝布坎肩。

他一把扯下脸上蒙的毛巾："这东西戴着憋气，都摘了吧，人家都认出咱了。"

其他几个人也都摘了毛巾，只有一个人没摘，那就是齐拉拉。

黑胖子不解："耗子，你干吗？"

齐拉拉使劲咳嗽，声音有些嘶哑："我还是戴着吧。"

黑胖子不再理他，转身对冼怡说："冼大小姐，混江湖不祸及妻儿，可你爸爸太不局气，我儿子死了还扛着黑吃黑的帽子。今天叫你来也没别的，拿你当个鱼虫儿，钓你爸爸来说道说道。说明了，我亲自送你回家；说不明我也送你回家，不过是回姥姥家。别指望有谁会来救你，我们办事从来滴水不漏。”

郝平川带着几个人来到荒宅外面，一个当地的旧警察跟在后面。

荒宅外停着一辆黄包车，看车号正是绑架冼怡用的黄包车。

郝平川看着车很是不解：“就这么大张旗鼓地扔在大街上，是什么路数？”

旧警察说道：“这宅子原来是醇亲王的花园，废了好几十年了。”

郝平川挥手，一个警员带着两个旧警察走上前去。

正在这时，大门开了，一个打手要出门。看到有几个警察走了过来，他端起一支 MP40 冲锋枪就是一梭子。

几个警察反应很快，及时趴在地上，子弹贴着头顶飞了过去。

打手赶紧连喊带叫地往回跑，大门都没来得及关上：“不好啦，鹰爪子来啦。”

很快，院子里又冲出几个打手，端着清一色的MP40冲锋枪往外面扫射。

郝平川看着凶猛的火力，惊讶万分：“这是土匪吗？”

郑朝阳带着人正在胡同里搜查，听到枪声大作，急忙往枪响的地方狂奔。

黑旋风带着人顺着梯子上了墙，对着外面扫射：“兄弟们，咱们家伙好，跟他们干啦。”

郝平川躲在一棵树后，仔细听着，发现里面的人打枪毫无章法。

一个公安人员凑上来问道：“怎么办？他们火力太猛了。”

郝平川十分悠闲地点了一支烟，吐了一个烟圈，缓缓说道：“等着，照他们这么打，一会儿子弹就没了。大家都别动啊，藏好了。”

那边土匪一看没动静也停止了射击。

郝平川看到地上有几个破铁盒子，捡起来扔了出去。铁皮盒子在地上滚动发出刺耳的声音。

里面的人又开始扫射。郝平川躲在树后，子弹打在树上，树皮乱溅。

郝平川笑骂道：“这群棒槌。”

外面枪声大作时，齐拉拉身上背着一支冲锋枪溜了进来，要给冼怡松绑。

冼怡焦急地说："我是冼登奎的女儿，少根头发我爸都饶不了你！"

齐拉拉不屑地说："那正好，小爷我是郑朝阳的兄弟，回头叫他俩比比谁大。"

冼怡惊喜地问："你是郑朝阳的兄弟？是他叫你来救我的？"

"你认识我大哥？想活命就跟我走。"

齐拉拉带着冼怡从大门溜了出去。刚出大门，迎面就撞上黑旋风骂骂咧咧地过来了："娘的，江湖规矩打死不惊官，叫警察，老子这就撕了你！"

黑旋风看到齐拉拉带着冼怡往外走，喝道："耗子，你干吗？"

齐拉拉迎面一枪托砸在黑旋风的脑袋上，黑旋风摔倒在地。齐拉拉拽着冼怡就往后院跑，黑旋风蹦起来一边破口大骂，一边带人追了上去不断扫射。

齐拉拉带着冼怡躲进一间小屋子里。

冼怡看着一脸惨白的齐拉拉，说："你拿的是烧火棍吗？打啊。"

齐拉拉端着枪瞎比画，哭丧着脸，为难地说："我不会用这玩意儿。"

冼怡一把夺过齐拉拉手里的枪，干净利索地打开保险，拉上枪栓，冲着黑旋风一通射击。飞溅的弹壳打在齐拉拉的脸上身上，齐拉拉被烫得嗞哇乱叫，根本没看到冼怡其实是闭着眼睛打的。子弹乱飞，两个正准备冲上来的土匪被打倒。

郝平川又往外扔了几个破铁罐子，这次听到里面没有动静了，于是带人冲进院子。

院子里有几个土匪正翻箱倒柜地四处找子弹，地上都是子弹壳和丢弃的弹夹。

郝平川大喊："缴枪不杀！"

后院的黑旋风听到缴枪不杀的喊声，当即打开一个角门想溜出去，却迎面遇到了郑朝阳，被郑朝阳迎面打了一拳。

冼怡打光了子弹，半天才敢睁眼，一眼看到郑朝阳，她把冲锋枪往齐拉拉怀里一扔，冲了上来，吊住郑朝阳的脖子："朝阳大哥！"

郑朝阳猝不及防，想要挣脱但冼怡就是不撒手。

"呀呀呀，松手，松手，这像什么样子啊。"

冼怡调皮地说："不松，就不松！我就知道你一定会来救我。"

郝平川走了过来。

郑朝阳这才极其尴尬地挣脱了冼怡的搂抱。

齐拉拉抱着冲锋枪走了过来。

看着地上的几具土匪尸体，看着抱着冲锋枪的齐拉拉，郑朝阳问道："这都是你干的？"

齐拉拉顿时豪气大增，挺胸叠肚，大声回道："正是！"

对黑旋风的审讯很顺利，用郑朝阳的话说，这是他这辈子见过的最笨的贼。真不明白黑旋风是怎么活下来的。

黑旋风交代自己是接受了一个叫杨凤刚的人的改编。这是一小股部队，三四十人，但是武器精良。杨凤刚叫他们进城搞点物资，结果他看到冼怡正在闲逛，因为之前和冼登奎有过节，就顺手牵羊绑了票。

另一个房间，白玲在给冼怡做笔录。冼怡趴在桌子上，下巴抵在手臂上，忽闪着一双漂亮的大眼睛，看着白玲。

冼怡轻轻地抽着鼻子："白姐，你用的香水是可仙奴吧？"

白玲一愣："你鼻子倒挺尖啊。"

"其实我以前也用可仙奴，不过后来改成娇兰了。花香，朝阳大哥喜欢花香。"

"你朝阳大哥还喜欢汽油味儿呢。他不抽烟，可兜里总是揣着一个美国打火机，没事就拿出来闻闻。"

"是吗？这我可不知道。"

白玲用笔敲打着笔记本，严肃地说："集中精力说自己的事。"

冼怡趴在桌子上，不眨眼地看着白玲，轻松地说道："我能有啥事啊？

哎，白姐，一看你就是个有文化的人，长得也漂亮，和电影明星似的，你咋就当警察了呢？”

白玲纠正道：“是公安，现在不兴叫警察了。这是革命工作，不分男女。我们部队里女兵多得是。”

冼怡很是神往：“是吗，早知道我也革命了，这样就能天天和朝阳大哥在一起了。”

郑朝阳、郝平川和白玲在走廊里相遇了。

郑朝阳忙问：“怎么样？”

郝平川愤愤道：“你还说他们是啥高手，简直是一群土鳖。”

白玲憋不住地笑道：“还有个花痴。”

郑朝阳心里叹息，这回差点儿栽了，多亏老郝多了个心眼儿。

郝平川一脸得意。

罗勇听了郑朝阳的汇报感到事态严重，这是一支装备精良的建制部队，他们盘踞在北平郊区一定有目的。

郑朝阳说，根据黑旋风的交代，他们计划接应北平城内的重要人物出城。要是接一两个人或者三五个人应该是目标越小越好，可现在他们的人数有这么多。那么要接应的恐怕就不只是几个人了。

罗勇说，不管他们要干什么，这么大一股反动武装在郊区出没威胁太大，一定要尽快铲除。

商会会长魏檣正在院子里打太极拳，一招一式，有板有眼。这时，小伙计跑来说外面有个叫郑朝阳的解放军找他。

魏檣迅速说：“更衣。”

郑朝阳在商会的客厅里欣赏着墙上悬挂的石涛山水图。

魏檣换了一身中山装后，走了进来，抱拳拱手道：“郑老弟别来无恙啊？”

郑朝阳走上来和魏檣握握手："换了行头，倒是显得年轻了。"

魏檣轻轻地捋捋油光锃亮的头发："新时代了嘛，我们也得跟上步点儿啊。贤弟看上这幅山水了，回头我叫人送你家去。"

郑朝阳笑道："这就不必了。而且，你这张画是假的。"

魏檣惊讶中带着不信甚至不屑："怎么可能？"

郑朝阳问道："琉璃厂谈古斋出来的吧？"

魏檣眨巴着眼睛，有点惊讶："对啊。"

"谈古斋的张大半是个造假高手，而且专吃石涛，你来看。"说着郑朝阳从随身的挎包里拿出一小瓶碘酒，在画轴上轻轻擦了一下。画轴上显出一个圆形的印章字样"半"。

魏檣看到后，脸憋得通红，恶狠狠地说："张侉子，我和他没完！"

魏檣一把扯下墙上的画，胡乱卷了起来。

郑朝阳坐在椅子上，看着手忙脚乱的魏檣，意有所指地说："买东西打了眼，吃点小亏不算什么，也就赔点银子。这要是在时局上打了眼，可就不是这么简单了。"

"老弟是无事不登三宝殿，有什么话尽管说吧。"

"咱俩也算是老熟人了，我当巡长的时候，您还是联盛商号的大查柜。怎么样？给个面子，帮我们稳定一下粮价。"

魏檣有些为难地说："物价的事情是北平商会决定的，我虽是会长也不能擅自做主啊。这是买卖，买卖有买卖的规矩。凡事得大伙儿商量着办，您说是吧？"

郑朝阳沉下脸来："会长的意思，是我没这脸吗？"

魏檣急忙辩解："当然不是，当然不是。别人不敢说，你郑老弟的面子我是一定要给的。这样，我回头召集粮商们商量一下，给你想个办法。我呢，希望你也帮我们做件事。"

郑朝阳一脸笑意地点头。

"解放军刚进城，粮店就遭到抢劫，新政府得给个说法。"

三轮车夫耿三不紧不慢地走在路上，车帮突然被人拽住了，他回头一看，哭丧棒一脸坏笑地说："耿三，你的份子钱可有日子没交了吧？"

"早就交给车行啦。"

"跟我装傻是吧？我们当巡警的整天在街上吃土，要你点茶水钱很过分吗？"

"都解放了，现在的政府叫人民政府，叫人民当家做主，老规矩也得改改了。茶水钱，你和我要不着。"

哭丧棒晃着手里的警棍，威胁道："都是混街面的，你也知道我哭丧棒是什么人，告诉你，哪朝哪代也离不开巡警。换身衣裳照样干，找机会整死你。"

哭丧棒说着一把将耿三车上的坐垫抄了起来，甩手扔到了房上。

耿三大怒："嗨，那是我新买的垫子，你讲理不讲理啊。"

哭丧棒一把薅住耿三的脖领子，抡起警棍："今儿爷就叫你知道什么是理。"

耿三毫不畏惧，也一把薅住了哭丧棒的脖领子。

多门从旁边走出来，拉住了哭丧棒的胳膊，笑眯眯地说："老桑，这是干吗？跟个拉洋车的较什么劲！"

哭丧棒恶狠狠地说："我得叫他知道马王爷有几只眼。"

多门劝道："他知不知道的，马王爷都是三只眼。好歹是我街坊，给个面子。"

哭丧棒横眉立目："瞧您了多爷。耿三，你给我记住，没下回。"

他晃着警棍走了。

耿三一口痰狠狠吐在地上："我告他去。"

多门一步跨上车："行了吧，爷们儿。这人就是圈里猪——挨刀货，年关不远啦。走吧，今儿老寒腿又犯了，劳驾给拉两步。"

"走着。"

烟袋斜街多门家的小院，是个上百年的老宅子，十分破旧，但能看出原先十分气派。早些年这边半条街都是老多家的买卖，现在只剩下这个跨院了。

正房三间住的是多门。多门是个老绝户，没儿没女，前年死了老伴儿，剩下他一个人，一直嚷嚷着再娶可就是没动静。

东厢房两间，一间住的是拉车的耿三夫妇；另一间住的是天桥唱快板的张超，绰号叫“蘑菇头”，也算是个还有点名气的小角儿。不过他娘子当年可是名震京津的鼓书艺人，绰号“杜十娘”，经典曲目就是《杜十娘怒沉百宝箱》，时间久了别人都叫她杜十娘，大号反倒没人叫了。

西厢房也有两间，一间住的是天桥混混儿王八爷；另一间房子闲着，没人住。

耿三拉着多门来到小院门口。

多门进了门，耿三把车推进了小院。

多门掏出一把零钱给耿三：“就这么多了。”

耿三将多门的手推了回去：“您骂我呢？收您的钱我是小狗子。”

多门把钱收了起来：“得嘞。”

蘑菇头张超正在院里的石凳上摆弄话匣子，怎么鼓捣也不出声。

多门看到他又捣鼓，忍不住地劝道：“我说那破玩意儿就扔了吧，你还真当个宝。”

张超可惜道：“给周老板家唱堂会时赚来的，咋说扔呢？”

耿三娘子端出脸盆让耿三洗脸：“我可是听说了，周老板给定的是汉奸罪，你唱堂会那事以后还是少咧咧。”

张超不解道：“汉奸不汉奸的和话匣子有啥关系啊？”

多门耐心解释：“怎么没有？你自己看看这牌子，日本货。当年萝卜头逼咱花钱买他们的东西，我家里还两瓶子香水呢，你说我一老绝户，哪儿用去啊？”

张超接口道：“怎么用不着，给堂子里的姐儿……”

在旁边洗衣服的张超媳妇杜十娘把一只袜子砸在张超的身上，怒道：“要死啊，你！多爷，您别听他的，他就是一铁匠铺的料，欠打。”

多门坐在自家门口椅子上，手里端着一把茶壶，喊道："三娘子，给来点儿水啊。"

耿三媳妇端出一个水瓶来，给多门的茶壶续上水。

王八爷从外面连蹿带蹦地跑了进来，一边夸张地掸身上的土一边说："去去晦气，去去晦气。"

杜十娘看着到处都是土，有些生气，说："八爷，您都多大年纪啦，还撒土扬烟啊？"

王八爷不管不顾，继续掸土，弄得整个院子都尘土飞扬的。

他嬉笑道："十娘，我多大年纪，等晚上我慢慢告诉你哈。"

张超抱着话匣子溜进了屋。

耿三站起来怒道："都是街坊，有劲儿外面使去，甭跟这儿嚼蛆。"

王八爷看到耿三一脸怒气，赶紧打圆场道："不识逗，是吧？没劲。"

王八爷转身看着多门："多爷，我可是听说了，共产党大整顿。你们这些老警察可是不得烟抽啦，留那些身强力壮，相貌堂堂，身家清白，脑袋上没辫子，屁股上没尾巴的。我瞧您是哪条儿都够不上。悬，真悬！"

耿三媳妇问道："那，警察不当了，叫干吗去啊？"

王八爷说："说是给拉到山西修黄河去。"

多门站起来，慢条斯理地喝着小壶里的茶："听他满嘴胡吣！我一个满洲镶黄旗，祖上是从三品游击将军，从我爷爷那辈开始，三代都是警察。共产党打仗是一把好手，要说城市治安，他们还没入门。走遍四九城你们打听打听，六扇门里有我多门办不下的案子吗？我还告诉你们，总有一天，他们得上门请我。"

多门走到门口，看到郑朝阳迎面而来。

多门嘴角露出微笑："瞧见没，这就来了。"他努力板着他那副像笑又不是笑，恭敬又有尊严的脸，等待郑朝阳。只是郑朝阳敲响了隔壁郑医生家的门，多门的表情僵硬下来。

王八爷出来一眼就瞧见了郑朝阳，吓得一缩脖子，有点口吃："我我我，这不是那谁吗？那个谁吗？"

多门转身进院："对，那个谁。"

耿三在里面问："谁啊？！"

郑朝阳敲门，开门的却是秦招娣，她身上围着围裙，戴着套袖，手上都是泥，一副正在干活儿的样子。

秦招娣看着郑朝阳问道："您找谁？"

郑朝阳看看门牌号，没错，就说："我找郑朝山。"

郑朝山从屋里出来，站在台阶上，显得高大威严。

郑朝阳恭敬地站在那儿："哥！"

郑朝山点点头："嗯，回来啦！"他转头跟秦招娣介绍道，"招娣，这是我弟弟郑朝阳，共产党的大官。"

郑朝阳眼睛很自然地瞟了秦招娣一眼，目光中带着职业性的犀利。

秦招娣急忙摘下围裙和套袖，在水管子上洗了洗手："那你们兄弟聊吧，我先走了。灶修好了，有什么需要的再找我吧。"

郑朝山送她出门："今天多亏你了。我叫后勤的人来帮忙，你叔偏偏叫你过来。"

秦招娣笑道："后勤的人都忙呢，这种炉灶我从小就会摆弄，不叫事。"

秦招娣麻利地出了大门。出门后脸上微微变色，她感到了一丝紧张，回想起郑朝阳犀利的眼神，她甚至有点害怕。

兄弟俩坐在椅子上，郑朝山给郑朝阳沏茶。

郑朝阳端着茶碗，内疚地望着郑朝山："哥，我走了以后，他们没难为你吧？"

郑朝山一副云淡风轻的样子："把我叫去问了问，又在门口放条狗看了几天，不过到底也没把我怎么样。这还得感谢你啊，这些年你一直都不和我来往，就是怕有这一天吧？"

郑朝阳着实觉得歉疚："哥，对不起。"

"算啦，自家兄弟。你小子闯祸也不是一回两回了。"说完，郑朝山指了指自己的左耳。

1937 年 7 月 7 日，卢沟桥事变，日军长驱直入占据北平，大批青年逃出北平。这天晚上，郑朝阳也在哥哥的安排下准备出城。

郑朝山拿出二十块银圆递给郑朝阳，但郑朝阳死活不要，说父亲病得很重，正是需要钱的时候，但郑朝山强行把钱塞进了弟弟的口袋。

出门的时候，郑朝阳听到正房里传出父亲沉重的咳嗽声，忍不住流下眼泪。他跪倒在地向父亲的房间磕头，小声说："爸，儿子不孝。"

郑朝山轻轻地拍着他的肩膀。

兄弟两人出了院门，突然听到不远处传来呼救声。

胡同里，一个下夜班的女护士被两个喝醉的日本兵纠缠。女护士拼命挣扎呼叫，但没人敢出来。

郑朝阳冲过去一拳打倒一个日军，另一个日军抽出刺刀冲着郑朝阳比画。

郑朝山突然从背后用棍子将日军打昏，叫郑朝阳快跑。

郑朝阳跑了，郑朝山被抓进日本宪兵队，幸亏医院的庶务秦玉河拿着院长的名片来，才救出了郑朝山，但他的左耳已经被打聋。

郑朝阳出去后就参加了八路军的平西游击队，后来党委派他回来参加汪伪政府主持的警察考试，利用他北平人的优势打进警察局潜伏下来。

对于弟弟突然回来要去参加警察考试，郑朝山表现出极度的愤怒，他把杯子摔到地上，咆哮道："你受不了苦，跑回来我不怪你，可你竟然要去当警察！现在的北平是日本人管着，当警察就是当汉奸。"

郑朝山拿出一包银圆，对郑朝阳说自己已经安排好了，让他去燕大上学。但郑朝阳坚持去当警察，并离家出走，从此兄弟二人分道扬镳，形同陌路。

桌子上的茶水已经凉了，两个人都没有品茶的想法。

郑朝山缓缓道："我现在知道了，这些年你也算是忍辱负重。不过，总算没负郑家的名声。”

郑朝阳笑道：“咱不说这些了。你这些年就一直单着，没想着给我找个嫂子啊。”

“我一个穷医生，我看上的，人家看不上我；看上我的，我又看不上人家。保不齐要打一辈子光棍儿啦。”

“哎，我看着刚才出去的那个就蛮好啊。”

“好什么好。”

“看着就麻利，连炉灶都会修，能干啊。”

“你算了吧，还是操心你自己吧。”

夜幕降临，万林生戴着礼帽，用大围巾围着脸，拎着一个大箱子走进了金城咖啡馆。经理乔杉迎了上来。

万林生打开行李箱，里面是美元、枪支和一部大功率的电台。

乔杉叫万林生马上出城，因为他这张脸很多人都认识，在北平，“万鬼子”的绰号可不是吹出来的。但万林生却说他还不能走，因为他已经跟保警总队那边建立了联系，就是走，也得给共产党来点儿“硬货”。

万林生蒙着脸大步在街上走着。城里太危险，他决定听从乔杉的建议，暂时出城避避风头，谁想到在大街上竟然被两个功德林的幸存者认出来了。那两个人像疯了一样，一边攻击万林生，一边咆哮着、叫骂着“畜生”“屠夫”“我日你八辈祖宗”！

万林生拿着一把明晃晃的匕首，准备尽快结果了这两个疯子。一个人影突然从旁边闪出，飞起一脚将万林生手里的匕首踢飞，上前和万林生缠斗在一起。

万林生认出来人就是宗向方，骂道：“娘的，我早知道你是共产党。”

有一人拉响了胡同口电线杆上挂的“防盗铃”，并大喊着：“抓特务啊！抓特务啊！”很快，胡同里其他防盗铃跟着响了起来，这声音在晚上显得格外刺耳。

防盗铃响起的时候，郑朝山正送郑朝阳出门，他劝弟弟住在家里，怎么说也比在局里打地铺要强。郑朝阳说现在工作太忙，等安定了以后再回来住。

黑暗中万林生在胡同中猛跑过来。郑朝阳上前阻拦，认出是万林生。

万林生不愿缠斗，钻进胡同，经过郑朝山身边的时候两人对视了一下，眼神复杂。

警察很快包围了这一带的胡同，设了封锁线。

万林生慌不择路，进了一条小巷子。

对面，郑朝山突然走了过来。

万林生松了一口气，脸上露出微笑。

两人慢慢走近。

郑朝山一刀划过万林生的脖子，迅速隐身到黑暗中。

万林生冲着郑朝山的背影打出一枪，慢慢地靠着墙坐倒，脖子上鲜血喷涌。

胡同不远的角落中一个人影闪了出来，迅速摘下万林生的戒指和手表，之后一路小跑没了踪影。

回到卧室里，郑朝山冷静地烧毁了自己脚上的回力球鞋和身上的衣服，仔细地擦拭着一把锋利得如同手术刀一样的匕首。匕首呈新月形，造型独特。刀身映射出郑朝山的眼睛，那眼睛分外明亮、阴鸷。

天亮了。郑朝阳和郝平川在查看万林生的尸体，白玲拿着相机在拍照。两人都没见过万林生脖子上这种奇怪的伤口，刀口很细很深且非常整齐，身上没有搏斗的痕迹，这说明他是在没防备的情况下遭了暗算。

周围的公安在搜寻线索，齐拉拉也在其中。因为在解救冼怡的过程中立了功，他被破格录取当了见习公安。齐拉拉兴高采烈地穿上了制服，当着郝平川的面在大门处来回进出了好几次以示报复。

郑朝阳指着万林生脖子上的刀口道：“这种刀口我从来没见过，暗算他的人很会使刀，不简单。发现万林生的人是什么情况？”

郝平川挥挥手，几个警卫把两个功德林的幸存者和宗向方带了过来。

郑朝阳和宗向方紧紧拥抱在一起。和宗向方重逢的喜悦没持续多久，郑朝阳就叫宗向方回局里去做笔录，他还要等一个人来。

第五章

郑朝阳看到多门嘴里叼着烟袋，晃晃悠悠地来到凶案现场，赶紧迎了上去说：“多爷，您吉祥。”

多门满脸堆笑道：“您辛苦。我一直想给您请安，这不是看您忙，不得空儿嘛。”

郑朝阳笑道：“您太客气了，应该是我去拜访您才对。”

郝平川和多门相互看了一眼，两人都有似曾相识的感觉，接着两人几乎同时认出了对方。

郝平川刚要说话，多门急忙制止道：“啊，过去的事我没对不起您，您也没对不起我。现在咱们在一个锅里了，您多帮衬多帮衬。”说完，他叼着烟袋开始勘查现场。

郝平川一脸的不屑，对这种装神弄鬼的旧警察他打心底里瞧不起。不过郑朝阳告诉他不要小看多门，那可是北平警察里出名儿的“六眼狗”——狗鼻子、六只眼。

也许真是为了验证郑朝阳说法的正确，没多久，多门手里捏着一块小石头走到郑朝阳面前说：“现场不是俩人，是三个。”

公安局会议室，郑朝阳等人正在作案情分析，桌子上摆着很多照片，都是白玲拍摄的。白玲向大家介绍案情：“从万林生脖子上的刀口位置推断，杀手身高在一米七二左右，使用的是一种很独特的刀具。现场提取的脚印是回力牌球鞋，体重在六十公斤上下，微微有些外八字脚。他是预先埋伏在万林生的逃亡路线上，对他进行突然袭击的。”

郑朝阳补充道：“或者是熟人作案。以万林生的身手，正面突击一刀致命很难做到。”

白玲接着道：“万林生死前打出过一枪，打在旁边的墙壁上。当地的巡警多门推断当时还有第三人在场。”

白玲指着一张照片道：“这是多门在墙上发现的抓痕，距离弹孔位置很近。多门说这是江湖窃贼常用的一种爬墙工具飞虎爪留下的。这说明当凶案发生的时候，很可能有小偷从这里翻墙外出。万林生这一枪打在墙上，飞溅的碎石很可能打伤了他，多门还找到了沾着血迹的石块，经鉴定是B型血。”

郝平川反问道：“这些就能证明有第三个人吗？也许这血迹是凶手留下来的。”

郑朝阳解释道：“现场发现的回力球鞋足迹看上去是一样的，但如果仔细看的话还是有细微的差别。大家看，这只脚的足迹明显比其他几只脚的足迹要深。这个第三者穿的也是回力球鞋，但是他的鞋子比较新，鞋底的磨损度不高。这也解释了万林生的手表和戒指都不见了的原因，很可能是被这个小偷拿走了。”

郝平川又道：“如果现场真有这个人的话，那他很可能看到凶手了。”

郑朝阳肯定道：“没错。所以，我们的目标是找到这个第三者，一个头部有擦伤、穿回力球鞋的人。”

郑朝山走进办公室，脱下衣服，戴上手套，开始收拾房间。不管屋子多干净，他每天都要重新收拾一遍，这样有助于思考。对他来说，战争已经开始，不能有一丝一毫的马虎。

他摆弄着兰花，脑中回想杀死万林生的当晚，万林生一枪打在墙上，在溅起的火花中他依稀看到墙上挂着一个人。想到这里，郑朝山不由得倒吸一口冷气。

因把10病床的病人档案落在家里了，郑朝山来到护士休息室，找到护士长白玉兰，跟她交代一些住院病人的待处理事项和注意事项，临走还暗示她胸口的衣襟没扣好。白玉兰略显尴尬地急忙扣上。

郑朝山微微一笑，转身走了。白玉兰身后的房门开了，走出一个中年男人——王一本。他紧张地左看右看，见没人，急忙溜走。经过一个拐角后，郑朝山从拐角处走了出来，看着王一本的背影。

宗向方来到了郑朝阳的办公室。郑朝阳给他让座、倒水："你来得正好。我这儿正缺人手，回头你办个复职手续。"

"朝阳，你和我说句实话，像我这种人，你们还会再用吗？"

"今天早上多门过来帮着破案子，你又不是没看到。你，我还不了解吗？能力强，生活也简单，到现在连个家都没有，独来独往的。我们正缺你这样的人呢。"

"我还记得年前你和我说的话，自作孽不可活，这江山易主还真是喘口气的事。"

"孙中山先生就曾经说过：'世界潮流，浩浩荡荡，顺之者昌，逆之者亡。'国民党倒行逆施，和全国人民为敌，败亡其实早就注定了。"

宗向方感慨道："好好一个民国，才三十多年就闹得个土崩瓦解。"

"旧的死了，新的才能开始。不过那些过气的牛头马面一时半会儿还不愿意下场，我们得帮帮他们。"

说着郑朝阳把卷宗放到宗向方的面前："看看这个。"

宗向方打开卷宗一看，是万林生的死亡报告，上面有他脖子上刀口的照片。

宗向方仔细看着照片："和一般匕首的刀口不一样，创面不大但是极深。"

"多门说这种刀是一种江湖兵器，新月形，一次可以完成钩和割两个动作，比普通的匕首造成的伤害更大。你了解这种兵器吗？"

宗向方摇头："不是国军的制式匕首，也不是美军的，也没见过日军用这种兵器。但它也不像是江湖兵器，江湖人用的短刀多是攮子，平直，两面刃，能同时完成钩和割两种动作的只能是镰刀…………”

郑朝阳似乎突然醒悟过来：“我知道找谁问了。”

郑朝山推着自行车走在安静的胡同里，慢慢走到万林生死去的地方。地面上已经没有什么痕迹了，到处都是脚印和车辙，但墙上飞虎爪留下的痕迹还在。随后郑朝山看到了弹孔，开始目测弹孔和飞虎爪痕迹的距离。

他的眼前浮现出一个飞贼抓着飞虎爪吊在墙上，自己从其面前跑过的画面，顿时额头上冷汗流了下来。就在这当口，身后传来声音：“哥，你怎么在这儿？”

郑朝山回头看到郑朝阳骑车过来，于是解释说自己回家取病人档案，特意到这里看看有没有房出租，好帮后勤老秦的侄女租房。

郑朝阳劝道：“你还是去别处找找吧，这儿刚死过人。”

郑朝山假装露出惊讶的表情，郑朝阳只得解释说，是保密局特务万林生在这儿被杀了。两人边走边聊，很快到家了。

郑朝阳拿出照片摆在桌上，郑朝山愣住了，照片上正是万林生僵硬的脸，脖子上的伤口十分明显。

“我突然想起来，你是研究冷兵器的专家啊，不问你问谁。你看看他的刀口，我们那儿有人说凶器是一种江湖兵器，形状像是镰刀。”

郑朝山仔细看着刀口：“镰刀哪有这么小？真要是镰刀，这个角度和力道，他的整个头都要飞出去了。”

郑朝阳一愣：“哥，你连这个都知道啊。”

郑朝山有些紧张：“啊，我也是瞎猜，不过也不全是瞎猜。”

他从书架上取出一本英文书，说：“这种伤口应该是一种很独特的兵器——廓尔喀弯刀——造成的。”

郑朝山打开英文书，翻到其中的一页，里面的图案正是一把廓尔喀弯刀。

郑朝阳认真看着。

“这是尼泊尔人使用的一种武器。当年驻扎印度的英军中有一支部队，全部是由尼泊尔的廓尔喀人组成的，这种刀他们人手一把。”

“那中国的部队会不会使用？”

“有可能啊。当年蒋介石败退到印度去的远征军有好几万，不过即便有也是因为个人喜好。中国人其实不是很喜欢用这种样子的短刀，不好隐藏。看伤口这把刀应该是凶手自己改进的。”

郑朝阳点头：“这刀大小和镰刀差不多，适合野战。凶手为什么要用这么奇怪的兵器。”

郑朝山笑道：“独一无二。振衣高岗，不与人同。”

郑朝山送郑朝阳出门，郑朝阳借口单位要组织打篮球，要借哥哥的回力球鞋穿。郑朝山说那天晚上郑朝阳跑出去抓人，自己也跟着去看，踩上了屎，一生气就把鞋扔了。郑朝阳追问扔到哪儿去了，郑朝山说就在外面的垃圾堆。

郑朝阳跑到垃圾堆前，看着堆成小山一样的垃圾发愣。

郑朝阳把一盒火柴和一张黄色字条放到罗勇的桌上。罗勇拿起火柴盒来看，上面印着：御香园。黄色字条上写着数字 17。

郑朝阳分析道：“八大胡同里的红馆。这是在万林生身上找到的。万林生穿的衣服很干净，经过了很仔细的熨烫。因此我断定，他这段时间一定是隐藏在御香园的 17 号房间里。”

罗勇放下火柴：“北平妓院现在已经是《西游记》里的盘丝洞了，什么样的鬼怪都往里钻。这样也好，叫他们都集中在这儿，免得到处乱跑，等咱们腾出手来一锅端。你们下一步打算怎么干？”

“万林生在这里藏了这么久，一定是有目的的。我准备派人进去侦察一下。”

“谁去？咱们的人里谁有这个能耐？郝平川？拉倒吧。你？半个北平的流氓都认识你。总不能是我们的小白鸽白玲吧。”

“别说，白玲还真是自告奋勇来着。不过她不进门就得露馅儿。我这儿有个更合适的人选。”

齐拉拉穿着长袍马褂，一副少爷羔子的样子，挺胸叠肚地进了御香园。老鸨金围脖儿迎了上来：“哎呀，这位少爷看着眼生啊。”

齐拉拉骄横地说：“小爷是保定来的。俺爹是保定大户吕大马，大马通衢达三江。”

金围脖儿娇笑道：“啊，不管您是大骡子大马是三江还是五岳，最后都得到我这园子里看花放炮，您说是不？不过您来得不是时候，这晌晴白日的。”

齐拉拉鄙夷道：“小爷不是来耍的，是来抓的。”

他晃晃随身带的皮箱：“好买卖。”

金围脖儿心领神会：“好，我先给您找个房间。好买卖，您慢慢地抓。”

郑朝阳来到罗勇的办公室。

“我们在南京保密局的内线传来情报，保密局已经启动一个最新的行动组，代号‘桃园’，这个组织的特点就是全部由‘冷棋’组成。”

“布闲冷棋子，应不时之需。平时不启用，启用见奇效。”

“这些人的档案都是最高机密，只有保密局极少数高层才知道他们的真实身份。我们的内线人员也只知道这个行动小组的成员代号分别是凤凰、二郎和老三。”

“桃园，那就是桃园三兄弟了？这倒是很符合老蒋的个性，实在打不赢也能捞个划江而治。可惜，咱们不是曹操他也不是孙权。”

“划江而治，他那是妄想。不过这些冷棋倒还真不能小看啊。这些人平时长期潜伏，从不参与任何特务活动。也就是说，我们身边的每一个人都可能是‘冷棋’，而每一个冷棋都会是一枚定时炸弹。”

郑朝阳一脸豪气，说道：“那我们就在炸弹爆炸之前，摘掉它的引信。”

金城咖啡馆里，郑朝山接过乔杉递来的电文看着。

乔杉道："南京来电，尚春芝系中统特工，代号'兰花'，其所在的行动组不久前在保定行动中被共军剿灭，尚春芝自杀殉国。"

郑朝山露出微笑，点燃电报稿，又就着火点燃了雪茄。

他问道："二郎和老三情况怎么样？"

"二郎已经来了，就在里面。老三还没来。"

"看来，他是不想被唤醒，刻意在躲着我们。"

"按照家规，这是要被处理的。"

"先不用急。万林生死了，和保警总队的联系也中断了。上面叫我们接手，必须赶在共产党大军进城之前动手。"

乔杉迟疑道："保警总队的事一直是大先生和万林生在弄，我们这时候没必要蹚这个浑水吧？"

郑朝山搅动着咖啡说："万林生死了，能接盘的，也只有我们。两个阵营的你死我活之战，作为党国军人我们责无旁贷。"

"可是，城外共产党几十万大军，就算有杨旅长的接应，出了城他们也未必走得脱，结果还是一样的。"

郑朝山慢慢分析道："平津大战之后，党国在华北已经没有能战的部队，杨凤刚不过是收罗些残兵，乌合之众。所以，保警总队的价值不在城外，而是在城里。只要我们在城里的戏做足，给共产党造成了损失，我们的任务就完成了。"

乔杉认同地点头。

郑朝山慢慢地喝着咖啡。其实，他没法儿把自己的真实目的告诉乔杉。他之所以冒险接下保警总队这个烫手山芋，只是因为自己的弟弟郑朝阳。他想让郑朝阳丢官罢职，被开除警队，然后重新回到自己的身边。

郑朝山进入密室，等在密室的段飞鹏站了起来。段飞鹏不高但很结实，他摘下礼帽看着郑朝山，但眼睛总是不安分地左右乱转，手里不停地揉弄着两个核桃。

段飞鹏低下头说道："长官，我是段飞鹏。"

郑朝山上下打量段飞鹏，语带嘲讽：“段飞鹏，没想到你这个北方五省通缉的江洋大盗，竟然也是党国的特工。”

段飞鹏解释道：“民国三十三年，我在天津投的戴老板。戴老板的意思是让我继续当我的飞贼，这样有时办事反倒更方便一些。”

郑朝山看段飞鹏玩核桃的样子，问道：“你这是怎么回事？”

“我喜欢玩儿刀子，习惯了，手里没东西难受。”

郑朝山坐下：“是吗，看看你的刀。”

段飞鹏收起核桃，从腰间拔出一把日式短刀，外形看上去像是一根短棒。段飞鹏开始花哨地在手中耍弄着短刀，突然抽出短刀劈下一个桌角。

郑朝山点点头：“既然以前也是道上混的，知不知道什么人善用飞虎爪？”

段飞鹏惊诧道：“飞虎爪？要这玩意儿难度高，用的人还真不多。我知道有一个，绰号叫‘瞎猫’。长官有什么吩咐？”

“我要你找一个善用飞虎爪的人。这个人在3号的晚上，曾经在银锭桥一带做过案子，如果是的话……”

“怎么处置？”

“干掉他。”

郑朝山拿出一张照片给段飞鹏：“找到这个人，带他到这儿来。”

段飞鹏拿起照片仔细端详着，照片上的人是宗向方，照片的背面是地址。

御香园的一个房间内，齐拉拉打开一个纸包，里面是烟土，他递给对面的白胖子：“您上眼，正经的云土，上等货色，等闲见不到的。”

白胖子拿起来闻了闻，又掰下一小块儿尝尝：“嗯，倒真是好货色。这些年打仗打得南北断绝，云土也上不来了。看来，你还真是道行不浅。谈谈吧。”

齐拉拉傲慢地说：“这只是样品，我来是和17号客人交易的，可他们说17号客人一时半会儿回不来，我又急着走。”

白胖子脸色微变："17 号，你知道他是什么人吗？"

齐拉拉一脸神秘地说："当然知道。不然，我敢在北平地面上倒腾这玩意儿吗？"

齐拉拉在桌子上蘸着茶水写了一个"万"字。

白胖子笑道："你找他？还是算了。昨天晚上这小子在大街上叫人做了。"

齐拉拉一脸惊讶："这……！"

"缺德事干多了，出门撞鬼，随便咬一口就断胳膊断腿。你这东西眼下也就我能要。"

齐拉拉有些迟疑："这……我回去不好交代啊。要么，和他常在一起的人也成啊。"

白胖子眼睛一翻突然掏出抢来对准了齐拉拉的脑袋："你小子别是警察的探子吧，这么问东问西的？"

白胖子发现齐拉拉毫无惧色，他手中的枪已经顶着自己的下体："黑吃黑小爷奉陪。走夜道不亮香火，谁知道哪只鬼藏哪条沟啊。说我是警察，我看你还是土匪呢！"

白胖子软了下来："兄弟，北平地面上没有冼登奎大爷点头，走这路货你就是死罪，不如交给朋友我，冼大爷身边的谢汕是咱大哥。这批货，我替你走了。"

齐拉拉思索片刻："好。不过这事我不能做主，得回去问我大哥。"

隔壁房间传来一声惨叫。齐拉拉警觉地一跃而起，掏出枪来，躲到门口看着。

白胖子解释道："是鲁爷，天桥大嘟噜。"

外面一阵大乱。

嫖客大嘟噜脸上都是茶水，被烫得吱哇乱叫，他抓着一个十五六岁的女孩——小东西——正在死命打。

小东西倔强地躲闪，冷不丁又在大嘟噜的手上咬了一口。大嘟噜疼得松了手，小东西趁机跑出了门，却迎面被白胖子一把抓住。大嘟噜气得咬牙切齿，要出大价钱把小东西给办了。小东西一听，冲出房门就往外跑，在大门处又被保镖抓了回来。白胖子气急败坏，从保镖手里接过鞭子，把小东西一顿好打。小东西身上旧伤未好又添新伤。

齐拉拉看不过，以一箱子烟土，从白胖子手里买下了小东西的钟点。大嘟噜试图抢回小东西，被齐拉拉的手枪吓住，离开了妓院。

两个打手把小东西推进了屋子，小东西摔倒在地。齐拉拉跟着进来转身关上了房门，身后传来茶壶摔碎的声音。原来小东西摔碎了茶壶，拿着一个碎瓷片对着自己。

齐拉拉赶紧劝阻，并解释说自己是解放军，还给小东西看了证件。小东西这才相信，放下了瓷片，看到齐拉拉关切地看着自己，她一把搂住齐拉拉放声痛哭。

齐拉拉手足无措，连忙说："妹妹，你放手，放手啊，我是解放军，这是犯纪律啊，我要受处分的。"

小东西哭得更厉害了。

小东西坐在桌前狼吞虎咽地吃着东西。

齐拉拉惊讶地问道："你是说，和17号房客见面的人，你认识？"

小东西一边吃一边说："是啊，他是这儿的常客，解放军进城以前就常来。我听金围脖儿说过，他是保警总队一个大官身边的副官，姓杨。"

"杨副官，保警总队。外面那么多地方他们不去，干吗选在这儿见面啊？"

"金围脖儿说现在北平都被共产党占了，什么茶楼、酒馆、咖啡屋什么的都不保险了，因为我们这儿是婊子窝，共产党不愿意进来，所以眼前就我们这儿最保险。"

齐拉拉点头："那倒是。要不是为了查案子，打死我也不会来这种地方。"

小东西哽咽道："我爹妈死了，家里没人了。这个叫大嘟噜的是我家一个远房亲戚，说是带我到北平来给我找个工作，没想到这个畜生把我卖到了这里。金围脖儿说要先养着我，养熟了收开苞费。我跑，他们把我抓回来打。我又跑……可每次都叫他们抓回来打。”

小东西越说越伤心。齐拉拉安慰她，她却突然跪倒在地，求齐拉拉救救自己，不然她就只有死路一条。

齐拉拉拉着小东西的手：“妹妹，放心，哥就是豁出命也会救你出去。但是现在，领导交给我的任务还没完成。而且，我在这儿还不能长待，待久了别人会起疑心。我现在还不能救你出去，而且，我还想叫你帮我办件事。”

“大哥，你是共产党，我给你办事，我也是共产党的人了。大哥，你是共产党吧，是吧？”

“我是啊，当然是了。”

小东西一脸喜悦：“你说吧，想叫我干啥？”

齐拉拉悄悄地在小东西的耳边说着。

食堂里公安人员正在吃饭，伙食非常简单。郝平川等人围坐在饭桌旁，多门拿着饭盆溜达着找座位，郝平川让开座位。

多门不好意思地说：“还是别了，诸位都是领导。”

郝平川强硬地说：“叫你坐就坐。”

“得嘞。”多门在郝平川的身边坐下，问道，“郝组长，对万林生被杀现场猫着的那个飞贼，局里有什么打算啊？”

郝平川皱眉道：“正在找，但还没什么头绪。用飞虎爪行窃的飞贼不是很多。先查查以前的档案，看有没有前科的。”

多门提醒道：“其实不用什么档案。他不是受伤了吗，那就去医院查啊！”

郝平川说：“医院我们已经派人盯了，头部擦伤的，现在也没找到。”

“大医院不成，这种飞贼要是伤了一定是去黑诊所。他们不傻，知道大医院一定有人盯着。”

“黑诊所？北平城有多少黑诊所我们根本不清楚，这要调查起来得多少人手？”

多门不紧不慢地说：“这黑诊所也有好多种，内科外科妇产科各管一摊儿……”

郝平川烦躁地说：“多师傅，您要是有什么想法就直说，别绕弯子成吗？”

多门看郝平川语气强硬，心里也很不舒服：“得！算我没说。几位吃着，我出去遛遛。”

一个警员跑来喊道：“组长，齐拉拉回来了，郑组长叫您赶紧去他那儿。”

郑朝阳十分严肃地盯着齐拉拉：“你混账！叫一个小姑娘去给你当探子，我看你的脑袋是被驴踢了吧？”

齐拉拉小心翼翼地解释道：“我也是没办法了。我脸生，是个外人，园子里的那帮孙子都鬼着呢。可这小丫头不一样啊。”

“你还说！什么不一样？她是女人你是男人，她是老百姓你是公安战士。你有什么权力叫一个小姑娘、一个老百姓去为你做这么危险的事？！你知道这会给我们公安部门造成多不好的影响吗？！”

齐拉拉倔强地梗着脖子说：“我想了，万一她出事了，大不了我陪着一起死。”

“你还真讲义气啊。”

这时，郝平川推门进来了。郑朝阳对齐拉拉说：“你先出去吧。”

齐拉拉立正敬礼，满脸羞愧地走了出去。

郝平川看着齐拉拉的背影问：“怎么了？”

“是保警总队。”

郝平川一惊。

罗勇专门召开会议，郑朝阳、郝平川和白玲等几个骨干都在场。

白玲介绍道：“保警总队是由国民党特务和嫡系军官控制的武装部队，

有官兵两千九百多人，编为六个大队十八个中队。有轻重机枪一百二十多挺，各种长短枪两千两百多支。还有掷弹筒以及大量的子弹。所以，这是一支装备精良、有一定的战斗力的反动警察部队。”

郑朝阳补充道：“保警总队的总队长已经逃往南京，现在保警总队的思想变化很大，尤其是中下级军官，他们害怕被改编成野战军或者是被遣散失业，如果遇到特务的煽动就很可能发起叛乱。现在有确切的情报显示，保警总队总队长的副官杨怀恩正在和保密局的特务秘密接触，有发动叛乱的可能。”

郝平川道：“但要收缴他们的武器，我们没有足够的兵力配合。”

郑朝阳分析道：“我们手里没有兵，但是我们有政治上的绝对优势，有强大的军事力量做后盾，所以促其缴械，也是完全可能的。关键是看我们采取什么样的策略。”

罗勇严肃地说：“收缴保警总队的武器事关重大，对消灭城里的反动武装有重要的意义，对城外改编傅作义的部队也有重大的影响，但也不能操之过急。情况我已经向上级领导汇报过了，领导说了十二字方针：民主改编，立功赎罪，争取改造。利用我们政治上的优势，把这个口号传达下去，争取中下层警员的支持，对那些花岗岩脑袋的死硬分子坚决消灭。这一仗，我们势在必得！”

郑朝阳对郝平川说：“老郝，严密监视杨怀恩的动向。”

杨怀恩穿一身黑色的警察制服，从保警总队的大门里出来。一个侦察员躲在暗处对着杨怀恩拍照，另一个侦察员则不紧不慢地跟在杨怀恩身后。

杨怀恩来到一家饭馆的包厢内，桌上摆着丰盛的菜肴。保警总队中队长老孟赶紧站了起来，满脸堆笑地说：“杨副官，我在这儿恭候多时啦。”

杨怀恩看着满桌的菜，大笑道：“这都是硬菜啊。老孟，你个铁公鸡也知道拔毛啦？”

老孟给杨怀恩倒酒：“瞧您说的，铁公鸡那是跟别人，您这儿，哪能呢？”

“你侄子补尉官的事不好办，换老板啦，以前的规矩也不知道成不成。不过我会尽力。”

“那谢谢杨副官了，全大队的人都知道杨副官您最仗义。”

“那也得靠兄弟们帮衬着。老孟，我上次和你说的事，你想得怎么样了？”

老孟压低声音道：“我想过了，我这种人，共产党也不会要，我还是跟着党国走比较好啊。您放心，我的部下最服我，我说咋地就咋地。”

“好啊，听说你和警察局的郑朝阳关系不错，以前给他帮过不少忙啊。”

老孟急忙辩解道：“杨副官，谁知道郑朝阳是共产党啊。那时候他可是徐局长的红人，他叫我帮忙我不敢不做啊。再说，何止咱保警总队，缉私大队的、剿总的，哦，还有黑帮的冼登奎……都拉拢他。”

杨怀恩笑了：“好了好了，我知道你的意思。我的意思是……”

杨怀恩招招手，叫老孟凑近些，他在老孟的耳边嘀咕着，老孟频频点头。

郑朝阳正在看着桌子上的材料。

白玲进了门，拿出一份材料，里面有一张男人的画像：“我看了黑旋风的材料，如果我没猜错的话，他说的这个杨司令，也就是杨凤刚，是在印度兰姆伽受过训的特战专家，精通潜伏、爆破和各种枪械、格斗，尤其擅长山地丛林战。”

郑朝阳看着画像问道：“这是你画的？”

“我根据黑旋风说的画的，应该差不多。”

“你怎么会熟悉这个人？”

“特种作战是在‘二战’期间才兴起的全新兵种，整个中国也没有几支像样的特战部队。苏联是这方面的开创者之一，他们对别的国家的特战部队很关注，也收集了很多的情报。杨凤刚就在他们的情报里。”

“这么说，他倒是个对手了。”

郑朝阳拿出一个打火机在鼻子上闻着，感受着浓郁的汽油味儿。

白玲笑着看他闻汽油味儿:“杨凤刚别动队、保密局的行动队长万林生、保警总队的杨怀恩,还有桃园行动组,这之间一定有联系。”

郑朝阳微笑:“看来你这个小布尔乔亚还是有骄傲的资本的。”

秦招娣正在院子里清点刚到的物资,郑朝山拎着一个手提袋走了进来。

秦招娣拿出一个布艺的钟馗面具递给郑朝山:“我做的,送给你。”

郑朝山仔细地欣赏着面具,面具十分精致:“手艺真好。不过,好端端的干吗送我礼物?”

“我看你家里挂了好多面具,但没有钟馗,就给你做了一个。钟馗驱鬼避邪。郑医生,我得谢谢你的药方,那个药我吃了,真的很好用,以前我那几天都是疼得打滚儿,得靠止疼药挺着。吃了你给开的这个药,我竟然不吃止疼药也挺住了。十多年了,这还是第一次。”秦招娣有些哽咽。

“那你得坚持吃,慢慢就好了。这个面具,我收下啦。”

郑朝山从手提袋中拿出一个皮包递给秦招娣:“来而不往非礼也,这个送给你。”

秦招娣看着十分精致的皮包道:“这太贵重了吧?”

“不贵,我自己做的。”

秦招娣十分惊讶:“你手真巧,能把皮子做得这么细致。”

郑朝山解释道:“外科医生要的是手法的精准,而精准更多的其实就是拿刀下手时候的那种感觉。做皮具能叫人集中精神,而且拉皮子时的感觉和拉人体的感觉类似。开始的时候我只是用来练习,时间长了,就成了爱好了。不过我做的东西从来不送人,你是第一个。”

秦招娣欣喜地问:“我的面子有这么大?”

郑朝山笑道:“不止这些。你老叔叫我帮你在外面租个房子,他住的那个地方太乱了。”

“那真麻烦你了。”

“你的事情你老叔和我说过一点,不过我想房东会问得多些。”

“我懂。证件我都有。”

“你十二岁就离开家了？”

“十三岁。对外说呢就是十五岁，这样能找活儿干。”

“从那就一直没回家？”

“我妈没的时候回去过一次。我妈是肺痨，传染，亲戚都没来送。我自己把妈妈发送完，就回了保定。”

“在玉华纺织厂一直做工人吗？”

“当了三年工人，后来当了质检员。我认识些字嘛，算是优势。再后来厂子不挣钱，老板也卷钱跑了，加上打仗，工人拿不到工钱，就把厂子拆了，人也都散了。我就来了北平找我老叔。”

这时有两个护士来找秦招娣，郑朝山就告辞出来了。

郑朝山明白，尚春芝是借用了一个非常干净的身份来到这里的。而且，几乎所有知道秦招娣以前事情的人都不在了，而这样的人，正是他需要的。他决定把尚春芝——或者叫秦招娣的这个女人留下来。

多门从黑诊所那里打听到了瞎猫的落脚处，打电话告诉郑朝阳后，他就穿着便衣在小旅馆外等着。郑朝阳和郝平川带着几个人跑来了。

多门告诉郑朝阳：“我问过茶坊了，还在，二楼靠东最里面的房子。”

郑朝阳一挥手，和郝平川包抄上去。多门在一根电线杆后面看着。

这时，哭丧棒突然出现，他一拍多门的肩膀，跟多门东拉西扯地找话说，就是不走。

郑朝阳和郝平川悄悄地摸上二楼。二楼窗口处，小偷瞎猫戴着一副高度近视眼镜，从窗口往外看，看到多门和哭丧棒说话，而哭丧棒身上穿着警服。

待郑朝阳和郝平川踹门进屋的瞬间，瞎猫用飞虎爪攀上屋脊逃跑了。

瞎猫在胡同里跑着，段飞鹏迎面跑过来，匕首从袖口滑出到手中。就在他准备挥出的时候，瞎猫身后出现了郝平川和郑朝阳的身影。段飞鹏迅速把匕首收回袖子中，站在路边，看着郑、郝二人从眼前经过。郝平川从段飞鹏身边经过的时候，二人目光对视了一下。

瞎猫失去了踪迹。郝平川和郑朝阳累得气喘吁吁。

郝平川骂道："娘的，比齐拉拉跑得还快。"

郑朝阳无奈地说："先回去吧，再想办法。"

公安局办公室，郝平川正在发脾气，他怀疑瞎猫的逃走是有人通风报信。多门则反唇相讥。

郑朝阳走了进来："说什么就来什么。老郝，天津来的协查报告。"

他把一份报告递给郝平川。郝平川翻阅着。

郑朝阳跟多门说："老多，没事了，你先出去吧。"

多门答道："是喽。"

多门刚出大门，郑朝阳就追了出来，塞给他一个美军用的酒壶，扁平、小巧、精致。多门十分喜爱，略作推辞便高兴地收下了。郑朝阳请多门帮忙，问问烟袋斜街那一带打鼓收破烂的人，早上有没有人在烟袋斜街的胡同垃圾堆那儿捡到一双1936年的回力球鞋。多门应承下来。

郑朝阳回来时，郝平川刚好也看完了文件："报告上说此人号称是'燕子李三'的门徒，飞檐走壁如走平地，一直活跃在京津两地。"

郑朝阳笑道："北平的飞贼都说自己是燕子李三儿的徒弟，其实李三儿自己也不过是个善于攀爬的小偷，因为偷过几个高官和大户，江湖传言就越传越没边了。算了，他说是就是吧。不过这个李三儿的高徒外号怎么叫个'瞎猫'？"

郝平川笑骂道："瞎猫遇到死老鼠，许是说他运气好？"

白玲走了进来，看到瞎猫的档案，找出了线索："瞎猫有个相好的——谢卫氏，就住在鼓楼附近。"

郑朝阳冲白玲竖起大拇指："找到谢卫氏，就能找到瞎猫的线索。"

郝平川高兴地说："抓到瞎猫，就知道谁杀了万林生！"

一个勤务兵手里拎着一个食盒来到队长办公室门前，敲门进来："杨副官，您要的烤鸭。”

杨怀恩头也没抬地说：“放桌子上吧。”

勤务兵把食盒里烤鸭等菜品放到桌子上。杨怀恩交给他几张钞票，勤务兵出去了。

杨怀恩撕开鸭架，取出里面支撑用的芦苇管，从里面拿出一张字条：“今晚八点。御香园见新联络人，暗号照旧。”

杨怀恩将字条放到卷饼里吃掉，拿起电话：“御香园吗？金老板，我杨副官啊，晚上定个包间。还是原来那间吧？对，好。”

白玲来到郑朝阳办公室：“内线消息，保警总队的副官杨怀恩今晚在御香园定了包间。”

郑朝阳站了起来，和白玲、郝平川一起来到罗勇的办公室。

郝平川急切地说：“收网吧。”

郑朝阳却说：“还不是时候，抓杨怀恩没用，他背后的人才是重点。”

罗勇点头道：“有道理。现在情况不明，我们还搞不清楚他去御香园到底干什么，是去接头，还是真的去乱搞。上次你们那个内线情报员不是说这个杨怀恩是那里的常客吗？最好还是派人去摸清情况。”

郑朝阳吩咐道：“叫二组跟紧。对了，叫宗向方也参与一下。这小子是跟踪的高手。”

白玲有些犹豫：“这个，是不是再商量一下？”

郑朝阳奇怪道：“商量什么？”

白玲吞吞吐吐道：“保警总队这么大的案子，对于旧警察的使用，还是要慎重。”

郑朝阳有些生气：“宗向方不一样，我还是了解他的。”

郝平川谨慎地说：“我同意白玲的意见。”

郑朝阳看看郝平川又看看白玲。

罗勇也说：“我也同意白玲的意见。我们刚刚进城，对留用警察的使用还要慎重，一般外围的工作可以交给他们，但是涉及剿匪抓特务这种大事情，咱们还是得亲力亲为。朝阳，你送来的宗向方的复职报告我看了，履历上这个人没什么问题，可以复职，但是要注意怎么使用。”

宗向方走进郑朝阳的办公室：“组长。”

郑朝阳对他招手道：“向方，来，有事找你。今天晚上六分局在御香园有个行动，叫咱们配合一下。”

“什么行动？”

“不知道，他们没说，只说叫咱们配合。”

“组长，你忘啦，我从来不去那种地方的。当初局里的人都知道，我光棍儿一个不赌不嫖，这冷不丁地去了，倒容易引起怀疑。”

郑朝阳点头：“那倒也是。我也就是看你走得端正，才想着是不是可以发展你。”

“现在发展也不晚啊，其实我心里一直是向往共产党的。”

“组织上会考虑的，不过也要看你新的表现。”

“这个你放心，我一定是个合格的警察——不，是人民公安。”

“那你跟第二组，去御香园外围侦察。试试你这个老北平的火眼金睛。”

郑朝山走进自己的卧室，把钟馗面具挂在墙上。他的卧室里有一个小化妆台，上面摆放着各种假发、假鼻子等化装用具，墙上是郑朝山出演《哈姆雷特》和《李尔王》《一仆二主》等话剧的照片。

郑朝山坐在镜子前看着自己的脸，开始化装。很快，一张新的面孔出现在镜子里：微黄的头发，高鼻梁，莲蓬胡子。戴礼帽、墨镜。脸上，一道深深的疤痕。

御香园灯红酒绿，熙熙攘攘。杨怀恩穿着便服来到御香园的一间包房内，屋里有两个人，站着的是段飞鹏，另一个是经过伪装的郑朝山，形象看上去很是粗犷。郑朝山特意坐在了灯影里。

杨怀恩坐在郑朝山的对面，拿出半张撕开的纸币放到桌上。郑朝山拿出另外一半，两张合为一张。

杨怀恩诧异地问："你是凤凰？"

郑朝山示意段飞鹏出门。段飞鹏起身站在门口警戒。

小东西端着茶盘和糕点走着，旁边的老鸨金围脖儿说道："别以为齐大爷买了你一个星期的钟点你就是个人了，告诉你，还差得远。去，把茶点给6号的客人送去。"

小东西端着托盘来到房门口，抬头看了一眼段飞鹏。段飞鹏笑嘻嘻地在她的脸上掐了一下："小东西，不认识我啦。"

小东西下意识地躲了一下，段飞鹏："哟，还是这个德行。"

段飞鹏打开门，叫小东西进去。小东西走进屋子，看到郑朝山的样子，没说话，低头放好了茶点，转身出来了。

小东西看金围脖儿正在门口接待客人，急忙悄悄来到拐角处一个相对僻静的房间里。齐拉拉化装成一个商人模样，粘着大胡子，正躲在屋里往外看。

跟小东西确认好房间，齐拉拉要想办法去听他们都说些什么。小东西知道房间上面有个破旧的阁楼，木板很旧，能看到下面。齐拉拉安排小东西留下，自己出了房门。

齐拉拉悄悄走到走廊的尽头，没想到迎面遇到天桥混混儿大嘟噜，齐拉拉没搪塞过去，被大嘟噜一把扯下胡子，还被五六个打手追打。小东西看到齐拉拉被打手追得转眼跑得没影了，便悄悄躲开捂着鼻子的大嘟噜，上了阁楼。

阁楼上的地板年久失修。小东西来到6号房间的上面，俯在地上听着。里面的声音断断续续。

郑朝山强硬地说："你们没有多少时间，必须尽快起事，能拉走多少人就拉走多少人。城外的杨凤刚别动队会接应你们。"

杨怀恩嗤笑道："你说得轻巧。三千人的队伍，谁是人谁是鬼我怎么分得清楚。这些年共产党往警察局里派了不少探子，保警总队里你以为就没有啊。这段时间我连觉都睡不着。”

郑朝山威胁道：“你自己是什么身份你应该清楚，这是保密局毛局长亲自下的命令。”

此刻，宗向方穿着便装，和几个便衣一起在御香园外的馄饨摊儿蹲守。

整个公安局灯火通明，一派忙碌的景象。

郑朝阳还没有休息，他正在接电话：“关于张银武的事情必须要注意政策，他在国民党军队的将领内还是有些影响的，他的什么自治救国会不是已经宣布解散了吗，事情没那么简单，尤其是他这种老牌的国民党将领，一定要弄清楚他的真实目的。叫小王盯紧他。”

白玲推门进来，把一个名册放到了桌上。

郑朝阳放下电话，问道：“这是什么？”

“市委从各大专院校抽调了一百名地下党员和民主青年联盟的大学生支援我们。领导的意思是把这批大学生全部给侦讯处。”

郑朝阳看着名册兴奋地说：“太好了，太及时了，这真是雪中送炭啊。齐拉拉那边怎么样了？”

“还没有消息。”

6 号房间内，郑朝山说：“我不能久待。计划你都清楚了，按照计划实施。时间，一定要注意时间。”

小东西在阁楼上监视着他们，她动动身子，屋里落下一点儿土，不巧的是正好落在郑朝山的茶杯里。他冷静地向上瞟了一眼，拍拍手，段飞鹏转身进来。

郑朝山在他耳边低语了几句，段飞鹏露出惊讶的表情，转身出去。

房间里已经没有动静了，小东西悄悄起身要离开阁楼，不想却遭到手握匕首的段飞鹏追杀。

齐拉拉东躲西藏，趁人不注意溜进一间屋子。

眼看段飞鹏追来了，有个老妓女出现，纠缠段飞鹏，被他一把掐住脖子。小东西趁机打开后门跑了出去。

郑朝山戴上帽子，对杨怀恩说："你也赶紧走吧。这儿以后不能再来了。"

郑朝山在老鸨金围脖儿的招呼声中出了大门，用围巾捂着脸沿墙根往回走。宗向方盯着郑朝山渐渐走远的背影。御香园里发出呼天喊地的叫声，很多嫖客从里面跑出来。金围脖儿高喊道："不好啦！死人啦，杀人啦！"

外面的公安都站了起来，冲进了御香园。唯有宗向方没动。

郑朝山在走到墙角处的时候本应向左转，但他本能地向右侧迈出了一步，然后才转弯走了。

宗向方悄悄跟了上去。

齐拉拉一跃而起冲了出来，一眼就看到后院的一棵树上悬挂着老妓女。他目瞪口呆。

大嘟噜冲上来喊道："逮到你了。"

齐拉拉一拳打在大嘟噜的脸上，又一脚踹在他肚子上。大嘟噜摔倒，奎子、青皮等打手冲上来和齐拉拉打成一团。

就在这工夫，三儿等公安也赶到了。

小东西飞快地跑，段飞鹏紧追不舍。他看不到小东西，但又像个猎狗一样，总能从蛛丝马迹判断出小东西跑的方向。

小东西气喘吁吁地跑到了公安局门口，被警卫拦住。哭丧棒走了过来，他认出小东西是御香园的人，就污言秽语开始动手动脚，小东西盛怒之下打了哭丧棒一耳光，跑了。

郝平川闻声出来，问清楚刚才是小东西来过，他和郑朝阳两人赶紧追着小东西跑了出去。

小东西漫无目的地走着。段飞鹏突然出现，小东西尖叫一声转身就跑，段飞鹏一刀飞出，黑暗中齐拉拉冲了出来，飞身跃起挡住了飞向小东西的飞刀。飞刀扎进了他的肩膀。齐拉拉被打倒在地，却死死地抱着段飞鹏的腿。

齐拉拉叫小东西快跑去报警。小东西反应过来转身就跑，迎面遇到郑朝阳。郑朝阳冲上去和段飞鹏打斗，但也不是段飞鹏的对手，齐拉拉和郑朝阳命悬一线。

第六章

段飞鹏冷冷地笑着，手中的匕首上下翻飞，在郑朝阳身上划出很多道口子。正当郑朝阳和齐拉拉危在旦夕时，郝平川赶到了。看到郝平川是练家子，段飞鹏急忙隐遁而走。

郑朝山在大街上快速走着，宗向方远远地缓慢地跟着。突然，他发现前面郑朝山的身影不见了，立刻站在原地不动，谨慎地四处观察。

郑朝山已经悄悄绕到宗向方身后的胡同，和宗向方近在咫尺，手握一把匕首，就在准备下手时，他透过路灯看清了宗向方的脸，然后慢慢地收回刀，悄悄转身离开了。

得知郑朝阳受重伤被送到医院来了，郑朝山头一晕，险些摔倒："怎么回事？"

三儿解释道："我们去御香园出勤，遇到特务了。唉，就为了一个小东西，这叫怎么话儿说的。"

郑朝山急匆匆往手术室跑，嘴里嘟囔着："为什么他会在那里？为什么？为什么……"

他推开手术室的门冲了进去，一个医生正在给病床上的齐拉拉检查伤情，郑朝阳呆呆地坐在另一张床上。

郑朝山脸色苍白，手微微颤抖着："伤哪儿了？说话啊，你别吓唬我啊！"

郑朝阳身上的棉衣被划了很多道子，棉絮露在外面。郑朝山帮他脱下棉衣，发现里面的衬衣也被划了很多口子。郑朝山头上冷汗直冒，迅速把郑朝阳的衬衫也脱了下来。郑朝阳则始终像是梦游一样，眼光呆滞。

郑朝山看着郑朝阳身上的伤口，松了一口气——只有两处很浅的伤口有血渗出。

郑朝山长出一口气："你差点儿吓死我。"

郑朝阳突然蹦起来，几下穿上衣服，冲了出去，郑朝山一把没拦住。

郑朝阳从屋里冲了出去，郝平川吃了一惊："怎么回事？！"他随后跟了上去。

郑朝山从屋里出来，告诉守在外面的白玲："里面的小同志运气好，最致命的一刀扎在这个硬牛皮套上，看来这个证件对他很珍贵，找这么厚的头层皮做套子。"

白玲焦急地问道："那郑组长呢？"

郑朝山安慰道："虽然衣服划破了，可里面没事，凶手没想要他的命，是存心戏弄。"

白玲愕然道："就像猫捉老鼠？"

郑朝山笑问道："可谁是老鼠，谁是猫呢？"说完，他走了。

白玲看着手里的硬牛皮套，皮套里面的工作证已经被扎透，齐拉拉真是死里逃生。白玲走进病房，看到齐拉拉已经沉沉睡去，便把工作证轻轻放到他的枕边。走到院子里，她想起刚才郑朝山说的话，想起躺在病床上的齐拉拉，想起刚才坐在那里身上基本没有伤口的郑朝阳，顿时眉头紧锁。

郑朝山走着走着感到头晕目眩，急忙扶住墙。就在这时，一只手扶住了他，原来是秦招娣："我听说你弟弟受伤了，过来看看。"

秦招娣扶着郑朝山去办公室休息，两人聊着郑朝阳和齐拉拉的伤势。

后勤处的老秦推着一车医疗器材过来，看到秦招娣搀扶郑朝山，他脸上露出欣慰的笑容。

郑朝阳在堆满了旧文件的档案室内翻看着。

档案员有点不好意思地说："郑组长，这些档案都是过去的旧档案，还没来得及整理，乱得很。"

郑朝阳没说话，继续翻阅。郝平川和白玲也帮着找，终于在一堆文件里找到了段飞鹏的档案。郑朝阳指了指档案里的一张照片，照片上的人一只胳膊上有飞鹰文身："我记得这个文身。段飞鹏，纵横北方五省的飞贼，抗战期间因盗窃日军司令官的住所而出名，被北平、天津、绥远、山西、河北等很多地方列为通缉要犯。"

郝平川了然了："怪不得身手那么好，江洋大盗啊。"

郑朝阳却不认同："他使的可不是江湖功夫，他是受过特别训练的杀手。"

郝平川和白玲对视了一下。

小东西呆呆地坐在白玲办公室的沙发上，对面坐着郑朝阳和白玲。她十分紧张，眼睛忍不住地东张西望。郑朝阳和白玲一起安抚她，并且告诉她齐拉拉没事，受的只是皮外伤，小东西的情绪才稳定下来。白玲这才问她："段飞鹏干吗要杀你？"

小东西答道："齐大哥叫我看着杨副官，他要是来了，就叫我想办法看他和谁见面，最好是能听听他们都说了什么。昨天晚上，杨副官来了，他管屋里的那个人叫凤凰……"

郑朝阳瞬间惊呆了。

小东西难过地说："可我没太看清……"

白玲根据小东西的大致描述，在纸上画了凤凰的画像给小东西看。小东西点头："差不多。大姐，您画得真像。"

郑朝阳把画像钉在屋里的黑板上。画像上的人长发，胡子浓密，戴着金边眼镜，鼻子高而挺直，大眼睛，浓眉，尤其是左边脸颊上的一道疤痕十分明显。

郑朝阳看着黑板上的画像，用粉笔在下面写了“凤凰”两个字，回身看到郝平川站在身后，于是说：“桃园行动组，代号凤凰的人应该……是他们的组长。”

郝平川不屑地说：“桃园三兄弟的‘刘备’，就这副尊容？”

郑朝阳轻轻敲击着画像的眼睛：“外貌是人最好的伪装。这张脸上，只有这双眼睛是真的。”

郑朝阳来到罗勇的办公室。罗勇询问他伤势怎么样了。

“我就没受伤。”

“嗯，听说了。人家嚣张得很啊，根本就没把你放在眼里。以后你要加强训练，尤其是体能、格斗、射击。你一个公安局的老刑警被个蟊贼打成这样子，我都替你害臊。”

“段飞鹏可不是蟊贼啊，我的领导！”

“我知道。”

罗勇从抽屉里拿出卷宗，说：“这是原来城工部的调查材料。这个段飞鹏和两年前咱们在北平的地下电台被保密局破获，还有北平解放前夕和谈代表、前北平市市长何先生遇刺案都有直接的关系。这是一伙儿丧心病狂的匪徒，现在又在咱们眼皮底下勾搭上保警总队了。这是在明目张胆地来翻咱们的眼皮子。”

“北平市警察局内部分南、北两派。南派是抗战胜利后国民政府派到北平警察局的警察，北派是日伪时期留下的警察。两派警察矛盾很多，积怨甚深。南派多为高层警官和军统特务，北派多是基层警察。想要叛乱的是保警总队上层的部分军官，但大多数中下层军官还在摇摆。我们要利用他们的矛盾分化瓦解他们。”

罗勇点头：“分化瓦解的工作一定要做。但敌人既然有了行动，说明他们已经开始在计划了。而我们还不知道他们的计划，这很被动，必须改变这种局面。我刚才已经请示了首长，必要的时候可以主动出击，敲山震虎。得叫他们知道，他们不过是我们嘴边的一道菜，吃或不吃或怎么吃，完全在我们。”

郑朝阳说：“我当警察的时候和保警总队的人有过交往，认识些人，看来该找他们聊聊了。”

“对！基层的工作要加强。我们不是有很多留用警察吗？他们和保警总队的人勾拉盘带的，还能没点关系？通过他们传我们的话：真心合作，既往不咎；顽抗到底，死路一条。”

一个不大的四合院里，其中一个屋里陈设简单但很整洁，墙上挂着一套保警总队的制服，保警总队中队长老孟赤裸上身趴在炕上，郑朝阳在给他做火灸，把一个燃烧的布袋不断地往他腰部砸：“这么烈性的药你都没啥反应，你这个腰都快成冰桶了。说实话，我走了你是不是就没治过？”

两人聊着旧事，做着火灸，老孟的腰慢慢舒服多了，他坐了起来说：“知道你郑朝阳也不是吃亏的主儿。说吧，什么事？”

“那就谈谈队里的事吧。”

白玲也没闲着，她走进一家绸缎庄，有个女人迎出来和她说了几句话，回身冲里面喊话。一个穿着保警总队上尉制服的人出来了，两人握过手，来人把白玲让进了里屋。

女人示意店铺的伙计关上店门，挂上了“歇业”的牌子。

齐拉拉慢慢走进了公安局，正好碰到宗向方要去抓“粮耗子”，齐拉拉自告奋勇一起去。

恒记粮店门外，齐拉拉和宗向方在路边吃卤煮。齐拉拉的眼睛时不时地往门口看。宗向方指点他，不能这么看，会露相，他示意齐拉拉看另一边剃头挑子上挂着的一面小镜子，小镜子正对着粮店。齐拉拉心服口服，趁机请教：“宗哥，你说怎么才能知道，这屋子里有没有暗室？”

“简单，如果是地下室，甭管多严实的顶盖都会有缝隙，有缝隙就有风，用打火机晃一晃都能发现。要是夹壁墙，因为在屋里多加了一堵墙的重量，地板会微微倾斜，找个弹球一试就成。”

齐拉拉从兜里拿出一个墨绿色的弹球：“用这个吗？”

宗向方拿起弹球一看：“和田玉的弹球。”

齐拉拉得意地说：“传家宝。”

宗向方把弹球在桌子上轻轻一弹。

恒记粮店的向经理从大门里走出来，到门口的烟摊儿买烟，之后点燃一支，拄着文明棍来到街上。宗向方和齐拉拉在后面跟着，向经理察觉到被跟踪，宗向方丝毫不回避。等向经理走远了，齐拉拉低声问道：“宗哥，都被发现了，还跟吗？”

“不用了。我就是要叫他知道我们盯上他了。”

齐拉拉嬉皮笑脸：“我可是听说了，您是跟踪的高手，传授几招呗。”

“其实跟踪就是叫对方彻底忽视你的存在，就是要把你变成不是你。跟踪不是用眼睛，是用这儿。”说着，他指指自己的胸口，“真传一句话，假传万卷书。慢慢学吧。”

远远地冼怡的声音传过来：“都和你说了，别跟着我，再跟我喊巡警啦。”

齐拉拉看到一个西装革履的男人拦着冼怡不让走，冼怡左躲右闪就是摆脱不了。

他一步蹿了上去：“嗨嗨嗨嗨，晴天碧日、朗朗乾坤，你个死瘪子竟然当街欺凌妇女……”

白玲从一个房间里走出来，小心带好门，在走廊里遇到郑朝阳。

郑朝阳轻松问道：“小东西安排好了？”

“暂时只能先叫她住在局里，等事情结束了，再看看送她去哪儿。”

“也好。这小东西是很重要的人证，留在这里安全些。没事的时候你多陪陪她，看还能不能想起点别的线索。”

“多门帮我联系了保警总队的一个中尉文书，没想到他竟然是代理总队长的小跟班。他透露说，代理总队长和杨怀恩曾经谈论过平西一个叫‘翠宫院’的地方。”

郑朝阳在脑袋里搜寻了一遍，好像没听过这个地方：“翠宫院，我怎么没听说过？”

白玲说：“我问过不少留用警，都没听说过这个地方。”

“你还记得保定那次吗？”

“你说这个翠宫院其实只是一个代号，并不是真的地名？”

“平西地势复杂，是个打游击的好地方，必须弄清楚翠宫院在哪儿。”

外面传来吵闹的声音。

郑朝阳叫来三儿，问道：“怎么回事，这么吵？”

三儿解释道：“齐拉拉和宗巡官从大街上带回俩人，女的是冼登奎的女儿冼怡，男的不认识，狂得狠，正骂大街呢。妹妹的，不看看咱这儿是啥地界。组长你别管，看我怎么去收拾他。”

三儿捋胳膊挽袖子出去了。

郑朝阳也走出门，叹口气道：“又是这个冼大小姐，唉！”

在郑朝阳的办公室里，冼怡正抹着眼泪。

郑朝阳没好气地说：“好啦，别哭啦。我这儿正烦着呢。”

冼怡很识相地不哭了，郑朝阳倒觉得有点尴尬。

他气哼哼地说：“北平现在是兵多、匪多、特务多、奸商多、流氓多、银圆贩子多，多如牛毛。我们二十四小时连轴转，好几天都没正经睡过觉了。你还来搞这些。”

冼怡也生气地说：“我的事在你是小事，在我就是大事，终身大事。你就看着我嫁给这个什么‘好不啦’啊？你看他那个样子，跟抹了奶油的火柴棍儿似的，哪点配得上我啊？”

“这个谁……到底是谁？”

“他叫陈比干，是天津金盛银行的襄理，陈果夫的远方亲戚。你走那天，我爸爸被万鬼子给抓了，我没办法只好去求他。是他自己说要和我结婚，我可没答应他啊。”

郑朝阳一愣，有些自责："那、那你说的什么？"

"我就说，只要把人救出来，这个事呢，好商量。是好商量，可没答应就嫁给他啊。现在他死王八咬人不撒嘴了。"

"就凭你爸的势力，他能把你怎么样？"

冼怡更生气了："我爸爸同意这门婚事。"

郑朝阳吃了一惊："那你得去和你爸说这件事。这算是家务事，我不好插手……"

冼怡看着郑朝阳，眼中委屈含泪："朝阳大哥，你就愿意看着我嫁给他吗……"

郑朝阳很尴尬，躲避着冼怡的眼神。冼怡请郑朝阳出面说服她爸放弃这门亲事，郑朝阳没办法，只能答应帮忙，但不是自己去，而是让白玲去。冼怡一脸委曲。

白玲到了冼登奎家，冼登奎爽快地同意不干涉女儿的婚事。白玲告辞，她出门时留意到客厅里的一幅画。

冼登奎让女儿送送白玲。冼怡送白玲出来，心情大好。白玲问冼怡怎么她父亲管她叫"八万"，冼怡臊得脸通红："我娘生我的时候，我爹正在打麻将，单调八万胡了个满贯，于是就给我起了这么个混账小名。我和他说多少次了不许叫。"

两人越聊越亲近，白玲问起冼怡家客厅挂的那幅山水画，上面有什么碧霞啊，翠宫啊的字样，是不是都是佛教上的名字？

冼怡呸了一口，说："才不是。那是太平道用的名字，对应天上二十八星宿，也就是太平道给二十八星宿重新起的名字。上了碧霞山，迈步翠宫院，一路紫丹炉，又见月桂树，一个星宿一个层级，修满层级就到了天宫了。到了天宫，就做神仙啦。"

白玲诧异地问："你爸爸还搞这些啊？！"

"他是太平道的点传师。唉，其实也是胡扯，他就是想用太平道做买卖，人多啊。好了不说这些了。姐，我也想和你一样啊，哎，你告诉我，我怎么才能和你一样啊？要不我也去当兵吧？”

冼怡絮絮叨叨地和白玲说着，并且过去拉住白玲的手，白玲本能闪躲，但又马上伸出手去拉住冼怡。两人聊着笑着，渐行渐远。

白玲来到郑朝阳的办公室，上来就说：“冼登奎装蒜倒是很有一套啊。”

郑朝阳警告说：“看着憨，其实歹毒得很，当年北平城一半的鸦片生意都是他的。可他做坏事不留贼名，还开着粥厂救济穷人，逢年过节的给乞丐发礼品、施舍旧衣服。他号称‘慈善家’，一面是人，一面是鬼。”

“可惜了冼怡这丫头，有这么个爹。”

“冼怡没出生他爸就已经是黑道人，她没得选。人没法儿选择自己的出身，但能选择自己的出路。冼怡和他爸爸不一样。”

“你们很熟？”

郑朝阳叹了一口气，说：“是啊，可以说我是看着她长大的。我那时候在北平警察局，给城外的八路军偷运军火和药品，用的就是冼登奎的通道，以走私的名义。”

白玲很疑惑：“这么多年，冼登奎就没看出来？这可是个老江湖。”

“我猜想，他未必不知道。但这种江湖人善于两面讨好，谁也不得罪。他们更在意的是钱。冼怡那时候还小，转眼都是大姑娘了。这次我叫你去，也是想叫你了解一下，以后我们和这位冼大爷打交道的机会会很多。”

白玲笑道：“这次可没白去。我知道翠宫院是什么东西了，这是太平道的一种秘密联络方式。”

“太平道？”

白玲点点头：“但还不知道具体指的是什么。”

“这我得给你找个人。多门。”

电话铃响起，是宗向方来的电话。他伪装成车把式，找到了向经理他们私囤粮食的窝点。

郑朝阳在宗向方和代数理的带领下进到库房，里面堆满了粮食。郑朝阳接过宗向方递过来的刺刀，冲着粮食包扎了一下，大米流了出来。

郑朝阳看了一眼周围的粮食包，道："囤积了不少啊，得有上万斤吧？"

宗向方点头道："加上其他几家商号，我看起码有十几万斤。"

郑朝阳赞叹道："挺能整啊，向方，这么快就找到老小子的窝点了。"

宗向方谦虚地说："还不是你教的。这种左手倒腾右手哄抬物价的法子也不新鲜，就是得找到囤粮的窝点。我就用了个敲山震虎的法子，老小子不禁吓。"

代数理竖起大拇指说："老宗啊还真有一套，悄悄跟着，摸准地方了就去找我，都没跟你说。为啥啊，怕错了叫你脸上难堪，必定得凿实了才叫你来。"

郑朝阳拍拍二人的肩膀道："好样的，立功了。我得找魏大会长聊聊了。"

向经理一脸惶恐地坐在郑朝阳的面前。

郑朝阳拍着巴掌，讥讽道："主意不错啊，自己的货自己再买回来，用这个法子提高粮价。"

向经理满脸尴尬，硬着头皮假笑道："长官，我买自己的粮食也算是正常的生意交易啊，这叫肥水不流外人田嘛。您说是吧？"

郑朝阳拿起一本账册："你可以肥水不流外人田，可你这流肥水的粮店什么入账记录都没有？你这是粮店，还是仓库？你名下三家粮店来回倒腾，左手倒右手，右手再倒左手，粮价就这么涨上去了。"

向经理急忙解释道："我是个商人……"

郑朝阳一拍桌子喝道："你首先是个公民！是公民就要守法！军管会三令五申，严禁哄抬物价。你们呢？面粉从两万三一袋涨到五万一袋，大米每斤六百七十涨到一千三。这叫什么？这是喝人血啊。商人，我看你连人都不算！"

向经理不停地擦汗："我交代，我交代，我交代。"

郝平川走进来，在郑朝阳耳边轻声说着什么，郑朝阳起身走了出去。

魏檣坐在沙发上，看到郑朝阳进门，他急忙站了起来，冲着郑朝阳深深鞠躬：“郑组长，我犯了错误，我来自首。”

郑朝阳浅浅一笑说：“魏会长干吗这么客气！不急，坐下慢慢说。”

魏檣卡着椅子边坐下，一副痛心疾首的样子：“郑组长，我管理无方，商会出了蠹虫，哄抬物价，囤积粮食，搅乱市场。这些黑心商人，真是什么钱都赚啊。北平刚刚解放，正是百废待兴的时候，他们这么做不是给政府添乱吗？该死，真是该死！！”

郑朝阳假装迷惑地说：“您这么说我倒是糊涂了。蠹虫，什么样的蠹虫？”

魏檣拿出一本册子：“我都调查清楚了，这些奸商利用隐形粮店倒卖粮食哄抬物价，故意制造粮荒，然后借机发财。这是名单，有面粉厂，也有粮店。一定要狠狠地教训他们。”

郑朝阳接过花名册，笑了笑：“魏会长能有这样的觉悟，我很高兴。以后少不了要麻烦魏会长。”

魏檣赶紧答道：“好，好，好。一定尽力，一定尽力。这些奸商，一定要狠狠打击！”

郑朝阳送魏檣出门。魏檣一路上点头哈腰，出了大门。

郝平川走过来，郑朝阳把花名册递给他：“这老小子，见风使舵溜得倒是快。”

郝平川骂道：“这是看咱们抓了向经理，横竖瞒不住了，索性就充好人，也不看看他自己的屁股干不干净！”

“当然不干净，不过这个人现在还有用。去把这个花名册给向经理看看，告诉他，是魏会长拿来的。”

郝平川笑道：“你啊，这样一来，向经理要恨死魏檣啦。”

“那就叫他多交代一些。”

宗向方在下班路上，被段飞鹏截道，带到了金城咖啡馆。

郑朝山坐在金城咖啡馆的密室里，看着一本线装《史记》。门开了，段飞鹏进来："组长，老三来了。"

宗向方走进了密室，看到郑朝山，他很惊讶："怎么是你？！"

两人简单聊了几句，便和段飞鹏围着圆桌坐下，远处是金城咖啡馆的经理乔杉。

郑朝山用手指敲着桌面说："现在是箭在弦上，不能不发了。"

宗向方迟疑道："问题是不知道小东西听到多少，又说了多少，没准儿你的计划已经泄露了。"

郑朝山道："我叫人去小东西偷听的地方测试过，她就算是听也听不清楚。再说，即便他们知道了，大军没有进城，他们也不敢轻举妄动。我们就是要利用这个时间差。一旦大军进城，我们就给圈在笼子里，徒唤奈何了。"

宗向方问道："你就敢肯定保警总队的人都跟你走？你弟弟这段时间派人在保警总队里四处活动，谁知道有多少人已经倒向他了。"

段飞鹏不屑道："能拉多少是多少。老弟，撑死胆大的饿死胆小的，办大事就得冒险。"

宗向方反驳道："冒险不是送死！我们现在完全处在劣势。"

郑朝山盯着宗向方的眼睛，说："你太悲观了。我们的牌还没打完。"

段飞鹏戏谑道："充其量是麻杆打狼两头害怕。看谁手快，一把掐住脖子。"

宗向方有些犹豫："这能行吗？要不要请示下南京？"

郑朝山回道："已经请示过了。南京的意思，要我们破釜沉舟，给共产党迎头一击。保警总队的几个队长已经接到了通知，明天到公安局大礼堂召开午餐会。我想开会是假，借机扣押是真。我们正好可以将计就计，带兵攻击公安局，把他们的首脑一网打尽。"

郑朝山看了一眼宗向方，随后打开一个盒子，里面是十根金条："这次行动只能成功，不能失败。"

郑朝山拿出一半金条堆在宗向方的面前，另外一半推给段飞鹏："当初你可是宣过誓效忠党国的……"

宗向方头疼得好像要裂开一样，但下一秒，他拿起一根金条。在灯光下，金条格外耀眼，他的眼睛随即眯成一条线。

郑朝山露出微笑，拿出一张白玲的照片放到桌子上："听听我的计划……绑架、爆炸、突袭，三箭齐发，叫共产党找不到目标，摸不清动向。我们就能顺利出城，和杨凤刚的别动队会合，然后拉到绥远去打游击。这是党国赋予我们的使命，我们要用行动来告诉南边，我们还在战斗。"

宗向方问道："好吧，什么时候行动？"

"今晚。"

宗向方吃惊地问："今晚？这么急？"

"不是我们急，是共产党急。他们要动手了，我们必须赶在他们之前行动。"

宗向方看看表："都这个点儿了，应该下班了吧？"

郑朝山贼笑道："这个点儿正是他们干活的时候。"

宗向方领命走了出去。

段飞鹏问："你就不怕他……唤醒消息发出这么久……"

"此人满腹心机又摇摆不定。到底靠不靠得住，看他这次吧。"

罗勇的办公室里，郑朝阳正在请示："市委所在地原来是德国领事馆，地下室堆了不少奶粉、罐头、压缩饼干什么的。我想请保警总队的人吃顿饭，这些好东西正好用上。"

罗勇有些担忧："射人先射马，擒贼先擒王。你有把握？"

"中下层军官的情况我摸得差不多了，有把握。只要咱们动作快，控制了总队长和几个中队长，剩下的就好办了。"

"现在的代理总队长汪孝城，你了解吗？"

郑朝阳答道："这个人没什么背景，是个老好人。前一阵子刚刚被提升为副总队长。总队长跑了，他被推上来临时代理总队长。不过，他在队里的威望很高。"

罗勇拿出钢笔在一个小本上写了一个电话号码："这是咱们在保警总队

的一个内线的电话。是时候和他联系了。”

郑朝阳很惊讶：“这个内线潜伏有多久了？”

“抗战胜利不久组织上就安排他打进了保警总队。是个老地下。”

郑朝阳双眼冒光，啧啧道：“首长，您藏得够深的啊。保警总队一直在您的掌控中。”

罗勇笑了：“治标还得治本。明天中午，大礼堂和保警总队，同时行动。”

郑朝阳和郝平川在办公室研究地图。

郑朝阳说：“多门找了太平道的人，查出翠宫院就是平西的青云观，早就荒废了。你看，这里地形比较复杂，青云观在高地上，能看出很远。后面是山沟，如果感觉不对，就可以撤到山沟进山。”

郝平川在地图上比画着：“那我可以预先在这里和这里设伏，从两翼包抄他们。在这里，摆上两挺机枪，把他们往这个区域里赶。这里是夹缝，到这里，他们就和进了封箱的耗子一样没地方跑了。”

“我带人穿上保警总队的制服，带上杨怀恩，从正面上山，然后进行攻击。”

郝平川很兴奋：“我们师长老说，关门打狗，瓮中捉鳖。”

下班时，宗向方确认白玲要出发回家，马上回到自己的办公室，来到窗前，拿出手电筒冲着外面打莫尔斯密码：“已出发，一人警卫。”

段飞鹏在不远处用望远镜看着宗向方的窗口，看到密码，他脸上露出微笑。

随后宗向方敲开了郑朝阳的房门，说不放心白玲一个人回家，要去送送她。郝平川不屑地看看宗向方，提出自己去送，完事后再回局里。郑朝阳同意了，叫宗向方也回家休息，宗向方说还得等会儿，给上面的材料还没写完呢。

白玲走在胡同里。郝平川跟上来，两个人说说笑笑。段飞鹏看到郝平川急忙闪身。

经理乔杉疑惑道："怎么了？"

段飞鹏小声说："不是一般警卫。这点子扎手。"

"要不还是撤吧。这儿离警卫营才几百米。"

段飞鹏犹豫一下，在乔杉的耳边低语了几句。

白玲和郝平川走到了胡同深处，边走边聊。段飞鹏迎面走过来，和郝平川擦肩而过的时候特意露出脸来。郝平川一看是段飞鹏，当即大喊追击。段飞鹏翻身与郝平川格斗几下之后迅速逃走。

看着郝平川远去，白玲突然发现自己身后出现了一个人影，急忙掏出手枪转身，但被后面的大个子一把抓住。撕扯中白玲扣动了扳机，子弹向天射出。白玲撕裂了大个子的口袋，一张小字条掉了出来。乔杉悄悄出现在白玲身后，一掌打昏了她。大个子把白玲扛在肩头，迅速消失在胡同深处。

郝平川追击段飞鹏时，听到枪声就反应过来白玲出事了，他马上转身往回跑，却只看到白玲的挎包扔在地上。郝平川大怒。

郑朝阳带着警员跑来，宗向方也在其中。

郝平川拿着白玲的挎包，后悔地喊道："段飞鹏！白玲！我上当了！唉——！"

郑朝阳吩咐下去："以此地为中心，方圆五里设卡。他们带着人跑不远，很可能就近隐藏。十里处设第二道关卡，盘查所有的车辆，包括汽车、黄包车、骡马车。"

郝平川道："我们的人手不够。"

"从其他几个分局调人过来，尽力而为吧。"

郝平川一跺脚："我就是掘地三尺，也要把白玲救回来。"

郝平川走了。郑朝阳开始检查现场，手电光照亮的地方，能看见很多杂乱无章的脚印。宗向方趁人不注意还故意踢乱了一些，假装叹息说："咱们的战士把现场全破坏了。"

郑朝阳拿着手电筒四处查看，发现一张字条已经被踩进土里，只露出一角。他取出随身带的工具包，用镊子把字条夹了起来，放进一个纸袋中。

宗向方看见这一幕，微微皱眉。

郑朝阳把纸袋里的字条拿出来放到桌子上，原来是一张便宜坊的鸭票子，算是烤鸭店的礼品券，用鸭票子可以换烤鸭。但已经过期了。

这时桌子上的电话响了。

郑朝阳拿起电话听着，眉头紧锁："没想到，他们的动作倒挺快。好的，我明白了。咱们照原计划进行，你也要注意安全。"

天亮了。

郝平川一身疲惫地走进郑朝阳的办公室，倒在沙发里："北平的胡同啊，和蜘蛛网一样。"

"胡同就是北平的血管。没了胡同，还叫北平吗？"

"白玲会不会有危险？"

郑朝阳安慰他道："暂时不会，他们留着白玲还有用。"

"干吗？要赎金？钱没有，子弹有的是！手榴弹一箩筐。"

"白玲有没有危险，关键在于咱们怎么做了。"

郑朝阳俯在郝平川的耳边轻声说着，郝平川一惊："这情报你是从哪儿得来的？"

"这你不用管。你只管照我说的做。"

"他们是想要四处开花，天下大乱。"

郑朝阳笑道："管他几路来，我只一路去。"

电话响起，他笑道："看到没有，来了。"

郑朝阳接起电话："老孟啊。哦，是。你说要加强军火库的守卫，应该的。是，我同意。你带保警总队的人去吧，记住了，要精锐。嗯，好。"

郑朝阳放下电话。

郝平川激动地站起来说："白玲的事情，就交给你了。当公安还是你在行。"

郝平川刚出去，多门进来了，说："组长，您找我？"

多门认出字条是便宜坊的鸭票子，是店庆促销打折时候送的，不过已经过期好些日子了。郑朝阳分析过期的鸭票子揣在身上，应该是准备讹人用，于是他决定去趟便宜坊。

郑朝阳一身便装，戴着大墨镜，那样子俨然就是个街头混混儿。多门跟在他身后。两人进了便宜坊，叫出掌柜，掏出过期鸭票子，经过一番试探打听，果然找到了这个吃生肉的人。这人是天桥撂跤马五爷的大徒弟何敬奎，大家都叫他奎子。郑朝阳暗自激动。

多门知道奎子在哪儿，带郑朝阳来到一个破旧的独门独院。

多门有些不放心地说："奎子爹娘早没了，没兄弟姐妹，也没媳妇，光棍儿一条，在天桥摔黑跤。留神，这小子横练铁布衫，手黑着呢。"

郑朝阳点点头要上去，被多门拉住。多门告诫道："得快，这是马五爷的地头儿。"

旁边胡同口出来一个老太太，颤巍巍地走着。郑朝阳看着老太太觉得有些奇怪，这时奎子从门里出来，转身锁上了门。

多门和郑朝阳假装遛弯儿，迎着奎子走上去。多门嘴里叼着旱烟袋，睡眼蒙眬。奎子见是多门，一惊之下站住脚。

多门懒散地和奎子拉了几句家常，随后告辞，和奎子擦身而过的瞬间，他取下嘴里的烟袋掉转烟杆冲着奎子的腰眼就是一下，铜烟嘴狠狠戳在奎子腰间的穴位上。奎子疼得差点儿摔倒在地。郑朝阳转身一个擒拿手要铐住奎子，但奎子武艺高强，遭了暗算仍然反应极快，一个背摔把郑朝阳扔了出去。

奎子大喊："公安抓人啦！"

很快，周围的院子里冲出十几个剃着青色头皮、练家子装扮的混混儿，领头的是青皮。

青皮张口就说："怎么，打横炮飞到马五爷地头儿上了，作死是吧？"

奎子趁机溜走。郑朝阳要追，但被混混儿拦住。

他掏出手枪对准混混儿："让开！公安局的。"

青皮咂咂嘴："哟，警察啊，还带着响器呢。小爷就喜欢大炮仗，来，给爷崩一个，冲这儿来。"

青皮指着自己的脑门喊道："开枪啊！"

多门一把薅住青皮，照着他后脑勺就是一巴掌，同时示意郑朝阳快走。

郑朝阳顺着奎子溜走的方向追了下去。几个混混儿围住多门，几番周旋过后，多门制住了他们。

奎子脚步踉跄地跑着，郑朝阳在后面不远处追着。

奎子不时地回头看看。猛回头，他发现一个老太太颤巍巍地走过来。奎子扶着墙喘息，老太太从奎子身边经过时，从衣襟下抽出一个平底锅，抡圆了照着他的后脑就是一下。一声闷响，奎子直起腰看着老太太，满脸的困惑。

老太太抡圆了照着奎子的脑袋又是一下："死瘪子，还挺扛揍啊。"

奎子摔倒在地。郑朝阳跑过来，奇怪地看着老太太。老太太摘下头套，原来是齐拉拉。

郑朝阳惊讶地看着他："谁教你的啊？"

老孟带着一队保警总队的人来到军火库，对门前站着的解放军道："我们奉命来加强军火库的守卫。"

解放军打开大门，军火库的铁门缓缓开启，老孟带着人进到军火库内。大门又缓缓关闭。

郑朝阳、齐拉拉和多门躲在不远处的胡同里。郑朝阳已经换上了奎子的衣服，头上戴着礼帽。他问齐拉拉："叫他们增援了吗？"

"给分局打电话了，应该很快就到了吧。"

郑朝阳看着表，指针已经指到了十点："来不及了，必须马上行动。"

郑朝阳回头看看多门和齐拉拉，说：“我打头阵。”

多门道：“这不行吧？奎子说院子里有四个人，四支冲锋枪。不是一般人啊。”

郑朝阳看到多门的腿在不停地打战，对他说：“你留下等援兵。我走前边，缠住四个人。齐拉拉，你想办法去救白组长。”

齐拉拉悲壮地点点头。郑朝阳手里拎着一笼包子往大门口走，到了大门口，用暗号敲门。

与此同时，齐拉拉快步向后院跑了过去。多门眼看着齐拉拉的背影，一不留神踢翻了旁边的一个木桶，里面都是白灰。多门蹲下身来抓白灰。

大门开了，一个打手抱怨着快饿死了，要先吃两个包子。

郑朝阳进了院，看院子里没人，他掀开食盒的盖子，包子的热气使得打手微微闭上眼，郑朝阳迅速抽出一条皮绳猛地勒在他的脖子上。打手挣扎但无济于事，很快咽气。

郑朝阳拿起打手的冲锋枪，悄悄向里面摸去。

军火库里，老孟指挥着手下的人安放雷管和炸药，还时不时地看看手表。

在保警总队里，副官杨怀恩也在看表。他身边的人在检查武器装备，代理总队长则一脸不知所措地坐在椅子上。

郑朝阳打倒了两个人，在偷袭第三个人的时候被发现，双方展开枪战。

后院里，齐拉拉顺着墙根溜了下来。看守锁上门到前面去增援，齐拉拉趁机熟练地捅开锁开门进去。屋里空无一人，但接着齐拉拉的脑袋上就重重地挨了一下。他摔倒在地，抬头看到白玲手里拿着一个门闩。

齐拉拉急忙小声道：“白姐，是我啊。”

白玲忙问：“都来了？”

“就我和郑组长。”

白玲大惊，忙说："快去帮忙，他们不是一般的劫匪。"

前院里，郑朝阳和两个打手在周旋，两个打手果然不一般，郑朝阳对付这两个人捉襟见肘。多门、齐拉拉和白玲先后赶到，经过一番厮打，几个人终于把打手们制伏。

几个人都狼狈不堪。郑朝阳喘息着说："这几个人不简单。"

白玲说："岂止是不简单，他们都是保密局的特务。我在里面听他们说等军火库炸了，保警总队的人就袭击公安局。"

郑朝阳安慰道："没事，我都安排好了。"

白玲惊讶地问："安排好了？"

炸药已经安置完毕。老孟看着手表，举起手挥下，几个人迅速定好了定时器。他带人打开大门撤离，发现门口已经站了一排解放军，当先站着的是郝平川。

老孟的副手打算反抗，发现老孟的枪口已经顶住了他的脑袋。副手惊讶地看着老孟："老孟？你干吗？"

"抱歉，我是共产党员。"

白玲对郑朝阳说："军火库里边解决了。那外面呢？"

郑朝阳疑惑地问："外面？"

"我听他们说派了两个爆破组，一个在里边，一个在外面。"

郑朝阳一跃而起，冲了出去。门口停着一辆自行车，他骑上就跑，出门的时候遇到当地派出所的所长眼镜干部，郑朝阳大喊："马上通知所有人，往军火库集合，快！"

郑朝阳骑车一路飞驰。齐拉拉追了出去："等等我，我也去啊。"

齐拉拉飞奔着，很快就气喘吁吁，迎面"好不啦"骑着车慢悠悠地过来，齐拉拉冲上去一把将好不啦拽了下来："对不住。少废话。"

好不啦摔倒在地，看着齐拉拉的背影，他气急败坏，操着一口山西话骂道："驴日的干甚呢么！"好不啦其实是山西人，平日装洋范硬说上海话。

齐拉拉把车骑得飞快。

就在郑朝阳与齐拉拉赶往军火库的时候，一双穿着布鞋的脚，悄悄走到军火库墙外，此人掀开地上的一块苫布，苫布下露出一节导火索。

第七章

郑朝阳骑着自行车在大街上飞奔，一路疯狂地按车铃。齐拉拉在他身后不远处骑着车紧追。看到飞驰而来的两辆自行车，路上行人纷纷躲避，生怕一不小心被挂倒。

上午十一点，杨怀恩率领保警总队的士兵分别乘坐卡车和吉普车往公安局方向出发。代理总队长坐在车里不停地擦汗。

现在公安局里的陷阱已经挖好，就等着杨怀恩跳进来了。

郑朝阳骑到军火库的围墙外，从车上跳下来，把车一扔，就急忙顺着墙根儿找起来，很快就发现前面不远处有冒起的白烟。郑朝阳扑上去掐灭导火索，他刚要起身，身后一枪打来，子弹擦着他的头皮飞了过去。

不远处，蒙着脸的宗向方正折一根导火索。听到枪声后他愣了一下，赶紧用打火机点燃了导火索。然后他又跑到百米之外的另一处导火索处准备点燃，但这次打火机怎么也打不着。没办法，他只能从兜里掏出从金城咖啡馆拿来的长柄火柴点火。

不远处，齐拉拉骑车正向这边飞驰而来。宗向方点着导火索后，赶紧站起来离开，不过没几步又停下来，他的大脑开始飞快地转着。

赶过来的齐拉拉扔下自行车跑到墙根儿处查看，看到一处导火索正在冒烟，他急忙蹿过去用牙齿咬断导火索。他刚起身又看到不远处也有白烟，急忙跑过去，结果迎面和宗向方撞到一起，两人抱着头摔倒在地。

齐拉拉大喊道："烟，我看到有烟。"

宗向方顺着齐拉拉手指的方向看到冒着白烟的导火索，赶紧翻身扑上去把导火索掐灭，手指顿时被烧起了大泡。

几个警卫战士冲了过来大喊：“不许动！”

齐拉拉急忙举手解释道：“我们是公安！”

郑朝阳和蒙面人发生了枪战。蒙面人边打边冲过了一片枯树林，郑朝阳着急找导火索，示意郝平川去追击。郝平川带人追到枯树林后，发现地面上纵横交叉的都是钢丝，急忙大喊道：“大家别动！”由于排除手雷耽误了追击时间，而且枯树林外面就是纵横交错的小胡同，这工夫蒙面人早已不见了踪迹。

齐拉拉上前把宗向方扶起来问道：“宗哥，你怎么在这儿？”

“我和郝组长到这儿来出任务，结果闹肚子，出来解手，没想到看到有人在这儿捣鬼就过来看看。哎哟，不行了，我的肚子。”说着，他用手捂着肚子，几步蹿到枯草丛中，脱了裤子蹲下。

齐拉拉看到宗向方的样子觉得有些好笑，但是笑着笑着，他突然想起了什么。齐拉拉闻闻自己掐过导火索的右手，有一股刺鼻的硫黄的味道。齐拉拉想起刚才撞到宗向方时，两人一起摔倒，宗向方的手从自己的面前擦过时，也有股刺鼻的硫黄味。如果宗向方是在见到自己后才掐断导火索的，那么，那时他手上怎么会有硫黄的味道？齐拉拉看着不远处露出脑袋的宗向方，冷汗流了下来。

保警总队的车在大街上整齐地行进。杨怀恩看看表，等待着爆炸声响起。十一点整，没有爆炸声响起。杨怀恩大喊：“停车！”

听到命令后，车队停了下来。杨怀恩再仔细听，还是没有听到爆炸声，于是他命令车队开回保警总队。

蒙面人停下疾走的脚步，侧耳仔细听，也没听到爆炸声，他猛地撕下脸上的蒙布，段飞鹏的脸露了出来。

车队开回保警总队后，杨怀恩和代理总队长汪孝城走进了办公室。杨怀恩情绪十分激动，他急躁地扯开领带：“出事了，一定是出事了！”

汪孝城坐在椅子上喘着粗气：“杨副官，我看还是算了吧，再折腾大家都没好果子吃。”

杨怀恩恨恨道：“不折腾你就有好果子吃了？你说，这些年你抓过多少共产党，杀过多少共产党？他们会放过你吗？”

汪孝城无奈地摊开双手：“可我都是在执行上级的命令啊！”

“你现在也是在执行上级的命令！你要想清楚，到底谁是你的上级，南京，还是延安？”说着，他突然拿出手枪顶住汪孝城的脑门，“再敢动摇军心，我现在就毙了你！”

汪孝城害怕地闭上了眼睛。杨怀恩稍微缓和了一下口气道：“咱们为党国拼了二十多年，手上沾满了共产党的血。他们不会放过你我的。听我的，出去告诉大家马上起事，咱们有兵有枪有炮，冲出去杀他个人仰马翻。”汪孝城只能同意。

杨怀恩拉着汪孝城一起来到保警总队的军官食堂，一进门，两人都愣住了。保警总队所有的中下层军官都在食堂里，但是鸦雀无声。他们都站着，只有一个人坐着，那就是郑朝阳。

郑朝阳面前是一个菜盆，里面是白菜炖土豆，他正慢条斯理地就着白菜吃窝头，他抬头看了一眼愣神的杨怀恩道：“老杨啊，来来，过来吃点东西。汪总队，来坐下一起吃嘛，你不吃大家都不好意思吃。”

杨怀恩和汪孝城坐在了郑朝阳的面前，警觉地观察四周。

杨怀恩厉声问道：“郑组长，你到底要干什么？”

郑朝阳抬起眼皮看了眼杨怀恩，夹了一块土豆放进嘴里，慢条斯理地说：“请你们吃饭你们不去，只好我自己来啦。其实你们真该去，美国炼乳、牛肉罐头和德国大香肠，我们都不舍得吃的。”

看到杨怀恩把手按在枪把上，郑朝阳不屑地拍拍自己的腰道：“就我一个人，身上连个刀片都没有。”杨怀恩用眼神示意自己的亲信去查看外面的情况。

郑朝阳高声道：“我来就是跟大伙儿聊聊天儿，顺道呢，再算笔账。哎，可不是印子钱阎王债啊。这种账我也不会算。算啥呢？就算人。民国十年中国共产党成立，当时全国的党员加起来是五十多人；到了蒋介石

‘四一二’反革命政变之前，不到六万人。国民党呢，党员七十万。八一南昌起义，我们有了自己的军队，国民党开始五次围剿。红军几大主力加起来十万人，国民党呢，仅第五次围剿就出动上百万军队。我们长征到了陕北，整整两万五千里，中央红军剩下八千人。所有的红军加起来也就三万上下。国民党呢？两百万军队！我们连民兵和地方武装算上一百多万，国民党要算上这些是八百万。然后就是三大战役。我有个统计表，政治部刚送来的。”

说着，郑朝阳从口袋里掏出一张字条，念道：“辽沈、淮海、平津三大战役，历时一百四十二天，共歼灭（含起义、投诚、接受和平改编）国民党正规军一百四十四个师、非正规军二十九个师，合计共一百五十四万余人。国民党五大王牌主力，新一军、第五军、新六军，第七十四师，第十八军，都完了。新一军军长郑洞国，投降；第五军军长邱清泉，阵亡；新六军军长廖耀湘，被俘；第七十四师师长张灵甫，阵亡；第十八军军长黄维，被俘。”

大多数人满脸无奈，但仍然没有人说话。杨怀恩的亲信回来轻声在杨怀恩的耳边说着什么，杨怀恩微微点头。汪孝城则不停地擦汗，时不时瞟一眼杨怀恩。

郑朝阳继续道：“淮海战役，我们，六十万人，国民党，八十万人。八十万人被六十万打得丢盔弃甲。这单单是排兵布阵作战指挥上的事吗？你们知不知道，淮海战役中我们后方支援前线的民工达到五百万人！我们的陈毅司令员说淮海战役就是民工的独轮车推出来的。这是什么？是人心，人心所向！”

在座的人面面相觑。

郑朝阳继续道：“都仔细算算。国民党这个烂摊子还剩下什么了？当年我们什么都没有，被打被追被抓被杀，现在我们什么都有了；国民党呢，什么都没了。我就想问一句，你们这些人，是想跟着国民党这条小船破船漏船一块儿沉到水底喂王八呢，还是坐上共产党这条好船新船大船一起奔向新中国？！我说完了，杨副官，该你了。”

杨怀恩站起来将手枪掏出一把拍在桌子上，慷慨激昂地说："弟兄们，国民党百战艰辛创建民国，今天时局艰危，但我们都是党国的人，绝不能辜负党国对我们的栽培和信任。我们是军人，绝不能坐以待毙，我们要杀出北平。城外有我们的人接应，咱们一起去绥远打游击。走啊！"

现场鸦雀无声，没人响应。

郑朝阳看看汪孝城，问道："老汪，你也跟着去啊？"

汪孝城汗流浃背，喏喏道："我……我听大伙儿的。"

郑朝阳看向大家，问道："那大伙儿的意见呢？"现场的人你看我我看你。

之前和代数理谈过话的警官中尉说道："我爹娘老子老婆孩子一大堆都在北平，我还是算了吧。"

跟白玲谈过话的警官少尉也附和道："哪儿也没有北平好啊，这身衣服不穿还能当个老百姓，炸酱面照吃，我是哪儿也不去。"

又一警官笑道："打游击？就我们？您别逗了。"

一位警官中尉大声道："虱子再大也顶不起床单，都别裹乱啦！"

杨怀恩突然拿起手枪就对准那个警官中尉开枪，幸亏旁边的代理总队长汪孝城手疾眼快，一把托起了杨怀恩的手臂，子弹擦着中尉的头皮飞了出去。中尉吓得抱着脑袋蹲在地上，所有人都吃了一惊。

杨怀恩怒道："时局危矣，动摇军心蓄意投共，杀无赦！兄弟们，外面没有解放军，就他一个人。抓他做人质，我们冲出北平！"

杨怀恩冲向郑朝阳，却被郑朝阳一拳打在鼻子上，翻倒在地。郑朝阳甩甩手道："死螃蟹，油盐不进啊。"

杨怀恩站起来，鼻子上都是血，用枪指着郑朝阳，却惊恐地发现郑朝阳身边的警官都已经掏出枪，几十个枪口对准了自己，连身边的亲信也被制住不敢动弹，被缴了武器。

险些被杨怀恩击中的警官中尉怒目圆睁，举着手枪对着杨怀恩喊道："姓杨的，你大爷的！我崩了你！！"

郑朝阳按住警官中尉的枪口，对杨怀恩说道："投降吧。"

走投无路的杨怀恩一把抓住代理总队长，把枪顶在他后脑上，吼道："不许动，谁动我就打死他。"

汪孝城急忙喊道："哎，杨副官，我就是个代理，不值钱，真不值钱的啊。"杨怀恩喝道，"闭嘴！"说着，他挟持汪孝城慢慢挪出门去。

郑朝阳带着人慢慢地跟在后面。

眼见杨怀恩已经走到了庭院正中，郑朝阳并没有着急，因为他知道不远处的屋顶上，郝平川正端着一支狙击步枪，瞄准了杨怀恩。

一声枪响，杨怀恩摔倒在地，郝平川从房顶下来，拎着狙击步枪走了过来。郑朝阳夸道："好枪法！"

郝平川也竖起大拇指："好胆量！"

郑朝阳哈哈大笑："那是因为有你在。"

郝平川问道："他的伤怎么样？"

"伤在肩膀上，子弹穿过去了，不过没大碍。"

郝平川说："好，那一会儿就带上他。"

郑朝阳点头，看了看墙上的表。

平西翠宫院所在的山下，郑朝阳和郝平川带着身穿保警总队制服的战士赶了过来，齐拉拉和宗向方押着杨怀恩坐在一辆吉普车里。车队在山脚下停了下来，战士们纷纷下车。两个解放军从不远处跑来，向郝平川敬礼。

郝平川向郑朝阳介绍道："这是李连长，这是王指导员。"

郑朝阳跟他们边握手边问道："情况怎么样？"李、王两人相互看了一下，疑惑地说："首长，不会是搞错地方了吧，这儿根本就没人。"

郑朝阳大吃一惊，忙问："你说什么？！"李连长解释道："我们接到指示后连夜就在这里设伏，但是一直到现在，连个人影都没看到啊！"

郝平川喃喃自语道："这怎么可能？"说完他爬到高处用望远镜仔细观察，只看到山庄里残垣断壁，确实是没有人的样子。他把望远镜交给郑朝阳时说："奇怪，真没人。搞什么鬼！"

说着，他向车上的杨怀恩走去，一把将他拉了下来，讥笑道："不是说杨凤刚的人在这儿接应你们吗？人呢？！”

杨怀恩翻了一个白眼道：“我怎么知道？给我们的命令是到这里集合，没见到人，你去问杨凤刚啊。”

郑朝阳笑了：“看来，你的那位凤凰压根儿就没想过要杨凤刚来接应你们。他知道你们所谓的哗变根本就是鬼扯，就算是出了城，也会遭到城外大军的围剿，能不能走到这里都难说。没走到，是你们自己死，走到了，就是和杨凤刚一起死。”

杨怀恩气得脸色煞白，咬牙切齿道：“胜者王侯败者寇。”

郝平川笑道：“怎么的，你还不服啊？”说完，他又把杨怀恩塞回吉普车，“回去老实待着。”

郝平川的倔劲上来了，生气地说：“我就不信了，我要去里面看看，没准能找到点线索。”说着，他就快步往废弃的山庄里跑去，后面跟了几十个战士。

郑朝阳对着宗向方和齐拉拉喊道：“你们俩看着他。”说完他也追着郝平川去了。宗向方和齐拉拉只能留在原地看着杨怀恩。齐拉拉看着宗向方，宗向方也看他，齐拉拉有些小心地避开了宗向方的眼神。

郝平川仔细在杂草丛生的园子里搜索着，很快，他在地上发现了一个烟头儿，弯腰捡起来仔细察看。郑朝阳接过烟头看了一眼道：“已经干了，起码两天了。看来他们知道我们要来，这里不会有什么线索了。我们还是先回去吧。”

郝平川听到身后传来奇怪的响声，急忙回头冲郑朝阳大喊：“别动！”原来郑朝阳踩到了地雷，郝平川小心走过来，趴在地上看着郑朝阳的脚下，吩咐道，“所有人后退！快！”士兵们迅速后撤卧倒。

郝平川轻轻用匕首拨开郑朝阳脚下的土层，看到一枚法国的步兵雷：“是炸腿的步兵雷。”郑朝阳开玩笑说：“老郝，看你的了，你不想让我变成铁拐李，一条腿蹦着走吧？”

“别废话了。”郝平川一边说一边协助郑朝阳排除了步兵雷。脱险后的郑朝阳一身大汗，差点儿虚脱。

郝平川继续用匕首轻轻地在附近试探着，很快又发现一枚地雷，接着又发现了第二枚、第三枚。他退了出来，说道：“这是个地雷阵。得把这里封锁了，叫工兵来。”

郑朝阳看着四周的荒山野岭点点头，说道：“他们知道我们要来，起码两天前就先行布下这个地雷阵，等咱们上钩。幸亏有你这个老兵，不然我们都危险了。这里不会有什么线索了，还是先回去吧。”

说完，郑朝阳和郝平川一起往山下走。郑朝阳突然问道：“你说，他们会不会就在不远的什么地方看着我们？”

郝平川四处观察了一下：“嗯，要是我，我会把观察地点选在那儿。”说着，他用手指了指不远处的一个山岗。

在不远处的山上，一个人正趴在地上，身上盖着灰色雨衣，用望远镜观察着郑朝阳和郝平川等人。突然望远镜镜头中郝平川冲着自己指点，那人一惊，以为自己被发现了，于是慢慢后撤。

天色大亮时，郑朝阳和郝平川正往下走，突然听到一声枪响。两人迅速拔枪冲了下去，迎面看到杨怀恩躺在地上，后脑勺中了一枪，已经死了。郑朝阳看了看杨怀恩的尸体。

郝平川问道：“怎么回事？！”宗向方和齐拉拉跑了过来。

宗向方拿着手枪，解释道：“组长，我本来想打他的腿的，但脚下没站稳，打偏了。”

郝平川沉声道：“我问你，他是怎么跑的？”齐拉拉和宗向方面面相觑。

齐拉拉解释道：“杨怀恩坐在车上，我和宗哥就在吉普车边上抽烟闲聊。聊了好一会儿，宗哥要抽烟，可打火机怎么也打不着，我伸手在兜里掏火柴，才发现口袋破了，能伸进半个手掌。心想，‘坏了，手铐钥匙呢？’我急忙转身拉开吉普车的门，吉普车里没人，另一侧的门开着，杨怀恩戴的手铐扔在地上。宗哥扔了烟掏出手枪来，我们连喊带追，看到杨怀恩已经跑出百十米，宗哥抬手一枪，杨怀恩就一头栽倒在地。”

齐拉拉说完看着倒在地上的杨怀恩，害怕地说：“我不知道，真不知道啊，我这口袋一直都好好的啊，怎么就破啦？”

郝平川气急败坏，话都说不利索了：“你你你，岂有此理！这下，线索全断了。”

宗向方很内疚地说：“组长，是我不好，一枪打偏了。”

郝平川讥笑道：“头上脚底，你这一枪也差得太远啦，你们俩回去关禁闭，好好反省！”

郑朝阳站在郝平川身后眉头紧皱，看着宗向方问道：“向方，你虽说算不上神枪手，可也算出类拔萃。这才几十米的距离，怎么会差这么多？”

“我从昨晚上闹肚子闹到现在了，浑身哆嗦，我估摸着，没准儿是伤寒。”

齐拉拉附和道：“是呢，刚才军火库拆炸药包的时候，就看您还钻林子里拉屎呢。”

郑朝阳走过来摸了摸宗向方的额头：“是有点烧，回去赶紧休息，找医生看看吧。”宗向方点头，连着打了几个喷嚏。

吉普车开回了公安局的院子。郑朝阳和郝平川刚从车上跳下来，老孟就迎出来，告诉他们自己的任务已经完成了，组织让自己回上海去。于是郑朝阳、郝平川与老孟热烈话别，目送老孟离去。

白玲走过来说：“保警总队的缴械行动已经开始，这是武器清单。”

郑朝阳接过清单边看边随口问道：“还顺利吗？”

“一切顺利。就是有些人说怪话，说什么这么好的武器就这么交出去了，可惜，应该谈谈条件。”

郑朝阳微微一笑没说什么，郝平川却笑道：“谈条件？蒋介石把整个中国都快交出来了，还谈什么条件？”

“还有其他留用警手里的武器，也要尽快收缴。”郑朝阳边在物资清单上签字，边交代道。

白玲高兴地说：“还有一个好消息。总部来电了，明天，大军就要进城，这是大军进城的路线，要我们做好保卫工作。”

郑朝阳看着路线图，满脸兴奋，开心地说：“好啊，这一天总算是来了。老郝，明天所有人上街执勤！”

他们都发自内心地高兴。

1949 年 2 月 3 日，北平举行了盛大的解放军入城仪式，威武雄壮的解放军浩浩荡荡开进了北京城。北平真正地回到了人民手中，中国的历史在这一天掀开新的一页。

旌旗如林，锣鼓震天，秧歌队伍甩着红绸起舞，解放军整齐的队伍从大街上经过。耿三、蘑菇头张超等市民笑容满面、欢呼雀跃，沉浸在欢乐幸福里；冼怡带领腰鼓队走在游行队伍的前面；郑朝阳和宗向方、齐拉拉、郝平川等人都在维护治安的队伍当中。每个人脸上都洋溢着开心的笑容。

郑朝山手里拎着刚买的蔬菜，迎着漫天挥舞的红旗和人潮走了过去。胡同里家家户户张灯结彩，每家门口都挂上了五星红旗和红灯笼。看起来他心事重重，并且还有点烦躁，途中遇到街坊邻居和他打招呼，他罕见地没有回应。

郑家门口，秦招娣已经将红旗挂好了，正踩着凳子准备挂红灯笼。郑朝山看到后急忙喊道："你这是干吗？赶紧下来，当心摔倒。"

就在郑朝山踏进院门时，秦招娣脚下一滑，尖叫着从凳子上摔了下来。郑朝山敏捷地向后一闪，一把接住了她。秦招娣感到郑朝山拢住了自己的腰，一时有些失神。

郑朝山满脸不悦地将秦招娣放下："叫你来帮着做做饭，不是叫你当泥瓦匠，登高爬寨。"说着，他回到屋里。

看着郑朝山反常的表现，秦招娣跟着进了屋，关心地问道："你这是怎么了，怎么不高兴了呢？"

"没什么。你没事吧？"

秦招娣羞涩地笑道："有你在，我能有什么事啊！等着，我给你做饭去。我还带了老家的烧酒呢。"

"还带什么酒，我和朝阳都不喝酒。"

"今天不一样啊。大军进城，天下太平了。"说着，她赶紧系上围裙到厨房切菜做饭去了。秦招娣切菜的手法十分熟练，不过回想起刚才那一幕，自己摔倒时郑朝山无意中表现出来的敏捷身手，她切菜的速度不自觉地慢了下来。

郑朝阳回到家后，就闻到一股饭菜的香味儿，进屋看到堂屋的桌子上摆着几样菜肴，满心欢喜，再回头看到秦招娣端着一个瓦罐进来，他笑道："我说大哥叫我回家吃饭呢，原来请了厨师了。"

秦招娣腼腆地说："农家菜，做得不好。"

郑朝山从里屋走了出来，说道："来，快尝尝招娣的手艺。前天我在老秦那儿蹭了顿饺子吃，馋得我啊——那就是招娣的手艺。所以我请招娣来给我做顿饭，我可是给工钱的啊。"

郑朝阳俯在郑朝山的耳边，笑问道："就只是做一顿吗？"

秦招娣感觉兄弟俩是在说自己，有些不好意思，于是站起来说："还有个汤，我去看看。马上就好。"

郑朝阳打趣道："所谓伊人，在水一方。《诗经》里的，我就记下这一句。"

郑朝山叹息道："我算看出来了，你啊就不是念书的料。"

"还真是。以前爸一叫我背《论语》我就闹肚子，那时候也想不起别的招儿来，就只能闹肚子。"说完郑朝阳哈哈大笑起来。

"你还说，别的孩子是装病，你倒好，你是真病。只要是能闹肚子，你什么都敢往嘴里塞，每回都是我背你上医院。"

郑朝阳小声恳求道："别，哥，我这点丑事可别叫外人知道啊。"

郑朝山笑着调侃："我想我后来学医，八成就是带你医院去多了，去出感情来了。"

"还有这事啊。"

"送给你的。"郑朝阳从皮包中拿出一个鞋盒递给郑朝山。

"回力球鞋？你干吗，这鞋你知道多贵吗？"

"多贵也得买啊，你的宝贝球鞋因为我踩上狗屎扔了，我能不买双新的赔你。"

郑朝山拿出球鞋仔细看着，装出很喜爱的样子。郑朝阳絮叨着：“我寻思着去垃圾堆找找，那垃圾堆得和小山一样，哪儿找去啊。我还叫多门去找打鼓收破烂的问，是不是他给捡走了。你猜怎么的？”

郑朝山穿上新鞋试了试说：“很合脚。”

秦招娣拿着酒走进屋来，招呼道：“吃饭啦，菜都要凉啦。”三人吃菜喝酒闲聊。郑朝山和郑朝阳都不善饮酒。兄弟二人碰了一下酒杯，各自喝了一口。郑朝山随口问道：“听说你刚破了一个大案子，把保警总队连锅端了。”

郑朝阳脸色已经泛红，他吃下一口菜，说：“小菜一碟，保警总队的那几个特务笨死了，你弟弟略施小计，他们就缴枪投降了。为首的几个一个没跑得了。这仗打的，没劲！”

秦招娣忙问道：“那都抓到了？哦，我是怕有跑了的回头找你报复。”

郑朝阳放下酒杯，说：“没事。领导说了，要从气势上藐视他们。其实我们领导也是想多了，兵㞞㞞一个，将㞞㞞一窝。仗打得不好，主要是当官的太废物。这次背后指挥的没抓到，但耗子尾巴上的脓包，他能有多大脓水。对这种蠢驴笨蛋，我是没兴趣。”

郑朝山握着酒杯的手微微颤抖，脸色有些发白。秦招娣关切地看着他问道：“没事吧，看你脸上的汗。喝不了就别喝了。”郑朝山没说话，将杯中酒一饮而尽，举着空杯子无声地看着郑朝阳。

郑朝阳笑道：“嗯，好啊，来。”说着，他把酒杯斟满，作势要喝，但他最后却把酒洒在了地上。

“你干吗？”

郑朝阳一脸赖皮相，笑道：“一会儿还得跟领导去保警总队训话，喝多了该挨骂了。”

“赖皮。”

“对啊，就是赖皮。”

“在哥哥面前可以赖皮，工作上可别大意啊，甭管它是中统还是军统。”

郑朝阳纠正道：“保密局和党通局。”

郑朝山不放心地说：“这些人都是受过严格训练的，抗战的时候也战功赫赫，你这么粗粗拉拉的，别叫人家摸到你面前你还不知道。”

郑朝阳傻笑道：“不可能啊，除非……哥你是特务！”

“胡闹。”

“又或者，嫂子你是特务！”

“喝点儿就满嘴胡吣。”

秦招娣的酒杯差点儿掉在地上，她感到郑朝阳的眼神十分犀利，忙解释道：“还不是嫂子呢。”

郑朝阳趴在桌子上嘟囔着：“或者呢，我自己就是特务。呵呵呵。”

郑朝山和秦招娣无奈地把郑朝阳搀扶到南屋睡下。

多门推着自行车进了自家院子。耿三娘子上来打招呼，多门跟她讲了街上的热闹景象。耿三走过来给多门、张超等几个邻居送毛主席画像。

多门接过主席像奇怪地说：“新鲜啊，你这铁公鸡也知道往下拔毛啦？”

耿三骄傲地说：“咱现在是三轮车工会的副主席了，大小也是干部啊。可能还会进那个什么北平友好人士团体，以后给公安局上课去！”

张超甩袍袖作揖，恭恭敬敬地把画像接了过来。耿三大声提醒道：“挂在最显眼的地方。”“这，我们家那口子挂着老母像呢。这这这——”张超面露难色。耿三说道：“什么这个那个的，跟你家娘子说，老母是假的，毛主席是真的。”

张超走进自己家屋里，看到杜十娘正在南天老母画像前虔诚祷告。杜十娘唉声叹气，张超赶紧说：“大嘟噜说了，再敢去天桥就砸断我的腿。”

耿三娘子端着一盆杂和面，敲门走了进来，看了眼杜十娘，没有说话，把面递给张超，说道：“先吃着！”

张超叹道：“不管哪朝哪代，我们做艺人的都是下九流。我看还是算了，忍忍吧。”

王八爷站在胡同里，身后跟着烤鸭店的跑堂刘海。原来王八爷吃了两只烤鸭总也不给钱，刘海边走边跟王八爷诉苦，自己要是再要不回，钱掌柜就要扒了他的皮。

多门正好从边上路过，打趣王八爷又吃霸王餐，王八爷不能不给多门面子，只得结了刘海的账。

突然院里吵嚷起来，多门飞快地蹿进院子，这才得知张超媳妇杜十娘昏倒在地人事不知，脸色煞白。张超在一旁不停地抹泪，耿三娘子赶紧过来掐人中，耿三赶紧出门去找郑朝山。

众人纷纷议论，肯定又是太平道闹的，白羽真人说是断食供奉，十天不吃饭，把饭钱供奉给老母，老母就会给赐福。信老母多年，杜十娘戏台也不上了，以前她可是很好的角儿呢。

耿三带着郑朝山走进了院子，秦招娣跟在俩人身后。郑朝山给杜十娘用听诊器作检查，然后打开药箱拿出针管给她打了一针，片刻后，杜十娘悠悠醒了过来。

张超舒了一口气，赶紧安抚杜十娘。郑朝山说："没什么，只是严重的营养不良。她几天没吃饭了？"张超回道："有三四天了吧。"

多门长出一口气，骂道："你还看什么，赶紧给你媳妇弄点儿吃的啊。"张超起身去拿窝头，一个大窝头直接往杜十娘嘴里送。看到张超这样，耿三娘子骂道："笨死你算了。她都这样啦，你就不会掰碎了喂她吗？"说着，她从张超手里拿过窝头掰碎了往杜十娘的嘴里送。

张超有些为难地对郑朝山说："郑医生，我谢谢您了。这出诊费……"郑朝山忙说："街里街坊的，算啦。不过我告诉你，长期营养不良会引发很多疾病，不能马虎。"

多门提醒道："听到没有，郑医生发话了，不能马虎。三娘子，去给十娘包顿饺子，钱我出。"耿三娘子答应一声就出去了。多门又说："郑医生，我送您。"

多门和郑朝山、秦招娣、耿三从屋里出来后，郑朝山顺便问多门这院还有没有闲房，因为秦招娣是刚从外地来的医院同事，想帮她租间房子。多门忙说有，并且马上带他们去看了房。因为房间多年没人住，显得有些脏乱，看着堆满杂物但洋溢着浓郁生活气息的院子，秦招娣非常满意。

郝平川和白玲敲门进来时，郑朝阳坐在办公室里手里正把玩一个胶卷，看着黑板上凤凰的画像发呆。

郑朝阳将一堆材料递给郝平川和白玲，说道：“凤凰正在招兵买马，都看看吧，这是罗局亲自去抓的。”

白玲问：“傅作义的上将参议张银武？”

郝平川答道：“我知道他，原来是一个杂牌军的军长，外号叫‘摩擦将军’，抗战期间和八路军搞摩擦，一次就杀了我们四五百人。结果没过几天就叫我们包了饺子，他只带着几个卫兵跑了。蒋介石就给了他一个中将参议的空头。”

郑朝阳拿起一张委任状，上面写着：兹委任张银武为华北挺进军司令。落款正是蒋中正。郑朝阳道：“这是从他家里搜出来的，还有能装备一个团的武器和军火。据张银武交代，这是北平保密局桃园行动组派人送来的，要他以后接受桃园行动组的领导，负责人代号是凤凰。”

“也真是饥不择食，张银武这帮虾兵蟹将能有什么用？”郝平川嘲笑道。郑朝阳转身做着京剧大武生的姿势，问郝平川：“你看过京戏吧？就是大角儿站中央，旁边跟着一群龙套，这样打起来才花哨，才够热闹。最重要的是，丢车保帅的时候，你得有的丢才行。”

郝平川恍然大悟：“看来他是想来一场大戏。有法场，有砍头，看着才过瘾。”

“张银武见过凤凰，不过是在晚上，而且对方坐在灯影里。外貌，和小东西看到的差不多，不过他倒是说了一个细节。他闻到这个人身上有股香水味。我记得，小东西也说有香水的味道。你们分析下，这个凤凰，会不会是个女人？”

“光凭香水味还不能说明凤凰就是个女人，男人用香水的有的是。”白玲来到画像前。

郝平川笑得十分夸张：“男人喷香水？笑死我了。”

“那是你少见多怪。”白玲白了郝平川一眼，指着画像中的眉毛道，“你们注意到吗？画像上的眉毛很重。而且经过了明显的描画修饰，形成一个标准但略微有些夸张的剑眉。中国人常说：‘铁面剑眉，兵权万里。’剑眉俗称‘鬼见怕’，在古代‘剑眉星目’一词也大多用来形容将军的相貌。有剑眉的人一般行事光明磊落，有威严，也颇有绅士风度。作为一个特工，最忌讳的就是自己相貌和形体上的特点被人知道。他用一张假脸来伪装，却又在假脸上精雕细琢。再看鼻子，是鹰嘴鼻，这种鼻子给人的感觉是阴险狡诈霸道、报复心强。还有这道疤痕，很重，在整张脸上非常明显。剑眉、鹰鼻、刀疤，剑眉代表阳刚，鹰鼻代表阴险，刀疤代表的是凶悍。他是在用这张脸来警告外人：‘别惹我’。”

“白玲，你啥时候成相面的了？咱共产党人从来不信这个。”郝平川嬉笑道。

白玲气愤地说：“这是科学，什么相面。”

“那你觉得，这是他刻意做给我们看的吗？”郑朝阳问道。

白玲戏谑道：“不一定，每个人的行为都会受到性格和外部环境的影响，比如郝平川同志，战将出身，个性勇武，但是因为对新生的科学不了解，所以刚才带着不屑的表情发出了讥讽的笑声。”

“这算是夸我吗？”郝平川谨慎地问。

白玲不理郝平川，继续说：“我倒是认为，这不是他刻意为之，是他出自本能的一种行为。所以，我猜测，这个人有戏剧功底，懂得舞台妆。他表面上儒雅有绅士风度，实际上内心强悍甚至暴烈。他应该受过良好的教育，而且是个运动健将。他高度自信，不容别人质疑，有领导者的气质。”

郝平川诧异地说：“光从两条眉毛就能看出这么多的内容啊？这都是你在苏联学的？”

“苏联的契卡就专注于对人的行为分析。美国的中央情报局也把行为分析列为情报学的重要科目。”

郑朝阳沉思道：“有意思！所有的特工都是千方百计地掩饰自己，叫自己埋在人堆里不被发觉。这个人倒是有种鹤立鸡群的感觉。”

白玲赞叹道：“这也是他的高明之处，不伪装，就是最好的伪装。”

秦招娣下班出门，正巧遇到郑朝山也下班，两人边走边聊。郑朝山叮嘱她以后别再医生教授地叫，叫五哥就行，还说晚上要请她看戏，再选个日子帮她搬家。秦招娣很开心，回到宿舍后她取出几件衣服在镜子前比画着，突然觉得脸上发热，内心也很激动。看着镜中的自己，秦招娣感觉自己脸上已经没有当初做特工时的杀气，而是有了家庭主妇的感觉。

看完戏后，郑朝山和秦招娣一起走在回家路上，慢慢地秦招娣挽住了郑朝山的胳膊。

郑朝山意有所指地问："招娣，你觉得这样的生活好吗？"

秦招娣一愣："什么？"

郑朝山微笑着解释："我是说，你这么喜欢北平这个大城市里的生活吗？"

秦招娣放松下来，轻快地答道："是呀。这里真好，什么都是新的、大的、有意思的。我来投奔我叔叔，这个决定做对了！"

虽然郑朝山脸上在微笑，他的眼神中却藏着说不清的心思。

突然两人身边响起车铃声，烤鸭店的伙计刘海骑着一辆三轮车从两人身边闪过。刘海将车骑到一个偏僻的小院，把烤鸭递给了一个中年女人。送完烤鸭后，刘海来到一个小酒馆，他刚进门后面就闪出一个人，正是段飞鹏。

酒馆里已经没什么人了，多门独坐桌前饮酒，把烧酒倒进他的酒壶里，对着壶嘴喝。刘海过来告诉多门："谢卫氏回来了。"多门又问刘海谢卫氏要了哪些菜，就赶紧结账走了。

打探到消息的多门急忙赶到郑朝阳的办公室，高兴地说："找到瞎猫了。"郑朝阳一听猛地从椅子上站了起来。

段飞鹏来到金城咖啡馆，发现店里没人，只有经理乔杉和服务生在，便径直走进了密室。见郑朝山正在密室里转圈，他便问道："什么事这么急着叫我来？"

"有件事你必须跟我一起去办一下。刚刚'025'发来消息说瞎猫回来了，就躲在他相好的家里。"

段飞鹏轻松地说："回来了就好，晚上我去放把火。"

"晚上恐怕来不及了。'025'说，警察已经盯上他们了，必须马上行动。"

段飞鹏看着郑朝山，有些吃惊地问："你不会想自己去吧？"

穿着便服的郑朝阳和郝平川在谢寡妇家门口慢慢溜达。

郝平川边走边小声说："都布置好了，前门、后门，还有房上。"

郑朝阳看到前门的树下放着一个货郎挑子，齐拉拉坐在上面；两边的屋檐上，也有便衣的身影。郑朝阳焦急地看了看表。

郝平川骂道："这次一定要谨慎，这小子比真猫都鬼。"

郑朝阳点点头："等烤鸭店的伙计回去取盘子的时候，我们就动手。人吃饱了饭都会犯困，警惕性最差，那个时候动手最好。"

"好。老规矩，你指挥，我冲锋。"

郑朝阳吩咐道："都听好了，等我的手势和信号，一起往里冲！"

段飞鹏化装成一个三轮车夫，拉着郑朝山，快速来到胡同口。看到前面的警察，段飞鹏赶紧一捏闸，对后面的郑朝山说："坏了，警察。"

郑朝山掀开帘子，看到谢寡妇家门口附近已经埋伏了很多警察，焦急地说道："宁肯让这小子跑了，也不能叫他们抓去。二郎，我去拖住他们，你去弄点响动出来。"段飞鹏点点头，一个箭步就蹿上了房。

刘海骑着三轮车来到谢寡妇家外，他走上前去敲门，准备取回餐盘。

郑朝阳已经举起右臂，盯着刘海，就等谢寡妇开门发出抓捕的信号。突然身后有人大声叫道："朝阳。"

郑朝阳回身一看原来是郑朝山，惊讶地问道："哥，你怎么在这儿？"

"去一个老朋友家借书，正好路过。"郑朝山晃了晃手里的书，问道，"你在这儿干吗呢？"

"哥，你赶紧走，我这儿有任务。"郑朝阳焦急地说。

在旁边监视的警察看到谢寡妇开了门送出餐盘，忙问郝平川："冲吗？"

郝平川回道："等等老郑的信号。"说着，他回头向郑朝阳的方向看过来。

郑朝山装着有些担心地问道："抓特务？危不危险啊？！"

郑朝阳虽然很着急，但也不好多说什么，只得安慰道："哥，没事，你快走吧。"

"那你注意安全，一定注意啊。"说完，郑朝山便走了。

等郑朝阳打发走哥哥，回头却发现谢寡妇家的大门已经关上，顿时着急起来。

躲在不远处房梁上的段飞鹏，掏出一个大号的弹弓，冲着瞎猫住的房子发射，一下击碎了瞎猫家的窗户，吓得正走在院中的谢寡妇一声尖叫。听到响声的瞎猫马上从窗户中蹿了出来，身手灵活地抛出飞虎爪上了墙头。这时，大门被郝平川一下撞开了，谢寡妇晕倒在地，窗户敞开着。

瞎猫在墙头上快跑，段飞鹏在后面紧追。齐拉拉正坐在货郎挑子上等消息，突然发现墙上出现一个人影，仔细一看正是瞎猫。瞎猫赤身裸体，敏捷地蹿过墙头，正好落在齐拉拉面前。齐拉拉刚想去追，发现瞎猫后面还跟着一个人，虽然没看清楚是谁，但他还是吓了一跳。他急忙左看看，右看看，发现两边都没人，于是咬了咬牙，追了过去。

郑朝阳和郝平川随后也上了房顶，冲着远远的人影，追了过去。站在不远处的郑朝山看到这一幕，咬了咬牙。

瞎猫找到一个机会钻进了人群，段飞鹏紧跟着也钻进了人群，后面还跟着郑朝阳、郝平川。另外一边只有齐拉拉独自一个人追赶着。三组人穿过大街小巷，穿过药铺、绸缎庄，最后在一个死胡同里，瞎猫不见了。

在一所公厕里，瞎猫喘着粗气隐蔽着。他伸头望了望，发现没人，就走了出去。但他刚出来就被闪出的人拦住了去路。

第八章

拦住瞎猫的正是齐拉拉。看到奇拉拉后，瞎猫还想跑，但被齐拉拉一把抱住大腿。段飞鹏从远处看见了，从身上抽出一把刀，暗中逼近，并猫在一个转角处候着。等齐拉拉和瞎猫纠缠着走到了转角处，段飞鹏却不见了。原来，他看到远处跑来了郑朝阳和郝平川，只好气愤地离开。

公安局里，万林生的怀表在一张桌子上放着。瞎猫一边不停地东看西看，一边警惕地审视郑朝阳和郝平川，大声说："长官，我对天发誓，人真不是我杀的。我当时从那家偷了点东西，刚从墙上往下溜呢，那人好像鬼似的带着风从我身边蹿了过去，吓得我贴在墙上一动不敢动。接着就是一声枪响，子弹打在我前面的墙上，碎石头把我脑袋都打伤了。我那天真是倒霉透了。"

郑朝阳反问道："也就是说，你看到那个人长什么样了？"

瞎猫急忙说："化成灰我都认得他。"

郑朝阳不动声色地说："好，说说吧。"

瞎猫似笑非笑地说："长官，这哪儿能随便说啊。"

在一个隐蔽处，郑朝山狠狠一巴掌抽在段飞鹏脸上，骂道："废物！"

"卑职无能，现在该怎么办？"段飞鹏满脸羞愧地说。

"只能孤注一掷了。"

"长官，我能问一句吗——万林生，是您杀的吧？"段飞鹏迟疑地问。郑朝山脸色铁青，没说话。

“瞎猫偷的那家宅子就在万林生死的地界旁边，他应该是看到凶手了。”

郑朝山转头解释道：“你说得没错。因为朝阳的事，我被他关进炮局保密局的监狱。王站长亲自打电话命令他放我出来的，他要是被抓，我也就完了。”

“明白了，长官，以后再有什么想法还是直说好。”

“那就尽快，这种蟊贼也撑不了多少时间。”

段飞鹏从腰间拔出手枪，准备行动。

郑朝山有点不放心，交代道：“得先计划一下。你手里还有没有炸弹？”

“有几个。”

多门见郑朝山来到公安局，急忙迎了上去：“郑医生，您怎么来啦？”

“你们这儿的宗警官给我打电话，叫我来协助调查。”

“宗巡官啊，在那儿呢。”多门指着宗向方的办公室道。

宗向方的办公室相对僻静，郑朝山过来主动和他打招呼，宗向方见郑朝山来到自己的办公室十分惊讶。他站起来和郑朝山握手时，压低声音问道：“你怎么来了？还说是我叫你来的。”

“瞎猫必须死。”

“一个小偷而已……”宗向方突然恍然大悟，“你杀了万林生！”

郑朝山没说话，默认了。他悄悄拿出一个定时炸弹递给宗向方，交代道：“把这个装在你觉得合适的地方。”

宗向方非常紧张，急得都要炸了，低声问道：“你到底要干什么？！”

“杀人的事不用你。你只要装好它就行，别的不用管了。”

宗向方气恼地说：“什么不用管？在公安局里杀人，你觉得能跑得了吗？”

郑朝山冷笑道：“瞎猫要是认出我来，大家都得死。冒险干掉他，也许还有一线生机。”郑朝山虽然面带微笑，但眼中已经全是杀机。

宗向方咬牙道：“好吧。”

他找个机会走进厕所，看看里面没人，找了一间靠窗户的隔间。这里的窗户坏了，凛冽的寒风顺着半开的窗户吹进来。藏身在厕所隔间内的宗向方拿出定时炸弹，准备安装雷管。

突然，厕所的门被猛地推开了。“混蛋！”郝平川风风火火地闯进来，嘴里还骂着，宗向方吓得手一哆嗦，雷管掉在地上，滚落到隔壁的隔板处。他吓得一动也不敢动，冷汗顺着脸流了下来。

郝平川骂骂咧咧：“这要是在战场上，我非把他脑袋拧下来不可。要不是你拦着，我非揍扁他不可。”

跟在郝平川身后的郑朝阳道：“你不了解这帮人，滚刀肉，他们把蹲监狱看成是过节休长假。”

“休长假？再不说实话，我叫他放大假！”看着寒风吹进窗户，郝平川走过去把窗户关上，弄出噼噼啪啪的一阵响动，“这国民党的烂衙门，窗户坏了也不知道修。还有这……”说着他对着厕所的隔断门拍了一下：“烂门，回头叫后勤的人好好修一下。”

宗向方一动不敢动，等郝平川他们走后他才悄悄把滚到隔壁的雷管捡起来。这时，外面有人在喊：“老宗，宗向方。”于是，他站起来走了出去，顺手把雷管揣进裤兜里。

宗向方看到办公室门口有一个同事等在那里，赶紧走了过去。同事说：“赶紧地，武定胡同的那个谋杀案，罗局有话要问你。”

“等等，我去拿下材料。”宗向方走到自己的办公桌边，拿起桌上的资料，对郑朝山道，“郑医生，我看里面的事一时半会儿也完不了，要不你先回去吧。”说着，他悄悄把定时炸弹又塞给郑朝山，匆匆跟着同事走了。

看着宗向方远去的背影，郑朝山露出了冷笑，他又看看表。这时段飞鹏正骑着自行车往公安局方向飞奔而来。

预审室里，瞎猫说什么也不肯交代，他要先谈价钱。气得郝平川上前一把薅住瞎猫的衣襟，谁知他竟两眼一翻，浑身颤抖地倒在地上，口吐白沫。他说自己有羊角风，现在犯病了，并且还在裤裆里尿了一泡尿。

这可把郝平川气坏了。郑朝阳对他使了一个眼色，冷静地看着瞎猫表演，平静地说：“那好，说说你的条件吧。”

郑朝山没走，他冷静地坐在椅子上，看着宗向方桌子上的报纸，不过眼睛却透过报纸死死盯着预审室的大门。门开了，瞎猫被一个警员押着走了出来，裤裆里湿淋淋的。

瞎猫进了厕所，警员也跟了进去。于是郑朝山站了起来，目光阴冷地向厕所走去。这时段飞鹏正好骑车经过公安局的大门，随手向岗亭扔了一颗手雷。还好警卫战士训练有素，迅速跑出来卧倒在地。岗亭爆炸了，烟尘滚滚。

听到爆炸声，公安局里顿时一片混乱，很多人往外跑，出去查看。在厕所里看守瞎猫的警员也开门出来，探头往外看着。

郑朝山快步走了上去，手中握着火柴刀。突然身后传来一声："哥！"郑朝山只得站住，快速将手里的匕首藏起。他转身看到郑朝阳向自己走过来，身后跟着罗勇和宗向方。

郑朝阳问道："你怎么来啦？"

"你这儿是皇帝的金銮殿啊，我怎么不能来。你们的宗同志叫我来帮着看看武定胡同的案子。"郑朝山笑着说道。

"你就是朝阳的哥哥，郑朝山先生啊。"罗勇上来跟郑朝山握手，"欢迎你啊，郑医生。刚刚没吓到你吧？"

郑朝山心有余悸地说："倒还真是吓了一跳。是怎么回事啊？"

这时，郝平川跑来汇报："领导，是特务破坏，往岗亭里扔了颗手雷，但没伤到人。"

罗勇问道："什么手雷？"

"美式手雷，威力很大。"

罗勇笑道："好啊，直接搞到我们家门口了，正面攻击不行就搞些下三烂的动作。郑先生，叫你受惊了。青年民主促进会的韩主席曾经和我说起过你，说你医术高超，爱国爱民，还救助过很多左翼进步青年。"

郑朝山谦逊地说："罗先生过奖了，我也是尽自己中国人的本分而已。"

"领导，我是举贤不避亲。咱们局的法医实在太老啦，您不是一直说要建立我们自己的法医室吗？叫我哥帮着建吧，顺带着搞搞培训。"郑朝阳赶紧提议。

罗勇望着郑朝山的眼睛，询问道："郑医生，我看就按朝阳同志说的办吧？我还有事，就不陪你了。"

罗勇转身走后，郑朝阳看到他哥哥手里拿着东西就问道："哥，你手里拿的什么？"

郑朝山举起手说："火柴盒啊。"

"你又不抽烟，带火柴干吗？"说着，郑朝阳顺手把火柴盒从郑朝山的手里拿了过来。郑朝山用手指了指左侧的耳朵："最近这边老是耳鸣。"

郑朝阳打开火柴盒发现里面都是棉签。郑朝山顺手取出一根棉签掏起耳朵来："看，这样就舒服多了。"

"你还是找时间看看医生吧。"郑朝阳把火柴盒还给郑朝山时关心地说。

"我自己就是医生。"郑朝山白了郑朝阳一眼，然后又对宗向方说，"武定胡同案的照片我看了，死者应该是死于胰岛素过量注射，可以确定是他杀。"

宗向方有些疑惑："可是我没在尸体上看到针眼啊？"

"我建议你再去勘验一下，死者身上有不少老年斑。"

"原来如此，我明白了。"

"那你们忙吧，我先走了。"说完，郑朝山要走。

身后传来了动静，郑朝山回头一看，发现瞎猫已经快走到自己跟前了。他强行抑制住自己激动的情绪，冷静地站在原地，看着瞎猫从面前经过。

瞎猫看了一眼郑朝山，什么话也没说就走了过去。就在郑朝山转身要走时，郑朝阳突然叫了一声："等等。"

郑朝山站住，猛然转身，只见郑朝阳一把薅住瞎猫，竖起一根手指在他的眼前晃动着。郑朝阳看着瞎猫的眼神，然后后退三步，举起三根手指问道："这是几？"

瞎猫犹豫了一下："三？"

郑朝阳又后退了两步，又举起三根手指问："这是几？"

"二？"瞎猫犹豫地答道。

郑朝阳走到瞎猫的面前，对警员吩咐道："去带他测一下视力。"

瞎猫急忙表白道："长官，我看到了，真看到了，是四，绝对是四。"

看到这里，郑朝山不动声色地走了。出了公安局的大门，放松下来的他长出了一口气，突然感到头晕目眩，于是叫了一辆三轮车回家。

正当宗向方全身心地目送郑朝山的背影走出大门时，三儿不知道什么时候溜了过来，细声细语地问道："看啥呢？"

"哎呀，你小子要吓死我，怎么跟个耗子似的走路都没个声儿啊！"宗向方吓了一跳。

三儿笑嘻嘻地说："耗子偷香油啊，哪能有声儿。我瞄你半天了，自打郑医生进来你就贼拉紧张。说，办了啥对不起郑医生的事了？"

宗向方一把推开三儿："去去去，一边儿去。我紧张个屁啊，我是觉得这哥儿俩挺奇怪，一个是治病救人的医生，一个是力压公侯的武将。相差这么多，还偏偏是兄弟。"三儿撇撇嘴："这有啥奇怪，你以为咱组长光会打架啊，那张嘴也厉害着呢！他单枪匹马闯保警总队，硬是把那帮子丘八唬得一愣一愣的，麻溜儿地缴械了。郑医生，你看着他斯文，当年在大街上为了救一个女护士就敢棒打日本宪兵。这哥儿俩都是文武代打，这才叫兄弟。"

"你知道的还真多啊，怪不得人家叫你耳报神呢。"

"小把戏小把戏。"

这时有人喊："三儿，三儿，换水！"三儿蹦起来："来啦，来啦！"

预审室里，郑朝阳瞪着瞎猫说："裤子也换了，水也喝了，饭也吃了，该说说了吧？"

"这位长官，那我说的条件呢？"

"我只能答应你不追究谢卫氏的责任。照理说她的销赃罪也是不能免除的，但鉴于她认罪态度好，主动交出赃物，家里又有五岁的女儿需要照管，我可以为她申请监外执行。除此之外，你就别想了。"

"那我就什么都没瞧见。"

郝平川一听就火了，威胁道："要无赖是吧？你知道这儿是什么地方？要赖你算是找错地方了！"

瞎猫一副死猪不怕开水烫的样子："我都听说了，共产党不给犯人动刑。敢打我，你就是犯法。监狱里有吃有喝，我就先不出去了。"

郑朝阳和郝平川相互看看，都很头痛。这时白玲推门进来，手里拿着一个物证袋子，里面是一个破碎的黑色镜框的眼镜。白玲说："这是从谢卫氏家里起获的赃物里挑的。我问过谢卫氏了，这不是赃物，是他的。还有——"白玲附在郑朝阳耳边轻声说了几句。

郑朝阳拿起眼镜，发现一个镜片已经粉碎，另一个也全是裂纹，于是问道："这是你的吧？瓶子底儿啊。1500度的近视外加900度的散光，摘了眼镜一米之外你什么也看不清楚。"

郝平川惊讶地说："瞎子啊？"

瞎猫很气愤："谁是瞎子？谁是瞎子？你才是瞎子呢。我那天戴着眼镜呢，我都看见了。"

郑朝阳一拍桌子，怒道："你看到个鬼啊。谢卫氏说，那天你的眼镜叫她女儿踩坏了，后来你东躲西藏一直也没来得及配。而且你外出做活儿的时候从来不戴眼镜，你怕眼镜反光被失主瞧见。都是事前踩盘子摸清楚了才动手。"

郝平川笑道："瞎猫，你还真是个'瞎猫'啊。"

瞎猫争辩道："可我看见了，我真的看见了，就从我身边嗖的一下跑过去了。我就就就就……就是没看清楚脸。"说到后来，他的声音越来越小。

"你那叫看见了吗？多高身量，穿什么衣服？"郝平川追问道。

瞎猫比画着："大概就就这么高？"

"比你高还是矮？"郑朝阳问道。

"比我高……也许矮……"瞎猫嗫嚅道，之前的气势荡然无存。

郝平川气急败坏地问："穿的什么？"

瞎猫不敢肯定地说："短的……呢子的……白色的。"

郝平川喝道："白的？"

“黑的黑的。”瞎猫急忙纠正道。

郑朝阳摆摆手：“带出去。”两个警员上来架起瞎猫就要走。瞎猫喊道：“长官长官，我要是再见到他肯定能认出来，他跑路的姿势很奇怪。嘿嘿，像是骆驼。”

郑朝阳没再理他，喝道：“出去！”

在被拖着出去的路上，瞎猫还在嚷嚷：“长官长官，条件我们可以再谈啊，您还个价儿，万一能谈成呢？”

旁边一个警员照着瞎猫的后脑勺就是一巴掌，骂道：“费这么大力气抓你，你瞎摸合眼的什么也没瞧见。”

宗向方走过来教训道：“注意政策。怎么回事？”

“这孙子说自己是万林生凶案的目击证人，其实是睁眼瞎，一米之外都看不清人。”

“哦，怪不得都叫你‘瞎猫’呢。”宗向方摆摆手，瞎猫被押走了。

宗向方笑着摇摇头，回到自己的办公桌前，他拉开办公桌，发现里面放着一颗定时炸弹，就是他刚刚还给郑朝山的那颗。他猛地关上抽屉，警惕地看着周围。

郑朝阳走进罗勇的办公室时，罗勇正在接电话：“是，是，首长放心，保证完成任务。”放下电话后，他问郑朝阳：“瞎猫的事情还没结果，是吗？”

“您怎么知道？”

“看你垂头丧气的样子，还能不知道吗？万林生的事，先放一放，党中央即将到北平了。在中央和主席到来之前，一定要把院子打扫干净。现在威胁最大的就是平西的那支所谓的别动队，你们有什么计划吗？”

“根据黑旋风的交代，这股残匪应该在青龙桥一带活动。”

罗勇在一张地图上看着，思考了一会儿说：“不对，青龙桥人口稠密，是商贾通道，适合做买卖，但不适合用兵，更不适合藏兵。如果是我，我会选在这里，侯家域一代，这里人烟稀少，沟壑很多，沿山一带有不少的废旧煤矿。尤其是，这里靠近青龙桥，便于筹集给养。”

“以青龙桥为核心，半径二十公里，开始侦察。”罗勇吩咐道，并在地图上画了一个圈。

郑朝阳领命：“是。”郑朝阳刚要走，罗勇又交代：“等一下。记住，兵家向来以粮草为先，不管什么队伍，都离不开粮食和水源。找到他的粮道，就能断他的老根儿。”

“是。”

白玲手里拿着一张纸走进郑朝阳的办公室：“敌台又开始活动了，这是最新的电报。”

郑朝阳接过电报仔细看着，转身又从桌上的文件中找出几份电报稿：“活动这么频繁？”

“因为中央近期要迁到北平，这些潜伏的特务一定会大肆搞破坏。但这家电台尤其活跃。从我们破获的电文上分析，这是国民党国防部二厅下属的一个情报站。这个情报站人数多，分布也广，不光是北平，天津、张家口、保定等地，都有他们的组织。”

郑朝阳摸了摸下巴：“看来是条大鱼。能锁定他们的位置吗？”

“现在还不能，他们经常变换发报的区域，短时间内很难锁定。”

“我去向领导汇报。”

“还有个事情，小东西的安排，你考虑没有？”

“小东西，我把她给忘了。”郑朝阳一拍脑袋，叹道，“可送她去哪儿呢？总不能再送她回御香园吧？”

白玲白了一眼郑朝阳，说：“当然不能，我们得找一个小东西能踏实待着，但金围脖儿还说不出什么来的地方。”

冼登奎在家正为冼怡每天跑去大街上跳舞而大发雷霆。冼怡辩解说那不是跳舞，是腰鼓。父女二人闹得不可开交，谢汕出来劝解道：“大小姐，大哥也是为了你好。现在外头太乱，你也知道，大哥仇家多。”

冼怡十分不解：“解放大军都进城了，能有什么事啊？保警总队，三千多人都缴了械，还有那个张银武，一枪都没放，也被抓了。国民党的那些大小特务现在都排着队到公安局去做登记呢。”

谢汕提醒道：“唉，没那么简单。你忘了上次遇到黑旋风的事啦，多悬啊！”

冼怡反驳道：“但黑旋风早被抓起来了啊？”

“我打你个不听话的东西，你你你你要气死我啊！”冼登奎无奈地脱下鞋子比画着。没办法，冼怡只能在屋里来回跑，后来她跑到走廊，对着冼登奎的宝贝百灵学乌鸦叫。

冼登奎吓坏了，生怕脏了百灵的口儿，挥挥手赶紧叫冼怡爱干吗干吗去。冼怡马上拿起腰鼓高兴地跑了。背后传来乌鸦的叫声。冼登奎气得摔了鸟笼，告诉谢汕，回头把冼怡送到乡下姨妈家去，再顺道去青龙桥看看，现在黑旋风被抓了，正好去把他的地盘收回来。谢汕一口应下来，并告诉冼登奎，段飞鹏来了。

一身农民打扮的段飞鹏坐在椅子上，身边放着一个褡裢。冼登奎过来招呼，段飞鹏从褡裢里取出一个纸卷递给他。冼登奎打开一看，发现是一张委任自己为“别动队队长”的委任状。

“这是什么意思？”冼登奎很不解。段飞鹏撕开衣襟拿出自己的证件递给冼登奎。冼登奎看了段飞鹏的证件，惊讶地说：“没想到啊，国军连你这个飞贼都收了。”

“人往高处走，就算是麻雀也喜欢攀个高枝儿嘛。”

“问题是你这个高枝离得远了点，而且，老根儿都快叫人拔了。”

“大爷，咱们都是混江湖的，得明白一个理，鱼找鱼，虾找虾，乌龟专找大王八。您脸上的褶子可是比我多多了，共产党容不下您这个样的人，还是跟我们合作吧。别忘了，南边蒋总统还有几百万军队，还有长江天险，还有美国人的支持。美国人可有原子弹，小日本儿，呼的一下就完蛋了。所以啊，划江而治是肯定的了。回头等精神头儿养足了，美国人要是先扔原子弹，几路大军齐发过长江，咱在城里里应外合，就能把共产党轰出北平。毛局长说了，只要你同意，将来北平的警察局局长，就是你的。”

冼登奎豪气地说："好，难得毛局长这么看得起我，这个我就收了。"

段飞鹏拍手道："爽快！"然后递给冼登奎一个密码本，"这是联络的方式和密码，你记清楚了。有事，我会找你。"

冼登奎吩咐道："谢汕，带他从后门出去。"谢汕应了一声，带着段飞鹏从后门走了出去。

段飞鹏走后，冼登奎又把委任状拿出来看着，喃喃自语道："警察局局长。"

谢汕走了进来："大哥，您真要和他们合作啊？"

冼登奎坐下来点燃一支雪茄，缓缓道："现在这个局势，谁也说不清楚。共产党看着是得势了，但真要想拿下全国，我看也未必容易。毕竟老蒋还有美国人撑腰嘛。"

谢汕附和道："是啊，当年李自成进北京的时候，也是百万大军山呼海啸，结果清兵一来，他们不还是落荒而逃。"

"所以，现在这个时候，我们最好是哪头都不得罪。"

"可我听说共产党对帮派分子一向严厉，我担心总有一天他们会对咱们下手。"

冼登奎举起委任状，笑道："这个是咱们的护身符。"

齐拉拉来到小东西暂住的公安局宿舍，告诉她为她找了一个妥当的安身之所，就是冼登奎开的慈善堂。小东西听到后哭得伤心欲绝，坚绝不肯去，一会儿又开始收拾东西说要回老家。齐拉拉搂着小东西的肩膀安慰她，小东西顺势倒在齐拉拉怀里，可怜巴巴地说："大哥，我就你一个亲人了，你可不能扔下我啊！"

齐拉拉急忙说："没有没有啊，怎么会呢？只是领导这么安排……"

"什么领导安排！"小东西拿起行李起身就往门外走。齐拉拉焦急地问道："哎，你去哪儿呀？"

"你还管我去哪儿干吗！"小东西赌气道，突然她好像又想到了什么，停下来转身问道，"大哥，我明白了，这是给我的任务，是吧？"

齐拉拉一脸茫然。

“别瞒着我了。我知道了，要保密。放心，我装在肚子里不会说的。”

齐拉拉更晕了，不过小东西很高兴，她坐在床上对着齐拉拉甜甜地笑。

郑朝阳赶回家里时，看到郑朝山和多门院里的邻居张超、耿三等人，正忙着翻新秦招娣租的房子。人多力量大，大家伙儿分工合作齐心协力，破旧的房子很快就被修缮一新。张超还弄了一个小剪彩仪式，鞭炮声中，秦招娣在小院里人的簇拥下来到新屋子。

忙完屋子的事，秦招娣赶回医院后勤处自己的宿舍，挽起袖子开始洗衣服。正好老秦溜达过来问她关于房子的情况。秦招娣说等地面和墙壁都干了就可以搬过去了。老秦很高兴，搬个小板凳坐在秦招娣对面跟她聊天儿，说秦招娣若能找个好人家，她娘九泉之下也可以安心了。

秦招娣说，人家郑医生那么个大博士，哪里会看上自己，只是帮自己租个房子而已。老秦说，郑朝山郑博士骨子里很傲的，从不轻易帮人做事。这回不但帮着租房，还帮着修缮，并且把房子租到自己附近，这心思十分清楚。老秦自告奋勇要去做这个媒人。忽然他看到了秦招娣胳膊上的伤疤，问道：“招娣，你这伤疤？”

“小时候做饭烧火被烫伤啦。”

“我知道，你这个烫伤还是我帮着治疗的呢。”

秦招娣一惊，还是沉住气，装作不经意的样子把袖子拉了下来，叹道：“过去这么久，我都忘了。”

老秦一把抓住秦招娣的胳膊，轻轻挽起袖子，仔细看着伤疤：“这还是我第一次给人治病。那时候我给我们村的薛神医当学徒，算起来你还是我的第一个病人呢。不过我终究不是当医生的料，后来只能在医院里搞搞后勤。”

秦招娣把胳膊轻轻从老秦手里挣脱出来，把袖子放下：“好好好，您老是一颗珍珠埋在土里了，可在后勤待着也不错啊。”

老秦继续追问：“可你这伤疤……”

秦招娣笑着说："先别说伤疤啦。您啊，赶紧去给我做媒吧，一块疤而已，又不是少胳膊少腿。老叔，您要是把大媒做成了，以后您喝的酒，我包了。"

听到这里，老秦笑着走了。看到老秦没影了，秦招娣扔下手里洗的衣服，拉起袖子看着胳膊上的伤疤，眉头紧锁。

郑朝阳忙了一天太累了，就没回局里，直接回到家里。兄弟俩聊起了天儿。郑朝山劝说弟弟别公安人员察了，太危险，让他去留学。郑朝阳转移话题，问哥哥还演戏吗。郑朝山说，有时候演，主要还是演莎翁的戏。之前的搭档杨义前年出了车祸，命是保住了，可人疯疯癫癫的了。打那自己也很少演戏了。

郑朝阳叹息道："可惜了，他演得正经不错呢。哥，你怎么喜欢收集面具呢？看你挂得满墙都是。"

"面具是掩饰，也是宣示。掩饰内心，宣示的，也是内心。"

"那这满墙的面具就是你不同的心情啦？"

"可以这么说吧。你看这个巫傩的面具，傩有几千年的历史，本意是祛病驱鬼，是吉祥之神，却长了一个鬼样子，比鬼还鬼；这个钟馗，本是一介书生，因为相貌丑陋被科举除名，愤怒之下自杀身亡，人间至惨，可死后成为神祇，受万千供奉，名声又赛过多少帝王将相。是好是坏，是对是错，福兮祸兮，谁能说得清楚？"郑朝山感慨道。

聊着聊着，郑朝阳有了困意，没一会儿就响起了微弱的呼噜声。郑朝山微笑着，轻轻给弟弟盖好被子，走了出去。

郑朝山来到教堂的告解室，神父已经在隔壁等着他了："保警总队的事一败涂地，你就没有解释吗？"

"做事不周，队伍又被共产党深层渗透，杨怀恩的一举一动都在人家的监视中，神仙也没办法。我还是做了努力的，在军火库的外面增加了爆破点，又及时通知杨凤刚的别动队撤离。"郑朝山替自己辩解道。

“撤离？杨凤刚的队伍根本就没到集合地点。我看是你假传圣旨取消了行动。”

“这你倒是冤枉我了。”郑朝山不卑不亢地说。

“冤枉你？哼，你这人一向我行我素。”

“即便是我取消的行动，也是保全之策。城里的部队其实成功的机会很小，就算是侥幸出城，也会被城外共军的虎狼之师全部消灭。保警总队的行动原本就是自杀。”

“国府江北之地尽失，只有我们在苦撑危局，如果人人但求自保，国府什么时候才能收复失地？！你可能有你的理由，但你要记住，作为党国的军人，断不能虚与委蛇，失信狡谋。”

郑朝山低下头，应道：“长官教训得是，卑职铭记在心。”

神父口气缓和下来：“万林生死了，你能站出来支撑危局，足见你对党国的忠心。如今共军已经进城，共产党中央不日就会迁居北平，国防部已经开出赏格，杀一个部长级干部赏黄金十两。给，这是暗杀名单。”说完，他将一个纸卷递给郑朝山。

郑朝山仔细地看着名单：“当年在重庆的时候错失良机，现在只能望洋兴叹了。”

郑朝阳、郝平川、白玲三人都在罗勇的办公室，桌子上摆着一份名单。罗勇说：“这是国民党的暗杀名单，一个部级干部黄金十两。还真舍得下本。”

郝平川戏谑道：“对付我们，老蒋从来不计成本。”

那次军火库事件后，齐拉拉又回到军火库外，在他和宗向方扑灭的炸药附近仔细搜索，最后在地上的枯草中，他发现了一根燃烧过的长柄火柴，还有一个空的火柴盒。

齐拉拉带着火柴和盒子到一家火柴厂打听，火柴厂的工程师告诉他：“这种火柴不是国产火柴，是进口的。看这木头的材质，用的是巴西的木材。还有，这么长的火柴，一般都是大饭店或是洋人的咖啡馆才有，用来抽雪茄。”

齐拉拉一家咖啡馆一家咖啡馆挨个儿询问。他来到金城咖啡馆，走了进去。服务生迎了上来问道：“先生几位？”

齐拉拉摆摆手，拿出火柴盒问道：“你们这儿是用这种火柴吗？”

服务生看着火柴盒，摇摇头说：“我们用的牌子是金鼎，英国造。您这个是德国货。”

齐拉拉说：“我看看你们的火柴。”桌子上正好放着一盒跟齐拉拉手里的火柴一样的火柴，服务生装作不经意用一块手帕将火柴盒盖住，然后从柜台里拿出一盒金鼎火柴递给齐拉拉：“你留着吧。”

齐拉拉揣起火柴，转身要走，又忽然转身拿出一张宗向方的侧面照片——显然是偷拍的——问道：“认识这个人吗？”

服务生仔细地看了一眼，摇摇头：“不认识。”齐拉拉收起照片走了。

乔杉从里面走了出来，冲齐拉拉的方向努努嘴：“跟着他。”服务生点点头，飞快地脱下制服，跟了出去。

齐拉拉漫无目的地在大街上走着，突然蹲下身来假装系鞋带，其实他是观察后面有没有人跟踪。服务生也是硬身手，迅速闪身避开了。

没走多远，齐拉拉又假装站在一个商店的橱窗外梳理头发，其实他这也是在观察是不是有人跟踪自己。服务生不敢跟得太近，只能远远地看着。齐拉拉又进了另一家咖啡馆的门。

服务生不久后回来了，向乔杉汇报：“这是个雏儿，但是懂得不少路数。周边的几家咖啡馆他都去过了，看来他也只是在猜测。”乔杉道：“不管他知道多少，这个人都不能留。”

郑朝山在自己的办公室里，老秦走了进来，询问新烫伤的伤疤和十几年的老伤疤有什么区别。

“当然有区别。新伤疤色泽红润，边缘界限分明；旧伤疤色泽灰暗，界限模糊不清。”

“那有没有可能，这老伤疤看上去像是新伤疤呢？”

“你啊你，好歹以前也当过医生，新旧还能分不出吗？”

老秦忙道：“我在问你呢！”

“除非……”说到这里郑朝山猛然想起，曾看到秦招娣手臂上的伤疤，于是赶紧止住了话头。

老秦追问道：“除非什么？”

郑朝山编了一个谎言：“除非有特殊体质的人。”

“特殊体质？什么意思？”老秦有些不解。

郑朝山耐心解释道：“哦，每个人的皮肤的敏感度和承受创伤的能力是不一样的。正常情况下人的疤痕会逐渐萎缩，但有些人的皮肤很特别，疤痕不萎缩，反而会持续增大、凸起，还会经常出现红肿和瘙痒，看上去确实像是新的创伤。”

老秦疑惑地说：“会有这种人吗？”

“当然有啊。尽管人数很少，但确实是有。”

老秦若有所思地走了。看着老秦的背影，郑朝山的脸色阴沉下来。

几辆大卡车缓慢地行驶在大街上，卡车周围有武装战士警卫，车帮上用白布拉着条幅——到监狱去，奸商下场。车上，尚经理和几位奸商垂头丧气地站着。周围聚集了大批的老百姓。

耿三骑车过来，站在三轮车上，解气地说：“嗨，这不是尚老板吗？粮老虎，你也有今天啊！”说完，他高呼道：“打倒奸商，打倒粮老虎，共产党万岁！”

现场的群众也一起振臂高呼，大街上顿时喊声连天。游行队伍经过金城咖啡馆时，乔杉站在窗口看着游行队伍，服务生也站在他身边。乔杉叹道：“粮食的黑市交易算是完了。”

郑朝阳和郝平川两个人在研究一本账册，这账册是从尚经理家的隐形粮店抄出来的。送粮的记录中有门头沟。门头沟原来有个煤矿，被鬼子祸害干净，废弃好几年了。而往这儿送的粮食起码够十几个人吃，且数量一次比一次多。俩人相视一笑，郑朝阳说：“很玄妙吧？”

马车行驶在山道上，郑朝阳一身车把式的装束。他把马车停在矿场边缘的一个小屋前。王魁山从屋里走出来，上下打量郑朝阳，问道：“怎么没见过你？”

郑朝阳解释道：“老何病了，今天我替他。”

“就这么点粮食？”

“没办法，城里打‘粮老虎’，尚老板被抓了，这点粮食还是提前藏起来的呢。以后还不一定有没有。不过嘛，老何的意思，既然尚老板一时半会儿出不来，以后的买卖，就不妨和我们哥儿俩做做。只是这价格，得重新商量商量。”

“这事我做不了主。”

“那就找个能做主的聊聊呗。”

郑朝阳被王魁山蒙上眼睛，到了旧窑厂里才被摘下了蒙布。郑朝阳眯着眼睛偷偷打量着周围，发现这里已经被改建成了营地，出出进进都是荷枪实弹的人。里面的人武器精良，但从装束和举止上怎么看都像是土匪。

郑朝阳跟着王魁山来到一个独立的房间，里面坐着一个人，中等身材，穿一身国军的将校制服，上校军衔，看上去精明强干。

王魁山恭敬地说：“人带来了。”

那人站了起来：“自我介绍一下，我叫杨凤刚，国军北平特别行动队队长。”然后伸出手来，“幸会了，郑组长。”

郑朝阳愣住了，但没有伸手：“长官，我想你搞错了吧？我就是送货的。”

杨凤刚示意郑朝阳坐下，看向王魁山：“胖子，我给你的是什么指示？”

王魁山答道：“队长说，如果送粮食的人只要钱，就杀了他；如果要见管事的人，就带他来。”

杨凤刚拿出一本花名册，念道：“郑朝阳，男，三十岁，民国二十八年入北平警察学校。毕业后担任北平外二分局见习警官，后来一路升迁，民国三十六年担任外五分局机要科科长。之后共谍身份暴露逃出北平，共产党进城后担任侦讯处组长。时间匆忙，我们整理的情报也不是很多。但这些也够了。”

杨凤刚把花名册上郑朝阳的记录给他看，郑朝阳看到上面的照片是自己不久前的照片，显然是偷拍的，于是戏谑道：“照相的时候也不知道告诉我一声，我好歹摆摆姿势。”

“其实我们见过面。”

“在哪儿？”郑朝阳好奇地问道。原来杨凤刚就是趴在山上，身上盖着灰色雨衣，用望远镜观察郑朝阳和郝平川等人的人。

“我在翠宫院布了地雷阵，没想到被你们发现了，没炸死你们，算你们命大。这次你又断了我的粮道，还亲自上门来侦察。我想不明白，你是太自信，还是觉得我们太愚蠢？不管怎么说，你今天来了，就别打算回去了。我这里别的东西没有，废的矿井很多。扔进去，几年都未必找得着。不过你要是愿意把你们的一些重要情报告诉我一点点，或许我能叫你多活几天。”杨凤刚笑着解释道。

郑朝阳鼓掌道：“精彩，真精彩。看来还真是什么都瞒不过你，不愧是远征军印度兰姆伽特别训练营出来的精锐。既然你把我说得这么清楚，我也来说说你吧：杨凤刚，男，三十五岁，黄埔十一期毕业生……”

郑朝阳边说边回想着白玲在办公室里介绍的杨凤刚的情况：“兰姆伽受训完成之后，你奉命组建特战部队，入新六军。直到新六军在东北覆灭。……还要我接着说吗？”

“我的材料你是怎么知道的？”杨凤刚异常诧异地问。郑朝阳撕开衣襟，拿出一个证件，丢给他：“我是中统的，噢，现在叫党通局，少校情报员。民国三十一年奉命潜伏在北平警察局。”

杨凤刚看着郑朝阳的证件，诧异地问道：“你不是共产党？”

“我是共产党，但首先，我是国民党的中统特派专员，明白吗？我是个双料间谍。关于我的身份，你可以向南京国防部核实。”

原来出发前，白玲在郑朝阳办公室里递给他一个证件：“这个新近自首的党通局的特务，也叫郑朝阳。可惜模样不像。”郑朝阳端详着，说：“这还不简单。”说着他从抽屉里拿出一堆工具，慢慢地把证件上的照片撕了下来，换了一张自己的。

“我在来找你之前，南京国防部特地给我发来了你的资料。”

杨凤刚玩味道：“党通局的，那你找我干什么？”

“我知道你现在接到命令，受北平桃园行动组的节制。但我们叶秀峰局长的意思是希望你能和我们合作。”

“我是军人，保密局和党通局之间的事情我没兴趣，我只听从南京国防部的命令。你刚才说的这些，我没法儿相信，也不能不信。你先委屈一下，等到和南京通信时，我向国防部核实你的身份以后再说。”

郑朝阳站起来说：“好，要快。我出城的时间不能太长，否则会引起怀疑。”

郑朝阳被带出去后，杨凤刚吩咐王魁山：“叫兄弟们准备撤离。”

“长官，我们才刚安定下来。”王魁山有些不解。

“我们的驻地，不管是共产党，还是保密局党通局，都不能知道。”

王魁山问道：“那，这个人怎么办？”

“他是共产党，就把他扔到矿井里去。”

“那要是咱们的人呢？”

“也扔到矿井里去。”杨凤刚阴沉着脸道。王魁山一脸惊讶地看着他，没想明白其中的原由。杨凤刚只得解释道：“他叫我归顺党通局，南京又叫我服从保密局。我到底该听谁的才能谁都不得罪？要两全最好的方式就是我从来没见过这个人。”

王魁山笑道：“明白。”

野外，郝平川带着齐拉拉等人正在郑朝阳走过的路上搜索，身边跟着一只狼狗，狼狗不停地在地上闻着。郝平川在路边发现了一小片纸屑，捡起来闻到一股香水的味道。

原来临出发前，郑朝阳找白玲要了一张浸透香水的白纸，一边剪成碎屑一边说："知道吗？老郝一直说能闻到一股奇怪的香味儿，其实就是你身上的香水味儿。"去往矿井的路上，郑朝阳从兜里拿出纸屑，一路走一路丢，留下一路的线索。

郝平川拉着狼狗一路跟踪，终于来到一座小山上。他趴在山上用望远镜看着下面的旧矿场，很快看到了进进出出的人。镜头里出现了郑朝阳，他被人押进了驻地的一间屋子。郝平川眉头紧皱，有些担心好兄弟的安危。

郑朝阳被关进两个大铁笼中的一个。看守出去时关上了房门，并上了锁。屋子里有人叫道："朝阳大哥！"郑朝阳猛然回头，看到另一个笼子里关的竟然是冼怡。

郑朝阳惊讶地张大了嘴巴："冼怡？！"

冼怡兴高采烈地喊道："是我是我，就是我。大哥，你是来救我的吗？太好了。"

郑朝阳尴尬地说："不是，我是来办案的。"

冼怡嬉笑道："办案子怎么办到笼子里来了？"

郑朝阳笑骂道："去！你又是怎么回事？"

"我来这边看我姨妈，谢汕，就是我们家的管家，说顺道要去青龙桥收一笔账，其实是去抢黑旋风的地盘。没承想地盘没抢着，倒叫他们给抓到这儿来了。黑旋风居然找了这么个硬靠山。"

"那谢汕呢？"

"给放回去了，要他给我爹传话，要拿一千斤粮食和两千现大洋来赎我。大哥，我觉得真有意思，不到一个月我都叫人绑了两回了。可每次救我的人都是你。你说，这就是缘分吧？"

"这回还没救成呢。"

冼怡十分肯定地说："肯定能成。你这么有本事，这几个小蟊贼算得了什么，你动动手指就能灭了他们。"

"你可真抬举我，他们可不是一般的蟊贼。"

冼怡轻快地说："那也没什么啊，大不了咱们死在一起。能和你在一起，我死也很开心啊。"

郑朝阳一边检查笼子上的锁头，一边说："服了你了，都这时候了还有工夫瞎琢磨呢。"

郝平川和齐拉拉两人趴在地上，冻得鼻涕长流，身后传来刻意压低的声音："组长，我们都来了。"

眼镜干部悄悄摸了上来："警卫营的同志已经把这儿包围了。一连在左翼，二连在右翼，张营长带三营当预备队。"

他拿着一把信号枪，解释道："红的，三发，进攻。"

郝平川点头。齐拉拉捅捅眼镜干部："有吃的没有？"

眼镜干部掏出一块面饼递给他。齐拉拉接过来就咬，还抱怨道："你这是大饼还是砖头啊。有水没有？"

郝平川继续用望远镜观察着，镜头里他看到又一个人被蒙着眼带进了矿场："这么晚了，来的到底是谁啊？"

发报机嘀嘀嗒嗒地响起，杨凤刚站在电报机的前面等着。收到电报后，收报员递给了杨凤刚。看到电报后，杨凤刚冷笑道："就知道他是假的。"

他对站在门口的王魁山说："去，把下午来的人干掉。"王魁山点头，刚走出两步，又听到杨凤刚喊道，"回来，连那个女的也一起干掉。"

"是。"王魁山走了。一个队员走过来报告："队长，冼登奎来了。"

"好啊，带到我屋里去，我们好好聊聊。"

王魁山带着两个人来到门外，给手枪装消音器，示意手下开门。

第九章

王魁山提着灯笼蹑手蹑脚地走进屋，二话不说，抬手对着笼子里蒙头酣睡的郑朝阳一顿猛射。装了消音器的手枪发出沉闷的声响，把另一个笼子里关着的冼怡吓得惊恐尖叫。

王魁山被刺耳的尖叫声吓了一跳，下意识地捂住耳朵。

这时郑朝阳快速摸上来，干净利索地把王魁山身后的两人干掉了，和王魁山对打起来。

原来，郑朝阳确认牢房只剩自己和冼怡时，从鞋底的裂缝里抽出一根铁丝，三两下就捅开了铁笼子上的锁。这可把冼怡高兴坏了，郑朝阳示意她先别出声，过去把她笼子上的锁也打开，不过叫她还原样待着，等王魁山一进来，就可劲儿尖叫。接着郑朝阳又回到笼子里，随手用几节木头做了个假人，放在地上裹上大衣，看上去好像自己在睡觉。

受过格斗训练的王魁山和郑朝阳对打丝毫不落下风。情急之下冼怡从笼子里出来，捡起王魁山被打落的手枪，寻找开枪的机会。奈何俩人缠斗在一起，位置总在不停地变换，她一直找不到机会。

王魁山渐渐地占了上风，把郑朝阳压在身下，举起一把匕首就要插进郑朝阳的胸口。就在这千钧一发的时候，冼怡闭上眼尖叫着开了一枪，听到的却是空枪的声音——没子弹了。

匕首尖已经刺进郑朝阳的胸口，郑朝阳怒吼着奋力挣扎，心想这下完了。不过王魁山突然哼了一声，手上没劲了。原来冼怡看手枪没有子弹了，于是掉转枪口，用手枪当榔头把王魁山砸晕了。

冼怡还要砸，郑朝阳赶紧拉着她跑出了牢房。

办公室里，杨凤刚正在发火，因为冼登奎竟然空手而来，他气得命令保镖把冼登奎拖出去毙了。

冼登奎飞快地从嘴里吐出一把锋利的刀片，按在架住自己的那个保镖的颈动脉上。杨凤刚想都没想抬手一枪就把保镖打死了，血溅了冼登奎一脸。他举枪对着冼登奎，一脸狞笑。

冼登奎一边解释，一边急忙从兜里掏出段飞鹏给的委任状递给了杨凤刚。

郑朝山骑着自行车回家时，路上遇到溜达的多门，于是请多门带信给郑朝阳，要他明晚回家一趟。多门无意中透露出，郑朝阳去门头沟出勤了。听到这个消息，郑朝山急忙回家。他走进书房，推开暗门，下到地下室，取出电报机给杨凤刚发了电报。

冼登奎坐在杨凤刚的办公室里，听着杨凤刚训话。杨凤刚告诫冼登奎，以后他的任务，就是要保证粮食补给，还有武器弹药，尤其是炸药，都要有充足的储备。

自从当了老大之后就没被人数落过，冼登奎此时心里一团火，尤其对面还是个毛头小伙子，虽然他冼登奎心里很想把这个人生吞活剥，但没辙儿，现在他只能听着。

就在这时，电报员突然冲进来，喊道："队长，电台报警！"杨凤刚猛然站起来，喊道："撤！"

杨凤刚跑到门口，回头对冼登奎喊道："回头我再联系你，你最好随叫随到。"说完他快步跑了出去。一个士兵提醒杨凤刚："你刚才已经下令杀死那个女的了。"杨凤刚说："算在共产党头上好了。"

冼登奎发了会儿呆，也起身跑了出去，远远地跟着杨凤刚。

红色信号弹升起，嘹亮的冲锋号响起，炮弹齐发，郝平川带着战士们对匪徒发起猛攻。营地里乱成一团，匪徒们面对突然的猛攻，无法组织起有效的抵抗。

杨凤刚带人来到牢房，发现笼子里早已空无一人，转身就走。满脸是血的王魁山从地上爬起来，踉跄地跟在后面。杨凤刚带着三十几个穿着美式军服、装备精良的特种兵，穿越火线来到矿场后面。路上，遇到另外十几个残兵，杨凤刚于是招呼他们一起跑向后院。

一个特种兵快速拉开地上的一块铁板，下面露出一个黑洞洞的矿井入口。杨凤刚率先跳了下去，下去之前给王魁山使了个眼色。王魁山和几个特战队员一起转身，用冲锋枪冲着跟上来的人扫射，那十几个残兵猝不及防，全部被打倒了。

看到这一幕，饶是混黑社会的冼登奎也吓得抱着脑袋躲到一边。王魁山带着剩下的特种兵下了梯井，启动了捆在梯井下面的定时炸弹，然后迅速往矿井的深处跑去。

战斗还在继续，匪徒们到处乱跑，齐拉拉端着枪在后面追击。宗向方一边战斗，一边心怀叵测地注意着齐拉拉的一举一动。

原来乔杉已经把齐拉拉拿着火柴和他的照片到咖啡馆核查的事情，告诉了宗向方，并建议他在彻底暴露前，尽快把齐拉拉处理掉。宗向方说要自己亲手处理。

趁没人注意，宗向方从地上捡起一条步枪，并把自己的手枪收起，对着齐拉拉射击。没有防备，齐拉拉后背中弹。倒下后沿坡滚到一个废弃井口的平台上，一动不动。

正当宗向方要跟上去补枪时，几个匪徒突然蹿出，对宗向方发起了攻击，无奈，他只好和几个冲过来的警卫战士一起追击匪徒。

战斗结束后，战士们打扫战场，发现尸体身上的服装简直五花八门，有老百姓的衣服，有灰色军服，也有国军制服。手里的武器也是各式各样。

一问俘虏，果然是被杨凤刚收编的各色人等。郝平川挥挥手，很不耐烦地说："带下去！一群土匪流氓。"郝平川现在很发愁，因为郑朝阳还没找到。

当地派出所所长分析道："日本人走了以后这边就没人管了，当地的老百姓都到这儿来采煤，挖了好多小煤窑。也许郑组长藏到哪个煤窑里去了。"

俩人正说着，有战士大喊让组长快过来看看，郝平川急忙赶了过去，发现有十几个匪徒倒在一起，都是前胸中弹。其中还有一个活口，用尽全身力气骂了句"狗日的杨凤刚！"就咽了气。

郝平川带人四处察看，后来两个战士发现一个洞，上去就掀开盖子，井盖突然爆炸，两个战士当场被炸死，竖井坍塌。

郝平川叫来当地派出所所长，打听井口通向哪里，所长摇头道："这可不好说。这是个黑矿，下面和迷宫一样。"

郝平川看着四周，眉头紧皱。

冼登奎远远地看见郝平川等人来到后院后，赶紧喊救命。几个战士冲进牢房，救出了关在笼子里的冼登奎。冼登奎感激涕零，央求郝平川也救救自己的女儿："孩子她姨妈病了，冼怡去看她，结果叫这帮土匪给劫了。他们要我拿两千大洋来赎人，我带着钱赶紧就来了嘛，可谁知道这帮乌龟王八一点江湖规矩都不讲。"

不过大家想去救冼怡也没办法，因为谁也不知道她在哪里。

这时，冼怡正一瘸一拐地跟在郑朝阳的身后走在山道上，两个人已经累得筋疲力尽。郑朝阳时不时地停下来观察周围的情况。

在大山里，他们三转两转就没了路，现在就连枪声也听不见了。冼怡的脚已经磨出了好多疱，她想让郑朝阳背自己。郑朝阳想着郝平川等人肯定正在焦急地四处找自己，于是一边在山里四处找路，一边催冼怡赶紧跟上，他急切地想早点跟同志们会合。

突然冼怡大叫一声，郑朝阳回头一看，她摔进路边的一个深沟里了。没办法，郑朝阳只好把她拉上来，背着她奔跑，四处寻找自己的队伍。

让人没想到的是，他们俩居然倒霉地迎面撞上了杨凤刚。杨凤刚的别动队正走在对面的山道上，和郑朝阳只隔着一道几米宽的深沟。

突然见到郑朝阳，杨凤刚的别动队瞬间把枪都瞄准了他。十几支冲锋枪对准了郑朝阳，只要开枪就能把他打成筛子。

郑朝阳心里盘算着，自己身上只有一支手枪，还背着冼怡，既然无处躲藏，那就不藏，于是毫不畏惧地看着杨凤刚不说话。

杨凤刚走到沟边，看着郑朝阳，微笑着用手指对着郑朝阳比画了一个开枪射击的动作。

这时，山上两个背着柴火的十几岁的孩子正好看到这一幕。他们见是杨凤刚这个匪徒，于是踹下几块石头。石头落进杨凤刚的队伍中间。顿时，队伍大乱。不过现在可不是随便开枪的时候，一开枪可能就暴露了，他们只好赶紧撤走。

郑朝阳没有听冼怡让他先去报信的提议，他要先送冼怡去医院。郑朝阳跟两个小孩说明了自己的身份，在他们的带领下，他背着冼怡快步走出大山，往医院奔去。趴在郑朝阳背上的冼怡很感动，默默地流下了眼泪。

宗向方和一个战士路过废井，听见有求救声传来，宗向方故意指错方向，好在战士自己仔细辨别，找到了废井里受伤的齐拉拉。宗向方吩咐战士去报告郝组长，让他们多带些人来，战士快速跑去叫人了。

齐拉拉努力向井口爬，宗向方却悄悄地把枪口对准他。正在这时，支架突然坍塌，宗向方犹豫了一下，还是收起了枪，把手伸向了齐拉拉。齐拉拉努力够着宗向方的手，宗向方心里已经打定主意，要把齐拉拉扔下废井。

齐拉拉猛地向上一蹿，紧紧抓住了宗向方的腰带，喘着气道："宗哥，你可得站稳了，不然咱俩一起摔下去可就惨啦！"两人僵持在一起。

这时，脚步声响起，眼镜干部带着几个人跑了过来，帮忙把齐拉拉拉上了废井。齐拉拉躺在地上感慨道："死瘪子，两世为人啊。"他又拍着宗向方的大腿憨笑道，“谢谢啦，宗哥。”

宗向方心情复杂地看着齐拉拉，脑海中浮现刚才他拉住自己腰带时脸上露出的一丝狡黠。

冼怡在医院中悠悠醒来，看着还在病床边昏睡的郑朝阳，眼神里流露出爱慕，她情不自禁地悄悄抚摩着郑朝阳的脸。听到有人走进来，她急忙缩手假装熟睡。

进来的是白玲，她给郑朝阳带来一罐苏联的罐焖牛肉，是她专门到苏联大使馆去找的。郑朝阳清醒过来，看到牛肉开心地吃了起来。看着郑朝阳吃得那么香，冼怡心里不是滋味，于是背过身去继续装睡。

白玲又变戏法儿似的拿出一小罐奶油蘑菇汤，这是专门留给冼怡的。看到这个，冼怡不再装睡，也开心地喝了起来。

吃完饭后，白玲和郑朝阳有说有笑地走了，冼怡的脸又晴转阴了。这时冼登奎来了，冼怡跟父亲说，她要跟家里的厨子学做饭。冼登奎说啥也不同意，把冼怡都急哭了。没办法，冼登奎只能疼爱地拍拍她的肩膀，勉强同意了：“学吧学吧，不过这第一道菜可得做给我吃。”见父亲终于同意，冼怡破涕为笑，用力点点头。

夜已经深了，公安局办公室里依然灯火通明，黑板上画着矿场的地形图，白玲正在放幻灯片。

白玲介绍道：“经现场抓获的匪徒确认，这支别动队人数并不多，三十几个人，但都是打过多年仗的老兵，装备精良训练有素，很多人还身怀绝技。队长就是这个人——杨凤刚。”

幻灯片上显示的正是杨凤刚的照片。白玲说：“这是不久前苏联有关部门传递给我们的关于国民党特战部队的相关资料。当时我们只是猜测，现在可以肯定，领头的就是这个人，杨凤刚。”

罗勇坐在人群里，分析道：“特战队是部队精锐中的精锐，人数不多但是破坏力很大，这样一支队伍到北平来显然是有重要的使命，十有八九是冲着我们的中央政府的。”

白玲接着说：“我们抓到的俘虏和被击毙的，都是杨凤刚到了北平之后收编的残匪和溃兵，这是违背特战基本准则的。他这样大量收拢杂牌部队，战斗力提升不了多少，但是可能会暴露行踪，尤其是粮饷消耗巨大，实际上给自己增加了巨大的负担。”

郑朝阳补充道：“从我和杨凤刚的接触上看，此人非常的冷静，心黑手狠，而且动作很快。这次我们打掉的只是他的一些爪牙，其实他并没有伤筋动骨。”说着，郑朝阳想起那天跟杨凤刚的隔岸对峙，不过却不明白是什么原因让他放了自己一马。他稍微犹豫了一下，最后还是没有说出来。

郑朝阳接着说：“他很可能会卷土重来。而这个杨凤刚和城里的国民党桃园行动组之间的关系还不是很清楚。”

罗勇总结道：“不管他们之间有联系还是没有联系，都要铲除他们，要把他们呛死在粪坑里！”

开完会，郑朝阳刚走出公安局大门，冼登奎就闪身出来截住了他的去路，说是有事要找他。于是郑朝阳跟他来到附近的小酒馆，边喝边聊。

罗勇办公室里，罗勇双眼死死地盯着郑朝阳：“你敢肯定？”

“我相信冼登奎说的。就在郝平川发出信号弹之前，杨凤刚接到报警，所以他才迅速撤离，只带了随身的武器和口粮，大量的物资，包括黄金和美元都没来得及带走，这说明他们其实走得很仓促。”

“所以说那个电台预警……很可能来自我们内部？作战计划都有什么人知道？”

郑朝阳答道：“只有几个科长和队长知道。当时为了保密，所有的警员都被限制出入。”

“会不会是留用警透露的？”

郑朝阳肯定地说：“不会。对于留用警我们一直很谨慎。他们只是做一些外围的工作，真正核心的资料和情报根本接触不到。”

“既然这样，那就内部小范围的秘密调查。同志们来自五湖四海，正是有干劲儿的时候，万一搞错了，会严重挫伤大家的积极性，这方面我们是有过深刻教训的。”

郑朝阳答道：“是，我会小心的。”

对面办公室里的宗向方看见郑朝阳从罗勇办公室出来后，用手捂着头。

郑朝阳骑自行车带着白玲来到郑朝山家，郑朝山很高兴，秦朝娣也从厨房迎了出来，手上都是白面。

郑朝山说，自己和秦招娣订婚了，招娣的叔叔是大媒人，所以叫朝阳多带几个人来热闹热闹。

朝阳朝山两兄弟进屋后，白玲正打算到厨房帮秦招娣做饭，小东西进院来了。看到小东西面色红润，白玲很是高兴。

小东西解释道：“在冼姐姐家也没啥事，整天就是待着。听说齐大哥又受伤了，冼姐姐就带我去看齐大哥，可医生说不让看。我到局里找郑组长，想叫他给我批个条子，让我去看看齐大哥。结果，他们说组长在这儿。”

白玲点头道：“对，他在。不过齐拉拉这次伤得不轻，需要静养。我看郑组长批条子也未必管用了，你还是踏实等吧。”

小东西听白玲这么说，起身就要告辞。白玲只好喊郑朝阳出来留小东西吃炸酱面。郑朝阳拉着小东西进了屋。

看见小东西，郑朝山微微一愣。小东西见到郑朝山，也很拘谨。

郑朝山想起在御香园的时候，小东西曾进屋来给自己奉茶，于是故意和小东西攀谈，问她是否认识自己。小东西仔细看着郑朝山的脸，默默地摇摇头。

吃饭聊天儿中，郑朝山也都本能地侧着头听。看到郑朝山的这个样子，小东西感到一阵莫名的恐惧。

吃完饭后，白玲用自行车将小东西送回冼怡家的慈善堂。小东西跟白玲说郑医生听人说话总是侧着头的样子，很像自己那天在卸香园见到的那个脸上有疤的大胡子，那时自己去倒茶，他也像郑医生一样侧着头。白玲暗暗惊讶，叮嘱小东西千万不要和别人说这事。

公安局会议室里，郑朝阳和白玲坐在桌前。郝平川走进来，把一份名单放到了郑朝阳面前：“我整理的内部人员调查名单。”

郑朝阳看着名单说：“按照你这个名单，咱们局三分之二的人都有嫌疑。全部的留用警，还有咱们进城之后来支援的这些工人和大学生，要是把这些人都挨个儿查一遍，咱们什么也不要干了。我们是公安局，不是政治保卫部。”

郝平川说：“那好，先把这些留用警都清除了。这些人留着也没啥用处，反倒是添乱。多门，那就是个酒鬼，整天吊儿郎当的，听说还和锣鼓巷的一个寡妇不清不楚。”

郑朝阳问道：“那宗向方呢？”

郝平川挠挠头说：“这人看上去没啥问题，可就是表现得太积极了。这种过于积极表现的人，一定有问题。”

郑朝阳揶揄道：“不积极，你说有问题；表现积极了，你也说有问题。”

郝平川一拍脑门儿道：“对了，这就叫辩证法。”

郑朝阳哭笑不得：“齐拉拉参加工作后一直很勤勉，两次负伤，你怎么连他都怀疑？”

“我倒是不太怀疑他。”

郑朝阳叹道：“你呀！这些留用警，我们的工作有很大一部分还要依靠他们。你这样不问青红皂白地乱打一气，我们的工作还怎么开展？”

“老郑，我看你是在旧警察里待得时间太长了。只想着实用，不讲究党性了。”

郑朝阳争辩道：“这两者并不矛盾啊。咱们的部队能打垮蒋介石的百万大军，很大的一个原因就是我们对待俘虏的政策。咱们的部队里有多少人是原来的国民党兵，换身衣服还不是照样打老蒋？”

“那是作战，战场上是不是敌人看军装就知道。可现在城里只剩下咱解放军的一种军装了，打谁啊，怎么打啊？老郑，你这个老党员可千万别成了这些留用警的保护神。”

郑朝阳愣住了：“我发现你老郝现在给人扣起帽子来，倒是很有一套啊。”

看到两人争论起来，白玲站出来说：“我同意老郝的意见。革命就是血与火的铁流，在它面前一切人情上的软弱都没用处。作为党员，我们每个人都应该有勇气接受组织的考验和调查。我本人就愿意接受党组织的任何调查，自身正才能正视听。”

郝平川笑道：“看，留过洋的人说话就是不一样。”

他刚夸完，白玲就批评道：“老郝，你这种方式也太过简单粗暴，如果有特务藏在我们身边，可不是你这样不管不问地一刀切就能解决问题的。这就和工兵起地雷一样，弄清地点，摸准型号，找准方式，才能安全排除。”

郝平川问道：“那我们应该怎么查？”

白玲说：“就从杨凤刚收到的那个神秘信号开始。”

郑朝山拿着一个方盒子进了多门家的院子，多门家里堆满了酒瓶子，一个多宝阁上也摆了好多的瓶子。

郑朝山打开盒子，拿出一个瓷瓶，递给多门：“这东西还就得您老长眼。”多门眯着眼看，又拿出放大镜仔细地看，一边看一边和郑朝山聊着，推断着瓷瓶的来历，给出处理的建议。

郑朝山收起瓷瓶，假装很随意地问：“得，我听您的。怎么的，今天没当班儿啊？”

“歇了，缓几天再去。”

“你们不是一直都很忙吗？”

“是啊，这不是前儿去青龙桥当班了嘛，轮休两天。”

“你个城里的警察跑到青龙桥干吗去，那不是都快到香山了吗？”

多门说：“是啊，前些日子说是有个老大要来，抽了好多警察去那边，又是抓特务又是扫地雷的，可热闹了。其实我们这些前朝的留用警察去了能干吗，也就是站路边上当根旗杆用。”

郑朝山道:“那您赶紧休息吧。我就不打搅了,改日我请您——全聚德。”

在金城咖啡馆里,郑朝山把一张香山地图铺在桌上,和乔杉一起研究。

乔杉问道:“老大要来?什么老大这么重要,连城里的警察都出去扫外围了?”

郑朝山没抬头,继续看着地图,问道:“香山那边有什么动向?”

“确实是来了不少兵在清扫,双清别墅附近都站了岗。听说是劳动大学要迁过来。”

郑朝山喃喃道:“劳动大学?劳大,老大?看来多门是搞混了。不是老大,是劳大,劳动大学。”

乔杉笑了起来:“大惊小怪了。”

“未必。一个学校迁过来用得着这么兴师动众?杨凤刚现在在哪儿?”

乔杉说:“在八大处一带。他们没剩下多少人,但都是精锐。”

“让他们暂时不要行动,先楔一根钉子进去。对了,老三那边有什么消息吗?”

1949年2月18日,北平市人民政府公安局正式挂牌,并统一着装,整个面貌为之一新。两个穿黄色制服的民警在大门口把原先的旧牌子摘下来,挂上了新的牌子。郑朝阳等人站在门口热烈鼓掌。

罗勇在大礼堂发表讲话:“同志们,今天是个大日子,也是个好日子,不管是新同志还是老同志,不管你原来是解放军,还是留用警察,大家都穿上一样的衣服了。这身公安制服是用解放军的制服改的,这是在告诫我们,新中国就是从我们身上的这身制服里走出来的,以后还要用这身制服永远地走下去。”

下面掌声雷动,罗勇接着说:“因为在打击保警总队叛乱和剿灭西山杨凤刚别动队上的出色表现,局里决定对参与行动的人进行嘉奖,我现在念一下受奖人名单。”齐拉拉和宗向方、多门等人都在受奖名单里。

多门回到小院里，跟邻居们炫耀自己的奖品：一个笔记本和一支钢笔。

齐拉拉把小东西约到慈善堂附近的小饭馆，要把钢笔和笔记本送给她。小东西非常开心，在本子上写下两人的名字。正当俩人聊着时，窗外走过一个人，中等身材，穿长袍戴礼帽，围巾围得严严实实。

齐拉拉看着这个人的背影非常眼熟。当看到他在拐角处拐弯时，先向反向迈出一脚的时候，齐拉拉猛然想起御香园外，那个人从屋子里出来，在拐角处也是用这样一种方式拐弯。

郑朝山在胡同里走着，从一个店铺的玻璃中看到了齐拉拉的身影，于是加快了脚步，只见后面的齐拉拉也加快了脚步。郑朝山几次想要摆脱齐拉拉，都没有成功，齐拉拉就像是狗皮膏药一样紧贴着他，怎么也甩不掉。

郑朝山手心一翻，一把锋利的新月尖刀已经握在手里。

到了金城咖啡馆门口，郑朝山快速走过，并冲着里面发出暗号。乔杉在窗口发现了跟踪的齐拉拉，便带着服务生跟了出去。齐拉拉发觉自己跟踪的人已经发现了自己，于是加快了脚步。在一个街角，齐拉拉鼓起勇气，大喊："站住，我是公安！"

前面的郑朝山停住了脚步，不过没有回头。齐拉拉慢慢地往前走，突然他警觉地发现自己的两侧都有人在慢慢地逼近，原来自己已经被包围了。

前面的郑朝山慢慢地转身，用围巾遮住了整张脸，只露出充满杀气的双眼。齐拉拉假装往腰间摸去，可对方并不害怕。齐拉拉开始冒冷汗。

这时，旁边的大门打开了，一个人走了出来，但是那人看到眼前的景象一惊，马上又回身关上了大门。齐拉拉一看原来是福盛商行。

后面突然传来车铃声，耿三带着十几辆三轮车风驰电掣地跑了过来。耿三的车上插着一面小红旗——拥军优属，车上拉的是慰劳品。耿三边喊着"让让，让让哎"边带着三轮车队从齐拉拉和郑朝山等人的面前经过，扬起一阵烟尘。

等烟尘散去后，齐拉拉发现自己面前已经空无一人，就剩他自己站在原地发愣。原来郑朝山趁着三轮车经过，已经发出撤退指令。

这时，一个泥瓦匠走了过来，在经过齐拉拉身边的时候突然说："傻站着干吗，跟我走。"说完转身走了。"死瘪子。郝组长？！"齐拉拉猛然醒过神来。

泥瓦匠走到货车边上轻轻地敲门，货车后门打开，齐拉拉看到白玲坐在里面，笑道："白姐？"他开心地上了车。

"你在这儿干吗？"白玲严肃地问道。

齐拉拉迟疑道："我、我来这儿看个熟人。"

"谁？"

齐拉拉灵机一动："就是福盛商行里的一个叫于泽的人，我们俩以前在一起玩儿过，他也是保定的。"

白玲拿出一本花名册核对着："你和这个于泽是什么关系？"

"算是熟人吧，我在保定瞎混的时候，他是保定青帮的一个小头目。"看着车里的监听设备，齐拉拉疑惑地问："白姐，你们这是干什么？"

"我们怀疑福盛商行是特务的秘密据点。"

齐拉拉瞪大了眼睛："啊……"

在僻静的胡同深处，郑朝山贴着墙根慢慢走着，不远处乔杉渐渐地跟了上来。

郑朝山问道："刚才那个跟我的人……"

"就是当初到咖啡馆调查火柴的人，是公安局的一个小警察，大号不知道，绰号齐拉拉。"

郑朝山想了想，吩咐道："干掉他。奇怪，我哪里有破绽叫他看出来了？"

乔杉点点头，又说："这段时间有一辆车总是来来回回在附近转悠，像是监听车。不会是发现咱们了吧？"

郑朝山反问道："发现了，你觉得你能跑掉吗？他们还在找。看来这附近应该还有咱们的人，不是党通局的就是国防部的。"

乔杉左右看看："他们离咱们太近了，到时会不会连累到咱们？"

郑朝山望着远处说："有可能。"突然他示意乔杉马上回避，乔杉转身就走。远处郑朝阳走了过来，问道："哥，你怎么在这儿？"

"我刚去金城咖啡馆喝了杯咖啡，这不正要回家。"

郑朝阳又追问道："刚才和你在一起的那个就是金城咖啡馆的乔杉吧？"

"对。就是他，我把怀表落在他那儿了，他给我送过来。倒是个实在人，大冬天的硬是追了好几里地。"

郑朝阳笑道："德国使馆的地窖里有好多咖啡，赶明儿我给您弄几罐来，反正这东西我们那儿也没人喝。"

郑朝山取笑道："这话你都说了好几回了，别光听楼梯响不见人下来啊。"

"是吗，我说过吗？没有吧？"

"就知道耍赖！好了，反正我对欧洲的咖啡也不是很感兴趣，我还是喜欢南美的。你忙吧，我先回去了，还得去清华池泡个澡。"

说完，郑朝山迈着四方步走了，郑朝阳看着哥哥走远后，向监听车走去。

看到齐拉拉也在车上，郑朝阳觉得很奇怪："你怎么来了？"

齐拉拉解释道："无巧不成书啊，我和福盛商行的一个人是老相识。"

郑朝阳笑笑："这倒是有点意思啊。"又问白玲："你能确定吗？"

白玲说："现在还不能，咱们的监听车只能锁定一公里范围内的电波，但这一代人口稠密，很难确定是哪一家。我用分区停电的方式，又缩小了范围，现在看来福盛商行的可能性最大。"

郑朝阳严肃地说："万一要是抓错了，就打草惊蛇了，真的特务会马上转移或销毁证据，必须保证打到命门上才行。"

齐拉拉拍着胸脯保证道："这好办啊，我进去侦察一下不就成了。"

澡堂里，郑朝山从盆塘里出来，走到搓澡的房间，趴在澡床上。段飞鹏走了过来，给郑朝山搓澡。原来他是这里的搓澡工。

郑朝山小声道："他们在禄米仓一代可能有活动，去看一下，看看是谁家的孩子不老实。"段飞鹏答应了。郑朝山又问道，"我叫你准备的东西都准备好了吗？”

段飞鹏说：“准备好了。可你要这些材料干啥，你不会对自己的亲弟弟下手吧？”

“我是想叫他离我远点儿。神父已经盯上他了。”

小院门口，出来倒垃圾的秦招娣看到对面郑朝山家的灯还亮着，不由得微笑起来，然后转身回去了。

郑朝山坐在桌子前，泡好了茶，面前铺着一张白纸。他想了想，用左手拿起笔，在纸上费力地写着：“举报信。”

此刻，刚忙完工作的郑朝阳从办公椅上站了起来，活动活动胳膊，推开窗户，看着外面夜色中的北平。

而白玲还在电讯室里监听着电台，她手边的纸上写着几个字：025 督导组 桃园，后面还有一个人的名字——“郑朝山”，不过名字旁边画了一个大大的问号。

第十章

一辆大卡车开进了福盛商行大门，然后停在一个仓库门口。从车上下来两个西装革履的人，年长的是国民党国防部二厅华北督导组专员张孝先，年轻的是督导组中尉组员于泽。

张孝先核验了司机递上来的货品清单，几个搬运工从车上下来，开始往仓库搬东西，齐拉拉也混在其中。他把帽檐拉得很低，仅用余光仔细观察着周围。

看到车上的货物搬得差不多了，齐拉拉就找了个机会，躲到了仓库的麻袋后面。等司机把车开走，仓库上锁后，他从麻袋后面出来，又从窗户翻了出去。

院子很大很空，窗户紧闭，并且拉着厚厚的窗帘。齐拉拉蹑手蹑脚地在院子里搜索，溜进了一间没人的屋子。看到桌子上的怀表、砚台等物，齐拉拉把它们揣进兜里，心想，如果被人抓住的话大不了被认作小偷。

齐拉拉又来到院子里继续搜索，终于在后院房顶上的烟囱里发现了一节天线。这设计得也太隐蔽了，如果不是近距离仔细查看，还真看不出来。

齐拉拉又隐约听到屋子里有嘀嘀嗒嗒的声音，心里正高兴，猛然察觉后脑上顶着一支手枪，赶紧举起双手，慢慢回头。站在身后的人跟齐拉拉几乎同时叫出声来："齐拉拉？""于警长？"

齐拉拉双手抱着脑袋，蹲在地上。于泽站在齐拉拉身后，张孝先坐在对面的沙发上，桌子上摆着从齐拉拉身上搜出来的怀表、砚台。

齐拉拉发誓说自己是小偷，过来偷点东西。于泽说："当年我在保定当警长的时候，这小子就是我辖区的混混儿，后来还给我当过一段时间的探子。”

看到齐拉拉贼眉鼠眼，眼神乱转，张孝先没有再说什么，只是让于泽把他锁进一个小房间，等候处置。齐拉拉好说歹说让于泽帮自己说说好话，看在过去的交情上于泽答应了。

于泽转身出去的时候，把门锁上了。齐拉拉在后面喊道：“哎，锁门干吗呀？”

这几天周围多了好多可疑的人，又连着停了好几次电，这都是以前抓共产党电台时常用的伎俩，张孝先明白，自己可能暴露了。为了安全起见，他要先换个地方。

张孝先把自己的想法告诉了于泽，并询问他该如何处置齐拉拉。于泽说：“齐拉拉没家没业，就光棍儿一个，死了也不会有人问起。”

张孝先同意道：“好。等后天接应我们的人一到就把他干掉，然后放火把这里烧了。不过要做得像一次事故，到时候警察会认为发报的国民党特务已经死了，也就不会再追查了。”

于泽心领神会：“好。我这就去稳住他。”只是他不知道，齐拉拉正猫在门外偷听呢。

于泽转身出门，一摸才发现身上的钥匙不见了：“坏了，齐拉拉跑了。”

张孝先不以为意：“一个小蟊贼，又掀不起什么风浪，跑就跑了吧。”

公安局大院里，郑朝阳徘徊着，不时拿出一只打火机，闻着汽油味。罗勇从屋里走出来问：“什么事，这么急？首长在开会呢。”

郑朝阳兴奋地问：“是不是……要来了？”

罗勇严肃地批评道：“要注意纪律，不该问的别问。”

郑朝阳笑道：“知道知道，等我熬到您这个级别的时候就啥都不问了。”

“别贫了，快说什么事。”

“交道口那边已经确定了，是国民党的一个潜伏电台，负责人叫张孝先。我查过，刚进城的时候他就带人来自首过，交了电台、武器和密码本。”

罗勇笑道：“障眼法啊。用这种方式潜伏下来的，绝不是什么小鱼小虾。你们打算什么时候动手？”

“今天晚上。”

宗向方借口偏头痛到医院去看医生，找个机会把消息告诉了郑朝山说：“他们可能今晚就要行动。不过最近局里好像风声不对，我和其他旧警有好多事情都不知道。”

罗勇下令，不能叫一个人漏网。郑朝阳、郝平川等公安人员全副武装，坐上卡车，在罗勇所乘卡车的带领下出了公安局。

宗向方站在窗口看着公安出了大门，一转身却发现三儿站在自己身后，他吓了一跳。俩人聊了会儿，不过谁也不知道这次是什么行动。

三儿奇怪地说自己已经好几天没见到齐拉拉了。宗向方一愣，这才想起乔杉的话：不管这个人知道什么，知道多少，都不能留，这是凤凰的意思。想到此处，他急忙转身就走。

三儿急了：“干吗去啊？郝队长可说了啊，留守的人谁出去谁是奸细。”

宗向方头也不回地说：“厕所。”

罗勇的车停在了福盛商行的大门口。大批警员悄悄地摸进院子。郑朝阳冲郝平川挥挥手，郝平川带人绕到了后门。

十一点半，齐拉拉将大门拉开，他一挥手，郑朝阳就带人冲了进去。院子里很安静，好像没有人，齐拉拉在郑朝阳的身边耳语着，并冲着院子里的房间指指点点。周围的警员立即分散开。齐拉拉带着郑朝阳往后院跑了过去。

跑到后院南屋后，齐拉拉一脚踹开房门冲了进去，郑朝阳紧随其后。

床上熟睡的张孝先试图反抗，不过为时已晚，只能束手就擒。还有四五个特务被擒，但没有于泽。

在一个特务的带领下，齐拉拉等人来到后院的一个房间，打开一扇暗门。门刚打开，一颗手榴弹从里面扔出来爆炸了，硝烟未散之际，于泽越过卧倒的齐拉拉等人，冲过院子翻出围墙。

埋伏在墙根处的郝平川看到于泽摔下来，赶紧去抓，不过于泽滑得像泥鳅，他抓了几次都没抓住。于泽跑进了胡同，郝平川在后面紧追不舍，越追越近，眼看要抓到于泽的时候，于泽突然转身，手里拿着一把锋利的匕首向郝平川刺来。

郝平川急忙侧身，匕首仍刺穿了他的棉袄，扎伤了腹部，他摔倒在地，手枪走火，恰好击中了于泽。跟在后面的齐拉拉眼看着郝平川被于泽一刀刺倒，情急下也开枪射击。于泽摔倒在地上，死了。

郝平川忍着疼痛爬起来检查于泽的尸体，发现他身上有两个弹孔，一枪在肩上一枪在后心，后心这一枪才是致命的。

齐拉拉气喘吁吁地跑了过来，郝平川问道："那一枪是你打的？"齐拉拉茫然道："我不知道啊。我看到你挨了一刀，于是抬手就给了他一枪。死瘪子，这枪这么大动静，差点儿把我耳朵震聋了。"

郑朝阳一整晚都在工作，三儿送来了早点，白玲打好洗脸水，细心地试了试水温，才叫他来洗脸。两人闲聊中，白玲问郑朝阳："你好长时间没跟你哥在一起了吧？"

郑朝阳有些奇怪，问道："怎么突然问这个？我从外面回到北平要报考警校，就和我哥闹翻了。我哥希望我能上大学，手续都帮我办好了，可我没去。"

"是组织上派你去考的警校？"

"是啊。你说这话能告诉他吗？结果我们兄弟间好多年都不来往。"

"其实你是怕真出事了，会连累他吧？"

郑朝阳洗好脸，回到办公桌前，继续工作。白玲说："抗战期间，你大哥有一段时间没在北平。”

“是啊，说是到河南的一家医院搞授课去了，具体情况我也不清楚。我记得我哥有一个同事，叫杨义，两人一起去的，你可以找他问问。对了，你怎么想起问这个了？”

“没事，就是上次去你哥家……看来小时候你们兄弟的感情很深，现在怎么不一样了？”白玲忙打住，又换了一个话题。

郑朝阳奇怪地问道：“有什么不一样？”

白玲一针见血地说：“你也别不好意思承认，我能看出来，其实你见到你哥的时候有点拘着，甚至还有点儿紧张。”

郑朝阳有些不好意思地说：“从小到大我都怕我哥，甚至超过了怕我爸。不过……也许你说的对吧，这次回北平，他和以前是不太一样了。”

“怎么不一样？”

郑朝阳挠挠头道：“我也说不上来，那个劲儿……很神秘，看不清，唉，就像隔了一层窗纱。可能是太久没在一起，真的有些生分了吧。”

白玲指责道：“你啊，真该好好关心你哥，没事的时候就多回去看看。他好像对演戏也很在行啊……”

白玲的话还没说完，郝平川就高兴地推门进来说：“张孝先交代了。”说着，他把一份卷宗递给郑朝阳，郑朝阳翻阅着。

郝平川兴奋地说：“这还真是条大鱼，北平、天津、石门、沧州、大同、锦州等地一共十二个情报组，起码有上百人。打掉了他们，国民党在华北地区的情报组最少折掉一半。白玲同志，这次多亏了你啊，火眼金睛！”

郑朝阳指着手中的一份缴获物品清单问道：“老郝，这个是怎么回事？”

郝平川接过清单解释道：“张孝先说他这里原来有四部电台，后来送走了两部，还剩下两部。”

郑朝阳忙问：“送给谁了？”

“其中一部电台给了万林生。”

郑朝阳警觉起来：“万林生？”

审讯室里，张孝先交代道："那电台是给万林生的。本来给万林生送电台的人，在进城的时候被抓了，万林生没办法，急着用，于是通过国防部的关系找到我。我叫于泽给他送去了一部最新的大功率电台，是美国造的，好东西。"

郑朝阳惊讶地说："于泽？那还有一部电台呢？"

"于泽说，临时借给他的一个同学了，据说也是个特务，但不知道是哪个部门的，俩人以前是警校的同学。"

郑朝阳追问道："这个特务有代号吗？"

"听于泽说，代号 025。"

白玲进来时，郑朝阳正在办公室里仔细研究特工 025 的档案材料。她将一份检测报告递给郑朝阳："身中两枪，一枪在肩膀，一枪打中心脏。从弹道的位置上看，当时郝组长是倒在地上开枪，呈四十五度仰角射入于泽的右侧肩膀。齐拉拉的枪是平射，射入后心。"

"用的什么武器？"

"老郝使用的是他自己的毛瑟驳壳枪，齐拉拉使用的是局里配发的点三八左轮。这批枪是局里从接收的国民党装备中提出来的，都是新枪。"

郑朝阳点头道："嗯，那就没什么问题，我用的也是。不过齐拉拉刚参军不久，能有这么好的枪法？他打靶的时候我可是见过。"郑朝阳有点不解。

白玲解释道："人在情急的情况下可能会有超水平的发挥，而且当时两人之间的距离也不是很远，手枪在近距离下还是有优势的。"

郑朝阳点点头："这倒是。"

"关于这个齐拉拉，你有什么要说的吗？"

郑朝阳奇怪地看着白玲："他有什么问题吗？"

"老郝一直怀疑齐拉拉有问题，这次于泽又死在了他的手里，我记得你说过你从来不相信巧合。"

白玲正在电讯室里看郑朝山的资料，郝平川突然敲门进来，她敏捷地用一张报纸盖住了郑朝山的资料。

郝平川不好意思地说："白组长，有个事，想和你说一下。"

白玲看了他一眼道："又怀疑谁了？"

"你是不是也觉得我总是疑神疑鬼的不好？"

白玲摇摇头，说："没有，政治警觉性是刑侦人员的基本素质。"

郝平川坐下来，手指敲着桌子道："那就好。延安时期我当过一段时间的保卫干事，那时候敌人往延安渗透得很厉害。主席到西柏坡前住在阜平的城南庄，地址被潜伏的特务泄露了，国民党出动了三架飞机轰炸，炸弹直接扔到了主席住的院子里。当时要不是警卫战士反应快，后果不堪设想。特务比国民党的正规军更可恨。"

白玲说："城南庄的事我也知道，泄密的是司令部小食堂的司务长刘从文，保定解放后，保卫部门查阅了敌伪档案才知道他早就被策反了。"

"我不想这种事情再在我们这里发生，我们内部绝对不能再出问题了。不过我也理解老郑，现在正是要劲儿的时候，不能自己乱了阵脚。"

白玲安慰道："我明白你的心情。那你想怎么做？"

"我拟了一个名单，原先那个名单老郑说打击面太大，我这次弄了一个范围小一点儿的。这些人我会挨个儿测试调查，每次办案，我都会带一个人去，现场测试，看看出什么问题。昨天晚上，我测试了第一个。"

白玲看着郝平川的名单，疑惑地问："齐拉拉？"

"是，这小子肯定有问题。我知道，他来局里以后工作很努力，还救过你。正是因为这样，才更应该弄清楚他是不是真正的同志。昨天那一枪，就真的很有问题。"

郝平川向白玲讲述了自己昨天追击于泽被刺倒、齐拉拉开枪的过程，并补充道："齐拉拉每次打靶训练都是勉强及格，可昨天晚上那一枪打得太准了，居然正中心脏。黑灯瞎火的，如果不是经过了特殊的训练，怎么可能有这么好的枪法？！"

白玲也说："这个叫于泽的和齐拉拉还是熟人，两个人以前在保定的时候就很熟悉。”

郝平川道：“于泽还是025电台的联络人，是他把电台送给025的，我们这段时间一直在追查025，好不容易有了重要的线索，现在又全断了。”

“所以，你怀疑齐拉拉在杀人灭口？”

郝平川严肃地说：“在真相没有大白之前，所有的人都值得怀疑。”

白玲欣慰地笑了：“老郝，你越来越像个真正的警察了。”

郝平川交代道：“这件事，还是先别叫老郑知道，他和齐拉拉的关系不浅。我相信老郑是个有党性有原则的人，可他也喜欢江湖义气。我担心……”

白玲说：“没什么可担心的，只要你能拿出实际证据。”

“我想请你帮个忙，弄清楚齐拉拉前几年在保定到底都干了什么。我总觉得，绝不像他自己说的那样是个混混儿这么简单。”

郑朝山和神父对坐在小教堂的告解室里。神父道：“今天叫你来是要告诉你，这次西边的事我们投入了这么多，不容有失！”

“明白。”

神父又道：“督导组那边出事跟咱们没关系，而且这正是个好机会，‘桃园’出头露脸的机会。”郑朝山点点头。

郝平川骑着车来到于泽被击毙的地方，一边重新仔细勘察，一边回想当晚于泽被击毙的情景，最后他在几十米外的一棵树上发现了一个弹孔。郝平川用小刀把弹孔里的子弹挖了出来，这是一颗点三八左轮手枪的子弹。

郝平川仔细端详着这个弹头，脑子里迅速推断出这样一个场景：当时齐拉拉看到自己摔倒后，急忙拔枪射击，不过没中。同时，齐拉拉身后闪出一人，他也举枪射击于泽。因为两人的枪几乎同时打响，所以枪声重叠在一起。最后齐拉拉的子弹越过于泽打在了树上，但他身后人射出的子弹却准确地击中了于泽的后心。那人手里拿着一支同样的点三八左轮手枪。

郝平川有些兴奋，不过随即又皱眉回想着：郑朝阳从军管会接管了国民党中央军在北平的一个军火库，发现了几大箱簇新的点三八左轮手枪，说这枪最大的好处就是不卡壳，对咱们这些整天和匪徒面对面的公安来说最合适。一人一支。除了齐拉拉，多门、宗向方等人也都佩上了这种手枪。

郝平川从随身带着的皮包里拿出一个小纸袋，小心地把子弹装了进去，又放回到皮包里。

宗向方的家是一处干净整洁的两进小院，屋子里的摆设非常豪华。他坐在宽大的皮沙发上，回想着自己从厕所的窗户跃出，找到一辆自行车，飞奔赶到福盛商行附近胡同的事。当时他正好看到齐拉拉和郝平川追击于泽，于是把枪口对准齐拉拉，不过最后犹豫了一下，突然把枪口移开，指向了于泽。因为他突然想到，暂时留着齐拉拉，会对自己更加有利……想到自己这个巧妙的布局，宗向方很得意，于是打开留声机。屋里响起伦巴舞曲，宗向方从沙发站起来开始跳舞，十分陶醉。

郑朝阳赶到会议室时，郝平川和白玲已经在屋里了，他把一份文件放到桌子上。郝平川拿出一个纸袋，倒出里面的子弹道："我又仔细勘察了现场，发现了嵌在树上的这颗子弹，也是点三八左轮手枪的子弹。从弹道上来看，应该是从齐拉拉的枪里射出的，这小子枪法很烂，偏出去整整一尺。"

白玲分析道："如果是这样，现场除了于泽、老郝和齐拉拉，还有第四个人。这个人就是打死于泽的真正凶手。"

郑朝阳道："没错。而且这个人知道我们的行动，使用的是和我们一样的武器，很可能是个警察，而且就在我们身旁。但是我有一点想不通，如果这个凶手是隐藏在我们身边的人，为了更好地保护自己，应该使用别的武器。这样才能造成是外来人的假象，可他为什么偏偏使用和我们一样的武器？这是不是太冒险了？"

"也许这正是他高明的地方，使用同样的武器，可以混淆视听，或者，把祸水引向别的方向。老郝不就在怀疑齐拉拉吗？"白玲提出了自己的看法。

“好在我接受了白玲同志的批评，办案不预设前提给人定性；我也接受郑朝阳同志的指导，要像母鸡土里刨食一样去找证据，然后就找到了这个。这个人躲在齐拉拉的身后，看到齐拉拉要射击的时候他也开枪射击，而且时机把握得很好。他的枪声和齐拉拉的枪声几乎重叠在一起，听上去像是一声枪响，连我都被骗了。”

郑朝阳把手里的文件推给郝平川，说道：“这是白玲交给我的，保定地区的协查报告。齐拉拉进公安局的时候有过政审，这次，是更深入更详细的审查。”

白玲说：“老郝，你说齐拉拉应该不只是小混混儿这么简单，可从调查报告上看，他还真就这样简单。多年来他就没离开过保定，每天走街串巷，保定城里知道齐拉拉的人很多。如果说还有什么问题的话，就是他曾经给保定帮会的老大华二递过门生帖子。”

“这个倒是没什么，在街面上混的，要是没有帮会罩着混不下去，递了帖子，年节供奉，就能混口饭吃。”

白玲又说：“根据我们的调查，这个华二的帮会还有一个非常隐蔽的任务，就是为国民党特务机关物色够条件的年轻人去培训，然后做特务。保定公安在华二家里搜出了部分名册，不过里面没有齐拉拉。”

郝平川说：“但是只有部分名册，因此，齐拉拉的情况还不好说。”

郑朝阳补充道：“现在看来，齐拉拉和特务之间的关系非常模糊，更多的是我们的推断。但我个人愿意相信齐拉拉。”

多门家的小院里，张超因交不出份子钱，被天桥混混儿大嘟噜带着俩地痞摁着要剁手指头。张超媳妇杜十娘打扮得利利索索，嘴里念着“老母在上”，淡定地去大表姐家给外甥女过生日了。

多门为了唬走大嘟噜，不惜烫伤了自己的大腿，从而保住了张超的手指头。张超感激涕零，要去给多门买烫伤药。多门笑着撕开裤子，从里面掏出一块带皮的五花猪肉，扔到桌上，嘟哝着：“你小子得赔我一条新棉裤。”

张超可怜巴巴地说："唉，谁让我媳妇信了老母啊。你说说这太平道有多少捐吧，上香钱、引路钱、道场钱、功德钱、开荒钱、坛主钱、献心费、忏悔费、齐家费、经书费、净水费、升仙费，各路神仙的生日、各路坛主点传师指引师的生日，编起来够一个灌口的了。这不说，还得刺血抄经，买平安符。您说，这得多少钱够往里填啊。我娘子又不登台了，我实在没辙了才去借的印子钱。"

杜十娘坐着黄包车来到一个不大的宅门的门口，一边喊着"春喜"，一边进到院里。不过院子里静悄悄的，厨房里的水盆中放着正在清洗的青菜，桌子上放着已经拾掇好的鱼和肉。

杜十娘一路进到里屋，看到大床上表姐钟春喜脸上带着微笑，但是脖子上有一个巨大的伤口，血把整床棉被都染红了。

杜十娘吓得脸色惨白，惊恐地从屋里跑出来，迎面遇到钟春喜的女儿桑红和父亲。她一把拉住桑红，结结巴巴地说："快、快、快去看你妈妈。"

桑红冲进了屋里，不一会儿屋里传来撕心裂肺的喊叫："妈——！"

法医的鉴定结果是："初步检查，死者右手旁有一把菜刀，死者损伤位于额部、枕部、颈前部、项部、左腕前侧、腹部，均为密集平行排列、深浅不一的砍、切伤，创口均位于其右手可及部位，可以确定符合自杀的试切创特征。表面上看人没有中毒迹象，手脚也没有捆绑约束的痕迹，衣服上也没有破损，初步可以断定是自杀。"

隔壁房间，钟春喜的女儿桑红和钟父并肩坐在一起。钟父的表情呆滞，愤愤地说："春儿好好的，不可能自杀，就是这个畜生杀了春儿！春儿要和他离婚，他不肯，就一直闹，还打我闺女，打得身上都是伤，一定是这个畜生杀了我女儿。"钟父口中的畜生，指的就是哭丧棒桑六吉，也就是桑红的父亲。

多门来到赌场，把赌得昏天黑地的哭丧棒带回警局。

哭丧棒说："我中午是回去过，想跟她要点钱回去翻盘，我输到快脱裤子了，要是不赢回来我咽不下这口气。我回家后，这老娘儿们连大门都没关，我进家一看，老娘儿们正睡觉呢，死狗一样一动不动。我寻思着正合适啊，当面要老娘儿们肯定不会给，弄不好还得揍她一顿。睡着了正合适，我就悄没声儿地拿了钱就颠儿了。我连她的屋门都没进。"

局会议室里，郝平川介绍案情："我们在厨房的房梁上找到了钱盒子，里面的钱全被拿走了，只剩下几个硬币，在房梁上有哭丧棒的手印，这说明哭丧棒说的是实情。"

郑朝阳说："尽管他有重大嫌疑，但钟春喜符合自杀的情况，要是这样，就先把他放了吧。"

白玲不解："不过这个钟春喜为什么要自杀？离婚的事情虽说闹得很烦，但哭丧棒不是已经搬出去了吗？"

郝平川补充道："钟春喜的女儿桑红说去年她的大舅，也就是钟春喜的哥哥投资失败自杀了。而桑红舅舅投资失败和钟春喜有很大的关系，从那以后钟春喜心里一直很不舒服，认为哥哥是因为自己死的，变得脾气暴躁喜怒无常，遇到刺激的时候就容易走极端。"

郑朝阳也觉得不解："既然钟春喜没有和哭丧棒见过面，那么谁来刺激她的？现场的桌子上有刚刚做好的菜，还有洗好的菜放在水池边上，屋里收拾得干干净净，这像是一个要自杀的人的样子吗？"

白玲皱眉道："这一点确实叫人想不通，不过既然方方面面的证据都证明她是自杀，那至于她为什么自杀，就不在我们的调查范围了。"

"我去趟厕所。"宗向方站起身，出了门，他才轻轻地出了一口气。

食堂里，郑朝阳端着饭盆来到宗向方的桌前，坐下，边吃边说："向方，你的入党申请我看了，写得很好，我愿意当你的入党介绍人。"宗向方听了很高兴，眉毛轻轻上挑。这时，三儿跑了过来："组长、组长，记者来了。”

大门口外围了好多记者，其中站在最前面的就是一副知识分子打扮的冼怡，她戴着眼镜。看到她，郑朝阳很奇怪：“你怎么来了？”

冼怡一脸得意地说：“《大功报》记者、妇女联合会干事，冼怡。”

郑朝阳让白玲应对记者，临走叮嘱冼怡：“到时别乱写啊。”

三儿不知道什么时候溜了过来，小声说：“您甭担心，《大功报》，整花边新闻的小报。明星绯闻神怪故事，人家逗她玩儿呢。”

郑朝阳愣了：“不是上海的《大公报》吗？”

三儿笑道：“是功德的功。”

郑朝阳也忍不住乐了。

1949 年 3 月 13 日，七届二中全会在西柏坡胜利闭幕。3 月 23 日，中共中央来到北平，并在西郊机场检阅部队。

小教堂告解室里，郑朝山说：“段飞鹏从香山送来消息，说最近有大队人马进驻香山。”

神父忙问道：“知道是什么人吗？”

“现在还不清楚，但可以肯定规模不小，对外称是中共的劳动大学。”

“大学？中共一向善于瞒天过海。我看，八成就是‘他’来了，来组建他们的什么新政协。现在局势艰难，李宗仁正在准备派代表团来北平和谈，我们必须要做出行动来，叫国际上看看，北边并不太平。”

郑朝山微微颔首：“咱们之前的准备总算没有白费。”

神父也点头道：“蒋总裁只是叫李宗仁拖延时间，好训练兵员储备物资。我们和共产党不共戴天，毛局长的意思是在代表团来之前做出点动作，最好是能把“他”干掉。至少也要杀掉几个部长或常委。”

郑朝山有些犹豫：“如果他真在香山，必定戒备森严，咱们的准备可能不够。”

“告诉杨凤刚，他玩儿的那些保存实力的小把戏我们心知肚明。这次，要是能打掉首脑人物，他就是党国的头号功臣。还有，警卫营正好驻扎在香山附近，里面有我们的人，去唤醒他。”

郑朝山点头说：“好，我这就派人去。”

神父摇头道：“不，你亲自去。”

清华池澡堂，郑朝山叫段飞鹏去唤醒警卫团的一个营长，搞清楚住在香山的人是谁。

万寿寺路牌不远处，数百名穿着解放军军服的警卫团成员闹哄哄地走在大道上。这是警卫团几百号人在保密局特务策动下的哗变，围攻香山。段飞鹏化装成山民站在路边看着。

郑朝阳和郝平川正驾着军用摩托车经过这里，发现情况紧急，郑朝阳赶忙拦下一辆汽车，让郝平川回城报告，自己驾着摩托车抄近路去香山卫戍部队报警。

第十一章

警卫团正走在山道上，两边山上突然出现了大批全副武装的解放军，一位解放军军官喊道："不许动！放下武器！"

警卫团成员齐刷刷地举起双手，一位营长道："长官，我们没拿武器，我们找老大告状。"解放军军官们相互对视。

听完警卫团的行动经过汇报，郑朝阳沉吟着："没拿枪，要告状，就这么简单？"

郑朝阳和军官握手告别，下山时一路看到很多穿着便衣的暗哨，还有很多附近的居民在散步遛弯，一派和平的景象。

看到郝平川全副武装地迎面走来，郑朝阳打趣道："你这是干吗，准备打阻击啊！"

"阻击？公鸡都没见一个，公鸡好歹还挣扎两下呢。这倒好，我到山脚下，连个人影都没见着，都给押回兵营缴了械。啥事都没有了，真没劲。"

郑朝阳怒骂："你这个大嘴巴。这是什么地方，出事？真出了事那还了得，再说部队早就把这边排查得清清楚楚，用不上咱们！"

郝平川拍拍嘴巴，愧疚地说："对对对，不能有事，绝对不能有事。"

"领导说了，马上要在颐和园召开会议，北平警备司令部、中央办公厅、社会部、中央警备团和208师的代表都要参加，专门讨论香山和西郊的治安问题。"

郝平川忙问："那我们干什么？"

“配合，抓特务。”郑朝阳边说边自顾往前走。

郝平川嗤笑道：“抓特务，这不和没说一样嘛。”

郑朝阳和郝平川两人一起来到山下的一家杂货铺，遇到便衣值勤的青龙桥派出所赵所长，三人热情地握手、寒暄。

赵所长说：“我都听说了，这次真幸好没出什么事。也多亏你们二位了，不然我这个派出所所长的帽子就得摘啦。”

郑朝阳笑道：“还是咱们队伍的动作快，这叫风卷残云如卷席。”三人大笑起来。郝平川满脸疑问：“不是下班了吗，怎么还没下岗？”

赵所长解释道：“领导叫加强巡查，我来这边的铺子看看有没有生人来。”

郑朝阳忙问道：“有吗？”

“还没看到。你们两位这是……”

郑朝阳忙说：“我们回市里汇报，顺道买儿点山货带回去给我哥。”

赵所长指着身后的山货铺，说道：“那就这家吧，六十年的老字号，三代了。走，我带你们进去。”

赵所长带着郑、郝二人推开山货铺的大门，迎面的墙上贴着毛泽东、朱德的画像。柜台后站着一个英俊小生，他一脸谄媚地喊道：“赵所长。”

赵所长问道：“小何，小红在吗？”听到有人找，桑红从里屋出来了：“赵所长。”

赵所长指着郑、郝二人道：“我这两个朋友从市里来的，想挑点儿山货回去。”

桑红看到郑朝阳和郝平川，忙叫道：“郑同志，郝同志。”

“桑红？怎么是你啊？”郑朝阳疑惑道。

“原来你们认识啊？啊，对了，她妈妈的案子是你办的。”赵所长道。

郑朝阳点点头道：“是啊，不过到现在为止，所有的证据都显示她妈妈是自杀的。”

桑红眼圈有些红，难过地说：“算了，都过去了。我妈妈常说，万事皆由命。她和我爸结婚后就没过过几天好日子，可能她真的不想再忍了吧。”

郑朝阳看着英俊小生，问道：“这位是？”

桑红忙解释道：“我未婚夫何家根。我妈妈去世后我姥爷就病倒了，我只好来这里帮着姥爷打理这家店。一个人忙不过来，我叫他来搭把手。”

郝平川看着屋里的山货，随口问道：“你妈妈以前也常来吗？”

“常来。每次我爸打我妈，她都会到这儿来。我们家这点儿事，街坊们都知道，也没什么不好意思的。您想要点儿什么？”

郑朝阳指点着货柜要了几样。旁边的小何麻利地打好包，递给郑朝阳：“您拿好了，趁着新鲜回家赶紧吃。”

出得门来，郑朝阳问赵所长：“这个小何，你们调查过吗？”

赵所长答道：“当然！何家根嘛，骡马市何记包子铺的少掌柜，小白脸，好吃懒做，不过嘴甜。他们俩的亲事其实小红妈妈不同意，嫌小何不干正事，为了这个，小两口还想过要私奔。”

郑朝阳说：“这么说，桑红妈妈一死，这障碍倒是没了。”

赵所长叹道：“唉，谁说不是呢。”

金城咖啡馆的秘密包间里，郑朝山刚落座，乔杉就端着咖啡托盘走了进来：“香山那边出来镇压的是208师，原来隶属林彪的第四野战军，但师长和政委在延安时期都曾经是中共的中央警卫局成员。”

郑朝山搅拌着咖啡说：“看来毛泽东就在香山一带，不过他会在哪儿呢？”

乔杉揣测道：“也许是双清别墅，也许是玉泉山。警卫团该好好利用一下，只是当个鱼饵未免有点可惜了。”

郑朝山嗤笑道：“吓破胆的败军降军能有什么作为？也就是跪在地上喊喊冤。打仗？哼！”

乔杉试探着问：“要不给杨凤刚的别动队发报，叫他们试试？”

“香山地区戒备森严，208师是四野的王牌，你觉得杨凤刚会愿意触这个霉头吗？现在先要弄清楚毛泽东到底在哪儿。”

乔杉忙说：“我派人仔细侦察一下。”

郑朝山摆摆手：“不。这个时候要收，而不是放。延安时期毛泽东就有外出微服私访的习惯。告诉蝎子，沉住气。”

乔杉点头出去了。

电讯室里，白玲坐在办公桌前，反复看钟春喜的照片，钟春喜的表情很奇怪，居然面带微笑，有谁会因为自己要死了而开心呢？一个人留在人间最后的信号就是临死前的表情。所以，白玲怀疑钟春喜是在死前被人下了毒，然后又伪造成自杀的假象。

钟春喜在自杀前还在准备做饭打扫房间，这说明她压根儿就没想过要死，突然间就抹脖子了，肯定是受了什么刺激。这个刺激是从哪儿来的？又是什么样的刺激，到底是谁给的呢？白玲一面翻阅着钟春喜的材料，一面快速地思考着。突然她站了起来，好像想到了什么。

白玲去了邮局，坐在邮局的办公室里，跟邮差打听情况。邮差大李说：“钟春喜死的那天，我是送过一封挂号信。因为怕又被这个疯女人打骂，就从门缝塞了进去。我前后共送过三封同样的挂号信给钟春喜，记得寄件地址都是‘985 信箱’。”

可白玲记得当天在案发现场，并没有发现什么挂号信。

白玲决定去查信箱。一个宅门门口的墙上挂着一个墨绿色的信箱，上面的编号是“985”。白玲偷偷撬开了信箱，失望地发现里面什么都没有。

郑朝阳和郝平川正在郑朝阳的办公室讨论钟春喜的案子。郑朝阳突然记起赵所长说过，桑红的妈妈反对女儿和小何的婚事，于是问道：“案发的时候，小何在哪儿？”

“根据钟春喜的死亡时间看，当时他在自家的铺子里帮忙，很多人都能证明，他没有作案时间，所以排除了。”

郑朝阳沉思着："老郝，我觉得我们好像漏掉了什么。"

钟春喜家还保存着案发时候的样子，门上贴着封条。白玲和郑朝阳几乎同时到达了门口，郑朝阳拿出一瓶水倒进嘴里，他含着水冲着封条喷，随后拿出个小镊子，在门锁上捅了几下，门锁打开。

白玲笑道："以后你要是不当警察也饿不着了。"说着两人进了屋，开始在房间里四处查看。与此同时，一双穿着高档三接头皮鞋的脚从窗帘后面出来，移到窗户边上，十分谨慎地开窗离开了。

郑朝阳走过去打开窗户，屋里顿时明亮了许多，二人几乎同时发现了屋里的脚印。白玲急忙拿出相机把地上的脚印拍了下来。

郑朝阳分析道："这人一定是和咱们一样的目的，来找东西。"借着窗外的光线，两人发现衣柜有搬动的痕迹，于是二人一起用力，把衣柜挪开。衣柜后面的墙壁非常破旧，很多地方露着青砖。

郑朝阳在墙壁上仔细查看着，在一处墙砖的缝隙中，找出三张纸。他展开这些纸，原来是三幅画。画上是一个速写的人头像，脖子上戴着绞索，看上去非常诡异，带着死亡的气息。

另外两幅画的内容和第一幅完全一样。郑朝阳看着画，露出了微笑。

白玲又来到医院的停尸间，仔细查看钟春喜的尸体，丝毫没发觉郑朝山已悄悄站在身后。郑朝山突然开口："白玲，你查出什么了？"

白玲吓了一跳，回头看到郑朝山，他右手揣在衣兜里，正站在她身后。"我找到三幅画，画的都是钟春喜死去的哥哥钟春宝。开始的时候我以为这几幅画诱发了钟春喜狂躁症，后来发现可能不对，因为根据病历，钟春喜其实一直在服用药物，即便是看到这几幅画，也不至于到自杀的程度。所以……"

郑朝山接过话："你怀疑是药物有问题？"

"是。"

郑朝山解释道："钟春喜的肝肾损伤很大，是长期服用镇静剂的结果。

这是这种药的副作用。”

白玲点点头：“我们在她家里见到过镇静剂的药瓶子，里面都已经空了。她确实吃了很多。”

郑朝山又分析：“如果遇到刺激，让她过量服用镇静剂，就会出现强烈的幻觉，有可能导致自杀。”

白玲反问道：“这个，你在最初验尸的时候怎么没说？”

白玲突然发现自己已经处于一个死角，面前的郑朝山挡住了她唯一的出路，而停尸房里又没有别人，并且他的右手从始至终都揣在口袋里。

郑朝山十分平淡地说：“我认为这是普通的疾病问题，不是刑事问题，所以就没说。不会耽误你的工作了吧？”说着他又往前走了两步，白玲则下意识地往后退了两步。

突然外面传来哭声，护工推着一具尸体进来了。郑朝山回头看了一眼，揣在口袋里的右手拿了出来，手里攥着一把香菜。

郑朝山解释道：“用这个搓下手，再用酒精清洗，这是外科医生的小窍门。精神科有钟春喜的病历，你可以再去研究一下。”说完，他还给了白玲一个谜之微笑才走出去。

白玲拿着香菜，也没洗手，快速走了出去。

公安局会议室的桌上有一份检查报告，报告显示钟春喜的确有严重的精神疾病。

宗向方介绍道：“钟春喜母亲死得早，从小就是由父亲和大她九岁的哥哥钟春宝拉扯，兄妹俩的感情很深。去年她在一家什么公司的董事长家当用人，听到上海股市的一些内部消息，说是能赚大钱，就和她哥说了。但钟春喜根本不懂股票，把空投记成了多投，结果导致她哥倾家荡产走上了绝路。为此她十分内疚，长期精神抑郁导致出现妄想症。这种疾病有焦躁、易怒、多疑、神经质等症状，平时和正常人没有区别，但如果受到深度刺激的话，就会产生很严重的暴力倾向，可能是对别人，也可能是对自己。”宗向方合上笔记本，总结道：“如果是这样，就不是自杀，是他杀。”

郑朝阳敲击着桌子说："看来钟春喜有病的事情很多人都知道。"

宗向方点头："是。她犯过几次病，还总是以为有人要杀她。"

郑朝阳把从钟春喜家找到的画钉在了墙壁上，一巴掌拍在画上道："让钟春喜受到刺激的，就是这幅画。"

白玲解释道："这幅画很有视觉冲击力。画像本身和钟春喜哥哥很像，其实就是在不断地提醒她她哥是为她而死。而今，他来索命了。"

郝平川心生疑惑："你的意思，钟春喜是被冤鬼索命而死？"众人大笑。

白玲也笑道："是这个意思，只不过，这不是我的意思，是凶手要传递给钟春喜的暗示。这幅画是怎么到钟春喜手里的呢？是邮递员从门缝里塞进去的。"

她继续讲述："案发当天，钟春喜端着菜盆出来泼脏水，看到地上有封信。她捡起后打开信封，取出画，看到画像，惊慌失措地跑进屋，然后把衣柜挪开，把画藏在了墙缝里，又去抽屉里拿出药来大量地吞食，之后产生强烈的幻觉，导致了自杀。"

现场一片寂静。

宗向方问道："药？"

白玲拿出一个药瓶："这个药瓶就是当时从钟春喜的床下找到的，空的。这是慈济医院精神科开出来的，我去调查过，有两个人经常去帮钟春喜拿药，一个是桑红，一个是桑红的未婚夫何家根。"

郑朝阳指着墙上的一张脚印的照片，道："这是我和白玲第二次去勘查现场时发现的。显然，这个人回到案发现场也是在找东西。他在找什么？如果这幅画是凶手给钟春喜的，那么它就是凶手存在的唯一证据。"

白玲反对道："错了。凶手送这三幅画的真正意图其实是为了掩饰钟春喜过量服药的事实。我到医院问过，钟春喜的镇静药吃多了只会睡觉，可能睡死，但不会发疯。除非……"

齐拉拉忙道："除非药里有馅儿。"

宗向方问道："那加的是什么？又是谁加的？"

多门分析道："从脚印上看，这是双'踢死牛'的脚印。这鞋很贵，一般老百姓穿不起，都是些有钱人家的少爷喜欢穿，比较洋范儿。这个人身高在一米七左右，偏瘦，鞋底的花纹很清楚，说明是新鞋。”

郑朝阳总结道：“不管怎么说，这个何家根的嫌疑很大，还要继续深入调查。不但要调查他本人，他的亲属和周边的人也都要调查。”

何家根走进了一栋公寓，慢慢上了楼，在一个房门口轻轻敲了几下，门开了。里面站着的是桑红。他走进来，和桑红紧紧拥抱在一起。何家根脚上穿的正好是一双“踢死牛”。他拿出一个瓶子，据说是正宗的法国香水，递给了桑红，桑红打开瓶盖闻了一下，就变得眼神迷离，出现幻觉，开始完全无意识地按照何家根的指令行动。

何家根道：“真乖，要服从主人。”

桑红慢慢答道：“是，主人。”

“你能为我做任何事。”

“我能为你做任何事。”

“甚至去死。”

“甚至去死。”

何家根笑得令人毛骨悚然。过了好一会儿，桑红倒在床上沉沉睡去。何家根下床离开了。

何家根来到医院，从一个隐蔽之处找到一瓶液体和一个字条，看完字条后撕碎，然后拿着小瓶子离开了。窗内，郑朝山面无表情地看着这一切，他的身后是医院的实验室，各种试管一应俱全。

郑朝阳在办公室看何方周的档案。何方周，骡马市何记包子铺的掌柜，何家根的父亲。何家根是他唯一的儿子。

郑朝阳叫人把多门找来，问他是否认识何记包子铺的掌柜何方周。多门道：“认识。他家的包子以前那是相当有名。据说是得了天津‘狗不理’的真传，所以才到北京来开店。”

郑朝阳又问："这个小何，你熟悉吗？"

"见过几次，不熟悉。这人不怎么出来，据说身体不好，平时也就是在包子铺里帮帮忙，不熟悉的人都记不住他长什么样。"

郑朝阳又问道："那他怎么和桑红走在一起了呢？"

多门欲言又止。郑朝阳宽慰道："老多，有什么你尽管说。我，你还不相信吗？"

多门于是接着说："这个老桑啊，就是手欠，那边的铺子基本上都被他卷过。谁要是不给他上供啊，他就找谁麻烦。"

"这么牛？"

"组长，您也是老警察了，可您看的都是上面的事，底下人的事您可就未必清楚了。吃点拿点这对警察来说其实不算什么，只不过大家都有个分寸，老桑呢是油盐不进，不听话就下黑手。要不大伙儿怎么给他起外号叫'哭丧棒'呢。"

郑朝阳点点头："这个可要注意了。我看他和你倒是不陌生，以后你还是多提醒他些，现在是新社会了，得守规矩。你接着说。"

"老桑叫桑红帮他去收保护费，桑红不敢不去。这一来二去的，她就和小何好上了。"

郑朝阳笑着拍拍多门的肩膀，嘱咐道："老多，咱们的话出去别和别人说啊。"

多门点头道："知道知道，天知地知你知我知。"说完，他嘻嘻哈哈地出去了。

秦皇岛的海边，郑朝阳站在一块礁石上看着大海，宗向方和白玲从后面走了过来。

"说说你们各自调查的情况吧。"郑朝阳道。

白玲回道："我去天津五马路派出所查了，国民党撤退的时候毁了不少档案，关于何方周的档案内容很少，不足以支撑我们的调查，但他们帮着找到一个认识何方周的人，根据那人的介绍，何方周原先在天津鼎丰包子铺当学徒，后来自己出来开店。因为手艺精湛很受欢迎，他开了好几家分店。”

郑朝阳追问：“关于他儿子何家根呢？”

白玲道：“据说何方周的亲儿子早死了，现在身边的这个是他年前过继的他五弟的儿子，算是续香火。我给那人看了何家根的照片，他确认就是何方周过继的儿子，本名叫何良。”

白玲说完，宗向方接着说：“何良的父亲是在天津围城之前来到北京的。”

郑朝阳问道：“他怎么没跟着一起走？”

宗向方说：“他当时在监狱服刑。三年前何良因为强奸多名女性并致人死亡，本来被判了死刑，但一直没有执行。可能是家里用了钱。”

郑朝阳又问：“那找到何良的档案没有？”

“我去监狱查过，天津解放前夕，国民党当局将监狱里关押的流氓、强盗和杀人犯等刑事犯全部释放，又销毁了很多档案，目的就是要搅乱天津的治安。何良应该就是这个时候被释放出狱的。监狱里的残留档案还没来得及整理，不少被焚毁了，还有很多残破不堪。修复专家来看过，这些档案要全部修复至少要好几年的时间，都堆在后院里。”

“就是说什么文字性的材料都没有了？”

宗向方笑道：“死马当活马医，我就到后院去看了看，结果，我找到了这个。”说着，他把一个写着何良名字的卷宗递给了郑朝阳。

郑朝阳接过卷宗翻了几下，合上卷宗拍着宗向方的肩膀道：“你小子就是个福将！走，去吃海鲜。向方，你请客啊。”

白玲反问郑朝阳：“那你这边的调查情况呢？”

郑朝阳边走边说：“这儿是何方周的老家，可你看，已经没什么人了，我的情报可比你们少多了。”

在街边的一个普通的茶馆里，郑朝阳正给青龙桥派出所的赵所长倒茶。

“你叫我看着的那个何家根，这段时间他也就是在店里，卖货进货收钱，平时都不怎么出大门。”

郑朝阳追问道:“一次都没出去吗?”

赵所长想了一下说:“那倒也不是，回过两次北平。他家城里不是还有买卖呢嘛，回去看看。我看这个小何蛮老实的，话也不多可是很会来事。因为自己是个生面孔，平时上山遛弯都是桑红自己去，他很少跟着。”

郑朝阳奇怪地问:“这是为什么?”

赵所长解释道:“领导每次从北平回来，都要在山脚下下车，然后自己步行到家里，松松筋骨看看风景什么的。”

“这岂不是很不安全?”

“倒也不至于，这条路基本没什么人，很僻静。我们光是暗哨就布置了上百个，偶尔会有周边的住户到山上散步遛弯，也都是熟脸，知根知底。”

郑朝阳不想放过细节:“小何刚来不久，为了避讳，所以都是叫桑红自己出去遛弯?”

“对啊。我上次见到桑红，她自己和我说的。我就寻思这小何还真懂事，你怎么就怀疑他呢?”

郑朝阳淡淡地说道:“说不上，可能是直觉吧。”

金城咖啡馆里，乔杉给郑朝山端来了咖啡。郑朝山道:“马上去收山货，不能等了。他们马上就会查到何家根的底细，一旦他的罪犯嫌疑被确认，我们就不会再有机会了。”

“好，那个药……”

“差不多了，也只能这样了。现在最重要的是时间。”

齐拉拉发现何家根在北平城还有一处宅子，说是他亲生父亲的产业。郑朝阳就跟着齐拉拉去看。这里正是何家根和桑红幽会的地方。

齐拉拉俯身用工具捅开门锁，两人进了房间。公寓内的设施很简单，屋里有种阴森森的感觉。郑朝阳四处搜索，发现了一个暗门，里面有制造炸药留下的痕迹。

此时，在玉泉山外的山道上，一个高大的身影在山道上走着。他一路走一路看风景，活动着筋骨。

郑朝阳和郝平川骑着摩托车风驰电掣地来到青龙桥钟记山货铺门前。车还没有停稳，郝平川就从车上一跃而下，掏出手枪一脚踹开了大门。铺子里面收拾得十分整洁，却没有人。

郑朝阳和郝平川又来到后院，只见钟掌柜躺在床上昏迷不醒。郑朝阳上前检查后告诉郝平川："是迷药，没有生命危险。"

郝平川已经转了一圈，回来了，说："何家根不在。"郑朝阳和郝平川赶紧出了铺子。这时一个警察走过来。郑朝阳问道："看到赵所长了吗？"

"赵所长当班，在那边。"郑朝阳和郝平川顺着警察手指的方向跑了过去。

桑红目光呆滞地在山道上走着，沿途遇到周边的邻居打招呼也不理，径直往山上走去。

郝平川和郑朝阳气喘吁吁地跑着，几个警察也追过来。一个警察汇报道："周围的明哨暗哨都查过了，没发现何家根。"

郝平川命令道："马上扩大搜索范围，包括车站和主要的出入口，活要见人，死要见尸。"

郑朝阳猛地想起赵所长的话：这小伙子懂事，为了避嫌遛弯都不去。

郑朝阳大喊："错了，要找的是桑红。必须马上找出桑红去哪儿了。"

一个行人从路边走来。郑朝阳一把抓住他，急匆匆地问道："老乡，你见到桑红了吗？"

行人指了指："桑红啊，我见她往那边去了。这丫头也不知道怎么了，变得不理人了。"

郑朝阳顺着行人指的方向冲了过去。

他一路狂奔，在路边发现了被打昏在地的赵所长，看着赵所长后头上的伤口，他说道："桑红没这么大劲。一定是何家根，搜，他就在附近。"

郝平川补充道："重点勘察附近的车站。"几个警察立刻散开去搜索。

桑红还在往前走，郑朝阳从后面追了上来，喊道："桑红。"听到声音，桑红站住了，慢慢转过身来。郑朝阳惊呆了，她衣襟敞开，身上绑着炸药，是用铁链子锁在身上的，她手里拿着引爆器。

这时郝平川等人也跟了上来，看到这一幕，郝平川紧张地说："桑红，你别乱来啊。"

郑朝阳说："没用，你看她的眼睛，她现在被药物控制了，根本听不见我们说什么！"

郝平川急了："那怎么办？"

一个警卫战士跑了过来，说："首长已经转移了，工兵马上过来。"

"工兵不一定管用，这炸弹是何家根自己做的。"

郝平川看着桑红说："瞧这架势，她根本就不叫咱们近身啊！"

桑红此刻正处于焦躁状态，不断地向周围的警卫战士和警察做着威胁的姿势。一个警察端起枪来，建议道："干掉她。"

郑朝阳一把按下枪，说："不行！她是无辜的，只是被人控制了。"

齐拉拉从身后出来说："这就是中邪了。鬼上身，得把鬼吓跑才行。"

郑朝阳挥挥手骂道："一边儿待着去。什么神啊鬼啊，共产党不信这个。"

齐拉拉认真地说："真的组长，我没骗你。我们家那地方经常有人中邪，得用针扎人中用柴火燎脚丫子还得用响器震荡她的天灵盖才管用……"

齐拉拉的话才说半截，就被郝平川一把薅住脖领子甩到了后面："给你个袍子你去跳大神得了，别在这儿捣乱。"

齐拉拉冲郝平川撇了撇嘴，看到旁边不远处有个茶棚，他转身溜了进去。

郑朝阳和郝平川在一边商量对策，郑朝阳说："关键是要按住她的手。"

郝平川摇摇头："这可不好办，你没看她攥得死死的吗？她一按，咱们全完蛋了，除非一刀砍下来。”

郑朝阳瞪着郝平川，郝平川笑道：“你瞪我干吗？我只是说说而已。”

齐拉拉突然冲了出来，郑朝阳一把没拉住，他几步就蹿到了桑红面前。

郝平川急忙大喊：“卧倒！”所有的人齐刷刷卧倒在地。

齐拉拉朝桑红的脸上喷了一口凉水，桑红一激灵。齐拉拉一边用马勺拼命地刮蹭着铁锅，发出尖锐的响声，一边围着桑红上蹿下跳，嘴里“咿咿呀呀”叫个不停。

郑朝阳忍受不住捂住了耳朵。郝平川气急败坏地嚷：“这是什么动静！”

桑红脸上露出痛苦的表情，最后忍不住松开引爆器，也用双手捂住了耳朵。齐拉拉趁机扑上去一把抓住了引爆器，郑朝阳和郝平川也及时扑了上去。

何家根一副商人打扮，脸上还粘了大胡子，身上背了一个大包袱在等公交车。几个路人也在等公交车，看到何家根奇奇怪怪的样子，他们嘀咕道：真像特务。何家根听到后，下意识地从车站的中间位置挪到了边上，于是几个路人更加肯定何家根是特务，追着他一路跑。

旁边开出来一辆吉普车，开车的正是郝平川。看到何家根，他笑道：“这可真是冤家路窄啊？何家根，别跑了，再跑肺要炸啦。上车吧。”

何家根跑得快要断气了，回头看着追上来的群众，他慌忙跳上了车。

何家根独自坐在审讯室内，紧张地四处看。

罗勇看到他这个样子，取笑道：“就这个人？贼眉鼠眼，哪儿像个特工！”

郑朝阳解释道：“他是化学专家，也是个杀人犯，在天津解放前被保密局吸收为特工，到北平长期潜伏。他引诱桑红的目的是能顺利进入桑红家位于香山脚下的老店建立情报站。没想到婚事受到桑红母亲钟春喜的强烈反对，他就利用钟春喜身患妄想症，引导其自杀，再将桑红变成‘人体炸弹’，想在首长回家的路上搞袭击。”

罗勇愕然：“还挺能折腾，想得也周全！可惜百密一疏，还是叫你们揪出来了。干得不错！”说完他拍怕郑朝阳的肩膀走了。

公安局会议室里，罗勇、郑朝阳、郝平川、白玲四人正在开会。

罗勇问道：“何家根的上线是谁，查到了吗？”

郑朝阳汇报道：“还没有。他的上线和他没见过面，都是通过书信联系，紧急的时候会打电话，信箱的地址是假的，电话也用的是公共电话。”

白玲说：“这是一个技术型的外围特工，一旦失控就可以抛弃。”

罗勇问道：“会不会是桃园行动组的人策划的？”

郑朝阳说：“从手法上看像。”

罗勇很感兴趣：“说说。”

“从目前几起和桃园行动组有关的行动看，这个组织似乎对单纯的绑架、暗杀、爆炸等简单直接的行动不感兴趣，而是专注于做大案，目标也更大，因此他们不在乎和我们慢慢周旋，比如上次策动保警总队哗变。”

郝平川补充道：“一旦得手就惊天动地。”

罗勇点点头：“这么说来，这是个高手。”

“根据综合情报，我对桃园小组的‘凤凰’做了进一步的特写。”白玲说。

罗勇笑道：“就是咱们苏联老大哥常用的那个啥分析吧？上次你对那个画像的分析就蛮有意思的。”

白玲笑道：“是心理分析。”

罗勇看着她鼓励道：“好好，咱们都听听。”

第十二章

白玲在局会议室里做心理分析，侃侃而谈：“‘凤凰’心思缜密，行为谨慎，而且善于布局，应该具有很高的文化修养。因为常年作为冷棋隐藏，所以必须要融入周围的环境，因此他人缘很好，但不会和人有深交，他喜欢独来独往，内心会很寂寞。所以，他很可能会专注于某一种爱好，比如古玩、音乐或者是演戏。”

“演戏？”郑朝阳有些不相信地问。

白玲点头：“对，演戏，京剧或者是话剧。”

罗勇追问：“那么你觉得，他用会什么样的身份作掩护？”

“这个不好说，政府机关、学校、文化团体、报社、出版社，甚至是医院，都有可能。”

郑朝阳愕然道：“医院？为什么？”

“冷棋这样的特工在潜伏阶段需要环境安静、行动自由且不被人注意。政府机关是个是非窝；文化团体是个名利场，要面对各行各业的人；大学则是国共两党共同关注的地方。安静，自由，只要自己愿意，完全可以不被别人注意，所以医院也是有可能的。”

罗勇夸奖道：“不错，说得有些道理。”

郑朝阳听到这里，心里一动，白玲所说的“凤凰”的形象，似乎就是自己的哥哥郑朝山啊。恰好此时罗勇点名问他：“朝阳，你怎么看？”

郑朝阳压下内心的不安，表达了自己的看法：“老大哥的经验肯定是好的，不过侦破案件还是要重证据。这种分析可以用来参考，提示一下是好的，但不能作为路标。”

白玲尖锐地批评道：“中国目前侦破案件的方法还是没有脱离古代巡捕的思路，方法简单，设备陈旧，思想也很保守。这样往往会降低破案的效率，甚至误导破案的方向。”

郑朝阳突然感到无名火起，气愤地说：“戴口罩进现场当然会误导方向，要知道气味是现场的第一线索。”

他针对的是白玲以前有几次进现场都戴着口罩。

白玲气得眉头紧皱，马上反讥：“整天拿个打火机闻来闻去，能闻出什么来？”

看到郑朝阳“啪”地合上笔记本似乎要发作，罗勇忙敲着桌子说：“干什么，这是开会呢。”两人都压下自己的怒火，不再说话。

罗勇转移话题道：“告诉大家一个消息，南京政府拒绝了我们的和谈条件。和谈终止，解放大军即将过江。”大家听到这个消息都非常开心，纷纷鼓掌。

罗勇乘机敲打道：“这个时候恰恰是敌人最疯狂的时候，大家绝不能有一丝一毫的松懈。”

众人纷纷起立，坚定地答道：“是。”

大街上，卖报纸的小贩在叫卖：“号外号外，解放大军突破长江，蒋介石落荒而逃。”“快来看快来看，南京总统府被我军攻克，大军正往江南进发。”

郑朝山在院子里翻看号外，他揉揉湿润的眼角，把报纸拿去灶间烧掉，然后出门去了金城咖啡馆。他推门走进咖啡馆后，发现宗向方和段飞鹏已经坐在屋里了，不过两人都垂头丧气。

郑朝山宣布：“毛局长来电。”段飞鹏和宗向方连忙起身立正，只听他念道：“值此危难之秋，凡我党国军人，必将以决死之精神报效党国，杀身许国者国家必以国士待之，畏战不前、临阵脱逃者，杀无赦。”

宗向方有些游离的目光渐渐变得坚定，他和段飞鹏齐声答道："愿为党国效劳！"因为还要赶回局里，宗向方提前告辞出门，郑朝山和段飞鹏留下来继续议事。

郑朝山说："毛局长叫咱们尽快行动起来，给共产党一点苦头尝尝。我制订了三个计划。代号分别是'天雷''地火'和'熔岩'。不过在这之前，你得帮我做件事。"说着，他从皮包里拿出一份档案材料递给段飞鹏。

段飞鹏打开一看，竟然是一份郑朝阳的警察局档案。

秦招娣在熙熙攘攘的集市上与卫孝杰的夫人偶遇，秦招娣低声惊呼："姨妈。""姨妈"没说话转身走了。秦招娣抽出头上的发簪，拔掉外面的套管，发簪成了锋利的匕首。不过"姨妈"手中的一把短刀更是凶悍无比。两人一路追杀，但闹市中不便明目张胆地动手，她们便相约到一个茶馆。

秦招娣低声问道："我就想问您一句，您是来杀我的吗？"

"姨妈"惊讶地说："我以为是你要来杀我。"

秦招娣松了一口气，忙缓和了语气问道："这些年您都去哪儿了？"

"姨妈"凄然笑道："想不到吧，堂堂中统河南站的少校专员、站长卫孝杰的夫人，现在成了这副模样。孝杰的死，算是让我看透了，大敌当前，自己人杀自己人。就为了抢地盘，老蒋处决了军统河南站的冯大林，可冯大杰到死都没说凶手是谁。"

化身秦招娣的尚春芝当然记得这一切。那是1944年的冬天，郑州圣英教会医院的庭院中，卫孝杰的夫人抱着卫孝杰的尸体痛哭。周围站着很多军官，当时自己也在其中。卫孝杰的尸体刚从冰湖中拖出来，身上还带着冰碴儿。

秦招娣说："我们调查的时候发现，其余的人都是被枪杀的，只有卫院长是被割喉，而且伤口很奇怪。"

"姨妈"恨声道："有人告诉我说凶手可能是个代号叫'鼹鼠'的日本特务，躲在北平，我就来这儿了，可是没找到。中统的人叫我不要再查这件事了。是啊，死的不是他们的亲人。但我也知道，光靠我一个人的力量根本查不出来。慢慢地，也就倦了，我躲在北平没人知道，中统的人也不找我，大概觉得我这个老太婆没什么用了吧。”说完，她看着秦招娣，“你又是怎么回事？”

秦招娣笑道：“和您一样，想过过正常人的日子。”

“姨妈”看着秦招娣皮包里露出的男士大手套，笑着问道：“有心上人了？”

“就算是吧，已经订婚了。”

“那就安心过你的日子吧。以后咱们也不用再见了，万一有急事，你可以到西墙根的火神庙找我。”说完，两人一起出了茶馆，各奔东西。

老秦在后勤处的走廊里来回转圈，回想着医院院长（以前是皮肤科医生）的话：“若想老伤疤看起来像新伤疤，除非又原地烫了一次。你虽在我这里作为后勤多年，以前也好歹当过医生，新旧伤还能分不出吗？”

想到这里他不再犹豫，拿起电话就开始拨号。电话通了，是白玲接的，郑朝阳不在。老秦迟疑着，最终什么也没说，放下电话走了。白玲马上通知电话局，查看是谁打的电话。

秦招娣从墙角的阴暗处走出来，刚要转身离开，电话铃却响了起来，她于是拿起电话，听出是白玲的声音：“这里是公安局，刚才谁打的电话？”听到这里秦招娣默默放下了电话，然后做了一个决定。

白玲骑着自行车在胡同里穿行，经过一路打听，终于来到原慈济医院的教授杨义家里。在她身后不远处，她刚才问过路的烧饼铺掌柜正在悄悄跟踪窥探。

白玲亮出自己的证件后，杨教授的太太把她让进屋子。

杨教授一边背诵着《威尼斯商人》的台词，一边往外跑。白玲赶紧帮着杨太太拉住他，没想到杨教授一口咬了上来，在白玲右手掌上咬了很深的一个印记。

折腾半天后杨教授终于累了，这才躺到床上睡着了。杨太太一脸疲倦地坐在客厅的沙发上，白玲坐在她对面，用手绢包扎手掌。

杨太太深感歉意："真不好意思，白同志，让您受惊了。"

白玲询问道："杨教授从什么时候开始这样的？"

杨太太想了想，回答道："唉，时间很久了，都有五六年了。那年他和郑朝山、马秀武、沈松几个人一起去河南郑州，回来后没多久就出了车祸。命虽然是保住了，可脑袋撞坏了，就成了这个样子。"

"大概的时间您还记得吗？"

"是鬼子投降前一年的夏天。那天正好下雨，老杨过马路，一辆吉普车突然冲出来，老杨还没看清楚，人就被撞飞了，当时他在医院躺了一个多月。"

"他总是像刚才这样吗？"

"也不总是这样，没事的时候和正常人一样。他现在就跟小孩一样，给什么就吃什么，倒也省心了。"

白玲不死心，又问了一句："那过去的事情他还记得吗？"

"他能认出我是谁就已经不错了。"杨太太疲惫地答道。

白玲解释道："杨太太，我们想了解一下当初他们到河南时的具体情况，可另外那几位，两个到了南边，一个去了国外，剩下的就只有郑朝山郑医生和杨教授了。您要是想起什么来，请告诉我好吗？"说着她拿出一个笔记本写上自己的名字和电话号码。

杨太太接了过去："好的，白同志，不过，你别抱太大希望。其实老杨就是喜欢演戏，平时就是个闷葫芦。"

看着墙上杨教授演出的照片，跟在郑朝山家里看到的照片非常相似，白玲于是问道："他和郑医生是一个剧社的？"

"是，那是他们自己组织的一个话剧社——'易卜生剧社'。当时老杨和郑朝山算是剧社的台柱子。"

"那以前他们俩关系很近吗？"

杨太太犹豫片刻，回答道："嗯，也就一般吧。其实他们俩都不是很擅长交际的人。"

白玲告辞时，杨太太将她送出了门。关好院门回来时，杨义正坐在沙发上喝茶，神态自如，根本没有一点生病的样子。杨太太埋怨道："这种日子什么时候是个头啊？"

杨义安慰道："别着急，快了，都改朝换代了。可我还得观察一段时间，毕竟他们是亲兄弟。郑朝山现在是中共的红人，民主人士、社会贤达，郑朝阳是管侦察的大干部。我是什么，一个老疯子而已。"

"你手里的东西就是个雷，再不扔出去，当心哪天炸死你自己。"杨太太生气地说。

杨义笑道："你别忘了，就是因为我手里的东西，咱们才能活到今天。你以为靠我装疯卖傻，郑朝山就真的相信吗？"

杨太太争辩道："可现在不一样了啊？共产党来了，什么中统军统，通通靠边站了。你怎么就不能把你手里的东西交出去呢？"

杨义瞟了一眼杨太太，道："交？东西交了脑袋就没了。郑朝山这么多年不敢动我，是因为我告诉他我头天死第二天这东西就见报，到时候中统找他报仇，军统杀他灭口，看谁死得惨。我活一天，他就活一天。这些年他围着我转圈就是找不到机会下嘴，否则，凭他的手段和那个狠毒劲，我坟头上的草都长八丈高了。"

公安局里，齐拉拉背着包正要出门，却被郝平川叫住了："上次于泽的事，弹道专家给出结论了。从创伤的角度上看子弹是从你身后飞来的，越过你击中了于泽，看来是凶手要杀于泽灭口。我的一枪打在于泽的肩膀上，你的一枪打在了树上，偏出去起码一尺远。回头要好好练练枪法。"

齐拉拉诡辩道："是枪不好，我要是用您的枪，一准儿打得准。"

郝平川笑着挽起裤腿，露出公安局配发的左轮手枪，拔出来说："这枪我留着备用的，就没用过，今天送给你。从今天起，你算是正式可以佩带枪支了。"齐拉拉赶紧一把接过来，吃惊地问："真给我？"

"当然，你小子也算是有种，桑红身上绑着炸弹你也敢往上冲。"郝平川笑着走了。齐拉拉却愣在当地，只感觉双腿发软，于是扶着墙坐在椅子上，后知后觉地大喊道：“不是炮仗，是他妈的炸弹啊？！”

段飞鹏正在窗户外偷看北平慈善堂二楼的一个房间，里面是齐拉拉和小东西。小东西吃着齐拉拉带来的精致的生日蛋糕，两人甜蜜地相视而笑。

段飞鹏起身从腰间拔出匕首，阴恻恻地说：“这俩小崽子，上次就是他俩坏的事，非宰了他们！”

冼登奎一把将他拉回到椅子上：“杀了他们，我这个地方就得叫警察翻个底朝天。你尥蹶子跑了，我怎么办？再说了，没我发话你就敢在我的地面上动手，你当我冼登奎是泥捏的？再说，保警总队都叫人家灭了，该说的她都已经说了，现在杀她有屁用。少惹麻烦，做你该做的事。”说着，他从桌子抽屉拿出一套电话接线员的制服甩给段飞鹏。

段飞鹏穿着制服，骑着自行车来到档案馆。警卫看了证件后打电话请示：“报告，电话局的人来了。”

一个穿制服的警察从屋里出来接段飞鹏，吩咐道：“不知道怎么搞的，越忙越出乱子，电话都出问题了，赶紧检修。”

段飞鹏点点头，从背包中拿出检修设备检查线路。档案室里出出进进的人，有穿着制服的警察，也有穿着工装裤的工人以及穿着列宁装的青年男女。

段飞鹏努力回想郑朝山交代的话：“北平找到的党通局和保密局的档案都会送到那里修复整理。昨天他们在南菜园发现了党通局的一个新的档案埋藏点，清理出来的档案存放在6号房间。很快就会进行新一轮的清点，你要把这个放到档案堆里去。”

段飞鹏找到一个门牌上写着“6”的房门，警惕地看看周围，见没人，才以极快的速度捅开房门，一闪身走了进去。

新中国第一个劳动节到了，各方都在庆祝，热闹非凡。电车厂当然也不例外，大门上拉着大大的条幅：热烈庆祝五一国际劳动节。停车场上的电车也都挂上了五彩斑斓的花冠。

在举国欢庆的时刻，一个爆炸性的新闻出现了，电车厂后院油料库边上发现了死人！

后院只有一个大仓库，是电车厂平时用来储存备用油料和设备的，“严禁烟火”四个大字清楚地写在墙上。仓库旁边有一棵已经枯萎的白杨树，树已经被推倒了，旁边有个大坑，坑边还扔了几把铁锹，坑里是一具枯骨，在阳光下分外刺眼。

郑朝阳、郝平川、多门、齐拉拉、白玲、宗向方等人很快赶到现场进行勘察。

宗向方从坑里提取出几张残破的黄表纸，上面依稀还能看到红色的文字，但写的什么已经看不清了。他小心地将残纸放进纸袋之中。

当多门翻开死者的头骨，看到头骨上残存的发辫上系着的绢花结时，登时两眼一黑跌坐在地上。

公安局会议室里，郑朝阳组织了案情会。他介绍道：“根据调查，这具骸骨是前清福山贝子的孙女那蕙兰，十岁，十年前的冬天失踪。绑匪曾经索要巨额赎金，但福山贝子当时家道中落拿不出赎金，只好报警。从那以后绑匪销声匿迹，孩子也下落不明，而电车厂的位置曾经是福山贝子家的后花园和仓库、马厩的所在地。看来是绑匪在杀害人质之后，将其埋在这里的杨树下面，电车厂库房改造，结果才发现了遗骸。”

郝平川猜测道：“这说明绑匪很可能是自家人。”

宗向方说：“福山贝子在抗战胜利之后就举家南迁，案发当时又是日伪时期，我们查过，相关的档案已经找不到了。因此，这个案子很可能是悬案。”

白玲叮嘱道：“五一劳动节快到了。电车厂要举行彩车游行，这个时候翻出这个案子，对电车厂职工的情绪会有一定的影响。所以，大家出去后要注意保密纪律，不要乱讲。”

电车司机王一本从车场里面出来后，进了附近的小酒馆。多本已经在里面等待多时了，他招呼王一本坐下，吩咐老板上酒菜。

多门说："兰格格的尸体找到了，我心里不是滋味。当初把北平城翻了个遍也没找到，谁想到，人就埋在自己家里。福山贝子家现在还有哪些人，你还能找得到吗？"

"虽然贝子爷当年底子掏空了，可架子还撑着，花匠、厨子、车夫、老妈子一大堆，我就是给他当账房的嘛。贝子爷一死家就散了。我现在能找到的也就是花匠常二爷，还有门房那二饼，其他的都找不到了。"

"你说，这能是谁干的呢？"多门疑惑地问道

王一本明白多门想要去追查，劝道："我说啊，这都十多年了，您就别管了。我知道您和贝子爷算是胯骨轴儿上的亲戚，可贝子爷活着的时候也没多待见您。我看，您还是算了吧。"

王一本举起酒杯和多门碰了碰。多门默默地将杯中酒喝了，感觉有些苦涩。

吃完晚饭，郑朝山和郑朝阳讨论起兰格格的案子来。郑朝山说："当年兰格格的绑架案也算是轰动一时，报纸上叨唠了好长时间。真可惜，她要是活着也是快二十的大姑娘了。凶手有线索吗？"

郑朝阳忙说："我正想请你帮个忙。"说着，他从文件夹里拿出一个档案袋，从里面取出一张纸，上面贴着一些零星的碎片。郑朝阳一一交代道："这是从死者的头部下面发现的，破损得很严重，但我们尽力恢复了一些，你看看。"

郑朝山拿着放大镜，仔细地看着残图："这不是中国神话里夜叉用的三股叉，这是'朗基奴斯之矛'。你看，中国的三股叉是火焰形的，而这个叉子仔细看其实是两股叉，而且坚挺细长。这是西方的'朗基奴斯之矛'，将'命运之矛'镇在受害者的头颅下，是为了防止恶鬼出来作恶。"

郑朝阳试探地问道："这么说，凶手是个信教的人？"

"这张图这半边残破不全，但我要是猜得没错的话，应该是用朱砂画的

镇魂符。你可以去化验一下，看是不是有朱砂的成分。”

郑朝阳赶紧收起档案，“我这就回去查。”说完，他匆匆出门了。郑朝山微笑地看着他骑车走了。

郑朝阳在街上迎面遇到了冼怡，冼怡问他兰格格的案子怎么样了，郑朝阳发愁地说自己还没找到线索。

看到郑朝阳发愁，冼怡心里很难受，于是说：“我当初当记者的那个《大功报》，兴许能帮你找到点儿线索。这家小报十几年前的报纸都保留着呢。”

听到这个消息，郑朝阳面露喜色，跟着冼怡来到《大功报》报馆的档案室。两人在落满灰尘的成捆的旧报纸里翻检着，在有关兰格格失踪的各种报道里，终于找到一篇很有价值的报道。那是绑匪写给兰格格家的一张字条，报道里还有这张字条的照片：“过桥，顺沟沿，向前，见一亭，亭边一倒凳，其下有信。”

郑朝阳分析道：“看来写这个字条的不是一般人，有很深的古文功底。”他收起这张报纸走了。

郑朝山又来金城咖啡馆喝咖啡，乔杉趁着送果盘果碟的机会，捎来一张字条：“五一电车厂花车游行。”

郑朝山拿起字条点燃，用点燃的字条点着了烟斗，然后把字条扔到烟灰缸里。看到字条慢慢地烧成了灰，郑朝山说：“我要结婚了。”乔杉一愣，不过旋即笑道：“恭喜您了。”郑朝山吩咐：“西苑那边，抓紧时间。”

咖啡馆的服务生从公交车上下来后，走进西郊发电厂附近的东风供销合作社。供销合作社的老板娘是一个白净肥腻的女人，她一边热情地招呼“表哥来啦”，一边把服务生迎到里屋。

服务生从带的皮箱里拿出两瓶洋酒交给老板娘，随口说：“这是你要的。我们店里也剩得不多了，你得抓紧。老小子怎么样了？”

老板娘接过洋酒，高兴地收了起来：“这个老土鳖，还知道要洋酒喝，不过总算搞到了想要的东西。”说着，她拿出一张图纸交给服务生，并指着图纸上面的两个地方道，“这是电厂的图纸，警卫部队的布防情况，关键是这里，这两个机组。”服务生点点头，把字条仔细地收好。

服务生又拿出一个盒子打开，是两根金灿灿的金条：“凤凰的意思，马上启动‘地火’计划。”

老秦来到郑朝山家，秦招娣已经泡好了茶，递给他一碗。老秦接过茶边喝边问道：“招娣，朝山不在家，你叫我过来，是有什么要说的吧。”

秦招娣没说话，坐下开始慢慢地画眉。老秦边品茶边絮絮叨叨：“唉，其实你不说我也知道是咋回事，你是担心你胳膊上的伤疤。本来我是有点儿想法，可后来想啊，你个姑娘家也不容易，不管你是谁，你就是我的亲侄女。”

秦招娣继续画她的眉。老秦道：“我给你在广东的姨妈发了电报了。她可高兴了，回电报说这就到北平来看你……我……这是……怎么了……”还没说完，他就睁大眼睛，没了呼吸。

秦招娣难过地说：“老叔，对不住您了。我怕啊，我怕您这次不说，下次没准儿就说了，我真不想再冒险了。我也是没办法啊。明天大家就都知道，您回老家去了。叔，您踏实地睡吧。”说着，她将老秦的眼睛合上了。

后院的煤棚处秦招娣已经挖好了一个大坑，暂时用芦席盖住，她打开芦席，把脱去外衣的老秦推进坑里埋好。

郑朝山和秦招娣的婚礼正热热闹闹地举行。宾客有多门院子里的邻居、郑朝山医院的院长和几个跟他要好的医生，还有民主促进会的副会长韩教授和几个会员，以及齐拉拉、宗向方、郝平川、白玲等郑朝阳的同事。

秦招娣换了身衣服出来，大大方方地给大家敬酒。

现场很热闹，大家都喝得很尽兴，这时金城咖啡店的服务生佯装送礼也来了。郑朝山找个借口把服务生带进书房，服务生忙说：“西郊发电厂突然去了大批的共军武装部队，他们好像是听到什么风声了。必须马上通知杨凤刚取消行动。不是发报时间，我们联系不上025。只能来找您，只有您有紧急联络的权限和密码。”

郑朝山说：“今晚我会把情报发出去。马上查清楚是什么情况，驻军为什么会来。”服务生点头离去。

几个穿着公安制服的人从外面走进来，秦招娣登时愣在当场。公安人员离她越来越近，秦招娣下意识地往后退了两步，眼神忍不住往煤棚的位置瞟了一眼。这一眼被郑朝山看到了，他顿时也紧张起来，服务生也下意识地摸向后腰上的匕首。

郑朝阳站了起来，对为首的一人说道：“老姜，你怎么来了？来来来，过来喝两杯，今天是我哥大喜的日子。”然后对郑朝山说：“哥，这是我们人事处的老姜，以前也是我的搭档。”

老姜指着身后的人介绍道：“这是社会部的老侯。”

郑朝阳有些奇怪：“社会部？”

老侯走上前来，说道：“郑朝阳，我们现在怀疑你是国民党党通局潜伏特工，你马上跟我们回去接受调查。”

郑朝阳傻眼了：“老姜，开什么玩笑？”

现场的人也都傻眼了，两个警卫上来一左一右夹住郑朝阳，要给他戴手铐。郑朝山见状要冲上去，却被秦招娣死死拉住。

郑朝阳安慰郑朝山和众亲朋好友：“哥，我先回局里，你们先喝着啊，我一会儿就回来。”说完，他上了吉普车。院里顿时一片死寂。

公安局会议室，郝平川正为郑朝阳被抓一事，对老姜、老侯不依不饶。

“都嚷嚷什么，隔着门都听见你们叫唤了。”白玲推门走了进来，喊道，“材料我都看过了。几天前政治保卫处接到举报信，查获了党通局在南菜园遗留的一个秘密档案室，从遗留档案中查到有郑朝阳签名的党通局档案，所以才怀疑他是党通局的潜伏特工。调查，也是要给自己同志一个清白。”

郝平川站起来气愤地说："好，既然是组织决定，作为党员我服从。你们查吧，我们配合。不过我保留个人意见。"说完，他气冲冲地走了。

白玲替郝平川求情道："老姜，老郝的脾气你是知道的。"

老姜道："我知道，都是当兵的，火暴起来骂骂娘我都理解。老实说我也想不明白。两年前我在冀中军区搞情报，代号'黄河'，负责对接北平的'河豚'行动组，'河豚'就是郑朝阳的代号。到保定的时候我们俩才见了面，他要成了特务这不是活见鬼嘛。可证据就是证据。"

"那接下去你想怎么调查？"白玲问道。

老侯递上来一份名单，说："我们拟定了一份名单，会挨个儿找他们谈话。你看看。"

白玲接过名单看着，点点头道："好，现在根据领导指示，老姜、老侯，还有我——白玲，成立三人调查小组。"

三人调查小组开始分别找名单上的人谈话。

齐拉拉的回答是这样的："如果郑组长是特务，那你们在座的几个都是特务。我凭什么这么说？因为你们说郑组长是特务。"

郝平川的回答是："我已经说过了，我和郑朝阳从抗战起就是搭档。抗战胜利后我调到民主联军就是四野作战。辽沈战役前又调回平西一带，继续和郑朝阳搭档。"

三儿哆嗦着跪倒在地，手里托着一个打火机，一把鼻涕一把泪地说："冤枉啊，这个是他送我的，可我真不知道他是要收买我啊。冤枉啊，青天大老爷。"

宗向方有些疑惑："首长，我当时为什么要救郑朝阳？我和郑朝阳是警校同学，上下铺的兄弟。朝阳能混事，毕业了就一路升迁，我是被他提拔着才上去的。不然就我这个裱糊店的小伙计出身，混到死也就是巡官。我是真把他当兄弟，保密局的人要抓他。我要是不救他我还是人吗？可怎么，他又成了党通局的了呢？天地良心，我真不知道啊。"

冼怡气愤地拍着桌子喊道："我刚才说的你没听到吗？我怎么知道他为

什么不杀朝阳大哥，你去问杨凤刚啊？或者去问那两个小孩儿嘛，他们俩从山上往下扔石头，吓唬杨凤刚，也是他俩给我们带路出的山。什么？你们在当地的村子没找到这俩小孩？啊？不可能啊，肯定是你们没好好找。”

冼登奎老奸巨猾地说：“至于说怎么送郑同志出的城，这个事得慢慢地说。”

冼怡被人押着关进了禁闭室，在门口仍然大喊大叫：“你们没证据就乱抓人，我要去找你们领导，我要上告。”

郑朝阳正躺在隔壁禁闭室的床上，听到冼怡的叫喊声急忙站起来，到门口问道：“冼怡，你怎么在这里？”

听到郑朝阳的声音，冼怡悲喜交加：“朝阳大哥，真的是你啊？他们问我杨凤刚为什么放了你，我把他们的桌子给掀了。”

郑朝阳内心起了一丝涟漪，叹道：“唉，傻丫头，你这是干什么！”

冼怡捂着嘴自己偷偷乐了一会儿才兴奋地说：“朝阳大哥，真好，咱们又一起共患难啦，这都是第二次了。我好开心啊，我真的好开心。”听到冼怡的话，郑朝阳简直哭笑不得。

喜气洋洋的洞房里，酒喝得有点多的秦招娣，看起来醉醺醺的又有点可爱。郑朝山安顿她躺在床上，然后体贴地拿来胃药，让她把药吃了好好睡一觉。秦招娣吃完药抹嘴时，顺手把药从嘴里抹到手上。

很快秦招娣就假装睡熟了，还发出轻微的鼾声。听到这鼾声，郑朝山安心了。他轻轻起身出去，打开屋里的密室，走了进去。他根本没察觉，秦招娣就藏在他的身后。

秦招娣走到暗门前仔细聆听了一会儿后，就回到床上，从自己平时上班用的布袋的夹层中，取出一粒药丸，随手扔进了床边上郑朝山的茶杯里。

这时，地下室里的郑朝山正在紧急发报：“有陷阱，任务取消。择机待定。凤凰。”发完这份电报后，他回到卧室，喝了水，睡着了。

秦招娣睁开眼睛，起身打开了密室的门。密室内摆放着面具、假发、伪装的疤痕、手枪、手雷和大功率的电台，以及委任状。看到这些，秦招娣的眼泪滚滚而下。

杨凤刚站在山坡上举着望远镜看着不远处灯火辉煌的地方，那里是西郊发电厂。在他身后，站着十几名别动队员，杨凤刚拿出地图指着一个地方说："准备好，认清楚这个位置，还有这两个机组。"

突然话务员跑过来报告："长官，加急电报。"杨凤刚接过来一看："有陷阱，任务取消。择机待定。凤凰。"没有任何犹豫，杨凤刚一挥手说"撤"，带着别动队迅速撤离。

郑朝阳在禁闭室内彻夜未眠，突然看到窗外远处火光冲天，那是电车厂的方向。

第十三章

电车厂值夜班的两个工人拿着手电筒在巡查时发现后院的仓库中有亮光，于是两人握紧手里的棍子，悄悄地走了过去。仓库的大门是很粗的铁栅栏门，栅栏的缝隙很小，连一条小狗都钻不过去。两人透过栅栏门往里面看去。

在手电筒的照耀下，两人看到仓库的空地上，站着一个旗人装束的红衣小女孩。小女孩脸色惨白，嘴上都是鲜血，看到两人后她面目狰狞地冲着他们大笑。

看到这一幕，两个工人吓得魂飞魄散，大喊着"啊——鬼，鬼啊！"，踉跄着冲出了仓库大门，不过却看到了更恐怖的一幕：红衣小女孩在空中飘着，阴恻恻地喊道"冤哪……"

两名工人吓得撒腿再跑，一抬眼，却发现红衣小女孩又出现在他俩的面前，冷冷地看着他们。在红衣女孩冰冷的目光中，两人吓得昏了过去。

郝平川带着一队人，急匆匆地赶到电车厂。

电车厂的大火刚刚被扑灭，现场一片狼藉，全被破坏了。

见状，郝平川立刻指挥公安人员在仓库起火点附近拉起了警戒线。

电车厂的周厂长看着眼前的惨状，一边哭一边向郝平川介绍情况："完了完了，一百多间房子，几十辆电车……全完了。这可怎么得了啊！"

郝平川皱着眉头问道："昨天晚上谁值班？"

周厂长抽了抽鼻子，唉声叹气道："值班的一共四个人，前面两个后面两个。都在值班室等候处理呢。”

闻言，郝平川立刻安排齐拉拉等人勘查现场。他跟厂长来到了值班室，准备了解情况。这时，齐拉拉跑来报告：“首长来了！”

听到首长也到了现场，郝平川和齐拉拉赶紧跑到大门口准备迎接。远远地看到一纵车队，郝平川立刻大喊：“敬礼！”

现场的警卫随着口令齐刷刷地立正敬礼。

公安局会议室内，罗勇一脸阴云地坐在办公桌的一头，站在他两侧的是郝平川和白玲等人。

罗勇一脸严肃：“首长说了，一群官僚主义者！火着了车烧了天亮了，问谁谁不知道。出了事故国民党上海市市长吴铁城都会亲自去现场，难道我们还不如国民党吗？首长专门作了指示：‘今后北平发生重大事故，公安局局长、处长以上的干部都要到现场调查情况、处理问题。’”

罗勇用眼睛扫了扫众人，说道：“首长说了限期破案，我可是和领导拍了胸脯。十天，破不了案，我回家种白薯去。你们折腾这么长时间了，有什么要说的吗？”

郝平川挠了挠头，犹疑着说道：“我们询问了电车厂当晚的值班员，在后院巡逻的两个值班员声称看到了女鬼。”

罗勇当即嗤笑一声：“哈，还真有个花样啊。鬼，哪儿来的鬼？就是那个什么贝子家丢了的小姑娘？叫什么来着？”

白玲在一旁赶紧说道：“那惠兰。大家都叫她兰格格。”

罗勇轻哼一声，冷冷地说道：“她的尸体从电车厂的后院挖出来了。所以，就闹了鬼了？同志们，我们是共产党员，是唯物主义者，绝不能相信这些怪力乱神！”

郝平川在一旁嗫嚅道：“但是……电车厂的员工很多人都相信，说是兰格格因为被动了坟，在阴间就像是被拆了房子，所以出来放火报复……”

“荒唐透顶！”罗勇一拍桌子，“什么闹鬼，闹什么鬼，闹的是人。电车厂的人信，你们是不是也跟着信，啊？！说说你们的勘查结果！”

白玲冷静地说："现场发现了三处燃点，都在靠近西北方向的那几间厂房，那里的水泥地面上有一处浴盆大小的黑色焦块，地面都烧得裂开了，与别处的地面明显不同。那三处都是用于存放润滑油、回丝、木料等易燃杂物的地方，火一燃起，立即形成巨大的火源，昨天晚上正刮大风，所以火势迅速蔓延至别处，最终酿成特大火灾。鉴于这三点情况，初步可以认定这是一起有预谋、有具体准备的纵火案件。"

郝平川看着脸色不好的罗勇，似乎想挽回自己的形象。他清了清嗓子，说道："我们对电车厂进行了一次大排查。电车厂的人员结构非常复杂，该厂解放前参加敌特组织以及政治上不清白的分子共有二十一人，其中有十三人加入过国民党，三人参加过国民党中统特务组织，两人参加过军统，两人当过汉奸，一人是反动会道门组织'一贯道'的小头目。北平解放后，其中有四人被人民政府逮捕法办，两人已经病亡，一人已经离开电车厂回家养老，剩下的十四人在北平解放时均已向人民政府登记。"

罗勇看着现场的人，义正辞严地说道："庙小妖风大。甭管是妖是鬼，是牛魔王还是白骨精，十天之内，都给我打出原形！"

他突然想到了一个人："对了，郑朝阳的情况现在怎么样了？"

听到郑朝阳的名字，现场的人顿时相视一愣。

禁闭室里，郑朝阳在屋里转圈锻炼身体。

这时，警卫来通知在郑朝阳隔壁关着的冼怡回家。谁承想，冼怡就认准了郑朝阳，非要陪着死活不走。郑朝阳看着冼怡，故作严肃地说道："不要胡闹，你在这儿帮不了我。"

听郑朝阳这么说，冼怡才同意回去。临走前，她还嘱咐郑朝阳："朝阳哥，你别着急！我回去和我爸说，就是把北平城翻过来也要把陷害你的人找出来！"

郑朝阳看着冼怡微微一笑。

冼怡走后，郑朝阳有些好奇地问警卫："昨晚我在这儿看到远处好大的火，外边出什么事了？"

“电车厂着大火，烧了好几十辆电车，房子烧塌了一大片。听说——”警卫环顾一下四周，突然压低了声音，“是女鬼放火，还是个小女鬼。郝组长他们正在查呢。”

听到“女鬼”二字，郑朝阳冷笑一声：“不是特务破坏？还女鬼放火？搞什么名堂！我要见白玲白组长，快去通知！”

警卫瞥了郑朝阳一眼，悻悻离去。

与此同时，秦招娣已经到火神庙找到“姨妈”：“我刚发现，他其实是保密局的特务。我看到委任状了，还有电台，他是保密局北平桃园行动组的外勤。”

“姨妈”正在喝水，听到招娣的话，手中的水杯顿了一顿，然后又喝了一口：“那，他知道你吗？”

秦招娣摇摇头：“他不知道。我用的是一个丫头的身份。这个丫头的身份是真的，不会有岔子。”

“姨妈”冷笑一声：“你尚春芝是什么人啊。中统保定行动组组长的头衔是白来的吗？如果有什么事能难倒你，也只能是自家男人的事。其实你知道该怎么办。你到我这儿只是想得个答复。好吧，要我说，干掉他，然后远走高飞。”

秦招娣略显紧张地抱紧双肩，露出了为难的表情：“他是我男人。”

“姨妈”冷眼看着秦招娣：“但这个男人随时会要你的命。而且，他真的不知道你是谁吗？如果知道，那他干吗要接近你？他有什么企图？如果他不知道你的身份，将来他自己要是暴露了，你也一样完蛋。所以，干掉他！”

秦招娣还是显得犹豫不决。“姨妈”见状，慢慢地走近了她，笑着诱导道：“你外面是秦招娣，可里面，还是尚春芝。”说着，她突然出手去摘秦招娣头上的发簪。秦招娣没有多想，立刻用极快的速度抓住了“姨妈”的手。

两人四目相对。

“姨妈”冷冷道：“离开北平。”

公安局会议室，白玲、郝平川、多门、齐拉拉和宗向方正在研究案情。

郝平川率先说道："关键是，库房的门锁并没有被破坏，窗户也没有被破坏的痕迹。那么纵火者究竟是怎么进去的？这确实是个疑问。"

宗向方说道："仓库的门锁是德国造的，从锁的钢材到构造，都非常坚固。库房的钥匙只有一把，在厂长身上。厂长当晚一直在家里，没出门，也没有跟外人接触。"

齐拉拉想到了什么："会不会有人偷偷配了钥匙？"

宗向方摇了摇头："根据巡夜人员耿三的描述，他们到达现场的时候，门锁是挂在门上锁好的。如果是配了钥匙开的门，需要从里面把门锁上，但我们试验过，根本做不到。所以，可以排除配钥匙开门的可能。"

多门说道："有一点，不知道大家注意到没有。我和耿三住街坊，对他这个人我还是了解的，这是个憨人，直肠子，不会说瞎话。他赌咒发誓和我说他确实看到女鬼了，而且就站在离他不远的地方。"

说罢，多门拿出一张图贴在黑板上——一张位置图。

这时，三儿溜进来在白玲的耳边轻声地说了几句，白玲皱着眉头，不动声色地点头，示意自己知道了。三儿蹑手蹑脚地走了出去。

多门自顾自地说道："瞧见没，库房铁栅栏门离起火点，也就是女鬼站的地方，是二十五米。离库房大门是十五米。库房大门离院门大概是五十米左右。耿三他们在不同的地方在不到十秒钟内连续三次撞见女鬼……"

宗向方插嘴道："多大哥，我觉得您还是先不用要女鬼名字的好。"

多门嗤笑一声，显然对宗向方打断自己的行为有些不满："那用什么，女孩儿？有跑这么快能穿墙还能在天上飘着的女孩儿吗，你见过吗？我是活了小五十岁，从来也没见过。"

白玲摆了摆手，似乎并不想纠结所谓女鬼的称呼问题："现场除了耿三他们看到的这个……这个……这个所谓的女鬼吧，还有没有别的发现，比如奇怪的人、脚印？"

宗向方拿出一张照片："有，我们在后院的院门附近发现一个脚印！"

宗向方拿着脚印的照片说道："我们检查过，这堵墙上有一处破损，平时用铁丝网堵着，从外面看不出来。但其实铁丝网已经腐蚀得很厉害。所以，知道这个缺口的应该是电车厂的内部职工。他从这里翻墙下来，留下了这个脚印。”

多门皱着眉头看了看：“从鞋印上看，这是一双三接头的皮鞋，起码八成新。”

郝平川点点头：“三接头的皮鞋，电车厂谁会穿这种皮鞋？据说很贵的。”

多门说道：“厂里穿皮鞋的只有厂长和几个技术员，我查问过了。电车厂的会计王一本说见过一个绰号叫‘路路通’的维修工穿过三接头的皮鞋。”

郝平川立刻说道：“马上去找这个路路通。”

禁闭室里，郑朝阳依旧坐在桌子前看着一沓稿纸——上面写着两个字“自述”。他叹了口气，不禁回想起老姜、老侯、白玲的三人调查小组，还有那几次针对自己的审查：

当时白玲、老侯和老姜坐在桌子一边，郑朝阳坐在桌子的另一边。老姜的面前摆着一份档案。

郑朝阳解释道：“军统和中统都往警察系统安插自己的人，他们看中谁了就找谁谈话。中统的人当初是找过我，要吸收我。我也就这个事情向罗勇同志汇报了。”

白玲面色清冷且严肃地说：“但是，罗勇同志说没收到你的汇报。”

郑朝阳耐心解释道：“当时罗勇同志不在北平，是主管的副组长向青山同志接受的汇报。向青山同志认为我应该专注于警察系统内的情报工作，中统的线有别的同志在做，我们最好不要交叉。所以，我就没同意加入中统。他们为了了解我，准备了我的档案这很正常。”

可白玲似乎并不相信他：“罗勇同志回到北平的时候，向青山同志已经牺牲了。所以，关于你向上级汇报的事情，没有人证明。而且，这个签名你怎么解释？”

老姜在一旁补充道："这档案的最后，是该人对所谈之事认同或不认同一栏。在'认同'两字的下面，是郑朝阳的签字和名章。这等于说，你同意他们吸纳你为中统的情报员。"

郑朝阳立刻正色道："我没签过这份文件。"

但他的冷静并没有打消几个人的怀疑。老侯说道："郑朝阳，否认是没有用的。我们请笔迹专家验证过了，这就是你的亲笔签名！"

郑朝阳无奈，只能继续说道："请相信我，我确实没签署过这份文件。"

老侯咄咄逼人："杨凤刚为什么不杀你？你说的那两个帮你们的孩子我们没找到。"

老姜突然说道："你和冼怡这种不正常的关系有多久了？"

老侯继续发问："你第一次遇到段飞鹏的时候，身上中了很多刀，可几乎是毫发无损。而齐拉拉差点儿送命，要不是他宝贝似的弄了一个头层皮的套子装他的证件，他就死了。"

这接二连三的发问让郑朝阳有些头大……

正当他回想这些事情时，白玲来到了禁闭室，打断了郑朝阳的思绪。

桌上放着一沓稿纸和笔墨，可稿纸是空白的。

郑朝阳带着笑意看着白玲："我叫你来，是希望你能让我参加电车厂火灾的调查。"

白玲冷冷地说道："不行。你的问题现在还没有搞清楚，按照组织程序是不能出去的。还有，现在很多留用警对你的事很关注，某种程度上，你代表了留用警的未来。"

郑朝阳顿时张大了嘴巴，夸张地问道："有这种事？！"

白玲没有理会他："你现在首先要做的，就是马上把自己的事情说清楚……你也应该相信组织会给你一个合理的交代。"

公安局办公室里，齐拉拉和三儿两人完美配合，趁老姜老侯去食堂打饭，溜进办公室，从桌上的材料堆里找到了燕大陈教授的笔迹鉴定书，装进口袋带出办公室，快速来到外面的小饭馆。宗向方和多门在这儿等着。

齐拉拉从兜里拿出文件递给宗向方，多门接着把文件铺在桌子上看着陈教授的签名。片刻后，齐拉拉又溜进办公室把文件放好。

郑朝山来到禁闭室，手里还拎着一个饭盒。他打开饭盒，里面是油汪汪的红烧肉。郑朝阳看着，顿时馋涎欲滴。郑朝山笑着说道："吃吧，你嫂子特地给你做的。"

郑朝阳一边狼吞虎咽，一边和郑朝山絮絮叨叨地聊着。

郑朝山在一旁劝道："所谓物以类聚，人以群分，有人就会有纷争，可能共产党不愿意承认，事实上，你们内部也是有宗派的。而你，不属于任何一个宗派。我觉得这才是你被审查的原因。君子不党，其祸无援。危难时刻，就没人能帮你了。"

郑朝阳嘴里吃着红烧肉，含含糊糊道："那你的意思呢？"

郑朝山循循善诱道："即便这次你洗清了自己，也会在身上留下记号。一个受过怀疑和审查的人，难免会有下一次。所以，我觉得，你还是早点脱离为好。"

郑朝阳点点头："嗯。"

郑朝山见弟弟松口，不由得面露喜色："两年前我曾经和莱比锡医院的费舍尔教授有过交往。我可以送你去他那里去留学。莱比锡的大学现在在东德境内，也算是社会主义阵营。"

郑朝阳"咳"了一声："我这个年龄了，还能学什么？再说，你怎么知道没人帮我？"

白玲来到燕京大学的一间办公室前敲门。瘦高的陈教授正埋头纸堆和书籍中用放大镜看文件。白玲作了自我介绍，并讲了为何来找陈教授。陈教授带着学者特有的冷淡示意白玲坐下。

他放下放大镜，看着白玲说道："专案组的人请我给郑朝阳的笔迹作鉴定，我的鉴定叫郑朝阳蹲了监狱——对了，你说是接受审查。你来了，我还是那句话。那就是郑朝阳本人的签名。鄙人钻研笔迹学凡三十余年，所出鉴定无数，从未失手。你以为‘瞪眼儿陈’的名号是白叫的？我出的鉴定，不管是谁，都只有瞪眼的份儿。”

白玲笑了一下，赶紧解释道：“我没有质疑您的意思。我只是想问，有没有可能，有人伪造的签名会一模一样，连专家都看不出来呢？”

陈教授绝对地说道：“绝无可能，别人或许不能但老朽一定能。”

这时，随着敲门声进来一个打扮妖艳的女人，她自称是妓院来的秋香。

陈教授一看来的是个妓女，顿时气坏了，自己清白一生，啥时候有这么有辱斯文的事啊？他立刻叫秋香赶紧走，可这个叫秋香的妓女却拿出了套票，笑嘻嘻地说道：“走可以，可您得把账结了。”

陈教授接过套票仔细察看——还真是自己的签名！他一屁股坐到椅子上，气得昏了过去。

郝平川的办公室里，宗向方、齐拉拉站在郝平川的面前。郝平川和白玲看着两人。桌子上摆着两张纸，一张是陈教授签字的妓院套票，一张是陈教授在郑朝阳的鉴定证明上的签字。

郝平川拿起这两张纸晃着，上面的签字一模一样，分毫不差。这套票上的字是照着这张证明上的签名描下来的。

宗向方说道：“我当年办过伪造签名的案子。只要有母本，我一分钟就能造一个假签名来。”

齐拉拉也在一旁帮腔：“母本，就是陈教授的证明，我从工作组那儿拿出来给老多的。”

白玲想了想，也同意几人的说法：“我在苏联的时候，老师也说过关于签名伪造的事情。这种描摹伪造是最初级的，因为无论怎么描摹，印记都不可能严丝合缝。只要用高倍的放大镜仔细看就能找到破绽。最好的签名，就是用手写，但手写的签名伪造的难度更大。我们每一次的签名都是不一样的，所以，伪造者模仿的只是签名的风格，只要是有经验的鉴定师，花点时间就能鉴定出来。”

郝平川插嘴道:“陈教授就是专家,他坚持说这就是郑朝阳本人的签名,不是伪造。”

白玲想了想,脑海中有了个想法:“除非,签名的人先把他的某一个签名描摹下来,然后根据这个模本反复练习再用手写伪造……”

郝平川一拍大腿:“我们只要找到这个原始的母本,就能证明签名是伪造的!”

白玲沉吟一下,说道:“郑朝阳的这个签名陈教授看过,是他在二十五岁左右的签名。笔锋犀利,气势开张,正是志得意满的时候。按照时间推算,这时候郑朝阳应该在北平外五分局的机要科任职。他常年住在自己包住的小院,没有和哥哥郑朝山在一起。他所有的签字文件,都应该在机要科的档案里。”

郝平川带着几个办事员来到局档案室,档案室的桌子上堆积了很多档案,档案的封面上写着“机要科”三个字。

郝平川拿着郑朝阳签字样本翻拍出的照片发给大家:“看到这个了吗?找,仔细对比,找到和这个完全一样的签名!”

办事员立刻着手查找档案,几乎每个档案后面都有郑朝阳的签名。办事员认真地进行查找、对比。

他们有所不知,此刻,在郑朝山家的密室里,郑朝山从抽屉里拿出一张有郑朝阳签名的档案,阴沉着脸点火烧掉了。

金城咖啡店服务生走进南苑飞机场劳动服务社,被女店主热情地迎进里屋。

他把将两瓶红酒递给女店主:“就这两瓶波尔多了,再灌不死这老东西可就得断顿啦。搞定了吗?”

女店主一扬头:“还有我搞不定的事?老东西说了,具体谁来不知道,但能猜个八九不离十。因为领导安排那天小灶的伙食,要求一定要有红烧肉和辣椒。”

服务生顿时惊喜地说："真要是这样，'天雷'计划可就完美了。"

机场大食堂。司务长一路和人打着招呼，走进办公室，坐到办公桌前，从书包里拿出两瓶波尔多红酒——跟刚才咖啡馆服务生带来的那两瓶一样。

他打开其中一瓶红酒倒了一杯，慢慢地品着，然后拿起红酒瓶子塞好塞子，转身打开身后的一个书架，拉出书架里的暗格。暗格里面摆放着不少洋酒和成条的卷烟，还有成捆的货币。

他仔细看一眼红酒瓶子上的标签，随后放进了暗格。

金城咖啡馆的密室里。

经理乔杉低声说道："我猜测，很可能是中共的一号人物。机场离一号的驻地不到四十里，空军又一直是共军的短板。这是个千载难逢的好机会，只要出动飞机实施轰炸，就能为党国建立无上功勋。您的'天雷'计划也将永载史册。"

郑朝山用指尖在桌子上轻轻地敲打着，缓缓地说道："如果不是一号人物，国军空军千里奔袭，万一遭受损失，我们岂不是成了罪人？"

乔杉摇摇头："我们只管收集情报制订计划，至于实施的事情，由国防部来做。我们深在虎穴，不可能面面俱到。"

郑朝山点了点头："好，这次，咱们就赌一把。即刻给台湾发报，启动'天雷'计划！"

郑朝山在路上走着，烤鸭店外卖伙计刘海骑着三轮车过来了。

郑朝山停下来，一边和刘海闲聊，一边跟他预订了一只烤鸭，随后两人便分开了。

辞过郑朝山，刘海吱吱扭扭地骑着三轮车来到一个昏暗的胡同里。他四处看看无人，便把车上的烤鸭店的青黄三角旗子摘了下来往外一拉——一根天线从竹竿中抻了出来。

刘海进到三轮车内，放下车帘。从口袋中拿出郑朝山给的钱，中间夹着一张字条，上面写着：五月四日，光大戏院，闹天宫。

他拿出一个大号的食盒，抽出底部的一个暗格。里面是一台发报机。刘海戴上耳机，认真地开始发报。

电讯室，白玲监测到025发报，可惜发报时间太短，没能定位。

齐拉拉、代数理等人找到了路路通的住处。

他们敲了门，来开门的是一个精壮的年轻人。年轻人一听说他们来找路路通，便说："他正好在南屋呢。"

齐拉拉谢过年轻人，赶紧往南屋奔，可等他们几个赶到南屋，却发现里面空无一人。突然，齐拉拉回想到刚才开门的年轻人模样，这才反应过来，那人正是路路通!

几人反身紧追，一路追到了一处荒宅。

齐拉拉要进荒宅，有个留用警却阻拦道："这里以前是一家面粉厂老板的外宅，荒了十多年了，还闹过鬼。咱们还是别进去了吧？"

齐拉拉跟代数理哪里信这个，他们推开留用警进了荒宅，只见庭院里野草丛生，阴风瑟瑟，到处都是破旧的屋子。

齐拉拉拔出手枪，一路摸着。突然，一只野猫蹿出来，叫着逃走。齐拉拉被吓得一激灵，代数理带着巡警跟过来，又把碎了的眼镜勉强戴上。

这时，一声尖厉的号叫声传来，只见路路通浑身着火，满脸惊恐地从里面冲了出来："鬼啊！有鬼啊！"

代数理跟齐拉拉跑了过去，手拿一个破旧的芦席猛地将路路通扑倒在地，拼命地扑打他身上的火。不多时，路路通身上的火被扑灭，可人已经昏厥。

代数理惊呆了，模糊的视线中他看到不远处一个红衣女孩一闪而过，他大喊："站住！!"

齐拉拉派人看住路路通，他顺着代数理指的方向追了过去。

齐拉拉警惕地看着四周，突然间，一个女孩从空中飘了下来，果然是一身红色的旗人装束。她在齐拉拉的面前一晃而过，又在几米远的地方重新出现。

齐拉拉刚要举枪，却听得身后发出声音。他一转头，发现身后又站了一个红衣小女孩。齐拉拉急忙再转头，原先的小女孩已经不见了。

就这样，小女孩儿鬼魅一般，在空中飘来飘去又来回乱窜，时不时还在他身边转个圈，齐拉拉的冷汗下来了，只能跟着小女孩来回乱转。

突然小女孩一张嘴，一口火龙对着齐拉拉的脸喷了过来。齐拉拉本能地用两只胳膊护住脸，两个袖子同时着了火。不得已，他只能拼命扑救。等扑灭了火回头再看，那红衣女孩哪里还有踪迹？

齐拉拉浑身哆嗦着："死瘪子，难道真的有鬼？！"

等郝平川和多门赶到，荒宅被围了起来。荒宅的房子里蛛网密布，地面上乱糟糟到处都是瓦砾，但没有发现人的脚印。多门看着地上的几个拇指粗细的圆洞感到很是奇怪，便趴在地上研究。

郝平川也过来看——老鼠洞不会这么小，蛇洞不会几个连在一起，俩人琢磨半天，最终也没琢磨出这到底是什么洞。

医院里，郑朝山正在给齐拉拉包扎伤口。

因为扑救及时，他的胳膊只是轻微的火伤。多门拿起齐拉拉脱下来的衣服，看看两只烧焦的袖子，闻了闻："酒？！"

齐拉拉说道："是，酒。来的路上，代数理从路边买了两瓶二锅头给我擦伤口。"

多门摇摇头，放下了齐拉拉的衣服，他总觉着似乎有哪里不对劲儿。

路路通躺在病床上，浑身裹着纱布。他的头发烧光了，地上放着一双三接头的皮鞋。

郝平川拿起皮鞋来看鞋底儿："路路通，你是叫路路通吧，这回，你没路可通了，你这个路路通的外号得改改了。说吧，那天晚上你到电车厂干吗去了？"

路路通有些惊恐地看着郝平川："只是偷几个机车零件拿出去卖，火真不是我放的啊。厂长家有辆旧摩托车，三天两头的坏，就总叫我到他家去修车，我就找个机会偷配了库房的钥匙。可我真没放火啊。我我我……我从库房里偷出来的零件能卖不少钱，我烧库房不是断自己的财路嘛！谁放的火？是鬼放的火！女鬼，是兰格格！兰格格嫌我那天晚上看到她了，所以把我引到那个宅子里要烧死我。不然那么多路我不走怎么就往那个烂宅子里跑呢，就是她勾引我！"

接下来，不管郝平川如何严审，路路通翻来覆去都是这套说辞。

这时，耿三来到白玲的办公室汇报："事发那天晚上，我从厕所出来时，看到前面人影一晃，从背影和走路的姿势看，像是财务室的王先生。"

白玲闻言抬头："你说的是财务室的王一本？"

耿三点头肯定道："我来车场的时间不长，不知道叫啥，就知道大家都叫他王先生。"

他继续说道："当时看着像，可我真的不敢确定。太黑了，又只是那么一闪。后来在食堂，我又找机会特意打量过王先生的背影，真的就像那天晚上我看到的那个。想来想去，还是来和咱专案组的人说一下，不然我这心里总是不踏实。"

郝平川走进白玲的办公室，白玲把正在翻阅的王一本的档案递给他。

郝平川一边看王一本的档案，一边听白玲在旁边说道："王一本以前在福山贝子家当过账房。他家也算是书香门第，父亲当年已经中举了，赶上武昌起义，大清亡了，结果一口气没缓过来疯了，王家由此家道中落。后来他干过很多职业。"七七事变"前才到福山贝子家当的账房，履历清清白白。"

几个人当即提审王一本，可出乎意料的是，他当晚的确不在家，而且他还交代了自己的不在场证明——王一本的相好、慈济医院的护士长白玉兰证实，当晚王一本确实跟她在一起。

这一下线索又断了，郝平川疲倦地半靠在椅子上一筹莫展，跟平时正襟危坐的他判若两人："现在该怎么办？唉，朝阳要是在，他会怎么办？"

郝平川掐着脑袋想，突然他一拍脑门儿："再回现场去看看！"

郝平川带着白玲在荒宅里走着。他记得郑朝阳说过，初次的现场因为人多腿杂，往往会把一些东西掩盖掉。可是，掩盖了什么呢？

白玲从随身带的书包里拿出一个小包裹，打开，里面是一大捆熏香。她点燃熏香，一股烟升起。白玲拿着熏香在院子里边走边看，香头冲下，熏香的烟在荒宅中飘荡。

郝平川由一脸茫然到恍然大悟，他不禁赞道："聪明！"

两人走着，一路进到一个快要倒塌的房间，突然，飘荡的烟雾向下飘去，郝平川和白玲欣喜地相互看了一眼。

顺着烟雾的方向，郝平川掀开瓦砾，地面上露出一个木板。他拔出手枪，一手护住白玲，一手猛地掀开木板。

木板下是一个黑洞，不大的空间里躺着五六个年纪不大的孩子，都面色惨白没有人样，有的孩子已经口吐白沫。他们两个人被洞中的污秽气息熏得作呕。

郝平川跳了下去，摸着其中一个孩子的脉搏，喊着："还有气儿，快去找人！"

白玲转身跑到外面一个杂货铺给公安局打电话，郝平川用力将一个孩子抱上土坑，然后又将他拖到屋外通风的地方，再跑去抱第二个孩子。

当郝平川抱出第三个孩子，跟另外两个孩子并排放在一起时，地上突然出现一个人的影子。郝平川猛地转身，发现一个穿着红色旗人装束的小女孩就站在他的身后！

小女孩面目狰狞，张嘴露出满口的獠牙，手中还拿着两把短刀，号叫着朝郝平川猛刺。郝平川吓了一大跳，急忙躲避。

小女孩出刀迅速，郝平川有几次想拔枪却拔不出来。情急之下，顺手抄起一根木棍，打算跟小女孩搏斗。

谁知，小女孩根本不怕击打，她似乎不知道疼痛，只会一味疯狂地刺杀。郝平川身经百战，很快就找回了感觉。他找准机会，将小女孩的刀打飞。小女孩毫不退缩，冲上来就咬，一口咬中郝平川的手掌。

郝平川手上一阵剧痛，忍不住一拳将小女孩打飞。这时，他的手已经鲜血淋漓，小女孩也摔倒在地。

郝平川上前两步，突然转身，看到身后一个裹在黑色斗篷中的人，脸上戴着狰狞的面具。突然，“黑斗篷”一口火喷了出来。郝平川急忙躲闪，但还是被火灼烧了双眼。紧接着，“黑斗篷”甩出一包粉末一样的东西，郝平川顿时摔倒在地。

白玲打完电话返回荒宅，看到几个孩子躺在地上，只是郝平川不见了踪影，地上到处都是打斗的痕迹。她焦急地大喊：“郝平川！”

郝平川睁开眼睛，发现自己被蒙着双眼，手脚也被牢牢地捆住。一个铁钩子勾在绑住他双脚的绳子上，他正被一个穿着黑斗篷的男人倒拖着，慢慢地往甬道深处走去。

郝平川挣扎了几下，发现自己浑身酸软无力。而“黑斗篷”却步履强劲，缓缓地拉着郝平川向前走着。

“黑斗篷”的身边，跟着两个红衣小女孩。

第十四章

郑朝阳走出禁闭室的大门时，调查组的老侯、老姜和白玲正一脸焦虑地站在外面。

老姜赶紧说道：“郑朝阳，你的事情还没有调查清楚，但现在是特殊情况，领导特批你暂时出来参加调查工作。”

老侯也挠了挠头：“在这期间，我们会跟着你一起工作，算是监督吧。工作完成之后，你还要继续回来接受调查！”

老姜说道：“希望你不要有思想包袱，用实际行动证明你是清白的！”

郑朝阳也不理会二人，皱着眉头问道：“谁出事了？”

白玲在一旁焦急地说道：“是郝平川。他失踪了，被绑架了。”

郑朝阳微微点头，却一脸坦然。

白玲很疑惑：“你怎么一点都不着急？”

郑朝阳平静地说道：“他还活着，而且，一时半会儿不会有危险。绑匪要杀他当时就杀了，不用费劲绑架。既然绑了，就是他们觉得老郝还有用，一时半会儿不会动他。我们只需要在绑匪失去耐心之前找到他。”

看着郑朝阳胸有成竹的样子，白玲自己也稍微缓了口气。

郑朝阳在荒宅里边走边看，地上有碎掉的砖头、折断的树枝。

他琢磨了一下，说道：“郝平川当过侦察兵，照理说三五个人近不了身。可从现场看来，好像就是一两个人。他一定是遭了暗算。”

白玲点点头，嘴里附和道：“老郝身强体壮，能短时间内将他打倒运走而且不被人察觉，只能用黄包车。”

郑朝阳想了想：“或者是垃圾车。北平城正在进行大清扫，到处都是垃圾车。黄包车有车号，容易查。而垃圾车没有统一标准，车辆也是五花八门。相比黄包车，这种车基本上不会被人注意。”

宗向方、齐拉拉、老姜等人在围墙外察看着。白玲出来后，立刻道：“宗向方，你马上去查一下老郝失踪的时候这一片的垃圾车的出入情况。多门跟我来！”

郑朝阳蹲着看地上的圆洞。多门走了过来：“我看过。这不像是动物打的洞，像是拐杖戳出来的。可拐杖又戳不了这么深。”

郑朝阳找了一根细树枝测量圆洞的深度，点点头表示赞同多门的说法。

看着满园的荒草，多门说：“荒了好几十年了，这里指不定有多少魂魄在天上飘着呢。”

郑朝阳顺着多门的眼神也往空中看去。突然，他指着屋子的屋脊说：“上面你们去看过没有？”

多门愣了一下：“上面？没有，这房子梁架都叫虫子盗空了，上去就得塌。”

郑朝阳叫多门找来梯子，上了屋脊，他在屋脊上也发现了几个圆洞，大小和房子下面的圆洞相似。郑朝阳慢慢蹲下身，举起相机，把上面的痕迹仔细地拍了下来。

郑朝山坐着黄包车来到金城咖啡馆门外。烤鸭店的刘海骑着三轮车从他的身边经过，郑朝山探出身来，熟络地跟刘海打了个招呼，并且为第二天的剧社聚会预订了一只烤鸭。

郑朝山进到乔杉专门预留的雅间，拿出刘海找的钱——里面有张字条。

乔杉托着果盘进来。郑朝山将字条塞进烟斗中点燃，缓缓说道：“上面给 105 号的嘉奖——黄金十两，晋升中校，授二级云麾勋章。”

乔杉笑着说道：“这 105 要高兴坏了。老三传话过来，那边对黑鬼的调查正在逐步推进。不过因为郝平川失踪，郑朝阳临时出来参与调查。你这个弟弟还真是不简单，似乎已经发现重要线索了。”

郑朝山有些无奈：“搞不懂，黑鬼绑架郝平川干吗？这是个炸弹，早晚炸死他。最主要的是他把我们的计划打乱了。”

乔杉低声问道：“现在该怎么办？”

郑朝山沉吟一下：“让老三正常做事，不要暴露！其他按原计划进行，必要的时候——”他意味深长地拿出一个盒子放到桌子上。

乔杉打开盖子，里面是一支精制的古董火枪。

郑朝阳和白玲、齐拉拉、多门等人来到一个胡同口，宗向方找到了郝平川失踪时段出现的那辆车。

多门走过来察看：“这车看着像是戏班子用的行李车。北平城里的大户人家要么是用汽车，要么就用这种胶皮轱辘的马车。如果是用来拉货的，就是大的马车比较多，可货运场的马车比这个大。那就只有戏班的行李车了，戏班子不时地出去演出。胶皮轱辘虽贵，可轻便。”

郑朝阳从马车的缝隙里发现了拇指盖大小的红绸布，取出随身携带的小包，拿出一个镊子把红绸布取了出来。多门看到车上一块污渍，用手指蹭了蹭，闻了闻。

多门对齐拉拉说：“拉拉，你的袖子叫兰格格给烧了，你说你用的白酒消毒？”

齐拉拉点点头：“是啊，我当时疼得厉害，代数理就跑到旁边的小铺子买了瓶二锅头给我消毒。”

多门一琢磨：“二锅头可不是这个味儿。闻着像，可不是。我当时就觉得不对劲儿。”多门指着车上的污渍说，“这个对了。”

郑朝阳赶紧说道：“把车拉回去，把这个绸子和这乌七八糟的什么东西送到化验科去化验。”

大车被挪开，车下露出一个下水道的井盖。几个人找来工具把井盖打开。郑朝阳打开手电看着，想要往下跳，但被宗向方拦住了：“下面跟迷宫一样。”

郑朝阳犹豫了一下：“去市政公司把下水道的施工图调来。”

黑暗的牢房里，郝平川苏醒过来。他活动了一下身体，发现自己脖子上拴着铁链子，另一头则固定在墙上，就连手上也戴着铁索。

四周黑洞洞的什么也看不见，只在门缝下透出一点灯光。

郝平川拼命地挣扎着，却发现这铁链子非常牢固。

墙上有水汽，湿漉漉的，隐隐约约地能听到流水的声音。

脚步声传来，门缝下郝平川看到一双穿着绣花鞋的脚，一个盘子推了进来，里面是饭菜。

公安局办公室，郑朝阳看着黑板上贴满的资料在沉思。老姜和老侯坐在他身后。化验员拿着检测报告进来了：“组长，报告出来了！这个绸子是蜀锦，但不是最高级的那种。用这种蜀锦的人多是中下等的家庭，还有就是用于戏班子的戏服。”

郑朝阳眉头一皱：“蜀锦，北平人用蜀锦？”

“北平的锦缎多来自苏杭和南京，四川的蜀锦也有一些，但数量不多。车上这块污迹的成分比较复杂，有松脂、烈酒和汽油，都是可燃的东西。”说完，化验员转身出去了。

郑朝阳拿着检测报告，转身在黑板上写写画画。

这时，白玲进来了。

她看到黑板上贴了很多的照片——荒宅、蜀锦、可燃物、胶皮轱辘大车等。黑板的另一边贴的是在电车厂发现的兰格格的尸骨和相关的证物。

白玲看看郑朝阳：“你觉得兰格格的案子，和电车厂被烧，还有老郝被抓之间，有什么联系？”

郑朝阳一边沉思，一边说道：“有人说过，任何一个现象都不是孤立存在的，点和点之间一定有它相应的关联。”

他拿出一张报纸，上面有张照片，是绑匪当初写的那张字条：“过桥，顺沟沿，向前，见一亭，亭边一倒凳，其下有信。”

郑朝阳问道：“看出什么来了？”

白玲瞥了一眼字条，张口说道：“这你可难不倒我。从小我爸爸就教我背古文。这张字条的‘过、顺、向、见’四个字用得非常巧妙。这个人有文言文的底子，而且用得很熟。不过，这字写得就有点别扭了。”

老姜走过来，看着照片：“这是用左手写的。”

郑朝阳有些纳闷儿：“你怎么知道？”

老姜接过照片，又仔细地看了一遍：“没错，就是用左手写的。”

他放下照片解释道：“用左手写字和右手写字，如果练好了，表面上看没啥区别，但细看还是有区别的。尤其是横画，右手写，用的是拉劲。他瞒得了你们，可瞒不过我。”

郑朝阳奇怪地问道：“等等，这人用左手写的字条，他就不能是左撇子吗？”

白玲说道：“如果是左撇子的话，平时也用左手写字，写出来的字和我们的右手写出来的字是一样的。可他写的字既然被老姜看出来是左手写的，说明用左手写字不是他的习惯，而是一种特殊的练习。”

老姜拿起毛笔用左手在桌子上写了几个字，落款：姜民左书。

他指着几个字说道：“书法里，这叫反左书，会的人可是不多。”

老侯走了过来，指着老姜的落款说：“所以，落款一定要写上‘左书’二字，表示自己很牛。这就是个练过左书的人。他知道以后万一要是叫他对笔迹的话，警察肯定会叫他用右手写字，这样他用左手写的字就查不出来了。”

白玲笑着打趣道：“他没想到，我们的姜大侦探竟然也会写左书。”

老姜嘿嘿一笑：“写左书的难度可要比写正书高得多，所以会忍不住地炫耀。”

白玲一笑：“看来，狐狸的尾巴快被你们揪住了。”

老姜一副跃跃欲试的姿态。

宗向方带着市政的技术员来了。

技术员把一张北平市地下管道图纸铺在桌子上，对郑朝阳说："北平的地下排水系统很复杂，不少都是用明河改的暗河。改完之后，有的成了马路或者是胡同，比如赵登禹路和张自忠路，原来就是河道。也有的成了住家。"

郑朝阳仔细看着地图，指点着上面的一个四方块问："这是什么地方？"

技术员在一旁解释道："这是日本人在的时候修建的防空洞。鬼子投降后我们作过调查，把大的防空洞都标出来了。还有不少老百姓自己家挖的，比较零散，就没标出。"

郑朝阳皱着眉头："这些防空洞有没有可能和下水道贯通？"

技术员点了点头："有可能。"

说完，技术员便转身出了门。

宗向方在一旁试探道："朝阳，你觉得郝组长可能会在某个防空洞里？"

郑朝阳嗤笑一声："老鼠是见不得光的，只能在洞里。不过防空洞也不是什么人都能挖的，住大杂院的可挖不起，宅门儿倒是有可能。"

他指指地下管道地图："这儿是老郝失踪的地方，这儿是发现大车的地方。以这儿为起点，沿地下水通道开始排查周边，看看哪家人曾经挖了防空洞。重点是那些没人住的宅子。"

此时的地牢里，郝平川吃完饭看着瓷盘，两手微微用力将盘子掰成了两半儿，然后又将两半儿的盘子摆放在小门旁边拼接好，乍一看完好无损。

只见穿绣花鞋的人走了过来打开小门，一只手伸进来拿盘子，结果却只拿起一半瓷盘。趁"绣花鞋"微微一愣的工夫，郝平川一把攥住了"绣花鞋"的手，紧接着他抄起另一半瓷盘，用锋利的盘子茬口压在"绣花鞋"的手腕上。

"绣花鞋"受惊，拼命挣扎。郝平川俯身，从小门中看到的正是袭击自己的红衣女孩。

"黑斗篷"慢步来到门前，郝平川能清晰地看到，这"黑斗篷"的小腿以下，是两根木棍。只见“黑斗篷”从木棍上跳下来，顿时，他就矮了一截。原来他从膝盖以下没有腿。

“黑斗篷”俯下身来看着郝平川，他脸上戴着面具，十分狰狞。

郝平川却毫不畏惧：“孙子哎，装神弄鬼暗算我，有种你放我出去，咱俩一对一！”

“黑斗篷”站起身来，猛地从腰间抽出一把长刀向红衣女孩被攥住的胳膊砍下去。郝平川急忙松手。红衣女孩骤然失控身体后倾。刀锋掠过她砍在地上，飞溅出的火星分外明亮。红衣女孩坐在地上抱着胳膊发愣，满脸惊恐。

郝平川大骂道：“你个老畜生，自己人都砍。是人吗你！”

“黑斗篷”踩在高跷上慢慢地走了。红衣女孩跟在他身后，悄悄地回头看了一眼郝平川。

郑朝阳来到鼓楼前，顺着楼梯上到楼顶，俯瞰着鼓楼附近的街巷，他身后跟着齐拉拉。

齐拉拉垂头丧气地说：“组长，我们在大车丢失的地方附近搞了好多次的摸排了，那个时候既没看到黄包车也没看到汽车。这么说来凶手就在附近。管道沿线的出口，我们和当地派出所的同志都去调查了，没见到异常情况。”

郑朝阳轻轻叹息一声：“也许我一开始就错了，可……错在哪儿了呢？”

郑朝阳轻轻地敲打着栏杆。这时，有戏剧锣鼓的声音传来。他俯身察看，一个锣鼓手两个吹鼓手正在闹市作广告，旁边立着一个广告牌子。

海报上，一个穿着黑色斗篷戴着面具的人正在吐火，旁边的小瓶子里是一个双头女孩。

郑朝阳看到广告吃了一惊，他一边匆匆下楼，一边冲齐拉拉喊：“我请你看戏！”

齐拉拉一听看戏，立马高兴地说：“这儿离小东西的慈善堂不远，我带她来一起看啊！”

郑朝阳笑着说道：“可以啊，你们去那边的红莲社找我。”

宗向方来到浴池，坐到正蒸得汗流浃背的郑朝山身边。

郑朝山看着他问道：“纵火案调查得怎么样了？”

宗向方说道：“他们对我们这些留用警并不真的信任，我们只能扫扫外围。我在查地下防空洞。郑朝阳感觉郝平川应该是被关在哪个防空洞。当时日本人怕轰炸，逼着老百姓挖防空洞，挖了好多。”

郑朝山眉头一皱：“找到是早晚的事，但你要稍微地拖延一下时间。”

宗向方试探道：“要有大行动了？”

郑朝山说道：“君不见，黄河之水天上来。不过，来的不是黄河之水，是地狱之火。”

宗向方看着郑朝山的表情，突然感到深深的恐惧——这个人身上蕴藏了太多黑暗的力量。也许，自己有一天也会被这黑暗吞噬。

郑朝山从澡堂里出来，步履轻松地走在胡同里。不远处，一个戴着大毡帽的人在隐蔽处用相机对着他偷拍。郑朝山凭借第六感发觉不对，急忙转身察看。可他身后，只有熙熙攘攘的人流。

“大毡帽”设法躲开了郑朝山警觉的反跟踪，回到一间简陋的小屋里，他动手将墙壁上的苫布拉开，满墙都是郑朝山的照片——在医院的、在家的、在路上的、在公园的，还有密密麻麻的各种符号和地址。

“大毡帽”把郑朝山在浴室外的几张照片贴在墙上，在旁边写上“清华池浴室”。紧挨着的，是郑朝山在咖啡馆的照片，还有跟乔杉说话的照片，旁边写着“金城咖啡馆”。

红莲社戏院，坐满了人。郑朝阳买了票坐到后排。很快，灯光暗下来。

舞台上，“黑斗篷”在表演川剧变脸、吐火等绝活儿。他踩着高跷，在舞台上极其灵活地翻滚跳跃，高跷踩在舞台上留下一个个白点儿。

齐拉拉带着小东西进来了，后面还跟着冼怡。几个人脸上都写着兴奋。

舞台上，“黑斗篷”的动作花样翻新，引起阵阵掌声。灯光暗下来，黑斗篷不见了。很快，一个白衣仙女在空中盘旋飞舞，口中“咿咿呀呀”地唱着听不懂的歌曲。

穿着便装的代数理突然出现，和几个人热情地打招呼，说自己来看戏是为了偷师：“局里组织文艺汇演，我瞧孟老板这手变脸和喷火的绝活儿挺新鲜，想找他学学。可人家不肯教。我只好每天晚上来偷学。”

郑朝阳佯作漫不经心地问道：“孟老板家住哪儿？”

代数理笑着说道：“雨儿胡同，就在郝组长失踪的那个荒宅子附近。”

空中飞撒下很多花瓣，一束灯光从空中打在舞台上，灯光中有两个女孩的头颅，没有身子和手脚。两个头颅活灵活现地做着各种表情。现场开始混乱。

这时，头颅开始说话：“我们姐妹在九天修炼一千年，今天来到人间，就是要为万千的生灵指一条通向九天胜境的道路。”

现场更加混乱，郑朝阳几个人也目瞪口呆，不知是真是假。

散场后，观众陆续外出。

郑朝阳和齐拉拉躲在不远处的一个胡同口的阴影处。

郑朝阳说道：“叫你送小东西和冼怡，你跟着我干吗？我看小东西对你挺有意思。”

齐拉拉闻言大惊：“啊，不会啊。我发誓我就是拿她当妹妹。您可千万别乱说啊，郝组长本来就看我不顺眼，说我流里流气的。她又是妓院出来的，我怕……”

郑朝阳眉头一皱，低声佯怒道：“你嫌弃人家当过妓女？”

齐拉拉赶紧为自己剖白：“没有没有，我从来没嫌弃过她。可我一直想入党呢，我怕……”

这时，郑朝阳轻轻碰碰他，示意他往剧社门口看。

黑衣人出来了，还是戴着面具披着斗篷，他将一个大箱子装到三轮车上。三轮车走了，但速度很慢，像是拉着很重的东西。

齐拉拉和郑朝阳迅速骑上自行车钻进胡同，往雨儿胡同狂奔。

二人走后，胡同的阴影处，小东西闪了出来，脸上还带着泪痕。一旁的冼怡走在她身后，轻声安慰着。

郑朝阳和齐拉拉骑车赶到雨儿胡同，“黑斗篷”的三轮车已到一个宅子门口。“黑斗篷”下车开门，搬着箱子进了大门，随后大门关闭。

郑朝阳和齐拉拉悄悄来到门前。齐拉拉划着一根火柴看门牌号。征得郑朝阳同意，他要进门去看，刚要上墙，后面白光闪烁，几个巡夜的警察一路小跑过来。

郑朝阳和齐拉拉只好放弃行动，返回局里。

郑朝阳和齐拉拉来到电讯室。郑朝阳敲门，里面传出白玲的声音：“进来吧。”

郑朝阳和齐拉拉推门进去，办公室里拉着窗帘，桌子上放着一个盒子。白玲的人头赫然在盒子里。白玲闭着眼，齐拉拉和郑朝阳猛然看到这个场景吓得差点儿蹦起来。郑朝阳稳住神儿四下察看，桌子上白玲的人头开始说话了：“瞎看什么。这里啊。”说着，她站了起来。

原来，白玲身边有两块方形的镜子，两块镜子拼成直角，光面向外，竖在桌子上，木盒子放在两块镜子的相交处。白玲站在镜子后面，身体刚好被镜子挡住。

白玲笑着说道：“这就是所谓的九天玄女人头说古的秘密，很简单，光的折射原理。”

郑朝阳尴尬地笑了笑：“你还真有一套啊，我和你简单说说，你就能琢磨出来。”

白玲微笑：“你们说的这个孟老板，非常可疑。”

郝平川醒来，也不知道是白天还是夜晚。

小门打开，又一盘饭菜送了进来。这次是铁盘。

郝平川拿起盘子，发现盘子的底部粘着一小截钢锯。

他欣喜地拿起钢锯开始锯自己的手铐，但就在快锯断的时候他停了下来。他突然想到："已经深入虎穴了，好歹抓两只虎仔回去啊。"

想罢，郝平川停下，把锯条藏进自己的袖子。

漆黑的夜晚。西郊发电厂围墙处，涂抹着伪装色的杨凤刚和别动队员从外面跳了进来。几个人身上背着的背包里都是炸药，他们迅速隐身在黑暗之中。

巨大的爆炸声响起。西郊发电厂遭到特务破坏，损失惨重。

老姜找到了左书。郑朝阳穿着便装，和老侯、老姜一起来到琉璃厂。

老板见状迎了上来。

老姜开口道："我带这两个朋友再来看看，上次我看的那个雪山先生的左书。"

三人坐在椅子上，小伙计献茶，老板拿着几个卷轴过来展开。

郑朝阳仔细地看着几幅左书，确实和照片上的书写格式一致。

他问道："雪山是什么人？以前怎么没听说过。"

老板说道："算起来也是书香世家子弟，不过早就没落了，生活上不是很富裕。写几幅字来卖，也是贴补家用。不贵，字写得是真好，给几位包起来吧？"

突然货架上的很多宣纸包倒下来。老板大怒："怎么搞的，懒鬼，和你说多少次了，把这些宣纸拿到外面去晒晒。咱这屋里潮，回头这些纸全都洇了。"

伙计抱了几捆宣纸，还有册页、斗方镜片等零散地放在柜台上。老侯正好坐在柜台的旁边，本能地往柜台上扫了一眼，却突然站了起来。

他在一个斗方镜片上察看着："老姜，你来看看这个！"

老姜过来，老侯指着上面潮湿导致的洇痕。老姜一拍脑门儿："真是，以前怎么就没想到呢？赶紧回去查查。"说完，他和老侯便急匆匆地走了。

莫名其妙！郑朝阳见状喊道：“哎，这字怎么办？”

老姜甩了一句：“你看着办！”

看着老板殷切的目光，郑朝阳只好笑着说道：“老板，咱划划价吧？”

郑朝阳骑车刚回到局里，就被白玲叫到了电讯室。

白玲对他说道：“确定了，这是你从红莲社拍回的照片，这些圆洞和在老郝失踪的地方发现的圆洞是一种物体造成的。”

郑朝阳问道：“是孟老板的高跷？”

白玲证实了郑朝阳的判断：“对。这是刚刚从红莲社后台提取的污渍样本，成分和垃圾车上的污渍的成分一致。”

郑朝阳立刻说道：“马上逮捕这个孟老板！”

郑朝阳带着几个警员赶到孟老板家。屋里没人，道具箱子、铁笼子、各种戏装戏服胡乱摆放。屋里有很大的药味儿。郑朝阳抄起一根木棍在地上戳着，终于听到空洞的声音。

两个警员奋力掀开地上的木板，下面是一条长长的甬道。

地牢的大门打开了，灯光昏暗。

“黑斗篷”进来，把一块破布塞进郝平川的嘴里，拽起郝平川就走。郝平川不服地哼哼着。郝平川被拉到一个宽敞的房间，房间里放着一个大号的木板床，一边的床头上摆着一个祭坛。

“黑斗篷”把郝平川躺绑在木板床上，双手过头铐在木板床的另一头。

郝平川看到旁边放着一个大号的钢锯，两个小女孩走了进来。一个拿着一个大号的铜盆，一个拿着绷带等外伤用品。

“黑斗篷”用剪刀剪开郝平川的裤腿，用尺子量着郝平川膝盖以下的部分。郝平川觉得莫名其妙，用力挣扎，掩盖着双手用力挣脱镣铐。

“黑斗篷”拿起钢锯对着郝平川的双腿比画着。他一抬头，发现郝平川已经坐了起来，手上的镣铐已经断为两截。

郝平川一拳打过去，重重地打在“黑斗篷”的头上，“黑斗篷”踉跄着后退。郝平川几下便挣脱脚上的绳子，蹦下了床。

郝平川和“黑斗篷”打斗起来。“黑斗篷”不断地吐火，但都被郝平川灵巧地躲开。他不断地呼哨，叫两个小女孩上手，但两个人都躲在角落里视而不见。

甬道口传来脚步声和手电筒的闪光，郝平川闪身到洞口边。郑朝阳一个箭步蹿了进来躺倒在地，他的枪口对着郝平川，郝平川也拎着钢锯看着郑朝阳。

“黑斗篷”拿着一把大号的精制火枪，对着郑朝阳、郝平川等人狞笑着扣动了扳机，郝平川见状，一把将郑朝阳挡在身后。

火枪炸膛了，“黑斗篷”身上着起大火，他惨叫着乱蹦，眼看着火越烧越旺。

郝平川猛地发现，墙角处的小女孩只剩下了一个。另一个小女孩上前抓起地上的长刀，狠狠地插进了“黑斗篷”的后腰。

齐拉拉和老姜冲过来，几盆水浇灭了“黑斗篷”身上的火，但他已经气绝身亡。

公安局会议室。掌声中，郝平川向大家敬礼。

郑朝阳笑眯眯地说道：“这段时间经过大家的努力，电车厂纵火案总算有了突破性的进展。纵火人孟庆贵，鼓楼红莲社的表演艺人，也是不在帮的人贩子，专门拐卖儿童。这两个红衣女孩是孪生姐妹，四五岁的时候被孟庆贵拐来，关在笼子里长大，练习柔软功。”

老侯惊讶地说：“也就是说，这不是两个小女孩？！”

郑朝阳点头说道：“她们两个今年已经十八岁了，因为从小被关在笼子里限制了发育，所以看上去像是十岁左右。”

老姜气愤地一拍桌子：“这个畜生，真是该死。”

郑朝阳说道：“因为从小练习柔术，她们的骨骼非常软，所以能从铁栅栏里钻进去。这所谓的‘鬼’放火，看上去好像挺玄，戳穿了，也就是戏法。”

老姜说道：“这么说电车厂的这次火灾，不是特务破坏了？”

郑朝阳一摆手：“还不能这么说，主犯孟庆贵已经死了。他烧电车厂的动机是什么我们还没有搞清楚，不能排除是特务主使，还要做进一步的调查。”

这时候，老姜开口问道：“哎，老郝，他干吗要锯你的腿啊？”

郝平川也笑了：“这土鳖，不知道从哪儿整来一个偏方，说是只要能找一双好腿锯下来给自己装上，再用这个偏方就能叫他的断腿重生。他是看上我的腿了。”

众人觉得又好气又好笑。

郑朝阳走进化验科，询问进展。

化验员拿起“黑斗篷”的火枪，说：“这是一种经过改造的老式火枪，很精美，具有一定的收藏价值，但近距离内杀伤力还是很大的。这种枪只能装黑火药，换了别的就会炸膛。但这把枪里装的是无烟火药，有超过百分之五十的硝化甘油。装在这种火枪里一点火就炸膛。”

化验员又拿起竹管和一个布袋：“这个竹管里是松香油，和上次从大车上提取的是同一种原料，将竹管放在嘴里，喷出松香油，就能出火，看上去像是吐火一样。”

郑朝阳拿起火枪看着：“也就是说火枪炸膛，引着了藏在身上的松香油，引火烧身了。问题是，他不知道装这种火药会炸膛吗？”

档案室，老姜和老侯仔细研究着堆砌起来的档案。

老侯用放大镜挨个儿看着档案上的潮湿造成的印记：“这些档案是从南菜园里找到的，土地潮湿，很多档案都已经发霉了，但最重要的是这些印痕。”

老姜也在放大镜下看着。档案袋的边缘上，出现因为潮湿叠压而成的洇痕。

他赞叹道：“很细微啊，不仔细看还真看不出来。”

老侯放下放大镜：“郑朝阳的档案材料是在这一沓里出现的，其他每一份都有规则不一的洇痕，只有郑朝阳的这份档案没有。”老侯举起郑朝阳的档案摔在桌子上。

老姜说道：“这份文件是后来塞进去的。老郑真是冤枉的。”

郑朝阳来到办公室。郝平川、白玲、齐拉拉、多门等人整齐地排列在大门口。看到郑朝阳到来，郝平川大喊：“立正！敬礼。”

所有人齐刷刷向郑朝阳敬礼，郑朝阳激动地给大家还礼。掌声雷动。

局会议室，郑朝阳主持会议。

郝平川说道：“外调显示，孟庆贵原籍苏北，抗日战争期间和其父一起加入伪军，为祸乡里，被我新四军镇压，家产充公。孟庆贵在混战中双腿被炸断，面部被毁，后来流落到湖南和四川、云贵地区，以变戏法和表演变脸为生，但主业其实是拐卖人口。他 1947 年到了北平，在红莲社表演。”

白玲愤然说道：“此人对我党和人民政府怀有刻骨的仇恨。解放大军攻陷南京，蒋家王朝覆灭，市民们欢欣鼓舞，电车厂准备花车游行，引起孟庆贵的愤恨。他于是他带着自己的两个徒弟大丫和二丫火烧电车厂。为了恐吓群众，阻碍调查，伪装成女鬼放火。”

郝平川总结说：“电车厂纵火案，可以结案了。”

罗勇的办公室。罗勇先肯定了大家在纵火案中的表现，随即说道：“电车厂纵火案告一段落。下一步，你们要集中精力查清西郊发电厂被炸的内情。”

郑朝阳说道：“关于这个，我倒是有个想法。西郊发电厂人员组成复杂，不少是留用的日伪人员。所以，我想趁着发电厂被炸，在内部搞一次自新运动。”

罗勇赞道："这个主意不错，你想叫谁去主持这次自新运动？"

郑朝阳立刻说道："白玲。"

罗勇也是一笑，表示同意："非她莫属。"

第十五章

一辆汽车停在了公安局的门口，冼怡从车上下来了，身后跟着两个半大孩子，他们是在门头沟搭救过郑朝阳的徐小山和王忠。

冼怡带着两个孩子走进郑朝阳的办公室，郑朝阳忙站了起来。王忠和徐小山恭敬地给他鞠躬："长官好"。

郑朝阳过来拥抱了两个孩子，让他们坐下。冼怡大致讲了找他们的经过。两个孩子想跟着郑朝阳当差，郑朝阳笑着说："好啊，我们自己的公安学校马上就要成立了，到时候你们俩先去上学，毕业了，就能当正式的人民公安。"

西郊发电厂会议室里坐满了人，都是发电厂的基层管理人员，白玲和几个主要领导坐在主席台上。

发电厂领导一脸严肃地说道："同志们，今天白玲同志代表公安局到我们这儿监督工作，为什么？因为我们的工作失误，导致电厂被国民党特务破坏了。损失惨重，损失惨重啊，同志们！为什么会出现这样的问题？因为我们内部，有人通敌！是谁呢？在座的都摸着胸脯问问自己，有没有人吃着共产党的饭，背地里捅共产党刀子。这次事故上级领导很重视，所以特地派了白玲同志来，帮助我们开展'自新运动'，就是要给在座的每一个人一个认清自己洗清自己的机会。下面请白玲同志讲话。"

白玲对众人说道："同志们，事情已经出了，责任是一定要追究的。但追究的目的绝不是惩罚，而是要重新审视我们的工作，尽快查出漏洞，防患于未然。有错误不怕，怕的是忽视错误甚至隐瞒错误，最终把一粒芝麻，滚成一个西瓜。人非圣贤，孰能无过，每个人都会犯错误，但只要把错误说出来，知错能改，我们保证既往不咎。这是党和政府考验我们的时候，我们要经得起考验。下面，我们会分组找各位谈话，还没有找的同志，先好好想想，有没有什么要和工作组说的，主动说出来。不要等我们查出来，再来个马后炮，放了也是空炮。希望大家能积极配合。”

又一位领导发言：“现在我宣布第一批审查的名单。”

郑朝阳一身富商打扮坐在一间很雅致的茶楼里，里面还摆放着文房四宝。齐拉拉跟在他身边，打扮成小跟班的样子。

片刻后，一个女人走进了茶楼。郑朝阳一眼认出她是慈济医院的护士长白玉兰，迅速转身蹿到书案前抓起毛笔。

房门推开后，伙计走了进来，对郑朝阳说道：“郑先生，您等的人来了。”

齐拉拉也认出了白玉兰，由于他站在角落里，又急忙低下了头，白玉兰并没注意到他。

白玉兰招呼道：“这位就是郑老板吧？”

郑朝阳转身问道：“您是雪山先生？”

这时再看郑朝阳，形象已经发生了改变，原来的金丝眼镜变成了墨镜，胡子还在，但脸上多了几个黑点，看上去像是麻子。正是他情急之下用毛笔画上去的。

白玉兰回应道：“不是，雪山先生是我表兄，我代替他来见见郑先生。”

郑朝阳嗓音嘶哑地说道：“请坐，请坐。”

白玉兰十分优雅地落座，伙计给上了茶。

“不知道小姐怎么称呼？雪山怎么没来呢？”

“叫我雪雅吧。我表哥身体不好，不愿意出门见人，再说，几张字画也不是什么了不得的东西。”

郑朝阳恭维道：“您客气了，雪山先生的字好啊！看，颜筋柳骨又暗含魏碑的底子，本身已经出类拔萃，又是左书，气质高古，确实是上品。兄弟有意做雪山先生的书画代理，所以，还是希望能见见雪山先生本人。”

白玉兰优雅地喝着茶，十足的大家闺秀的样子，她推辞道：“先生美意，雪雅代表兄愧领了。只是表兄出身侯门，而今家道中落门庭冷落，不得已才卖字贴补家用。表兄觉得愧对先人，所以外面的事都是交给我来打理。先生有什么需求尽管说，我能替表兄做主。”

“好说，好说。”

二人交谈片刻，白玉兰站起来说道：“时间不早了，我得回去了。”

郑朝阳也起身说道：“好，那我们就说定了。价钱的事情，还请雪山先生再考虑一下，我这里静候佳音。”

白玉兰告辞离开后，郑朝阳给齐拉拉使了个眼色，齐拉拉跟着走了出去。

齐拉拉跟踪白玉兰进了医院，目送她进了休息室。突然，一只手搭在齐拉拉肩上，齐拉拉回头一看，竟是郑朝山。他谎称自己来看牙，郑朝山告诉他口腔科在二楼。齐拉拉道谢，转身上楼，眼睛的余光却依然追寻着白玉兰的身影。

郑朝山走进自己的医疗室，拉开帘子，金城咖啡馆经理乔杉躺在病床上，郑朝山拿起听诊器给他看诊。

郑朝山告诉乔杉，白玉兰被警察盯上了，让他赶紧叫老三去查一下，白玉兰要是出事很可能会连累王一本。

办公室里，郑朝阳拿出卷宗翻开看，思考着：白玉兰是王一本的不在现场证人。他边想边在本子上写下“白玉兰—王一本—雪山—绑匪字条—兰格格”。

“叫多门来。”郑朝阳对齐拉拉喊道。

王一本躲躲闪闪甩开耿三，溜进一家旅店，问旅店老板西郊来的刘太太住哪个房间，店老板告知：216 房间。

王一本上楼到了216房间，西郊发电厂供销合作社的老板娘正等在里面。

王一本对老板娘说道："事情不好办啊，有个电车厂的司机整天盯着我。放火那天晚上我跟着孟瘸子，结果被他看到了。"

"这个人不能留，他住在哪儿？"

王一本阻止道："现在不能动他，再说，他也只是看到我的背影，还只是猜测。如果杀了他，就会引来警察，这小子和警察的关系可不一般。"

"好吧，怎么处理这个开电车的，你自己看着办，只要别威胁到你就成。"说着，老板娘在王一本的脸上掐了一下，"你个老东西，我还不想你死呢！"

老板娘打开随身携带的皮包，拿出一个不大的小包打开，里面是三根金条。她对王一本说："台湾来电了，对你这次火烧电车厂的行动予以嘉奖，授予二级云麾勋章，晋升中校军衔。勋章和委任状现在都保存在国防部，将来会补发给你，希望你为党国再立新功。"

王一本接过金条，一脸贪婪。

老板娘继续说道："以后你会受到重用，凤凰的意思，是把有可能暴露的东西全部斩断，不留祸根，包括白玉兰。"

王一本回应道："该断的都断了，可这白玉兰是我的不在场证人，她要是出了事他们会直接怀疑到我。"

老板娘解释道："问题是，郑朝阳已经派他的小跟班去打探白玉兰了。两害相权取其轻，有我陪着你，你还有什么舍不得的？"

王一本愣了会儿，咬牙点点头。

老板娘说道："这段时间发电厂来了个叫白玲的，搞什么'自新运动'，搞得人心惶惶。我近期不能来了，你把该办的事情赶紧办好。"

西郊发电厂，白玲手里拎着一盒点心走进了后勤处，在众目睽睽之下敲响了采购科的门。采购科科长顶着锃亮白皙的光脑壳，笑吟吟地迎接白玲："白组长，欢迎欢迎。"

"你好啊，老乡。"白玲说着转身关上了房门，把点心放到桌上。

外面办公室里，几个职员面面相觑："老乡？"

采购科科长问道："老乡？白组长也是山东德州人？"

白玲回应道："我妈妈是德州人，我小时候和她在德州待过好长一段时间，我不能算是德州人吗？"

采购科科长笑着说："算算，哎呀，真没想到，在这儿能遇到老乡。咱这里山东的不少，德州的就我一个。"

白玲看着眼前的采购科科长，又想起发电厂主任的话：这人是个老滑头，估计你问不出什么来，不过倒是可以问问副科长。这俩人常年不对付，在一个科室待着从来不说话。不过这俩人倒是从来不到我这儿告黑状，因为俩人都不干净，算是某种默契吧。我正在调查他们，不过还没找到过硬的证据。

白玲微微笑着打开点心，是北京的京八件。她对采购科科长说道："科长，这些点心是给飞行员预备的，别叫人以次充好。"

采购科科长保证道："没问题。"他说着过去拿起一块点心尝了尝。

门外一个职员从钥匙孔偷窥，正好看到科长在吃点心。

科长笑着说道："嗯，正经的稻香村。白组长，您尽管放心，飞行员是国家的宝贝疙瘩，我们采购科从来都是买最好的食材给他们。我们宁可自己窝头就咸菜，给飞行员吃的也从来不掺假，这个我敢用脑袋保证。"

白玲坐下来说道："好啊，你就说说都从哪些商家进的货吧。"

科长说道："我这里有册子，我拿给您看。"

那个职员正撅着屁股趴在钥匙孔看，见科长要出来，他转身迅速返回到座位上。门开了，白玲走了出来，科长也跟到了门口。

白玲说道："您工作忙，就留步吧。"

科长点头哈腰道："那您慢走。"

白玲走过办公区，看到副科长从工位上站起来看着自己。她冲着他意味深长地一笑，副科长顿感冷风扑面。

白玲走了出去，偷窥的职员迅速蹿到副科长的工位上，和副科长嘀嘀咕咕起来。

齐拉拉拎着一包酱驴肉来到慈善堂，迎面遇到穿了一身列宁装的冼怡。齐拉拉问她小东西在哪里。

冼怡说道:“你又来找小东西？就不告诉你！看戏那天晚上你把人家怎么了，小东西回来眼睛哭得和桃儿一样。”

齐拉拉急得团团转，委屈地说道:“天地良心，我没有啊，她好几天没消息了，出事了，一定是出事了，不行我得找她去。”

冼怡笑着说:“看你急得这样子，也不算没良心，告诉你吧，她在正三元粤菜馆，她……”

冼怡话还没说完，齐拉拉已经像兔子一样蹿了出去。

正三元粤菜馆里，后厨一派忙碌。齐拉拉问过老板后，来到后厨。

正在刷碗的小东西看到齐拉拉，吓了一跳，手里的碗碟打碎了。厨师过来揪住她就骂，齐拉拉一把薅住他的脖领子。厨师大怒，一看齐拉拉穿着警察的制服又软了下来。小东西跑了出去，齐拉拉愣了，厨师讨好地提醒道:“还不快追？”

小东西跑到后院关上院门，齐拉拉敲门，小东西就是不开，她背对着门说道:“以后，你不要再找我了，就当咱们俩从来没见过！你要再来，我就离开北平。”

齐拉拉纳闷儿地问:“这到底是为了什么啊？”

郑朝阳的办公室中，郑朝阳和多门正聊着兰格格的案子。

郑朝阳说:“听说兰格格和您的关系蛮好的。”

多门答道:“说不上，人家是世袭铁帽子王的后代，我算个啥。沾点儿亲，可贝子爷也不拿咱当回事。也就是兰格格，我们爷俩儿投缘，这丫头嘴甜，一直叫我舅姥爷。后来，我送她一个绢花扎辫子……”多门说不下去了，努力控制着情绪。

“就是兰格格头上扎的那个吧？”

多门拿出手绢来擦着眼泪点点头。

“所以，兰格格的事，您得管啊！”

郑朝阳拿过白玉兰的照片递给多门，问道：“这个女人，您认识吧？”

多门仔细看着照片说：“这不是福山贝子的侧福晋吗，叫白玉兰，原来是个医院的护士，后来被贝子爷收了偏房。”

“她现在是慈济医院的护士长，这次火烧电车厂事件，厂里的会计王一本被怀疑，她给作证说当晚王一本不在现场，和她在一起。”

多门不解地问：“白玉兰和王一本？他们俩啥时候搞到一起去了？”

“他俩什么时候好的不重要，重要的是这个。”郑朝阳拿出有绑匪字条照片的报纸说道，“这个字条是用左手写的，而且，我也查到，写这个字条的人，是一个叫雪山的人。白玉兰就是雪山的代理人，帮他在琉璃厂卖字。”

多门的眉毛立了起来，猛地站起来说道：“我这就去把白玉兰抓来！”

郑朝阳拉住他说：“要能抓早就抓了，光凭这张字条不行，还不能作为关键的证据，得叫白玉兰说出雪山到底是谁。”

多门看着郑朝阳，疑惑地问：“你不会怀疑王一本就是雪山吧？就这㞞人？”

“多爷，㞞人，豹胆。”

白玲走进发电厂管理处办公室。发电厂主任看着满桌子的检举信，这都是白玲搞“自新运动”的成果。

白玲翻阅着桌子上的书信，问道：“问题比较严重的有谁？”

主任拿起一封检举信说道：“有人揭发采购科科长虚报账目，以次充好，贪污受贿，倒卖物资，还乱搞男女关系。还有啊，他偷喝洋酒。我已经把这个科长控制了。”

白玲问道：“洋酒？哪儿来的？”

“据他说，是从他的相好、发电厂供销合作社老板娘刘彩虹那儿搞来的。”

白玲继续问道：“这个老板娘你们了解吗？”

“调查过，表面上看没什么问题，家里一直做小买卖。在她父亲那会儿盘了这个店，后来找了个上门女婿，前年死了。这是她的档案。”

主任拿出一个信封给白玲，继续说道：“这女人倒是没什么大毛病，就是不太检点。”

白玲接过档案，问道：“仅仅是不太检点？”

主任提议将这个老板娘抓起来，白玲建议采用秘密逮捕的方式。

医院实验室里，堆满了瓶瓶罐罐，桌子上堆着白色粉末，郑朝山戴着眼镜在做实验。他将一小撮粉末放到容器内，之后将水溶液慢慢地涂抹在一支口红上。

王八爷的表姐，是王一本的老婆。多门请王八爷吃饭喝酒，同时请他帮忙办个事。

白玉兰正在护士休息室休息，一个小护士拿着一个邮包进来递给她，说道：“兰姐，您的包裹。”白玉兰打开，发现是一个精美的化妆盒。她满脸欢笑，从化妆盒里拿出一支口红，对着镜子，准备涂抹。

外面传来喧闹的声音，房门猛地被推开，一个中年女人闯了进来，身后跟着王八爷。白玉兰吓了一跳，奇怪地看着她。

王八爷指着白玉兰说道：“表姐，就是这娘儿们。”

中年女人扑了上去，一把薅住白玉兰的头发怒骂道：“骚狐狸勾引我男人，老娘打不死你！”

白玉兰惊怒交加地反问：“你是谁啊你？”

中年女人厉声说道：“王一本是咱家爷们。狐狸精！大家快来看啊，看勾引人家男人的狐狸精啊！”

白玉兰也不是善茬儿，扔下口红，一把挠了她个满脸花。王八爷过来想摁住白玉兰，反被狠狠咬了一口，疼得龇牙咧嘴躲到一边。白玉兰疯魔一般抄起一把剪刀，追着王一本老婆满院跑，很多医生、护士和护工都跑了过来。

护士休息室里空无一人，郑朝山悄悄地走进来，在屋里搜索着。看到口红掉在床下，他急忙俯身去捡。

一个小护士急匆匆跑进来说道："郑医生，您快去看看吧，快出人命了。"

郑朝山无奈地跟着小护士来到院里，制止了两个疯狂追打的女人。看到郑朝山，白玉兰顿时瘫软在地哭了起来。王一本老婆还要撒泼打闹，看到郑朝山凶光毕露，顿时气馁，跟着郑朝山往办公室里走去。

医院不远处的一个小茶棚中，多门正在喝茶。王八爷进来说道："多爷，都办好了，这下子王一本家鸡飞狗跳了。"

郑朝山插空跑到护士休息室，屋里没人。他急躁地四处寻找，没找到口红，地上有刚擦过的痕迹。

杂物间的门"砰"的一声被打开了，保洁员孙大姐踉跄着冲了出来，摔倒在地，浑身抽搐。现场很多人围了上来，郑朝山一个箭步冲了上去，抱起她往抢救室跑，边跑边喊道："让开，快让开，是中毒！"

身后不远处，王一本悄悄看着这一切，面色阴沉。

夜里，王一本溜进白玉兰家，打开随身携带的包，里面有四根金条，一张火车票。白玉兰看着金条问道："干吗，跟你十年了，这四根金条就打发我走？我走了你们两口子好过踏实日子是吧，当初甜哥哥蜜姐姐地糊弄我，好啊，现在出事了就叫我滚蛋。我告诉你王一本，想叫我走，做你娘的春秋大梦去吧。"

白玉兰越说越起劲，把王一本所做的事全抖搂了出来。

王一本扑了上去，一把摁住白玉兰的脖子，恶狠狠地说道："老大说得没错，老娘儿们嘴太碎了早晚得作死。玉兰，别怪哥哥心狠，实在是你知道得太多了。"

白玉兰拼命挣扎，被王一本一拳打昏。王一本三下两下绑起她，从口袋里拿出一张黄表纸，纸上画着一个黑袍巫师，巫师手里攥着一把两股叉，旁边是一串用朱砂写的镇魂符。王一本把黄表纸塞进白玉兰的头发里，口中念念有词。

接着他转身拿来一把铁锹，开始挖坑，一边挖一边继续念咒。一回头，看到郑朝阳和郝平川站在他身后，他伸手到腰间要拔枪，被郝平川一拳重重打在头上。王一本摔倒在自己挖的坑里。

王一本戴着手铐坐在审讯室的椅子上，一脸淡定。

郑朝阳问道："王一本，或者，应该叫你雪山先生？"

他拿出绑匪写的字条和一幅书法作品，继续问道："这张字条，是你写的吧？看看这幅字的落款，和字条上的笔迹完全一样，还有……"

郑朝阳又拿出一张黄表纸和一张粘贴着黄表纸残片的白纸，继续说道："这张是你塞在白玉兰的头发里的，这张是在兰格格的尸骨上找到的。福山贝子家在庚子年八国联军攻打北京之后就改信了洋教，你杀了人，又怕鬼敲门，就整这么个玩意儿出来。土洋结合，你还挺有创意啊。"

王一本眯眼看着字条沉默不语。

"白玉兰已经交代，你和红莲社的孟庆贵早就认识，火烧电车厂之前你和孟庆贵见过面，之后你叫白玉兰到瑞蚨祥做了两件旗人女孩的衣服，这点我们已经从瑞蚨祥核实了。你把这两件衣服交给了孟庆贵，因为知道电车厂库房改造，很可能会挖出兰格格的尸骨，所以你建议孟庆贵利用他的职业特长扮鬼放火。"

郝平川质问道："说吧，你的真实身份是什么，保密局还是党通局，还是国民党的国防部二厅？你的代号是什么，上线是谁？"

王一本慢悠悠地说道："看你们这个得意的样子，是不是觉得板上钉钉了？第一，绑匪的这个字条不是我写的，是白玉兰写的，白玉兰就是雪山。她给兰格格吃安眠药，可是药吃多了，兰格格死了。我帮着埋的人，但我没杀人。第二，我是和孟瘸子见过面，老朋友了，见面喝点儿小酒这不犯法吧，我也没做什么旗人女孩的衣服。你们也问过了，瑞蚨祥的人没说做衣服的人是我吧？是白玉兰啊，这些都是白玉兰干的。第三，我想给白玉兰点儿钱叫她离开北平，别再骚扰我，我想过正常人的日子，这有什么不对啊。她撒泼打滚地要和我拼命，我才把她打了。当然，打人是不对的，我愿意道歉，赔钱也成。”

郝平川厉声问道：“那你挖坑干吗？！”

王一本迅速答道：“当菜窖，眼瞧着天快热了，东西不好放了。”

郝平川一拍桌子吼道：“王一本，你以为胡搅蛮缠就能蒙混过关吗？这么多证据摆在眼前你还抵赖！公安局可不是吃素的！”

王一本淡定地说：“长官，你不用拍桌子吓唬耗子。我呢，就是脾气不太好，生活作风不太检点，好讲个义气，结果就给人背了黑锅。”

郝平川气得站起来绕过桌子，撸着袖子说道：“今天我不收拾你我不姓郝。”

还没等他到面前，王一本已经倒在地上，杀猪一样地号叫道：“打人啦，打死人啦，共产党打人啦！”

郑朝阳插着手看了会儿，起身过来拉开郝平川，扶起王一本，和颜悦色地说：“王会计，快起来，没伤着您吧？看来是我们的工作没做好，委屈您了，您可以走了。”

王一本迷迷瞪瞪地站了起来：“那我走啦，我真走啦！”

郑朝阳从口袋里拿出一支口红递给王一本：“等等，这件东西你带回去吧。医院里的人说，是你送给白玉兰的。”

王一本接过口红沉默了，片刻之后他坐了下来，回答道：“我是保密局潜伏特工，代号105，中校军衔，隶属北平桃园特别行动组，电车厂的火灾，是我策划的。”

郝平川张大嘴巴看着乖巧的王一本。

郑朝阳问道：“你的上线？”

王一本犹豫了一下，答道：“是西郊发电厂供销合作社的老板娘刘彩虹。”

郑朝阳跑回办公室，给白玲打电话，叫她秘密逮捕刘彩虹。

白玲应道："放心，她跑不了，人我已经控制了。我们调查到，她和一个咖啡馆的服务生关系密切，这个人很可能是她的上线。我们马上将她押回北平。"

郑朝阳放下电话，看到了郝平川。

郝平川一脸不解地问："你要急死我，到底怎么回事啊，你给王一本吃了什么迷幻药？"

郑朝阳拿出口红说："这是寄给白玉兰的，上面有剧毒，可又不是王一本送的，送这支口红的人应该是王一本的上线。现在白玉兰没死，他又被抓了，如果他就这么大摇大摆地从公安局里出去，他也别想活了。马上审问老板娘刘彩虹，绝不能叫她的上线听到风声潜逃。"

郑朝山坐在北海公园旁边的长椅上，看着春意盎然的北海。

乔杉走过来坐在他的旁边说道："发电厂那边搞什么'自新运动'，老板娘已经失联两天了。"

"'自新运动'的负责人白玲，是个很厉害的角儿，老板娘危险了。袁硕是她的直接上线，马上安排他转移。"

乔杉回应道："我已经这样做了，但冼登奎说他的秘密通道已经没了。解放军进城，以前建立的地下关系都不行了。不过他还是答应先把袁硕藏起来，等风声过了再送他出城。"

他拿出一张字条递给郑朝山："这是地址。"

郑朝山看过之后把字条塞进烟斗点燃，并对乔杉说："袁硕要是被抓，咱们苦心建立的网点就毁了。现在你的咖啡馆很快也会被严密控制，经常到咖啡馆去的人，包括我在内，都会受到审查。这段时间要减少活动，必要的时候，放弃咖啡馆。"

公安局会议室内，郑朝阳正在主持会议。罗勇、郝平川、白玲、齐拉拉、多门、宗向方等都在座。

黑板上有一张图，分别贴着段飞鹏、服务生、刘彩虹、王一本、孟庆贵等人的照片。在服务生的上面、段飞鹏的照片旁边，是一个空白，打着黑框，画着一个问号。

郑朝阳说道："这些人属于一个共同的组织——国民党保密局桃园特别行动小组。最近的电车厂纵火案和西郊发电厂被炸案，包括以前的保警总队叛乱案和西山刺杀案都是这个组织一手策划。这是一个极其危险的特务组织，隐蔽性高，破坏力强。刘彩虹，西郊发电厂供销合作社的老板娘，保密局特务，代号'018'。她是王一本的直接领导，和王一本共同策划了电车厂的纵火案。同时，她以处对象为名勾引发电厂后勤处采购科科长，收集发电厂的重要情报，并通过北平的025秘密电台发报给台湾，导致发电厂5月4日被炸。而刘彩虹的上线，就是他。"

郑朝阳用教鞭指着服务生的照片继续说道："他，真名袁硕，在北平金城咖啡馆当服务员，目前在逃。我认为，这是个非常关键的人物，他的上线，很可能是桃园行动组的重要成员之一。找到他，就能打到这个特务组织的软肋，甚至一举拿下它。"

罗勇问道："这个金城咖啡馆的情况，你们调查了没有？"

郝平川答道："调查了，这是家老咖啡馆。老板是法国人，目前不在中国。现有经理、服务生、厨师一共十五人，这里的咖啡很有名，因此生意不错，经常会有各界的名流到这里喝咖啡。我们查到一些经常出入这个咖啡馆的人，大约三十五人，会挨个儿排查。"

罗勇点点头说："疖子露头儿了就得拔脓，凡是去过这个咖啡馆的，不管是什么人什么身份，都要查清楚。这个服务生既然是个重要人物，一定事前安排好了躲避的地方。你们要小心细心专心用心，不要漏过一点线索。算起来我们和这个桃园行动组，目前只能算是打了个平手。这一次，绝不能再失手。马上行动。"

花市大街的一个西式小楼的302房间正是服务生袁硕的藏身之所。段飞鹏送来黑面包、罐头，安慰他道："艰苦一下，白天你可以在屋里活动，但动作一定要轻，不能惊动邻居。我走的时候会把门锁上。”说着他推开墙上的一个暗门提醒道，“如果遇到情况，你可以藏在这里。记住，千万不要出声。”袁硕点头回应，但面色阴沉。

段飞鹏悄悄地拉开门左右看了看，见楼道里没人，他径直出门锁上门后离开了。袁硕看着桌子上的黑面包和罐头，突然将面包扫到地上，颓然坐到了沙发上。

代数理和几个警员来到小楼，挨家挨户查户口。

代数理说道：“这楼上就两户，301的住户是邮电局的财务，叫汪民生，小伙子还没结婚，这段时间得了黄疸型肝炎，正在家休息呢。”警员敲门，汪民生戴着口罩开门。他摘下口罩，警员核实照片，进屋查看，都没发现问题，警员们又来到302的门口。

代数理继续解释：“这间是302，主人是长辛店机车厂的工程师，叫马东，不怎么回来，前两天老婆孩子也回乡下老家去了。家里没人，看，上着锁呢。我这儿有他给我的钥匙，叫我没事的时候开门看看。”代数理打开房门进屋，屋里空无一人。两个警员检查了一下，进到浴室看了看，一无所获。

警员走后，暗门被打开，袁硕悄悄地走了出来。

看着外面漆黑的街道，他悄悄地爬上窗沿，用刀撬开了隔壁的窗户，进了屋子。屋里十分凌乱，到处都是药瓶和药罐。

他悄悄来到汪民生的面前。迷糊中汪民生睁开了眼睛。袁硕拿起一个枕头猛地捂在他的头上，汪民生拼命挣扎，但很快就不动了。

他将汪民生的尸体塞到了床下，自己倒在床上酣然入睡。

第十六章

宗向方拿着服务生的审查报告走进来时，郑朝阳正倒在办公室的椅子上看硕大的北平市地图。

宗向方一进门就开口："济南的协查报告过来了，服务生的身份是伪造的，真的袁硕在民国三十六年，哦，就是1947年春就病逝了。这个人用袁硕的身份来到北平，到金城咖啡馆当服务生。当时因为北方持续战乱，金城咖啡馆的法国老板带着几个法国员工回国，把咖啡馆交给现在的经理乔杉打理。乔杉曾经在报纸上刊登招聘启事，袁硕前来应聘，当时和他一起来的，有八个人，这几个人都排查了，目前没有发现问题。"

郑朝阳追问道："经常出入咖啡馆的人的背景调查得怎么样？"

"出入咖啡馆的人大多是些有身份的人，而且人数不少，我们的人手不够，已经从其他分局调了些人过来，对主要的三十五人的档案逐一排查，并且采用人盯人的方式，对每一个人进行跟踪监视。但是，有一个人……"

郑朝阳好像明白了什么："是我哥郑朝山。"

"是，因为他的身份比较特殊……"宗向方谨慎地说道。

郑朝阳看出了他的意思，回答道："没什么特殊的。他是我们的外聘法医，但不是正式编制。"

"大家的意思，既然人手不够，郑医生的事情还是请您多费心。"郑朝阳的回答让宗向方松了一口气，放心地说出了自己想说的话。

郑朝阳骑车回到家时，秦招娣刚好出门买菜了，他语带试探地与郑朝山聊了起来。

“哥，你知道金城咖啡馆的服务生是国民党特务吗？”郑朝阳努力让自己问得不那么刻意。

“特务？是谁？”郑朝山给出了一无所知的回答。

“叫袁硕，个子不高，白净脸儿，这儿，眼睑下面有个痦子。”郑朝阳一边比画一边说。

郑朝山思考了一下，说道：“袁硕？咖啡馆好几个服务生，对不上号。噢，他啊。奇怪了，他怎么会是特务？”

“你常去那儿喝咖啡，就没注意过他？”

“我是去喝咖啡，不是去相面。我去了一般都是经理乔杉亲自招待，其他的服务生我连名字都叫不上来。”

郑朝山带着不屑一顾的表情。

“就真的一点儿印象都没有？哥，你仔细想想，这对我真的很重要。”

郑朝山做出努力回忆的样子，说道：“这人似乎不怎么爱说话，每次送茶点的时候都是放下就走。我有的时候给小费，他也最多笑着点点头。”

没问出什么结果，郑朝阳站起来在屋里踱步。

“其实你们也不用大惊小怪，当初中统、军统到处安插特务，大学里尤其多，上课都带着手枪。这是公开的秘密。咖啡馆这种外国人和有点地位的中国人常去的地方，塞进个小特务搜集下情报什么的很正常。”与焦急的郑朝阳相比，郑朝山显得十分镇定。

“一个靠特务和宪兵来维持的政权，败亡是迟早的事。真搞不懂，根茎都已经腐烂了，剩下些枝枝杈杈的又能坚持多久？”郑朝阳说。

“信仰是人的精神脊梁，大多数人只会按照信仰要求的去做，而很少会审视信仰本身的问题。就像水里的鱼，必须跳出水面才可能看清水是什么样子。但鱼一旦出水，就会面临两种结局：一种是重新掉回到水里，一种是落到岸上干死。所以，愿意坚持的人，有的时候是因为没的可选。”郑朝山像是在安抚弟弟，又像是在诉说生命的真理。

他站了起来拍拍郑朝阳的肩膀，说道：“对个人来说，信仰没有对错，只有合适不合适。看来这个金城咖啡馆短时间内是不能再去了，得避嫌啊。我去热饭了。”

“对了，这个服务生可能是广东人。”郑朝山走到门口的时候停下来说。

“你怎么知道？”

“有一次我听到他打电话给人，好像说了一句‘麻甩佬’。”

秦招娣来到医院，推开后勤处的办公室大门。屋里坐着两个警察，其中一个是代数理。

代数理看到秦招娣，赶忙起身说道：“郑太太，您好，我是想了解一下您叔叔秦玉河的情况。”

“我老叔，他不是回老家了吗？”秦招娣颇为疑惑地问道。

代数理说：“问题就出在这儿。秦玉河的老家来人了，说没见过他，现在看来他是失踪了。经过我们的调查，最后见到他的人是您。”

“你们怎么知道是我最后见到他的？”秦招娣坐到自己的办公桌前整理着桌面。

“是这样，我们刚问过院长，他说那天老秦跟他说要去你家说说你和郑医生婚礼的事，打那儿以后没人再没见过他。院长只是在第二天接到他的一封信，说是有急事请假回老家去，所以，我猜他是从你那出来后出的事。那天他到您家是什么情况，您和我们说说吧。秦玉河到您家，是他自己要去的还是您叫他去的？”

“是他自己要来的，他一直说要跟我商量婚礼的事，我们老家的规矩多，他说三媒六聘一样都不能少。我哪儿懂这些，他就说要来给我说说。”秦招娣一边回答，代数理旁边的警员一边在笔记本上飞速地记录着。

另一边，在正三元粤菜馆的后厨里，厨师在炒菜，小东西则忙着切菜配料。

厨师对小东西的态度明显大为改观，他用生硬的粤腔混合北京话说道：“妹子，慢点，当心切手。”

跑堂的伙计走了进来，手里拎着大食盒，吼道：“麻甩佬，赶紧地装盘，我急着送呢。”

厨师把一只烧鹅从炉子里拿出来放到案板上，吩咐小东西赶紧切了再备酸梅酱。

“情况就是这样，说完他就走啦，我送他出的大门。”这边，秦招娣说完了当时的情况。

“那，有谁能证明呢？”代数理似乎有些怀疑。

面对代数理的追问，秦招娣说：“我送老叔出门的时候，看到对面耿三家的三嫂子也出门，她应该也看到我老叔了吧。还有，我家的胡同挺长的，应该会有人看到他，你们可以去问问。”

“好吧，今天先这样，回头我们再调查一下。”代数理站起来，与秦招娣道别。

秦招娣送代数理出门后，转身开始仔细地清洗兰花。她把当时的情况仔细地回想了一遍，自认为做得天衣无缝，但是每次想起郑朝阳犀利的眼神，都觉得不寒而栗。

酒楼的伙计拎着食盒来到小楼的三楼，敲响了301房间的房门，招呼道：“先生，您的外卖。”

袁硕拿着手枪躲在门边，回应道：“钱在门口的花盆里，你把食盒放下吧，我有传染病出门不方便。”

伙计看到门口放着一个倒扣的空花盆，掀开后发现里面放了几张钞票。拿起钱后，伙计轻声说：“先生找您钱。”

“不用找了，谢谢了。”

“那您慢用，吃完您把盘子放到门口就成了。”伙计心中窃喜，说完就立刻拿着钱走了。

听着伙计的脚步声渐渐消失，袁硕打开房门观察，见楼道里没人，迅速把食盒拎了进来，放到桌子上打开，里面是码放整齐的饭菜。他把饭菜小心地端了出来，大口地吃着烧鹅，一脸享受的表情。

郝平川、郑朝阳、白玲等人正在办公室开会，郑朝阳照旧看着墙上的地图。

白玲率先发言："大小胡同三千二百条，城市居民一百万，简直是大海捞针。"

郝平川补充道："街道上的各派出所和胡同里的积极分子都发动起来了，正主儿没抓着，残余的敌特倒是逮了不少。"

外面有人敲门，民警送来一封信是给郑朝阳的。

郑朝阳撕开信封，里面是一张白纸，纸上就几个字："花市大街，铁路宿舍"。

"这是什么意思？"他将纸递给白玲。

"这字是从报纸上剪下来贴上的，很工整，也细心，用的是办公用的胶水，涂抹均匀，纸张是荣宝斋的信笺。这种信笺荣宝斋卖很多，查不到来源。"白玲接过纸张，又打量着信封，放到鼻子边上闻了闻，"信封信纸是新买的，也是最普通的。这人要给我们线索，又不想叫我们知道他是谁。做得这么细致，应该具有一定的反侦察能力，不是一般的老百姓。"

郑朝阳觉得事有蹊跷，对大家说："甭管是什么人给的信息。走，去花市大街看看。"

郑朝阳骑自行车带着白玲，郝平川骑着另一辆自行车，去找代数理。快到的时候，迎面齐拉拉垂头丧气地走了过来，郑朝阳奇怪他怎么会在这里。

齐拉拉对郑朝阳解释道："小东西突然不理我了，我去找她，她把我关在门外，还说我要是再去找她，她就离开北平。我怎么也想不通，我到底做错什么了。"

"没事，小姑娘一时心情不好。她要是真想走，这会儿早就出了北平城了，还等着叫你找啊？"白玲安慰着齐拉拉。

齐拉拉渐渐恢复了精神，问道："真的啊，白姐，你别哄我啊！"

白玲自信满满地回应道："我说没事就没事，放心好了。咱们还有任务。"

代数理把郑朝阳和白玲、郝平川、齐拉拉等人迎进屋，说道："我们这里靠近火车站，铁路上几个宿舍都在这一带，而且好多铁路员工都在附近租房，图的就是方便。人数还没具体统计过，估计不少，而且也比较分散。"

郑朝阳说："我们接到线索，咱们要找的人很可能就藏在这一带某个和铁路有关系的人的家里。"

"只要有了区域就好办，大不了挨家搜。"代数理似乎很有信心。

"不行，动静要是大了，人就惊了，得想个法儿秘密调查。"白玲指出搜查要暗中进行。

代数理思考了片刻，说道："要是这样，就说是检修电路好了，这一带的电线线路老化严重，因为短路引起过好几次火灾，一直嚷嚷说要重新更换。借着这个机会可以重点摸排一下，而且也不会引起大家的注意。"

郑朝阳认可了这个方案。代数理示意他借一步说话，两人出了门走到院子里。

代数理小声道："老郑，有个事得和你说一下，你嫂子的事。你嫂子不是有个远房叔叔吗？"

"医院后勤处的老秦，我见过。"

"他失踪了，最后一个见过老秦的就是你嫂子。"

另一边，在正三元粤菜馆里，小东西正在后厨帮忙。经理走进来对她说："小东西，来，给你派个活儿。"

小东西跟着经理来到前厅，前厅摆着好几个大食盒。送餐的伙计递给她一个字条，对她说："你照着这个地址，把菜给客人送去。今天订餐的人太多，我实在忙不过来。这儿离着不远，你跑一趟，顺便把昨天的盘子收回来。"

小东西点头，拿着食盒正要出门，伙计似乎又想起了什么，叫住了她："哎，等等，这个客人有传染病，好像是什么肝炎一类的，他不开门，你把食盒放在门口，钱他会放在门口的花盆里，你放好了敲门告诉客人一声就成。"

小东西收起字条，拎着食盒往花市大街走。

在花市大街路口，郝平川、郑朝阳、齐拉拉和白玲以及另外几个民警已经换好了工装裤，身上背着电工用的工具包。

郑朝阳叮嘱道："都听好了，按照咱们事前定好的范围一家一家地查，发现问题不要声张，回来报告。"

几人点头后分散离开。

路过袁硕藏身的小楼，齐拉拉往楼上看了一眼，想起代数理介绍过这栋楼：这栋楼啊我们仔细查过了，一层两户，一共三层。一楼现在是铁路公司的仓库。二楼的两户新中国成立前逃到台湾去了。三楼两户，301 的住户是个肝炎病人，在家养病也不出门。302 的住户是在长辛店机车厂上班的，平时房子空着。你要是想省点事，这儿就别看了。"

齐拉拉犹豫了一下，还是决定进屋看看。他轻手轻脚地上楼，来到 302 房间的门口，掏出两根铁丝，轻巧地开了锁。他四处搜寻，发现桌子上蒙了薄薄的一层土，这说明起码两三天没人住了。

齐拉拉摇摇头，想起宗向方曾说过如何察看屋子里是否有地下室或夹壁墙。他从口袋里拿出一个碧绿色的弹球，放在地上，弹球一直滚到了柜子脚下。齐拉拉起身把柜子挪开，在墙壁上轻轻敲打，真的发现了一个暗门。

他暗自欣喜，从腰间拔出手枪，猛地推开暗门。暗门里空无一人，但是夹壁墙里的桌子上放着不少的黑面包和罐头食品，显然曾经有人在这里隐藏。齐拉拉出来后慢慢地关上夹壁墙的暗门，把柜子复位，出了房门。

齐拉拉不知道，在窗户上一个隐蔽的角落里，放着一面小镜子，还有一面小镜子放在隔壁房间的窗户上。通过这两面镜子的折射，他的一举一动都在袁硕的监视之下。

齐拉拉转身出门后，来到301房间外偷听。门突然打开，戴着大口罩的袁硕出现，把齐拉拉一把拽进房间，关上房门，用绳索飞快地套在齐拉拉的脖子上。齐拉拉拼命挣扎但绳子越勒越紧，挣扎之中，他的口袋撕破，绿色的弹球掉了出来，滚到了门边。袁硕死死地拉住绳索，眼中露出凶光。

外面传来敲门声，是小东西送餐来了。

小东西把食盒放在门外，从旁边的花盆里拿出钱来，说："您上次的餐盘我得带回去。"

袁硕发现自己用过的餐盘还在桌子上，急忙起身三下两下把齐拉拉捆起来塞到床下，重新戴好口罩，把门打开一道缝儿，递出餐盘。开门的瞬间小东西看到了门边地上的那颗碧绿色的弹球。

小东西拿着食盒下楼，想起齐拉拉也有一颗这样的绿色弹球。

她站住回头看了一眼301房间紧闭的房门，悄悄返回到门前听着，里面没有什么动静，小东西挠挠头离开。

郝平川和白玲、郑朝阳在一个十字路口碰头，都没发现什么问题，正当他们等待齐拉拉时，小东西忽然从旁边经过。

郑朝阳看到小东西拎着食盒，灵机一动，问她所在的饭馆平常都有哪些客人订单人餐。小东西说这一带就一个客人点餐，就是那栋楼三楼的一个肝炎病人。

郑朝阳查看菜单后问道："肝炎病人能吃烧鹅？"

郝平川凑过来说道："有问题啊，赶紧叫人找齐拉拉回来。"

小东西不经意地说道："齐大哥，他好像就在那个病人家里。"

听到小东西的话，郑朝阳瞪大了眼睛。

齐拉拉慢慢睁开眼睛，发现自己在床下。他转头一看吓得汗毛竖起。旁边躺着一个人，大睁着眼睛，嘴角和鼻孔中都是鲜血，已经死去多时，正是房主汪民生。

袁硕把齐拉拉拖出来绑在椅子上，手里拿着他的手枪问道：“警察？老子认识你，你到金城咖啡馆来找过火柴。”

“瞧瞧，认识吗，你一直在找的东西，还拿张照片叫我认。说！你们有什么企图，打算怎么办？”说着，他从口袋里拿出一盒火柴。

齐拉拉从袖口中抻出一把刀片，悄悄地割着手上的绳子。袁硕把枪插在腰间，把套在齐拉拉脖子上的绳子收紧。

门外突然传来敲门声：“先生，先生在家吗？”是小东西的声音。

小东西站在门口，郑朝阳和郝平川一左一右藏在两边。楼下，代数理带着十几个民警躲在楼道里。

袁硕回应道：“什么事？”

小东西说：“我们家掌柜的说了，烧鹅涨价了，您这次给的钱数不够。”

袁硕塞上齐拉拉的嘴，起身悄悄地来到窗户边向外面看去，发现街道上空无一人。

“好的，你等等啊，我给你拿钱。”

他从柜子里拿出一个手提包，拉开，里面是一支汤普森冲锋枪和炸药、手雷等武器，火力强大。袁硕轻手轻脚地来到门边，在门边上预先挂好手雷。

齐拉拉看着十分震惊，使劲哼哼想要出声，但没有用。

袁硕突然打开房门，左手一把揪住小东西拉进了门，右手的汤普森同时开火扫射。郝平川和郑朝阳想出手相救但被汤普森的火力压制住不敢动，转眼间门已经关闭。

郑朝阳起身要撞门但被郝平川一脚踹倒在地，袁硕对着房门又是一梭子，子弹从郑朝阳的头皮上擦过。

袁硕一拳将小东西打倒在地，将事前拴在房门上的手雷的保险栓打开，郑朝阳要是破门就会引起爆炸。

郑朝阳冲着里面大喊道：“袁硕，你已经被包围了，马上放下武器投降。”

“我手里有两名人质，还有一屋子的炸药，你想清楚！”

袁硕拉起小东西将她和齐拉拉背靠背绑在一起。齐拉拉嘴堵着说不出话来，急得满脸是汗。相比之下，小东西倒是显得很冷静。

房门上的弹孔中露出一根细细的钢丝，郝平川指着对郑朝阳轻声说道：“房门上拴了手雷，开门就爆炸，我们弄不清炸药的当量，要是美式手雷屋里的人就全完了。”

郑朝阳小声回道：“所以，硬冲肯定是不行。而且这个人很重要，必须抓活的。”

郝平川担心地说：“这小子摆明了要玩儿命，看来手里的家伙不少，楼下的铁路仓库里堆的都是油毡这类的易燃物，真要爆炸了可是要命。”

“马上叫人疏散周围的居民，注意保密，就说是‘火警演习’。”郑朝阳吩咐下面埋伏的民警。

花市大街上，一队一队的士兵开始封锁街道，消防车也开进来了。

冼怡骑车往里走，被警察拦住。她亮出《北平日报》记者证，警察说这是火警演习，不允许记者到现场。冼怡只得推车离开，走出没两步，回头看着戒备森严的街口，她知道这不是火警演习。

两天前，在慈善堂，冼怡到冼登奎办公室找父亲，无意中偷听到他同意帮段飞鹏送人出城，并看到了他写的字条——那人藏身的地址。

冼怡万万没有想到，父亲竟然和特务搞在一起，而且他本身也是个特务，是郑朝阳每天费尽心思要抓的特务。父亲和郑朝阳，两边都是自己挚爱的人。冼怡心慌意乱，出了门在街上毫无目的地乱走。路过文具店，她进去买了荣宝斋的信纸和信封。回到家里，她坐到桌前发了会儿呆，然后拿着一份新出版的《北平日报》，开始剪报。剪完后，她把字粘在信纸上，又装进信封，然后出门投进了信箱。

冼怡骑车离开了戒备森严的街口，她越骑越快，脸上有泪水滑落。

袁硕将屋子里的桌椅板凳都堆到了门前形成路障，把窗帘拉上用来遮挡视线，将桌子推到窗户前面，在上面铺设棉被再倒上水。看得出他训练有素。

在楼道这边，郝平川来到郑朝阳的身边，悄声道："好了，周围的人都疏散了。"两人继续商量着办法。

郝平川提出："这是顶楼，我可以从楼顶上破窗进入房间里，关键是得想办法把这小子吸引到房门这儿来。"

"这我可以办到，但是窗户上有窗帘，你看不到他啊。"郑朝阳说。

郝平川说道："他也看不到我。"

"袁硕，我是郑朝阳，负责你这个案子的专案组组长，我有话说。"袁硕在窗口警戒，听到门外传来郑朝阳的声音。

"说！"他很警惕，来到门口。

"这么僵下去也不是办法，你手里有我们的人，咱们谈谈条件。"

"送我出城，这两个人我带着，出城后安全了，我会放了他俩。不然，就抱着一起死。"袁硕提出了自己的条件。

"哎，我说你怎么这么死脑筋啊。出城，多累得慌啊！我看，还是投降吧！你也不看看，你周边多少国民党留下的特务都投降了。没投降的，一半都被我们抓了，另一半的一半躲起来不敢见人……只要你投降，就算是立了大功了……"郑朝阳故意拖慢语调，絮絮叨叨地说着。

这时，屋里的袁硕脸上露出狞笑，他搬了把椅子坐到门边，但是脸却对着窗户，手中的冲锋枪也瞄准了窗户。冲锋枪的保险已经打开，显然，他察觉到了郑朝阳的意图。

楼顶上的郝平川已经做好了准备，他看着手表，站在了楼顶的边缘。

楼道里的郑朝阳也看着手表，而袁硕仍然举着冲锋枪对准窗户。

人影一闪，一个人从外面一跃而入，迎面撞上窗帘。那人裹着窗帘摔倒在地。那人还在空中的时候袁硕已经开火，子弹打得他身上都是窟窿，摔倒在地不动了。

袁硕狞笑着站起来走到那人前面，掀开窗帘，才发现是一个一人高的大沙包。

窗外又是黑影一闪，郝平川一跃而入，像是飞进来一样，他在空中飞起，双脚结结实实地踹在袁硕的身上。袁硕摔倒在地，枪也扔到了地上。

他翻身跃起，手中已经握了一把锋利的短刀，郝平川也拔出匕首和他厮打起来。

袁硕身手不凡，他将郝平川压在地上，刀尖一点点地往郝平川的胸口刺去，郝平川握住他的手死命支撑着。

这时，齐拉拉挣脱了绑绳，从后面过来，手里握着一个大号的平锅，结结实实地拍在袁硕的脑袋上。

袁硕被打晕，摔倒在地。

宗向方骑着自行车飞快地冲进了公安局的大门。

"宗哥回来了，好消息，金城咖啡馆的服务生逮住了，我亲自逮住的，费了牛劲了。幸好郝组长和郑组长从旁协助。"齐拉拉迎面过来向宗向方问好。

"是吗？恭喜你啊，又立大功了。人关在哪儿了？"宗向方向齐拉拉表示祝贺，但显得有些心不在焉。

齐拉拉回答道："领导说了，单独关押。除了几位组长，谁也不能靠近他。"

"那好，你忙吧，我得去方便一下。"告别了齐拉拉，宗向方走得有些匆忙。

齐拉拉看着宗向方的背影。这次抓住袁硕后，他跟郑朝阳等人到金城咖啡馆搜查，在吧台的抽屉里发现一盒火柴，正是当初自己在保警总队的军火库外发现的那种火柴。火柴的出现再次引起齐拉拉的警觉，他又一次将怀疑的目光投向了宗向方。

宗向方进入卫生间，躲进一个隔间，大口大口地吸烟，额头上的冷汗不断地流下，他紧张到几乎崩溃。袁硕的被捕令桃园行动组瞬间陷入危境。他如果招供出乔杉，乔杉上面的凤凰郑朝山也有暴露的危险，那么自己也将万劫不复。万般无奈之下，宗向方决定铤而走险。

从卫生间里出来，宗向方已经恢复了正常的样子。来到洗手池边，看着镜中的自己，他突然狠狠地打了自己一个耳光。

咖啡馆经理乔杉坐在黄包车上。不远处，公安局的一个侦察员不远不近地跟着。乔杉走进了郑朝山的办公室。

侦察员来到护士台，亮出证件，问道："刚才进郑医生办公室的是你们的病人吗？"

护士答道："是，静脉曲张，我们的老病号，今天来复查。"

郑朝山看到乔杉，惊讶地问道："这个时候你怎么来了，不是已经说了减少行动吗？"

乔杉紧张地说："袁硕被抓了。"

郑朝山一惊，问道："怎么搞的？是不是冼登奎……？"

乔杉答道："不是，他还没这个胆量。袁硕贪吃，自作主张换了房子，用房主的身份定外卖，结果露了。"

郑朝山气得脸色煞白。

乔杉解释道："这个人我了解，毛病多些，但对党国还是忠诚的。"

郑朝山简直怒不可遏："忠诚？那些投降的、背叛的、临阵脱逃的党国精英哪个不是把忠诚挂在嘴边？党国就败在这个所谓的忠诚上。这个人不能留，告诉宗向方，不惜一切代价除掉他。"

乔杉担忧地问："我是不是也应该转移？"

郑朝山此刻冷静了些，说道："不，你留下。现在你的咖啡馆牵扯了他们很多精力，正好可以掩护我们实施'熔岩'计划。"

"'熔岩'还要实施吗？"

郑朝山毫不迟疑地说："当然。一次不行就来第二次！025 传来情报，长辛店机车厂准备了三辆同样的火车，内部还更换了供暖设备。我判断可能是他要外出，路上就是我们最好的机会。但我们还没法知道更准确的内部消息，要想办法策反一个关键人物。"

"但现在我们的人手有些掰不开了。"乔杉依然心存疑虑。

"调天津的外勤过来，我已经叫二郎去办了。至于你什么时候撤，我会安排好。”郑朝山显然已经安排好了一切。

牢房内的设施很简单，一张床上铺着毯子，一张桌子和一把椅子。袁硕盘腿坐在床上，靠着墙一动不动。门外，郑朝阳正从监视孔里看着他。

第二天，郑朝阳、郝平川、白玲在办公室中讨论案情。

白玲指出：“如果不能尽快撬开他的嘴，这人就没什么实际价值了。无论他的上线或者下线，知道他的情况后都会选择撤离。更严重的是，我们这次的任务其实是失败的，我们本来要秘密抓捕，结果变成了大张旗鼓的解救人质。”

“现在，只要我们什么都不做，他的同伙就会意识到，袁硕什么也没说，接下来，就会有热闹看了。”郑朝阳认为。

“这会儿没说不代表以后不会说，而且，没人知道他到底知道些什么。”白玲依然觉得早晚都会撬开他的嘴。

“所以，我们只能看好这只兔子。”暂时没想到其他办法，郑朝阳也只能寄希望于此了。

外面传来急匆匆的脚步声，小警察三儿推门进来，上气不接下气地说道：“不好啦，不好啦，中毒了！”

三人同时站起来冲了出去，这时的公安局里一片狼藉。中毒的人在地上不停地翻滚着，口吐白沫。

郑朝阳冲了过来，眼前的情景使他立刻想起当初在保定时的场景，简直一模一样。

宗向方已经不省人事。齐拉拉正帮着给倒在地上的人不停地擦拭。

“马上送医院。”说完，郑朝阳便转身往独立监牢跑去。

等他到达监牢时，监牢门口也已经一片狼藉，到处都是呕吐物。两个守卫已经被送去了医院，监牢里空无一人。

郑朝阳大喊：“人呢？”

一个警卫跑过来说：“组长，已经送医院了。”

郑朝阳急急忙忙地跑了出去。

这时的慈济医院也乱成了一团。几个警员被紧急送来，医生护士开始抢救。

紧接着，又有几个公安人员推着车进来了，车上躺着的是袁硕。

两个护士和一个医生把袁硕推进了抢救室，三个警员守在门口。

抢救室里，医生给袁硕检查，袁硕突然睁开眼睛。医生刚要出声，被他捂住嘴一拳打昏。袁硕一跃而起，打昏了两个护士，穿好医生的白大褂，从窗户跳了出去。

郑朝阳和郝平川赶到抢救室，推门进去。看到昏倒的三个医护人员和开着的后窗，郝平川气得大骂。

“没走远，还在医院，马上封锁医院，找！”郑朝阳努力让自己冷静。

郑朝阳和郝平川等人到处搜查。

袁硕穿着白大褂戴着口罩走到后院，不远处就是药品仓库，仓库旁边有一个小门，出了门就能逃出医院了。

这时库房里出来一个医生，也是白大褂大口罩的打扮，但是没有佩戴名牌。

袁硕努力平静地走着，就在两人错身的瞬间，医生突然挥手，手中多了一把锋利的新月弯刀。

挥刀刺杀袁硕后，医生快步离开。袁硕捂着脖子，鲜血喷射而出，他回头看着医生远去的背影，摔倒在地。完成刺杀的医生边走边褪下了白大褂，里面还有一件白大褂。他把褪下的白大褂扔到了垃圾箱里，摘下了口罩，不是别人，正是郑朝山。

袁硕的尸体卧在小门的门口，地上一摊血，人已经死亡。郑朝阳和郝平川木然地看着他的尸体。郑朝山从远处走了过来。

郑朝阳看着郑朝山，问道：“怎么样？”

“你们的人吃的不算是毒药，是一种强烈的催吐剂，只是加大了分量而已，不过如果送来晚的话，也会有危险。”

郑朝山蹲下看了看袁硕的伤口，抬头看着郑朝阳说道：“和万林生的刀口一样。”

郑朝阳面色铁青，转身慢慢离开。他突然大吼一声将旁边的垃圾桶踢飞。一件白大褂飞了出来，在空中飞舞。

第十七章

郑朝阳、白玲、宗向方在讨论案情。

郑朝阳皱着眉头道："根据金三的交代，他奉命策反马国兴成为保密局的特工，但遭到马国兴的拒绝，于是马国兴全家遭到灭口。执行灭口任务的，就是段飞鹏。但为什么策反马国兴，金三并不知道。"

"段飞鹏行踪诡秘，很少有他的照片。"宗向方眼睛往照片上一斜，"这张还是当年他在西北军当连长时候的照片，这么多年了，在容貌上应该变化很大。"

白玲问道："除了手臂上的老鹰文身之外，他身上还有没有别的什么可以辨认的标记？"

宗向方摇摇头："我查过档案，没发现其他标记。"

突然，他像想到了什么似的："不过，他对花粉过敏，遇到花粉会起疹子哮喘也会发作。因此，他的居住地应该是在水边，或者是在远离花圃的地方。"

白玲仿佛在低声自言自语："马国兴只是一个普通的技师，他们干吗这么兴师动众？"

"马国兴职位并不高，但技术非常出色，平时喜欢钻研。"郑朝阳道，"据他的同事讲，马国兴对机车结构的改造很有想法，平时都记在一个笔记本上随身携带。现在这个笔记本失踪了。"

"是凶手带走了？"白玲问道。

郑朝阳表示赞同："家里和单位都找过了，却一直没有找到。这个本子马国兴看得和宝贝一样，从不离身。如果丢失了，那很有可能是凶手带走了。”

“长辛店机车厂是北方最大最重要的铁路机车制造厂，敌人往这里渗透，一定有特殊的目的。”白玲说道。

郑朝阳想了想：“‘熔岩’……但我更担心的是敌人在我们内部的渗透。现在可以确定，我们内部有敌特分子在兴风作浪。这个毒瘤不拔掉，对我们随时都是威胁。”

白玲显然有着跟郑朝阳一样的担心，她立刻说道：“我同意你的观点，马上开始内部调查。你觉得由谁来负责比较好？”

两人谈着，似乎已经忘了身边的宗向方。

宗向方十分尴尬：“郑组长，你们谈重要的事情，我就先出去了。”

郑朝阳点点头：“好，你还是抓紧查一下段飞鹏。咱们以前也算是和他打过交道，比延安来的同志们要熟悉些。”

宗向方点点头出去了。

白玲回头看了一眼宗向方，似乎有些无奈：“这个老宗。”

郑朝阳却是一副深表理解的样子：“旧警察遇到新社会，他也学会韬光养晦了。如果真有特务，无非就是两种表现，一种是特别积极的，努力要求上进的，甚至要求入党的；一种是特别不积极的，努力叫别人忘记他的存在的。”

“那你觉得，宗向方是哪一种？”白玲敏锐地问道。

宗向方坐在自己的办公桌前，假装看段飞鹏的档案，心里却想着郑朝阳和白玲的对话，感觉像是故意说给自己听的。他再一次如坐针毡。必须要想个办法了。

宗向方盯着一份档案看着。这是一份自新状，上面是马老五的照片。马老五，年龄四十七岁，职业摔跤手，1948 年 11 月，经段飞鹏介绍加入保密局。

宗向方找理由约了齐拉拉吃饭。小酒馆里，他热情地给齐拉拉斟酒布菜：“得感谢你啊，那天我喝了毒豆浆，要不是你发现了我，我可能就没有今天啦。”

齐拉拉赶紧打哈哈：“这您就太客气了，当时局里还有人呢，就算不是我发现，别人也会发现。”

宗向方笑眯眯地说：“可结果还是你发现的嘛。那天局里没几个人，大家还都忙着审那个袁硕呢。你就跟我的影子似的，关键时候就出现。你说，这也叫缘分吧。”

齐拉拉一拍桌子：“对啊，这就叫缘分，您算是说对了。”

宗向方意味深长地说道：“也幸亏是你啊，不然我肯定会被怀疑。不过即便是现在，我们也没脱了成为被怀疑的对象。还有你啊，也被怀疑。”

齐拉拉吓了一跳，略微紧张地说道：“不能吧。我觉得您是想多了，咱郑组长火眼金睛，不会看错。”

宗向方摇摇头：“你还是太嫩。那天早上局里总共就咱们这么几个人，那两个中毒的警卫就不说了，剩下的就是三儿、你和我，三个人。”

齐拉拉疑惑地说：“下毒的不是门口卖早点的小贩吗，保密局的特务。”

宗向方摆了摆手，一副事情没这么简单的样子：“不是这个。在袁硕的口袋里发现了一把手铐的钥匙，这可不是小贩给的。”

齐拉拉立刻瞪大了眼睛：“这……能是谁给的？”

宗向方叹息了一声：“我横竖是喝了毒豆浆，还有你给我证明。你呢，谁能给你证明啊？”

齐拉拉立刻伸着脖子道：“我用得着证明吗？我齐大壮行得正走得端……”

宗向方斜了他一眼：“别忘了，再走得端，你也是在帮的。”

齐拉拉一口酒险些喷出来：“胡扯。我在保定的时候就是在街上倒腾点十三香还有鬼子留下的旧货什么的。我是给保定的花二爷递过门生帖子，那不是没辙吗？不然街面上没法儿混啊。可递帖子不等于在帮。”

宗向方嗤笑一声，意味深长地说：“递帖子就是拜拜山门，和在帮是两回事。这是规矩。”

齐拉拉一拍脑门儿，立刻迎合道："对了！规矩。"

宗向方随即话锋一转："可别人未必这么认为。郑组长和郝组长这些人那都丁是丁卯是卯。好，即便是你和郑组长有交情，可别的人呢？"

这下子，齐拉拉有点蒙了，他赶紧说道："宗哥，您到底想要说什么，想说您就说吧，不用这么绕来绕去的。"

宗向方打着哈哈道："嗨，我也没别的意思。就是今天郑组长叫我收集段飞鹏的资料，我想起来，段飞鹏是燕子李三的徒弟，燕子李三和保定的花二爷是一个师爷的师兄弟，兴许能问出些事情来。"

齐拉拉一摊手："这可是没戏了，花二爷公审被枪毙了，你找谁去？"

宗向方一愣，随即说道："啊？不过我听说，花二爷在北平有个师弟马五爷，在天桥撂跤，兴许能从他那儿打听到段飞鹏的情况。他们都是一个门里的，地头又熟。段飞鹏要是想找人帮忙的话，十有八九会找他们。"

"对啊。"齐拉拉想着。

宗向方看着齐拉拉，继续说道："我在北平熟人熟面的，不方便出头。所以，我觉得你去比较合适，你和他们不熟，又是从保定来的。"

齐拉拉当即表态："明白！我就以在帮子弟的名义去探探口风，也许能问出点儿什么来。"

宗向方闻言满意地说道："我们只要干出成绩，就不需要再证明什么了。你想想，如果你和我，咱一起抓到段飞鹏……"

两人都颇有深意地看着对方，齐拉拉一口干了杯里的白酒："死瘪子，包在我身上！"

办公室内，罗勇在仔细看一张全国地图，皱着眉头道："现在解放军正往西南挺进，铁路运输很紧张。这个时候想在铁路上做文章，倒真是往软肋上扎。但他们的企图到底是什么？"

郑朝阳想了想："我看倒不一定是在铁路上搞鬼，他们的目标是机车，马国兴是个出色的机车修理技师。"

罗勇严肃地说："这个桃园行动组已经给我们造成很大的危害。到现在，我也只能说双方是互有胜负。这是个难缠的对手。现在马国兴死了，金三被抓，可并没有给我们提供什么有价值的情报。这个灭门案搞出这么大的动静，我看，倒像是桃园行动组在公开向我们挑衅。”

郑朝阳一愣：“这我倒是没想到。”

罗勇指指自己的头：“我们的对手很有政治头脑，你也要改改思路。如果你仅仅是破案，那就会被他们牵着鼻子走。”

郑朝阳点头道：“您说得对，这个我以前疏忽了。”

罗勇沉声说道：“我已经和警备区通报过了，严密监视北京周边的铁路沿线地区，不能给敌人留有可乘之机。你们也要加快。还有这个凤凰，连一点线索都没有，这是我们的耻辱。”

郑朝阳的面色也凝重起来。

吃完早饭，秦招娣收拾好厨房，准备出门。

郑朝山看着桌子上的香烛，问道：“你又要去庙里？”

秦招娣平静地说：“去求求送子娘娘。这么长时间了一点儿动静都没有，心里急。”

说完，她拿过茶杯，打开盖子试了试水温，递给郑朝山。

郑朝山顺手接过来喝了一口：“你去吧，那儿也比较热闹。”

秦招娣点头应道：“那我先走了。”她拿起香烛放进兜子里，出了门。

看着秦招娣出门，郑朝山好像微微一笑，随后看看表，也起身出了门。

他出门叫了一辆黄包车，还没走多远，从旁边的胡同里出来一个穿着工装裤的男人，看上去像是工厂的工人，头顶上的鸭舌帽压得很低。“工装裤”骑着车一路跟着郑朝山。

郑朝山坐着黄包车走到街边，向东拐，在一个邮局门口下车，随后上了往西的电车。“工装裤”迅速钻进胡同一路狂奔来到电车的下一个车站，把自行车一扔，几步蹿上了电车。

电车上，郑朝山坐在靠窗的椅子上看报纸。“工装裤”站在离郑朝山不远的地方，从玻璃中观察他。

车到了下一站，又有几个人上来。电车刚刚启动，郑朝山一跃而起冲到门口跳下了车。猝不及防，“工装裤”眼看着郑朝山下了车。这时候也不能再跟踪了，否则会暴露。“工装裤”看着远去的郑朝山，摘掉了鸭舌帽，竟是秦招娣。

郑朝山进到告解室。神父已经等在这里。

神父低声道：“咖啡馆已经不能再用，马上废掉，相关人等一律转移。”

郑朝山也低声说：“我已经在安排了。只是乔杉一直被监视，如果贸然出走会出问题，必须要想个万全之策。”

“不管你用什么办法，一定要快。”神父有些焦虑，“乔杉要是出事，我们的组织就会崩盘，这种损失我们承受不起。还有，你这个弟弟郑朝阳，你打算怎么办？”

“朝阳？”郑朝山眉头一皱，“我打算怎么办？”

“这个人对我们的威胁太大，你最好还是能策反他，叫他变成我们的人，这样就能如虎添翼。你要考虑清楚。”

郑朝山苦笑着摇摇头：“我了解他，他永远不可能成为和我一样的人。”

神父给郑朝山递了个眼神：“要是不能策反……”

郑朝山想了想：“我会想办法的。”

神父有些不耐烦：“想什么办法？和上次一样搞什么栽赃？可惜，你的手段不怎么高明。你是外科医生，应该知道最好的方式是什么。”

郑朝山闻言，当即有些情绪失控，他沉声问道：“你到底要干什么？”

神父坚定地说道：“不是我要干什么，是你要干什么！想想清楚。”

秦招娣来到火神庙“姨妈”的房间：“还是没跟上，他是个反跟踪的高手。”

“姨妈”一皱眉头：“他是不是发现你在跟踪？”

秦招娣摇了摇头：“那倒不是，都是提前准备好的保险措施。”

“姨妈”说道：“这样的高手潜伏在北平绝不是为了小打小闹。当初叫你走你不走，现在就是想走也未必走得脱了。”

“即便是走，我也要知道他到底是谁。或许，我能带他一起走。”秦招娣笑道。

闻言“姨妈”也笑了，但她突然又冒出个担心：“你现在越来越像秦招娣了。广东的姨妈马上要来了，你到底打算怎么办？”

金城咖啡馆关门打烊，乔杉锁好大门，出来拦了一辆黄包车回家。

咖啡馆对面的小酒馆里，多门看着乔杉外出，拿出一个小本子，记上了乔杉出发的时间。他收起本子刚要出门，看到齐拉拉走了进来。

齐拉拉给多门倒酒：“多大爷，想和您打听下马五爷的事。”

多门奇怪地问：“马五爷，他惹你了还是你惹他了？”

乔杉坐的黄包车在路上走着，后面一辆自行车在远远地跟着。黄包车在家门口停下，乔杉下车给了钱，开门进屋。黄包车也离开了。

骑自行车的人来到门外看着里面亮起灯，转身骑车进了一个胡同，放下自行车进了小院对面公寓的一个房间。

这是一个监视点儿。代数理拿着望远镜正往对面乔杉的家观察。骑车人走了进来：“报告。路上没发现情况。”

代数理放下望远镜，揉着通红的眼睛。

骑车人又说道：“这都盯了快半个月了，什么也没发现。”

代数理放下揉眼睛的手，告诫道：“越是这个时候越得扛住。就和钓鱼一样，人和鱼，就看谁能沉得住气。以我的经验，快了！”

烤鸭店的刘海骑着三轮车来到乔杉家门前，上前按门铃。乔杉出门，接过烤鸭食盒，给钱关上了院门。刘海骑车离开。

监听器里出现乔杉吃烤鸭的声音。代数理皱了皱眉，并不觉得有什么异样。

郑朝阳坐在吉普车里，三儿在前面开车。郑朝阳靠着后座看着窗外，想起和哥哥的一次对话——

“哥，你认识卫孝杰吗？”

郑朝山露出疑惑的表情：“卫孝杰？不认识，干吗的？”

“郑州圣英教会医院的院长啊，你在他那儿待了半年多呢。”

郑朝山恍然大悟：“啊，是魏南兴，不是卫孝杰，你搞错了。你怎么想起问他了？”

“他死了，被人杀了。”

郑朝山抬头看了一眼郑朝阳，略显平淡地问道：“什么时候的事？”

“1944年12月中旬吧。哥，你怎么一点都不惊讶？”

郑朝山冷静地说：“第一，魏南兴，哦，就是你说的卫孝杰，我们不是朋友，甚至连同事都算不上，所以我不会伤心。第二，他被人杀了，在我看来是早晚的事。”

当时郑朝阳就有些奇怪：“你想到过他可能被人杀？”

“我想到过他被人打、被人抓。作为一家不算大但还算比较有名的医院的院长，他不称职，甚至连基本的业务都不熟悉，对医院的事情不管不问，也不来上班，院里的贵重药品倒是被倒腾出去不少。这样的人怎么就成了院长了？肯定是走关系。院长是肥缺儿，他这副德行早晚出事，我只是没想到他会被杀。”

车辆继续在大街上行驶。郑朝阳收回思绪，看着窗外的街景。

马老五家的院门紧闭，里面传出摺跤的声音。

马老五大声吆喝道：“下盘要稳，六子，压住，对，腰用力，甩！”

宗向方一身平民的装扮，还粘上了胡子，来到马老五家的门口。他看看四下无人，顺着门缝儿塞进一封信后迅速离开。

院内地上铺着垫子，两个徒弟在垫子上练习。马老五坐在太师椅上，手里端着茶壶，看着徒弟练习。

青皮拿着一封信进来了：“五爷，您的信。不知道谁，门缝里塞进来的。”

马老五拆开信看完猛地站了起来，压低声音说：“你带师弟们先练着，我得去趟派出所。"

青皮立刻点头如捣蒜："明白。师父您别着急，咱已经选边儿站了，就有官家给咱做主了。"

马老五点点头。青皮帮马老五穿上外衣，马老五急匆匆地出了门。

齐拉拉来到大门前正要敲门，突然发现大门虚掩着。于是，他轻轻地推开门进去了。小院不大，只有三间正房。

齐拉拉试探地问："马五爷？我是保定老荣门的齐拉拉，花二爷叫我来的。"

屋里没有人回应。

齐拉拉来到正房，发现房门也虚掩着，于是走进屋里。

太师椅上坐着一个半大老头子，身强体壮，看上去十分凶悍，衣服敞着怀，露出里面的文身，正是天桥大混混儿马老五。

齐拉拉抱拳拱手："马五爷，兄弟是保定花二爷的关门弟子齐拉拉，花二爷在保定叫共产党给毙了，想必您也知道了。"

马老五不说话，只是盯着齐拉拉。

齐拉拉没当自己是外人，坐下来给自己倒了杯茶："您老这气色还真是不错，怎么地徒弟们都不在啊？没人正好，我就不绕弯子了，我还有一重身份，保密局保定情报站的上尉专员。"

齐拉拉拿出一个带着国民党党徽的证件晃了一下："我听花二爷说，您老也是咱们自己人，我有很重要的情报，要给段飞鹏段大爷。您老和他是亲师兄弟，应该知道他在哪儿吧。"

马老五猛地站了起来，一副狰狞的样子扑了上来。齐拉拉赶忙一闪身，马老五摔倒在地，浑身抽搐，口吐白沫。

齐拉拉反应过来："这是羊角风犯了？！"

马老五的嘴闭得紧紧的。齐拉拉想撬开他的嘴，但一时又找不到家伙。看到马老五的后腰上别着一把匕首，他顺手拔出来要撬开马老五的嘴，但又觉得匕首太锋利，犹豫着。

突然身后一声断喝："干什么？！"

齐拉拉一回头，马老五的几个徒弟都站在门口，为首的是马老五的大徒弟，被多门抓过的青皮。

青皮喝道："要杀人是吧？"

齐拉拉赶紧解释："不是！他羊角风犯了！"

青皮当即说道："那你干吗呢？！"

齐拉拉突然发现自己掐着马老五的脖子，手里还拿着刀，实在说不清楚。

青皮的手里拿着一把雪亮的匕首，其余人手里也拿着不同的家伙。

齐拉拉一跃而起，一头撞在青皮的肚子上。青皮向后摔倒，把身后的几个师兄弟也都撞倒在地。

齐拉拉冲出房门，蹿出了院子。

院门口脸上长麻子的人看到齐拉拉拿着刀出来，转身就跑。

麻子在前面跑，齐拉拉在后面跑，青皮在后面追。拐过胡同，齐拉拉发现十几支枪的枪口对着自己。前面的麻子已经被警员按倒在地。

齐拉拉扔了匕首说："自己人，我是自己人！"

警员立刻喝道："别动！走！"

外三分局办公室里，一个公安首长装扮的人正给郝平川倒水。

郝平川说道："首长，要是没什么问题，人我就先带走了。"

公安首长点头："好，回去好好教育你们这个小同志。乱弹琴，拿个自己画的假证件就想去钓鱼。"

郝平川说道："还好人抓住了。"

公安首长笑着说："但奇怪的是，这个人说并没有写什么信。段飞鹏叫他来取军火，没想到撞到齐拉拉。他以为齐拉拉是来杀他的，所以转身就跑，结果暴露了身份。"

郝平川也笑了："这叫歪打正着。"

"去办手续吧。"公安首长把一沓材料交给了郝平川。

郝平川走进郑朝阳的办公室，把炸药放到桌子上，说："美国造的，TNT 黄色炸药，从马老五家启出来的，足足两公斤。"

郑朝阳有些讶异："这能把一个车队炸翻！"

郝平川说道："马老五前天主动向外三分局的人投诚，交代自己在国民党军队撤出北平之前，被段飞鹏强迫当了特务，留下这两公斤的炸药和几支步枪还有手榴弹等，说到时候有人会来取这批武器。昨天他收到一封信，在这儿。"

郝平川把信放到郑朝阳的桌子上："信上说今天会有人找他，自称是保定来的，这个人可以信任，可以按照来人的要求去做。"

郑朝阳看着信："没抬头没结尾，这是什么东西，密信吗？"

郝平川说道："技术科的人看了，就是普通的信，没有密写。马老五按照信上说的等着来人，没想到来的是齐拉拉。"

郑朝阳皱着眉头说道："那齐拉拉是不是就是信上说的人？"

郝平川摇了摇头："太巧合的东西很可能就是人设计的，马老五前脚接到信，齐拉拉后脚就上门。我问过齐拉拉，他找马老五之前曾经和多门提起过。如果他是特务不会这么轻易就把信息告诉别人，齐拉拉可能是被人陷害了。"

郑朝阳笑着打量郝平川："可以啊老郝，你现在越来越像个警察了。"

清华池澡堂，郑朝山舒服地躺在躺椅上，身上还散发着热气。

段飞鹏端着一个托盘进来："先生，您的红茶和茶点。"

他左右看看压低声音道："马老五反水了，小四被抓了。"

郑朝山猛地挺起身子："那咱们存的炸药？"

段飞鹏有些心疼地低声道："都没了。"

郑朝山愤怒地骂了一句："混蛋，都是墙头草！我看是时候杀一儆百了……干掉他。"

段飞鹏立刻点头："我去办。"

郑朝山想了想，又拦住了段飞鹏："这事你别管，我来处理。我们存在金城咖啡馆里的东西怕是留不住了，马老五又反水，当务之急是尽快弄到炸药。”

段飞鹏点头道：“好，乔杉那边都准备好了。”

郑朝山点点头：“路上小心。”

“知道了。”

医院的七号病房。马老五躺在床上抽烟，屋里乌烟瘴气。马五爷身边几个徒弟横眉立目或坐或站。

护士长进来说道：“马先生，医生说您的情况已经稳定了。您要是愿意的话，可以拿点儿药回去调养。”

马老五直起身子哼哼道：“嗯！嗯哼嗯哼！”

青皮赶紧招呼道：“这地方憋死人了，兄弟们，五爷起驾！”

马老五起来，抓起两个大铁球揉着，在徒弟们的护卫下出了病房。

多门照旧坐在咖啡馆对面的小酒馆里。

黄昏时分，乔杉出门，他看上去很疲惫，似乎身体不好，走路摇摇晃晃。他出来照旧叫了辆黄包车，上车走了，没走几步他就把黄包车的帘子放了下来。多门骑上自行车照旧跟着。

在代数理的监视下，乔杉下车开门进院子。黄包车车夫自行离去。代数理的窃听器里出现乔杉开门开灯、打开留声机的声音。

马老五的院门被敲响。

青皮一边穿衣服一边过去开门：“谁啊这大半夜的，夜猫子啊？”

青皮打开门，看着门外的人，他露出淫邪的笑：“哎，是你啊，怎么的来……”

一道白光闪过，青皮的脖子上鲜血喷溅而出，他捂着脖子一脸惊骇，慢慢倒下去。一双穿着布鞋的脚迈过了青皮向马老五的房门走去。

监视点儿里，代数理从床上起身，来到窗前："小李，你休息下吧，我来。"

小李起身，把望远镜交给代数理。代数理看着对面乔杉家的门开了，急忙拿起望远镜。望远镜里出现了一个穿着乔杉西装的人，但不是乔杉。

代数理的眼睛瞪圆了，他一个箭步冲了出去，飞奔到街上一把薅住西装男的脖领子。

马老五家门外，几个徒弟嘻嘻哈哈地来到门前敲门。

一个小徒弟招呼道："师父，大师哥，到点了该出场子啦！"

突然，他一低头发现血从门缝里出来，于是急忙推开门。门里，青皮仰面朝天躺在地上，已经死了。小徒弟吓得摔倒在地："杀人啦！"

乔杉家，郑朝阳带着几个侦察员在屋里查看。他们在仔细地勘察着屋里的物品。代数理满脸愧疚，偷偷看着郑朝阳。

郑朝阳走到院子里，坐在院中的石凳上："到底是怎么回事？"

一个穿西装的男子被押上来，哭啼啼地说道："公安同志，我是冤枉的，我被骗了。我是富源三轮车行的，叫吴文。我拉过乔杉几次，算是熟客。我知道他几点下班，就常去接他，他对我很好，经常多给车钱。昨天他说叫我帮一个忙。他说他老婆是医院的护士长，经常趁上夜班的时候出去和人鬼混，他打算去捉奸。可他媳妇派了人在门口盯着他。他叫我和他玩一出狸猫换太子，骗过监视他的人，然后他就可以出去抓这对奸夫淫妇。"

详细讲述完调包经过，穿西装的男子一脸悲戚："公安长官，我真不知道他是特务啊！"

郑朝阳看了看手表，随即摆摆手："先送到局里去吧。看来，我们很难再找到乔杉了。"

吉普车停在了院外，司机是小警察三儿。

郝平川从车上跳下跑进院子："老郑，烟花厂的爆炸是夜班工人操作不当引发的，消防的技术员还在查，但初步可以认定，不是特务搞鬼。伤员都送到慈济医院了，待会儿我还得去医院。怎么，乔杉跑了？”

郑朝阳冷笑道：“是啊，跑了。一个精心设计的逃跑计划。”

这时，一个警员赶来了：“郑组长，虎坊桥十四号发生杀人案，死了两个人。”

马老五家，郝平川和郑朝阳、宗向方等人在仔细地勘查现场。

郝平川说道：“大门的门闩没有破坏的痕迹。”

宗向方蹲在地上看着青皮脖子上的伤口：“一刀致命，身上没有打斗的痕迹。看他这个惊慌的样子，应该是熟人干的。这个伤口，郑组长，你看。”

郑朝阳低头看着刀伤：“和万林生、袁硕的伤口一样。”

郝平川闷闷地说道：“还有一个卫孝杰。”

青皮的胸口上扔着一张字条：“投共下场！”

里屋，明显有打斗的痕迹，桌子碎了，但其他物品完好。马老五躺在床边上。

宗向方介绍道：“脖子上一刀致命，脚脖子上还有一刀。身上没有其他伤口。马老五是个摔跤高手，从他躺倒的位置和碎桌子的距离上看，他应该把凶手摔了出去，砸碎了桌子。”

郑朝阳点点头：“老郝，你当过侦察兵，把一个人摔得飞出去，需要什么条件？”

郝平川比画道：“腰腿和肩膀同时用力，找准角度用爆发力。而且对手的个头儿要比自己矮，个子高的话使不上劲。”

郑朝阳皱着眉头说：“你看被摔的这个凶手个子有多高？”

郝平川看着屋子里的摆设，说道：“凶手的个子不高，也就一米六上下。”

“为什么？”

郝平川解释道：“从距离上看，如果是个高个子被摔出去，不会只砸坏桌子，头上的吊灯灯泡也会被踢碎。”

郑朝阳若有所思地说："……现在灯泡是完好的。"

他看着马老五的床帮上也贴着一张字条："投共下场。"

郝平川说道："马老五在四天前到当地的派出所自首，交了武器和炸药，这炸药是段飞鹏留在他这儿的。会不会是段飞鹏干的？"

宗向方摇摇头："不会。以我对他的了解，他喜欢用的短刀很大，不是这种小型的兵器。"

郝平川说道："也是，这种割人喉咙的家伙什娘儿们兮兮的。"

郑朝阳一招手，吩咐左右："把尸体送去慈济医院进一步检查。"

医院实验室里，马老五的尸体放在病床上。

郑朝山看着尸体，戴上了手套，身边站着郑朝阳和郝平川。

他拿起手术刀切了下去，用镊子夹起一片切好的肝脏切片，分析道："从肝脏情况看，被害人应该是受到了强效麻醉剂的刺激，在遭到袭击的瞬间，被害人已经丧失了起码一半的攻击能力。"

郝平川问道："用的是什么方式？"

郑朝山用下巴指了指前面："刚才我跟朝阳指了，他脖子下面有细细的眼，应该是针头一类的东西扎的。"

郑朝阳点头说道："凶手知道马老五武艺高强，所以先用毒针刺他，准备在他丧失能力的时候再结果他。没想到马老五在被毒针刺中的情况下仍然能奋起反击。"

郑朝山从医用的小盒中夹出一块皮屑："这是马老五指甲缝中的残留物。而且，这是个女人。"

郑朝阳和郝平川异口同声地说："女人？"

郑朝山点头确定："对，这块皮肤十分细腻，像是女人的皮肤，年龄应该在三十岁左右。最主要的是，上面有香水的味道。"

郝平川立刻想到了什么："和马老五师徒很熟悉的一个擦香水的女人！"

郑朝阳当即说道："去查查马老五常去的妓院！"

御香园一个装饰豪华的房间里，老鸨金围脖儿慢慢地褪下了身上的旗袍。她的后背上都是青紫色的擦伤。金围脖儿露出痛苦的表情，她看看手腕上的伤口，拿出伤药涂抹。旁边的桌子上，还放着一把新月形的小巧弯刀。

郑朝山家，秦招娣拎着皮包出门上夜班去了。段飞鹏溜了进来。

郑朝山警惕道："下次来提前给个信号，最好别叫人看到你。"

段飞鹏笑着说："看到了也是飞贼入室盗窃。长辛店机车厂的那三辆机车守卫很严，根本无法靠近，负责维护的都是工厂的先进积极分子，用共产党的话说是根正苗红，我试着收买几个，结果……"

郑朝山面无表情地说："被人举报了？"

段飞鹏点点头："是，咱们的两个外围都栽了，好在他们知道得不多。"

郑朝山斩钉截铁道："再这样下去会叫他们意识到我们在打机车的主意，这种事以后不要再做。"

段飞鹏有些不好意思："那现在我们怎么办？"

郑朝山站起来徘徊："既然不能靠近，就从供应商上想想办法。不管火车还是坦克车，都要采购物料。只要是机车上用的，都去问问。"

段飞鹏点点头："好！"

第十八章

金城咖啡馆旁边的小院里，警员进进出出。

郑朝阳和白玲也来到了小院，郝平川上前迎接："这是乔杉的隐蔽库房，他的家底都在这儿了。"

郝平川带着白玲走进了小院的正房。宗向方在检查屋里的物品，屋里储存的都是武器弹药等战备物资以及黄金、美元。

郑朝阳赞叹一句："怎么找到这儿的？"

郝平川眼神往宗向方处一递："是宗向方发现的。"

宗向方赶紧站起来说道："咖啡馆我们检查过，没有问题，所以我检查了乔杉这段时间的财务支出，发现他一直在给一个叫张鹏的人汇款，每月一次。张鹏是个残障人士，原来是咖啡馆的厨师。看上去像是做慈善，但我查了张鹏的财务支出，发现了他名下的这个屋子，就来这里检查一下。"

郑朝阳点点头："咖啡馆一直在我们的监视下，这些物资他也没办法转移，只能放弃。"

郝平川拿起一支冲锋枪查看了一番，随即说道："还是新的，枪油都没有擦。"

郑朝阳指着一箱黄金和美元："最重要的是这些。没了这些，就等于没了粮草。桃园行动组快要断粮了。"

郑朝阳和郝平川走了出来。

郑朝阳问道："马老五常去的地方调查清楚了吗？"

郝平川点点头，显然是有所收获："他常去的就是御香园。他的徒弟们说马老五是属狗的，认窝，别的地方不去，就只去御香园。里面的妓女倒是都挺熟悉。”

郑朝阳皱着眉头道：“看来得派人到里面去侦察一下。”

郝平川犹疑道：“不会又是齐拉拉吧……”

郑朝阳笑了：“齐拉拉拐走了小东西，在御香园臭名昭著。我倒是觉得多门挺合适。”

郝平川一听多门的名字，立刻摆手道：“多门？算了吧。他说病了，请假一个月。扯！留用警那些毛病都搞到咱们这儿来了。不就是乔杉跑了，我批评了他几句嘛。”

这时，二人的身后传来宗向方幽幽的声音：“我去吧。”

公安局罗勇的办公室。

白玲敲门进屋，罗勇示意她坐下。

罗勇看着手里的一份档案，对白玲说道：“小白，你的这份报告我看了。你怀疑郑朝山是保密局桃源行动组的成员，甚至怀疑他就是凤凰，但并没有确凿的证据，更多的是你的猜测，或者是推断。”

“领导……”白玲似乎想辩白什么，但罗勇立刻打断了她：“我知道你的意思，对敌特分子，我们不能有一丝一毫的马虎。但是我们的新中国百废待兴，需要各行各业的建设者群策群力。很多人向往新中国，但也有很多人对我们还抱有怀疑。郑朝山不是一般人，他是留德博士、外科专家，在北平医学届威望很高。他还是青年民主促进会的总干事，为和平解放北平也出过力。这样一个人，必须要有确凿的证据才能对他采取行动，不然，就不单单是一个郑朝山的问题了，会是民心的问题。”

白玲立刻站起来：“领导，我明白了。”

说完，白玲转身要走，罗勇却叫住了她：“这件事，你和朝阳说过吗？”

白玲摇摇头：“没有，我觉得这件事，他应该回避。”

罗勇点点头，说道：“既然我们没有证据证明什么，那就只是方向性的推理。同志之间没什么不能探讨的。朝阳一直在我的领导下，对这个同志我还是了解的，看上去皮皮溜溜的，可原则性不比你差。”

御香园灯火通明，门口出出进进的都是客人。宗向方一身长袍头戴礼帽走进了御香园，老鸨金围脖儿热情迎接。宗向方一边和金围脖儿周旋，一边仔细端详她，妓女们穿的都是旗袍，唯独她穿着长袖长裤，衬衫的袖子拉到手腕，还系着扣子。

金围脖儿安排红儿照顾宗向方。红儿带宗向方来到楼上房间。刚关上门，宗向方就抄腿抱起红儿扔到了床上，自己也扑了上去。红儿咯咯笑着，宗向方掏出准备好的乙醚手绢捂住了她的口鼻。红儿很快不省人事。

夜深人静。宗向方悄悄地从红儿的房间里出来，看看楼道里没人，他蹑手蹑脚地走到金围脖儿的房间，掏出一根铁丝，很快打开了房门。

宗向方进了房间，屋里亮着灯，但没人。他在屋里搜索着。梳妆台上有一瓶香水，宗向方拿起香水来闻了闻，又拿出相机拍了照。

房间干净整齐，床下放着一个包裹，宗向方打开看，是一身旗袍，上面有血迹，很多地方撕破了，包裹里还有一双布鞋。

宗向方心下一动，赶紧将众多证物都拍了照。

公安局会议室，郑朝阳、白玲、宗向方、郝平川、齐拉拉等人都到齐了。

会议室的黑板上贴着金围脖儿的照片，以及金围脖儿穿过的破损的旗袍的照片、用的香水的照片等，还有一张国民党地方派出所的妓女登记证，上面有金围脖儿的照片和签名画押。

宗向方解说道：“这是我从御香园的老鸨金围脖儿的房里找到的。这个香水，技术科的同志化验后证明，和马老五指甲中残存的皮屑上的香水是同一个牌子。因为怕打草惊蛇，相关的物证我并没有带回来。金围脖儿原名金兆池，山西太原人，十六岁到太原妓院怡红院当妓女，十九岁到察哈尔，后来成为领班。之后她带着几个姑娘自己开馆，当了老鸨，1945 年北平光复之后她来到御香园。当然，这只是表面上的档案记录，具体的情况我们已经在请太原公安局协助调查了。”

郑朝阳打断宗向方：“档案记录即便找到了，也不会有什么直接的价值。一个妓院的老鸨能轻易杀掉号称‘跤王’的马老五，说明这是一个职业杀手。我的意见，立刻逮捕金围脖儿。”

郝平川随即带人冲进御香园。

园内鸡飞狗跳，妓女和嫖客到处躲藏。宗向方率先冲进金围脖儿的房间，屋内空无一人，地上的火盆里有烧的纸灰。

宗向方蹲在地上检查火盆，从里面拣出一个烧毁的信封残片，然后恭恭敬敬地递给了郝平川：“郝组长，您看……”

郝平川接过信封的残片看着，上面有模糊的小字：廊坊……

他立刻意识到问题所在，赶紧带了几名警员上了吉普车，三儿一脚油门踩下，吉普车风驰电掣而去。

一辆黄包车来到廊坊胡同的胡同口停了下来。

金围脖儿一身时尚的列宁装，脚上却还穿着绣花布鞋，看上去很不协调，她从车上下来，给了车钱。黄包车走了。

金围脖儿四下察看一番，进了胡同。

廊坊胡同徐宗仁宅，前国民党保密局北平站站长徐宗仁正在家里收拾行李，夫人从旁帮忙。

夫人有些不满地说：“这一去也不知道还能不能回来。”

徐宗仁有些慌张，但还是回答道：“早就和你说了，新政府在炮局成立了清河大队，专门收容高级别的特务。何谓清河，以清澈之水，洗身心之浊。我们这些人，得回炉再造，才能重新做人。”

这时，外面传来敲门的声音。

徐宗仁出去开门，看着门外的来客却露出惊讶的表情：“是你？”

金围脖儿来到徐宗仁宅门口，大门敞开着。她绕过影壁，进了院子。

院子里静悄悄的，堂屋的门也开着，徐宗仁坐在堂屋的椅子上看报纸，报纸挡住了脸。金围脖儿的右手轻轻一挥，手中多了一柄新月弯刀，左手的中指上还套了一枚钢针。

金围脖儿悄悄进门，低声说道："徐站长，好久没见了。"

"徐宗仁"从报纸的下面看着金围脖儿的绣花鞋，冷峻地说道："是啊，山田良子少佐。"

金围脖儿一脸惊讶。"徐宗仁"放下了手中的报纸——是郑朝阳！

金围脖儿一跃出了房间，院子里站着警察，周围的墙上和房顶上也都是警察，荷枪实弹地对着她。金围脖儿举起弯刀，弯刀寒光闪闪。

郑朝阳出门站在台阶上，似笑非笑道："山田少佐，你们的天皇四年前就宣布投降了，你的顽抗没有任何意义，马上放下武器投降！"

外面响起刹车声。郝平川带着宗向方从外面跑进来。金围脖儿回头看了一眼郝平川和宗向方。

郑朝阳喝道："马上投降！政府可以给你宽大处理。"

看着外面的人声越来越多，金围脖儿心下有了计较。她心一横，话里有话地冲着郑朝阳大喊："答应的就要算数，不然我做鬼也不放过你们！"

郑朝阳微微一愣。这当口，金围脖儿已经迅速挥起短刀，割断了自己的喉咙。郑朝阳大惊，郝平川和宗向方更是异常惊讶。

金围脖儿向后摔倒，郑朝阳赶紧冲上前查看，但金围脖儿已经无法抢救了。

郝平川上来看着地上的尸体，又看了看郑朝阳和宗向方："她什么意思？我还以为她要投降呢。"

宗向方满不在乎地说："她是用这种方式来迷惑我们，然后迅速自裁。"

徐宗仁从里屋出来，来到死去的金围脖儿面前擦了擦冷汗："她是第一流的杀手。郑先生，如果不是你，我现在已经是具死尸了。"

郝平川奇怪地看着郑朝阳："老郑，你怎么在这儿？"

事情原来是这样的。

当时郑朝阳在办公桌上研究金围脖儿的档案——金围脖儿的妓女登记证。郑朝阳看着，最后眼光落在她十九岁后在察哈尔地区的记录上。他在桌子上的白纸上写下“察哈尔”三个字，轻轻地在上面画着圈儿，嘟囔着：“察哈尔、绥远。”

这时，白玲拿着一张电报稿进了门：“刚截获的电报，保密局给北平桃园行动组的，他们要杀徐宗仁。”

郑朝阳接过电文看着，皱着眉头道：“徐宗仁我们有严密的保护，他们怎么动手？”

“徐宗仁前些天已经要求我们撤掉了警卫。”

听到白玲的汇报，郑朝阳有些诧异：“为什么？”

白玲解释道：“保密局在北平的高级特工都是到徐宗仁家去自首，而中小特务是到地方派出所自首。徐宗仁认为警卫严密守着会让来自首的人心情紧张，所以请求我们撤掉警卫。不过，我们的暗哨并没有撤。”

郑朝阳想了想，问道：“白玲，从档案上看，金围脖儿曾经在绥远和察哈尔地区待过很长时间。如果她是个特务的话，会不会和徐宗仁有联系？”

白玲想了一下，随即表示肯定：“徐宗仁曾经是保密局冀热辽站的站长，很有可能！”

郑朝阳猛地站了起来：“我去一下徐宗仁家里，顺便看看保卫的情况。”

廊坊胡同徐宗仁宅院，徐宗仁听到敲门声出来打开院门看到郑朝阳，惊讶地问道：“怎么是你？”

两人进屋落座。郑朝阳拿出金围脖儿的照片：“老徐，你是老军统了，在绥远很长时间，见过这个人吗？”

徐宗仁看了看照片，说道：“这是山田良子。这是个老牌儿的日本特工，代号‘鼹鼠’。她出生在东北，汉语非常流利，抗战期间在河南河北以及绥远和察哈尔等地非常活跃。我当时是保密局冀热辽站的站长，1944 年豫湘桂会战期间我抓的她。”

徐宗仁指着自己的脑门儿，上面有一个细微的疤痕："看到了吧，审讯她时，她突然用在椅背上拔出的钉子袭击我，幸亏我闪得快。"

郑朝阳皱着眉头道："这个山田就一直不合作？"

徐宗仁苦笑了一声，认真地说："她是日本伊贺忍者的后裔。忍者这个职业很奇怪，他们把自己当成狗，并以此为荣。狗是不会背叛主人的，除非有很特殊的原因。我本来想毙了她，可毛人凤觉得这个人还有用，叫我把她交给军统河南站。郑先生怎么突然问起鼹鼠的情况了？"

在徐宗仁说话的时候郑朝阳拿起桌子上的一张字条看着，这是一张订单。内容：收徐宗仁府红木家具一套。银圆一百二十，预付定金二十元。余款取货一次付清。金兆池。

金兆池的签字和金围脖儿的妓女登记档案的笔迹完全一样。

郑朝阳举着订单问："这个金兆池你见过了？"

徐宗仁摇了摇头："没有，这位金小姐来的时候我不在，是我太太和她谈的。说好了，今天下午来取货。"

徐宗仁看看手表："哎，这说着呢，人就要到了。我得先把家具归置一下。"

郑朝阳似笑非笑地看着他："不用忙了，我想，她可能就要来找你了。"

徐宗仁觉得有些奇怪："谁？"

郑朝阳盯着徐宗仁的眼睛，吐出了两个字："鼹鼠。"

徐宗仁手里的雪茄掉在桌子上。

罗勇的办公室里，郑朝阳把一份档案放到了他的面前。罗勇翻开一看，是金围脖儿的档案、尸体照片、兵器照片等等。

郑朝阳深吸一口气，详细介绍道："根据徐宗仁交代，这个女人叫山田良子，日伪时期的资深特工，代号'鼹鼠'，化名金兆池，在绥远以及河南地区开展间谍活动。抗战胜利后她成为军统秘密潜伏人员，在北平御香园当老鸨。"

罗勇有些疑惑："确定这个山田良子是桃园行动组的成员？"

郑朝阳点了点头："如果能确定保密局的万林生、金城咖啡馆的服务生袁硕和摞跤的马老五都是被她杀的，就可以确定她是桃园行动组的重要成员。可惜没抓到活的。"

罗勇摇了摇头，说道："也不可惜，又掰掉了桃园行动组的一个爪牙。喜欢吃螃蟹吗？"

郑朝阳有些纳闷儿罗勇为何有此一问，但他还是诚实地说道："不喜欢，吃着费劲。"

罗勇笑了："我喜欢吃，当年在胶东打鬼子的时候吃过螃蟹。吃螃蟹得耐得住性子，轻敲、深掏、慢扯、细抠，不怕它壳坚爪硬，只要有耐心，把它的爪子一个一个地掰下来，等吃到只剩下一个身子的时候，那就想怎么吃，就怎么吃了。有机会尝试一下，很美味的。"

郑朝阳颇有深意地说道："没想到老领导在吃上也这么有想法。"

罗勇意味深长地说："共产党人有今天的成就，除了坚定的信仰，就是能忍。忍住了，才有机会。你们这次的行动很好，值得表扬。只是有一点我要提醒你，这个桃园组的凤凰办事一向缜密，这次却为了两个已经废掉的棋子不惜动用'鼹鼠'这个隐藏得很深的特工，绝不是为了贴两张标语。"

郑朝阳思考着，问道："您的意思是？"

罗勇掷地有声地说道："或许……你已经踩到他的尾巴了。"

白玲来到郑朝阳的办公室。

她犹豫了一下，还是开了口："……我得向你道个歉，上次你被怀疑的事……"

郑朝阳摆摆手，示意她不要纠结了："这个我早忘了。再说了，当时那种情况你也是按照组织程序来的。"

可是白玲却有些懊恼："可郝平川他们从来没有怀疑过你！或许，那种共同战斗的情谊确实不一样吧。"

郑朝阳笑着安慰她："我们现在也是在一起战斗。"

白玲还是兀自懊悔着："我还得给你哥道个歉。我曾经怀疑过你哥就是桃园行动组的凤凰。"

郑朝阳表情严肃地说道："你的根据呢？"

白玲犹豫了一下，说道："开始的时候，是你的分析，你根据小东西的描述对凤凰形象的分析。后来了解了你哥的情况，发现他和你的分析很像，但最主要的是上次小东西到你家的时候，发现你哥有一个习惯性的动作。"

郑朝阳点点头："经常会侧脸听人说话，那是因为他的左耳是聋的。"

白玲说道："小东西看到的戴着面具的凤凰，也有这个习惯动作。"

郑朝阳在身上摸索。白玲熟练地将一只美式打火机放到他的面前。

郑朝阳笑笑，拿起打火机打开闻着汽油味："小时候，我家后面有个修车厂，每次我爸揍我的时候我就躲在那儿。时间长了，就喜欢闻这个味道。也就我哥知道我藏哪儿，每次都能找到我。"

白玲说道："但我并没有实际的证据，就想先查查看，发现你哥在1944年的春天曾经到河南郑州给当地的医生授课，但是相关的档案不见了。"

郑朝阳皱了皱眉头，说道："当时日军发起豫湘桂战役，要打通南北交通线，他实习的那家医院被炸了，这点在政审的时候都说过了。"

白玲还在犹豫地坚持："但毕竟这是一个说不清楚的地方啊，那段时间他在郑州究竟做了什么都没人知道。我去问过当初和他一起去郑州的医院的几个同事，发现都不在了，只剩下一个杨义。"

郑朝阳笑道："还是个疯子。"

白玲想起去杨义家的事，随即有些不安地说："越是这样我心里就越不踏实，但我也仅仅是怀疑。后来在南菜园发现了党通局埋藏的档案，知道了中统当年的'灭门案'。我怀疑，你哥可能就是鼹鼠，是河南中统灭门案的幕后主凶之一。而鼹鼠和凤凰之间的连接点，就是那把弯刀。"

郑朝阳放下打火机，说道："这把刀我们也总算是看到庐山真面了。没想到，竟然是伊贺忍者的独门兵器。"

白玲点点头，有些感慨："徐宗仁也证明，他在1944年的春天奉命将鼹鼠押解到了军统河南站。他们想要灭掉中统的人，又不愿意亲自动手，就动用了鼹鼠，横竖她是日本特工，也算不到军统的头上。”

郑朝阳说道：“鼹鼠在日本投降后来北平长期隐藏，成为桃园行动组的成员。”

“最主要的是，”白玲迫切地说道，“鼹鼠刺杀马老五的时候，你哥一直在医院里值班，他没有作案的时间。所以，你哥郑朝山是清白的。”

郑朝阳告辞出来，在街上骑车边走边反复回想着白玲的话。山田良子、伊贺忍者，金围脖儿的弯刀和万林生、袁硕、马五爷以及卫孝杰等人脖子上的弯刀的伤痕，郑朝山的回力球鞋……各种信息在脑海中不停地冲撞，他猛地捏闸停了下来。

郑朝阳骑车来到了家门口。秦招娣正好开门出来，菜篮子里放着香烛。打过招呼，秦招娣出门去胡同口坐上了电车。

郑朝阳进院子关好大门，进了屋子，审视着屋内的情况，在屋内紧张但细致地搜索着，检查书架，查看衣柜，在墙壁和地板上敲击着。

墙壁显眼的位置上悬挂着郑朝阳和郑朝山的合影，两人勾肩搭背笑得分外灿烂。

电车停下。秦招娣从车上下来，走进路边上的一间公共澡堂，出来时，她已经是一身工厂女工的装扮，十分干练。

秦招娣在胡同里穿梭，根据郑朝山鞋底上的黄色黏土，找到了小教堂。小教堂外的道路正在施工，路上堆积了很多黄色的黏土。咫尺之外，就是小教堂。

秦招娣悄悄地进了教堂，走到大堂里坐在中间的位置，跟着祷告的人一起低头祷告，眼睛却在观察。

小教堂告解室，郑朝山和神父正在对话。

郑朝山低声说道："鼹鼠已经按照约定自裁了。"

当时，在御香园豪华房间内，宗向方正在拍照，突然一把弯刀从他头顶掠过。

是金围脖儿!

宗向方拿出一只凤凰的图章举到她面前。她的刀停住了。宗向方慢慢地站起来说："山田良子少佐。"

金围脖儿收起刀，坐到了椅子上。宗向方从怀里掏出一个信封递给她。金围脖儿打开信封，里面是两张照片。一张是儿子五六岁时一家三口的合影；另一张是儿子十多岁时的单人照。金围脖儿看着儿子的照片，轻轻抚摩着。

宗向方冷笑道："办完事，他就可以回国了。"

郑朝山低声说道："鼹鼠死了，可以送她的儿子回日本了。"

神父一边做出解惑的圣人模样，一边低声说道："但愿她的死能解除你受的怀疑，这样我们才能集中精力做好该做的事。"

郑朝山点点头："确定鼹鼠是杀死卫孝杰的凶手，那份党通局的什么狗屁档案，也就是废纸了。"

神父突然问道："乔杉那边怎么样了？"

郑朝山确认道："已经安全了。"

神父点点头，低声安排道："马上安排他离开北平去天津。现在天津正在遣返日本难民，可以叫他混进去。"

郑朝山摇了摇头："他现在还不能走。我们存在咖啡馆的炸药和武器装备都被缴获了，尤其是炸药。本来马老五家还存了一些，以备万一之需的，没想到马老五去自首了。"

"我们手里没有炸药了？"神父问道。

郑朝山摇摇头："有一些，不过都是黑火药，需要重新提炼。乔杉以前是爆破专家，在这方面是行家。"

神父说道："南城烟花厂的爆炸是你做的吧？"

郑朝山摇头："爆炸确实是事故，但我们从烟花厂偷出来的火药正好可以被掩盖。现在主要是经费严重不足。"

神父向郑朝山说道："经费的事情我会向上面请示，但不要抱太大的希望。南边战事吃紧，广州朝不保夕，西南怕是也难以维持。国防部的意思，要我们克服困难，经费自筹。"

郑朝山冷笑道："有传言长官私自截留经费用来经商，利用战事走私投机……"

神父的口气立刻变得强硬起来："无稽之谈！战乱时期，这是要掉脑袋的。你不是有秘密电台可以直接联系台湾吗，尽可以向台湾汇报申请经费。只是我担心，你在金城咖啡馆的损失怎么向上面交代。"

郑朝山看着告解室的隔断窗，神父的眼睛贴在窗棂上，眼神显得十分凌厉。

郑朝山终于低下了头："长官教训得对。"

告解室的门开了，郑朝山从里面走了出来。秦招娣藏在教徒的身后，侧目看着他走出了教堂的大门。

秦招娣没动，盯着告解室。神父出来后，走向休息室。秦招娣起身跟随。

神父走到教堂的后巷中，上了一辆停着的汽车。秦招娣盯着车牌号码。

汽车内，神父卸下了伪装，露出真容——魏檣。

郑朝阳发现了暗门，情绪紧张起来。他轻轻推开暗门，顺着楼梯进到了密室。

密室内漆黑一片。郑朝阳点燃打火机，就着昏暗的灯光，看到密室内空空如也，什么都没有。但他没有注意到，楼梯上撒着白色的粉末。

外面传来开门的声音，郑朝山从院子走进屋内。郑朝阳正躺在客厅的沙发上睡觉，听到声音，他睡眼惺忪地起身，解释说宿舍里太吵没睡好，回来补会儿觉，现在得赶回局里了，过两天搬回来住。说完，他起身穿鞋，就在这穿鞋的瞬间，郑朝山看到了郑朝阳鞋底上的白灰。

郑朝山神色一凛，但还是保持着镇定：“回头我叫你嫂子把东屋收拾出来。对了，你嫂子说，她广东的姨妈要来北平看她，明天到。记得明天回来吃饭。”

郑朝阳打着哈哈说道：“好，我一准儿回来。”说着他出了门。郑朝山看着郑朝阳出去，他站在廊下，看着暗下来的天空，脸色凝重。

郑朝山推开密室的门，打开手电筒。灯柱下，楼梯上出现一排脚印。

一个穿着普通的中年妇人走出火车站，来到一个小卖部前的公用电话亭拨打电话：“我找郑朝阳。”

公安局里，白玲接了电话，有些疑惑地问道：“他不在，您有事吗？”

接完电话，白玲出门，骑车往马家堡车站走。

中年妇人放下电话，掀开衣襟把写有公安局电话号码的字条塞进了内衣的兜里。她回头看到一个中年美妇冲自己微笑。美妇正是卫孝杰的夫人，代号“姨妈”。

美妇招呼道：“您是秦招娣的姨妈吧。”

中年妇人微笑着说道：“是啊是啊。”

美妇亲热地解释道：“招娣叫我来接您，我到车站才知道改在马家堡了，这不紧赶慢赶才过来。来，您跟我走吧。”

美妇殷勤地帮助中年妇人提了行李：“车在那边儿呢，您跟我来。”

两人说着走了。

白玲赶到马家堡车站，看着空荡荡的站台，四下寻找。

郑朝阳骑车来到郑朝山家院外，车的后座上绑着简单的行李。他站在门口犹豫了一下，走了进去。

郑朝山正在厨房里忙活，看郑朝阳拎着行李，招呼道：“你嫂子都收拾好了，先把行李放下。”

郑朝阳转身进了厢房，屋里收拾得一尘不染。他把行李放到了桌子上。

郑朝阳进到厨房，郑朝山戴着围裙正在切菜，地上的盆里有几条鱼。做鱼要用酒去腥，郑朝山带郑朝阳去地下室，说那里存了好几瓶洋酒。

郑朝山带着郑朝阳来到屋内，打开暗门，拉开灯绳，下到地下室。

郑朝阳看着他带自己来到地下室，不由得一愣：“哥，这个地下室我怎么不知道？”

“咱爸挖的，你那时候已经走了。为了防日本人。”

这次开了灯，看得清楚了很多，里面堆了很多的杂物。郑朝山从一个柜子里拿出一瓶威士忌。

郑朝阳话里有话道：“哥，你藏得够深啊，我一点都不知道。”

郑朝山却笑着说：“你自己算算，自打你从外面回来跟我说要上警校，你一共来过家里几次啊。我就是想告诉你也得得空说啊。”

郑朝阳非常仔细地打量着这个地下室：“这地方真是太棒了，够专业。隐蔽，隔音好，干燥通风。哥，这地方要是当个发报室可是绝了。咱爸怎么想的，也不嫌费事。”

郑朝山却一副不在意的样子：“这样的地下室，北平城有钱的人家差不多都有。咱家算是挖得晚的。你不想想，这些年军阀混战，抗战那么多年，国共又打了三年，没几天太平日子。有钱人家没胆子抛家舍业，就只好在地下挖洞，也是被逼出来的。”

郑朝阳在墙壁上敲着。郑朝山有些纳闷儿：“你干吗？”

郑朝阳一脸的无赖相：“我得再看看，你是不是还有夹藏私带。万一洞里还有个洞呢，藏着咱爸的存折啥的……”

郑朝山笑了笑：“这儿就这么大，慢慢找，找到了记着分我一半。”

说完，他就拿着威士忌上楼去了，留下郑朝阳一个人在地下室继续察看。

秦招娣带姨妈进了院子：“五哥，二叔，姨妈来啦。”

郑朝山闻言赶紧从屋里出来迎接，一边走一边仔细看着姨妈。他发现姨妈的眼神和其搜索的方向已经说明这是一个资深特工，她在搜索撤退的路径。

一番热情的介绍、寒暄，姨妈被迎进屋里落座。

郑朝山招呼道："怎么去了这么久？"

秦招娣叹了一声抱怨道："唉，火车改停马家堡了。我从正阳门坐三轮车又跑过去，就耽误时间了。"

这时，外面突然传来白玲的声音："嫂子在家吗？"

白玲进了屋，郑朝阳一愣："白玲，你怎么来了？"

白玲笑着说道："嫂子的姨妈打电话到局里找你，说她改在马家堡下车了。找你也不在，我就急忙到马家堡去接，还没接到。"

郑朝阳听着白玲的话，心里不由得产生一丝疑惑。秦招娣和郑朝阳留白玲一起吃饭。白玲略作推辞，便答应了。

秦招娣在厨房忙碌，看到郑朝山进来忙说道："五哥，你去陪姨妈说说话吧，这里不用你。"

郑朝山有些意外："姨妈怎么把电话打到公安局去了？"

秦招娣解释道："我老叔给了姨妈公安局的电话，说是万一在北京遇到麻烦可以打电话找郑朝阳。姨妈的火车不是改停马家堡了吗，她人生地不熟的，怕我接不到她，就给公安局打了电话，结果是白玲接的。"

郑朝山讪笑道："我这个弟弟啊也真是有意思，职业病。白玲也是。瞧刚才俩人那双簧搭配的。"

秦招娣笑着把郑朝山往外推："你啊赶紧去陪陪姨妈，别叫这俩职业病问东问西地再吓着她。"

白玲在客厅陪着姨妈，笑眯眯地寒暄道："姨妈，路上还顺利吧。那边正打仗呢，您从哪儿过来的呀？"

姨妈应对道："佛山。广州被围了，可城外都是解放军，也没那么乱。就是火车慢了些，走走停停的，路上用了三天。"

郑朝阳接茬道："我们这儿出门都兴给路条，不知道您那边……"

姨妈从口袋中拿出通行证递给郑朝阳:“哦，我们那儿给的通行证。”

郑朝阳接过来看，上面的照片和姨妈一样。

白玲从郑朝阳手中接过通行证，瞟了他一眼:“你看人家这证件做得多规范，我们以后也可以考虑把通行证规范一下。比如，这个照片上就该是钢印，不然很容易伪造。姨妈，你是从佛山来的?”

姨妈赶紧说道:“是啊。”

白玲顿时露出一副开心的样子，用广东话说道:“我去过佛山，不过是很久以前了，现在佛山还‘行通济’吗?那年我正好赶上，印象可深了!”

姨妈顿时语塞，她停顿了一下，随手摸了摸自己的脖子:“哦，行啊。”

白玲又用粤语继续追问道:“那您行的时候喜欢拿着什么，风铃还是风车?”

姨妈又停顿一下，下意识地说道:“风铃。”

白玲“啊”了一声，随即说道:“可我听说风铃和风筝都是男人拿啊。”

姨妈有些招架不住，慌乱地说道:“哦，现在……”

这时，郑朝山进屋了，他打趣白玲道:“白玲，你就是喜欢开玩笑，行通济哪有这个规矩。风车、风铃还有提生菜，就是个习俗，什么时候分过男女?”

厨房里的秦招娣一边切菜，一边留心客厅，手中的刀越来越慢。

郑朝阳继续问道:“姨妈到广东好多年了吧?”

刚才幸亏郑朝山进来，姨妈重新恢复了冷静，她对答如流:“我十七岁嫁到广东，到现在快三十年了。”

郑朝阳笑道:“一个山西人到广东生活一定不容易吧?”

姨妈打着哈哈:“哦，也还好啦。那时候小，适应能力也强。”

郑朝阳突然提问:“姨妈怎么会有我们局的电话啊?怎么会想起来找我呢?”

“招娣之前跟我说的，万一没接到我，就打电话给你。没想到还真用上了。”

这时，白玲用眼神示意郑朝阳："咱们去帮帮嫂子吧。"

郑朝阳和白玲出屋，走到院子里。白玲小声问道："有什么发现？"

郑朝阳皱着眉头说道："滴水不漏，但一切又太过完美了。"

丰盛的饭菜上桌。郑朝阳开了红酒，给姨妈倒上，也给郑朝山、秦招娣和白玲满上。

几个人边吃边聊，姨妈突然问郑朝山今天是什么日子，郑朝山摇头，姨妈说今天是招娣的生日。郑朝山起身从柜子里拿出一个方盒子，打开，里面是一个精美的生日蛋糕。

秦招娣看着桌边的这些人，突然间百感交集，她在心里默默祈求上苍：希望能和五哥一起尽快离开这是非之地，不再管这些乱七八糟的恩怨，以后太平地过日子。

众人欢声笑语，只有姨妈冷眼观察着郑朝山。

酒足饭饱后，秦招娣刷碗，姨妈帮着一起收拾。

秦招娣问道："怎么样，没有露相吧？"

姨妈心虚地说："差点儿。那个姓白的很鬼。我在东莞待过但没去过佛山。这丫头差点儿蒙住我，幸亏姑爷把话接过去了。我后来才反应过来，她其实也没去过佛山。这女人很扎手，你千万小心。"

秦招娣点点头，吩咐道："你明天赶紧离开北京。"

夜深人静。秦招娣拎着一个篮子来到胡同口，在地上摆好方砖，开始烧纸，嘴里念念有词："招娣，今天是你生日，你连蛋糕都没吃上。姐给你烧点钱，想吃什么就自己买吧。"

她感慨着，看着纸灰在空中飞旋。

在慈善堂，小东西端着一盘蟹黄豆腐进了宿舍。

齐拉拉尝了一口，激动地说道："嗯嗯，好吃。豆腐我就吃过小葱拌豆腐和红烧豆腐，这蟹黄豆腐还是第一次吃。真好吃。妹子，你这手艺，绝了。”

小东西十分骄傲，笑着说道：“那是，我可是正经在大馆子待过的。就这蟹黄豆腐，你知道多金贵吗？是用螃蟹黄做的。”

齐拉拉惊得咋舌：“我的天，这道菜得多老贵啊。我这辈子就吃过一次螃蟹，还是在刘财主家帮工的时候人家吃剩下的螃蟹壳。这么贵的东西你拿来做豆腐，你个败家娘儿们。”

小东西佯装生气：“你说什么？”

刚说完，绷着脸的她就忍不住笑了：“好了，不逗你了，这个蟹黄豆腐是用鸭蛋黄儿做的。”

齐拉拉坐下来，嘴里嘟囔着：“鸭蛋黄？干吗叫蟹黄豆腐，这不是坑人吗？”

小东西笑了：“我也不知道，反正人家就是这么叫的。好啦，你快吃吧。”

胡同口，多门背着手叼着烟袋溜达着。郑朝阳骑车过来了，请多门回局里上班。多门还因为郝平川批评自己的事情而感到憋屈，边说赌气话边往胡同里走。郑朝阳推车在后面跟着。

郑朝阳嬉皮笑脸地说道：“多爷，我可是诚心诚意地请您啊，怎么地，非得叫我替您挨一刀才显得心诚是吗？”

多门突然转身，一把薅住郑朝阳的衣领子把他按到了旁边的墙上，并捂住了郑朝阳的嘴。郑朝阳感到多门的手在微微颤抖。

意识到事情不对，他往多门的身后看去，发现段飞鹏正站在胡同口的道边上察看，一边看，一边在小本子上勾勾画画。

郑朝阳猛然想起：这是首长去先农坛开会的必经之路，而且，是这条路最狭窄的一段。于是，他对多门示意道：“先别惊动他，看看他藏在哪儿。”

段飞鹏在本子上画着地图，过了会儿把本子揣进怀里，点燃一支烟往胡同里走。

郑朝阳嘱咐多门：“您等在这儿。”

说完，他就远远地跟着段飞鹏走了过去。多门的腿微微发抖，一跺脚，他跟在了郑朝阳身后。段飞鹏转过弯，在一个胡同的岔口失去了踪迹。郑朝阳焦急地看着，对多门说道："您往这边，我往这边！"

郑朝阳往左边的胡同走去。多门犹豫了一下，往右边的胡同走去。

多门谨慎地在胡同里搜索，路过一个厕所，段飞鹏从里面出来，和多门几乎脸对脸。多门装作若无其事的样子从段飞鹏的身边经过。错身的瞬间，段飞鹏看到了多门脖子上的冷汗和倒转烟杆的防御动作。

他冷笑着拔出了匕首，跟在多门的身后。多门感到段飞鹏跟近，大喊一声撒腿就跑。段飞鹏在后面急追，一刀刺了过来。多门转身用烟杆格挡，烟杆段成两截。多门魂飞魄散地号叫道："哎呀，救命啊！"

他转身就跑，但后脖领子被段飞鹏抓住。段飞鹏的短刀猛地向多门的后腰刺了过去。郑朝阳从旁边蹿了出来一下子撞开了多门。段飞鹏的刀刺进了他的腹部。郑朝阳一把攥住段飞鹏的手，段飞鹏的刀一时间拔不出来。

郑朝阳冲着多门喊道："快走！"

多门转身就跑。

郑朝阳被段飞鹏按到墙上："松手！再不松手我真弄死你啦。"匕首在一寸一寸地往里刺进。郑朝阳命在旦夕，突然段飞鹏的刀停住了。

多门蹿出来，眼睛血红地大喊："哎呀！"

一包面粉结结实实地砸在段飞鹏的脑袋上。

段飞鹏满头满脸都是面粉，松开匕首向后跳开。多门从后腰上抽出两把菜刀，疯魔一样冲着段飞鹏砍。段飞鹏结结实实地挨了两刀之后转身就跑。

郑朝阳慢慢地坐倒在地，多门手忙脚乱地给他止血。

乔杉藏身的小院响起敲门声，他过来开门，段飞鹏冲了进来，身上带着刀伤，脸上都是白面，狼狈至极。

段飞鹏吼道："堤漏了，快走！"

乔杉转身进屋。屋内的桌子上都是瓶瓶罐罐，还有几包做好的炸药。乔杉把炸药放进提包，戴上口罩。

院子里，段飞鹏洗干净头，扯下一块儿布来包扎伤口。然后二人迅速离去。

郝平川和齐拉拉带人悄悄包围了乔杉藏身的小院。

宗向方解释道："这个院子是一个叫胡德义的人长租的，我刚才把段飞鹏的照片给治安小组的人看了，他们认出他就是叫胡德义的人。"

闻言，郝平川一脚踹开门冲了进去。屋内空空，宗向方等人跟在后面。郝平川下令搜查。

郝平川在桌子上发现了些黑色的粉末，用放大镜仔细地看："是黑火药。如果用黑火药提炼炸药，数量一定很大，这应该只是临时的藏身地。"

齐拉拉拿起地上的纸篓，把里面的东西都倒在桌子上，发现了药渣儿和一张撕毁的包装纸，药渣的包装纸由于浸泡已经字迹不清。

郝平川立刻说道："马上送去技术科化验！"

医院里，白玲匆匆赶到，她一见到多门就急匆匆地问："老多，怎么样了？"

多门内疚地说："还在手术，组长是替我挨的刀子，我……"

这时，手术室的门开了，郑朝山走了出来。多门等人急忙迎上去。

多门急切地问："郑医生，怎么样了？"

郑朝山擦了擦汗："还好，不算致命。但失血过多，需要马上输血。"

多门一撸胳膊带着哭腔说："输我的血啊！"

郑朝山摇摇头："朝阳的血型是 RH 阴性 AB 型，比较少见。我们血库里没有这样的血。"

白玲立即对一个警员说道："马上回去告诉局里的同志，不当班的能来都来。"

一辆摩托车风驰电掣地赶到医院门口，一个小警察跳下车匆忙跑进大门，在人群中找到白玲：“报告，白组长，您的急件。保卫科的人叫马上给您送来。”

白玲走到一边，打开文件袋，抽出里面的文件仔细看，突然面色凝重，转身叫过另一个警员，在他耳边轻声说了几句。

两个警员来到郑朝山的身边，其中一个说道：“郑医生，白组长叫您马上到办公室去，她有事情要问您。”

两个警员一前一后，郑朝山在中间，很像是押解犯人的样子。郑朝山在经过走廊的时候，发现魏檣正坐在走廊的长椅上。魏檣目不斜视，似乎没看到郑朝山。

郑朝山进到办公室，见白玲坐在座位上，表情十分严肃。

白玲挥手叫两名警员出去，示意郑朝山坐在自己对面。

郑朝山有些疑惑：“有什么问题您尽管说，朝阳还等着输血呢。”

白玲从面前的文件袋里抽出一张陈旧的信纸放到桌子上。郑朝山看到信纸，感到血液似乎凝固了。那是当年在河南郑州圣英教会医院时，自己请假外出两天写给卫孝杰的请假条，当时杨义正好来跟卫孝杰借蔡司相机，问他请假干吗去，自己回答去拜访一个十多年没见的老朋友。

白玲说道：“您在 1944 年冬去河南授课的相关档案已经遗失了。我记得政审的时候，您说过，那段时间您一直待在郑州，没有出去过。但这张假条您怎么解释？这，是您的亲笔签名吧？”

郑朝山犹豫了一下，说道：“白组长，如果我说了，您能替我保守秘密吗？”

白玲点头说道：“在不违反组织原则的情况下，私人的秘密，我可以答应您。”

郑朝山咬了咬牙，说道：“其实，我和朝阳不是亲兄弟，他是我父亲在他两岁的时候在大街上捡到的，我们一直在寻找他的家人。那年冬天，有人告诉我，说朝阳的父母可能在登封。”

郑朝山从屋里出来，白玲跟在身后，两个人跟没事人一样边走边聊去了病房。医院的拐角处，一个戴着口罩的女人走了出来，看着郑朝山和白玲的背影。

戴口罩的女人从医院出来，叫了一辆黄包车。回到家里，她摘下口罩，原来是杨义的老婆。

杨义说道："怎么样？"

"你说得没错，他们真是官官相护。"

杨义晃着摇椅，若有所思："本来以为这个白玲是从莫斯科回来的，和郑朝阳、郝平川这帮老炮儿不一样，才把这个证物给她。现在看来，都一样。"

公安局会议室。郝平川把一沓资料放到了桌子上，桌旁坐着宗向方、齐拉拉、多门等人。

郝平川面无表情地说："现在通报一下案情。"

宗向方站起来："我们刚刚从虎坊桥搜查的房屋，确定是桃园行动组成员段飞鹏化名胡德义租住的房子。屋里应该住过两个人，其中一个是段飞鹏，另一个，我们怀疑是金城咖啡馆的经理乔杉。屋里发现了制造炸药的痕迹，主要原料是黑火药。要想制造足够的炸药，需要一定数量的黑火药和硝酸。搞到这些原料最方便的地方一个是矿山，一个是烟花厂，而烟花厂不久前刚刚发生爆炸。"

宗向方严肃地说："烟花厂的副厂长承认，因为赌博债台高筑，他经常利用职务之便盗取工厂的爆破原料出去卖，其中最大的买主就是段飞鹏，他先后卖给段飞鹏的原料有数百斤。这么多的黑火药不会藏在城里，因此，段飞鹏很可能在城外某地还有藏身之处。

"药渣子和包裹中药的纸张，也是在租住屋里找到的。技术科的同志说，这个药渣是治疗哮喘病的，而段飞鹏有哮喘病史，这个上面有药房的字，但已经模糊不清了。"

多门起身走到纸张前仔细地看着："这是老松鹤堂的旧纸！松鹤堂就是

现在的聚宝斋。”

郝平川想了想，问道：“就是琉璃厂卖古玩字画的聚宝斋？”

多门点头确认道：“对！前清的时候叫松鹤堂，古玩字画是后来才搞的。以前他们的主要业务就是卖笔墨和宣纸，前清末年的时候改叫聚宝斋，这种印着松鹤暗花的纸张就废了。转眼好几十年了，也就是我啊，当年家里用的都是松鹤堂的纸，小时候家里还存着一些，所以有印象。”

郝平川皱着眉头问：“那这种纸后来干什么用了？”

多门解释道：“不少是用来当包装纸了。这纸的质量其实不错。只是，一般的包装纸都会有店铺的名号，怎么这家药铺没有呢？”

郝平川思索着：“除非，这家药铺的名字就叫松鹤堂。马上去药业协会调查一下，有没有一家叫松鹤堂的药铺！”

一个开会的警察举手：“我家附近就有一家松鹤堂药铺，前店后厂，规模还不小呢！”

郝平川问道：“你家在哪儿？”

“门头沟。”

郑朝阳躺在床上昏睡。郝平川带着宗向方等人来到医院。

郝平川轻轻地走进病房，看着郑朝阳：“老郑，大风大浪都过来了，这点小伤不叫事。今儿在这儿我向你保证，段飞鹏跑不了，我一定会亲手毙了他！”

郝平川回身，看到郑朝山站在自己身后，说：“郑医生，您也辛苦了。”

郑朝山点点头：“没事，已经脱离危险了。我这个兄弟，命大。”

郝平川说道：“我在走廊里加了警卫，您也抓紧时间休息吧。”

郝平川回头看着郑朝阳：“老郑，先睡着，说不定，明早上就给你个惊喜。”

郝平川往外走。宗向方在出大门和郑朝山擦身而过的时候，迅速而隐秘地把一张字条塞进他的手里。

城外大道上，郝平川的吉普车一马当先冲在最前，后面跟着几辆军用卡车，车上都是警备区的战士。

郝平川坐在副驾驶上，看着车窗外的夜幕。齐拉拉坐在他的身后，宗向方坐在齐拉拉的旁边。

齐拉拉不知道是去哪里，宗向方说："是去松鹤堂，因为多门看出那张包装纸是老松鹤堂的旧纸张。松鹤堂在门头沟，地势偏僻，而且是前店后厂，地方大，有足够的地方用来提炼炸药。这个地方靠近煤矿区，便于藏身。我们上次和杨凤刚的别动队遭遇就是在这一带，所以，段飞鹏很可能就藏身在这里。我们夜间出发，凌晨时分到达，这个时候是敌人最困顿的时候，也是我们出击的最佳时机。"

郝平川说道："听到没有，这才叫分析。但是你还有一条没想到，就是直觉，一个战士的直觉，或者说是一个猎人的直觉——段飞鹏就在那儿。"

齐拉拉露出一副不信的样子："那万一你要是错了呢？"

郝平川满不在乎："大不了白走一趟。但要是对了，我就把他们一勺烩！咱们的郑组长怎么说的？黄沙百战穿金甲，不破楼兰终不还！"

郑朝山穿过走廊，来到自己的办公室，办公室的内侧有个不大的休息间。郑朝山锁上办公室的门，走到休息间内又锁上休息间的门，站在椅子上，伸手去够天花板。天花板上的一块木板打开了，他从里面取出一个箱子，箱子里是一部电台。

郑朝山把电台的天线悄悄地从窗户的缝隙中塞了出去，又用一块窗帘盖好。他观察窗外，见院子里寂静无声，开始发报：储水罐有危险，速开引水渠。

这次发报，从开机到关机时间十分短暂。

西山已经废弃的某山村，几间还算完整的房屋内，杨凤刚的发报员正在接收电报。隔壁的房间里，杨凤刚盖着军毯在休息。

发报员拿着电报急匆匆跑过来："报告，凤凰急电。"

杨凤刚没有起身：“念。”

“储水罐危险，速开引水渠。”

杨凤刚闻言，起身穿好衣服：“集合！”

黑胖子从外面进来问：“队长，什么情况？”

杨凤刚颇为不满地狠狠说道：“段飞鹏的老窝危险了，去打个救援。一群蠢驴，走到哪儿都能叫共产党发现。”

黑胖子犹疑了一下，说道：“队长，咱们就剩下十几个人了。”

杨凤刚轻哼一声：“可都是我军精锐。一群拎着棒子的臭脚巡，吓唬吓唬段飞鹏还可以，遇到我们……哼！马上出发，但愿还能赶趟儿。”

杨凤刚出门，看到自己的十几个部下个个身体精壮，武器精良，心里十分满意。他下令立即出发。

公安局电讯室，白玲戴着耳机在监听。时间太短，仅几秒钟，没办法定位。

她仔细想了想，说道：“他们之间一定有专用的密码和联络时间。‘储水罐危险，速开引水渠’，什么意思？”

话务员回答：“常规情况下，发报都要有收报，可这部电台从来都是只见发报不见收报。”

白玲点头：“只有这样才能保证他不被发现。”

说完，她看着电报再次陷入沉思。

门头沟，在离着松鹤堂不远的地方，郝平川用望远镜看着松鹤堂。松鹤堂静悄悄的。郝平川一挥手，十几个警员端着步枪迅速逼近了松鹤堂。

空中传来尖厉的呼啸声。郝平川大喊：“卧倒！”

几枚榴弹炮炮弹落了下来爆炸，幸亏郝平川及时提醒才没造成人员伤亡。

郝平川大吼一声：“掷弹筒，这是正规军！散开！”

正在松鹤堂内堂休息的段飞鹏听到炮声一跃而起，掏出手枪，冲了出去。

迎面，乔杉也冲了出来："怎么了，哪儿打炮？"

不远处，郝平川在排兵布阵："齐拉拉，你和宗向方按照计划包围松鹤堂，我去把这帮蒋匪灭了。"

郝平川拿起步话机："孙连长，炮弹三百五十米，东北方向，你带一排从东侧包抄，二排西侧迂回，断他们的退路，三排跟我。"

放下步话机，郝平川带着一个排的警备区战士向打炮的方向攻击。

不远处，树林前的草丛中，杨凤刚举着望远镜看着，镜头里出现了郝平川的身影，他已经带人攻了上来。经过一阵激烈的战斗，杨凤刚的阵脚被打乱了。

郝平川带兵追击杨凤刚。但杨凤刚也不是善茬，在撤退的路上埋设地雷，借着地雷爆炸撤出了阵地。

郝平川看着杨凤刚渐渐消失的背影破口大骂："杨凤刚，老子早晚宰了你！"

松鹤堂内，段飞鹏的部下正在和冲进来的齐拉拉、宗向方交战。段飞鹏无心恋战，带着乔杉撤退到了后院。

不远处，宗向方发现了乔杉的身影。宗向方站住，有一瞬间好像在思考，然后慢慢端起了步枪。他看到了段飞鹏，也看到了乔杉。他犹豫着，脑海中闪现出自己在金城咖啡馆，郑朝山等人都在，而乔杉在乐呵呵地冲着咖啡的画面。

齐拉拉正专注攻战。看着他，宗向方好像决定了什么。他的枪口对准乔杉扣动了扳机。这时正好齐拉拉转过头来，他看到黑漆漆的枪口和宗向方的表情，吓得魂飞魄散，急忙一声喊叫。

乔杉应声而倒，但子弹没有打中脑部，而是穿过后背。齐拉拉发现宗向方打的是乔杉，这才松了一口气。而宗向方看到乔杉倒地却皱了皱眉。

暗中飞来一枪让段飞鹏十分吃惊，他急忙过去背起乔杉，找到隐藏的挎斗摩托车，冲出后门飞驰而去。

郝平川带人来到松鹤堂。四五个特务被打死，其余的做了俘虏。后面的仓库已经被改造成了炸药加工厂，很多半成品的炸药堆积在桌子上。

郝平川问道："段飞鹏呢？"

齐拉拉羞愧地说道："跑了。他后面藏了一辆摩托车，我们的人没来得及到位。"

宗向方低沉地说道："我看到乔杉了！"

郝平川问道："在哪儿？"

宗向方说道："我给了他一枪，他应该是受伤了。段飞鹏带着他跑了。"

郝平川走到摩托车停放的地方，看到了血迹。地上只有一个人的脚印。

郝平川皱着眉头说："只有段飞鹏的脚印，没有乔杉的，说明他伤得很重，被段飞鹏背着。马上控制周围所有的药店和医院，他要是不死，就一定会出来治病找药。"

齐拉拉一撇嘴："这老小子，挨了一枪还没死呀。"

宗向方的眼神顿时犀利起来。

病房内，郑朝阳没有痊愈的伤口还在隐隐作痛。

郝平川进来，略带兴奋地说道："老郑，告诉你个好消息，我找到段飞鹏了！"

郑朝阳激动地问："在哪儿？"

郝平川笑着说："门头沟的松鹤堂药厂。段飞鹏和乔杉在那儿炼炸药，本来能一锅端的，结果杨凤刚这孙子不知道从哪儿钻了出来。算啦，这个回头再说，你先看看这个。"

他把几个账本递给郑朝阳："这是从松鹤堂药铺抄回来的账本和一些文件，你看谁是它东家。"

郑朝阳翻看，顿时吃了一惊："冼怡？"

在公安局会议室里，冼登奎和冼怡坐在对面，白玲正和两个人说话。

冼登奎说道：“白同志，我冤枉死了，这个药铺我就是参个股，想着给闺女留点产业，这才把八万的名字写上。”

冼怡一副经理人的装扮，严肃地说道：“白玲同志，我可以证明家父说的都是真的。家父在很多产业上都有参股，松鹤堂药厂的股东有十二个，我只是其中一个。这家药厂设备陈旧，又在门头沟，利润不是很高，我已经准备退股了，所以就一直没去过那里，家父也没去过。经营和管理上的事情，都是由掌柜的来负责。我想，掌柜的应该和您说过我没到过松鹤堂吧。”

白玲面无表情地说：“掌柜的拒捕被击毙了。”

冼怡为自己辩解道：“我出租房子，租客用房子来干什么，我就不管了。要管，也是你们公安局的事。”

白玲看着冼怡，回想起刚见她时的样子，感觉像是两个人。

某房间里，段飞鹏从一个小盒里拿出三根金条摆在桌子上：“这次你干得不错，这是保密局给你的奖励。”

郑朝山进屋，就对宗向方说道：“等这一切结束了，还会补发奖章。并且，你也会晋职，可以到任何一个地方去。”

宗向方露出激动的神态。

郑朝山问道：“乔杉怎么样了？”

段飞鹏摇摇头：“伤得很重，又不能去医院。”

郑朝山再一次跟他确认：“安全屋怎么样？”

段飞鹏保证道：“安全，只有我知道。”

白玲请郝平川陪自己去参加商会活动。她一身礼服打扮，身后跟着有些别扭和极不情愿的郝平川。白玲开导他，这也是任务，警察贴近群众。郝平川努力适应着应酬。

一个矮个子男人迈着军人式的步伐，走到郝平川面前鞠躬：“郝长官，您也来啦。”

郝平川细看，脱口而出：“坂本龙一？”

坂本龙一点头道：“是的，郝长官。我是坂本龙一。”

郝平川对白玲说道：“他是那个啥啥新闻代办处的记者，曾受山田良子，就是鼹鼠家人的委托来取回山田良子的尸体，我和他办的交接。”

坂本龙一再次鞠躬：“谢谢郝长官，感谢共产党的宽宏大量，归还良子的尸体。”

白玲很郑重地说道：“中国有句话叫‘人死债消’，作为军人，我本人对山田还是尊重的。”

坂本龙一微笑道：“多谢白长官！其实良子算不上军人。她是伊贺忍者的后裔，使用的都是法力诈术。真正的军人，是不屑和他们接触的。”

白玲奇怪道：“这是为什么？”

坂本龙一摇了摇头，说道：“长官对忍者不是很了解。忍者的特点是潜伏偷窥暗杀，不是军人堂堂正正地战斗。即便是暗杀，他们也是使用诈术，绝不肯正面决斗。他们是先用麻药将对手麻痹之后再割断喉咙，因为这样才能做到万无一失。”

白玲惊讶道：“你是说，山田良子是把人麻倒了之后，再慢慢地割断喉咙？”

坂本龙一确认道：“是啊。这正是军人不屑做的。”

白玲喃喃自语道：“对啊，是力道，力道上会有差别。”

夜里，段飞鹏从暗室中上来，四处观察后走了。

远处转出一人，往暗室方向走去，动作很是小心。他边走边弯腰细致察看，排除了好几道机关，终于来到暗室。

乔杉躺在床上，一阵剧烈的咳嗽后，他慢慢地站起来到桌前倒水。

宗向方从黑暗中现身，一条绳索飞快地套在乔杉的脖子上。乔杉拼命挣扎，身上的伤口崩裂。只一会儿，他就停止了呼吸。

宗向方看着倒在地上的乔杉，说：“老乔，对不住了。你死了，大家都好。”

宗向方冷静地布置了乔杉上吊自杀的现场后离开。

郑朝山送秦招娣出门去庙里上香后，段飞鹏假扮成打鼓收破烂的人，挑着担子来到郑朝山家。

段飞鹏说道：“那三辆机车的事，还是没有头绪啊。我到几家商号打听了，都是机车厂的供应商，他们都说，近期没有什么特殊的高级物料供应给机车厂，都是正常的普通物料。”

郑朝山的手指轻轻地敲击着桌面，陷入思考：“也许我们搞错了，共产党向来重视勤俭，我听说很多高层领导的袜子上都是补丁，擦脸和擦脚都用一条毛巾。这机车如果真的是给领导人用的，一定不会用最好的物料，用的和普通机车的一样，低调、简朴。如果有什么必须要用最高级的，只有一个——防弹。”

公安局白玲的办公室里，白玲拿起马老五的验尸报告仔细看着，起身拿起一本书比画着杀人的动作。她先是跳起左手一刀，点了点头，然后又换作右手，跳起一刀。

白玲出了一口气，坐回桌前，再次拿出一份档案看着——是郑朝山的档案。

郑朝山对坐在轮椅上疯疯癫癫的杨义教授说：“我只是来奉劝你一句，不要聪明反被聪明误。我没事，已经是最好的证明了，所以关于你手中子虚乌有的证据……”

杨义不住地摇着头。

郑朝山说道：“希望是真的，也希望你好好活着！但是，不要以为我会这么好欺负。”

杨义的太太面色惨白地靠墙站着。郑朝山往外走的时候手中多了一把匕首，他一挥手，匕首从杨义夫人的颈项间划过。

杨义大惊猛地站了起来:“不!”

郑朝山冲他微微一笑，离开了。杨义的腿上，一把小刀插在上面，不停地流着血。他喘着粗气，瘸着腿来到太太面前，看到太太的脖子上有一道红色痕迹。原来郑朝山用的是刀背。

杨义满脸悲愤，猛地拔出腿上的刀，眼看着腿上的血迅速渗出。

第十九章

郑朝阳走进罗勇的办公室时，罗勇正在看文件。

郑朝阳试探着说："领导。"

罗勇抬眼看了看他："你这个哥哥还是很有分量啊。留德博士，著名医生，抗战胜利后加入青年民主促进会任总干事，这些年反饥饿、反内战、营救青年学生、参与北平和平解放等等。刚才民促会的副会长韩教授来电话了。"

郑朝阳有些疑惑："他说什么？"

"问问你哥的事，然后很委婉地提醒我，我党的政治协商政策是国家建设的根本。"

郑朝阳问道："那您怎么说的？"

罗勇坚定地说："违反政策的事情我们不会干，违反原则的事情，我们更不会干。"

郑朝阳不由得竖起了大拇指："领导就是领导。"

罗勇笑了笑："不用在这儿拍马屁。说说你的想法。"

郑朝阳打着哈哈道："我哪儿有什么想法，领导怎么说，我就怎么干。"

罗勇仔细地看着郑朝阳的眼睛，说道："那我叫你现在就去把郑朝山抓起来。"

郑朝阳还是笑眯眯的样子："用什么理由呢？"

罗勇不在乎地说道："用什么理由你自己去想。"

郑朝阳立刻说道："是，等我想好了一准儿告诉您。不过呢还是想好了再抓吧。”

罗勇摆摆手，仿佛早就看穿了他一般：“别给我似是而非的东西，明白吗，小子？”

郑朝阳保证道：“放心吧，领导。”

罗勇看着他，说道：“我相信你郑朝阳是讲原则的。老党员、老公安，分得清亲疏敌我是非曲直。对郑朝山的审查是正常程序，也是对你的考验，说明党是充分信任你的。郑朝山如果是清白的，那就一定经得起审查，但这清白要是勾兑出来的，我们也能查清他底下是什么颜色。”

罗勇举着刚才看的材料，说道：“你这份关于郑朝山的报告先放在我这儿，以后关于他的事情你可以直接向我汇报。既然涉及政策问题，那么暂时先不要公开。”

郑朝阳说道：“是！”

白玲面前摆着三张照片：万林生、马老五和卫孝杰，都是颈处有伤。她在桌前仔细研究着伤口。

一个警员进来，递给白玲一份检测报告：“白组长，这是法医送来的万林生和马老五的伤口检验报告。”

白玲接过报告看着，拿起电话：“朝阳，鼹鼠的事情有新发现，到会议室吧。”

会议室里，郑朝阳、白玲、郝平川三人在座。

白玲率先开口：“三个人的入刀和出刀的角度差别不大，因此被认为是同一人所为。但我在和日本记者坂本龙一的交谈中得知，鼹鼠山田良子善于用毒，其真实的杀人工具其实是她手上戒指里的麻药，用麻药将对手麻痹之后再行割喉。这样对比就有了细微的差别。”

郝平川疑惑地问道：“万林生脖子上的刀口更深？！”

白玲点头道：“是的。相对于马老五更像一击毙命，力度角度都十分完美。”

郝平川皱着眉头说："说明用刀之人有控制力，更有经验。比如外科医生？"

三人相互对视，郑朝阳向白玲问道："除此一点，还有没有别的证据？"

白玲摇了摇头："暂时没有。"

郑朝阳想了想，说道："不过我们起码确定了一点，当初杀万林生的人不管是谁，都还活着！这个人很可能就是中统郑州凶案的凶手。你们想想，南菜园发现的中统密档还没有完全复原，这个'鼹鼠'就突然冒了出来搅乱我们的视线。这说明我们已经接近真相了。"

白玲有些惋惜地说道："可惜技术科的同志说后面的档案确实难以恢复了。"

郑朝阳面容坚定："起码我们的方向是正确的。"

西郊，乔杉被发现自杀的地窖已经被封查，贴着封条，周围也立着警示牌。

一个人远远走来，很是小心谨慎，是郑朝山。

郑朝山走到之前段飞鹏布下机关的地方，低头看着。机关明显已经被破坏，看起来和周围环境一般无二。郑朝山皱眉，拿起机关的碎片起身离开。

郑朝阳在家里收拾自己的东西，他四处看着有些感慨。

外面传来郑朝山回家的声音。他稳定了下情绪，从屋里出来，笑着和郑朝山打招呼。两人说话间进屋，郑朝山看出来郑朝阳是在打包。郑朝阳解释局里刚给了自己一间单人宿舍，这就搬回局里去住。郑朝山故意挽留，郑朝阳坚持要走。秦招娣过来说，反正离得不远，朝阳的屋子就不动，可随时回来住。

临走，郑朝阳请郑朝山得空时去局里一趟，有事请他帮忙，金城咖啡馆经理乔杉自杀了。

公安局停尸间，郑朝山仔细给乔杉做尸检，看着他脖颈儿上的勒痕。

白玲问道：“郑医生，他杀还是自杀？”

郑朝山摘下口罩，说出了自己看法：“表面上看是自杀，其实是他杀。他是先被人勒死然后挂到房梁上，伪造出自杀的假象。”

郑朝阳考虑了一下，说道：“可我们的法医说是自杀。从绳结的位置、现场的痕迹，还有死者身上除了枪伤，没有别的外伤。可以推断他的枪伤很重，又没有合适的药品，自身十分痛苦，在绝望的情况下选择一死了之。”

郑朝山一笑：“人生艰难唯一死。普通人都不会轻易选择自缢，何况乔杉这种受过训练的特工。你们的法医经验还不够丰富。你细看这脖子上的勒痕，自缢死亡的勒痕集中在两侧颈部和喉部，勒痕呈U字形，痕迹相对均匀。但是你仔细看，现在死者喉部的勒痕的程度明显比颈部的痕迹要重，说明他是先被人勒死的，用这样的一条绳索。”

郑朝山从口袋中拿出一条手绢打了个结：“绳结对准喉结，强力绞杀，半分钟人就断气。至于你说的死者身上没有别的伤痕也很简单。”

他拉过郑朝阳做了一个“背白狼”的动作：“就这样。人死后，凶手又伪造了作案现场。”

郑朝阳冲着白玲说道：“还有，乔杉在这个洞里生活一段时间了，照理应该到处都是他的指纹。可现场我一个指纹都没找到。”

白玲敏锐地说道：“凶手过于谨慎，生怕留下痕迹，就把屋子仔细打扫擦拭了一遍，擦掉了自己的指纹，也擦掉了死者的指纹。”

郑朝阳拿出乔杉的尸检报告递给郑朝山。

郑朝山在报告上签字，签完字随便看着资料。第一页上有几张现场照片，其中一张是死者被勒死绳子的特写。

宗向方有些疲惫地回到家里，打开灯，突然看到郑朝山坐在屋里。郑朝山微微一笑。桌上摆着的正是他的手刀。

郑朝山似笑非笑地看着宗向方，缓缓开口道：“第一，刚才我来你家时，在外面看到了那个报警的机关，这是二郎自己研究的。”

郑朝山把一块小木条扔到宗向方面前，和西郊地窖外的那个一样："第二，我见了乔杉被勒死的绳子。你可能不知道，乔杉是海军出身，他打的结不会是那个样子的。"

郑朝山突然按住宗向方的脑袋，用刀比在了他的脖子上。宗向方没有抵抗，也并没有过于慌张。郑朝山低吼道："老三，你这条命本是应该抵给谁的你知道吗？"

宗向方争辩道："他已经有暴露危险，而且没有价值了！我这么做也是为'桃园'好！为咱们的事业！"

郑朝山低沉而愤怒地说："可你更应该知道纪律、法则和后果！即使我郑朝山不杀你，保密局会放过你吗？出卖队友，无视命令，你在为共产党做事！"

宗向方立刻辩解道："我没有！"

郑朝山激动地揪起宗向方的领子把他按到了墙上，低声但激动地继续质问："知道你身份的人比你想象的多得多！你已经在船上，会游泳有什么用！游到岸边有什么用？还会有人把你一脚踹下河的！"

宗向方露出惊恐的神色："你……你要杀我吗？"

郑朝山看着他，缓缓放下了手："老三，我已经失去了一个帮手，我不想因为这事再失去最好的人。"说完他便离开了。

宗向方喘着粗气，闭眼思考着。

江西发生重大案情。众人表情严肃地快步走进会议室就座。幻灯片播放了戴运鹏的照片。

罗勇说道："这是咱们江西的同志昨晚发来的消息。他们抓了保密局的大特务戴运鹏。这可是个老牌儿特务，直接受毛人凤的指挥。来者不善啊。白玲，给大家介绍一下。"

白玲站在前面切换幻灯片跟大家讲道："戴运鹏的级别很高，几乎参与了保密局的所有重大行动。他交代，被捕前的最后一个任务是联络北平的桃园行动组，护送一个叫李能的杀手到北平，目的是刺杀我们的重要领导。李能绰号‘穿山豹’，是保密局的金牌杀手，能熟练使用各种武器，双手打枪百发百中，是个极其危险的人物。目前李能已经到了北平。”

幻灯上出现一张国民党《中央日报》，上面有一张模糊的照片，一个男人穿着军服拄着一支狙击步枪。

白玲说道：“这就是李能，他曾经是国民党第七十四师的一名狙击手，在莱芜战役中因为表现出色接受《中央日报》的采访。可惜照片不是很清楚，无法得知其真实的相貌。”

郑朝阳皱着眉头问道：“没有交代李能和桃园行动组之间的联络方式吗？”

白玲摇了摇头：“没有。戴运鹏只是负责将李能送到北平，到北平后的联络方式只有李能知道。这也是他们的一种保护措施。”

罗勇想了想，说道：“昨天夜里我已经向领导做了汇报，领导要求我们尽快破案，抓住这个李能。甭管什么金牌银牌，在我们的地盘上就是废铜烂铁。既然他们要桃园来配合，正好我们也可以利用李能来找到桃园组织的破绽，胜败就看谁的手快了。抓住机会把他们一网打尽。注意，这件事要严格保密！争取早日破案！”

罗勇和郑朝阳进到罗勇的办公室。

罗勇开门见山：“郝平川找过我，建议停止宗向方所有的工作。你怎么看？”

“我们对宗向方的调查还没结束，很多地方还需要进一步核实，但基本上可以肯定，他是特务。虽然不知道他是什么级别的特务，属于哪一个组织，但属于桃园行动组的可能要大一些。我的意见是暂时先不要动他，仔细观察。如果我们停止他的工作那就等于是告诉他，我们已经在怀疑他了。那他就只剩下两个选择：第一，逃走；第二，停止一切活动。而这两样都不是我们愿意看到的。只有叫他动起来我们才能摸清楚他的底牌。”

“那就按你说的办，但要秘密地全面地监控。还有，你要清楚宗向方对我们很重要。这么长时间了，他从咱们这儿接触过什么东西，哪些案件跟他相关，每一件都要查清楚。比如他的同伙是谁，上线和下线的关系。重要的任务还是要派给他，越重要越能叫他尽快露出马脚。”

郑朝阳点点头：“我会把您的意思传达下去。”

罗勇摇头制止了他，坚定地说：“不，这件事情就你来执行，一对一，懂吗？可以告诉白玲和小郝，但是要在必要的时候。这俩人我是了解的，根本不会演戏。叫不会演戏的人来表演很容易砸锅。”

郑朝阳突然反应过来，嬉皮笑脸地说：“那您的意思是，我会演戏？”

罗勇严肃地说道：“你是要我夸你吗？尺有所短，寸有所长，各人有各人的高招，你也不用谦虚。接下去你得告诉宗向方，我们还是信任他的。”

秦招娣把晚饭端上桌说：“朝阳也老大不小的了，你当哥的也不知道给他张罗张罗。哎，我看咱们医院有几个小护士倒是蛮标致的。”

郑朝山微笑：“你啊，就别忙活了。你看朝阳他整天嬉皮笑脸的，心眼儿多得很。他冲你笑的时候，也许就在寻思你身上的哪块儿肉最嫩。”

秦招娣赶紧说道：“你看你，哪有这样说自己弟弟的。”

郑朝山摇了摇头：“我是他大哥，可很多时候连我都不清楚他哪句话是真的哪句话是假的。所以呢，最好的办法就是我也不管你哪句话是真的哪句话是假的，我都当真的听。”

秦招娣说道：“啊，说给朝阳张罗对象的事呢，这都扯哪儿去了！？”

郑朝山摇了摇头，话里有话地说：“我说了，他这个人的心思谁也猜不透，还是叫他自己做决定吧，省得你张罗半天，再招人记恨。”

秦招娣开始收拾碗筷：“记恨？谁啊？啊，你是说白玲？他俩合适吗？”

郑朝山想了想，说道：“合适。白玲是外冷内热，朝阳是外热内冷，正好互补。所以啊，他搬回去也好。我估摸着，有大戏要上演了。”

秦招娣微微愣神儿，接着开始收拾碗筷，看向郑朝阳住的那间屋，灯黑着。

大车店内一个有里外套间的房间里，就着简单的饭菜，李能在自斟自饮。

门开了，段飞鹏进来，和李能对上暗号。段飞鹏把一个皮箱放到桌子上打开，里面是枪支和手雷。李能从箱子里拿出一个信封，打开，是一张照片。

李能低声道："好了，这儿没你的事了。转告大先生，叫他放心，没我钻山豹杀不了的人。"

段飞鹏发现套间的门前有带水迹的脚印，而李能脚上的鞋却是干燥的，他微微冷笑："那您歇着，我们就等好消息了。"

段飞鹏走了。里屋的门开了，张山走了出来。

李能拿起照片递给张山："你的。"

张山拿起照片看着："就这个人把北平城的兄弟们祸害得要死？不怎样嘛。我还以为有三头六臂。"

照片上的人是郑朝阳。

李能把一杆长枪组装起来，扔给张山："干活！"

公安局会议室，郑朝阳、白玲、郝平川三人在研究工作。

郝平川一脸狐疑："这个李能到底藏在哪儿呢？"

白玲拿过材料打开："这种人进场要藏身无非是两种地方，一种是人流密集的地方，车站、集市、庙宇，人多，就没有人注意他；另一种，就是在偏僻荒凉的地方，荒宅、废弃厂房等。"

郝平川摇了摇头："旅馆不能住，自从搞户户联防以来，所有的旅店都在我们的监控下，需要到派出所登记才行。投亲靠友也不行，戴云鹏说李能是四川人，在北平没亲友。"

白玲考虑了一下，说道："也可能会去桃园组提供的安全屋。"

郝平川斩钉截铁道："不会。他不归桃园行动组管，又是狙击手，狙击手绝不会叫别人知道自己在哪儿。"

郑朝阳看着墙上的北京地图："北京这么大，全部排查困难很大。我的意见，先重点排查荒宅荒地、车站、妓院、地下烟馆这些最有可能藏身的地方。”

告解室内，魏檣手中拿着一个十字架在摆弄，对面坐着郑朝山。

郑朝山说道：“既然是上面的指示，我当然不必多问。”

魏檣皱着眉头：“是二郎告诉你的？他对你倒是忠心。只可惜，他是党国的人，不是你凤凰的人。”

郑朝山扬起眉毛：“是吗？那你又是谁的人？我又是谁的人？大先生越级指挥也无非是为了彰显自己的赫赫权威。只可惜，这里不是我们的地盘，您的权威也不过灯头之火而已。”

魏檣笑道：“唉，你又何必计较，其实我只是借着这个机会帮你试试你的队伍。看来不错，他合格了。堡垒最容易从内部攻破，对自己身边的人当然要多个心眼儿才是。”

郑朝山这才打着官腔说：“承蒙关照，卑职感激涕零。”

魏檣点点头：“我还是支持你的，毕竟你才是桃园的老大。但这并不意味你可以一手遮天。别忘了，你还有个弟弟一直在盯着你。”

郑朝山一皱眉，他并不想把朝阳扯进来：“好端端地提他干什么？他是警察，盯人是他的职责。”

魏檣起身：“我只是善意地提醒，至于怎么处理是你的事。既然你已经知道了，这件事还是交给你来办吧。”

魏檣递过一张字条：“这是李能的地址和联络暗号。明天下午一点，北海北门。以后他归你指挥，但你要协助他完成任务。”

郑朝山毫不客气地打断他：“知道了。”

魏檣再次坐到告解室内，对面进来一个人——张山。

魏檣吩咐道：“你还是按计划行事，凡事有我。”

张山点头：“是。”

段飞鹏找机会到慈济医院的太平间当了临时工。郑朝山利用工作之便来到太平间。

他问道："这个李能你认识？"

段飞鹏点头肯定："是。他是南京那边派来的。"

郑朝山冷笑了一声："我知道。你上次为什么没有告诉我？"

段飞鹏低声道："我并不想看着你和大先生为敌。"

郑朝山满不在乎地说道："关于李能来的事情，他已经跟我说了。我也会跟他见面。二郎，你的心思……到底是什么？"

段飞鹏笑了笑："一切为了党国。"

郑朝山也微笑道："好，那你就去忙你的吧。"

他递过一张字条，继续道："我查过了，李能的确不是唯一来的人。"

段飞鹏皱着眉头："我只知道他。"

郑朝山点点头："去查查第二个人，看看他要干什么。桃园可以不管，但不能不知道。还有，乔杉的事你就不要管了。尽快去看看大先生还想干什么吧。"

段飞鹏点点头，看着严肃凛然的郑朝山，不由心生敬佩，转身而去。

多门和齐拉拉去了一家地下烟馆，老板证实这里的确住着一个符合李能外貌以及行为特征的人。正聊着，李能从里面走了出来。多门和齐拉拉急忙闪避，多门斜倚在柜台上一副懒散的样子。李能走过也没看多门一眼。

两人来到李能所住的房间。屋里干净整洁，床上的被子叠得见棱见角。齐拉拉掏出一台相机来照相。多门从床下拖出一只箱子打开，里面是手枪和手雷等武器。

多门说道："难不成真是他？"

齐拉拉在炕桌下面看到一沓纸，拿出来，发现最上面那张有浅浅的笔尖划过的痕迹。

公安局召开会议，郑朝阳、郝平川、白玲还有几个警察在座。

郑朝阳命令道:“烟馆二十四小时秘密监控。如果确认是李能，他再次出现就立刻行动!”

郝平川点头。

郑朝阳继续吩咐:“另外，其他调查也不要放松，加强巡逻。尤其是人流密集处，包括旅馆、澡堂、大车店等，都要注意。我们现在还不能百分百确定掌握的就是李能和桃园约见的行踪，所以还是要多几条腿走路。”

郝平川问道:“那烟馆里发现的线索呢?”

郑朝阳立刻坚定地确定道:“要去!”

郑朝阳手里拿着的，是刚刚修复出的字体痕迹：三日下午一时　北海北门。

北海北门街对面路边摊，郑朝阳和郝平川已经化好装蹲守着。白玲也化了装，刚刚经过两人身边。

郑朝阳看看手表，马上就要到一点了。街上化装的几个警员也都机警地观察着来往的人。时间一秒一秒临近。郑朝阳和郝平川随便聊着天儿，起身慢慢靠近。

就在这时，郑朝山出现在现场。郑朝阳大感意外，正在他权衡接下来如何行动的时候，远处快速地驶来一辆汽车，径直撞向郑朝山。待郑朝山看见汽车，已经来不及反应。郑朝阳飞身过去扑倒郑朝山。汽车冲过，并没有停下。

一些路人围拢过来。郑朝阳、郑朝山互相看着对方，都喘着粗气。

远远地，低戴着帽子正走向北门的李能看到门口有不少人，两个交通警已经骑车赶到现场。李能慢下脚步，拐弯走了。

远处，白玲皱眉，示意郝平川收队。大家小心离开，并没有被发现。

一个路口，刚才那辆汽车经过。里面开车的人摘掉伪装，正是杨义。他喘着粗气，加速离开。

公安局询问室，郑朝山侃侃而谈，并没有慌乱的迹象。隔壁房间里摆放着监听设备，郑朝阳和罗勇戴着耳机在监听。

…… ……

郑朝山口齿清晰且十分冷静地说道：“我只是觉得我自己是个故事，还了一回书就出现在你们抓捕‘瞎猫’的现场，逛了一回市场去见个老朋友就整出这么大的动静。人生真是很奇妙。小白，这么长时间了，你怎么也不说话，我知道你懂心理学，用郝平川的说法，就是算命看相。你看了半天了，都看出什么了？”

白玲严肃却无奈地说道：“您很坦然，没做出任何可以叫我怀疑的眼神和动作。今天先这样吧。不过，郑医生，鉴于今天的事情比较敏感，需要您提供一个保人。”

郑朝山想了想：“我弟弟吧。”

白玲摇着头说道：“不行，他因为救您导致行动失败，已经被关禁闭了。我知道他救您是因为兄弟关系，但纪律毕竟是纪律。”

郑朝山略一沉吟，然后说道：“要是不行，就叫我太太来吧。”

公安局会议室。

郑朝阳正在做汇报：“关于我救郑朝山的事，我是这么想的……”

罗勇立刻打断了他：“不用说了。李能我们已经找到了他的行踪，这次抓不到还有下次。郑朝山要是死了，他后面的线就全断了。”

郑朝阳激动地说道：“领导就是领导，什么都看得这么透。不过咱换换想法，也许我哥是冤枉的呢，他可能并不是特务。”

罗勇严肃地说：“不是，你就更应该救。叫老百姓死在警察面前，是警察的失职。不管到什么时候，人民的利益都要放在第一位。”

郑朝阳竖起大拇指：“您这境界，我都不知道该说什么了。”

郑朝阳拍马屁罗勇没理会：“你郑朝阳能不知道说什么？这我可就不信了。倒也是，这段时间你在你哥郑朝山的事情上确实有些缩手缩脚犹豫不决。这个我能理解。不过，这次郑朝山又出现在现场，结合以往的案情，基本上可以确定他是桃园行动组的人。那么接下去就要搞清楚，他们一共有多少人，真正的老大是谁。”

郑朝阳说道：“白玲根据桃园的代号推测，这个行动组的核心成员应该是三个。桃园，桃园三结义嘛。”

罗勇突然说道：“知道我姓什么吗？”

郑朝阳笑：“您姓罗啊。”

罗勇严肃地说道：“我不姓罗。我本姓马，叫马东国。参加革命后怕连累家里人，连名带姓都改了。二十几年过去了，连我自己都只记得罗勇了。名字只是一个代号，即便想要传达什么信息，也有可能是错误的信息。”

郑朝阳点点头表示同意：“也许他们只是想激励自己效法桃园结义，兄弟同心其利断金。只可惜，他们未能做到兄弟同心，不然也不会是今天这个局面了。”

罗勇嗤笑道：“而我们要做的就是连今天这个局面都不给留，把国民党这些残羹剩饭统统倒到垃圾桶里。几十年内乱，要在我们手里终止！下一步，你打算怎么做？”

郑朝阳把自己的计划和盘托出：“我准备三步走。第一要跟紧李能，不能叫这个杀手在外面晃荡，尽快收网；第二找出撞郑朝山的人，查清这是不是交通事故，如果不是，那么这个人为什么要撞死郑朝山，就很有说道了；第三，严密监视郑朝山。”

回到家里，秦招娣把饭菜热好端上桌：“五哥，白玲好像知道是你干的事了。”

郑朝山抬眼看秦招娣：“我干什么了？”

“白玲说，新中国就要成立了，老百姓的日子也一天天好起来了。好日子就得好好过，不能瞎折腾，到头来折腾的人倒霉的都是自己，孙悟空再厉害遇到如来佛也得给压在五行山下五百年呢。”

秦招娣继续劝说道：“五哥，我倒是觉得她说得有道理啊。五哥您看，您是博士，是有名的医生，收入好地位好，到哪儿都会受人尊敬的。有些事能不管还是不要管了，外面天大地大，哪儿还没个容身的地方呢？”

郑朝山叹了口气，没有理会她："很多事情是身不由己，你不明白吗？"

胡同隐蔽处，李能和张山相向而行。

李能用几不可闻的声音说道："今天和凤凰的见面有问题。你要尽快动手，我可能已经暴露了，要马上转移。以后不要再见面了。"

张山点点头："好吧。"

两人各自走向各自的方向。

1949年9月27日，千年古都北平改称北京。

"北京市人民政府公安局"在锣鼓喧天、鞭炮齐鸣之中更换了牌子。罗勇和其他领导都在列，所有的人笑逐颜开。

政协会议召开，街上彩旗飘扬，人们兴高采烈。

郑朝阳正准备进会议室，多门跑来汇报，李能果然火速转移到了城南大车店，现在齐拉拉正守在那里。

郑朝阳进会议室和郝平川定下行动方案。

郑朝阳低声道："我去分局，城南大车店是他们的管辖地，地理位置他们更熟。你准备好今晚的抓捕行动。"

郝平川点头道："知道了。"

郑朝阳轻声吩咐着："李能是个狙击手，鬼得很，咱们得悄悄地摸过去。"

郑朝阳离开了。远远地，张山看着他，本打算走近，几个警员却突然出来追上了郑朝阳。张山继续隐藏跟踪。

慈济医院郑朝山的办公室里，郑朝山看到树枝晃动，于是走到树前，四处看看无人，他从树缝中拿出一张字条。看着字条，他的表情突然变得紧张至极。

郑朝阳从分局出来后，张山十分小心谨慎地跟上。这时张山身后又闪出一人，正是喘着粗气的郑朝山。

郑朝阳疾步走着，张山几次想要靠近但时机都不好，郑朝山也因此没有机会靠近张山。

三人一路相跟，几次都无果。最后，郑朝阳上了车，离开了。

大车店人来人往。李能双腿搭在床上，手在地上，做着俯卧撑，满头汗水。一阵风吹来，李能起身去关窗户。但他刚刚探出头，一把手枪抵在他脑袋上，是郝平川。

李能看着枪口，眼睛稍微往旁边斜了一下，郝平川本能地也斜眼看向一边，此时一个刀片已经从李能嘴里吐出。

郝平川的枪响了，屋内的灯被打灭。他跳入屋内，黑暗中，双方激战。

大车店外的大街上，一队人马守在街口，带队的是郑朝阳。远远地，张山的长枪已经拉开保险栓，对准了郑朝阳，他突然感觉不对劲，回头看到郑朝山正举枪过来。

张山迅速掉转枪口对着郑朝山吼道："我知道你是谁。开枪呀，咱俩谁也跑不了。"

郑朝山愣住了，张山望了望郑朝阳的方向："是上面要杀他的，你想阻拦吗？你应该知道后果。"

郑朝山的手缓缓放下："我来是想劝你收手。不管他是不是我弟弟，他要是死了，警察所有的矛头都会指向我，那时候我就完全被动了。"

张山哼笑："你走吧，我当你没来过。"

大车店内，郝平川成功地制伏了李能。郝平川前面出来，后面李能被架出来。郑朝阳长长地出了一口气。

张山手指滑向扳机，瞄准镜已经对准郑朝阳。一把刀瞬间划过张山的脖颈儿，张山瘫软倒下。郑朝山远远看着并不知晓这一切的郑朝阳，缓缓收起自己的手刀，眼神中透着说不出的凌乱。

大车店门外的大街上，张山被杀的地方，很多警察围在现场做着调查。人群中，段飞鹏远远地看着，他关注的是张山脖颈儿的伤口。

郑朝阳和白玲来到医院的停尸房，郑朝阳掀开白单，面色瞬间凝固——这个张山的伤口和万林生、马老五的一样。

郑朝阳和白玲面面相觑。两人身后的门口，站着穿着白大褂的郑朝山，他脸上的神情如一潭死水。

第二十章

1949年10月1日，开国大典隆重举行，举国欢腾。

多门家的小院里，多门、王八爷、耿三、耿三娘子、张超等人围坐在院子里，交流开国大典的所见所闻和感想，喜悦之情溢于言表。

欢声笑语中，杜十娘一副波澜不惊的样子从屋里出来，要去观里参加法会。

张超率先不满道："今天是第一个国庆日，普天同庆，你还整什么法会？"

杜十娘却一脸正色道："白真人说，国庆日选在老母的成道日，说明国家和老母是一体的，不分彼此。有老母的万千子弟，才有国家的繁荣昌盛。"

耿三戏谑道："这是大白梨说的？"

杜十娘赶紧告了个罪："罪过罪过！三爷，对老母不敬会有恶鬼上身。敬老母，就是敬国家。毛先生是真龙转世，老母是护法真神。五千年前他们俩曾经在昆仑山顶上下棋论道。老母输了，就许了毛先生一世的江山。"

张超赶紧过去扶住杜十娘，送她去法会，然后趁着杜十娘不注意，回头做了个无奈的表情。

耿三看着多门，颇为无奈地说："多爷，这太平道这么胡说八道，你们也不管管啊？"

医院里贴满了标语，庆祝新中国成立。门口还挂了两盏大红灯笼。郑朝山从医院出来，走在街上。到处都是刚刚参加完集会的人，每个人的脸上都挂着笑容。郑朝山从人群中穿过，走过街道和胡同。家家门口插着红旗，商铺还挂着红灯笼。

郑朝山默默地走在漫天飞舞的红旗之中，身影看上去是那么的落寞。

将近下午一点了，郑朝阳和郝平川匆匆走进食堂，遇到罗勇也刚吃饭。三人边吃边聊。

罗勇问道："叫你们查的情况怎么样了？"

郑朝阳从兜里拿出几张照片递给他，照片上是一个赌场的门面。

罗勇疑惑地问："大亨赌场？"

郑朝阳点头："三分局送来的情报没错，这个赌场就是个地下钱庄。打掉它，就能顺藤摸瓜，找到其他地下钱庄窝点。"

罗勇赞赏道："干得不错，上海那边正在大规模地打金融战，当地的不法奸商说，只要抓住'两白一黑'，也就是银圆、棉纱和煤炭，就掐住了我们的脖子。他们很嚣张，说什么共产党能进上海，但共产党的钱进不了上海。首长说了，打金融战，不亚于打一场新的淮海战役。"

郑朝阳笑道："去年蒋经国也想搞什么货币改革，弄出个金圆券来。结果这个金圆券成了国民党的烧纸了，北平这边的商人用金圆券印挂历拿出去卖。"

"这些不法奸商，也想叫咱们的人民币变成金圆券。"

郝平川插嘴道："他们那是妄想。"

罗勇倒是一脸严肃："不能轻敌，这不仅仅是不法奸商投机倒把，后面很可能有特务组织在兴风作浪。新中国成立了，但是还没有全国解放，北京的特务活动还很猖獗。"

郝平川一撇嘴："耗子尾巴上的疖子，没多少脓水了。"

罗勇说道："国民党在全面溃退，特务组织的经费越来越紧张，地下钱庄就会成为他们的主要经济来源，因此党委决定，在全市范围内打击地下黑金交易。掐断他们的财路，进一步压缩特务生存和活动的空间，叫他们无缝可钻、无地可躲、无处可逃。”

郑朝阳立刻拍着胸脯道：“放心吧领导，保证完成任务。”

罗勇笑了：“别光想着完成任务，你们的管区靠近商业中心，是重中之重，所以一定要谨慎，不能搅乱了正常的商业秩序。要找准时机，一击而中。我已经从上海公安局调了两个同志过来，这方面，他们要比我们有经验。你们要好好学习。”

罗勇吃光了饭，举起空盆，笑道：“把它吃光。”

全市范围打击地下黑金交易的行动开始了。

郑朝阳、郝平川、齐拉拉带人里应外合，找到赌场的暗门进入一个非常隐蔽的房间，房间内的桌子上放着成捆的美元还有银圆。郝平川迅速将屋子里的警卫和几个做账的经理人逮捕。郑朝阳带人将赌场的老板和伙计全部扣押……

郑朝阳又带队冲进一家公寓，一个洋行经理样子的人从办公桌后面站起来举起双手。公安人员推开身后的书架，露出几个保险柜。保险柜打开，里面也塞满美元银圆……

代数理带人冲进一个货场，里面堆积了大量的包裹。代数理打开其中的一个一看，里面是棉纱。货场老板见这场面面色苍白地坐倒在地……

几个戴着红袖章的群众积极分子领着警察查抄了地下鸦片烟馆……

大批黑社会分子从不同的地方被押上了卡车。

货场的围墙边上。魏樯的司机把脑袋探了出来，看看外面没人，他急忙越出，隐藏在黑暗之中。他气喘吁吁地来到魏樯的办公室，焦急地和魏樯说着外面的情况。魏樯气急败坏，摔烂了茶杯，目光紧盯墙上的一张照片。

照片是郑朝阳和商会人士的合影。郑朝阳坐在魏樯的旁边，笑得十分灿烂。魏樯看着照片中的郑朝阳，眼神中充满了杀气。

汽车在街上行驶，魏檣心事重重地坐在后座上，问司机："损失严重吗？"

"严重，十几个钱庄都被封了。咱们投进去的本钱怕是收不回来了。"

魏檣戴上墨镜，看着窗外，嘴角微微抽动："你在天津还有用得顺手的人手吗？"

司机点头："有几个。"

"我说的……是江湖上的人。"

司机确定地说："有，不过这种人是死要钱的。"

魏檣冷笑："喜欢钱就好办。"

车在一家写有"商会仓储"的仓库门外鸣笛，大门打开，魏檣的车开了进去。他从车里下来，管理员上来迎接："会长。"

"最近外面闹得厉害，这儿没事吧？"

管理员赶紧说："派出所的人来查过了，咱这儿的东西都有手续，没看出啥。"说完，他把一串钥匙递给魏檣："要不要我帮您？"

魏檣挥挥手："盘库这种事，我还是喜欢自己干，你去吧。"

魏檣进入仓库的大门，待他从仓库后院的一个小门出来时，身上已经换好了神父的衣服。

魏檣来到一个锈迹斑斑的小门处，掏出钥匙开门，另一面是教堂的后院。他闪身进去，关上小门。

小教堂里没人，也贴了不少标语，挂着五星红旗和红灯笼。

郑朝山径直走进了告解室，魏檣已经等在里面。两人从五星红旗聊到群众运动，又聊到国民党的失败。

魏檣说道："党国的失败，不是一个人或某个集团的失败。作为个人，我们都是搅拌机里的砂石，是上还是下，自己根本决定不了。你现在多想想自己吧。我问你，张山是怎么死的？"

郑朝山露出疑惑的神色："张山是谁？"

魏樯低声喝道："不要装糊涂，需要我提醒你吗？和李能一起来的！"

郑朝山似笑非笑地说："既然是和李能一起来的，我怎么会不知道？"

魏樯眼神闪躲："他有特别的任务。"

郑朝山冷笑一声："不管什么任务，没人告诉我，那这个人就是个死人。"

魏樯沉默了片刻："除掉郑朝阳是上面的意思。他是我们的绊脚石，我们的很多行动都坏在他的手里，这个人要是不除掉，我们谁都没有好日子过。本来上面想叫你亲自动手，是我硬给拦下来了。可你呢？看看你都做了什么！"

郑朝山重申道："我再说一遍，我根本就不知道什么张山张海，当然也什么都没做。不管他死了还是被抓了，你都该去问共产党！"

魏樯的情绪也上来了："郑朝山！你自作主张一意孤行已经不是一次了，如今更公然戕害自己的同志，你怎么向上面解释？！"

郑朝山摆出一副无所谓的态度："你要是有证据可以向上面控告我，撤我的职。"

魏樯冷笑一声："现在共产党已经盯上你了，你可以放过郑朝阳，可将来他会不会也放过你？！我警告你，你这是在玩火，玩火自焚。"

郑朝山高傲地说："我是凤凰，每五百年自焚为灰烬，再从灰烬中浴火重生，循环不已，成为永生。"

魏樯沉吟片刻："好吧，这件事我先不管。现在刘邓大军正在围攻西南，重庆快守不住了，上面交代必须要拿出行动来策应南边的战事。你的那个熔岩计划怎么样了？"

郑朝山平复了一下情绪，说道："还在准备。但困难很多，需要时间。"

魏樯不耐烦地说："现在没有时间了，我们必须尽快行动。"

"您有什么计划？"郑朝山身子直了直。

魏樯低声道："我想，可以先搞几次刺杀。大人物我们一时搞不定，小人物总可以搞搞吧。郑朝阳是你弟弟，你不动手我可以理解，但和他同一个级别的，你总可以试试吧。"

郑朝山冷笑一声：“杀几个警察能有什么用，共产党怕吓吗？现在他们全城大搜捕，这个时候行动那不是往枪口上撞？我们是战士，不怕打仗，但也不能送死。”

魏檣仍在伪装，但声音已经开始颤抖：“你是执意要抗命了！？”

“我是猎人，但只对狮子老虎有兴趣。时间不早了。另外，我和郑朝阳的关系你是知道的。何况，他死了我也一定脱不了干系。”

郑朝山站起来出了告解室。

告解室的另一侧，魏檣的手枪本已经顶在墙壁上，但他又慢慢地把枪收了回来。

宿舍里，郑朝阳、齐拉拉、多门等人兴高采烈地试穿新警服。白玲一脸严肃地走过来，通知郑朝阳到会议室。郑朝阳和白玲来到会议室，白玲指了指桌子上张山的档案。

“已经查清楚了，那天在抓捕李能现场发现的死者叫张山，也是保密局的杀手，和李能一起到北京，说是有特殊任务，所以和李能分头行动。”

郑朝阳翻看着张山的资料，问：“特殊任务？既然是杀手就一定是搞刺杀的，来杀谁？”

白玲把一张郑朝阳的照片放到他面前：“杀你。这是在张山留在旅馆的行李中找到的，藏在夹层里。”

郑朝阳拿着自己的照片仔细地看着。照片上他穿着警服，很显然是有人偷拍的。

郑朝阳的心瞬间汹涌澎湃：“杀我的人被别人杀了。伤口在脖颈儿，是浅浅的刀痕……”

白玲继续诱导说：“有人不愿意让你死……”

郑朝阳想起第一次和段飞鹏相遇时的场景。段飞鹏短刀飞舞，在他身上划出很多道口子。段飞鹏说：“算你小子走运。”

白玲有些忧虑：“这段时间你还是少出去吧。非要出去最好多带几个人。”

郑朝阳没有说话。白玲开门出去，迎面碰到齐拉拉。

“报告白组长，有情况！”

道奇卡车在一个旧货场出现。齐拉拉和白玲赶到时，宗向方已经在那里看守，几个货场的人被看押在一边。老板被带了过来，他交代是在德胜门外的北极寺边上捡到的这辆车。

宗向方申请道：“北极寺是城北最大的黑市交易地点，要不我去查一下？”

白玲摇了摇头：“不用了，现在人都在外面，局里没什么人了，你还是回局里盯着。”宗向方点头同意，脸上阴晴不定。

宗向方站在办公室窗前，看着不远处的胡同，一个风筝升了起来，是一面双头燕子风筝。郑朝山曾对他说过：如果我有急事找你，会在公安局对面的胡同里放一面双头燕子的风筝。

宗向方赶到医院，来到太平间。有人出来，示意他往里走。

宗向方点头，走出几步他回头看了看这个低头掩面的人：“二郎？”

最里侧有一间独立的小屋，里面只有一张床，是给死者化妆用的。郑朝山示意宗向方走近些：“撞我的那辆车找到了？”

宗向方点点头：“这辆车的正主找到了，是火车站一家运输公司的车，已经挂失了。”

郑朝山冷着脸问道：“哪家公司？”

“通达运输公司。而且，郑朝阳他们已经抢先去了。”

通达运输公司里面，郑朝阳和经理在二楼办公室聊着，多门在院里转悠。

院子里没什么车辆，只有一辆车停在院中，司机正在检修。多门过去用烟袋敲敲车盖：“师傅，问个事。”

司机从车底下探出身子。

多门吃了一惊："大傻？"

经理送郑朝阳出门。多门迎上来，和郑朝阳一起往外走，却迎面碰到了郑朝山。

郑朝山看到郑朝阳一愣，下意识地把手伸进了口袋。两人互相看着，一时没有说话。

郑朝阳疑惑地问："你怎么来了？"

郑朝山很快恢复了镇定："医院最近从上海定了一批器械，就在这个公司的货站里，院长叫我来接收。你……来办案子？"

郑朝阳点点头："领导指示，要加强战备运输的保卫工作，全市车辆登记普查，我来这里检查一下，等需要征用的时候拉出去就能用。"

两人相互笑了笑。

郑朝山从口袋里拿出一个货单递给郑朝阳，郑朝阳接过来看了一眼，随后还给郑朝山："正好他们经理在，你快去吧，二楼最东边那间。"

郑朝山往货站里走去。

郑朝阳和多门骑上车走了。郑朝山在货运站大门的里侧看着他们骑车离开。

多门抱怨道："这家公司的一个司机是我的一个远方侄子，他和我说，经理偷着把公司的车借给别人搞走私，自己抽头。车是真丢了还是贼喊捉贼，还真两说……"

郑朝阳一副心不在焉的样子："老多，你先回局里去，我去办点事。"

多门骑车走了。郑朝阳看到旁边商店里有公用电话，于是进去打电话。

郑朝阳在通达运输公司大门外的一个小茶铺里喝茶盯着公司大门。不久，郑朝山坐着一辆卡车出了门，车后拉着十几个标着红十字的包裹。

郑朝阳付了茶钱起身走进公司。

经理看到郑朝阳很是惊讶："郑同志，您怎么又回来了？"

郑朝阳抿嘴一笑："刚才走的人你认识？"

经理赶紧说："认识啊，慈济医院的郑医生嘛。他们医院从外面定的药品器械什么的，都是走我的货运站。"

郑朝阳坐了下来："把他刚才和你说的话原封不动给我复述一遍，一个字都不许差！"

郑朝山拿着单据来到院长办公室："院长，都拉回来了。这是单据，您对一下。"

院长笑着说道："不用了，你办事我还有什么不放心的。对了，见到你弟弟了？"

郑朝山有些疑惑："您怎么知道我见到我弟弟了？"

院长笑眯眯地说道："刚才他打电话来找你，我说你去货运站提货了。你别说哈，你这个弟弟真是有两下子。我还没说是通达运输公司呢，他就知道了。到底是干公安的啊，我说上句人家就能知道下句。"

郑朝山也勉强笑了一下："真是，他从小就喜欢猜谜，每次都还能猜中。这单子，您还是看看吧。"

郑朝山看着院长低头看单据，脸上的笑容渐渐消失。

郑朝山从院长办公室出来，化装后的段飞鹏推着一辆手推车正好经过。两人错身而过的瞬间，郑朝山将一张字条迅速塞进段飞鹏的口袋。

多门坐在郑朝阳的办公桌前，一副神秘兮兮的样子："我已经发展我那个本家侄子当内线了。就是那个司机，大傻，我叫他盯住他的老板。这小瘪羔子，头二年他娘冲我借的钱到现在都没还呢。放心吧，一准儿听话。这货场老板要是憋什么坏水儿，咱一袋烟的工夫就能知道。"

郑朝阳赶紧夸赞道："就知道您老最能干。您的意思，这车不一定就是丢了，也可能是他给借出去了，结果出事了。他害怕所以就到派出所报警说车丢了，那他应该认识借车的人喽？"

多门显得有些自豪："当然，你在上面的时候，我在底下都看了。说是运输站，没几辆正经的好车。他丢的那辆是道奇车，当年美国人留下的，宝贵着呢。他说是停在院外叫人偷了，这不是摆明了胡扯嘛。"

这时，郝平川敲门进来："你找我？"

见状，多门知道二人有事要谈，于是知趣地出了门。

郑朝阳换了一副严肃的面孔："找两个得力的，盯住郑朝山。我觉得他去运输公司不应该是偶然。"

段飞鹏隐在黑影里，跟踪下班骑车回家的通达运输公司经理。经理骑车进了胡同，一根绳索飞过来猛地勒住了他的脖子，他来不及出声就被拖进了黑暗中。

段飞鹏赶上去，只看到自行车的车轮还在转着。段飞鹏感到十分不解。

郑朝阳接到大六屯派出所杨所长的电话，说通达运输公司经理廖景山失踪了。

郑朝阳立刻放下电话，喊着出门："郝平川！老郝！"

慈善堂上的匾额还在，但是门口多了一块牌子：冼氏四海贸易公司。

郑朝阳坐在慈善堂会客厅，冼怡进来打了个招呼："郑大哥，您好，好久不见。"

郑朝阳也点点头："这么长时间没见你了。"

"知道你一直在忙，不好意思去打搅。你来，是有什么事吧？"

郑朝阳拿出几张照片递给冼怡，她接过去看着："这是美国的道奇卡车。抗战胜利那几年北京到处都是这种车。美国给蒋介石政府不少这种车，流落到民间的也有不少。有什么问题吗？"

"这是辆走私车，不少走私贩子都用过。你看尾部还有弹孔，城外的走私贩子多少都和你爸爸的帮会有些联系，甚至可以说要是没有你爸爸的同意，很多走私货是不能进北京的。你能不能帮我查查看，都有哪些人用过这辆车。”

冼怡有些疑惑：“你怎么不去找我爸爸？”

郑朝阳打着哈哈：“找过。他说他退休了，公司的事情都是你在管。”

闻言，冼怡一脸严肃：“郑大哥，我想你搞错了。我爸爸以前是在帮会，但他早就退出了，现在是做正当生意的。你说的这个走私贩子什么的，和我爸爸没有任何的关系。他们的事情我们也不知道，所以，抱歉，爱莫能助。”冼怡说完拿起茶杯慢慢地品茶。

郑朝阳站起来：“好吧，既然你不肯帮忙，那……就这样吧。”

冼怡也站起来，客气地请谢管家送客。

郑朝阳看了一眼冼怡，眼前浮现出和她的种种往事。眼前这个一身职业装、满口外交辞令的冼怡，和以前那个百灵鸟一样的冼怡简直判若两人。

冼怡在窗户后面偷偷地看着郑朝阳离去。谢汕进来了，冼怡立刻低声吩咐道：“去查一辆走私车，1943 年的道奇车。看看这辆车什么人用过。”

医院太平间，段飞鹏在自斟自饮。

郑朝山从太平间里出来问：“这个运输公司的廖经理，到底被谁抓走了，你就一点头绪都没有吗？”

段飞鹏说道：“知道了一二，还在找。是个女人。”

郑朝山立刻皱起了眉头：“女人？”

段飞鹏点头：“企图还不知道，但我会尽快找到她的。”

郑朝山想了想，说道：“好。老三传来话了，北极寺那边查得很紧，看来警察是盯上了。”

段飞鹏摇了摇头：“邪事是一件接着一件。到底是谁要撞你？这人要是找不到，早晚是个祸害。”

郑朝阳办公室的电话铃响了。他接起电话，有人报警，新街口大盛绸缎庄有劫案，劫匪还在里面。郑朝阳放下电话，赶紧带上两名警员出门。

警校毕业的王忠和徐小山现在也进了公安局工作，这天他们在大街上巡查，经过大盛绸缎庄时，发现地上的门锁被钳子铰断了。

两人判断是蟊贼入室抢劫，于是相互掩护着摸了进去。院子的正房内，灯亮着，一对老夫妇被一起绑在椅子上。

一个高个子戴着礼帽蒙着脸的凶手正在翻箱倒柜。王忠一个箭步冲上去，一脚踹开房门，枪口对准高个子喝道："不许动！"

门外传来一声惨叫，徐小山被阴影处闪出来的矮个子男人从背后刺倒在地。

王忠大惊，掉转枪口对着矮个子男人开枪。但高个子男人的刀飞了过来，王忠在倒下的瞬间扣动了扳机，子弹从矮个子男人的脸颊擦过。

高个子从屋里冲出来，矮个男人摸着脸上的伤口，两人迅速出了院门，在隐蔽处推出两辆自行车，上车消失在黑暗之中。

郑朝阳带人赶到现场，只看到两个年轻警察的尸体。

郝平川急匆匆地赶到绸缎庄，走进院子，看到地上用白粉画的尸体的痕迹。宗向方正在勘察现场。

郝平川气急败坏地问："什么情况？"

宗向方报告道："现场两名死者，都是我们的人。屋里牺牲的同志被人从后面用飞刀刺死，伤在心脏。外面牺牲的同志也是被人从后面刺死。两人都是职业杀手，现场没有留下任何痕迹，看上去像是抢劫杀人。当时匪徒正在实施抢劫，被我们巡夜的两个警员发现，两人一前一后进入现场。从脚印上看，两人事先没有做警戒性搜索，所以没发现院子里还埋伏着一个人，结果遭了伏击。"

郝平川皱着眉头，痛心地说："牺牲的同志是哪个单位的？"

宗向方说道："就是这个地区派出所的两名实习警员，一个叫王忠，另一个叫徐小山。"

郝平川听了大惊。进了屋子，他看到郑朝阳蹲在王忠的尸体边上发呆，过去拍拍郑朝阳的肩膀表示安慰。

郑朝阳低声说道："他们俩还不到二十岁，参加工作不到一个月。"

郝平川忍着悲痛，劝郑朝阳道："节哀吧。咱们这一行，每天就是在刀尖上溜达，在哪儿扎了脚都不知道。"

郑朝阳感慨了一句："太年轻了，我怎么和他们的家人交代啊。还有，他们俩是为我死的啊！！"

他跳了起来，捶打着桌子："我要是能走快一点他们俩就不会死了。是我，都是我的错！该死的人是我，可为什么偏偏不是我死，是这两个孩子死！"

郝平川惊讶地说："不是入室抢劫？"

郑朝阳痛心疾首："我先接到报警电话说这里有人抢劫，就带了两个人往这儿赶。没想到王忠和徐小山路过这里，看到有情况就冲了进来，结果遭了伏击。"

郝平川惊呆了："这个陷阱是给你设的？"

郑朝阳痛苦地捶着自己的头："他们俩没有战斗经验……他们是替我死的！我答应过送他们去警校学习的。"

郑朝阳悲痛地在屋里直转圈："大山里，我和冼怡被杨凤刚的几十支枪指着，我那时候想，完了，得见马克思了。是这两个孩子突然来了，惊走了杨凤刚，我才能活到现在。现在，他们俩又为我挡了子弹。他们救了我两次，两次啊！可我什么都没为他们做。"

郝平川一把揪住郑朝阳："什么都没做？那现在就去做！把这帮打黑枪的小鬼从地里刨出来！"

郑朝阳走到大门外。多门正在勘察脚印。

多门报告道："门外是三个人的脚印。两个是我们的公安人员，另外一个身高一米六，体重大概一百斤，是个瘦猴，穿美式军用皮鞋。从脚印上看，他的皮鞋的前脚掌磨损得很厉害，应该是个司机。这儿还有两条车辙，自行车，一个向东一个向南。凶手办完事后骑自行车逃走了。"

郑朝阳眉头一皱："三个脚印？走，看看去。"

多门带着郑朝阳等人来到离绸缎庄不远的一个拐角处，指着地上的一个脚印说道："就是这个！"

发现地上有三四个烟头，郑朝阳就从随身带的工具包中拿出纸袋和镊子，将烟头塞进了纸袋。郑朝阳看着镊子上夹着的一个烟头——这是个奇怪的烟头，不是正规的卷烟。郑朝阳把烟头给郝平川看。郝平川接过镊子仔细看着又闻了闻："这是苏联人喜欢抽的'蛤蟆头'。"

郑朝阳有些疑惑："什么蛤蟆头？"

郝平川回忆了一下，说道："刚到东北的时候我们和苏联军队搞联欢，看他们都抽这种烟。苏联军队不发香烟，只给一种叫啥马哈的烟草，叫自己卷，我们就管这种卷烟叫蛤蟆头。这烟不好抽，有股子马粪味儿。但也奇怪，有人还就是喜欢这种味儿。"

郑朝阳皱着眉头狠狠道："我要是没猜错，这就是给我打电话的人。这不是什么抢劫杀人，这是有预谋的对我公安人员的袭击。"

罗勇站在办公室窗前，看着窗外枫叶飘落的北京。郑朝阳站在他的身后。

"这个季节，是北京最好的季节。"罗勇感慨了一句，给郑朝阳下了命令，"这两个同志当警察才一个多月，一个十七岁，一个十八岁。他们为新中国的公安事业献出了生命。部里首长指示，要深刻检讨，这次是血的教训，加强对新警察的教育。还有，限期五天破案。"

一个胡同的拐角处，有辆自行车靠在墙上。郑朝阳和郝平川赶过来，宗向方已经确认这是凶手当晚用过的自行车，并从车把上提取了半枚指纹。宗向方说道："北京从1944年开始给惯犯建立指纹档案。说不定，这小子就在档案里。"

有火车的声音传来，郑朝阳想了想："这里离火车站很近？"

"出胡同口就是。"

郑朝阳略一沉吟："凶手把车扔到这里，很可能是坐火车离开北京了。昨天晚上最后一班火车是开到哪儿的？"

"天津。"

两个年轻警察王忠和徐小山的葬礼正在举行，现场气氛凝重。郑朝阳和郝平川站在一起。

郑朝阳在葬礼上下了决心："他们是替我死的，这个仇我一定要报。"

秦招娣来到火神庙，在送子娘娘殿里烧香。殿里空荡荡的，没有人。她来到殿里的值班室。值班员是姨妈，还穿着道袍。

秦招娣轻声问道："廖经理怎么样了？"

姨妈说道："处理了。你这次太急了，这人什么都不知道。"

秦招娣一脸无奈："那只能想别的办法了。但一定要找到这个想撞死我男人的凶手。"

姨妈似笑非笑："你倒真是一往情深，你大概忘了自己以前是干什么的了吧？"

秦招娣没有理会对方的奚落，在姨妈面前的盘子里放下钱，起身出去。

姨妈起身收拾东西出门，进了旁边的一个休息室。

姨妈潜进通达运输公司，各处查看。眼前就是经理办公室，姨妈哼笑了一声。黑影里，段飞鹏悄悄跟着。

姨妈刹那间发现背后有人，她刚一回头，一块乙醚白布捂在了她的嘴上。

姨妈睁开眼睛，发现自己被绑在太平间的尸床上。郑朝山戴着白手套，拿着手术刀看着她。

姨妈拼命挣扎。郑朝山轻轻按住她："别动。告诉我，你绑架廖经理想干什么？"

姨妈争辩道："什么廖经理？不知道。"

郑朝山一把撕开了姨妈的衣襟："活体解剖和尸体解剖的区别就是要注意血浆的喷射角度，还有就是下刀的位置。胸腔打开了，心脏还在跳动……"郑朝山的手术刀要往下按。

姨妈立刻吼道:“干什么，为了帮你！警察盯上廖经理了。他要是说出租车的人，警察就很可能会找到那个撞你的人。你要是出了事，叫她可怎么办?”

郑朝山笑着说:“那么，你是哪一部分的?”

姨妈吃不住，说道:“郑朝山，你可真能装啊。中统，和秦招娣一样，是中统。其实你早就知道她是中统，你还装什么蒜啊，你到底安的什么心啊……”

郑朝山面无表情地用手术刀划过她的喉咙。姨妈死了。

郑朝山的手术刀掉在地上，耳边回响着姨妈的喊叫——其实你早就知道她是中统。

光着膀子包着纱布的段飞鹏站在一旁，默默地看着郑朝山慢慢走了出去。

第二十一章

宗向方走进郑朝阳的办公室，把一份档案递给他：“车把上的指纹找到了，就是这个人。”

郑朝阳急切地接了过来，打开看着。

宗向方面无表情地报告着：“这个人叫牛旺地，绰号‘牛宝’，家住天津北大关，三十一岁。家里三代都是黑道劫匪。1947 年在北平因为绑架被捕，判刑十年，后来越狱跑回老家。”

郑朝阳看着满眼血丝的宗向方，低沉地说道：“向方，真叫你找出来了，回去好好休息，给你记一功。”

郑朝阳起身穿衣服。

宗向方一愣，赶紧问道：“你要去天津？”

“对，我一定要亲手抓住这两个畜生。去通知一下白玲。”

夜色里的天津海边，点着一堆篝火。郑朝阳一个人坐在篝火边看海。白玲走了过来，把手里的一沓档案递给他。

郑朝阳翻开看着：“招了？”

白玲点头：“对，都招了。牛旺地的档案你看过了。这是另一个人的，叫马一山，绰号‘二狠子’，是个有名的混混儿。”

郑朝阳一听混混儿二字，顿时觉得有些奇怪：“混混儿？奇怪！”

白玲并未觉得不妥：“奇怪什么啊？”

郑朝阳解释道：“天津混混儿和别的地方的混混儿不一样。别的地方的混混儿是打别人，天津混混儿是打自己。”

闻言，白玲有些惊讶：“是这样啊？”

郑朝阳沉吟一下，说道：“比如抢码头。别的地方是把对手下油锅，天津混混儿是比着看谁敢自己下油锅。天津混混儿不会主动伤人，更不会去干杀人越货这种事情，除非有特殊原因。”

白玲恍然大悟，她又思考了一下，对郑朝阳说道：“据他们交代，是一个叫李八爷的人花钱叫他们去北京作案的。这个李八爷以前是新六军运输连的司机，从东北到了天津，加入陈长捷的部队。他是官面上的，托他们办过几回事，给钱挺痛快，一来二去就熟悉了。他们说这个李八爷很有背景，他们不敢惹。”

听着白玲的描述，郑朝阳不由得皱起了眉头：“一个司机能有这么大的能量？这个司机长什么样？”

“天津的同志正在画像。”

两人正聊着，一个穿警察制服的人跑过来，递给白玲一个文件夹。白玲打开，是一张画像。

郑朝阳接过来，借着篝火看着：“还是条大鱼！我认识这个人。”他把画像对着白玲，“他姓窦，是商会会长魏樯的司机。”

郑朝阳略带兴奋地站了起来：“马上回北京。”

郑朝阳和郝平川坐着吉普车风驰电掣地赶到商会仓库司机班宿舍，却得知窦司机已经好几天没来上班，据说是辞职了。司机们反映，窦司机和会长走得最近，只要会长出去，班长就派单给他。他们搜查窦司机的储物柜，发现是空的。郝平川皱眉，看向身后的郑朝阳。

两人来到商会会长魏樯的办公室。魏樯看了小窦的照片，否认他是自己的专职司机，说和他不熟悉，只知道这是司机班的小窦，连他的名字都不知道呢。印象比较深的是他喜欢抽苏联人抽的一种烟草，叫什么马合草。

郑朝阳从随身携带的箱子里拿出一个纸袋，里面是一个烟头，魏樯看后确定这就是小窦抽的那种烟。

吉普车内，郑朝阳嗤笑一声，对身边的郝平川说道："这位会长大人说自己什么都不知道。"

郝平川也是一脸狐疑："你相信吗？"

郑朝阳摇了摇头，笃定地说道："不信。"

郝平川皱着眉，说道："这个窦司机请假外出过两次，时间和二狼子说的时间一致，出事那天晚上也没人见到他。商会后面有个大门是走车的，旁边有一个小门，值班室有钥匙。窦司机常年住在车库的宿舍，他要是从小门出去，没人看得见。"

郑朝阳轻哼一声："现在可以确定这个姓窦的司机就是二狼子说的李八爷。得找到他！"

一辆三轮车在胡同口停下来。

车上下来一个人，戴着大礼帽，围巾包得很严实，穿着"踢死牛"皮鞋，只露着眼睛。

他给车夫付了车费，走进旁边的一幢西式的公寓楼。

远远地，有一个人影闪过。

二楼的一个房间。魏樯用约定的暗号敲门。里面坐着一个人，正是窦司机。窦司机试探着问道："老板……"

魏樯气愤但又无可奈何："这里很安全，你得在这里待上一段时间了。上次袁硕的事，你大概也知道了吧？"

窦司机点头，从兜里摸出一个烟盒，里面是卷好的手卷烟。

魏樯没好气地吩咐道："耐心在这儿待着。我会让凤凰安排你离开北京，先去天津，然后坐船到广州。那里有人接应你去香港。"

窦司机点头，说："谢谢长官。"

魏樯转身离开，临走前交代道："和凤凰，不该说的不要说。"

窦司机立刻挺了挺身子:“明白。”

魏檣拦了一辆黄包车，离开了。

胡同对面的杂货店中走出一个人，正是刚才一闪而过之人，他一身平民的装束，戴着大毡帽和口罩。脸看不清，手里拎着两瓶酒和一只烧鸡。

那人站在原地看着黄包车远去，慢慢地溜达到了窦司机藏身的公寓楼前，往门口看了一眼。

窦司机房间的窗帘刚刚拉上，那人转身离去。

杨义家，“大毡帽”摘下帽子，去掉假发、假的粗眉毛和大金牙，露出本相。

他把手里的东西拿到厨房放下，发现砂锅里熬着的汤药就要干了，赶紧关火。然后他小心翼翼地把药篦出来，放到嘴边吹着。

卧室里，杨义的太太躺在床上，看起来很是虚弱。杨义端着药进来，看着似睡非睡的妻子很是难过。他轻轻地把药放好准备离开，但妻子还是醒了。杨义赶紧把她扶起，替她揉搓着后背:“你想吃的烧鸡我买了，一会儿我给你弄。”

杨义家隔壁的院子，杨义从地洞出来，进屋推开一个破书架，书架后面蒙着蓝布。他撩起蓝布，露出墙面。墙上贴满郑朝山的照片和相关的报纸资料，整整占了一面墙壁。

杨义仔细看着墙上的照片，拿出一张字条贴在墙上，上面是窦司机藏身的地址。他把字条贴到了郑朝山照片旁边、魏檣的照片下面。

杨义重新把照片墙隐藏起来，点燃一支蜡烛，借着微弱的光看着一份报纸。报纸上是新警被杀凶案的两个凶手的照片，标题是“杀警凶案三日告破”。

他放下报纸，拿出一个蔡司照相机摆弄着，眼神坚定。

郝平川走进郑朝阳的办公室，郑朝阳拿出一沓档案递给他。

郝平川看着资料问：“魏樯的，你还是怀疑他？”

郑朝阳的眉毛拧到了一起：“我从来不相信偶然，偶然只是别人用来蒙混过关的障眼法，而我们需要的是在这种偶然中找到必然。你看看这个。”

说着，他又递给郝平川一份协查报告：“这个窦司机，或者是李八爷，我们知道的真实信息是他来自新六军，四川口音，对汽车很在行，能驾驶不同类型的汽车。新六军在东北被我们全歼之后，残部撤退到天津，参加了陈长捷的守城部队，这个窦司机当时就在新六军的汽车团当连长。这是东北局从沈阳发来的新六军的人事档案。”

郝平川拿出一张照片，上面的人穿着国民党军服：“没错，就是这个人。可这和商会的魏会长有什么关系？”

郑朝阳沉吟道：“魏樯的恒通商社主营的一个是粮食，一个是汽车零件。恒通商社在沈阳有分号，而最优质的汽车配件差不多都在军队。”说着，又拿出一份材料，“这是恒通商社沈阳分号的账目往来，上面有详细的记录。”

郝平川突然想到了一件事：“来往最多的就是这个505的数字。505，部队番号？”

郑朝阳点头认同郝平川的想法：“对，新六军122师的汽车团。而这个窦司机，就在这个汽车团当机务连连长。”

接着，郑朝阳又拿出一份材料：“这是天津来的协查材料，确认窦司机到天津后曾经在陈长捷的司令部机务连当连长，恒通商社在天津同样有分号，往来最多的正是机务连。”

郝平川一笑：“这么说，这个窦司机应该很早就和魏樯有来往了？”

郑朝阳也笑道：“他可以说和窦司机不熟，但绝不会不认识。他刻意隐瞒这层关系，就说明有问题。”

郝平川有些佩服地说道：“就这么几天的时间，这么多的材料你都是从哪儿变出来的？”

郑朝阳笑而不答。郝平川突然明白了：“你一直在调查魏樯？”

郑朝阳轻轻哼了一声："从他倒腾黑市粮食的时候我就想弄明白，这个所谓的爱国商人到底是什么货色。"

郝平川眉毛一挑："那你老实说，还有什么藏着掖着没有透露的，都交出来吧。"

郑朝阳摆摆手，打着哈哈岔开了话题："该知道的到时候一定会让你知道。现在，去把这个查查清楚。"

郑朝阳拿出一个单据夹子递给郝平川："因为汽油紧张，商会的汽车每次出勤收车的时候都会写上耗油量。你注意这里。"

郝平川看着登记簿，发现了问题："这几次的耗油量是一样的，说明去的是一个地方。"

郑朝阳皱着眉头，似乎有些不满："找到这个地方。"

郝平川收起单据夹转身要走，又转回头来看着郑朝阳："你这个老油条啊。"

郑朝阳笑了笑，又递过去一份资料："这个你也可以看看。"

他递过去的正是肇事逃逸案最后调查到的李把头的画像。

郝平川惊诧道："哟呵，你的进展也太快了吧！"

郑朝阳却一副很平常的样子："这才是大事。凤凰……"

两人刚要继续说，突然响起一阵急促的敲门声，小警察三儿气喘吁吁地进来报告："有、有个人来报案，说知道桃园！"

妻子还在熟睡中，杨义把药放到床边，自己穿好了衣服。

他轻轻地跟熟睡中的妻子说："就算不是你得病，我也想早点结束这一切。可现在不行了，我得救你……"

杨义抚摩着妻子的头发，眼眶有些湿润。

杨义有些僵直地坐着。对面是郑朝阳、郝平川和白玲，三人都有些激动，这反而让他有些害怕。

郝平川要说话，白玲拦住了他："杨教授，您还记得我吗？我是公安局的白玲，曾经到您家里拜访过。”

杨义看着白玲，点了点头，又突然摇了摇头。

郝平川皱眉，低声问道：“这个人是不是喝了酒了？”

杨义突然神情紧张地说道：“有个大坏蛋！瘦瘦的，几绺胡子……”

三人仔细听着，都已经意识到他口中之人可能是郑朝山。白玲和郝平川一起看向郑朝阳。

郑朝阳无奈地摊手，问道：“杨义，我问你，你说的是有关桃园的事情吗？”

听到郑朝阳的发问，杨义哈哈大笑起来：“罪恶镀了金，公道的坚硬的枪刺戳在上面也会折断；把它用破烂的布条裹起来，一根侏儒的稻草就可以戳破它。想不到吧，你的亲兄弟，就是那个要杀你的人。他……是个特务！”

公安局会议室，罗勇在给白玲布置任务。他有些激动，但同时还有些犹豫。

白玲率先开了口：“杨义和郑朝山之前是同事，我早就调查过他，当时也是因为郑朝山的档案资料有出入，所以才去见过他。而且前一阵我收到的那个假条，从逻辑上讲可能也是杨义给的。”

罗勇也低声道：“他不是说去找了朝阳的双亲，你也证实过了。”

事关重大，白玲也有些不确定：“这事可做手脚的地方很多，都是过去的事，不可能百分百确定。”

罗勇沉吟道：“你等我想想。”

白玲向他建议道：“这次杨义来指认，已经是最确凿的人证了！我想我们可以考虑抓捕郑朝山！”

罗勇还在犹豫，因为事关重大，他不得不考虑到郑朝阳的想法。

白玲似乎看出了他的顾虑，她在旁边再次说道：“罗局长，从那个‘鼹鼠’的事情后，他的嫌疑就最大。”

罗勇点头表示同意：“是的，局里也认为郑朝山已经是咱们最大的突破对象了。”

白玲看罗勇似乎被自己说服了，继续进言：“他出现在李能可能出现的现场，还有……另外那个杀手张山的死……”

罗勇踱步，显得有些焦躁。

白玲也顾不了那么多了，急迫地说道：“张山是要去杀郑朝阳的！”

罗勇犹豫了一下，立刻吩咐白玲：“好，我批准你带回郑朝山审问。但要注意，他如果真是一只老狐狸，那我们一定要比他更狡猾！”

白玲用力地点点头：“知道了。”

公安局审讯室，郑朝山并没有被拷上，只是身后有两名公安人员跟着。

他面色凝重，好像在四处寻找什么。宗向方在远处，对着他轻轻地做了个摇头不知的动作后，就默默地离开了。郑朝山轻轻出了一口气，发觉此事确实不简单，但该来的总要来，他面色凝重地进了审讯室。

窗外，远远地，郑朝阳也出来了，望着审讯室，他脸上的表情极其严肃。

审讯室内，白玲和一个公安人员在座。郑朝山坐下，脸上写满不解。

“姓名？”

“郑朝山。”

白玲冷漠地问道：“年龄？”

“三十五岁。1914 年生人。”

“家庭住址？”

郑朝山听到这个问题，不由得轻轻哼笑了一下。

白玲抬头看着他，眼神很复杂：“郑医生，知道今天为什么叫您来吗？”

郑朝山没有说话，他只是看着白玲的眼睛，没有露出破绽。

白玲若有似无地说道：“说说吧，关于‘桃园’。”

听到“桃园”二字，郑朝山的瞳孔瞬间放大了。

另一个房间内，罗勇进来，坐到杨义对面。

杨义一直低着头叨唠着："罪恶镀了金，公道的坚硬的枪刺戳在上面也会折断；把它用破烂的布条裹起来，一根侏儒的稻草就可以戳破它。想不到吧，你的亲兄弟，就是那个要杀你的人。"

郝平川低声对罗勇说："他一直说这句，一会儿明白一会儿糊涂。"

听了一会儿，罗勇反应过来，杨义反复念叨的是莎士比亚《李尔王》的台词。他走上前问道："这是《李尔王》吧？杨义，我问你，你为什么说郑朝山是特务？你们有过什么接触？如果他出现在你面前，你可以指认他吗？"

杨义低着头，但好像眼睛一亮。他突然手舞足蹈，随后就像犯了疯病一般跑了出去，在院子里撒欢儿，说着各种不着边际的话。罗勇等人都冲出来，却也无可奈何。

小警察三儿想去按住犯了病的杨义，但他四处躲藏，竟然跑到食堂里拿出一把菜刀比画着，把众人吓得不轻。最后还是齐拉拉故意跟着他学，才把他按住。

郑朝山用非常平静的口吻说道："白玲同志，我想我真的没有什么要说的。要不，你提个醒？"

白玲看着郑朝山，脑海中闪出刚才罗勇说的：要比敌人更狡猾。仔细一想，白玲心下有了计划。她倒了一杯水，问道："郑医生喝水吗？"

郑朝山本来以为白玲会遵循之前的审讯套路对付自己，没想到她突然来了这么一句，郑朝山当即一愣："哦，不用。我只想知道你们今天请我来究竟是为了什么事情。"

白玲若无其事地自己喝了一口水，漫不经心地吐出了两个字，但这两个字却像郑朝山的催命符："魏檣。"

郑朝山心头一震。

会议室里，郑朝阳、郝平川、白玲还有罗勇站着，看着对面好像什么事都没发生过的杨义。再问，杨义回答和郑朝山是同事，都是救人的，还一起演戏。

几人无奈，离开会议室，一起来到罗勇的办公室。大家情绪都不高。

郝平川分析道："杨义精神一会儿好一会儿坏的，我打算扣留他二十四小时，之后只能放了。"

罗勇点了点头表示同意："但这个人我们要'保护'好，我相信有些事情不会是空穴来风。他今天到公安局来了这么一出戏，一定是有原因的。"

郑朝阳接话："或者是有目的的。"

罗勇摆了摆手："好了，今天就先回去吧。这件事情我要如实向局里汇报。在此之前，你们先忙好手头两个警员被害的案子！既然已经指向了商会的那个会长魏樯，我们就找到破绽，把他揪出来！"

三人同声："是。"

郑朝山坐在审讯室里，皱眉思考，脑海中闪出自己和魏樯接触的一些画面，又闪现自己和杨义交涉的一些画面，最后乱在一起。他有些不知所措。

郑朝阳推门进来喊："郑朝山，你可以走了。"

公安局院子里，郑朝山在两个公安人员的陪同下走出。对面宗向方向他点了点头。

秦招娣在火神庙的殿里转了一圈，看到一身道袍。

她从火神庙出来后，表情凝重。

郑朝山在厨房里心不在焉地做饭。秦招娣下班回家，系上围裙过来帮忙。但两人都有心事，一阵尴尬过后，勉强聊了几句。

饭菜好了，两人对坐吃饭，又是异常安静的状态。

秦招娣看着郑朝山，想要问话，却欲言又止。

郑朝山想诉说一下今天的过程，但也作罢。

两个人默默地吃完饭，郑朝山放下碗筷，说："我吃好了。"

郑朝山抬头看了一眼挂钟，起身离开。

秦招娣缓缓放下筷子，脸上写满焦虑和不安。

郑朝阳和白玲走着，也相对无语。两人走到门口，门卫走了过来对郑朝阳说：“刚才有个人留下张条子，让交给您。”

郑朝阳接过，特意走到白玲旁边才打开，条子上是一个地址，下面还有一个字：窦。

白玲问道：“这会是魏樯的那个司机吗？”

郑朝阳咬了咬牙：“是龙潭也得闯！”

杨义回到家，用正常状态跟妻子说了两句话，然后就带好门出来。对面站着郑朝山，他竟然微笑面对。

郑朝山面色凝重，眉间透出一股杀机：“你准备怎么死？”

杨义却不屑地招呼着他：“你来。”

郑朝山小心地跟在杨义身后进了隔壁院子的屋。当他看到杨义走到里屋，一把撕下墙上的围布时，惊呆了。

郑朝山手中的枪慢慢抬起：“你昨天去公安局，只是为了警告我吗？但据我所知，这已经不是第一次了。”

杨义似笑非笑：“你是说假条？”

郑朝山举着枪走近了一步：“我现在感觉很不好。你知道我来，等着我，还知道我这么多。给我一个不马上杀你的理由。去公安局吓唬人可不算。”

杨义笑着说：“我知道你来，还知道你要走。”

郑朝山不解，杨义不紧不慢地说出了窦司机隐藏的地址。郑朝山心中一震，脸上却故意露出笑容：“可惜，我已经安排他出城了。”

杨义看着郑朝山，还是一副似笑非笑的样子：“哦，是吗？那公安局一会儿去就不会发现什么了。那你杀了我吧。”

杨义看着他，又看了看表。

郑朝山狠狠一拳打在杨义脸上："你想玩，我陪你玩！"说完，他急急转身出门。杨义在后面招呼道："快去快回啊，正事还没说呢！"

郑朝山没有理会他，疾步离开。

郝平川和郑朝阳赶到公寓，门没有上锁。两人走进去开始搜查。

郑朝阳从床下找到一个提包，打开看，里面是一些换洗的衣服。他又从提包里翻出一张释放证明，上面有窦司机的照片。

郝平川接过去说："李福安，天津警备司令部机务连连长。这是四野给发的回乡证明。这小子是战俘，被释放了没回家，直接到了北平。"

他把释放证扔到桌子上："又让这小子跑了，早知道该多带些人来。"

郑朝阳皱着眉头，若有所思地说道："连换洗的衣服都没带，还扔了释放证明，他最多是在我们来之前两三分钟离开的。"

郝平川试探着问道："那就是说……给咱们报信的人可能另有所图？"

郑朝阳点点头表示同意："起码让咱们抓姓窦的不是第一目的。"

这时，窗外传来汽车发动的声音。两人到窗口查看，决定去跟踪这辆汽车。

隔壁房间的阳台上，郑朝山和窦司机神情紧张地躲着偷听。

郑朝山看着杨义给妻子喂完药，自己先一步出来。

杨义递给他一个检查单，郑朝山接过来一看："急性脑中风，夫人？"

杨义点了点头，对郑朝山说道："咱们都是医生，这个病，要是用药及时，还能多活几年。"

郑朝山皱着眉头："这是内科，我不懂。"

杨义微笑道："不过这种药需要到香港用黄金去买。我没黄金，也去不了香港，只能找你。"

郑朝山放下对杨义的敌意："什么药呀，这么贵？再说，你找我就成？"

杨义笑着说："成呀。你是特务，你一定有办法。你要是没有，我只好去找共产党了。不过人家凭什么帮我？除非我能立个大功劳，比如，找个军统大特务卖卖。”

郑朝山默默地喝着茶。

杨义继续说道：“跟你说实话，日本人在的时候我怕；日本人走了，国民党来了，我还是怕；等共产党来了，我以为可以翻身了，所以我交了你当初开的假条。”

郑朝山打断了杨义：“说重点吧。”

“照片。”

郑朝山心头一震，随即微笑道：“老杨，你可真能演戏，难怪咱俩一起搭档演戏那么长时间。其实我一直在怀疑，你所谓的照片到底是不是真的。我查过你留下的脚印，当时的那个距离，加上逆光，你的照片是不是拍得清楚。”

“你知道我喜欢摄影，逆光算得了什么。你要是真怀疑干吗留我到现在？你还是害怕，你是怕万一。你天性谨慎，不愿意出一丝一毫的岔子。诸葛一生唯谨慎啊！”

郑朝山没有说话。

杨义看着他，幽幽地说道：“何况……我要是没看到你那么狠，我怎么会这么怕你呢？”

郑朝山脑海中闪出自己在河南杀中统，刀刀毙命的画面。

他立刻问道：“多少够？”

杨义斩钉截铁道：“买药，加上我们两个离开这里……”

郑朝山打断了他：“你这么爱你妻子吗？”

杨义阴沉地笑着说：“是呀，不然我不会想开车撞死你！”

郑朝山脑海中闪出上次自己找杨义问话，对杨义妻子有所伤害的画面。

他看着此时杨义冷峻的目光：“你如果敢……”

杨义不耐烦地打断了他：“给你的时间，你应该知道。”

郑朝山看了眼隔壁屋内暗灯下躺着的女人，大步离开。

宿舍里只有郝平川一人。他旁边摆满了从公寓里查获的窦司机的证物。他打了个哈欠，把证物规整好，准备睡觉，突然发现了另外一份材料，是之前郑朝阳给他的关于肇事逃逸后续调查的那个嫌疑人的画像。

郝平川仔细看着，突然有所发现，他赶紧起身出去了。

郝平川气喘吁吁地走进公安局会议室，看到郑朝阳在，他喘着粗气，焦急地说："那个杨义不在了！"

郑朝阳一愣："不在了？"

郝平川赶紧点头："不在家！周围邻居说好像一早就走了。要不要在城里搜捕一下？"

郑朝阳想了想："他能去找谁呢……"

设施很好的一个单间病房里，杨义守着病床上的妻子。杨义太太此时昏迷不醒。

郑朝山走了进来："这是治疗脑病最好的医院。你离开医院这么久，不会不记得这里了吧？"

杨义点头："记得。"

郑朝山看着杨义太太，不由得生出些许感叹："夫人当年也是如花之貌兰蕙之姿，没想到成了这个样子。"

杨义的眼神也有些迷离："郑兄，你说对她来讲，是不是这么睡下去才是最好的？"

郑朝山一愣，没有回答，只是说："你说的事，我一定尽力。"

杨义淡淡地说："那就多谢了。"

郑朝山想走，但又忍不住转身回来问："你是怎么发现我的？"

杨义说道："两年前我隔壁的秦先生举家搬回老家了，我就冒充火车站的李把头把房子租了下来，然后在两个房子之间挖了一条地道。"

郑朝山点点头："聪明。"

"每次出去的时候都得装扮成另一个人，开始时蛮新鲜，到后来就倦了。不过我还是有收获。你每次出去的时候不也是扮上嘛。别人看不出你，可我一眼就能看出是你。”

郑朝山立刻说道：“这不可能，这么长时间，你跟踪我，我不可能没发现。”

杨义笑了笑：“我想你没发现我，是因为我根本就不会跟踪，我也不会你们那些花哨的本事，我只是跟着你。对你来说，我就是一个路人而已。”

两人相视而笑，但都笑得十分克制。

告解室内，郑朝山低声说道：“这个联络点不能用了，要换一个。”

魏檣却对他有些怀疑：“我看没什么问题。”

郑朝山露出些许不耐烦的神色：“他们会不松口地调查你的司机。不管他怎么隐藏逃跑，都会留下痕迹，一些无意间留下的痕迹。而这些痕迹一旦被抓住，就很可能指向这个联络点。”

魏檣的口气立刻严厉起来：“凤凰，不用你教我该怎么做。我主管华北情报站和鬼子斗的时候，你还在医院里给人缝肚子呢。”

“计算不周则诸事疲敝，还是小心点好。”

魏檣显然对郑朝山最近的行动很不满：“未雨绸缪但也不必风声鹤唳，我会考虑你的建议。另外我问你，你的‘熔岩’计划，现在准备得如何了？”

郑朝山一愣：“还没有十足把握。”

魏檣冷笑一声：“呵，我已经通知了哈尔滨的行动组随时策应。为此，台湾还准备专门空降一名特战专家到哈尔滨。”

郑朝山皱着眉头问道：“你想现在就启动‘熔岩’计划吗？”

魏檣有些挑衅地说：“怎么，不可以吗？”

郑朝山没有说话，但脸上的神色显然很不满。

魏檣说道：“据我所知，共产党现在已经全面怀疑你了，你竟然如此淡定？”

郑朝山淡淡地说：“我想是怀疑你吧。”

魏檣顿时激动起来："我是你的上级，你听指挥就行了，多余的不要问不要说！这次，上面是下了血本，绝不能再有失误。"

郑朝山口气淡然地回道："是。"

魏檣毫不客气地说道："走吧！你自己的事也不少。"

郑朝山犹豫了一下，还是跟魏墙开了口："还有一件事，请长官帮忙。"

他把一张字条递给魏檣："我一个老同事的妻子病了，急需这种药。这药内地没有，需要到香港用黄金买。我在香港没有关系。"

魏檣看着字条有些奇怪地问道："都这个时候了你还有心思管闲事？"

郑朝山却换了一副神色："请长官务必帮忙。"

说完，他站起来走了出去。

魏檣出来，看着郑朝山的背影，哼了一声。暗中闪出一人，正是魏檣的司机。

魏檣低声说道："要盯着点儿这个人了。"

窦司机应声点头："我就去。"

魏檣摆了摆手："不用，他是老狐狸，我自己去。"

郝平川走进郑朝阳的办公室，说："老郑，查到了。"

郑朝阳本有些愣神儿，被郝平川一下唤醒："查到什么了？……不管是什么，老郝你行呀，越来越像个警察了！"

郝平川在桌子上铺好一张北平地图："我查了魏檣这段时间所有的车辆出入记录。每个月的12号下午出入的油料损耗是一样的，说明这个时间点，魏檣会固定去一个地方。以商会为中心，估算出大概在周围五公里的一个范围。"

郑朝阳看着地图说："这范围太大了。"

郝平川兴高采烈地说道："是，所以我又找了车辆的维修记录。魏檣使用的是一辆别克汽车，是抗战胜利后从一个汉奸手里买来的。外表看着光鲜，其实毛病很多，有多次维修记录。上个月的12号，记录上显示轮胎损坏，就地维修，有维修的票据。我找到了这家修理厂，不大，就在路边。

修理厂的人确定，魏檣的车经常从门前路过，到这里来。”

郝平川拿出一张照片，照片上是一个库房的大门：“这里是商会的一个库房，里面存着不少物品，每月的12号魏檣都会来这里盘库勘察物资，时间约两小时。”

郑朝阳看着照片上库房后面的尖顶建筑，指着问道：“这是什么地方？”

“这是西直门的小教堂，和库房挨着。”

“挨着？”

郝平川很有把握地说：“对，一墙之隔。这个库房的产权是教堂的，抗战期间被日伪政府征用，抗战胜利后归还教堂，后被商会租用当作库房。”

郑朝阳立刻明白过来：“那么这个院子和教堂是通着的。”

“对，有一道小门通着。门锁是从库房这面锁上的。”郝平川肯定地说。

郑朝阳皱着眉头问：“这道门通向什么地方？”

“教堂的神父休息区。”

“你等等。”郑朝阳突然回想起来，有一次郑朝山说去给教堂的科波拉神父看腿，那天正是12号。

他立刻说道：“盯着这个教堂。”

“口罩男”推着遗体车来到了停尸间。看门老头出来，帮他把遗体推进了里面的停尸房然后出去了。郑朝山走了进来，“口罩男”摘下口罩，原来是段飞鹏。

郑朝山过来掀开白布，拿起针线开始给尸体缝合伤口。

段飞鹏在一旁悄声说道：“的确是机车厂来的消息。之前我们侦察到的那三辆一模一样的机车已经是最高级别的防范，更换取暖设备，应该是往寒冷的地方走。东北，或者更北的地方。关键是不知道火车上是不是我们要找的人。”

郑朝山点了点头：“现在火车站也加强了戒备，增派了警力。这种安全级别，很可能就是他。”

段飞鹏略一沉吟：“我去趟平西，找杨凤刚。叫他派些人沿着铁路线看看布防的情况。”

郑朝山表示同意：“叫他们盯紧车站。不管这些火车要去什么地方，总是要从车站出发。另外，通知电台随时准备发报！”

公安局办公室里，郑朝阳、罗勇、郝平川、白玲正在开会。

郑朝阳说道：“我刚询问了科波拉神父，他什么都不知道。魏樯是趁着科波拉神父外出给东堂的教友做弥撒的时候，从库房的侧门进入教堂来接头的，这时候教堂里已经没人了。”

1949年12月6日，新中国成立后第一次国事访问，目的地——莫斯科。

刘海躲在一个阴暗的房间里发报：“共军一号乘车三列，前往满洲里，疑似往苏联访问。桃园组启动‘熔岩’计划。”

刘海走出一个小胡同，拿着大食盒走了。

公安局会议室，罗勇似乎很生气，克制不住地吼道：“嚣张至极！首长刚刚出发，这个什么025台就发报了，难道首长出发的时候他就在现场吗？还有机车的信息，他们了如指掌！都是通过025从北京发过去的！”

白玲在一旁小心翼翼地说道：“这个025电台飘忽不定，从来不在一处发报，而且时间很短，很难捕捉。”

罗勇心烦意乱地摆了摆手：“抓不到是你们无能。首长已经知道了，非常生气，并且特别做出指示，回北京前，要把这个什么025电台给挖出来。该怎么做是你们的事。”

郑朝阳在一旁插话道：“现在可以肯定，025电台和桃园行动组有直接的联系，很可能就是桃园行动组的专属电台。找到它，就能找到桃园行动组。”

罗勇一拍桌子：“好！咱们和桃园行动组斗了这么长的时间，是时候有个结果了。还有这个‘熔岩’计划，到底是什么计划。我已经通知沈阳、长春、哈尔滨铁路沿线的公安部门严密监视。北京这里，也要抓紧时间。同志们，首长在看着我们。我们要用实际行动来证明我们自己。听明白了吗？！”

郝平川匆匆走进办公室，看到郑朝阳正在整理文件，急匆匆地问道：“老郑，什么事这么急着找我？”

郑朝阳严肃地说道：“锦西公安局的同志前天晚上抓住了从台湾空投下来的国民党上校专员杜敏杰，说是有关于桃园行动组的重要情报。罗局叫我们赶紧去一趟把人提回来，我带宗向方和白玲过去。家里的事，你来负责。”

郝平川立刻说道：“放心吧。”

郑朝阳出了门又转回身：“我还是那句话，对付特务就得稳住神，沉住气，高处着眼低处使力。”

葫芦岛海边，郑朝阳、白玲和宗向方在海边散步。

两个解放军干部过来，递给郑朝阳一个笔记本。郑朝阳把笔记本递给白玲：“这就是长辛店火车技术员马国兴的笔记本。”

白玲看看，又递给宗向方。

宗向方说道：“当初我们把马国兴家上上下下都搜遍了也没有找到这个笔记本。当时就很奇怪，凶手什么都不拿，为什么偏偏要拿这个笔记本。原来有了这个就知道列车的动力、构造，就能找到列车的薄弱点。”

郑朝阳点了点头表示肯定：“对，他不愿意当特务，结果被特务害了全家。就剩下这个笔记本了。这是证据，也是使命。这是在告诉我们，杀马国兴全家的真凶一直逍遥法外。审问杜敏杰的记录都看了吧，有什么想法吗？”

白玲想了想，说道：“杜敏杰被抓后很快交代了隐藏在沈阳地区的行动组，三十多名特务全部被抓，说明这次行动的规模很大。马国兴的笔记本是从沈阳行动组的组长身上找到的，那么这个笔记本应该很早就到了他的手上。”

宗向方在一旁默默地说道："杀马国兴的凶手金三曾经说过马国兴的死是因为'熔岩'计划。这次杜敏杰被空投到这里也是为了实施'熔岩'计划。这个杜敏杰是个战术专家，精通爆破暗杀，能使用各种武器。"

郑朝阳有些气愤："看来这'熔岩'计划是桃园行动组策划的一个很大的破坏活动，甚至要求台湾空投战术专家来协助。我倒真想知道这个'熔岩'计划到底是什么。"

白玲突然想到了什么："杜敏杰不是说知道桃园行动组的重要情报吗，是什么情报？"

郑朝阳说道："他说知道桃园组的负责人是谁。"

宗向方脚下一滑险些摔倒，但是被郑朝阳一把扶住："小心点。"

宗向方强忍着心中的恐惧，嘴上还是平静地说道："这可是个重要情报。是谁？"

郑朝阳在一旁说道："他不说，他想用这个当筹码和我们谈条件。我已经向罗局汇报了。领导的意思是，这些人是白日做梦。和特务没有任何条件可谈，但暂时也不要刺激他，押回北京再说。"

宗向方登时脸色大变，脚步慢了下来。

郑朝阳、郝平川和白玲一起坐在审讯室。保密局专员杜敏杰被带了进来，坐在椅子上。

他似乎已经放弃了抵抗："长官，能抽支烟吗？我什么都说，都是大秘密！"

郝平川在一旁鼓励道："快说吧，争取宽大处理。"

杜敏杰点点头："我奉命来配合北平桃园行动组执行代号熔岩的计划。"

郝平川继续问道："'熔岩'计划的内容是什么？"

"就是刺杀你们的一号首长！"

郝平川立刻变了脸色："那是你们想刺杀就能刺杀的吗？"

杜敏杰无奈道："当然很难，所以这个计划策划很久一直没找到机会。这次我们也是在北平、沈阳到哈尔滨的路线上埋伏下了几路人马，在莫斯科也有接应。成不成的，看老天爷吧。我这不是刚落地就被抓了吗？我手下的人也都完了。”

杜敏杰扔掉烟头，用脚踩灭：“具体的任务情况我都交代了。我来北京是因为，我知道桃源行动组的负责人是谁。”

第二十二章

杜敏杰很配合地说道："桃园行动组的负责人叫费东山。我们俩都是黄埔二期炮科毕业生，后来又分别加入军统。抗战期间我听说他潜伏到了北平。抗战胜利后我调到国防部二厅，北平陷落……是解放后，我看到派遣名单里有他的名字，负责桃园行动组，代号'大先生'。"

一位公安人员把几组照片依次摆到了杜敏杰的面前。其中就有郑朝山！杜敏杰看着照片。

看了一圈，他却突然指着北平商会会长的照片叫道："是他！"

郑朝阳立刻说道："通知分局同事，布置抓捕，立刻行动。"

商会办公室，敲门声传来。魏檣过去开门，门口站着的是他的司机。

窦司机恭恭敬敬道："会长，车备好了。"

魏檣点头："走。"

窦司机有些疑惑，但还是试探性地问道："去哪儿？"

魏檣皱皱眉头："天津。"

白玲来到公安局会议室，向罗勇轻声询问道："您找我？"

罗勇沉声道："魏檣的腿倒还真快。现在我们可以确定桃园行动组的核心成员不是三个，是四个。人无头不走，鸟无头不飞。魏檣这个头先跑了，剩下的爪牙和尾巴又能蹦跶几天？"

白玲点头道："王忠和徐小山的案件也可以结案了，主谋就是这个魏樯——大先生。”

罗勇一拍桌子：“端掉了魏樯，还有个 025，后面的任务依旧很重。我可是和领导打了包票了，一定在首长回国前端掉这个 025！”

郑朝山来到杨义妻子的病房，屋里竟然没人。他慌乱地四处寻找、打听，但几个经过的患者都不知情。郑朝山心跳加速，小跑着离开。

快到护士站的时候他稍微放慢了脚步，问道：“请问 6 号房的病人和家属呢？”

护士长有些犹豫地说：“今天早上已经不行了，现在可能……”

杨义家，杨义点燃一支蜡烛，满脸泪水。他把妻子的遗体安放在床上，呆呆地看着。脑海中闪出自己夜里陪床，妻子说疼，受不了了，自己心疼地掉泪，妻子也满脸泪水的画面。

他摩挲着妻子的脸，哭道：“咱马上就有钱了，就能治病了，你为什么……为什么要自己走……”

这时，背后突然传来一个声音：“像你说的，也许这样，对她才是解脱。”

杨义回头，看到黑影中的郑朝山，他手中的刀子寒光若隐若现。

郑朝山继续说道：“她也是学医的，知道自己的病……医不好。”

杨义苦笑道：“我俩在一起快四十年了。”

郑朝山看着他，有些感慨。

突然，杨义情绪激动地说道：“她是自己走的，她没等我！”

郑朝山走近，杨义更加激动地拿出了一把手枪。

郑朝山一愣，但手中的小刀也准备就绪。谁知，杨义却把枪递给他：“朝山兄，你帮帮我，你杀了我，你杀了我我就能去见她了！”

眼前的情景显然让郑朝山吃了一惊，他缓缓地接过杨义的枪，发现里面子弹已经上膛。

看着杨义痛苦真诚的眼神，郑朝山却不知道接下去该如何。

“你不是也结婚了吗？她就是我的一切……”

想到家中的秦招娣，郑朝山心头不由得一震。

杨义轻声问道："她对你好吗？"

郑朝山稍显犹豫，嘴里却说道："我也是不愿看到这个结果。"

杨义哭泣着，点了点头："对，你的东西，就在颐和园北宫门一进门，那里有棵大杨树，树干里。你仔细找，大约两米多的地方有个洞！"

郑朝山听着，轻轻地出了一口气。他把枪放下，自己的手刀也暗自收起。他转过身，在门口犹豫着。最后，狠了狠心，他还是拿出了手中的小刀。

正在这时，他的身后一声枪响——杨义已经抱着妻子安然死去。

看着死去的杨义，郑朝山顿时悲从中来，他站在杨义的身边，脑海中不断地浮现出两人一起在台上表演的画面。画面中，杨义的样子变成了秦招娣，紧接着又变回杨义。不知不觉间，有眼泪从他脸颊滑落。

屋外，一个黑影闪过。

郑朝山进入颐和园，找到了杨义所说的大杨树，树上果真有个树洞。他很高兴，伸手进去摸，却只摸出一些破损的牛皮纸，还有一个空锡盒。郑朝山慌忙四处查看，突然，他发现——地上有脚印！

顿时，郑朝山变得惊恐万分。

大杨树不远处，一个人隐蔽着，手里攥着一卷胶卷。此人正是魏檣。

街上寂静无人，郑朝山独自走着，大步走向公安局的大门。

公安局会议室里，罗勇、郑朝阳、白玲在开会。

罗勇说道："杨义五年前的车祸到底是普通的交通事故还是人为肇事，这个一定要查清楚。"

郑朝阳点头，看了看手中的资料道："我们查阅了日伪时期的档案，里面有现场的照片、车胎印、现场目击者的描述和处理案件警察的处理书。综合看来，交通肇事逃逸似乎更合理。"

白玲在一旁补充说："当时给杨义做紧急抢救的医生我们也找到了，

医生说杨义能活下来纯属偶然，因为雪天路滑车轮打偏，没有正面撞击到他，但仍造成严重的脑震荡，他只能勉强生活自理。这种病不好说能不能彻底治好，成功和失败各占百分之五十。”

罗勇点点头，同时叹了口气：“也就是说，杨义到底是真傻，还是装傻，没法儿分辨了？”

这时，门口传来报告声：“报告，外面有一个叫郑朝山的，要见白玲组长。”

郑朝阳疑惑付地问：“谁？！”

郑朝山坐在会客室的沙发上等着，白玲推门进来了。

白玲看见郑朝山有些意外：“大哥，这么晚了有什么急事吗？”

郑朝山冷静地说道：“杨义死了。”

白玲顿时大感惊讶：“谁？杨义？什么时候？！”

郑朝山点点头：“就刚才。”

说完，他看了看手表：“一小时前，当着我的面，自杀了。”

白玲拿出一个笔记本坐在郑朝山对面，表情十分严肃：“把情况仔细说一下，一个细节都不要落下。先说一下，你到他家去干什么。”

罗勇对郝平川说道：“到杨义家，把尸体运过来，马上。”

郝平川立刻回道：“是。”

他转身要出门，罗勇赶紧拦住他，嘱咐道：“你亲自去！”

郝平川点头快速离开。

罗勇环抱着双臂，满心疑惑：“他这是要干什么？”

郑朝山详细描述了当时的场景：“情况就是这样，你们可以去调查，医院有杨义夫人完整的病例，她需要的特效药只有香港才有，而且非常稀缺，据说需要用黄金才能买到。这些天我到处给他想办法，可杨夫人终究还是没能等到。”

白玲一边记录，一边问道：“你是说，是杨义自己把他妻子接回家的？”

郑朝山点头：“是，医院有他的签字。杨夫人是重症患者，没有家属的签字是不能出院的。我看他把夫人带回去了，就想去劝劝他，把夫人再送回到医院，只要还有一线希望，就别放弃。”

白玲满腹疑虑：“你去他家就是为了这个？”

郑朝山一副无辜的样子：“当然，我们是老朋友。小白，你也知道，我的朋友不多，杨义算是一个。他这人命苦，好好地出了车祸，后来就疯疯癫癫的，我一直在照顾他。这次为了他夫人的事情，我也是倾尽全力了。可惜，还是没能救下他。”

白玲还是紧紧地盯着郑朝山：“他的死，仅仅是因为他妻子的去世？”

郑朝山点点头，用一种难以形容的口吻道：“小白，你还年轻，不懂得这种相伴了几十年的老夫妻之间的感情。对他们而言，彼此就是对方的全部，一个人死了，另一个人也不想再活。这种事并不少见。”

白玲在心里冷笑一声，继续问道：“那你为什么隔了这么久才来报案？”

郑朝山坦白地说道：“我害怕。”

“害怕？”

“是，害怕。上次杨义来公安局说我是特务，弄得大家都很紧张，我也不知道该怎么为自己辩解，也有点想不明白一个疯子的话怎么就会叫人相信了。这次，他又在我面前自杀了，我当然害怕，怕你们说是我杀了杨义。我本来想一走了之，反正我去他家也没人看见。但后来想，我没做错什么，事实就是事实，他是自杀的。所以我来了，我相信你们会把一切都搞清楚的。”

罗勇意味深长地对郑朝阳说道：“朝阳，你见过峨眉山的猴子吗？”

郑朝阳不知道罗勇什么意思，只好如实说：“没见过。”

罗勇笑着说：“峨眉山的猴子有意思，不怕人，成群结队地抢人手里吃的东西，十分霸道。”

郑朝阳倒觉得十分有趣：“猴子劫道啊。”

罗勇高深莫测道：“峨眉山是佛教圣地，是普贤菩萨的道场，山上到处都是寺庙，上山的也大都是香客，他们慈悲为怀，不愿意伤害山上的猴子，还时不时地把身上带的食物分给它们，时间长了，就惯出毛病来了。”

郑朝阳这才明白罗勇是什么意思：“我明白了，猴子之所以招摇，不是因为胆子有多大，是觉得人拿它们没办法。”

郝平川进了屋，身后还跟着法医。

郝平川开门见山道：“领导，尸体已经拉回来了。”

“现场呢？”郑朝阳问道。

郝平川说：“我仔细看了，屋里没有打斗的痕迹，枪上只有一个人的指纹，是杨义的。枪是美式点三八口径转轮手枪，这种枪黑市上很多。”

一旁的法医解释道：“死者的创口位于右太阳穴，从角度和焦痕上看，符合开枪自杀的特征，尸检也没有发现异常，身上没有创伤，也没有中毒的迹象。可以确定，是自杀。”

罗勇点点头，法医出去了。

罗勇示意郑朝阳：“我们之前有过一次失误，同样的错误就不能再犯，不能再被别人拿住我们的口实。你去见一下，不管他是不是真的桃园的老大，在证据凿实之前，他就是你的哥哥。”

郑朝阳走进会客室，坐到郑朝山的对面。白玲收起笔记本走了出去。

郑朝阳赶紧对郑朝山说道：“哥，杨义的尸体法医刚才做了尸检，可以确定是自杀。这次的事，和你没关系。”

郑朝山沉默地看着郑朝阳。

“哥，以前的事情呢，是有点误会。你是青年民主促进会的总干事，知道我们的政策，我们所做的都是为了新中国，为了北京老百姓安居乐业，你不是也一直在说老百姓要的就是风调雨顺国泰民安吗？现在这个日子实实在在地来了，受点委屈又算什么呢，是吧哥？以后，你还得和以前一样信任我们。”

郑朝山看着郑朝阳，没有说话，而是站起来走了出去。

郑朝阳在后面喊道："哥，你回去了啊？慢走啊！我还有事就不送了啊！"

看着远处消失的背影，郑朝阳的脸色瞬间变得忧郁，嘴里喃喃自语道："哥，你可千万别是啊……"

郑朝阳站在曾经贴满郑朝山资料的那面墙前，墙上只有痕迹，并没有任何内容。他走近了些，摸着一个个的钉子眼儿。

那天晚上郑朝山去报案之前也曾站在墙前。他撕下所有的资料，然后仔细检查一番，最后擦干净指纹和脚印才离开。

郝平川和白玲也走了进来。

郑朝阳整理了一下思绪，说道："这上面原来应该有很多资料。他一定在研究什么。"

白玲说道："我问过房东了。这个院子是个叫李春辉的承德人租住，据说他是在火车站当把头。大伙儿都叫他李把头。但我们去火车站询问过，根本没有这个人。"

郑朝阳指指旁边衣服架子上的一套衣裤、一顶大毡帽。

他琢磨了一下，说道："李把头在这儿。李把头就是杨义。他化装成李把头的样子外出。他到底想干什么？"

郝平川恶狠狠地说道："这个疯子！其实一点都不疯。八成他也是特务，和桃园行动组有联系。"

郑朝阳沉吟了一下，总觉得哪里不对劲："目前看来还不好说。他装成疯子，以李把头的形象出去收集情报？这似乎不合情理。"

可郝平川却认准杨义是特务："怎么不合情理？谁能想到一个疯子会化装改扮去搞情报。对了，"他惊讶地说，"你们说，这个杨义会不会就是凤凰？"

郑朝阳突然一愣，随即问道："你怎么会这么想？"

郝平川继续自己的推理，仿佛这就是事实一般："你想啊，他能化装成李把头外出，就能化装成别的形象外出。那天晚上在御香园和保警总队的杨怀恩见面的，会不会就是他？”

白玲对郝平川的推理有些不屑一顾：“杨义是凤凰，我们这段时间一直努力寻找凤凰，而这个凤凰因为老婆去世就殉情自杀了。你觉得能有这种好事吗？”

郝平川想了一想，深觉白玲说得有理：“啊，也对啊。不过我就是提一个思路嘛，你们俩都是聪明人，一定能找出缘由的。”

郑朝阳看着空空的墙壁，轻轻地拍打道：“这个杨义，还有很多东西等着我们去挖。”

郝平川在一旁无奈地说道：“可惜人死了。”

郑朝阳接道：“现在的杨义死了，过去的杨义可还活着。看我们怎么找了。”

一辆行驶的车内，魏樯手中拿着一卷看起来有些陈旧的胶卷，另外一只手正拿着几张照片，照片上郑朝山手拿弯刀，面目狰狞。

魏樯表情严肃，看向车外。

医院手术室里，郑朝山正在进行手术。他认真操作着，却控制不住地紧张。

一把手术刀掉在地上，发出了清脆的声音。

在公安局食堂里，郑朝阳和白玲对坐着吃饭，郝平川也端着饭盘走来。

郝平川不满地抱怨道：“又是土豆烧土豆，啥时候能吃上一顿红烧肉啊。我得跟领导反映一下了。这要叫马儿跑，就得给马儿吃草啊。不但吃草，还得吃好草。草里加上鸡蛋啊香油啊什么的。”

他说着说着，感觉自己哈喇子要流下来了。白玲突然直勾勾地看着他。他被白玲看毛了：“小白你干吗，我怎么了？”

白玲挑着眉毛说道：“你刚才说的什么，你再说一遍？”

郝平川赶紧讨饶："哎，我也就是那么一说，你可别当真啊。我就说给马儿吃草，这呢……就是打个比方。绝不是对领导有意见……"

白玲一拍桌子："对啊，要叫马儿跑，就得给马儿吃草。我怎么没想到呢！"

白玲笑着拍拍郝平川："谢谢你老郝。咱们能找到025了！"

郝平川惊讶得张大了嘴巴："啊？！"

郑朝阳倚在办公室的窗前，郝平川和白玲在一旁认真分析案情。白玲拿着一张地图，上面满是标记的地点和时间。

白玲说道："025电台我们已经监测了很长时间，一直没法儿确定它和桃园行动组有关，也始终没有办法确定他的发报位置。他发报的时间和地点都不固定。"

郑朝阳点点头，表示同意白玲的看法："很可能这个025电台的发报人是在流动中发报的。那么什么人是经常流动的呢？街头商贩、打鼓收废品的、邮递员，或者是饭馆的外卖员，范围也很大。"

白玲继续说道："我们的思维被困住了，就是执意要找到025的发报位置。既然知道他流动性高难以查找，我们干吗不反向推论一下？"

"反向推论？"

"就是老郝刚才提醒我的，得叫马儿吃草！"

郝平川十分得意地哼了一声。

白玲两眼发光地说："025是流动的，但给他的经费不可能是流动的。通过我们对025电报内容的分析，这个电台收集的情报比较繁杂，要收集这些情报需要不少的经费。因此，他一定有固定的获取经费的渠道。"

郝平川沉默了一会儿，笃定地对二人说道："我们只要找到这个渠道，就能找到025。"

"没错。他是流动的，他的钱可是固定的。"白玲一笑。

郝平川一拍脑袋，转而似乎又犯了难："但这怎么找呢，特务的经费来源我们怎么知道？"

郑朝阳目光灼灼：“最大的可能，是银行的境外汇款。”

卧室里，郑朝山侧身躺在床上，眼睛却睁着，显得心事重重。另外一边，秦招娣也没有闭眼。她的手轻轻放在了郑朝山的肩上，自己翻了个身。

郑朝山回头看了一眼她，秦招娣脸上写满幸福和温存：“我今天看了报纸新闻，说广州解放了。”

郑朝山心不在焉地回道：“嗯。”

秦招娣再次试探道：“那边很暖和，离香港也很近，你说……”她有些犹豫，但还是大胆地问了出来，“我们去广州好不好？”

郑朝山侧着身，还在想着心事，心不在焉地说了一声“好”。

秦招娣听到郑朝山的答案，不由得瞳孔放光心头一震，她再次强调了一句：“就我们俩。”

郑朝山敷衍道：“嗯。睡吧，不早了。”他拍了拍秦招娣的手，秦招娣微笑着抽回自己的手放在脸颊处。她看着郑朝山的背影，甜蜜地闭上了眼睛。

秦招娣去车站打听好了去广州的车票，心情极好地走在大街上。

街口，一张画像寻人启事贴在墙上，是前不久发现的溺水女尸。秦招娣没事也过去凑热闹，但下一秒，她的笑容僵住了。画像的女尸正是真的秦招娣的姨妈。她的脑海中当时的场景一闪而过——“姨妈”在车站接走了秦招娣的姨妈，自己和“姨妈”杀害姨妈，坠尸河底。而后“姨妈”假借真姨妈的身份跟自己回了家。

秦招娣赶紧转身离开。

郑朝阳在办公室接完电话，马上拿起了内线电话：“向方，你来一下。”

宗向方进门，郑朝阳吩咐道：“向方，你去一下永定门找关所长。他们那边发现一具浮尸，口袋里有咱们的电话号码。你去看看是怎么回事。”

宗向方点点头：“好，我这就去。”

局会议室里，郑朝阳、白玲、郝平川在开会。

白玲率先开口："北京的中法工商银行，包括美国的运通银行、花旗银行，还有汇丰银行，之前都相继暂停了业务。"

"天津呢？"郑朝阳问道。

白玲说道："目前北京和香港有业务往来的只有一家金盛银行。我查了近六个月的境外汇款。结果有三个人有疑点，其中两个人经过调查被排除，疑点最大的是这个人。"白玲翻开一份档案，"是汪春霞。"

根据户籍档案上的介绍，汪春霞家里有老母和汪春霞夫妇两人，还有一个不到十岁的女儿。汪母腿脚不好，平时足不出户。汪春霞的丈夫以前是一家公司的经理，因为国民党发行金圆券搞乱金融而破产，从此疯疯傻傻。汪春霞还有个弟弟汪春生，抗战期间外出从军，后来阵亡，家里还有国民党国防部颁发的阵亡证书。汪春霞还有个前夫叫谢宝庆，人在香港，开有一家新都贸易公司。给汪春霞的汇款就来自这家新都贸易公司，应该是谢宝庆给汪春霞的赡养费。

郑朝阳皱着眉头说道："这是赡养费吗？"

他看着汪春霞的档案，又问道："为什么这个汪春霞疑点最大？"

白玲说："我对照过这六个月来我们截获的025发报记录，看这份记录。"

郝平川念着："职部已就位，即将开业，速将经费落实。时间是2月21日。"

白玲说道："这是我们截获的025的第一个发报记录。那时候我们还以为这只是一个普通的电台。再看看金盛银行的香港转账记录。"

郝平川看着记录："2月22日，金盛银行汪春霞账户转入1000美元。前后脚啊。"

郑朝阳慎重地说道："但这也不能完全说明025和汪春霞有关联啊。"

白玲想了想："你再看一下台湾给025的电报回复。"

郝平川翻看着档案："台湾回复025：资金已就位，速将情报报来。时间：2月22日。"

郑朝阳略一沉吟："看来，这个汪春霞确实有问题……监控汪春霞！"

郑朝山坐在自己办公室的椅子上看着报纸，眉头紧锁。报纸上是新中国成立后首次国事访问顺利结束，代表团即将归国的消息。

他面无表情地起身离开。

太平间里，郑朝山和一身临时工装扮的段飞鹏在说话。

郑朝山低声说道："大先生的这个事情还是要如实汇报的，你去安排一下，让025发报？"

段飞鹏说道："我见了老三，他说最近025可能有点不太平，我们是不是等一等再汇报。"

郑朝山嗤笑一声，冷冷地说道："呵，025一直在他们眼皮底下，他们知道也是意料之中的事情。"

段飞鹏有些犹疑："那……"

郑朝山拍了拍他的肩膀："去吧。"

段飞鹏点头，转身离开。

突然，郑朝山又想到了什么似的拽住他："让025不要再用任何一个之前用过的发报地点。另外……你亲自去，多留意。关键时刻谁都可以……"郑朝山比画了一个"杀"的动作，同时用眼神示意他："懂我的意思吗？"

段飞鹏点点头："懂。"

郑朝山想了想，轻声说道："我们已经损失了很多，无论如何通讯这方面不能再有意外。"

段飞鹏再次点头。郑朝山的眼神逐渐变得犀利。

荒地隐蔽处，刘海发完报，把发报机放进了一个大食盒里。他身边站着的段飞鹏很是机警，四处看着。

刘海对着段飞鹏微笑道："放心，这个地方我第一次用，很安全。"

但段飞鹏还是谨慎小心，寸步不离地跟着他。

刘海无奈地苦笑着说："我说二爷，您可是隔门吹喇叭，名声在外呀，您别连累我呀！再说，我是干情报的，您以为我的工作就是跑堂卖鸭子吗？我发情报，我也得收集情报呀！情报不是白来的，你打点哪个门子的人不得花钱呀。我可就付过我一人的门子钱，人家认我不认您，到时候坏了大事可别赖我。"

段飞鹏想了想，又四处观望，发现这片荒地周围的确没有人烟。刘海继续说道："您就放心吧，之前我在哪儿发过报我脑子里都有数，以后绝对不去了。我……"

段飞鹏看着刘海谨慎而又无奈的样子，点了点头离开了。

郑朝山走到办公室窗边，窗外有两个人坐在石椅上，看起来像病人，却都目光炯炯。郑朝山皱眉，但还是故意把窗帘拉开到最大。

这天上班没什么事，秦招娣来到郑朝山办公室，坐在窗边的椅子上，一边看着窗外的蓝天，一边和他轻声说着："咱们去广州……你准备好了吗？"

郑朝山有点疑惑，一下子想起了秦招娣的话，他略带苦笑地看着她的背影，可秦招娣却回头微笑地看着他："25 号早上 6 点，我在车站等你。"

郑朝山看着认真至极的秦招娣，欲言又止。他从身后抱住秦招娣，故意看向那两个人。秦招娣双手搭在窗台很是高兴，但也发现了下面坐着的两个人。她赶紧故意抽出身子，两人离开窗口。

秦招娣扭捏道："这么多人呢。"

郑朝山尴尬地笑了笑："我事挺多呢，可能……"

秦招娣一边往门口走，一边说道："你放心，我来安排。有时候庶务科的科员也懂点医呢。"

郑朝山不解地问道："招娣，你什么意思？"

秦招娣微微一笑，却没有回答。况且她还有自己的事情。

一个女人走在大街上，看起来有些轻浮。她三十多岁，化着妆，穿着双很漂亮的皮鞋——正是汪春霞。

在一个挑着盒子卖胭脂盒粉的小姑娘面前，汪春霞正在挑选胭脂。她很挑剔，又有些事多，弄得小姑娘很是无奈。

远远地，白玲发现了汪春霞，她正想要上前，却突然看到又一人走过去，原来是混混儿王八爷嬉皮笑脸地走到了汪春霞身边。

白玲远远看着，眉毛不由得蹙了起来。这王八爷和汪春霞很熟，并且好像在管她要钱。最后，汪春霞真的掏出了一些钱给了王八爷，王八爷这才离开了，还气哄哄的。

白玲想了想，没有上前。

郑朝阳上门跟王八爷打听汪春霞，被王八爷以“江湖有江湖的规矩，道儿上混的打死不经官”给打发了。郑朝阳突然想到，可以请多门去盘盘道儿。

小酒馆里，多门叫了一桌子好酒好菜，还捎带着好话，把王八爷伺候得舒舒服服的。好不容易王八爷要开口讲汪春霞了，突然屋里的灯全部熄灭，一个黑影径直扑向王八爷。

王八爷也算机警，勉强躲开。多门赶紧帮忙。一番躲闪后，他拉着王八爷到了角落。黑影再次冲了过来，多门拼命保护王八爷。黑暗中，多门机警地点燃了窗帘，火光冲天。多门看清了来人，正是段飞鹏。

多门被吓得魂飞魄散，赶紧放开王八爷自己逃命。段飞鹏气坏了，盯上了多门，反而追他而去。两人一番缠斗，把个小酒馆弄得鸡飞狗跳。

巡夜的警察赶到，带队的是齐拉拉。齐拉拉看着火光四起的小酒馆，心里一急：“多门要完！快走！”

众人冲向小酒馆。段飞鹏突然发现外面声音不对，他放弃了对面的多门，转而一下子跳到王八爷身后。王八爷闪躲不及，段飞鹏的飞刀已经扎进了他的后背。段飞鹏迅速撤离。

郑朝阳赶到医院，在走廊上遇到多门。

多门略显焦急地说："您瞧您，非温水煮青蛙侧面了解，这老王八蛋虽然死不了，但估计一时半会儿也好不了，好了也不一定能说了。咱这线索不就……唉！"

郑朝阳却笑了一笑："目的已经达到了。"

"啊？"多门有些疑惑不解。

郑朝阳笑眯眯地解释道："既然段飞鹏都出手了，证明这个汪春霞一定和桃园有关系，也一定和025……"

多门挠了挠头："这倒是。"

等多门再抬头时，郑朝阳已经走远了。

王八爷已经抢救了过来，在病床上懒洋洋地指挥护士："跟你们说，你们得伺候好我，我这算是工伤！我是为共产党做的牺牲！你，帮我把茶沏好。你，把报纸拿来我看看……"

郝平川和白玲赶到了，王八爷看到他俩来，马上装出很痛苦的样子。

白玲示意几位护士先出去，过去关好了门。

郝平川拉了把椅子坐在床边，要王八爷说出汪春霞的情况。王八爷东拉西扯地敷衍着郝平川，说自己其实是讹汪春霞，至于她家什么情况真不知道。

站在一边的白玲不说话，一直笑眯眯地盯着王八爷。王八爷有些被盯毛了，自己赶紧拍着脑袋回想。

他假装回想到什么似的，一拍脑袋说道："要说有什么不一样的情况，就是这个娘儿们每次都给得不少。我是之前知道她弟弟死了，有抚恤金，才过去要的。后来有一次她不认了，还说我骗了她这么长时间！"

白玲问道："后来呢？"

王八爷讪笑了一下，如实说道："后来我不就是随便街上碰见就过去碰碰运气。不过最后给我钱那次啊，时间不长……"

王八爷说到这儿四处看了看，低声说道："我看见这娘儿们怀里……"

白玲立马生气地说："你说什么！"

王八爷赶紧解释："不是不是，我说这娘儿们怀里揣着不少钱！"

郝平川和白玲相互一看。

第二十三章

汪春霞邻居家的小院里，老太太领着郑朝阳和白玲进了屋。老太太很热情，给两人倒水。白玲开门见山地说明来意，想跟大妈打听汪春霞的情况，问大妈是否知道。

大妈赶紧说："知道知道！南京搬来的嘛。看着倒像个正经人。她平常不怎么出门，可一出门就浓妆艳抹的。"

白玲试探地问："那她家里人，您认识吗？"

大妈突然特神秘地说："认识呀！他男人是个财迷、铁公鸡！一分钱都掰碎了花。你说这一个大男人，也真是。有个事就特逗，家里日子紧巴巴的吧，可大霞偏爱吃烤鸭子，还必须全聚德！给她男人气得，每次都是！"

郑朝阳听着，嘴里嘟囔道："全聚德……"

白玲没理会他，继续问大妈："那你对她前夫的情况了解吗？"

大妈摆了摆手："这个倒是知道的不多，他们搬来的时候大霞就已经离婚了。不过听说她和她前夫以前关系不好，她前夫老打她，后来又在外面养小老婆，俩人就离了。后来她就找了现在这个男人。谁知道还是这么个𠓗货。"

白玲装作拉家常的样子："听说她还有个弟弟，是吧？"

大妈点点头："是啊，抗战那会儿就出去当兵了，后来死了，国民党的那个什么国防部还给了通知书呢。原先就在屋里挂着，解放大军进城了，就收起来了。这些派出所都有记录的。"

白玲又道："您见过她弟弟吗？"

大妈仔细想了想："那倒没有……"

郑朝阳、郝平川等人带着几个公安人员进了烤鸭店，说是公安和消防联合检查。

掌柜不在，烤鸭店的伙计接待了他们。

郑朝阳叫伙计拿出账本和外卖单子翻看。郝平川等人往后面去检查后厨和宿舍。

郑朝阳快速翻看着账本和外卖单子，突然他眼睛一亮，发现了汪春霞的名字，送鸭子的人叫刘海。他继续翻看，发现烤鸭每个月给汪春霞送一次，送货人都是这个刘海。

郝平川和一个同事穿着消防队的服装，进了烤鸭店宿舍。屋子里乱糟糟的，唯独最里面靠墙位置的床铺十分整洁，在整个宿舍里很是显眼。床铺前靠窗的地方放着一个外卖食盒，比别的食盒高出不少。

郝平川问道："这个铺位是谁的？"

旁边一个小伙计说："我们这儿送外卖的伙计的，叫刘海。这人爱干净。"

郝平川摆弄着食盒，假装觉得很新奇地随口问道："这倒有点儿意思啊，怎么比别的都高呢？"

小伙计说道："这是刘海自己改装的。天冷的时候在底下放一个暖炉，保温效果更好，也装得多，送得多。"

郝平川笑着说道："哦，那就是挣得多呗。"

郝平川一边笑着随便聊天儿，一边随手打开食盒看，他发现底座处的空间大小正好可以放下一部电台。

白玲走进郑朝阳的办公室，说道："我看了你带回来的烤鸭店的外卖记录。025 发报的时间，刘海都在送外卖，其中三次发报被截获的位置和刘海送外卖的地方非常接近。"

郑朝阳冷笑一声，说道:“还不止这些，我们抓捕瞎猫和乔杉的时候，这个刘海都曾经出现在现场，这不单单是巧合。全面监控刘海!”

刘海回到宿舍，脱衣服洗脸，猛然发现屋里变干净了很多，又看到原本放在窗边的食盒好像被移动过。

刘海一惊，问同屋的伙计什么情况。伙计说今天有消防员来检查，并证实消防员的确动过他的食盒。

刘海擦着脸，思考着。

天亮了，宿舍里的人陆续出了门。

屋里就剩下刘海一个人了，他极快地跳下床，到门口观察了一下，转身回来到一个伙计的床铺下打开一块暗板，从里面拿出电台，放进自己的食盒的底部，盖上盖子，然后迅速穿好衣服，拎着食盒出了门。

刘海到一个宅院里送完外卖出来，把食盒放到三轮车上骑车离开，到了不远处的一个胡同里，看四下没人，他钻进车内放下帘子，在车内发报:“职部已遭调查，即刻终止行动撤离。”

发报完毕，刘海迅速从车里的座位下取出事先准备好的衣服换好，将电台装进箱子，消失在胡同深处。

郝平川把刘海的档案送到了郑朝阳办公室，愤怒地说道:“证明是伪造的，证件也是假的。证件上的刘海是河北武清刘家庄人，但我查过了，这个刘海是个残疾，十几年就没出过村子。”

郑朝阳把汪春霞的档案递给郝平川:“派出所的记录上说他是在 1948 年年底来的北平，也就是围城前夕。你再看看汪春霞的记录!”

郝平川恍然大悟:“也是 1948 年年底，从南京迁到北平。那时候咱们正和蒋介石打淮海战役。”

郑朝阳说道:“汪春霞一家看上去都是平民，家里又有个当国民党的弟弟。这个时候北边咱们正在打平津战役。她如果要走，也应该往南走，起码当时南边还是太平的。可她偏偏拖家带口地到了北平，时间上又和刘海到北平的时间高度吻合。”

郝平川立刻说道：“盯住汪春霞，就能找到刘海！可，万一刘海已经跑了呢？”

郑朝阳笑了：“我敢肯定他没走。他要是跑就该轻装撤离，用最快的速度离开北京。可他还带着电台，那玩意儿很重。你觉得他干吗带着电台走？”

郝平川立马说道：“带电台就是要继续和台湾保持联系。这时候肯定不会是再去搞什么情报了，那就只能是要钱！”

医院太平间里。

段飞鹏声音低沉地询问：“他们应该已经找到025了。现在怎么办？杀？”

郑朝山皱着眉头：“不行。刘海掌握着太多的渠道，不是我们随便可以接手的。”

“那怎么办？”

郑朝山沉吟了一下：“不再发报，按兵不动，保护好电台。”

段飞鹏立马提醒道：“那我们就被动了！”

郑朝山却说：“去提醒刘海，按我说的做。”

宗向方去跟郑朝阳汇报关所长那边调查的情况，郑朝阳要外出，叫他先向白玲汇报。

宗向方又来到白玲的办公室，白玲仔细看着他带回来的材料。宗向方在一旁说道：“法医勘验过，死者为女性，四十五到五十岁的年纪。虽说浸泡了很长时间，但能看出皮肤细腻，手上有茧子但不厚，说明干过一段时间的粗活，但后来生活好了。死者脖子上有明显的勒痕。”

白玲用镊子夹起一张字条，上面写着公安局的电话号码。

宗向方继续说道：“这个电话号码就在死者的内衣口袋里，是装在一个油纸袋里的，因此才保存了下来。”

白玲若有所思："她把咱们公安局的电话号码这么小心地藏在油纸袋里，为什么？"

宗向方在一旁说道："确实很奇怪。可能是个应急号码，万一出事了可以往公安局打电话。但一般情况下，应急电话都是亲属的，可她偏偏留的是公安局的。"

宗向方指着一张内衣残片的照片说："还有这个，这个的信息更明显些。这是死者身上的内衣，材料是丝绸，不过不是一般的丝绸，是广东佛山的特产，叫香云纱。"

听闻"佛山"二字，白玲心中一动："佛山？你的判断呢？"

宗向方继续说道："这个女人来自广东佛山地区，年纪在四十五岁左右，一个月前来到北京，目的可能是探亲、务工或经商。从她的身体状况上看，属于小业主阶层，生活无忧，应该不是务工。"

白玲突然想到了什么："会不会是探亲？"

"似乎也不像。如果是探亲，失踪这么长时间了，不管是亲戚还是朋友都会着急寻找，派出所起码会有相关的失踪报案。我查过这段时间各个派出所的失踪人口记录，没发现吻合的，说明没人报案。那么可能就是经商了。可兵荒马乱的，一个女人出来经商？"

白玲点了点头，叮嘱宗向方道："还是先按照这条思路查一下，看看北京的商界有谁最近和这样一个女人做过生意。来北京的广东人不是很多，应该不难找。先排查一下。"

宗向方答应着出去了。

白玲站了起来，脑海里突然想起秦招娣的姨妈说过，"我是佛山人……"

白玲骑车来到郑朝山家。院子里，秦招娣正在用大盆洗衣服。两人闲聊了一会儿，白玲说今天来是有个事想问问。她开门见问山地道："您的姨妈最近有消息吗？"

秦招娣不动声色地说："她啊，那天走了以后就再没联系了。"

白玲笑着说："照理说，到沈阳去办事也该办完了吧，回北京也不来看看您？"

秦招娣摆了摆手："不来也正常，说是姨妈，可多少年都没见了。她离开家的时候我刚出生，就在我十岁左右的时候回来看了看我姥姥姥爷，之后就再没见了。时间长了也说不上还有什么感情。世道乱，路上不好走。她来北京看我我都没想到。哎，你怎么想起问她来了？"

白玲盯着秦招娣说道："前段时间永定河那边出了一具浮尸。我们查了，尸体毁坏得很厉害，但还是能看出些线索。四十多岁年纪，身高体重和姨妈都差不多，最重要的是她穿的内衣，是一种特殊的面料做的，我们查了叫香云纱，这种材料只产在佛山地区。而且死者的死亡时间也正是姨妈来的时候。"

秦招娣装作一愣："你是说，这个人是我姨妈？"

白玲笑着说道："那倒不一定。只是在某些特征上巧合，姨妈又好久没消息了，所以就来问问。"

秦招娣洗完衣服站起来，白玲帮着她将衣服拧干。

秦招娣一边晾衣服一边不急不缓地对白玲说道："我以前在纱厂干过，知道香云纱。好多佛山人都指着香云纱过日子呢，据说顺德一带做香云纱的纱厂有几千家。所以啊，穿香云纱的不一定就是佛山人。再说了，我姨妈是过穷日子过出来的，香云纱这种贵重丝绸她是不用的，上次来的时候她穿的内衣就是自家纺织的棉布做的。你说的这个死者，应该和我姨妈没关系。"

这时，杜十娘进院请秦招娣帮着看看自己新买的布料，白玲见状便起身告辞了。

杜十娘从包裹里拿出布料："整个胡同我就信你的眼光。我准备做一身法衣。白羽真人说了，有法会的时候衣要净心要诚。"

秦招娣强颜欢笑地翻看布料，心事重重。

白玲坐在办公桌后，一个穿着制服的警员站在她面前。

白玲立马吩咐道："你带着这个马上去一下佛山，找当地的派出所配合，调查一下佛山地区最近是否有失踪的中年女性，尤其是符合这个女人特征的情况。"

白玲在档案的其中一页上敲打着："她的所有情况，越多越好，越详细越好。"

她把档案递给警员："立刻出发！"

"领导。"郑朝阳进了罗勇的办公室。

罗勇举举手里的报告："你的这个'灭鼠'行动的计划我看了，很大胆，如果成功，不但可以将城外的杨凤刚别动队一网打尽，去掉北京城外的这一大祸害，更能叫城里的桃园行动组乱成一团，甚至可能自相残杀，彻底瓦解桃园的根基。我发现你小子《孙子兵法》学得不赖啊！"

郑朝阳笑着说道："我就说嘛，当初就应该叫我下部队去打仗，那现在我起码是个团长了。"

罗勇看着他欣慰地说："也不用这么骄傲。计划是很好，但实施起来难度也不小。从上到下，都要来配合你唱这场大戏，中间有任何一个环节出问题，都可能让行动失败。"

郑朝阳点点头，一副胸有成竹的样子："细节上我倒是不担心，主要是需要领导给更多的支持。"

罗勇说道："我已经向首长汇报，首长同意了你的计划，这点尽管放心。那么，你准备什么时候开始实施这个计划？"

"现在。"

"现在？"

郑朝阳坚定地说："对，025电台暴露了，桃园组的情报传递渠道已经被我们切断了。"

罗勇犹豫了一下："可还有个049电台。这个电台曾经给我们造成过不小的麻烦。"

郑朝阳赶紧说道："我们分析过049的电台规律，都是在紧急状态下被迫启动。025 被破获，等于把他推到了前面，这个时候他肯定会比以前更加小心，绝不会轻易暴露。只要我们计划周密，叫他看不出破绽，就不会有问题。”

罗勇思考片刻：“好吧，既然你这么有信心，这个险倒也值得一冒。现在我代表局党委正式下达命令：开始‘灭鼠’行动！”

刘海坐着一辆三轮车来到一个胡同里的小院门口。不远处，几个戴红袖章的人走了过来。他急忙开门进了院子。

刘海进屋后迅速搬出电台发报：“即刻提供资金撤离。”

公安局电讯室，电报员一直在监听电台，一边听一边记录。

电报员突然报告：“组长，025 发报。”

白玲接过电报稿看了看：“继续监听台湾给 025 的回电。”

白玲手里拿着电报稿进了郑朝阳的办公室：“这个 025 又出现了。你猜得没错，他想跑。”

郑朝阳在一旁更正道：“不是猜，是断，判断，和猜是两回事。小时候我哥叫我看《说文解字》，猜的本意是看家犬，看谁都像坏人。没什么理由，就是一种本能。断可不是，断是在充分的理论研究的基础上做出的一种前瞻性的预知，那和……”

白玲把电报猛地拍在桌子上，瞪着郑朝阳。郑朝阳急忙拿起来十分认真地看，然后说道：“一千五百港币转汪小姐。汪小姐应该就是汪春霞。查一下汪春霞的天津金盛银行的账户。”

白玲立马说道：“我已经查了。她的户头刚进了一笔一千五百港币的汇款。”

郑朝阳把电报稿往桌子上一拍：“准备收网！”

汪春霞在街上走，边走边看着路边摊位的蔬菜。段飞鹏一路跟踪汪春霞，他突然发现警察也在跟踪汪春霞。

郑朝山回到家，刚刚脱下外衣，耿三就在外面敲门：“郑医生，郑医生。”

郑朝山过来开门，耿三急匆匆地说道：“郑医生，我刚路过胡同口的杂货店，黄掌柜说您有一个紧急电话打到他那儿了。您快去看看吧。”

郑朝山匆匆来到杂货店，电话就在柜台上，他拿起电话：“喂，我是郑朝山。”

电话里传出段飞鹏的声音：“警察一直在监视汪春霞。刘海危险了，没准儿这几天就会动手。你得赶紧决断。这种情况下我没法儿把他带走。”

郑朝山四下一打量，低声说道：“那就按你的意思办吧，不管你用什么办法，要找到刘海。否则，你知道后果。他得的是传染病，会害死很多人的。”

郑朝山放下电话，转身发现秦招娣不知什么时候到了自己身后，他吓了一跳：“你不是买鱼去了吗？”

秦招娣却装作刚来的样子，给郑朝山看自己刚买的鱼：“新鲜的。”

汪春霞背着一个宽带的红色皮包，进了六国饭店，在大堂的沙发上坐着。

齐拉拉和宗向方也跟进了大堂，躲在不远处的茶座里。宗向方要了一杯咖啡慢慢地喝着。

秦招娣也进了六国饭店，前台的服务生看到她，两人心照不宣地走到二楼拐角的隐蔽处，秦招娣拿出两根金条给服务生，服务生递给她一个信封。秦招娣打开信封看，嫌美元太少，两人僵持着。

汪春霞看看表，起身去了厕所。齐拉拉和宗向方待的位置正好能看到厕所。

不一会儿，汪春霞从厕所出来了，径直往大门走去。齐拉拉猛然发现，汪春霞背的皮包发生了变化。原先的皮包带是宽的，现在变成了细的。

齐拉拉对宗向方说：“不对，调包了。你跟着汪春霞！”

齐拉拉起身往厕所跑了过去，正要冲进女厕所，发现不远处一个女人拎着和汪春霞一样的包，正在快步离开。

齐拉拉大喊一声：“刘海！”

刘海一听撒腿就跑。齐拉拉在后面狂追不舍。

秦招娣听到有人叫刘海，拿着信封闪身出了酒店，脑海里却浮现郑朝山说的话，一定要找到刘海。

宗向方想跟着齐拉拉，走出几步他犹豫片刻，转身去跟踪汪春霞。

汪春霞听到齐拉拉大喊刘海的喊声，转身就往回跑，被宗向方一把抓住。

汪春霞拼命挣扎道：“放开我，他是我弟弟！”余光中，宗向方看到秦招娣身影一闪。

刘海在胡同里跑着，边跑边扔掉了头上的女式假发。段飞鹏突然冲出来对着刘海的腹部就是一刀，扎到了刘海的皮包上。

刘海和段飞鹏搏斗着，眼看就要没命，齐拉拉冲了出来，和段飞鹏打了个照面儿。

齐拉拉举枪对着段飞鹏：“段飞鹏，不许动！”

段飞鹏反应极快，一脚踢飞了齐拉拉的手枪，回头再看刘海已经跑出十几米，赶紧飞刀扎向刘海，但慌忙中飞刀扎在旁边的树上。

齐拉拉想起郝平川说过，战场上就没什么高手低手，从来比的就是谁不怕死。所以取胜的关键就是，你比对方更不怕死，于是举着警棍冲上去如疾风暴雨般攻击段飞鹏。

段飞鹏匕首不在手里，赤手空拳和齐拉拉对打，被打得晕头转向。眼见好多警察围上来，段飞鹏撒腿就跑，顺手拔下树上的匕首。

齐拉拉极其亢奋地穷追不舍，但他发现段飞鹏不见了踪影，刘海也不知去向。

刘海狼狈不堪地在胡同里走着。迎面秦招娣走了过来，和刘海擦肩而过的时候，她迅速抽出发簪里的匕首刺进了刘海的后心，然后头也不回地离开。刘海挣扎着倒在地上，很快死去。

郑朝阳等人查验刘海的尸体。宗向方指着后背上一个细小如同针眼儿一样的创口，说："微型武器一般都会涂抹剧毒，但刘海没有中毒的迹象，说明是硬生生刺入。这种针性武器很容易折断，因此使用的时候用的巧劲，找准位置一击而中。能操纵这样的武器，这个人可比'鼹鼠'要厉害得多。"

郑朝阳看着旁边的齐拉拉，齐拉拉满脸羞愧地说："对不起组长，我没本事，哪个都没抓住。"

郑朝阳问道："确定段飞鹏是要杀掉刘海？"

齐拉拉点头："确实，我要是晚来一步，他就被段飞鹏杀了。唉，到底还是没躲过去。"

郑朝阳又看了看刘海后背上的创口："从手法上看，刘海应该是在两人错身的时候遭了暗算，这说明凶手不是熟人，刘海也根本没有防备，那么很可能是老人、孩子或是女人。女人，又是一个女人。"

郑朝阳问宗向方："汪春霞呢？"

宗向方说道："已经带回局里了。"

汪春霞坐在审讯室的椅子上，不停地啜泣："我知道他早晚是这个下场，劝过他好多回叫他别再干了，可他就是不听。"

她慢慢地平静下来，说道，"我弟弟的情况我知道得不多，我只是负责给他提供经费。台湾通过我前夫的贸易公司以赡养费的名义给我寄钱，我留下一小部分，剩下的都给他做活动经费。他也不叫我掺和他的事，毕竟我还有老母亲和孩子。不过我倒是听他说起过，桃园还有一部秘密电台，代号049，在桃园的老大凤凰的手里，作为紧急的备用电台。还有……”

公安局会议室里，众人在座。

白玲问道：“除了049电台的情况，汪春霞还提供了一个更重要的情报，刘海曾经接收过台湾给魏檣的一份专电，叫他准备迎接候鸟，组建新的队伍。时间是在魏檣逃亡之后。”

郑朝阳想了想，说：“刘海的死意味着桃园的外部通信就此中断，现在唯一的通信手段就是049电台。这时候凤凰这只鸟就是藏得再深，也得出来亮亮相了。但更重要的，既然台湾方面还在给魏檣发号施令，说明他并未离开，而是转入了地下。所谓的候鸟，是什么，是人的代号，还是物品的代号，还是队伍的代号，还需要进一步核实。”

罗勇点了点头：“关于候鸟的情况，我来给大家介绍一下。社会部得到情报，桃园行动组的失败对国民党在北京的残余势力打击很大。台湾伪政府为了鼓舞士气，决定启动更高级别的特工来对我们发动更大的袭击。这个所谓的更高级别的特工，我们可以判断，就是这个候鸟。”

这时，白玲说：“大家注意下汪春霞的情报。第一，是要魏檣迎接候鸟，用的是‘迎接’两个字，而且并没有说特工见面时候使用的暗号类别。这说明候鸟在之前和魏檣或魏檣的行动小组没有直接的联系，但魏檣知道和候鸟的见面方式。第二，是组建团队。组建团队，说明他们不是外来的，而是就地取材，启动和桃园行动组一样的冷棋特工。因此，我猜……我判断平津地区所有的冷棋特工名单都在候鸟的手里。”

罗勇一拍桌子：“看来这个候鸟非常诡秘，是平津地区保密局最高级别的特工，桃园行动组很可能就是候鸟发出指令启动的。此人不除，灭了桃园，还会有新的桃园。我们绝不能允许这种事情出现。现在我们已经解放了整个中国大陆，用了不到四年的时间，这叫横扫千军如卷席。在北京，这个阶段大家的工作也是摧枯拉朽、势如破竹，打掉了北京城里大大小小的特务将近两万人，还有烟馆、妓院、赌场、奸商、地下钱庄及各种黑恶势力，都遭到我们毁灭性的打击。我敢这么说，北京城百年来从来没这么干净过。但我们还不能骄傲，要再接再厉，而且一定要设法把这个候鸟挖出来，叫国民党留在北京的最后这点本钱彻底赔光！”

经不住郑朝阳的软磨硬泡，郑朝山到局里帮忙解剖了刘海的尸体。郑朝山从停尸间出来，郑朝阳跟在身后。

郑朝山说道：“尸体的情况就是这样了。不复杂，我来不来其实都一样。”

郑朝阳小声对郑朝山嘀咕道：“当然不一样。前几次来您那叫嫌疑人，现在可是以专家的身份。这就和刘邦给韩信登台拜将一样，不管下面的人有多少不信任想不通，这一来都得把嘴闭上了。以后时不时地您就得来，没别的，得给你弟弟我长脸啊！”

郑朝山绷着脸，但还是说道：“于公，你们是执政党我是民主党派；于私，你我是亲兄弟。”

郑朝阳嬉皮笑脸道：“就爱听您这么说。”

看到刘海后心上的针眼型创口，郑朝山直觉上感到，凶器就是秦招娣的发簪。一直以来他都为025电台担忧，一旦025出事，就意味着他必须亲自发报，风险就会激增。发报是他最不愿意使用的手段，看到刘海的伤口，他发现，现在他不但要担心自己，还要担心秦招娣。

郑朝阳兴冲冲地回了家，准备好好谢谢哥哥的帮忙。他来到家里一看，郑朝山正在做皮具，秦招娣身体不舒服，在里间休息。

“哥，上次光忙着解剖了，也没好好和你说我们怎么抓的刘海。”

郑朝山似乎并不感兴趣：“人都死了，怎么抓的还重要吗？”

郑朝阳兴冲冲地说道：“当然了，哥，你知道特务和罪犯的区别是什么吗？”

郑朝山抬眼冷冷地看着他。

“区别就是特务比较傻。为什么这么说？罪犯作案的时候都有自己很明确的目的，所以计划上也很周密。可特务呢，没自己的目标和方向，上面叫干吗就干吗，今天炸个发电站明天烧个电车厂。泰山压顶了，拆几块石头能有什么用？结果就是被泰山压死。我说特务傻，有三点：第一没脑子，第二没想法，第三没方向。你就说这个刘海吧，跑得倒是挺快，真要是蒙着头一溜烟跑没影儿了也就算了，可他不，还带着电台跑，为了给台湾发报要钱。蠢到家了！我们就通过这个锁定了他姐姐，又找到了他。”

里屋的秦招娣慢慢地起身，站到门边仔细地听着。

郑朝山说道：“可你们到底还是没抓住他，叫人灭口了。”

郑朝阳打了个哈哈：“这是我们失误的地方，可也间接地暴露了他的上线的无奈。刘海没了，他的上线就得亲自发报了。我们新到了两辆苏联研制的最新式的定向车，敢露面，十分钟就能攥住脖子。”

“那是好事啊，有了这个能多抓几个特务了。”

郑朝阳一摆手：“没这个我们也抓了不少了。哥，你知道到现在我们已经抓了多少了吗？连上自首的，一万八千多了。你说这国民党就是再能折腾能留下多少人，北京城还能剩多少特务，你没觉得北京最近风平浪静了好多吗？”

郑朝山想了想：“倒还真是，看来你们的工作还是卓有成效的。”

郑朝阳自顾自地说道：“我们定的目标是国庆一周年的时候，把北京城里所有的特务分子全部打扫干净，叫北京的老百姓踏踏实实地过上好日子。以后有新的战果我会随时向你说，你也分享一下我们的胜利果实。谁叫你是我哥呢！”

郑朝阳走了。

郑朝山放下手中未完成的皮具，陷入了沉思。这时，秦招娣从里屋出来了：“五哥，去广州的事你还是再想想吧。”

郑朝山沉默不语。秦招娣劝道：“再不走，可能就真来不及了！”

白玲在办公室里，调查员把一个档案袋交给她后敬礼出去了。

她打开档案袋从里面拿出文档看着，渐渐地，眉头紧锁。

侦察员从佛山带回的档案上显示，秦招娣的姨妈并没有按照当初说的返回佛山，而是就此失踪了。关于秦招娣姨妈的信息很少，甚至没有一张照片。线索中断，但白玲却感觉到，姨妈的失踪，一定和秦招娣有关系。

宗向方出现场成功破案，回局里受到同事们的夹道欢迎，还被郑朝阳特意请到办公室。

郑朝阳十分热情地说道："向方，来来来。坐，你请坐。了不起！当天出警当天破案，你可真是神探！算起来，这是你两个月来破的第三起凶案了吧？"

宗向方笑着说道："对。都很简单，凶手太笨了，叫我捡了便宜。"

郑朝阳赶紧夸赞道："这你可是谦虚了。你的工作能力局里人都看着呢，谁都挑大拇哥。我叫你来，是有件事要宣布，关于你的。"

宗向方急忙正襟危坐，郑朝阳笑眯眯地说道："关于你的入党申请，组织上经过这段时间的考察，认为你家世清白、业务能力强、一心积极向上，尤其在破获王忠和徐小山两个警员被杀的案件上，是立了功的，符合入党的条件。对你的审查已经结束，下一步要开党委会来研究，但我觉得，问题不大。向方，恭喜。"

宗向方露出惊讶的表情："真没想到，真没想到……"

他一把抓住郑朝阳的手："朝阳，谢谢，谢谢！"

郑朝阳说道："以后还得再接再厉，往光亮的地方奔啊，最好是能再立个大功，成为留用警的表率。"

宗向方赶紧表态："朝阳，真没想到。这段时间我其实心情一直不是很好，觉得我们这些人是不被信任的。现在我知道了，这是组织上在考验我。请放心，我不会辜负组织对我的期望！"

宗向方回到自己的办公室，齐拉拉已经在那里等着，而且还专门去日盛斋买了酱肉送给宗向方。

齐拉拉从兜里掏出一盒火柴，就这个火柴盒所引起的对宗向方的种种怀疑，特地向他道歉。宗向方大度地接受了道歉。两人尽释前嫌，说好从今往后还是兄弟，过去的事情就不提了，以后还得互相帮衬。

晚上回家后，宗向方因受到组织信任，又跳起了伦巴舞。然而，沉浸在喜悦之中的他，并没有注意到自己的隔壁代数理正戴着耳机进行监听。

第二十四章

郑朝阳、郝平川、白玲和两个公安人员等候在会议室里。

罗勇从门外走了进来，对众人说道："今天的会是秘密会议，在座的都是党员，组织纪律我就不多说了，现在我宣布部里下达的命令。首长访问回来后会在长辛店停留，看望车辆厂的工人和当年'二七大罢工'的死难者家属，公安局要配合警备司令部做好警戒准备，具体时间等警备区的通知。这次首长是微服出访，警卫人员带得不多，这就更要我们谨慎再谨慎，将工作做得细致更细致，绝不能有半点差错。现在任命郑朝阳为这次行动的负责人，郝平川同志协助，协调警备区和当地警方开展保卫工作。"

郑朝阳和郝平川站起来，异口同声地说道："保证完成任务。"

罗勇叮嘱道："郑朝阳，我警告你，出了事可是要掉脑袋的哦。"

郑朝阳回应道："领导，我保证，要掉，也是掉敌人的脑袋。"

郑朝阳和郝平川两个人上了厕所。

郝平川十分亢奋地对郑朝阳说道："你说首长来了咱们会不会被接见啊，想想我都睡不着觉。"

郑朝阳说道："微服出巡就几个小时的时间，那么多的机车厂工人和烈士家属，我看悬。"

两人离开厕所后，宗向方从隔间出来，神色淡定地走出了厕所。

宗向方回到自己的办公室，翻看着材料，大脑开始飞速旋转。郑朝阳和郝平川无意间传达出的信息令他有一种猎人窥探到猎物的亢奋。能叫郝平川这种老战士兴奋到睡不着觉的人会是什么人？机车厂的工人和烈士家属……

宗向方从书架上抽出郑朝阳送给他的《中共简史》，翻看着，翻了几页后，上面出现一行标题——京汉铁路大罢工。

宗向方念叨着："长辛店。"

三儿的脑袋突然伸了过来："看书哪？"

宗向方看了一眼三儿，紧张地说道："我的入党申请通过了，得抓紧时间学习啊。"

三儿把热水壶放下，拎起宗向方桌前的空水壶往外走，回头对宗向方说道："您抓紧学习，我抓紧送水，都得抓紧。"

宗向方继续看书。多年的特工经验使他敏锐地感觉到有大人物会到长辛店访问，而且是微服出巡。一旦成功就能创下盖世功勋，尤其是想起台湾开出的千两黄金的赏金，那更是难以抗拒的诱惑。宗向方的邪念重新燃起，他需要抓紧通知凤凰。

宗向方随手在书上将关于京汉铁路大罢工的页面折了个印记，合上后，又将书放回书架上。

宗向方赶到医院太平间，送来了一号长辛店机车厂的消息。段飞鹏半信半疑，郑朝山则说已经查证了台湾方面的情报，他们在苏联的间谍确定了信息，访问列车本月 30 日回程。

宗向方提议由杨凤刚来执行这次行动，可 025 没了，怎么联络他呢？郑朝山让他们两人先回去，杨凤刚的事情由他自己来办。

郑朝山打开办公室的暗格，从里面拿出自己的电台。他稍微犹豫了一下，开始发报。

回到家看着秦招娣不紧不慢地收拾行李，打包装箱，郑朝山不知道该怎么应对。

他对秦招娣说："其实我也没说不走，只是这里的好多事都没有办完。"

秦招娣抱怨道："那你就慢慢办啊，我来这儿找我老叔的时候就说过，等南边太平了我是要走的，去过自己的生活。我没想到会遇见你，更没想到会有个家。这些天我一直在问自己，以前是年年战乱，大家都身不由己，现在太平了，为什么我还是身不由己，每天提心吊胆，觉得朝不保夕？”

郑朝山苦笑道：“天下太平了，江山一统，南北又能有什么区别。就算离开了，也还是朝不保夕。”

秦招娣收拾东西的手突然停下，她转过头说道：“五哥，你说实话的时候总是叫人觉得这么温暖。”

郑朝山奇怪地问道：“什么意思啊？”

秦招娣说道：“咱们是夫妻，很多话你可以直说的。不过我也知道，你有你的道理，我不强求，如果你一时半会儿离不开没关系，我可以先走，去广州等你。总之，5号这天，我是一定要离开的。”

郑朝山问道：“能不走吗？”

秦招娣严肃地说道：“不能！”

郝平川走进屋，看到郑朝阳的办公桌上堆满了图。

郑朝阳招呼道：“老郝，来，过来看看。”

郝平川看着桌上的图画，问道：“这都是什么？”

郑朝阳解释道：“这是长辛店机车厂给拿来的不同时期的建筑图。你来看看，这里是大礼堂，假设这里、这里、这里和这里都有重兵把守，主干道根本无法通过。如果给你一支小分队，突袭大礼堂，你会怎么办？”

郝平川仔细看着地图，思考片刻后说道：“我会选择放弃，这么远的距离又是这么狭窄的空间，想要秘密越过重兵把守的封锁线几乎不可能。到不了大礼堂就会被发现，自己已经陷入重围，我要为战士的生命负责。”

郑朝阳从最下面拿出一张十分陈旧的地图，对郝平川说道：“你再看看这个，这是机车厂最老的一张地图，还是北洋时期的。”

郝平川看着地图，指着上面的一个点说道：“除非，攻击的地点在这儿。”

郑朝阳看着郝平川指点的地方。

郝平川继续说道:“这个小礼堂，你注意到没有，有一条地下通道，如果还在的话，这条通道离小礼堂很近，就有了突袭的条件。当然，前提是这条地道没人知道。”

郑朝阳的眼睛死死盯着郝平川指出的密道位置，说道:“当然会有人知道。”

郑朝山刚做完一台手术，有些疲惫地回到办公室。他坐在办公桌前，几次拿起电话又放下。最后，他还是拿起话筒拨通后说道:“我找郑朝阳，我是郑朝山。”

郑朝阳走进家门，郑朝山招呼他到地下室，里面摆放着父亲的好些旧物。哥俩儿忆起往事，郑朝山说父亲的祭日快到了，打算给父亲修修坟，已经好多年没修了。

“修坟日期就选在下月初吧，你也来。1 号，是阴历十六，我看了黄历，不错。”

郑朝阳此时背着身，听到这句话后表情无比严肃:“1 号不行。”

当他转过身时，脸上已经恢复了微笑，他对郑朝山说道:“哥，你再换一天吧。”

郑朝山收拾着旧物，脸上的表情从严肃转到微笑:“行。那我再选一天，希望你……有时间。”

一辆吉普车停在公安局的门口，车上下来一个穿军装戴警备区臂章的人。罗勇从屋里迎了出来，高兴地说道:“老宋，我这里万事俱备，就等你了。怎么样，东西带来了?”

穿军装的人拍拍手里的档案袋，指了指办公室的方向。罗勇带着他走进了自己的办公室，不远处，宗向方在悄悄地观察着罗勇和来客的一举一动。

晚上，罗勇下班后锁上办公室的门离开了。阴影处，宗向方闪身出来，观察到楼道里没人后，他用开锁工具以极快的速度打开了罗勇办公室的门，走进了房间。

宗向方戴上白手套，借着窗外微弱的路灯光在屋里搜索。他打开罗勇办公桌的抽屉，拿出一份档案，档案的封面上是“长辛店保卫计划”几个字。他迅速打开档案，拿出微型相机开始拍照。

拍完照，宗向方迅速把档案复位，打开房门看外面没人之后迅速出门，消失在黑暗中。

在罗勇办公室对面的房间里，齐拉拉趴在钥匙孔上看着罗勇的办公室，宗向方开门和出门的举动已经被他看得一清二楚。

齐拉拉咬牙切齿地自言自语道：“这回可逮到你啦。”

他身后，郑朝阳悠闲地喝着茶嗑着瓜子说：“看见了吧，人家开锁的速度可比你快多了。”

郑朝山闭眼喝着茶，身后站着段飞鹏，另外一边的宗向方在窗口四处察看。郑朝山对面坐着一个人，正是杨凤刚。

关门上板声传来，郑朝山睁开了眼睛，询问杨凤刚的人手和武器装备情况。杨凤刚称自己有三十个人，一个顶十个。武器装备嘛，杀几个人足够了。郑朝山提出事成之后奖赏三七分，自己三杨凤刚七，杨凤刚欣然接受了这一条件。

但杨凤刚质疑消息是否确定可靠，自己得为别动队那帮兄弟的命负责。虽然宗向方再次证实“公安局现在全体戒备，郑朝阳他们组如临大敌，每天开会，加紧训练”，但郑朝山心里也怀疑这是不是共产党将计就计设下的圈套。

段飞鹏在谢汕的带领下进了冼登奎的办公室。冼登奎正在仔细地擦拭一件青铜器，他抬眼看了下段飞鹏，示意他坐下。段飞鹏软硬兼施，要求冼登奎尽快搞到长辛店的情报，最好是能搞到张地图，并许诺他情报到手后会得到晋升，话刚说完，段飞鹏便转身离开了。

段飞鹏对自己前恭后倨，令冼登奎大为不满。但他还是吩咐谢汕去和长辛店的傻二说一声，看能不能搞张地图出来。

谢汕答应着，冼怡走了进来，问冼登奎刚才出去的人是不是段飞鹏，并劝说父亲不要再和这种人来往，不然早晚会被他害死。

冼登奎笑着说："哪有这么严重。好啦好啦，我知道了，闺女。这孙子来也没别的事，就是打听长辛店的一些情况，估摸着准备去那边干票大的。我正琢磨呢，长辛店都是些铁路工人，个顶个穷得叮当响，他跑那儿干吗去，去扒铁轨卖废铁吗？"

冼怡听到长辛店的名字微微一愣，对父亲说："您知道就好，现在咱们做的都是正当生意了，这些乱七八糟的人就都断了吧。"

夜里，冼怡悄悄把一封信扔进了邮箱，信封上写着：北京市公安局郑朝阳收。

办公室里，郑朝阳举着密信在阳光里照来照去，放下信件后，他对众人说道："叫咱们注意长辛店，说会有特务搞破坏，这到底是什么路数啊？"

旁边的白玲一把把密信从郑朝阳手里抢下来，对他说道："你是忘性太大啊还是诚心装傻啊，这匿名信你看着就不眼熟？这和上次咱们抓窦司机那次收到的匿名信是一样的，连纸都用的是同一种。"

郑朝阳恍然大悟，回身在身后的档案架子上寻找，很快就找到窦司机案件的那张匿名字条，两相对照着看。

"这是一个人剪的字，是谁呢？"

白玲分析道："首先，可以肯定这是知情人，但这两封匿名信的内容都有些含糊。只是指出了大致的方向，更具体的就没有了。这有三种可能：第一，他能接触到这种级别的情报，说明他不是一般人，而且就在我们附近；第二，他知情但是不完全知情，也就是知道情报的一部分而已；第三，就是他完全知情，却刻意隐藏掉部分信息，叫咱们自己去摸索。这就说明这个匿名人想帮我们却又有所顾忌。你仔细想想离我们比较近的人里，有谁比较符合上面的这些条件。"

郑朝阳想了想随口说道："冼怡？"

白玲回应道："你还不算笨，这丫头一门心思地对你好，可他爸爸是黑帮分子，关键是还和特务有联系，她夹在中间左右为难。"

郑朝阳疑惑地问："你怎么知道冼登奎和特务有联系？"

"以前不知道，可这两封信如果真是冼怡寄来的，那冼登奎就一定和桃园行动组有联系，弄不好还是其中的主要成员。你仔细想想冼怡对你的态度，是什么时候开始转变的？"

郑朝阳思考了一会儿，说道："在我们抓捕窦司机的行动之后。"

白玲继续分析道："我们抓窦司机之前收到了第一封匿名信。我敢肯定，她是在这个时候知道他父亲和特务有关联的。你想想，她父亲是黑帮分子，可她仍然对你好，那是因为她觉得黑帮可以洗白，江湖话讲叫金盆洗手。但特务就不一样了，那是会你死我活的。她怎么可能还和一个有一天会举着枪顶着自己父亲的头，甚至可能将自己的父亲一枪击毙的人在一起。真到那个时候，她该怎么办？"

郑朝阳沉默了。

白玲继续说道："人不能选择自己的出身，但可以选择自己的道路。可真到了选择的时候，又会发现想要摆脱出身其实并不容易。我想，冼怡一定有过下油锅一样的挣扎吧。"

郑朝阳感慨道："我从没想到过这些。"

他站起来拿起帽子，沮丧地说道："我出去透透气。"

郑朝阳路过白玲身边时看了一眼她，问道："白玲，你说有些事情，是明白点儿好，还是糊涂点儿好，或者是揣着明白装糊涂的好？"

"谁也不能事事都想明白，但求问心无愧就好。"

郑朝阳一笑出了门。

他开着吉普车来到湖边停下，坐在车里静静地看着波光粼粼的湖水，眼前浮现出自己和冼怡的过往。

离开湖边，郑朝阳来到花市大街派出所找代数理。

代数理忙着给郑朝阳倒水，然后拿出一个账本一样的册子递给他，轻声说道："这是你交代的任务，看住冼登奎。这段时间我一直派人盯着他，这是他每次外出的记录，见的什么人，什么时候回的家，还有他家商号的买卖的情况，都在这儿。对了，还有他的管家谢汕的情况，也在这儿，这也是个老狐狸。"

郑朝阳说道："冼登奎最近倒不怎么活跃啊。"

"是啊，自从叫她闺女冼怡接管了生意之后呢，他似乎就在家里当老太爷了。冼怡呢，倒完全是干正当生意，冼登奎名下的好几家烟馆和赌场都被她出手卖了，这是打算往新生活的路上奔了。别说，这姑娘倒真是个人才。哎，小道消息啊，我听说当初冼怡对你……"

郑朝阳瞪了他一眼，代数理急忙住嘴。

郑朝阳指着册子上的一个人名，问道："这个叫傻二的，是什么人？"

"算是冼登奎的一个亲信，管着长辛店那边的一些走私团伙。"

郑朝阳继续追问道："长辛店，谢汕见了这个傻二两次。傻二人呢？"

"在我手里，前儿这小子往城里走私大烟叫我给拿了，正打算办他呢。"

郑朝阳轻轻地敲击着册子，自言自语道："傻二，那就是这个人了。"

郑朝阳从公文包里拿出一张旧地图递给代数理，郑重地说道："小代，不管你用什么方法，叫傻二把这张地图交给冼登奎。"

代数理打开地图，看到一张十分陈旧的长辛店机车厂的地形图。

慈善堂冼登奎的办公室中，谢汕拿着一个大信封进来递给冼登奎，说道："大哥，长辛店的傻二派人送来的。新的地图没有，他这儿倒是有张旧的。"

冼登奎看着地图抱怨道："这也太旧了吧。"

谢汕解释道："傻二说警察盯他们盯得紧，他们也不敢招摇，不少兄弟都洗手不干了，实在不好办，这张地图还是他大舅哥在的时候用的。"

冼登奎打算不再计较，说道："算啦，就这个吧。地图嘛，能指道就成。"

冼登奎将地图交给段飞鹏，段飞鹏看着旧地图说道："这也太旧了。"

冼登奎生气地说道："你懂什么，这是我正经花了五十块大洋从厂里的机要科弄出来的。别看旧，画得可清楚了，你看，自己看。"

段飞鹏推开冼登奎的手说道："算了，就这个吧。"然后他十分仔细地收起了地图。

旧地图送到了杨凤刚的手里，他摊展开地图用放大镜仔细地看着，很快就注意到那条废弃的旧地道。

杨凤刚问道："这是什么地方？"

黑胖子回答："看着像是一条秘密通道。"

杨凤刚又看着地图说道："这里是小礼堂，和这个通道紧挨着。"

黑胖子疑惑地说道："我们的人侦察过了，没听说厂里有什么密道。"

"既然是密道，就不会有什么人知道。这样，你带几个人去这个密道的出口侦察一下。还有那个内线，叫什么？"

"傻二。"

"多给他点儿钱，叫他打听下有谁知道这条密道。"

郑朝阳开着吉普车来到长辛店的老马酱肉铺，下车进了大门。

郝平川对郑朝阳说道："这里的马老板是老地下党，安全。"

郑朝阳点了点头，跟着郝平川来到酱肉铺的包间，里面坐着几个人，有穿工装的，也有穿解放军制服的，还有穿警察制服的。

郝平川介绍道："我给你介绍一下，这个是警备区的崔营长，也是我的老战友。这个是当地派出所的陈所长，原来是长辛店地区的老地下，地道的地头龙。这个是机车厂的工会主席。"

工会主席起身和郑朝阳握了握手。

郑朝阳对众人说道："事情紧急，客套话就不说了。叫大家来这里，是为了保密。有一个重要的计划要实施，在我宣布计划之前，我希望在座的每一个人都要用党性原则来保证，今天会上的话，绝不外泄一个字，哪怕是对至亲的人也一样。这个计划的名字是‘灭鼠’。”

郑朝阳在桌上铺开一张地图开始讲解，几个人围在一边，不住地点头。

另一边，在杨凤刚驻地，杨凤刚在看桌子上的地图。

黑胖子说道：“这是密道的入口，我检查过了，和傻二说得差不多，原先是日本人修的一条兵道，后来发生事故就封闭了。我仔细看了封堵的大门，可以肯定没人动过，是很多年前封闭的，不是陷阱。”

杨凤刚点头：“从地图上看，这条密道直通小礼堂。”

黑胖子解释道：“这个小礼堂以前是个仓库，所以兵道的出口就开在了附近。日本人投降了，仓库就改了小礼堂。”

“如果我们从这里偷偷进入，可以避开外面的密集守卫。突袭完毕之后沿着密道退回，再炸毁密道阻挡追兵。”

“计划完全可行。”黑胖子十分认同杨凤刚的安排。

杨凤刚敲打着地图，不自信地说道：“这可是要冒天大的风险啊，万一失败，可能全军覆没。”

黑胖子指点着另外的照片，上面有人在给小礼堂挂红灯笼，有人在街道上贴标语。

“我们秘密调查了长辛店周边的情况，他们正在张灯结彩准备迎接仪式。小礼堂也重新粉刷装饰过了，连负责警卫的当地警察都在剃胡子刮脸，还换了新的制服。”黑胖子说道。

“这倒像是真的，只是……”杨凤刚的语气中依然透着怀疑。

黑胖子继续解释道：“长官，长辛店我知道，北洋时期就是中共的堡垒，赤手空拳就敢和吴佩孚的几十万大军对着干。所以，他们认为这个地方很安全，警戒的重点只是放在了外围。”

杨凤刚一拍桌子，下定了决心，大声说道：“不入虎穴焉得虎子！通知凤凰，按计划突击！”

郑朝阳骑车快速赶到了郑朝山家，进屋就喊嫂子弄点吃的，说自己快饿死了。秦招娣出来看郑朝阳一身的土，一边说着话，一边拿出一个掸子给他掸土。

郑朝山出现在门口，叫郑朝阳赶紧进屋喝茶："你这是干吗去了，这一身的土。"

"参加义务劳动，清除垃圾。这回北京的垃圾给清除得差不多了。"

郑朝山仔细打量着郑朝阳，他的手很干净，脸也很干净，鞋上也不是很脏。郑朝山断定，郑朝阳没有参加什么义务劳动，而是从很远的地方赶回来，所以身上沾满了黄土。结合之前获得的情报，他去的这个地方，很可能就是长辛店。

郑朝阳催问嫂子饭好了没有，说自己这是回来取点东西，还得赶回局里呢。郑朝山追问他晚上回来吗，郑朝阳说不一定，得看情况。

说话间，秦招娣端着一盘煎饺进来，郑朝阳坐下边吃饺子，边夸赞道："嗯，好吃，嫂子你包的饺子真是没得说。"

罗勇通知郑朝阳、郝平川、白玲到会议室准备开会。

罗勇嘱咐道："这次捕猎绝不能轻敌，杨凤刚的别动队非常危险，每个人都是受过严格训练的杀手。根据情报，经过多次围剿，他们还剩三十个人左右。这次，要毕其功于一役，组织上明确命令，无论死活，必须无一漏网！"

郑朝阳自信地说："请领导放心，保证叫他有来无回！"

罗勇继续叮嘱道："大战在即，对有关人士，要时刻注意。现在开始实施封闭，白玲，你来负责。"

白玲应答道："是。"

郑朝阳和郝平川、白玲等人从罗勇的办公室里走出来，说说笑笑地出了门，看到宗向方，郑朝阳冲他点头致意，然后坐上吉普车走了。

宗向方看着郑朝阳的背影，想着他刚才冲自己微笑。

三儿不知道从哪儿又溜了过来，对宗向方说道："瞧咱郑组长的嘴咧的，您说他是不是也准备娶媳妇了。唉，不能够啊，怎么一点消息都没有啊。”

宗向方看看表说道：“快下班了。你慢慢想吧，想到了告诉我啊。”

他也往大门处走去。

这时，白玲突然出现，对宗向方说道：“向方，等等。”

宗向方停下来看着她。白玲来到宗向方跟前，转身冲着屋里的公安人员说道：“我现在宣布，局里今晚有重大的行动，从现在开始，所有人不许回家，留守在局里，所有人不许打电话。齐拉拉！”

齐拉拉过来立正站好。

白玲命令道：“你守住电话，只许接，不许打！”

齐拉拉应答道：“是。”

外面大门关闭，警卫上了锁。

白玲继续说道：“这是战时纪律，违抗者按战场纪律处理。向方，先去休息吧，很快就结束了。”

宗向方点了点头，看着白玲走进了办公室。

宗向方脸色阴沉，坐立不安。突如其来的紧急封闭叫宗向方有了不祥的预感。看着紧闭的大门，他只能祈祷，他的预感也许仅仅是预感。

郑朝山正在屋里看书，家里的电灯突然熄灭。他感到奇怪，起来看了看闸盒，并没有发现问题。郑朝山警惕起来，他拉开抽屉，拿出手枪揣进了口袋。

段飞鹏装扮成检修电话的，来到郑朝山家里汇报。杨凤刚为确保行动万无一失，派了两名别动队员进城，要在大华电影院制造恐怖爆炸事件来牵制城里的公安。现在这两个人在段飞鹏那里，他俩是军人，而且只听杨凤刚的。实在没辙了，段飞鹏只好溜出来找郑朝山拿主意。

郑朝山和段飞鹏一样，不知这只是杨凤刚的意思，还是大先生的授意。但他清楚，这个决定愚蠢至极，因为城里的活动只会给他们造成更大的安全隐患，对城外没有丝毫的帮助。

郑朝山叫段飞鹏先稳住这两个人，自己再想办法，段飞鹏点头离开了。

郑朝山在门洞里看着段飞鹏的身影消失在胡同深处，转身回到屋里。片刻，灯亮了，郑朝山拿出火柴刀开始仔细地擦拭。

大华电影院里，电影即将开始放映，好多观众匆匆进场。郑朝山从电影院里出来，与着急进场的一对青年男女擦肩而过。

他把电影票的票根和几根雷管揣进兜里，躲进了影院旁边的阴影处。过了一会儿，有两个人也从暗处走了出来，经过郑朝山的面前，但郑朝山躲在黑暗中没让他们发现。这两人身强力壮，正是杨凤刚的别动队员。

到点了，可定时炸弹没响。两人觉得定时炸弹不靠谱儿，决定改用军用手雷。两人掏出手雷，正专注数一二三要扔出去的时候，郑朝山从阴影处慢慢走出，悄无声地从后面割断了他们的喉咙。两人脖子上鲜血喷出，摇晃着摔倒在地上抽搐着，很快停止了呼吸。

郑朝山头也不回地快速离去。

杨凤刚带领别动队悄悄地摸到机车厂小礼堂外的地道口附近，举起望远镜看着，望远镜里出现了段飞鹏的身影。段飞鹏打开手电筒，灯头上面蒙着红布。

段飞鹏用手电筒晃了三圈儿，是安全的信号。杨凤刚带人摸了上去，双方见了面。

杨凤刚问道："都查了？"

段飞鹏应道："我就守在这儿的。肯定没有埋伏。"

杨凤刚点点头，一挥手，两个别动队员上来打开密道上的伪装，露出锈迹斑斑的铁栅栏门和上面的大铜锁。一个队员用大号老虎钳子剪断了铜锁，打开了铁栅栏门。

段飞鹏说道："杨长官，我在这儿给您把风，祝您……"

杨凤刚一把拉住他，呵斥道："前边带路！"

段飞鹏哀求道："我不会打仗。"

杨凤刚厉声说道："没叫你打仗。叫你探路，走。"

杨凤刚冲段飞鹏比画着手枪，段飞鹏无奈，领头钻进了密道。

杨凤刚对三个队员说道："你们留在这儿，有情况马上发信号。"

他带着别动队员进了密道。

三个队员紧张地呈三角队形警戒，没发现自己脚下的草正在慢慢地移动。突然间，地上跃起六七个解放军战士，身上都披着浓密的荒草，脸上涂着黑色。

三个队员毫无防备，很快被打倒在地，一个队员举起信号枪想要发射，但被战士死死按住。战士们抓住三个队员之后用手电晃了几下，不远处，无数披着荒草隐蔽的解放军战士冒了出来。

密道的另一头，井盖被打开，一个人头冒了出来，四处观察。很快，两个队员走了出来，领头的是黑胖子，两人开始做战术搜索。

黑胖子招手，杨凤刚跟着出来，段飞鹏跟在身后，其他队员则慢慢从密道出来。

黑胖子指着不远处的小礼堂说道："礼堂四处没有警卫。警卫都在外围，那边。"

杨凤刚顺着黑胖子的手势仔细观察着，看到百米开外，有穿着军服的人在晃荡。小礼堂里掌声雷动欢声笑语，有领导人在讲话的声音。

杨凤刚犹豫着。

郑朝阳躲在隐蔽处看着杨凤刚的人从地道中出来，轻轻地在步话机的话筒上敲击摩斯码：狼入虎口，准备行动！

礼堂外的隐蔽处，埋伏了大批的解放军战士和公安人员。

郑朝阳看杨凤刚还在犹豫，迟迟不动手，也有些焦急，默默叨念道："真是个老狐狸啊，一步三晃，看风景啊你，大菜准备好了，快吃啊。"

郑朝阳招呼身边的一个公安人员，在他耳边低语了几句，公安人员点头示意后离开了。

杨凤刚还在犹豫。两个公安人员装束的人从不远处走来。他急忙示意队员隐蔽不动。两个公安人员从杨凤刚的隐蔽处前走过，两人边走边说："警卫团的同志在路上，就快到了，这个联谊会还是早点结束吧。"

"说真的，这么大的首长就带这么点儿警卫，我心里一直担心着呢。"

"还有半小时，再坚持一下吧。"

两人打着手电四处照着走远了。

黑胖子催促道："长官，速战速决，别犹豫了。我保证五分钟解决。"

杨凤刚咬牙说道："二组警戒两翼，阻挡警卫，一组跟我上。"

杨凤刚带兵迅速冲向小礼堂。段飞鹏趁着别人不注意，慢慢地后撤，躲到了一个没人的地方，长出一口气，看着天上皎洁的月亮，自言自语道："太亮了啊。"

杨凤刚带人冲进小礼堂，礼堂内却空无一人。舞台上拉着大幕，前面的桌子上放着录音机，掌声、欢笑声不断传出来。

大幕拉开，后面是两挺马克沁重机枪，黑洞洞的枪口对准毫无准备的杨凤刚别动队。

郝平川站在重机枪后面，大喊道："缴枪不杀！"

伏兵四起。

杨凤刚脸色惨白，大喊："上当了！"

一时间枪声大作。在局促的空间内杨凤刚的别动队成了活靶子，纷纷倒下。杨凤刚大喊撤退，掉头出了小礼堂。

杨凤刚带人冲出小礼堂，四周突然亮起雪亮的探照灯，集中照在杨凤刚的别动队队员身上，四周的屋顶上、胡同里，到处都是戴着钢盔的解放军战士和穿着警察制服的身影。

郑朝阳拿着大喇叭喊道："杨凤刚，你已经被包围了，马上放下武器投降。解放军优待俘虏，你要为你身后士兵的生命负责，不要再负隅顽抗，这是给你的最后警告。"

杨凤刚看着周围的地形，发现自己完全是在空旷地带，几乎无险可守。

黑胖子问道："长官，怎么办？！"

杨凤刚叹息道："没路可退了。"

他看着手里的枪，打算扔到地上。

不远处，隐藏在暗处的段飞鹏看着杨凤刚二话不说抬手一枪，子弹掠过杨凤刚的脖子打倒了一个队员。黑胖子大声吼叫着举着冲锋枪扫射，其他的队员也一起扫射。

郑朝阳大喊："打！"

双方互射，杨凤刚的人处于地形的劣势，不断有人倒地。

段飞鹏则躲在暗处冷笑道："对不住了杨长官，你不死，我跑不了，谁叫你是精锐。"

段飞鹏闪身在黑暗中穿梭，但发现包围圈密不透风，到处都有解放军在搜索。

他看到一户人家门口堆了很多的玉米秸，从后腰处抽出一条大号的麻袋，跑到玉米秸处钻进麻袋，从里面把封口扎好后摔倒在玉米秆堆里，从外面看就是一个装满了杂物的麻袋包。

杨凤刚带着部分亲信拼死冲出重围。

黑胖子说道："长官，我们赶紧从密道撤吧。"

杨凤刚拒绝道："这是套子，早就设计好了，回密道就是找死。段飞鹏呢？"

"跑了。"

杨凤刚气得大骂："混蛋，都是混蛋！凤凰，你这个混蛋！给老子假情报，老子饶不了你！"

郝平川端着冲锋枪一路追击，猛打猛冲，在手榴弹的爆炸闪光中他看到了不远处的杨凤刚。

郝平川大喊："杨凤刚，老子宰了你。上，跟我上！"

郝平川端着枪一阵扫射后冲了出去，后面很多战士陆续跟上。

郑朝阳则在二楼的指挥所用望远镜查看着战况。

他打电话说道："周连长，你那边开个口子，叫他们跑出去几个，然后再把口子封住，对，围城必缺。"

接着，他又打电话说道："王连长，周连长这边的口子开了放几条鱼进来，你这边把口袋扎紧了，别放走一个！”

放下电话后郑朝阳继续观战。

杨凤刚和黑胖子拼命逃跑。

“长官，没别的路了。怎么办？”

杨凤刚愤怒地说道：“打出去！”

黑胖子掩护杨凤刚撤退，身边的队员不断倒下，最后杨凤刚悲愤地看着黑胖子身中数弹倒下。

黑胖子大喊道：“长官快走！”

杨凤刚带着一个队员冲入黑暗之中。

他突然指着旁边的房子说道：“那边！”

队员刚转身，杨凤刚便对着他的后脑开了一枪，子弹从后脑进入在面部炸开，脸被炸得面目全非。

杨凤刚迅速将自己身上的军服脱下来给死去的队员换上，包括戒指和手表都给他戴上，自己只穿着内衣，从旁边的院子里找来一块烂布包在身上，迅速隐藏。

机车厂内的战斗停止了，到处都是杨凤刚别动队队员的尸体。解放军战士和公安人员在打扫战场。郝平川端着冲锋枪在四处搜查，路过段飞鹏隐藏的麻包。一个战士正在搜索，他用步枪的刺刀在草垛里刺着，离段飞鹏的麻包越来越近。

一个战士跑过来说道：“报告，那边死了个当官儿的。”

郝平川急忙跟着战士跑了过去，拿步枪的战士也跟着他离开。

地上一具穿着国军上校制服的尸体，身高、身材都和杨凤刚一样。郝平川急忙蹲下检查，翻出一张军官证、十几块银圆还有一张长辛店的旧地图，打开军官证，上面是杨凤刚的名字。

郑朝阳走了过来。

郝平川说道：“是杨凤刚。”

郑朝阳查看尸体后说道：“脸都打烂了，带个俘虏过来。”

两个俘虏被带了过来。

郑朝阳问道："看看，是不是你们的长官？"

一个俘虏看看后说道："表和戒指都是杨长官的。"

另一个俘虏应答："是他。"

郑朝阳看他的眼神不对，眼睛瞪着他质问道："看清楚了！子弹是近距离从后脑射入！说瞎话老子现在就毙了你！"

俘虏结结巴巴地说道："看着像是马六。马六右手中指残疾，短一截儿。"

郝平川检查尸体右手的中指，确实少了一截儿。

郝平川气愤地说道："他跑不远，我带人去追！"

清晨，解放军搜山抓捕杨凤刚。杨凤刚善于伪装，躲在草丛中，看到不远处的郑朝阳和郝平川走了过来，他拉开枪栓，发现没子弹了。

郝平川说道："朝阳，你这一手引蛇出洞可玩儿得真是溜啊，杨凤刚这龟蛋的这些龟兵全被包圆了。我刚才清点了下人数，连死带伤加上投降的被俘的，一共三十一个。"

郑朝阳问道："咱们的情况呢？"

"轻伤三人，没大碍。"

郑朝阳遗憾地说道："可惜没找到杨凤刚，这小子活着终究是个祸害。在这一带加紧搜索！"

郝平川说道："他跑不了。"

郑朝阳说道："目前这种情况下，杨凤刚无非是三条路：第一，自己夹尾巴跑路；第二，进城找桃园行动组打架，假情报是他们提供的，他们难辞其咎；第三，找我报仇。"

郝平川疑惑地问道："找你报仇？"

郑朝阳解释道："这些兵有不少从印度就跟着杨凤刚，实打实的老兵，跟着他出生入死，现在就这么完了，换了你会怎么样？"

郝平川笑道："你就算是跑到天边儿我也得弄死你。可你觉得这杨凤刚能这么有血性吗？"

郑朝阳笑着说道:“我也想看看。”

两个人说说笑笑地走了。隐蔽处的杨凤刚扔掉没子弹的手枪,眼里似乎要喷出火来。

公安局中,齐拉拉接到电话,脸上都是亢奋的表情,他反复询问道:“好好好,你再说一遍。真的啊!!”

齐拉拉放下电话,对着屋里的人用最大的声音喊道:“报告大家一个重大消息,刚刚我军在郑朝阳组长和郝平川组长的带领下大获全胜,一举歼灭蒋匪帮杨凤刚别动队,打死打伤三十一人……”

现场一片欢呼,大家相互拥抱、击掌。宗向方呆若木鸡,他明白过来,这是一个巨大的陷阱。根本就不存在什么首长去长辛店视察的事情,一切都是烟幕。而自己完全陷进局里,传递了假消息,不但杨凤刚的别动队完了,自己也完了,甚至连郑朝山都完了。

他踉跄地出了公安局,发现根本就没人拦他,几乎所有警察都带着嘲笑的神情在看他。

宗向方在跨越门槛的时候几乎摔倒,勉强站稳了脚跟,他感到双腿在颤抖,回头看了一眼公安局的牌子和大门,转身脚步蹒跚地离开。他感到似乎所有的人都在嘲笑他,都在说,你完了,你就是个死人。

白玲在办公室的窗户后面看着宗向方走出了大门。

齐拉拉走进来说道:“白姐,这人没用了,抓了吧。”

“叫他走,早晚自己会回来。”

宗向方一路失魂落魄地回到了家,郑朝阳正坐在堂屋等他,脸上的焦黑还没来得及擦。

郑朝阳轻轻掸了掸身上的土,说道:“刚从长辛店回来,烟熏火燎的,衣服都没换。”

宗向方十分安静地坐到了郑朝阳的对面,问道:“你是怎么发现我的?”

郑朝阳说道:“齐拉拉这孩子太毛躁,但这种毛躁用在你身上正合适。他盯着你，你也就盯着他。所以，你就没注意还有一双眼睛也一直在盯着你。”

宗向方想了想，终于反应过来。

郑朝阳继续说道：“我从来不相信巧合，从你开枪打死保警总队的杨怀恩起我就在怀疑你，只是没有证据，你又说你得了伤寒。但后来袁硕在局里食物中毒，就说不过去了。尽管你自己也吃了毒药，但毒药的剂量你掌握得很好。你是在冒险一搏，但终究还是暴露了自己。我们只是不知道你到底是什么级别的特务，现在，你可以说了吧？”

宗向方坦白道：“我是保密局少校情报专员，桃园行动组成员，代号‘老三’。”

郑朝阳说道：“大先生、凤凰、二郎段飞鹏还有你这个老三，桃园行动组的四个人算是齐了。留着你就想看看你后面的人。看来我们估算得没错。”

宗向方问道：“在厕所，你和郝平川是故意说给我听的？”

郑朝阳解释道：“当然，但我不知道你会不会上当，直到我看了这个。”

郑朝阳拿出宗向方的《中共简史》的小册子，翻到京汉铁路大罢工折页的地方。

宗向方问道：“三儿？”

“三儿这孩子看上去傻，可他以前在旧警察局的时候绰号就是耳报神，袁硕事件之后我就派他盯着你。”

“我一点儿没察觉。”

“你本人就是个跟踪高手，想盯住你并不容易。可就像你说的，要想盯住一个人最好的方式就是把自己当成路人，三儿就是那个路人。”

宗向方无奈地说：“干得漂亮。下面，你们想怎么处置我？”

“不是我们要怎么处置你，是你要怎么处置你自己。作为特务，你的任务已经完成了，当然，完成得不那么完美。”

宗向方冷笑着哼了一声。

郑朝阳继续说道：“这个词用得不太恰当，我换个词吧，那就是彻头彻尾的失败。现在，对我们来说你已经没有价值了。”

“我可以告诉你凤凰是谁。”

“我知道他是谁，只是不愿意说。之所以没有动手就是觉得留着他还有用，就像用你一样。我现在要和你谈的是你的未来。”

宗向方冷笑道：“你不是说，我已经没价值了吗？”

“我们觉得你没价值，是因为你在国民党那边已经没价值了。这么重大的情报失误，不管你是上当受骗还是阵前倒戈，保密局的人都不会饶了你。”

“所以你们就看着我从公安局出来连管都不管。”

“你也没跑而是直接回了家，因为你很清楚自己跑不掉。”

宗向方恨恨地说道：“郑朝阳，我一直被你攥在手心里，你可真是心思缜密、不留痕迹。上学的时候我就知道你是个厉害角色，可没想到会这么厉害。”

“谢谢你这么看重我，在共产党里我就是个小兵而已。你得清楚，你面对的是中国五千年来从未有过的强有力的政权，这个政权的背后是四万万中国人民，所以你的对抗毫无意义，从你们接受任务的时候结局就已经注定，你们终究会像灰尘一样被扫掉。”

郑朝阳站起来坐到宗向方的身边，对他说：“你是个糟糕的特务，可你是个出色的警察。放你，是想叫你自己回去。回去了，我们就能重新站在一起。”

宗向方沉思片刻说道：“如果我现在和你说，我愿意投诚，能算数吗？”

“算数。”

宗向方突然变得十分轻松，一拍大腿站了起来，轻快地说道：“算起来，剿灭杨凤刚，我也是立了功的啊！”

郑朝阳也站起来应和道：“当然，大功一件。”

宗向方开了红酒给郑朝阳，两人干杯。

宗向方继续说道：“立功，我得再立个实打实的。既然你知道凤凰是谁了，或许你们对候鸟更感兴趣。”

郑朝阳问道："你对候鸟的情况了解多少？"

"我知道的不多，候鸟其实不是一个人，是一个组织，这个组织隐蔽而且高效，能随时组织起强大的攻击波。找到这个组织需要特定的密码和特定的人，魏樯算是一个，可惜他已经跑了。"

"没有，魏樯回来了，而且是带着候鸟的指令。"

宗向方奇怪地问道："你怎么知道魏樯回来了？"

"025死了，可他姐姐告诉我们，025曾经接到过给魏樯的专电，叫他迎接候鸟，重新组建队伍。"

宗向方说道："如果魏樯回来了，我可以设法找到他。魏樯和凤凰两人其实已经势同水火。我可以利用这个，帮你找到候鸟。"

郑朝阳主动给宗向方倒上酒："如果能找到候鸟，你就是功臣。过去的事情，就能一笔勾销。"

他继续说道："向方，你这人最大的毛病就是摇摆不定。这次，希望你能言而有信。"

郑朝阳和宗向方刚刚出门，一辆汽车就冲了过来。开车的是窦司机，窦司机扔出烟幕弹，叫宗向方上车。宗向方犹豫了一下，看到郑朝阳躲在角落里，他微微点头，跳上了汽车。汽车飞快地开走了。

埋伏的公安人员冲出来举枪要射击，但被郑朝阳拦了下来。

电影院的围墙外已经拉起了警戒线，几个公安人员封锁了现场，郝平川和一个警员在说话。

郑朝阳赶到现场，看着地上死去的两个别动队员，蹲下查看他们脖子上的伤口。

郝平川从一个公安人员的手中接过一个爆炸装置上的引信，说道："这是安装在电影院中的定时炸弹，威力很大，如果爆炸了，后果不堪设想。"

郑朝阳问道："这两个是什么人？"

"是杨凤刚的别动队员，我和他们交过手，你看。杨凤刚别动队员的手臂上都有这种红点，是香头儿烫出来的，有多有少。我估计，他们每杀一个人就在胳膊上烫一个香疤。"说着，郝平川挽起一具尸体的衣袖，尸体的胳膊上的确排列着红点。

郑朝阳说道："像是军功章。"

"大概是这个意思。这是他们的标志，只是，炸弹的引信已经被拆掉了。这我就搞不懂了，似乎是这两个队员在电影院里安装的炸弹，在出来的时候被人干掉了，这个人又把电影院中的炸弹拆除了。"

郑朝阳说道："你注意这两个人的伤口了吗？"

"当然，和万林生、袁硕脖子上的伤口一样，是一个人干的。"

"你觉得他为什么这样干？"

郝平川猜测道："总不至于是良心发现，不愿意伤及无辜吧？"

郑朝阳解释道："但更可能的是怕引火烧身，不过，也不完全排除你说的可能。"

他站起来看着胡同外熙熙攘攘的人流，心里暗潮汹涌。不管是出于什么样的动机，毕竟是避免了一场大灾难的发生。或许，这会是一个机会，又或许这会是另一种可能。郑朝阳突然感到一种从未有过的愉悦。

一辆汽车行驶在黑漆漆的路上，车头灯照出很远。窦司机开着车，副驾驶座上坐着宗向方，魏檣坐在后座上。宗向方一副心神不宁的样子，时不时地回头看一眼魏檣。

魏檣安慰道："不用担心，要杀你早杀了，还用等到现在？"

宗向方解释道："您误会了，我是想这么晚了咱们去干什么，可我也知道不该问的不能问。"

魏檣说道："我是信任你的。从天津运来一批军火物资，就在前面的五棵松，咱们去和天津来的人办个交接，顺道叫你熟悉一下他们。以后你就跟着我干，这些人迟早用得上。"

宗向方应和道："其实我一直都是您的部下。"

"郑朝山也是我的部下。"

"卑职知道，效忠党国首先是要效忠长官。"

魏檣志得意满地说道："所以我才器重你，你和郑朝山不一样，你虽然也有自己的想法，但首先是效忠长官，现在我是你的直接长官了，以后有很多事情做。别的没有，黄金、美元有的是，干几件大事就离开北京去过逍遥的日子。"

宗向方说："长辛店的事，是卑职失职。"

魏檣轻轻拍拍他的肩膀安慰道："你只是提供情报，做决策的不是你。"

宗向方感动地说道："谢谢长官理解。"

他感到自己的眼睛竟然潮湿了，忍不住看向窗外。魏檣的眼神则异常阴冷。

汽车慢慢开进一片森林，前面一辆卡车的大灯突然打开了，晃得宗向方睁不开眼睛。两辆汽车对面停着，大灯相互照着。

魏檣从车上下来，宗向方和窦司机也都下了车。魏檣示意宗向方往前走，宗向方看看魏檣，眯着眼睛往卡车的方向走，慢慢地走到卡车附近。卡车边上，有两个人拿着牛肉罐头在吃，卡车的发动机盖上放着两把手枪。宗向方认出，那是郑朝山和段飞鹏。

他刚要转身，发现窦司机的枪已经顶在自己的后腰。窦司机慢慢地从宗向方身上取出手枪。

宗向方回头看着魏檣，魏檣冷冷地看着他。

宗向方突然笑了："魏长官，您要是想和凤凰做交易也不用拿我送礼吧？我现在还能有什么价值？"

"剩余价值还是有的。马克思说追求剩余价值是资本家的天性，就像狮子要吃肉一样，有时候多看看共产党的书也有好处。现在，站过去。"

窦司机用枪管一捅宗向方。宗向方又往前走了几步，靠近卡车的车头，发动机盖上的两把手枪十分刺眼。

魏檣招呼道："朝山，人我给你带来了，怎么处置是你的事，算是纳个投名状吧。为了党国大业，以后咱们通力合作，车上的物资你藏好了。"

魏檣上车走了，树林里安静了下来，郑朝山和段飞鹏还用叉子吃着牛肉罐头。

郑朝山站了起来，用叉子叉起一块儿牛肉给宗向方："吃块牛肉。"

宗向方瞬间想起上一次吃肉的场景，忍不住咽了一口吐沫。

"我吃素好久了。"

郑朝山微微一笑，自己把牛肉吃了。

"你要杀我吗？"

"没有。"

宗向方回忆起郑朝山曾经的话：也许你会自杀。

"长辛店的事是郑朝阳设的局，我们都被骗了，我、你、二郎还有杨凤刚，我们都被骗了。"

郑朝山说道："听说他们要发展你入党了。我很奇怪你加入共产党后你的国民党身份怎么处理。民国十六年'四一二'清党之后，不管是国民党还是共产党都不再允许双重党籍的存在，除非出卖一方。"

"我没出卖过任何人，我在警察局里憋了十年。十年了你们甚至不愿意叫我升职，我服从了。我本来以为就这样过了，可你们偏偏把我唤醒，叫我去杀人放火，我也服从了。你们叫我去搞情报，在共产党的眼皮底下搞情报，我还是服从了。要想获得信任就得装积极，他们叫我入党说明他们开始信任我，证明我是个好特工，我到底有什么错，你们要这样对我？"

郑朝山厉声说道："你错就错在你什么都没错。"

宗向方极其诧异地看着郑朝山。

郑朝山继续说道："你背叛国民党给共产党办事是错，背叛共产党给国民党办事，也是错。唯独两边都不背叛就都不会错，只可惜没人愿意理解也没人愿意接纳你的苦心。这是一个非红即白的年代，没有第三条路给你选。"

宗向方猛地抄起发动机盖上的手枪对准郑朝山，大声说道："别再和我说这些狗屁道理，我是宗向方！别以为我不知道你们的想法。长辛店的事必须要有人背锅，不是决策失败，也不是情报失误，只能是有人叛变你们才能把自己洗干净。什么主义、忠诚和信仰，都是用来擦屁股的。你不是说没有第三条路走吗？我现在就走给你看看！"

宗向方扣动了扳机，手枪里没有子弹。他十分惶恐，又抄起第二把手枪开枪，还是没有响。他扔了手枪，面如死灰。

郑朝山又用叉子叉出一块牛肉递给他，劝说道：“还是吃一块儿吧。”

宗向方惨笑，转身离开。走出几步，他看到树上垂下一个精致的绞索。

郑朝山缓缓地说：“我打的绳结儿比你的漂亮多了。”

看着头上的绞索，宗向方感到万般凄凉，痛苦地说道：“党国是自取灭亡。”

天明时分，郑朝阳带人搜索到小树林，看到了上吊自尽的宗向方。两个公安人员抬着一副担架，宗向方躺在上面，身上盖着白布。不远处的树上，绞索仍挂在那里。

郑朝阳过来掀开白布看了一眼，宗向方的脸十分平静，看上去像是睡着了一样。他摆摆手，公安人员把宗向方的尸体抬走了。

郑朝阳回忆起宗向方跑到自己家中向自己报信以及两人一起破案的画面，他看着树上的绞索感慨道：“《红楼梦》里有句话，机关算尽太聪明，反误了卿卿性命。你到底也没搞清楚跟着谁更好。”

郝平川走过来说道：“两辆车，一辆轿车，一辆卡车。现场没有搏斗的痕迹。他应该是被逼着上吊的，像宰鸡一样。可惜了，如果不是跟着国民党，以他的才华，会是个好警察。”

郑朝阳说道：“才华是可以安身的本钱，但不是根本，信仰才是一个人的脊梁。一个没有了信仰的人，或者是觉得可以用信仰来做买卖的人，只能被彻底抛弃。也许他在最后一刻想明白了，这是他应得的下场。”

“难怪他脸上是大彻大悟的样子。说真的，他这副死样子倒比他活着的时候更顺眼一些。”

郑朝阳略带惋惜地说道：“他很聪明，只是醒悟得太晚，我希望别人不要像他一样到死才醒悟。”

郝平川疑惑地问道：“你说的这个别人，是谁啊？”

郑朝阳看了一眼郝平川反问道：“你说呢？”

郝平川笑着说道："就是不知道才问你嘛。"

郑朝阳淡淡地说道："到时候你就知道了。"

郑朝阳回头看了一眼树林，眼前闪现出两辆车开着车灯对峙的画面。黑暗中，是郑朝山的身影。

第二十五章

郑朝阳急匆匆地敲门进了罗勇的办公室。此时的罗勇，身穿一身笔挺的军装制服，戴着帽子，正在照镜子。

“领导。”郑朝阳问候的声音似乎比平常要高很多。

罗勇回头看着郑朝阳，问道：“来看看我这一身怎么样。今天部里领导要听我的汇报，关于这次歼灭杨凤刚，上面很重视。你知道吗，这不单单是消灭几十个别动队员这么简单，这是给城里的那些潜伏特务传达一个信号，告诉他们，他们唯一可以指望的外部力量已经被消灭了。他们没有出城的接应人，已经被完全孤立了，这种精神上的打击才是最重要的。”

罗勇看郑朝阳站着不说话，问道：“你找我是有什么事吧？”

“我有个想法，我们也许能策反凤凰，叫他站到人民这边来。”郑朝阳这才说出了自己的想法。

罗勇愣了一下：“你这个想法很大胆，说说你的理由。”

“我了解他，他是个很理性的人，有自己的看法和主张，也有自己的坚持，但绝不顽固。而且，我觉得他的很多主张其实和我们并不矛盾，只是站的位置不同而已。就像这次，杨凤刚为了牵制我们，派了两个手下到城里的电影院安炸弹，如果爆炸的话后果会很严重。但这两个队员被杀了，炸弹也被拆除了。”

“这可能是他为了自身安全不得已做出的选择。”罗勇给出了自己的看法。

“您说得也许没错，但毕竟是避免了大的危机发生。而且，他没有选择报警叫警察封锁电影院，而是冒险亲自出手干掉他们，他知道只有把这两人干掉，才能杜绝他们再到别的地方去搞破坏。所以，我猜想，不，我断定，他的脑袋绝不是岩石，他只是缺乏足够的转变的理由。”郑朝阳没有否定罗勇的看法，但依然坚定地说道。

“你说的，或许有些道理。”罗勇陷入沉思，拿出一份文件递给郑朝阳，“这是部里刚刚转来的，三分局刚刚破获一个国际间谍团伙。这个叫安东尼的意大利人和日本记者坂本龙一，计划用改装迫击炮轰炸咱们的国家机关。”

“坂本龙一？这个人我认识，他曾经作为驻华代表来局里领回鼹鼠的尸体。他竟然也是特务。”郑朝阳有些吃惊。

“他曾经是关东军的一名炮兵，后来在北平的宪兵司令部干过，对北京的情况非常熟悉。因为伤病退伍，他以经商的名义在天津搞情报。抗战胜利后他没有回国，留下来以新闻记者的身份继续搞情报。这两人承认，是接到候鸟的启动指令后开始行动的。”罗勇解释道。

“看来候鸟已经意识到桃园组行动不利，开始启用新的行动组了。”

“如果凤凰能站到我们这边，协助我们找到候鸟当然是好事。”罗勇似乎并没有信心，“只是在这件事上，你有几成把握？”

“没有。”郑朝阳如实说出了自己的想法。

傍晚，郑朝阳兴高采烈地进了大门，手里拎着羊头肉和酱牛肉，招呼道：“哥，来，喝酒，喝酒啊。嫂子，嫂子。”

“你嫂子上晚班，刚走。”郑朝山应道。

“没事，我自己来。”郑朝阳哼着歌曲蹿到厨房忙活，眨眼间桌子上就摆上了羊头肉、酱牛肉、花生米、大白菜。

郑朝山拿出一瓶白酒，给郑朝阳倒上一小杯，两人干了一杯。

郑朝阳指着羊头肉说：“哥，你尝尝这个，长辛店老马酱肉铺，别看是个小铺子，味道可真是棒，我这段时间在长辛店吃了好几回。事办完了，给你也带点儿回来尝尝。”

“嗯，确实不错，这种地方上的小铺子往往有自己的绝活儿。一招鲜，吃遍天。”郑朝山对这羊头肉的味道似乎很满意。

郑朝阳接着话茬儿说道：“太对了，不管干什么都得有绝活儿。调虎离山、围城打援、引蛇出洞，这都是我们的绝活儿，我们就是靠这些把老蒋的几百万军队都干没了。这回，我们在长辛店就来了个引蛇出洞，把杨凤刚的别动队包了饺子，连打死的带投降的，一共三十一个。战前领导就说了，不叫一人漏网，不管死活，挨个儿数数。”

“都抓住了？”郑朝山好奇地问道。

“没有，杨凤刚跑了。不过我们审问俘虏，他所有的队员都在这儿了，杨凤刚已经是光杆司令了。这就和剥了皮的狐狸褪了毛儿的鸡一样，里外都凉透了，有火也发不出来了。”

“我只是奇怪，照理说，国民党的这些特工人员都是经过专业训练的，也算是身经百战，你怎么就算准了他们一定会上当？”郑朝山说出了自己的怀疑。

“就一个字，贪，贪功、贪钱、贪名。我说过，国民党特务最大的问题就是他们没有自己的脑袋，不能自己想问题。从一开始台湾那边就给他们定了目标，杀一个部长多少钱，杀一个委员多少钱，这已经是花钱做买卖了。什么理想啊、主义啊、信仰啊，通通变成黄金美元了，一支没有精神只讲钱的队伍就是个空壳子。宗向方就是想拿巨额的赏金再博个万世功名，不光他是，杨凤刚也是，宗向方的上线，凤凰，也是。这种心思叫他们丧失了起码一半的判断力，我们只要稍微带带路，就直接把他们带到沟里去了。”郑朝阳的声音突然提高了很多。

“我倒是很同情这些国民党的特工，没有了国家没有了政权，他们也确实无可奈何，名和利也许是他们仅存的支撑下去的信念了。”郑朝山说。

郑朝阳并不认同这种信念，他说：“这种所谓的信念根本就靠不住。我们原先在国民党那边也有不少特工，那时候穷，没钱，这些特工又是怎么坚持下来的？哥，你还记得牺牲在保密局秘密监狱的杜志华吗？”

郑朝山点了点头。

郑朝阳有些激动地说道："报社记者，也是老党员。他在很长一段时间里一块钱的经费都得不到，全靠自己的工资来搞情报，弄得家里时常断顿，还得四处借债。我们大多数的地下工作者都和杜志华一样。那么他们靠的是什么，他们的后方又在哪儿？所谓时势造英雄，英雄也造时势。千千万万个杜志华这样的无名英雄，才造就了今天的新中国。"

"自古以来成王败寇，胜利者总是会有睥睨天下的强悍。你都变得快叫我认不出了。来，为你这个胜利者干杯。"郑朝山似乎有些无可奈何，只得迎合着自己的弟弟。

"也为那些还在做着复兴党国大业的春秋大梦的人，希望他们早日醒悟，加入到人民的队伍中来。"郑朝阳举起酒杯说道。

两人干杯。

郑朝山从来没有像今天这样感到深深的绝望，他觉得自己彻底被耍了，也没有办法反驳弟弟的说教。一种难以言说的挫败感涌上心头，他突然觉得，也许自己真的应该离开了。

中医诊所里，一个老中医正在给秦招娣把脉。

"我肠胃一直不好，最近这段时间更严重了，吃点东西就吐。饿了吧，又什么都不想吃。我以前看过中医，就是胃寒。"秦招娣向医生陈述着自己的病情。

老中医却微笑着说道："这次你可不是胃寒啦，恭喜你，你怀孕了。"

"不可能，我身体不好。"秦招娣十分惊讶，"医生早就说我不能怀孕了。"

老中医一脸自信地说道："哎，老朽行医三十多年，这喜脉还能断错吗？按理说你的体质确实很难怀孕，但你是不是吃过什么药？"

秦招娣答道："我男人倒是给我配过一服药，说是驱寒除湿的，我吃了一段时间。"

老中医似乎找到了答案，欣喜地说道："就是这服药起了作用啊！我给你开个安胎的药方，回去按时吃。你这个身体状况能怀孕确实不容易，要是流产了，还能不能再怀上可就不一定了。”

说完，老中医低头开始写药方。

她尚春芝从来没有奢求过成为母亲的那份快乐，突然降临的这个孩子令她不知所措。思前想后，她决定还是尽快离开北京。

郑朝山回到家，看到秦招娣的行李已经不见了，家里冷冷清清。看着墙上的日历——5号，他突然感到非常凄凉，眼前闪现出秦招娣还在家时的各种画面。

正当郑朝山感慨时，大门被人打开，秦招娣走了进来，手里还拎着箱子。郑朝山一个箭步冲到秦招娣面前，紧紧地抱住了她。秦招娣没想到这一幕，箱子掉在了地上，她忍不住拥抱郑朝山。

秦招娣拿出化验单，说自己怀孕了，不希望儿子生下来没有爸爸，所以到车站又回来了。郑朝山没有接化验单，一把将秦招娣抱起来旋转。

晚餐，郑朝山亲自下厨做了他唯一会做的菜——鸡蛋饼，秦招娣吃得很开心。“我得多和你学做菜，因为以后你有更重要的工作，我得学会照顾你啊。”郑朝山满脸喜悦。

秦招娣奇怪地问道：“什么工作？”

“专职生儿子，一个不行，起码三个，最好再加一个女儿。男孩不好弄，养好了是儿子，养不好就是混账。哎，看我这嘴，咱的儿子肯定不一样。”

秦招娣笑得像花儿一样：“嗯，那咱们什么时候走？”

“大路走不通，公路铁路都被控制，只能走海路。其实路线我早就研究好了。”郑朝山胸有成竹。

另一边，一个民警来到白玲的办公室，把一份文件交给她，说道：“这是保定公安局送来的关于秦招娣的协查报告。”

民警敬礼后退了出去，白玲看着报告，慢慢变得眉头紧锁。

两个公安人员走进了郑朝山的家，说道："我们来找秦招娣。"

秦招娣疑惑地问道："找我？"

"我们现在怀疑你和良乡的一起谋杀案有关，请跟我们回去协助调查。"

"我被捕了吗？"秦招娣显得有些不知所措。

"当然不是，只是去问话。"

秦招娣微微有些慌乱，穿衣服的时候扣错了扣子。郑朝山笑着帮她扣好了扣子，说道："不用怕，凡事有我。"

询问室里，秦招娣接过白玲递过来的水杯，对她说："其实你们的同志来，说是因为良乡的事，我就知道是怎么回事了，这个事在我心里也一直都是一个结。我早该说出来，可不知道该怎么说，我真是害怕。"

"那好，我也就不问了。既然知道是怎么回事，你就自己说吧。"白玲打算直接进入正题。

"我原来在保定的纺织厂当女工，后来保定打仗，工厂给炸了，工人也都散了。保定待不住，我就想到良乡再找个差事，可良乡的情况也不好，找不到工作。后来我住的旅馆的老板说有家人，就一个女人，想要个缝缝补补的丫头。我想工作不累，工钱给得也还不错，就去了。这人叫尚……叫尚春芝。我叫她尚太太。"

白玲问道："这么说，你们俩以前不认识？"

秦招娣回答："不认识啊。在良乡因为做这份工才认识的。"

白玲继续追问："具体都干些什么？"

"就是缝缝补补、洗洗涮涮，还有买菜做饭什么的。她这人挺奇怪，宁肯花钱在外面给我租房住，也不叫我住家里，衣服都是我拿回去洗，饭做完了我就得走。这个，你们可以去问我住的那家的房东——山西会馆的铁老板。"

"你是因为什么离开良乡的？"

"那天我去给尚太太拿换洗的衣服，可怎么敲门她都不开，我想可能不方便，就回家了。后来听说出事了，尚太太死了。我心里怕，怕连累我，就赶紧走了。"

“我们勘察过现场，没有闯入的痕迹，你是怎么进去的？”白玲似乎觉得有些不对劲。

秦招娣赶忙解释：“我没进去啊，就是隔着门缝看，也看不到，人也许是在里屋吧。”

“既然你知道人死了，警察在调查，怎么不去和警察解释一下？”

秦招娣辩解道：“我一个女人家，从来没经历过这种事，也不知道人是怎么死的。有说自杀的，有说是别人弄死的，我当然害怕，不知道会有什么祸事。老百姓活着不容易，谁愿意往自己身上揽这种事呢。后来我到北京，结婚了，有了家，就更不愿意说这个事了。其实现在想想，这原本就没什么啊，说出来了，反而好了。”

白玲拿出一份档案给秦招娣，并指着里面的一张照片问道：“是这个人吗？”

“对，就是她，尚太太。”

白玲看看照片又看看秦招娣，说道：“别说，这照片里的人和你真有点儿像。”

秦招娣略显放松地说：“是吗？你也觉得像是吧，尚太太也说和我有点儿像，像是姐妹。她说这是缘分，还多给了两成的工钱。”

“事情说清楚了，就好了嘛。嫂子，以后再遇到什么事就直接说出来。您也知道，真相其实是很难藏住的，藏不住了就得掩盖，就会有新的破绽。折腾来折腾去，还不如早点说出来。”白玲说了一大堆拐弯话后，将秦招娣送了出去。

秦招娣走后，白玲拿出手绢包裹住她用过的茶杯，递给书记员，让他去技术科，把上面的指纹提取出来。

秦招娣从公安局出来，郑朝山正在门口迎接她，郑朝山问道：“还好吗？”秦招娣点点头，挽住郑朝山的胳膊。

白玲进到郑朝阳的办公室，郑朝阳满脸笑容地问道：“怎么样，什么也没问出来吧？”

“所有的回答都和我们的调查结果吻合。”白玲感到挫败，坐在椅子上。

郑朝阳安慰她道：“其实呢，在见到秦招娣的第一天我就感觉不对劲，就对她搞过外调。可什么都没查出来，所有她去过的地方干过的工作，都有证人。这说明秦招娣的所有履历都是真实的。如果一定要说有问题，就只有一个问题，此秦招娣非彼秦招娣。可没有真正过硬的证据怎么证实？但是，最难的时候往往就是快要成功的时候。”

“这都是什么逻辑。”白玲斜眼看着他。

郑朝阳说道：“尚春芝死的那间屋子应该还在吧？当地人迷信，这房子铁定是凶宅了，没人住。”

“没错，一直空着呢。”白玲突然反应过来。

郑朝阳肯定地说：“我不相信一个人生活过的房间里会一点痕迹都没有。当初咱们走得太仓促，没来得及对屋子进行彻底搜查。”

“我去良乡。”白玲迅速站起来，向门口走去。

郑朝山下班骑车回家，在家附近的胡同里，被窦司机用枪强行“请”到杂货店。郑朝山随窦司机走进后院的屋子，魏樯就坐在里面，示意郑朝山坐到自己对面。

“有个消息得告诉你。台湾来电报了，鉴于桃园行动组办事不力，累遭共产党重创，人员武器损失殆尽，桃园行动组终止一切行动。”魏樯说。

听到终止一切行动时，郑朝山暗自长出一口气。

“至于你嘛，台湾的意思是撤职查办。老弟，为了你我可没少跟上面说好话，总算松了口，把你留下来，参加下面的活动。”魏樯的语气变得友善了很多。

郑朝山赶忙表示感谢。

“不客气。队伍没了可以重新组建，钱和武器没了可以叫台湾再给，但人才，才是最难得的，你郑朝山就是难得的人才。这次候鸟下令重新组建队伍，你和我都在他的名单里，不过我不想和这个候鸟有什么关系。”魏樯开始进入正题。

郑朝山满脸疑惑地问道："候鸟？是谁？"

"鬼知道他是什么人，谁也没见过，我就是接到他的指令才启动的桃园组。现在他又叫我启动新的组织，还是外国人。"提到候鸟，魏檣显得非常气愤。

郑朝山试探性地问道："前段时间听说意大利人安东尼和日本记者坂本龙一计划用迫击炮轰炸中共某重要机关，被警察破获了，难道是……"

"没错，就是候鸟的新行动组成员，结果第一炮就哑火了，出手没两下就被公安抓了。现在想想，还是你凤凰能力强。以后，咱们联手搞几个大的事件出来，也叫上面看看，桃园行动组哪怕剩下两个人，也照样能干出大事光照汗青。"魏檣似乎对候鸟行动失败有些庆幸。

"最近风头很紧，我建议咱们还是暂时中止行动，等警方松弛一下再说。"郑朝山心有所虑地说道。

"可惜，用毛泽东的说法，宜将剩勇追穷寇。共产党习惯穷追猛打，不把我们打扫干净了他们是不会放松的，所以该干的事情还是要干。"魏檣说得颇为无奈。

"那是自然，复兴党国大业是我们毕生的事业，朝山愿鞠躬尽瘁，死而后已。"对于魏檣的话，郑朝山给出了教科书一样的回答。

面对郑朝山的回答，魏檣笑了笑，便让他离开了。

郑朝山走后，窦司机说道："长官，这人靠不住。"

"我知道他靠不住，此人脑后有反骨，肚里有三国，谁当他的上级谁倒霉。"魏檣显然也不糊涂，"可我们现在还用得上他。等办完了事，就干掉他。"

郝平川进到会议室，将一些文件交给郑朝阳，说道："老郑，你看看这个，天津警方派人送来的，是在魏檣在天津躲藏的地方找到的一些文件残片。"

"太平道？"郑朝阳接过文件，拿镊子夹起一片片焚烧过的纸张残片，仔细看后说道。

齐拉拉在同乡——大白梨的随从的带领下进了大白梨的小院。这个院子不大，但很隐秘。

白羽真人大白梨的屋子简朴到叫人难以想象，什么家具都没有。靠墙一溜柜子，柜子上锁，墙上是一张西王母的画像，地上一个蒲团。大白梨坐在蒲团上闭着眼在打坐，她一身青布长衫，皮肤白皙的脸光滑圆润，脑瓜顶上一小撮发发髻。整个人看上去倒像悬着的大白梨。

屋里点着檀香，但齐拉拉轻轻呼吸已经闻出檀香之外的特殊味道。

他嘴角露出微笑，心想：鸦片，真人还好这一口儿。

随从带着齐拉拉进门，对大白梨说："真人，这是我的同乡……"

随从话没说完，齐拉拉已经一个箭步趴到了大白梨的面前，一把抱住大白梨的大腿，鼻涕一把泪一把地大哭道："啊，真人啊，白羽真人啊，我的天神啊，我终于见到你啦！"

经过一番逼真的表演外加套近乎和送礼（和田玉弹球），齐拉拉的虔诚和真诚令大白梨很满意。她说道："嗯，难得你这么懂事，这样吧，我就收你做我的麒麟童子，跟随我一起修行。"

齐拉拉大喜，重新趴在地上，连说："多谢真人，多谢真人。"

这一天，魏樯在随从的带领下，进了大白梨的小屋，在大白梨对面的蒲团上坐下。随从退了出去。

魏樯问道："怎么样，想好了没有？"

大白梨说："在老母升仙日举行盛世大法会，聚集教徒到太平道的道场天宫院，这不是个小事情。"

"小事情我怎么会来找你，太平道横行华北，凑几百人搞搞法会应该不是什么难事吧？"魏樯显得有些着急。

大白梨反问道："可你叫我在教徒喝的圣水里下毒，这也太过分了吧？"

"过分？这个词从你白羽真人嘴里说出来倒真是奇怪了。"魏樯差点儿跳起来，"这些年太平道以求仙升天为名胁迫教徒捐献家产，无数教徒为此倾家荡产，你什么时候说过'过分'二字。放心好了，不管毒死多少人，都算在共产党的账上，共产党摧残宗教，到时候我们会发动全世界进行谴责。你也是受害者，保证不会牵连到你头上。”

白羽真人沉默不语。

魏樯语带威吓地说道：“我看你是死到临头不知死，你以为你们这个四六不靠的大杂烩的什么神仙老母真能浑水摸鱼躲开共产党的雷霆万钧吗？趁着现在他们还没工夫搭理你们，拿着钱远走高飞，下半辈子还能踏实地做富家翁，每天猪肉炖粉条子可劲吃。晚了，就等着到牢里去啃菜窝窝吧。”

“别忘了你自己的身份，伪满日军特高科的胡丽雅上尉，你手上可有不少共产党的人命。”魏樯靠近大白梨，小声说道。

“就按你说的办吧。”大白梨点点头表示同意。

魏樯从院子里出来，上了汽车。坐在车里的郑朝山问道：“她同意了？”

魏樯没好气地说道：“脑袋上有辫子，屁股上长尾巴，她没理由不同意。不过这种人也不能完全信任，保险起见，去天宫院安放炸弹，万一下毒不成，就引爆。”

冼登奎从外面回来，谢汕赶忙迎上去接过他手里的提包，帮他脱下外衣。

冼登奎对谢汕说：“这几天我不见客。要是有太平道的人找我，就说我出门了。”

“你不是刚见了白羽真人吗，这是怎么了？”谢汕奇怪地问道。

冼登奎坐到沙发上说：“她召集我们这些点传师，说要搞什么盛世法会，让我发动我这支的道徒，到时候都去地坛。”

“那您就办呗，好歹您也是太平道的点传师嘛。”谢汕觉得这似乎并不是什么大事。

“这个时候太平道搞聚会能有什么好事，我当这个点传师有我的目的。”冼登奎有自己的想法。

“您一直在利用太平道的渠道在干咱们的生意。”谢汕很清楚冼登奎在想什么。

冼登奎说:“说的是，鸦片生意、军火走私靠的是什么？人！你说谁有太平道的人多，路子广？我是生意人，你以为我真信他这个什么老爹老母。共产党没腾出工夫弄咱就够可以的了，我不能上赶着去露面。”

“那，您的意思是？”

冼登奎开始为谢汕分析:“白羽真人这几年懒得出奇，大小法会都交给弟子办了，自己号称闭门修炼，扯淡，她就是躲起来抽大烟。这会儿和打了鸡血似的紧着张罗，背后要是没人就见鬼了。我告诉你老谢，后边的这个人九成是……”冼登奎左右看看压低嗓音说道，“台湾那边的，只不过不知道是哪路大仙。咱最好别蹚这浑水，回头两头不落好。”

“是，大哥。”谢汕若有所悟，缓缓地退了出去。

冼登奎点着一根雪茄，回头看到冼怡站在身后，问道:“八万，你什么时候来的？”

“有一会儿了，您刚才说的话我都听见了。”

冼登奎试图跳过这件事，轻描淡写地说道:“哦，没啥，真的没啥。”

冼怡劝说冼登奎:“爸，这个太平道的什么点传师，您还是别干了。”

冼登奎说道:“这可由不得我。道有道的规矩，入道了就不能随便出来。大不了以后我不掺和他们的事就是了。”

“您刚才说的背后有人，会是段飞鹏吗？”冼怡说出了自己的想法。

冼登奎手里的雪茄差点儿掉了，急忙掩饰说:“别瞎猜哈，什么段飞鹏，和我有啥关系？”

“我说他和您有关系了吗？”冼怡微微一笑，出了屋子。

冼登奎无奈地说道:“这丫头，精得像个鬼，这随谁啊？”

门外的冼怡则眉头紧锁。

齐拉拉一身青布长袍，引荐郑朝阳见大白梨:“白羽真人，这位是山西临汾的道首孔雀真人，是我大表舅，他一直仰慕真人，特地从临汾赶来看望真人。”

郑朝阳鞠躬问好：“老母至上，真人吉祥。”

大白梨看着郑朝阳器宇轩昂的样子，眼睛忽闪忽闪的，眼波流转：“临汾的不是郭达真人吗？什么时候出了孔雀真人了？”

“郭达师兄腰伤发作。”郑朝阳把一个木质名牌递给大白梨，“这是郭达真人的名牌，请白羽真人检验。”

大白梨看了看名牌，又轻轻掸了掸旁边的蒲团说道：“有小宝在，有什么可验的。”

“小宝？”郑朝阳有些疑惑。

大白梨说道：“你这个外甥啊真是伶俐，看着这么可人疼，我已经叫他当了我的麒麟童子了。”

“那就多谢真人栽培了。我这次来，也是郭达真人的意思，有重要的意思要和您意思意思。”郑朝阳深情地向大白梨示意。

大白梨对齐拉拉说：“小宝，你先出去吧，在外面守着，别叫别人进来啊。”

齐拉拉答应着出去了。郑朝阳搬着蒲团往大白梨跟前凑了凑，两人近在咫尺。

“正宗法国货，以前的存底，现在可是买不到啦。”郑朝阳从兜里掏出一瓶香水来给大白梨。

大白梨收起香水说道：“那谢谢啦。”

郑朝阳说：“郭达真人看了您发出的帖子，知道您的意思，特地叫我来和您说，既然要搞，就往大了搞。现在时局不一样了，共产党管得越来越严，听说其他坛口的好几个点传师都给抓了，北京也是早晚的事，所以趁着这边还算太平，不如实打实地搞上一次。”

“那，郭达真人的意思是？”

郑朝阳接着说道：“您的帖子不是说，来参加盛世法会的人都能得五十年阳寿吗，外面的道友知道了都快疯了，这要是呼啦啦都跑到北京来，铁定得叫警察轰走。所以啊，得限流。凡来参加法会的，每人黄金十两。”

“这么贵？”大白梨显然被黄金十两吓到了。

郑朝阳继续为大白梨解释:“五十年阳寿啊，这点钱算啥，贵买贵卖嘛。现在这年头要的是少而精，对有钱人来说十两黄金算啥啊!”

“也对。”大白梨渐渐地着了郑朝阳的道，同时她的额头上开始冒汗，脸色苍白，呼吸急促。

郑朝阳看着大白梨的样子，说道:“郭达真人说您身体不太好，叫我来协助您搞这次法会。他说，您和他之间，向来是很默契的。”

“嗯，好的，好的。就按你的意思办吧!”大白梨似乎想快点结束双方的对话。

“那，我就先告退了。”郑朝阳也知趣地结束了对话，慢慢地退了出去。

郑朝阳走后，大白梨迅速转身打开身后的一个箱子，拿出烟具和烟膏，躺倒开始抽大烟。

屋外，郑朝阳和齐拉拉则相视一笑。

张超、杜十娘、耿三、耿三媳妇、王八爷和多门都在院子里说话，杜十娘动员张超和邻居们下礼拜日，也就是阴历初一，去天宫院参加太平道聚会。大家伙儿七嘴八舌地反对说，什么聚会，就是捐钱。正说着，院外对门的秦招娣手里拿着一串佛珠，念念有词，低着头出了门。

第二十六章

大白梨拉开房门从屋里出来，已经换上了旗袍，一副富家太太的装扮。她拎着两个大皮箱，一步三摇。因为太过沉重，到小院门口她已经累得气喘吁吁。

旁边一双手伸了过来："我帮您吧。"大白梨抬头，看到郑朝阳的笑脸，"哎呀"一声扔了箱子就跑。

"这都是什么东西啊这么沉？"郑朝阳也不搭理大白梨，拎着箱子回了他的房间。

齐拉拉挡住了大白梨的去路，揪着她的脖领子进了屋，往地上一掼。大白梨坐在地上看着郑朝阳，说道："长官，我是冤枉的。都是魏檣的事，他是特务，他逼我干的。"

郑朝阳问道："他是特务，那你是什么？哎，你怎么发现我的？我装点传师装得不像吗？"

"不像，一点儿都不像。"

郑朝阳饶有兴致地问道："哎，哪儿不像啊？"

大白梨认真地解释道："眼神，干我们这一行的眼神都不定，叽里咕噜的，您这个眼睛看着就吓人。"

"看来以后我得整副墨镜戴了。"郑朝阳打趣道。

他打开皮箱一看，里面都是黄金银圆和珠宝首饰。

"这是什么？还冤枉！你真挺鬼啊，不愧是给日本特高科干过情报员的。可你说你带着这么两大箱子东西跑路你累不累啊？我拎着都走不动道。你是聪明还是傻啊？”郑朝阳继续挖苦大白梨。

齐拉拉应和道：“这叫舍命不舍财啊！”

“也难怪，这么多年装神弄鬼坑蒙拐骗也不容易，白天装圣人晚上当贱人。”

郑朝阳把一套烟具摔在大白梨的面前，厉声说道：“明天，就叫你的教徒们看看你的真实嘴脸。现在你给我老老实实、彻彻底底地交代，你和你后面的那个谁都有些什么计划。”

大白梨看着地上的烟具，面色苍白。

“教徒”们没有进入天宫院，而是来到了另一个院子——钟楼。山坡上，魏樯匍匐在荒草之中，眉头紧锁，盯着望远镜。

“大白梨你这个混蛋，谁叫你换地方的！”魏樯暗自骂道。

他刚要起身，特务的本能又让他警觉起来，开始四处察看：望远镜中，不同的方向出现了不同的人，从装扮上看有的像是普通市民，有的像是情侣在闲逛，但是他们都在做着同一件事——缓慢但细致地搜索。

魏樯突然间明白了，开会的地址换了，这样一来安装的炸弹就形同虚设了，这些不是偶然。天宫院其实就是个鱼饵，要钓他这条大鱼。明白了这一点，他迅速离开了。

钟楼会场里聚集了几十个道友，盘腿坐在地上。郑朝阳穿着青布长袍，戴着大墨镜，器宇轩昂地站在台子上：“各位太平道的道友，大家好，我是来自临汾的孔雀真人。这次太平道的盛世法会，真是百年难遇的机会啊。老母说了，今天到场的每一位道友都可以喝到圣水，等喝了圣水之后，大家都能获得五十年阳寿。为此大家都花了金条买了长生符。我在这里告诉大家，来了就有惊喜，待会儿就叫大家好好见识一下太平道的法力！”

人群中的杜十娘起初觉得孔雀真人有些眼熟，但她很快就兴奋地看着台上的大号水盆一样的东西，忘了这茬儿。

郑朝阳继续说道：“既然是法会嘛，当然是要请我们的大法师白羽真人亲自主持。现在，有请白羽真人。”

齐拉拉搀着大白梨出来了，但此时的大白梨浑身无力，两腿不停地颤抖，头上的汗不住地往下流，来到郑朝阳身边的时候她几乎瘫倒在地。

“白羽真人，这下边都是你的道友，好好招待一下吧。我宣布，法会正式开始，请白羽真人作法。”

乐手用唢呐吹起了《百鸟朝凤》的曲子，所有的人都盯着大白梨。但她不住地打着哈欠，鼻涕和眼泪一起流了下来。

众人愕然，吹鼓手也吃惊得停了下来，奇怪地看着大白梨。

大白梨的大烟瘾发作了，她撕扯着自己的衣服，在地上翻滚，她滚过去抱住郑朝阳的大腿，说道：“长官，长官啊，求求你给我个烟泡儿吧，我实在是受不了啦！”

下面的人慢慢地站了起来。

郑朝阳说道：“你不是老母的嫡传弟子白羽真人吗？你就是老母在世啊！”

大白梨恳求道：“我说，我都说，我根本就不是啥真人，我以前在东北农村就是个跳大神儿的。后来日本人来了，叫我给他们搞情报，我又给他们搞情报，凡是和我不对付的、和我过不去的人我都卖给日本人了。我卖过好多人，都叫日本人抓了去。日本人跑了，我怕被清算，就跑到北平来弄这个太平道，我就是为了钱啊。我都说了，给我个烟泡儿吧！”

齐拉拉上来把大白梨拉开了。郑朝阳一挥手，两个人抬着大皮箱过来，当着众人的面打开了箱子。

郑朝阳说道：“大家看看吧！这都是你们的，是这个所谓的白羽真人这些年蒙骗你们捞的。”

“你们想想，这些年，这个太平道，这个什么真人除了和你们变着花样儿要钱又为你们做过些什么？信老母能长寿，这些年太平道的教友死了多少？信老母不得病？自己想想自己有没有得过病。全都是骗人的鬼话。这个世界上根本就没有什么神仙老母。当你们受了难遭了灾，唯一能救你们的只有我们的党和人民政府。而他们这些人都是靠吸你们的血来活着的吸血蚂蟥。”郑朝阳摘下眼镜继续说着。

下面的人你看我我看你，有的已经开始皱眉握拳。

郑朝阳拿出一个大玻璃瓶子，从水盆里盛出水来，又放进去一条金鱼，说道：“这就是你们要增五十年阳寿的圣水，都看清楚了。”

片刻间，瓶子里的金鱼翻了肚子死了，下面的人张大了嘴巴。

“这不是圣水，这是毒药！太平道和特务勾结在一起搞这个法会，是要用你们的命来抹黑我们的人民政府，抹黑我们的新中国！”

下面的人大喊：“打死她！”

道友们蜂拥而上，冲向大白梨就开始拳打脚踢，齐拉拉和后面冲出的公安人员赶忙上前阻拦。

现场一片混乱，杜十娘呆呆地看着天上。阳光照射到脸上，她的表情说不清是哭还是笑，突然她摔倒在地昏迷过去。

郑朝阳从会场里出来，郝平川跑了过来：“朝阳，安放在隔壁院子的炸弹已经排除了，不过还没找到魏樯。”

郑朝阳笑着指着周围说道：“他应该就在附近的什么地方看着呢，你这么大张旗鼓地搜，他肯定脚底板抹油开溜了。其实叫他当一回观众也不错，叫他知道，不管他用什么样的招数，最后的结果都只有死路一条。”

郝平川回应道：“对太平道的清理已经开始，现在各路点传师和大小护法抓了几十个了。”

郑朝阳说道：“不光是北京，河北、河南、山西、陕西，整个华北都要统一行动。这次，要把这些害人的邪教全部清扫干净。”

第二天，郑朝阳、罗勇、郝平川在会议室开会。

郑朝阳率先发言：“我们对大白梨的审问十分顺利。她很痛快，她的真实身份是党通局特工，代号‘黄鹂’。只不过她闲置好多年，大道首的好日子过习惯了，从来也没想过为国民党效忠的事。这次被唤醒她极不情愿，一心想着敛财后开溜。”

罗勇表情严肃地说道："大白梨我没兴趣，她顶着特务的招牌也还是个巫婆。倒是她的身份——她是党通局的，而魏樯是保密局的，要知道，国民党的这两个部门从来都是水火不容，相互之间杀起来比对付我们还要狠，现在竟然能同时接受候鸟的指挥。"

"这说明在北京，保密局和党通局已经联手了，甚至有可能国民党体系内其他特务机关遗留的冷棋都已经归纳到候鸟的旗下。"郑朝阳表情凝重地说道。

"真要是这样，候鸟的破坏力可比桃园行动组要大多了。"郝平川对这种情况颇为担忧。

"王八不露头，谁知道怎么下刀。既然出来了，就别叫他再回去了。同志们，这段时间北京城对特务组织的打击成果显著，已经迫使候鸟这个最大的特务头子开始现身了。我们得抓住这个时机，把他的王八脖子彻底揪出来。"罗勇鼓励众人道。

他又对郑朝阳说："你上次和我说的那个计划，要抓紧！"

"是，领导。"

"什么计划？"郝平川满脸疑惑地看着郑朝阳。

郑朝阳回到办公室，多门敲门进来，向郑朝阳汇报，他通过在北极寺做买卖的本家侄子，找到了那辆道奇车的线索。目击者称那天在北极寺停车的司机是李把头。

晚饭后，郑朝阳约郑朝山打篮球，两人边打边聊天儿。

"哥，开车撞你的那人，被我们找到了，是杨义。他扮成李把头要开车撞死你。"

郑朝山停止不动，疑惑地问道："我又没得罪他，他生病我一直照顾他，还帮忙给他妻子找药，不会是你们搞错了吧？"

郑朝阳说："我们找到目击证人了。李把头，就是杨义，他撞完了你把车停到了北极寺的走私场，离开的时候被人看到了。所以，不会搞错。"

"可惜他死了，不然我倒要问问他干吗要这样对我。"郑朝山随手将篮球投出。

哥俩儿就杨义前后的种种行为探讨了一番，郑朝山总能自圆其说。郑朝阳分析当时开车撞杨义的人是谁，郑朝山听出这分析有所指，反问道：“你想说是我吗？”

“他曾经到公安局说你是特务，那时候我们可以说他说的是疯话。”

“那时候！”郑朝山把篮球重新拍打起来。

郑朝阳诚恳地对郑朝山说：“哥，你要是真有什么过不去的坎儿，你可以告诉我，我是你弟弟，不会不管你。天大的事情，我们两兄弟可以一起扛。小时候是你帮我，现在为什么就不能我帮你呢？”

“我很好，不需要帮。如果哪天需要的话，我会告诉你。”郑朝山没有接受弟弟的好意。

郑朝山走进密室，从地板下拿出电台，架好天线发报：“职部身在虎穴，现敌逼迫日近，随时可能暴露，准备一死效忠党国。”

大街上的定向车很快截获了电文，迅速向郑朝山家逼近。当郑朝山终止发报时，定向车已到了距离他一公里的地方。

回家的路上，郑朝山陷入沉思。面对警方不断逼近的危险和魏樯的丧心病狂，他对所谓的党国大业感到彻底绝望，这一刻他决定不再停留。

回到家，他拉上厚厚的窗帘，和秦招娣商定好离开北京的方法和路线。

他对秦招娣说：“下班后，我们想办法到白石桥碰面，经长辛店去绥远，然后去赤峰，再从赤峰去沈阳，那里正在遣返日侨，我们可以混在日侨之中去日本。所以，忘了广州吧。”

秦招娣趴在桌子上，看着郑朝山，眼里都是崇拜。

风尘仆仆的白玲坐着吉普车回来了，车在警察局门口停了下来，她拎着一个箱子急匆匆地来到郑朝阳的办公室。她打开箱子，拿出一个纸袋，戴上手套，轻轻地拿出一个破损的茶杯。这是秦招娣的漱口杯，白玲从上面提取到了两枚清晰的指纹，是尚春芝的。

白玲说道："现在很清楚了，秦招娣就是尚春芝。我建议，立刻拘捕秦招娣。"

"问题是，我刚刚接到报告，我们负责盯着秦招娣的同志没能盯住她。"郑朝阳面露难色，"她失踪了。"

白玲目光严厉地盯着郑朝阳，什么话也说不出来。

郑朝山来到白石桥畔久等秦招娣不见，预感到不好，急忙返回家中。

他进门喊道："招娣，招娣，你在屋里吗？"

没有人回应。屋子里，魏樯坐在沙发上悠闲地看着书。郑朝山警觉地拔出手枪，四下察看。

魏樯说道："别找了，就我一个人。"

郑朝山坐到魏樯的面前，把枪放到了桌子上。

三天后的下午，中共重要领导人要和民主人士在六国饭店开茶话会。郑朝山作为青年民主促进会的总干事，收到了邀请函。魏樯以秦招娣和未出世的孩子为筹码，要挟他做人体炸弹，以自己的命换老婆孩子的命。对于这一威胁，郑朝山没有选择的余地。

魏樯走后，郑朝山呆呆地坐在椅子上。这一次，他感到了深深的绝望。

六国饭店周围都是在守卫的公安人员。郑朝山拿着请柬走进了饭店的大门，他站在大门内看着大厅里。大厅里已经聚集了一些人，三三两两地在谈话，服务员端着托盘来回穿梭。

韩教授走了过来向郑朝山问好："朝山，怎么才来啊？来来，我们几个正商量呢，待会儿还得是你代替我们去发言。我昨晚上拟了一个发言稿，来，你看看。"

韩教授拉着郑朝山往里面走。边走郑朝山的眼睛边四处搜索，他看到了卫生间的指示牌，说道："老韩，你先过去，我得去趟洗手间。"

"那快点啊，都等你呢。"

郑朝山点点头，走向卫生间。卫生间里，有一扇门上写着维修两个字。

他拉开那扇门，里面放着的都是拖把和扫帚等清洁用品。他打开水箱，从里面拿出一个油纸包打开，露出了两块黄色炸药，上面印着TNT和USA。

郑朝山从卫生间出来，靠墙慢慢走着，步伐僵硬，右手揣在兜里，看到角落里有一个沙发就赶紧走了过去。

大厅里忽然掌声雷动，门开了，一个穿着中山装的中年人出现在门口，一边向众人招手一边走了进来。他身后是几名警卫，再后面，是郑朝阳和白玲。

郑朝阳的眼睛敏锐地向四周察看着，很快看到了郑朝山，他微微地冲郑朝山点了点头。郑朝山没有回应，而是慢慢走到沙发边上，一屁股坐了上去。

领导人在警卫的引导下前往休息室了。

郑朝阳拉住白玲指着郑朝山的方向说道："是我哥。"

"我注意到了。他好像身体不舒服。"

郑朝阳说道："我过去看看，你盯住了。"

白玲点头答应。

郑朝阳走到郑朝山的面前，发现他坐在沙发上一动不动，眼神空洞地看着周围的人群。

郑朝阳坐在他右侧的沙发上，说道："哥，你来啦。"

郑朝山微微点头，轻声说了一句："嗯。"

"哥，你没事吧，怎么脸上都是汗？"郑朝阳关心地问道。

郑朝山右手紧握，左手摸摸脸，回应道："没事，可能这儿有点儿热吧。"

郑朝阳拿出一块手帕递给他，他伸手去接，但没够到。郑朝阳又往他跟前递了递，他接过手帕擦汗，用的依然是左手。

"那你先歇会儿吧。"说完，郑朝阳转身就走，像是没事人似的，走出两步后他突然一转身。

郑朝山眼神犀利地盯着他，轻声说道："别动！敢往前走一步，这里就灰飞烟灭。”

他轻轻地晃动右手，说道：“两公斤黄色炸药，能把这个房子炸平。”

郑朝阳四下看着，对郑朝山说道：“你不会连你亲弟弟一起炸死吧？”

“你可以走，但你要是敢叫一声我立刻引爆。”郑朝山威胁道。

郑朝阳质问郑朝山：“这个时候，你觉得我会走吗？我要是甩下这一屋子的人自己跑了，我后半辈子都睡不踏实。”

郑朝山冷静了下来，对郑朝阳说道：“好，那你就在这儿吧，等会儿咱一起去见爸妈。”

郑朝山的眼睛往挂钟上扫了一眼。

“都炸成几百片了，也不知道爸妈还能不能认出咱俩。哥，你这到底是为什么啊？”郑朝阳想要转移他的注意力。

“其实你们早就知道我是特务了，对吧？”

“是。开始的时候只是猜测，我们没有实际的证据，就一直没动。我一直不愿意相信你是特务，可直觉又告诉我，你就是特务。”

“那你干吗不抓我？”

“我们不是你们的蒋委员长，宁可错杀一千绝不放过一个。没有实打实的证据，我们不会乱抓人，哪怕明知道你是特务。”

“也是为了放长线钓大鱼吧，你们也不怕线放得太长叫我跑了？”郑朝山并不相信他的一套说辞。

郑朝阳继续安抚郑朝山：“不怕。中国现在是上下一心排除万难建设国家，对于敌特分子，只要他们真诚悔过不与人民为敌，我们仍然愿意叫他们成为人民的一员。毕竟都是炎黄子孙。”

“说得真好，我知道你想找到我背后的人。我告诉你，我是桃园行动组的组长，代号‘凤凰’，我的上线是魏樯，代号‘大先生’。段飞鹏、宗向方、乔杉是我的组员。其实大先生也是傀儡，真正的领导人是候鸟。你们找到魏樯，就能找到候鸟。你有新任务了，所以还是走吧。”郑朝山说出一切后，再次看着墙上的挂钟。

郑朝阳继续劝解：“我不走，魏樯也跑不了，抓到他是早晚的事。倒是哥你啊，你真想把自己炸成碎片自绝于人民吗？你们口口声声说是三民主义的信徒，民生、民权和民主，民是什么，是老百姓。没有老百姓你整什么三民主义？国民党失败就是从来不把老百姓当人！老百姓在你们眼里就是牲口。共产党为什么能有今天，因为我们叫老百姓活出了人样！”

郑朝山不耐烦地说：“我不听你这些政治说教，从见到你那天起你就在说，说得我耳朵都起茧子了。”

“你不想听但你不会不想。你是懂道理的，你知道我说的都是对的！哥，你仔细看看周围这些人，他们都是普通的人，熬过了抗战，熬过饥荒，熬过内战，不容易啊。这里还有你的老同事、老朋友，你就忍心叫他们和你一起去死？这一下会有多少人妻离子散、家破人亡，他们的父母妻儿兄弟姐妹会生生世世地诅咒你啊，哥。你叫嫂子怎么活，叫没出生的孩子怎么活？将来他怎么看你？他的父亲是个杀人凶手，是个吃人的魔鬼。”郑朝阳的言语间充满悲痛，他是真心想要劝说自己的大哥回头。

郑朝山的思路有些混乱，他挥舞着右手大喊：“住口！住口！住口！你给我住口！我、我是为了信仰，我杀身殉国……”

“你早就没有信仰了。没有任何一个信仰叫你滥杀无辜。殉国？你的国在哪里？不是被老百姓赶到小岛上的那个腐败政府，而是你脚下踩着的这片土地还有这片土地上的人民。他们才是你应该为之奋斗牺牲的！”郑朝阳戳穿了郑朝山的诡辩。

“我没办法。”郑朝山语气平缓地说道。

“办法是想出来的。”郑朝阳也冷静了下来。

一个侍者端着托盘从郑朝阳身边经过，郑朝阳从托盘上拿过一杯水一饮而尽。

“不用想了，我今天必须引爆这个炸弹。”郑朝山已经下定了决心。

郑朝阳伤感地说：“哥，你这又何必呢，我是你弟弟啊。我还记得你冬天的时候带我去什刹海滑冰，夏天带我去北海游泳。你不会游泳，就看着我游。等我游累了，再背我回来。”

“你为了叫我背你，还特地编个柳条帽子给我戴头上贿赂我。”

“咱们一起去庙会，我骑在你的肩膀上。”

“我那时候没钱，买一串糖葫芦给你，你数好了数儿，再分一半给我。你就这个时候算数最好。你每次挨了爸爸的打都往一个地方跑，所以每次都会被我找到。”

“我不是怕你找不着我着急嘛。”郑朝阳笑着说道，“哥，你说人要是永远长不大该有多好。”

郑朝山颇为感慨地说道：“是啊，长大了，烦心事就来了。本来想找个依靠，可没想到这个依靠反倒成了人生最大的麻烦。反过来，这个依靠要来依靠你。你心里不开心啊，可又能怎么样，这是自己选的路。”

“也不是不可以选另外一条路啊。”郑朝阳慢慢地靠近郑朝山，“哥，你今天来，是因为嫂子吧？”郑朝山看着郑朝阳，郑朝阳继续说道，“嫂子被魏樯绑架了，他用嫂子和没出生的孩子逼你？”

郑朝山苦笑道：“你确实聪明，我不死，她就会死。我的妻子，我的孩子。”

“但是哥你想过没有，你要是死了，怎么保护嫂子？这些人丧心病狂，你能信任他们吗？他们真的会放过嫂子吗？他们用嫂子来逼你，你死了，嫂子也就没用了。你活着，他们起码还会有所顾忌。”

郑朝阳的手握住郑朝山颤抖着的右手。

“你得活着，活着才有希望。我向你保证，一定带嫂子回来。咱们是兄弟，你知道我的能力。”

郑朝阳一根一根地掰开了郑朝山的手指，里面的引爆器露了出来。

郑朝山放开引爆器，眼泪流了下来，轻声喊着：“招娣。”

郑朝阳帮着他脱下外衣，里面是一件黑色的毛衣，又用剪刀慢慢把他的毛衣剪开，里面是被汗水渗透的白衬衣和炸药。

“你怎么知道能说服我？”

“咱是兄弟，我太了解你了。你看你选的位置，离讲台远不说，还在角落里，我就知道你不是花岗岩脑袋铁了心要殉葬。”

在一处安全屋内，魏檣和秦招娣分别坐在长条桌子的两头。

秦招娣冷冷地问道："我男人在哪儿？你把他怎么了？"

"我不能把他怎么样，放心，请你来是当个定心丸。你家男人脑后有反骨，一般人斗不过他。把你请来，也不过是给马戴上嚼子，叫他好好干活而已。"

"叫他去给你当炮灰？你把他看得太简单了，他会找到你的，一定会。"

魏檣不屑地说："看来你的确不了解你的男人，看看这个吧，好好看看，回头我再找你。"

魏檣把一个档案袋递给秦招娣，随后转身走了出去。秦招娣慢慢地打开档案袋，里面是郑朝山的委任状，上面清晰地写着郑朝山的代号——凤凰，还有他残杀中统特工的照片。

秦招娣看着照片，大雪纷飞中那熟悉的冰湖、熟悉的身影，当年自己在冰湖边勘验现场的场景历历在目。凤凰、凤凰、凤凰，他的代号也是凤凰。秦招娣瞬间明白，郑朝山和自己结婚的真正目的是什么。

她悲痛欲绝，手指狠狠地抓着桌面，经过一番复杂激烈的内心斗争，她惨笑道：我不是秦招娣，我是尚——春——芝！

她慢慢地拔下发簪，拔下钢套儿，露出锋利的匕首。

外屋里的三个守卫正在百无聊赖地打牌，秦招娣把手从栅栏里伸出去，用一根铁丝捅开了门锁。

几个守卫被秦招娣挨个儿干掉，她从一具尸体上摸出香烟点燃，十分享受地深深吸了一口，向空中喷出一个个烟圈儿。发簪上沾着的鲜血慢慢滴下。

魏檣回来，看到三个守卫被杀，大惊之下转身要跑，被阴影中走出的秦招娣用枪顶住："你拿着我男人的照片，还抓了我，不弄死你我们两口子怎么活！"

魏檣吓得求饶道："冷静、冷静，尚组长，弄死我你们也活不了，可我活着你们就没事。"

尚春芝眼光犀利至极，枪口狠狠地顶住魏檣的下颌。

魏樯继续求饶道："照片我可以给你，党通局都没了，谁还在乎这些陈年旧账。我知道怎么去台湾，这段时间我不在北平，你以为我都在干什么，就是建立一条到台湾的秘密通道。你明白吗？只有我能送你们去台湾。只要郑朝山完成最后一个任务，你们就可以离开了。尚组长，你好好想想，为了你肚子里的孩子。你不是一直想过太平生活吗？台湾是个好地方啊，风景如画，四季如春。咱们的好多老朋友都在那边。"

秦招娣慢慢放下了手枪，眼睛里的凶光慢慢消失。魏樯直起身来摸摸脖子，惊出了一身冷汗。

魏樯开着车，秦招娣就坐在他的身后。途中魏樯绘声绘色地讲述着台湾的美丽富饶和风土人情，秦招娣向往不已，渐渐地神经开始放松，顶住司机靠背的手枪垂了下来。二人说话间车停在了一片油菜花田边。

魏樯对秦招娣说："你走过这片油菜花田，他在那边的树林里等你。"

秦招娣看了看油菜花田，对面是一片树林。她在最后一刻放松了警惕，一路奔向了油菜花田，而车里的魏樯从座椅下面拿出了一把手枪。

秦招娣在阳光中奔跑，大口呼吸着油菜花的香气，马上就出油菜花田了，前面就是树林。一声枪响，她倒在了花海中。

魏樯来到秦招娣面前，看到她的眼睛睁得大大的，说道："真可惜，你最后又变成了秦招娣。也许，你本来就是秦招娣。"

魏樯在树林中挖了一个大坑，把秦招娣的尸体放了进去。秦招娣仰面躺在土坑中，眼睛睁着，好像还在看着蓝天白云。

魏樯草草地埋葬了秦招娣，对墓地做了伪装后离去。在魏樯离开后不久，树林的土埂后冒出来两个农民，他们以为刚开车离去的是个大财主，定是埋下了不少财宝，于是挖开了那个地方。

秦招娣的尸体被发现了。郑朝山步履缓慢地走进停尸间，看着她的尸体，他泪如泉涌。

在审讯室中，郑朝山对面坐着郑朝阳、郝平川和白玲，他一五一十地说出了自己知道的一切。

“我是国民党保密局北平站中校专员，桃园行动小组成员，代号‘凤凰’。民国二十五我在德国留学的时候加入军统，之后奉命长期潜伏在北平，在接到唤醒通告之前不参加任何行动。1944年冬，我奉命到河南郑州圣英教会医院潜伏，执行绝密计划，擒杀中统站卫孝杰等六名中统特工。为了保护我的身份，当时用了一名被俘的日本特工的代号——‘鼹鼠’。我模仿了‘鼹鼠’使用的武器，用来自我保护。之后我继续潜伏，直到被魏檣唤醒，加入桃园行动组，策划保警总队的哗变。万林生是我杀的。因为我弟弟郑朝阳的共产党身份被发现后，我被万林生抓走，当时保密局北平站站长王辅成亲自打电话给万林生放我出来。所以，万林生知道我的身份。金城咖啡馆的服务生袁硕是我杀的。本来我叫宗向方在公安局干掉袁硕，可他不愿意，反而把袁硕送到我的面前。我指使鼹鼠杀了马老五，是要转移视线，叫你们认为鼹鼠就是凤凰。杨凤刚派到电影院安放炸药的两个队员也是我杀的。杨凤刚是个疯子，但我不是。我还记得刚参加军统时候的我，也是个热血青年，一个忠诚的民国的守护者。我相信我所做的，是在拯救国家于危急存亡之秋。可是我没有想到，我执行的第一个任务竟然是去杀害自己人，就为了抢地盘……但是不管怎么样，我都愿意相信我当年的选择是对的。可是现在……”

交代完一切后，郑朝山问道：“我能为你们做点儿什么？”

郑朝阳来到罗勇办公室，向罗勇汇报了凤凰投诚的消息。

“干得好！现在的关键是，怎么叫他重新获得魏檣的信任。魏檣杀了秦招娣，而凤凰的联谊会爆炸也没搞成。”

郑朝阳回答道：“我想过了，只有一个办法。”

第二十七章

郑朝山去到魏檣躲藏的地方，一进门，窦司机就用枪顶住了他的太阳穴。

魏檣大喝道：“你还敢到这儿来，你……”

郑朝山伸手制止魏檣道：“我一进门就被我弟弟盯上了，根本来不及启动炸药，现在外面都是警察。”

“什么？”魏檣震惊地站了起来。

魏檣示意窦司机出去查看。

郑朝山平静地说道：“我被抓了，我说带他们来抓你，郑朝阳才叫我出来。”

魏檣眼神阴冷，举起手枪，大声说：“你出卖我，我毙了你！”

窦司机从外面进来说道：“外面都是警察，我们被包围了，怎么办？”

“不用怕，他们就七八个人，还分了几个人去后门。大队人马还在后面，不然早冲进来了。他们都是手枪，咱们可以从后门硬打出去。”郑朝山表现得依然很镇定。

魏檣和窦司机相互看着。

郑朝山继续说道：“要么你现在打死我，要么就一起冲出去，再晚等大队警察到了就来不及了。”

窦司机说道：“大先生，只能拼一下了。”

魏檣咬牙跺脚，却也无可奈何。

窦司机吹了声口哨，店里的伙计都跑了过来。他打开一个箱子，里面是手枪和冲锋枪。窦司机和伙计各拿起一支冲锋枪。郑朝山拿起一把手枪，职业习惯让他谨慎地抽出弹夹看了一眼。

郑朝山提着手枪拉开后门率先冲了出去，外面随之响起枪声。魏樯冲窦司机一摆手，窦司机也提着冲锋枪冲了出去。魏樯随后，伙计殿后，一群人都冲出了院子。在突围的过程中，魏樯的脚崴了，一瘸一拐，郑朝山搀着他走进了安全屋。魏樯躺倒在床上，郑朝山不管他，开始在屋里搜索，但屋里没人。

郑朝山在曾经关押秦招娣的屋里找到了一条围巾，他认出是自己第一次见秦招娣时给她围上的那条。他拿着围巾内心激动，上面还留有秦招娣的气息。

郑朝山拿着围巾抽出火柴刀，发现魏樯的枪指着他。

“我太太呢？”

魏樯反问：“你怎么知道我没把她杀了？”

“你没疯到这个程度。我太太是你唯一能要挟我的。”郑朝山努力让自己镇定。

魏樯顺水推舟地说道：“你说得没错，她原来就关在这儿，不过我把她送走了。”

“我要见我太太一面。”

“不行，离着太远。你先把事情办完了，到时候你们夫妻团聚想去哪儿就去哪儿。”魏樯拒绝了郑朝山的要求。

郑朝山威胁道：“我警告你，我太太要是出事了我绝不会放过你！”

“你太太要是出事了只有一个可能，就是你把事情办砸了。到时候你以为我会放过你？！现在不管你愿不愿意，咱俩都是一根绳上的蚂蚱。别废话了，过来给我看看腿。”

郑朝山走过去给魏樯检查崴了的脚，魏樯疼得咬紧了牙关。

魏樯对郑朝山说道：“小窦死了，咱们没什么合适的人手了。你把段飞鹏找来，我有个计划。”

段飞鹏来到安全屋后，魏樯在桌子上铺开一张北京市的地图，说道："马上就要过春节了，我想给北平的共产党送上一份贺礼，一份大大的贺礼。"

魏樯一边指着地图，一边说道："春节快到了，老百姓要逛庙会，龙潭湖、厂甸、王府井、报国寺、隆福寺、护国寺、白云观、东岳庙，这些庙会上一定都是人。我们在北京的这些庙会上搞大爆炸，叫北京城遍地开花。爆炸的同时在重点区域放火，比如鼓楼、东交民巷这些地方。到时候，北京城到处都放烟花，咱们的爆炸和大火就藏在这些烟花之中，叫共产党顾此失彼、惊慌失措。"

郑朝山并不认可这个计划，他说道："这叫什么计划？这么死磕硬打等于是强攻。以目前我们双方的实力对比这就是以卵击石。"

魏樯像是考虑过这个问题，但并不知道怎么解决，只得硬着头皮说道："我们就是用鸡蛋来碰这个石头，哪怕碰得头破血流。北平陷落一年多了，我们没干成一件像样的事，自己倒弄得损兵折将。我们必须用实际行动告诉整个自由世界的战士们，我们绝不会屈服。"

"我只是担心人手。"郑朝山提出了自己的担忧。

魏樯颇有自信地说道："人手问题不用担心，候鸟已经唤醒了城里的新一批冷棋特工。安东尼和坂本龙一只是第一批，接下去会陆续唤醒别的特工，另外还有一批特工正从河北承德等地赶来。到时候，我们就能和共产党决一死战。"

段飞鹏问道："那我们要干什么？"

魏樯说："提供武器弹药，对那些不愿意被唤醒、蓄意逃避的人，要严惩不贷。"

魏樯走进里屋，出来的时候手里拿着一个不大的箱子，打开，里面都是黄金和美元。

"重赏之下，必有勇夫！只要是诚心为党国效力的，重赏。"魏樯说道。

"这次行动规模很大，是不是需要候鸟亲自来主持一下？"郑朝山试探性地提出了自己的建议。

魏樯无奈地说道:“这怕是很难，我也没见过候鸟，只有一个联络方式，就是这个。”

说着，他拿出一把钥匙，钥匙上挂着一个牌子，上面有一行数字。正当郑朝山想要仔细观察时，魏樯收起了钥匙。

郑朝山继续建议道:“候鸟不愿现身，我们需要把各地区的重要负责人集中起来商讨行动方案，建立指挥中心，各自为战的话，很容易被共产党各个击破。”

“好，这个，我来安排。”魏樯思考片刻后，认可了这一建议。

这时，段飞鹏的眼睛有意无意地往魏樯出来的地方瞟了一眼。

郑朝阳带着三儿和多门以及两个民警走在街上，一个穿着破旧皮鞋的人似乎在跟着他们。郑朝阳感觉不对，猛地转身，身后并没有人。

多门问道:“怎么了?”

“感觉有人跟着咱们。”

“没人啊。”三儿回头看，也没发现什么人。

郑朝阳心有疑虑地说道:“许是我看错了。”

他带人继续往前走，“旧皮鞋”继续在后面跟着。郑朝阳走进了胡同，轻声吩咐手下散开隐蔽。三儿和多门及民警急忙隐蔽在两侧，郑朝阳又前走了几步，没发现异常。

郑朝阳再转身，身后仍没人。隐藏在暗处的三儿冲他摇摇头，示意没发现情况。郑朝阳陷入了沉思。

就在郑朝阳前面不远的岔路上，“旧皮鞋”悄悄地摸了过来，绕到了他的前面，准备伏击。是杨凤刚，他手里握着一把杀猪刀，已经和郑朝阳十分接近。想到长辛店一战中，正是因为上了郑朝阳的当，跟随自己多年的兄弟才全军覆没，杨凤刚恨得咬牙切齿，准备冲上去给郑朝阳一刀。突然间他头昏眼花，摔倒在地。

郑朝阳看看左右没人，又走回了街上。

多门说道:“这一惊一乍的。”

郑朝阳看着眼前的人群，微笑着说："我能感觉到，他来了。"

"谁啊？说得我脖颈儿发凉。"多门紧张地四处察看。

冼登奎正在办公室看着账本，一边看一边唉声叹气。外面传来吵闹声，冼登奎大怒："老谢，老谢，去看看谁啊，鬼哭狼嚎的。"

大门被猛地推开，杨凤刚冲了进来，谢汕拼命阻拦但无济于事。

谢汕喊道："你不能进去！大哥，这人死活要见你，我们拦不住。"

冼登奎没说话，拉开了抽屉，里面有一支手枪。

杨凤刚对着冼登奎说道："冼老大，或者，我应该叫您冼队长。"

"杨队长，哈，真是好久不见啊。"冼登奎定睛一看，态度瞬间转变。

他从书桌后走出来，顺手关上了抽屉，招呼道："来，快，坐，坐。"

杨凤刚坐倒在沙发上，很是疲惫。

冼登奎吩咐道："老谢，赶紧地给杨队长上好茶，再拿点儿点心来。"

冼登奎给杨凤刚点上一支烟，试探着问："杨队长，我听说你们在长辛店被人打了伏击。怎么样，损失严重吗？"

杨凤刚悲愤地说："严重吗？全军覆没！就我一个人跑了出来。我上了郑朝阳这狗日的的当了。我的那些兄弟啊，跟了我多少年，身经百战，结果这一战就全完了。我对不起我的兄弟们。"

杨凤刚擦着眼泪，冼登奎满脸同情地抚摩着杨凤刚的后背。谢汕送来了茶点，杨凤刚狼吞虎咽地吃着。

谢汕冲冼登奎点点头，冼登奎的手仍不住地在杨凤刚的脖子上抚摩着，杨凤刚只顾低头吃东西也没注意。

杨凤刚说道："冼队长，你得给我准备些钱，还有武器，手枪、冲锋枪、手雷什么都成。这事不能就这么完了，我得宰了郑朝阳，给我的兄弟们报仇。我……我怎么这么晕啊，我……你。"

杨凤刚看着冼登奎，慢慢地站了起来。

冼登奎态度又是一变，对杨凤刚说道："杨凤刚，我发现你记性真是够差的，你忘了你当初打算把我和我闺女扔到矿井里的事啦？现在成了丧家犬，你看你这个孙子德行，死不要脸的玩意儿。老谢！”

“是，大哥。”

“绑了，埋到坛根儿去。哎，活埋啊！”冼登奎特意强调了“活埋”两个字。

谢汕应道：“是，大哥。”

他一挥手，几个打手上来要抓杨凤刚。杨凤刚吃了迷药但还没完全失去战斗力，凭借良好的战斗素质他打倒几个打手冲了出去。

郝平川来到郑朝阳的办公室。

郑朝阳先开口说道：“老郝，杨凤刚进城了。”

郝平川应答道：“真来了啊，正好，我准备跟他一对一较量一下呢。你怎么知道是他？”

“他拿把杀猪刀想在胡同里袭击我，结果自己饿昏了，被旁边旅馆的人救了。咱们的民警和他要证件的时候，他跑了。”

“这小子现在就是条疯狗，你还是小心点吧，出门的时候多带几个人。”郝平川提醒郑朝阳。

郑朝阳笑着说：“他要是只柴狗我才会害怕，因为没人会注意柴狗。疯狗？打的就是疯狗。”

走投无路的杨凤刚看到街边墙根儿处有几个晒太阳的乞丐，灵机一动，捡了一个破碗也挨在旁边坐下：先紧着保命别饿死了，再慢慢想辙。谁知愿望落空，乞丐头儿过来一脚踹翻了他，叫他滚蛋。杨凤刚抄起一块石头欲还击，乞丐头儿一声令下，几个乞丐冲上来按住他一顿暴揍。这时一辆卡车开了过来，车上下来两个民警和几个帮工，把乞丐围住了，连杨凤刚一起拉上了卡车。

杨凤刚衣衫褴褛，和另外几个乞丐一起被关进了收容所。收容所的房间里只有一张大通铺和一张桌子。一个穿着军装的管理员进来，身后跟着一个员工，员工端着一盆窝头。

管理员说道："现在是新中国了，没有丐帮了，你们这种不劳而获的行当要被杜绝。你们有胳膊有腿，就应该靠劳动吃饭。明天会对你们进行身份甄别，留在北京还是回原籍，自己决定。"

管理员和员工出去了，一群人上来哄抢窝头。杨凤刚坐在后面看着乞丐哄抢窝头，想起自己带兵作战时，站在高台上，台下是人数不多但十分威武的特战队员……他慢慢地解下鞋带攥在手里。

夜里，屋里的人都在酣睡，乞丐头儿就躺在杨凤刚的身边。杨凤刚突然将鞋带儿勒在他的脖子上，只一会儿乞丐头儿就咽了气。

杨凤刚从他身上搜出一些钱揣在身上，又将他弄成在睡觉的样子，悄悄地打开房门溜了出去，消失在黑暗之中。

郑朝阳回到家时，郑朝山正在写书法，写的是"大道至简"。

郑朝阳看着这四个字说道："道家的哲学，事情太复杂了就要简单处理。换句话说，就是快刀斩乱麻。"

郑朝山微笑着说："多深的东西到你嘴里都是一二三四，这也是一种生存之道。"

郑朝阳打趣道："我肚子里的墨水没你多。"

郑朝山说道："我听说解放军里有很多的将军识字都不多，可他们总能打赢。这些年其实国军也一直在研究你们的战法，只是没什么长进。包括魏檣，这是魏檣的计划，你看看。"

郑朝山递给郑朝阳一个信封。郑朝阳接过来抽出一张纸，看完后说道："魏檣就是个疯子，在北京搞这么大的动作，第一很难保密，第二人员分散，成功的可能性为零。"

郑朝山提醒道："我提醒你，魏檣并不是不可能干出来，他很狂热。"

"魏檣玩儿的这一手绝不是终局，一定还有后手，而且真正的幕后主事很可能就是……候鸟。"郑朝阳显得很冷静，他正在分析魏檣的后手。

谢汕带魏檣进了冼登奎的办公室，魏檣摊开一张北京地图，把自己春节前的行动计划有板有眼地说了一遍。冼登奎笑眯眯地听着，继而像看怪物一样看着魏檣。待他说完，冼登奎说道："老谢，给精神病院打电话，说我这儿有一个疯子。"

魏檣脸色阴沉地问道："你以为我在和你开玩笑吗？"

冼登奎回答道："没有，你没开玩笑，所以我才给精神病医院打电话。"

魏檣站起身，拿起帽子走了出去。

郑朝阳走进罗勇的办公室，递给他一张名单："这是郑朝山送来的新的冷棋的名单。"

罗勇看着名单，说道："干得不错。看来你这个秘密武器开始发挥威力了。要保护好这情报来源，尽可能地叫他们暴露得多一些。"

"我建议，这些特务先不要动，利用我们在地方派出所和街上、胡同里的力量，采用人盯人的方式，严密监控他们的一举一动。"郑朝阳提出了自己的建议。

"从这段时间的战果来看，我们的政治攻势还是很有效果的，很多特务主动出来缴枪自首，这对那些依然隐藏的特务本身就是个不小的打击。加上这些特务隐藏得久了，已经习惯了安静的生活，突然间唤醒他们，那肯定是各种想法都有。我同意你的计划，先不动他们，叫他们自己表演。"罗勇认可了郑朝阳的观点，决定先静观其变。

的确如罗勇所说，那些习惯了平静生活的冷棋特工已经不愿意再为国民党卖命了。

桌子上的留声机正在放京剧《定军山》的片段。还有一把精致的宜兴茶壶，茶正冒着热气。一个穿着千层底布鞋的人在屋里来回踱步，墙上映出了一个巨大的人影。

一个戴眼镜的斯文人穿着泥瓦匠的衣服，背着包袱偷偷摸摸地四处投递信件，信件内容是：忽如一夜春风来，千树万树梨花开。

在僻静的胡同里，正投信的斯文人被几个戴红袖章的人逮住了，但信件已然投递出去不少。

在一个小酒馆里，掌柜低头看着一张信纸：“忽如一夜春风来，千树万树梨花开”。他惨笑着将信纸撕碎。

在一处简陋的小屋里，一个男人手里拿着信纸念着“忽如一夜春风来，千树万树梨花开”。他慢慢起身，将一根绳子悬在房梁上，站到凳子上把头伸到了绳套里。一个女人冲进来一把抱住他哭喊道：“你干吗？你这是干吗啊？”

一个身着长袍马褂的人走到北京精神病医院门口，自称是精神病，要住院。门房要他出示医生证明，他称自己就能证明，说完扑上去就咬门房，把门房咬得乱叫。两个护工赶来和他扭打成一团，他的马褂被撕破，掉出来一张纸，上面写着“忽如一夜春风来，千树万树梨花开”。

第二十八章

冼怡把家里的用人都辞退了，还批评父亲以前做了很多断子绝孙的缺德买卖。

冼登奎气得摔了茶杯，大骂：“混账！长大了，翅膀硬了，不认爸爸了是吧？那你走啊，去找郑朝阳那个小白脸去，你就去说你爸爸是个混账王八蛋，坑蒙拐骗杀人放火没有不敢干的，去叫郑朝阳来把你爸爸枪毙了。我和你说，就算把你爸爸枪毙了你也还是姓冼！走啊，走啊，滚！”

冼怡没动，只是静静地坐在沙发上，也不看他，默默地流下了两行清泪。

冼登奎咆哮了一阵，看着冼怡的样子，眼前浮现出以前她快乐的、娇嗔的样子，突然感受到了她内心的悲苦。

他颓唐地坐到椅子上，对冼怡说：“八万，闺女，爸刚才说的都是气话，混账话，你可千万别往心里去。爸爸老了，身边也没个亲人了，我刚出去转了一圈，老虎帮、黑山帮几个大的堂口都叫警察给挑了，咱们在城外的走私渠道给断了，城里的买卖也没剩下几个。现在是江山易主，共产党统一全国大势已定，我这个黑帮分子在红旗下不会有好结果。”

“您也知道江山易主了，以前您干的那些买卖，是因为有国民党这个腐败政府的腐败官员给您撑腰，说起来你们是穿一条裤子的。现在，没人给您裤子穿了，您也不能光着不是。”

“你的意思，到别的地方去开码头？”

冼怡劝说道：“您都这把年纪了，还开什么码头。把家里的东西收拾收拾，咱走吧。”

“去哪儿？香港？”

“去个没人认识您的地方，踏踏实实地过日子，去马来亚。”

冼登奎叹息一声，说道：“好吧，八万，这次爸爸听你的，咱们走，再也不回来了。”冼登奎看了一眼冼怡，“闺女，爸爸连累了你，不然，你和郑朝阳倒是蛮好的一对儿。”

冼怡淡淡地说：“都过去了，别再提他了。”

冼登奎站起来往卧室走，一边走一边念叨：“人有三缘，善缘、恶缘和孽缘。我这算什么缘，糊涂缘！”

冼怡孤独地坐在椅子上，眼神空空。

冼怡坐在办公室内看文件，身后休息室的门打开了，一个人向冼怡慢慢靠近。

冼怡从桌子上的镜框看到了反射出的人影，大惊，刚要起身，一双手从后面抓住她，跟着一团毛巾捂住了她的嘴。冼怡很快昏了过去。

谢汕一脸痛苦无奈，拍拍手，召唤两个穿着工装裤的清洁工扛着一卷地毯走了进来。

冼怡的办公室防卫森严，可这么个大活人竟然好端端地消失了。正当冼登奎百思不得其解时，魏檣出现在办公室，承认是自己带走了冼怡，目的是要借他的慈善堂用用。为了女儿的生命安全，冼登奎只好答应了魏檣的条件。

公安局这边，郝平川走进了郑朝阳的办公室，郑朝阳正在检查武器。

郝平川说道：“都准备好了。”

郑朝阳看了看表：“今晚十点，东大桥吕家客栈。”

两人走到了院子里，院子里满是警员。

郑朝阳对众人宣布：“今天晚上有重大行动，大家做好准备，等候命令，现在检查武器。”

警员开始检查武器弹药。

段飞鹏开着车，七绕八绕，他没去东大桥，却来到了冼登奎的慈善堂。郑朝山走进慈善堂，他之前没有来过这里，所以并不清楚这是哪儿，只是跟着段飞鹏一路来到了冼登奎的办公室。

郑朝山进办公室看到墙上有个挂钟，此时已是深夜一点。

屋里已经坐了六七个人，男女都有，穿着各异，有的像底层的普通老百姓，有的像小商贩，有的像小学老师。他们都低着头不说话，整个屋子里死气沉沉，烟雾缭绕。

郑朝山一边皱眉，一边忍不住捂住了嘴，他最讨厌烟味儿。

找了个角落，郑朝山坐了下来，仔细观察着。屋子拉着厚厚的窗帘，没开大灯，只有桌子上的一盏台灯亮着，屋内的人看彼此的脸都是模糊不清的。

郑朝山知道自己已经陷入困境，他不知道这是哪儿，也不知道怎么把情报传递出去，他只有等待时机，尽管他根本就不知道这个时机是什么、什么时候到来。

冼登奎躺在屋里的长沙发上，他借口腰病犯了，拒绝参加会议，并吩咐谢汕随便找个人给他们送些茶点就行了。

谢汕回来后，冼登奎在屋里边踱步边说道："老谢，你说段飞鹏这孙子能把八万藏在哪儿呢？"

谢汕答道："大哥，您不用着急，小姐肯定不会有事的，他们也就是用小姐来逼您干事，小姐要是有事，他不就没有对付您的筹码了吗？"

谢汕准备出门的时候回头看了眼冼登奎，又说道："大哥，小姐是我看着长大的，我就是豁出命去也会找她回来。"

冼登奎摆摆手，说道："你们这些老兄弟还是靠得住的。"

谢汕出门后来到一个拐角处，段飞鹏从黑影中走了出来，谢汕也慢慢地走过去。

段飞鹏问道：“老小子怎么回事？”

谢汕十分冷淡地说：“没事，身体不太好，需要休息，我这边都安排好了，就是证件不太好弄。”

段飞鹏说道：“可就这个最重要，没这个寸步难行。”

“我明白，会尽快。”

段飞鹏把两根金条塞到谢汕手里，轻声说道：“你是老江湖了，冼怡这手灯下黑还真是高明，后面的事还得多仰仗您了。”

谢汕接过金条，对段飞鹏说道：“别忘了你说过的话，只要大哥帮你们办好事情，你们就送小姐回来。”

段飞鹏应允道：“我们好歹也是党国的人，这点信用还是有的。不但冼大小姐可以平安无事，还有你瞒着冼老大黑吃黑的黑账本和你的养老钱都会还给你。其实也不用这么复杂，你把冼老大弄死不就一了百了了？”

谢汕右手暴起如鹰爪一样掐住段飞鹏的脖子，把他顶在了墙上，段飞鹏顿时动弹不得。谢汕恶狠狠地对段飞鹏说道：“我现在弄死你是不是也一了百了？”

段飞鹏并没有求饶，反而讥讽道：“行啊，鹰爪王的功夫没丢啊。弄死我是小事，别忘了是你亲手把冼怡交到我们手上的。”

谢汕怒吼：“是你们逼我！”

段飞鹏说道：“是你黑老大的钱坏了江湖规矩，怨不得别人。”

谢汕无奈，只得放开段飞鹏。

段飞鹏摸着脖子长出了几口气，对谢汕说道：“我说过了，只要把事办好了，冼怡和你的黑账本，都可以还给你。”

他看了看屋里昏暗的灯光，继续说道：“我得出去看着，里面的事就交给你了。”

小东西已经睡下了，却被谢汕叫起来烧水沏茶，给在堂屋开会的人送点心。

郑朝山在会场内不停地看表，而魏樯却始终没有出现。

小东西用托盘端着茶杯挨个儿送茶，来到郑朝山的面前，说道：“先生请喝茶。”

郑朝山一眼认出了小东西，但小东西一时没认出郑朝山。郑朝山接过茶杯后，一把拉住小东西的手，小东西大吃一惊，认出了郑朝山。

郑朝山小声对她说道：“不记得我了？上次你和你朋友到我家里来玩儿，我叫你给我唱曲儿你不唱，结果是那个女孩唱了，还是个外国曲儿呢。”

小东西十分困惑地看着郑朝山。

郑朝山继续说道：“你那几个朋友呢，没事的时候去看看他们嘛，人家挺想你的。”

郑朝山脸上是挑逗的、淫邪的笑容，他的眼睛却向屋里的人扫了一下，握着小东西的手用力捏了一下后又松开了。

小东西急忙跑了出去，郑朝山看坐在附近的人都在看自己，笑着说道：“一个老相好。”

小东西躲在暗处，很是惶恐，想起了到郑朝山家吃饭时的情景，郑朝山给她解释什么是巾帼英雄，白玲唱苏联歌曲等。

她开始思考，并自言自语道：“我的朋友，不就是齐大哥和白玲姐吗？叫我去看看他们，就是叫我去找他们吗？”

小东西想起屋里人诡秘的样子和郑朝山反常的举动，以及他的眼神，捏自己的手势，可以看出，郑朝山此时正十分焦虑。

小东西突然明白过来，又自言自语道：“郑医生的意思，是叫我去找白玲姐，告诉她这里的事，这些人一定不是好人。”

她放下托盘后，悄悄往院子的后门摸了过去，出了后门，她撒腿就跑，很快就消失在胡同里。

魏檣赶到后，段飞鹏正在门口警戒。

段飞鹏对魏檣说道：“都到齐了，安全。”

魏檣进屋主持会议，对众人说道：“各位同志，大家潜伏了这么久，突然把大家唤醒，是因为有重要的使命需要我们去完成。在座的各位都是北平各个城区的代表，每个人都掌握着一定的潜伏人员，现在我需要你们把他们都动员起来，去共同完成这个使命。北平沦陷一年多了，共产党觉得自己已经坐稳了江山，但整个自由世界是不会答应的。”

魏檣发言后，现场一阵骚动，众人开始交头接耳。

魏檣继续说道：“上面指示我们在北平搞一次大的行动，现在我来谈谈我们的作战计划。”

郑朝山偷偷看了下手表，随后眼睛又转向魏檣，耳朵则听着窗外的动静。

魏檣宣布散会，郑朝山赶紧站起来，大声说道：“我有话说，刚才大先生讲了作战安排，我来说说各部门之间的作战协调。”

魏檣看了看表，催促道：“别讲太长。”

郑朝山点了点头。

在慈善堂门口把风的段飞鹏看到远处车灯闪烁，惊得扔掉香烟，迅速往回跑要去报信。可跑出两步他又停了下来，犹豫了一下，他选择独自离开，很快消失在胡同之中。

郑朝山还在讲着，外面却传来了刹车的声音。魏檣二话不说转身就跑，速度极快地冲出了后门，其速度之快完全不符合他的年龄。他在警方合围前的瞬间冲了出去。

屋里所有人乱成一团，开始四处乱跑。谢汕则冲进了冼登奎的办公室，大喊道：“大哥，警察！”

冼登奎在二楼上看到警察从前门冲进来，顺手打开后窗跳了出去，谢汕也跟着跳了出去。

冼登奎着地的时候扭伤了脚，叫赶紧谢汕快走，去找自己的女儿。有几个警察跑了过来，谢汕顾不上冼登奎，急忙躲进旁边的胡同。冼登奎踉跄着跑出去几步，就被警察按倒戴上了手铐。谢汕看着冼登奎被抓走，自己也急忙走了。

郝平川带着警察冲进了院子，其他开会的人全被活捉。

罗勇穿着一身笔挺的制服走了出来，庭院中站着大队的警察。

郝平川大喊："立正！"

罗勇宣布道："都听好了，这次全市公安统一行动，我就一句话，叫这些沉渣余孽尝尝什么是红色铁拳，叫特务分子无兵可遣，无人可用，无处可逃！出发！"

罗勇出门上了吉普车，后面大批警员跟着出发。

另一边，郑朝阳带人冲进了烟馆，几个烟鬼和老板随后被押出。

郝平川一把掀开苫布，里面露出武器箱子，旁边一个经理模样的人瘫倒，被公安人员架了起来。

齐拉拉和多门来到赌场，代号'海狸'的赌场老板被拿住，一辆卡车开来，赌场老板被戴上手铐，车厢里已经坐满了被抓的各路"小鬼"。

年关将至，北京市公安局各个分局开始对黑帮及其涉及的烟馆、地下赌场进行大清扫，这些污垢几乎在一夜间被一扫而空。

山坡上，狼狈不堪的魏檣看着下面的万家灯火，他衣衫破烂，原本精致的头发凌乱不堪，看上去老了二十岁。

他如同一只离群的野狼，看着下面万家灯火的北京城。他明白，这个曾经属于他的城市，而今已经彻底将他抛弃。

冼登奎戴着手铐坐在郑朝阳的面前，郑朝阳点燃一支雪茄递给他，他贪婪地抽了两口。

冼登奎惨笑道："其实从你回北京的那一天起我就在想，会不会有今天。"

郑朝阳说道："你不该和特务搅和在一起。"

冼登奎颇为无奈地说道："我们这个行业和军警宪特脱不了关系，以前是相互利用，现在是拖着一起送死。我是混江湖的，从我太爷那辈就干这一行，洗不干净了。我只是觉得，自从我们老祖反清复明开创洪帮以来好几百年了，哪朝哪代也没把我们青帮怎么样，共产党来了，就一扫而光了，我服了。郑长官，有件事情，我得和你说清楚，我的事冼怡从来都没参与过，我是混蛋，可冼怡不是，她一直都是好孩子，她一直都喜欢你。”

郑朝阳说道：“我都知道，放心，共产党从来不搞株连。”

冼登奎继续说道：“还有件事，上次你出城，是我向保密局告密，万林生才去找的你。”

“你还派母猪龙去杀我，冼怡都告诉我了，你是脚踩两条船两面讨好，小算盘打得精啊。”

冼登奎略带伤感地说道：“我算计了一辈子，可最该算清楚的时候，打错了算盘。混到这副德行，也是报应。郑长官，我相信你的力量，冼怡这孩子要是还活着，还劳烦您多费心救她出来。这孩子命苦，摊上我这么一个爸。”

冼登奎被押解着走出了公安局的大门，抬头看着蓝天白云，天上一群鸽子飞过，他突然觉得这般美好的景色此前似乎从来没有见过。

魏樯匆匆骑车来到安全屋，屋内一片狼藉。惊讶之下他急忙跑到后院的库房中打开暗格，发现藏在里面的金银细软已经不翼而飞。

房屋的角落里堆放着几个箱子，魏樯打开箱子一看，里面都是炸药。雷管浸泡在硫酸中，正冒着青烟，旁边的地上，扔着一根飞马牌的香烟烟头。

魏樯捡起烟头大骂道：“段飞鹏，你这个飞贼！”

他疲惫地来到外屋，瘫倒在椅子上。看着凌乱不堪的安全屋，他的脑海里好多画面闪现：万林生死，保警总队被灭，宗向方杀死乔杉、宗向方自尽，窦司机战死，公安人员冲进冼登奎的慈善堂，集中在这里开会的各个地区的冷棋特工被一网打尽，自己狼狈逃窜。

魏樯捂住脸发出苦涩的笑声，抬头发现郑朝山正站在自己面前。

“你来啦，我在路上的时候就在想，如果你跑了，你就一定还是党国的人；如果你也回到这个地方，那你一定就是叛徒，是你出卖了我们。从桃园行动组组建那天起，咱们就明争暗斗，可我千想万想，想不到你会真的和共产党走到一起。共产党厉害啊，哈哈，连凤凰——郑朝山你都投降了。每五百年浴火重生的凤凰，你重生了，你满意了！"

郑朝山质问道："是谁杀的我太太？"

"你不是一直想把她当你的挡箭牌吗？可惜啊，她死了你也没得跑了。你投降了共产党，她可是白死了，你儿子也白死了。你早点投降她们娘儿俩可能就不用死了，共产党讲仁义，缴枪不杀，这点和咱们不一样。你说你是不是很后悔啊，是不是啊？"

郑朝山眼睛血红，怒吼道："你杀了她？！"

"当然是我啊。那块油菜花地，我说你就在那边等她，她就不管不顾地跑了过去，我一枪就打死了她。她杀我三个手下眼皮都不眨一下，她是尚春芝；可听到你的名字，就又变回了秦招娣。我的枪法很烂，可那天那一枪打得可准了。"

魏檣似乎一心求死，大喊道："来来，杀我，现在就杀了我，我杀了你老婆和你没出世的孩子，你杀了我！"

郑朝山的手在颤抖着，他准备割下魏檣的头。

魏檣冷笑道："人是我杀的，可命令不是我下的。是候鸟察觉到白玲正在逼近秦招娣，秦招娣不死，你早晚完蛋。所以，他让我干掉秦招娣，断了你郑朝山所有的念想。郑朝山，在他们眼里你就是匹被骗了的马而已。"

郑朝山的刀猛地扎了下去，魏檣吓得紧闭双眼，当他睁开眼睛时却发现刀贴着脖子插进了桌子。

他惊讶地问道："你干吗？"

郑朝山说道："我不杀你，一刀杀了你太便宜你了，你得去接受审判。"

魏檣大喊："你给我个痛快，杀了我！我不去坐牢，我是国军上校，我不去坐牢，你杀了我啊！"

郑朝山讥讽道："上校？有多少国军的中将上将关在共产党的监狱里，你算老几！！"

魏檣跳起来就要跑，却被郑朝山追上打倒在地。郑朝山押着他从屋里出来，警笛长鸣，几辆警车开来，郑朝阳坐在车里。郑朝山看着警车，掏出火柴刀扔到了地上，发出了清脆的声响。

在公安局会议室中，白玲、郑朝阳、郝平川正在开会。

郑朝阳率先发言道：“魏檣说他没见过候鸟，只知道候鸟在酝酿新的大行动，会有新的比桃园行动组更厉害的人出来。”

郝平川并不相信：“吹吧，来了正好，我还没打过瘾呢。”

白玲仔细分析道：“这把钥匙魏檣说他也不知道是干什么用的，看上去倒不像是在说谎。从钥匙的大小看，它应该是开小型的保险箱之类的，号码应该就是密码。但就这么明显地把号码挂在钥匙上会有很大的风险，因此，这号码应该不是完整的，需要另一个号码相对应，才能打开箱子。

郑朝阳说道：“你这么说，倒像是银行的保险柜了。”

白玲说：“我也在想是不是银行。”

郝平川肯定地说道：“不可能是银行。”

白玲和郑朝阳都很好奇地看向他。

对于众人的目光，郝平川感到颇为奇怪：“看我干啥，我整天在大街上走，国民党的银行和外国人的银行都关了。咱们自己的银行刚办起来，一直忙着新钱换旧钱的事，哪儿有闲工夫弄什么保险箱啊。如果候鸟真要藏什么秘密的话，不会选在银行的，起码这时候不会。”

白玲笑着说道：“嗯，老郝学会分析问题了，不再只是打打杀杀了。”

郝平川也笑着说道：“其实我是粗中有细，只是不愿说而已。”

郑朝阳分析道：“候鸟这种级别的特工，会把自己隐藏得很好，我们这次抓获了不少他新启动的特务，但没一个人知道候鸟的情况，他们只是在家里等命令。而且他们接受唤醒通告的方式也不都一样，有的是寄信过来，有的是在报纸上刊登广告，还有的是在广播里收听指令，我们还没有查到任何和候鸟有直接关系的人或物。所以，我怀疑，候鸟根本就是一个人，没有部属。

郝平川问道：“你的意思是，这啥鸟连个跑腿送信的人都没有？”

白玲说道："很可能，没有下线，就没有暴露的危险。这是他隔绝的最好方式。"

郝平川略有疑惑地说道："要是这么个隔绝法儿，他还指挥个屁啊。"

郑朝阳指出："他不需要指挥，只要再唤醒一个桃园行动组就可以了。"

郝平川风趣地说："感情你说的这个鸟儿就是个看坟的。"

郑朝阳和白玲都笑了。

"看坟的，你还挺会说。"白玲说道。

"话糙理不糙，差不多就是这么回事。"郑朝阳也同意这一观点。

大家正讨论时，三儿突然敲门进来了，对郑朝阳说道："郑组长，罗局找您呢。"

郑朝阳来到罗勇的办公室。

罗勇对他说："你还记得保警总队的原中队长，地下党员老孟吗？"

郑朝阳应道："怎么不记得，把我瞒得死死的，我都不知道他是地下党。"

罗勇继续说道："老孟现在在上海军管会，想调你去上海主持公安局的工作，说你能力强技术好脑袋活眼光高，总之都是夸你的话，我听着都脸红。"

郑朝阳疑惑地问："您同意了？"

"我为什么不同意，别说是你郑朝阳，连我本人，哦，还有你们这些从黄泥村来的所有的人，本来就是给全国预备的干部，生生被北京给截留了这么长时间。早晚，你们都是要到全国各地的战场上去的。"

郑朝阳心有顾虑地说道："这我都知道，但现在不成啊，候鸟没抓到，我晚上会做噩梦的。做噩梦就影响工作，影响工作就干不好工作，干不好工作就是丢咱们黄泥村训练班的脸，丢您罗局长的脸。"

罗勇赶紧接过郑朝阳的话茬儿，说道："行、行，行啦，到什么时候都忘不了你这张嘴。这件事是组织决定，你去上海的事情是改不了了。至于什么时候去嘛，你自己去和老孟商量，现在紧要的，是赶紧把候鸟找出来。咱们都是老地下了，知道规律，候鸟很快就会进入静默期，所以得抓紧时间。”

郑朝山推开家门，看着空旷的院子，仿佛到处都是秦招娣的身影：她在院子里晾衣服，在厨房做饭，冲着自己微笑。

他来到自己的卧室，倒在床上，昏昏沉沉地睡着了。睡梦中都是秦招娣的形象，甚至还有那未曾见过面的孩子。

一觉醒来，郑朝山发现自己脸上都是泪，外面天光已经微微放亮，他走到房门口，恍惚中看到秦招娣从大门处进来。

他欣喜地喊道：“招娣！”

秦招娣的身影突然变成了手里拿着早点——豆浆和油条的郑朝阳。

兄弟两人吃过早点后，在会客室聊着。

郑朝阳说道：“这次我们抓了不少潜伏的冷棋。我们仔细审查过了，从社会地位上看这些人的档次并不高，而且比较零散，和桃园行动组的能量比起来差距很大。所以，我觉得这很可能是候鸟给公安局制造的烟雾，叫我们误以为冷棋被挖掘殆尽。”

郑朝山认同了弟弟的看法：“丢车保帅，其实这是毛人凤的一贯做法。毛人凤给戴笠当了多年的秘书，很多行动都是他策划指挥的。这个人最擅长布局，这次行动看似莽撞，其实暗藏玄机。首先是时间，选在春节期间，大家忙着过节，警惕性就会大大放松，便于浑水摸鱼。其次是在领导人的选择上，用了魏樯，以我对魏樯的了解，此人城府很深，出手很快，手段狠毒。但他有致命的缺陷——狂热，认死理，遇到危险的时候手法单一，盲目追求大的效果。”

郑朝阳笑着说道：“比如，他觉得爆炸能达到更大的政治效果，就一门心思搞爆炸活动，一次不成就两次，一定要让炸弹炸响。”

“这种人其实并不是合格的领导人，太容易一意孤行，所以在启动桃园行动的时候是选择我做负责人。但上面又担心我过于谨慎，就让他凌驾于我的头上，叫我们相互制约又相互督促，事实上确实有效果。但这次的暴动计划需要的就是他这样的领导。”

郑朝阳分析道:“从魏檣回到北京的那一刻起，他其实就已经是一个弃子了。有效果最好，如果没有效果，也可以作为烟雾迷惑我们。小算盘打得真够精细的，可惜，偷鸡的黄鼠狼终究不是狼，以为这样就能骗到我们。记得我和你说过的吗?特务最大的问题就是没有主见和方向，永远受制于人。候鸟这么做恰恰暴露了他的紧张，他紧张什么?紧张他真正要保护的人，这些人才是我们真正要打的，是第二个、第三个，甚至是第四个桃园行动组。”

郑朝山问道:“你有把握找到候鸟?”

郑朝阳颇有自信地说道:“鱼在水里为什么要浮上来冒个泡，因为水里缺氧，没有喘息的空间了。现在是人民的天下，他们为所欲为的日子一去不返了。所以，我们会逼他上来冒泡儿。”

在一间破旧的小屋内，哭丧棒把一个包裹放到桌子上打开，是一把左轮手枪和三颗子弹。他对面是杨凤刚，此时的杨凤刚十分狼狈，面黄肌瘦到有些脱相，头发很长，胡子也很长，和当初英武干练的国军军官判若两人。

一手交钱一手交货，杨凤刚从口袋里摸索出一个小布包，慢慢打开，里面是几张皱巴巴的钞票和几块银圆。哭丧棒嫌少，骂骂咧咧地收钱走了。

杨凤刚举着手枪，脸上是贪婪的表情，他慢慢地把子弹一颗一颗地装进了枪膛，塞到枕头下然后脱了衣服，身上只剩一条裤衩，钻进了被窝。

哭丧棒三步两步走出院子时，多门正稳稳地站在门口，劝他随自己去公安局自首。哭丧棒有自知之明，哪里敢答应，暗暗掏出匕首欲寻机逃跑，被多门察觉，两人打斗。

打斗中，哭丧棒的枪走了火，杨凤刚穿着短裤冲了出来，枪口对着多门。多门吓得一闭眼，结果是空枪。哭丧棒在一旁唠叨，卖给他的都是臭子儿。

枪没响，外面灯火通明喊声震天，夹杂着摩托车的声音和警笛声，杨凤刚冲出了院子。多门回头一脚踢晕哭丧棒，掏出手铐把他的手脚铐上。

杨凤刚被抓特务的人民群众围追堵截，头上身上挨了好多下砖头瓦块，脚也被扎得鲜血淋漓。失魂落魄的他彻底崩溃，想开枪自杀，但枪就是打不响。他只好摔了手枪继续跑，后面无数老百姓在追。突然他脸上露出惊喜的表情，原来前面出现了派出所的大门，杨凤刚高举双手冲进派出所投降。

在多门家的院子里，耿三娘子正在擀面条，厨房里热气腾腾的，张超在炸酱。街坊们高兴地张罗着，要给多门好好过个生日。

耿三为多门买了正宗的“牛栏山”，同时带回一个消息说：“我今天上午出车去天桥，知道吗，枪毙哭丧棒，那围观的人真是人山人海啊。”

王八爷端着小茶壶从屋里出来。

耿三继续说道：“不光哭丧棒，还有天桥的徐六、王府井的大洋马、虎坊桥的一嘴油，十多个，都是伪警察，一行溜跪着。该！这帮孙子称王称霸的作践老百姓多少年了，活该崩了他们。”

杜十娘接话道：“我听说好多国民党的大特务都没枪毙，进了学习班，怎么徐六、大洋马他们就给枪毙了呢？”

王八爷说道：“还不是拣软柿子捏。”

多门从屋里出来，冲王八爷吼道：“你懂什么，上炕认识娘儿们下炕认识鞋。什么叫捏软柿子，我们是那种人吗？甭管大小都扔到筐里了，都在人民政府和我们公安机关的强力管制之下，谁软谁硬？这叫区别对待。大洋马、哭丧棒这帮孙子别看只是个巡警，可是天天和老百姓打交道，吃、喝、嫖、赌、抽、坑、蒙、拐、骗、偷，再加上吃、拿、卡、要，街面上叫他们祸害惨了！光哭丧棒名下就有十六家铺面，都怎么来的？崩了他们叫为民除害！”

正说着，齐拉拉拎着一个纸盒子进来了，进门就给多门敬礼道：“多大爷，不，多门同志，大伙儿知道您今天生日，就凑钱给您买了个蛋糕，叫我当代表，来给您祝寿了。”

多门乐得合不拢嘴，感谢道：“你瞧这怎么话儿说的，来就来吧，还带礼物，奶油蛋糕啊，这得多老贵啊！”

齐拉拉把蛋糕放在桌子上，打开，众人围上来看着，奶油蛋糕上面还有两个奶油寿桃。

耿三娘子惊奇地说道：“这就是洋人的蛋糕啊，以前我在金桥饭店的窗户外面看到过。多爷，这么大个蛋糕，多爷您真是老有面子了。”

多门十分得意地说道：“那是自然。”

齐拉拉说道：“是白玲姐的主意，她说您肯定吃炸酱面，叫您换换口味。我可没带蜡烛啊，咱只吃蛋糕不吹蜡。”

杜十娘问道：“这位小哥是？”

多门应答道：“啊，这是我们局的银枪小罗成，大号齐大壮，绰号齐拉拉，是我干儿子。”

众人十分惊讶。

耿三好奇地问道：“银枪小罗成，您干儿子，我们怎么不知道啊？”

多门说道：“切，不信！孩儿，你自己说。”

齐拉拉兴高采烈地说道：“爹，我爹娘早死了，您就是我爹。”

多门骄傲地说：“瞧见没，瞧见没！”

张超出来一脸疑惑地问道：“瞧见啥了啊，来吧，吃炸酱面啦。”

大家一阵欢呼，只有耿三娘子小声嘀咕道：“先吃蛋糕吧。”

第二十九章

杨凤刚被人押着出了审讯室，眼光迷离地走了，郑朝阳和郝平川、白玲随后从屋里出来。

郝平川抱怨道："这孙子已经快疯了，这都说的什么啊，乱七八糟。"

"也不是一点用没有，我大概总结了一下：第一，他既不是党通局的也不是保密局的，候鸟才是他真正的主人。但候鸟是谁，他确实不知道。第二，他是从郊外邮局的信箱中收到候鸟指令的。"相比于急躁的郝平川，白玲显得十分冷静。

郑朝阳一边思考，一边嘀咕道："邮局？信箱？"

这时，多门一路小跑着过来向郑朝阳汇报，谢汕这老狐狸果真找不到了。郑朝阳叫上郝平川、多门一起回到了办公室。

"冼怡失踪的那天晚上，她待的地方守卫严密，屋里又没有暗道机关，冼怡一个大活人是怎么出去的？那天晚上仅有的外来人，就是两个清洗地毯的工人。我们假设，这两个清洁工人就是绑匪，把冼怡卷到地毯里运出院子，而他们竟然没有人盘查，只有一个可能。"郑朝阳对众人说道。

郝平川抢答："内鬼！"

郑朝阳分析道："至于这个内鬼是谁，傻子也能想出来。"

郝平川又抢着回答："谢汕！"

郑朝阳笑着说："老郝你真是进步不小啊，怎么一下就想到谢汕了呢？"

郝平川神气地说道："傻子都能想出来，那地方除了冼怡，谢汕最大，保镖都是他派的。"

多门道："您说这么简单的事冼登奎怎么就没看出来呢？"

郑朝阳说道："谢汕是冼登奎身边的人，除了冼怡他最近，冼登奎当然想不到是谢汕捣鬼，这就叫灯下黑。"

多门若有所悟地说道："那倒也是，我出去打听了，底下的消息说，谢汕其实一直背着冼登奎在地下钱庄和赌场抽头儿，冼登奎的买卖只要是他经手的他都吃一口。这老小子背地里瞒着老大黑了不少银子，这要是露了，按道上的规矩是要下油锅的。"

郝平川不解地问道："这就至于绑架东家的女儿？他跟冼登奎好几十年了。"

多门说道："这还用说吗，傻子都知道，肯定是叫人揪住小辫子了，没招儿了，只好先从了，然后想法儿把人宰了，再装成是来解救大小姐，再把账本什么的一烧。救了小姐，去了祸根，一切照旧，这就是江湖之道。"

郝平川和郑朝阳两个人都盯着多门看。

多门有些不好意思地说道："怎么了？我说错了？"

郑朝阳说道："冼怡危险了？"

郝平川说道："马上把人都撒出去，一定要找到谢汕。"

齐拉拉和小东西在小饭馆吃饭，齐拉拉吃卤煮吃得热火朝天。小东西一脸爱意地看着他说道："都说了给你做蟹黄豆腐的，非要吃这个。"

齐拉拉说道："能吃这个就不错了，吃完我得赶紧走，这个谢汕比冼登奎都鬼，到处找不到人影儿。"

小东西说道："慈善堂叫政府接管了，听说原先在这里干活儿的人都能转正，可我还是想去当工人。"

闲聊中，齐拉拉吃完了卤煮，抬头发现小东西的那份一口没动。小东西把自己的卤煮推到齐拉拉面前，说道："就知道你不够，给你留着呢。"

旁边一个大脑袋伸了过来，突然叫出了小东西的名字，原来是御香园的白胖子。

御香园封了，白胖子失业了，他人缘又次，眼瞧着就得要饭了。白胖子没有了在御香园时的凶悍，浑身上下脏兮兮的。齐拉拉把小东西的那碗卤煮给了白胖子。他风卷残云般几口就下了肚，要再来一碗。小东西不乐意，拉着齐拉拉要走。

白胖子恳求道：“不白吃，我有情报，我知道谢汕在哪儿。”

齐拉拉转回身又坐下，道：“伙计，加三碗卤煮！”“说不出来老子撑死你。”

谢汕开着一辆别克车来到仓库，保镖过来打开车门。他下车问道：“东西都准备齐了？”

保镖回复道：“备齐了。”

谢汕进了仓库，桌子上放着一个箱子。保镖打开箱子，里面是银圆和美元，还有几张证件、手枪、子弹等。

谢汕把证件揣进怀里，检查着手枪，然后往弹夹里装子弹，吩咐道：“你们几个马上出发去热河，在那儿等我，回头我带大小姐一起过去。”

“谢大哥……”保镖显得有些迟疑。

谢汕说道：“现在首先要保住大小姐。”

齐拉拉和代数理带着两个警察来到旧仓库外。

齐拉拉叮嘱道：“眼镜，里面情况不明，我先进去摸摸，你在这儿待着，十分钟我要是不出来你再冲进去。”

代数理点头说道：“小心啊。”

齐拉拉翻身上墙，悄悄摸进旧仓库。仓库周围都是谢汕的打手，里面堆积了很多杂物。谢汕的汽车就停在中间，他把几个箱子装进了汽车的后备厢。齐拉拉拔出手枪，慢慢地往谢汕身后靠近，谢汕的后腰上也别着一把手枪。

突然，保镖走了进来，齐拉拉急忙转身藏好。

“大哥，都准备好了。”

谢汕拿出一个鼓鼓囊囊的大信封，吩咐道：“这个给兄弟们分了，叫大伙儿散了吧，拿钱去干点儿正当生意。以后在共产党的红旗下面，就没有黑道了。”

“大哥，段飞鹏不是善茬儿，您得当心。”

谢汕冷笑着说：“没有我的通道他走不成，我们现在是一个人字分撇捺，谁也离不开谁。”

齐拉拉在隐蔽处听到段飞鹏的名字心里一动。他从墙上跳了出来，对着代数理说道：“哎，里面是大鱼，好大的鱼。”

代数理大喜：“真的啊，那咱冲。”

齐拉拉赶忙制止道：“不行，这里的打手少说也有十来个。最重要的是，谢汕和段飞鹏有联系。你赶紧回去向郑组长报告，我在这儿盯着，顺着谢汕找到段飞鹏。”

“好，你小心。”说完，代数理准备离开。

代数理要走但被齐拉拉一把抓住，他对代数理说道：“万一你们来了找不到我，就找一辆车号0369的黑色别克车，明白？”

“明白。”

代数理走后，齐拉拉翻身上墙再次偷偷溜进仓库，谢汕正和另外几个打手在旁边吃饭喝酒。齐拉拉悄悄打开后备厢，拿出几个箱子扔到隐蔽处，自己钻进了后备厢，盖上盖子。

谢汕吃饱喝足开车来到客店。段飞鹏从店里出来，手上拉着冼怡。冼怡穿着大披风，戴着口罩。段飞鹏把她推在车后座上，顺手把手里的箱子也扔进后座，自己坐到了副驾驶座上。谢汕回头看了一眼冼怡。

段飞鹏对谢汕说道：“放心，人没事。东西搞到了？”

谢汕拿出一张警备区的特别通行证递给段飞鹏，说道：“琉璃厂张大半的手艺，一根儿大黄鱼买的，绝对看不出来。”

段飞鹏把通行证还给谢汕，嘱咐道：“走吧。”

谢汕开车出了城。

另一边，电话铃声响起，城门处的警卫拿起电话应答道：“对，是有一辆黑色别克刚过关卡，车号？好像是0369。”

警卫看着刚刚开出去的别克汽车，确认是0369。

郝平川放下电话大声说道：“段飞鹏出城了，不能叫他跑了，追！”

谢汕的车停了下来，他和段飞鹏下来在路边小便。段飞鹏往回走，谢汕跟在后面，从腰间拔出手枪。没想到段飞鹏突然转身，一枪打中谢汕的脑门儿，谢汕倒在地上。段飞鹏看都没看他一眼，开车走了。

看着窗外谢汕的尸体，冼怡口中焦急地嘟囔着，眼泪流了下来。

段飞鹏带着她走到松树林停下来，看着周围的环境，看看手表，摘下冼怡的口罩，取出堵在她口中的毛巾。

段飞鹏问道：“是这儿吗？”

冼怡回答道：“是这儿，我爸每次走私军火都走这条路，一会儿有辆马车来，你说暗语，他就会带咱们到下一个联络点。”

段飞鹏威胁道：“有冼怡大小姐在这儿，我还说什么暗语。你最好给我老实点，我是跑路，不是劫道。只要我顺利到了热河，我保你平安无事。”

冼怡冷冷地说道：“我看见你怎么保谢汕平安的了。”

段飞鹏笑着说道：“难道他不该死吗？”

冼怡回应道：“好歹他也是从小把我带大的。”

段飞鹏厉声说道：“那就更该死，他想崩了我再带你跑路，这点江湖道行我再不懂，真是白混了。江湖险恶，大小姐，慢慢学吧，你以为你爸爸是怎么混成老大的。”

冼怡说道：“你放开我，我要解手。”

段飞鹏似乎看破了冼怡的伎俩，拒绝了她的要求。

冼怡继续说道：“忍不住了，你快点，我要尿裤子了。”

段飞鹏看冼怡焦急的样子，拿出钥匙打开她一只手的手铐，把一根细绳子拴在手铐上，对冼怡说：“老实点儿，别耍花样。”

冼怡迅速跑到树后，对段飞鹏大喊：“你要是想踏实叫我送你到热河，就别偷看。”

他冷笑道："我还真没稀罕。"

段飞鹏转过身，时不时地拉拉绳子，拉了几下感觉不对劲，急忙转到树后，发现手铐挂在树上，冼怡已经跑出去了几十米远。

段飞鹏猛追上去，打倒冼怡，重新把她铐了起来，厉声说道："你不打听打听，我段飞……"

话没说完，段飞鹏的脸僵住了，一支手枪顶在他的太阳穴上。齐拉拉从树后转了出来，对段飞鹏说道："你还真是个飞贼，这么能跑，害得小爷追了你半宿。"

冼怡惊喜地喊道："小齐。"

"冼姐，别害怕，有我呢，郑大哥就在后边。"

冼怡激动地向后看着。

"齐拉拉！"段飞鹏愤怒地说道，"没想到我段飞鹏居然栽在一个小混混儿手里。"

"哟，认识小爷啊。怎么地，不服啊？甭废话，把枪扔了。"

段飞鹏从腰间拔出手枪扔在地上。

齐拉拉说道："你裤裆里还有一把。"

段飞鹏一愣，弯腰拔出一把袖珍手枪，扔在地上。

齐拉拉嘲讽道："哟，还真有，我就是瞎猜，你真听话啊。"

段飞鹏在下蹲的时候脚尖探入土中，突然抬脚踢起一个土块砸向齐拉拉的脑袋。

齐拉拉一歪头，手枪被段飞鹏抢走了。

段飞鹏举枪对着齐拉拉扣动扳机，枪却没响。段飞鹏愣了，他还没来得及想清楚枪为何没响，齐拉拉就扑了上来，大喊着"冼姐快跑"，抱住段飞鹏顺着山坡滚了下去。

两人滚到山坡下，段飞鹏挣扎着坐起来，齐拉拉捡起一块石头结结实实地拍在他的脑门儿上。段飞鹏顿时头破血流，血遮住了眼睛。

段飞鹏头昏眼花步履踉跄，不住地用手抹着额头上流出的血，结果被齐拉拉揪住连着两个背摔。段飞鹏毕竟武艺高强，插空一脚踹开齐拉拉，拔出刀来，扯下衣襟迅速在头上绕了两圈。

齐拉拉捡起一根木棍，和段飞鹏搏斗。段飞鹏一刀将木棍削断，木棍变得十分锋利。齐拉拉双手舞动木棍又冲了上来，段飞鹏侧身让过，一刀扎进了齐拉拉的肋部，跟着刺中他的后背。

齐拉拉手中的木棍掉在了地上，他的眼睛死死地盯住段飞鹏，一步一步慢慢地向段飞鹏逼近，血顺着裤子流到了地上，地上留下了一行血脚印。

段飞鹏从齐拉拉的眼神感到了从未有过的恐惧，他威胁道：“你个疯子！你干吗这么玩儿命啊，再过来我真攮死你了！”

段飞鹏用刀尖顶在齐拉拉的胸口，齐拉拉猛地往前一冲，匕首整个没入，只剩下了刀柄。段飞鹏惊呆了，齐拉拉死死地抓住段飞鹏的手，铐上手铐，另一端铐在自己手上。

段飞鹏惊醒过来想要挣脱，却被齐拉拉拼尽全力死死拽住。段飞鹏的刀拔不出来，只能使劲扭动。齐拉拉一口鲜血喷到他的眼睛上。段飞鹏顿时睁不开眼，变得更加慌乱。

齐拉拉用尽最后的力气，猛地推动段飞鹏撞向尖利的木棍。木棍尖端刺进了他的后背，从胸前透出。

段飞鹏的眼睛里满是不可思议的绝望，口中鲜血涌出。

齐拉拉抬头看着天上的蓝天白云，视线变得模糊起来，恍惚中，他好像看到小东西向自己跑了过来，身后跟着郝平川。齐拉拉摔倒在地，他的手和段飞鹏的手还铐在一起。

冲到齐拉拉的面前后，小东西却变成了冼怡。

郝平川一把抱住齐拉拉，大声呼喊道：“小齐，小齐，我的好兄弟。”

代数理手忙脚乱地给齐拉拉包扎。齐拉拉看着郝平川已经说不出话，在他的怀里停止了呼吸。

郝平川泣不成声：“小齐，我的兄弟啊，不要走啊！”

郝平川眼前浮现出齐拉拉的音容笑貌，和自己多次对齐拉拉的怀疑，而齐拉拉永远是一张笑脸。树林里回荡着郝平川声嘶力竭的号哭声。

郑朝阳的桌子上摆着齐拉拉的工作证，还是装在牛皮的皮套里。打开工作证，看到齐拉拉充满阳光的笑脸，郑朝阳忍不住压抑地哭起来，痛苦至极。

多门呆坐在椅子上，身边儿站着三儿。三儿没了平日的嬉皮笑脸，罕见的一脸成熟。

多门的眼泪不住地流，他用袖子擦着眼泪，对三儿说道："他才刚认我当爸爸的，可怜的孩儿啊，才十九啊！我啊，到底还是个绝户命啊！"

三儿走到齐拉拉的办公桌前，倒了一杯水，对着空气说道："小齐，喝水。"

齐拉拉桌子上的水杯冒着热气，宛如他还活着时一样。

公安局会议室里，郑朝阳、白玲、郝平川正在开会。

白玲举着魏檣的钥匙说道："这个钥匙我想应该是他和接头人的联络暗号。接头人见面的时候，会拿出相应的密码，合并之后得到新的任务。人被抓了，这个钥匙也就失效了。"

郝平川问道："那魏檣不是白抓了？"

白玲回应道："根据杨凤刚的口供，我找了他收到指令的信箱。"

白玲拿出一张照片，上面是一个带号码的信箱。她继续说道："我又审问了最近我们抓获的一批特务，其中有三人也是通过信箱接受的指令。这三人有一个共同的特点，他们都是一组人的负责人，而且自身所处的社会地位较高，一个是大学老师，一个是银行的襄理，一个是电影公司的演员。这三个人是直接接受候鸟的唤醒的。"

郑朝阳问道："信箱？难道这个候鸟和邮局有关系？"

白玲回应道："你猜得没错。"

她拿出几个信封，继续说道："这就是那几个特务从信箱中收到的唤醒信件。这几个信封有个共同的特点，地址都是错的，而且，没有寄信的地址。"

郝平川拿起信来说道："错的地址，那不成了死信了？"

白玲应答道："这几个特务取信的信箱，也有一个共同特点，就是主人都已经搬走但信箱暂时还没有废弃，能知道这一情况的只有邮局里的人。"

郑朝阳分析道："我们假设一下，候鸟将唤醒的信件故意邮寄到假的地址，这些信就成了死信，返回到邮局存放，然后等待时机，再通知邮局邮寄到新的地址，也就是这些人搬走了但暂时还没废弃的信箱。这样，候鸟从始至终都不需要出面，也不需要上线和下线。"

郝平川站了起来，大声说道："都别唠叨啦，去邮局。"

一个工作人员带着郑朝阳、白玲和郝平川来到邮局内的一个很偏僻的房间。

白玲说："邮局的人说这个房间是用来存放死信的，北京城改天换地，很多人走了，也有很多人来了，地址不清的或者原地址人员变更的情况很多，死信也就很多。如果有寄信人地址的，邮局一般都给寄回去。寄不回去的就都存在这里，以防寄信人或是收信人来邮局寻找。"

邮局人员打开房间，里面是一排排书架，书架上是一个个纸盒子。

郑朝阳问道："一般存放多久？"

白玲答道："半年左右，据说最长的已经存了一年多。"

郑朝阳和白玲仔细看着书架上的盒子，慢慢地他们盯住了最下层角落里的一个纸盒。上面已经落了灰尘，标签上写着"38–1–22"。

郑朝阳把纸盒子拿出来，放到桌子上，说道："38–1–22，民国三十八年一月二十二日，傅作义所部守军撤出北平的日子。"

郑朝阳打开纸盒，里面是空的。一个邮递员走进来，身上背着一个邮包，看到郑朝阳等人，问道："哎，你们是谁啊？干什么的？"

郝平川询问道："公安局的，这里的死信都是谁负责管理？"

邮递员回答道："是我啊，怎么了？"

郝平川继续追问道："这儿的死信，你有没有又寄出去的？"

邮递员答道："有信主自己找来的，有的是打电话告诉我新地址，我重新寄出去的。"

郑朝阳指着信箱问道："这个，去年一月的，有人来取吗？"

邮递员回忆了一下，回答道："没人来，倒是打过电话。"

郑朝阳问道："打过几次？"

"有个三四次吧，我那儿有记录。对了，今天上午我刚接电话寄出去最后四封。"

郑朝阳说道："你说你那儿有记录，带我去看看。"

郑朝阳回头冲郝平川说："你们再仔细勘察下这里。"

在一个小办公室，邮递员打开门锁带着郑朝阳进门，唠叨着把邮包挂在墙上，又脱下外衣，抱怨道："现在这人啊都是稀奇古怪的，弄一堆死信，然后又打电话来叫我去送，这不是折腾人吗？"

郑朝阳看到地上有一个皮鞋的脚印，而邮递员穿的是千层底的布鞋。

郑朝阳问道："你穿皮鞋？"

邮递员回头看一眼郑朝阳应答道："见天路上跑，穿皮鞋还不得累死。"

邮递员说着拉开了抽屉。

郑朝阳喊道："别动！"

他听到了清晰的手雷保险栓弹开的声音。藏在抽屉里的手雷的保险栓弹了起来，在空中飞旋。

郑朝阳大喊"闪开！"，飞身上去扯开邮递员，顺势趴在他的身上。

手榴弹爆炸了，郑朝阳感到身上一阵灼热。郝平川和白玲从外面跑了进来。

郝平川抱着郑朝阳大喊："朝阳，朝阳，你醒醒啊！"

白玲过来给郑朝阳包扎伤口，大声呼喊道："朝阳，郑朝阳！"

郑朝阳昏了过去。

警察在秦招娣曾经住过的小屋中，发现了白玲追踪了很久的幽灵电台049，还有台湾行动组的委任状以及武器等。郑朝山面色阴沉地站在一边和白玲对话，白玲拿着笔记录。

郑朝山说道："我怎么也想不到她竟然会是保密局的特务，看来她是蓄谋已久，就是要利用我的民主人士身份，还有我弟弟郑朝阳在公安局的特殊地位潜伏下来，把我们兄弟俩都当成她的保护伞。

白玲问道："你是怎么发现她的特务身份的？"

郑朝山答道："其实我早就怀疑她了……"

郑朝阳肯定地说："现在可以确定了，秦招娣就是保密局桃园行动组的成员之一，凤凰。"

代数理对这一结论感到大为吃惊。

郑朝阳进到小院，郑朝山正在院子里洗衣服，郑朝阳帮着哥哥一起拧干了床单。

郑朝阳说道："已经按照计划公布了秦招娣就是凤凰，这样你的身份就洗白了。"

郑朝山微微点头，没有说话。

郑朝阳继续说道："哥，你考虑好了？这次的任务很危险，你面对的可不是一个神叨叨的魏檣，是候鸟，一个深不可测的强大对手。"

郑朝山笑了，拍打拍打挂好的床单，说道："我从来就不是面对魏檣，我从始至终面对的就是候鸟，他才是真正的幕后指挥，我们都是提线木偶。"

兄弟两人进屋喝茶。

郑朝阳说道："通过最近候鸟的连续动作，我断定他很快会进入静默期，长时间不会有动作，可能半年，一年甚至几年，等待时机。这对我们来说，找到他会很困难。所以，我们得在他实施静默前找到他。"

郑朝山说道："或许是他找到我。"

郑朝阳疑惑地问道："你觉得他会主动联系你？"

郑朝山显得很有自信："很可能。他费尽心机叫魏檣搞这么大的动作，还杀了招娣，当然不会这么轻易地放过我。说得好听一点儿，我也应该在他的保护名单里。所以，他早晚会联系我，给我分派任务。"

郑朝阳说道："这样最好，我们就能顺藤摸瓜地找到他了。我有个计划，我们可以分两步走……”

齐拉拉的葬礼正在举行，埋葬地点是在王忠和徐小山的旁边。

郑朝阳、郝平川、白玲、多门、代数理等人都来参加，然而现场没有发现小东西。军乐队号声响起，鸣枪三响。

冼怡向齐拉拉的墓地献花，她默默地流着眼泪，抚摩着墓碑，回想着齐拉拉两次救下自己的情景。

郝平川看着齐拉拉的墓碑说道：“咱们以后都走了，谁来看他啊。”

白玲说道：“会有人来的，而且，有战友陪着他。”

“但有警徽护佑京华，勿忘烈士鲜血满地！”郑朝阳高喊，“敬礼！”

警队返回京城。郑朝阳回眸，看到冼怡也在望着自己。

郑朝阳问道：“以后有什么打算吗？”

冼怡答道：“我表姐在甘肃，那个地方教育很落后，我是师范毕业的，去那里能帮上忙。”

“这么远啊。”

冼怡下定决心地说道：“从小到大，我的命运都是掌握在别人手里，这次是我自己做的决定。”

看着她憔悴的样子，郑朝阳很是心疼。

冼怡继续说道：“我爸爸去世了，突发性心脏病。我把他全部的家产和买卖都捐献给国家了，算是赎他这一生的罪孽。”

“冼怡，我不知道该说些什么，对不起。”

冼怡走出几步，回头笑着说道：“如果有来世，也叫我对你说声对不起。”

那一瞬间，郑朝阳又看到了原来阳光的冼怡。

大家离开后，穿着工人制服的小东西来到墓地前，看着墓碑上的字：齐大壮烈士之墓。

她摆上供果，其中有一碗蟹黄豆腐。小东西微微一笑，眼泪流了下来，对着墓碑说道：“哥，你最喜欢的蟹黄豆腐。这次我真是用螃蟹黄给你做的，我就想，你能再骂我一句败家老娘儿们该有多好啊！”

郑朝山骑车在胡同里走着，后面有人喊了声：“朝山兄。”

郑朝山下车回头笑着说道：“哟，是您啊。”

那人答道：“今日晴空万里。”

郑朝山愣了一下后应道：“先生不虚此行。”

那人从口袋里掏出一把钥匙，递给郑朝山之后骑车走了。钥匙上带着一个写着号码的牌子，看着钥匙，郑朝山露出微笑。

街上行人熙熙攘攘，天上瑞雪飘飘。白玲骑车行驶在大街上，车筐里放着一个用棉布包裹得严严实实的小包裹。

旁边传来广播电台的播报声：我北京人民公安一举破获蒋介石匪帮潜伏在北京的桃园特别行动组。行动组主要成员尚春芝被击毙，魏檣、段飞鹏、杨凤刚、冼登奎等人被全部抓获。这是公安战线在打击敌特上的又一重大胜利……

白玲的车骑进了烟袋斜街。此刻的烟袋斜街张灯结彩，一派新年气象。她在郑朝山家的门口停下，推门走了进去。

白玲进了屋，郑朝阳正坐在一个躺椅上摇啊摇，还有一个收拾好的皮箱。

她把小包裹放到桌子上，对郑朝阳说：“我饺子包不好，给你做了罐焖牛肉，尝尝吧。”

郑朝阳像个大爷似的从摇椅上站了起来，到桌边坐下，十分潇洒地抖开一个白色的大号餐巾围在脖子上，拿起刀叉，看得白玲都呆了。

白玲把包裹打开，露出里面的黑色小坛子，打开是热气腾腾的罐焖牛肉。

郑朝阳闻了闻，说道：“嗯，味儿不错。吃你一顿是真不容易，每吃一次都得挨回打。”

白玲纳闷儿地说道："挨打？！"

说完，她随即反应过来，忍不住笑着说道："还真是，上次是你去平西打杨凤刚，救了冼怡回来，我给你做了一次。这次是你挨了颗手雷。不过你也真是命大，刀扎不死，手雷也炸不死。"

郑朝阳苦笑道："都快有心理障碍了，得多吃几口，再想吃不定要到什么时候了。"

白玲问道："都收拾好了？"

"也没什么好收拾的，我的东西本就不多，主要是我爸的遗物。房子我交给局里处理了，这次调到上海，也不知道还能不能再回北京。"

郑朝阳大口吃着牛肉，白玲看着他吃饭，饱含深情地说道："领导说了，以后咱们这些人会陆续到全国的其他地区参加公安队伍的建设。"

郑朝阳感慨道："是啊，老罗已经调到武汉去了。革命者四海为家。这样也好，到哪儿都有战友。你调哪儿了？"

白玲说道："还不是很清楚，领导找我谈了，估计是广州吧，也可能是长沙。"

她把自己的契卡胸章拿出来递给郑朝阳道："这个给你，留个纪念。"

"用非常手段对非常之敌，这可是你的宝贝。"

"所以才要送给你啊，省得你将来想起我的时候都是罐焖牛肉。"白玲笑着说道。

郑朝阳吃完牛肉抹抹嘴，对白玲说道："唱个歌儿吧，就来那个苏联民歌。"

除夕之夜，白玲唱歌，郑朝阳合唱，外面鞭炮齐鸣礼花升空。

郑朝阳拿着行李，郝平川和白玲给他送行。三人来到天安门广场前。广场上人来人往，几个穿着绿色制服的公安从身边走过的时候冲三人敬礼，三人回礼示意。

耳边浮现毛泽东主席在天安门城楼上高呼的声音：中华人民共和国中央人民政府，今天，成立了。

看着身边走过的人群，郝平川说道："朝阳，你说他们知道我们都做了些什么吗？"

郑朝阳问道："这很重要吗？"

郝平川的嘴角浮现出微笑。

白玲对二人说："一个城市可以没有士兵，但是绝不能没有警察，这是我们的使命。"

郝平川说道："朝阳去上海了，我们不久以后也要分开到全国各地去。以后天各一方，再见就不容易了。"

白玲叮嘱道："不管海角天涯，都别忘了，咱们一起待过的北京，这座城市，这个时代……"

郑朝阳登上南下的火车，到上海参与公安局的建设。三个月后，郝平川被调往成都公安局，白玲则前往广州。

冼怡离开北京到甘肃支教，再也没有回北京。

小东西当上工人，后成家立业，一直生活在北京。

多门在公安局干到退休。

三儿成了公安局最年轻的刑警，多次立功受奖。

火车飞驰，一个穿黑色大衣戴礼帽的人拎着皮箱穿过硬座车厢，来到一个包厢门口，敲门后打开门。郑朝山正在包厢里看书，喝咖啡。

"黑大衣"进门坐在郑朝山的对面，把箱子打开，里面是一个小的密码箱。他把密码箱放到桌子上，拿出一个带着号牌的钥匙。

郑朝山拿出魏樯的钥匙，两个号牌合在一起，形成一个完整的号码。

"黑大衣"按照号码打开了密码箱，里面是一个信封："这是你下一步的计划，凤凰。"

郑朝山则说道："想不到候鸟是如此的……平凡。"

"黑大衣"继续说道："我是候鸟，但也不是候鸟，你们都以为候鸟是一个人，其实你们都错了，路很长，我可以慢慢给你讲。"

另一个包厢里，郑朝阳正悠闲地躺在床上看书。

后 记

北京市公安局自1948年12月17日成立以来，忠实履行宪法和法律赋予的职责，始终不渝地践行全心全意为人民服务的宗旨，为维护首都政治稳定、社会稳定走过了艰辛而辉煌的历程。回顾北京公安历史，就是一部政治坚定、听党指挥的忠诚史，在七十年的发展历程中，忠于党，忠于祖国，忠于人民，忠于法律，切实担起了党和人民赋予的神圣使命：它是一部百折不挠，艰苦卓绝的奋斗史——在与形形色色的犯罪分子斗争中，对各种形式犯罪活动始终保持打击震慑态势，营造了安全稳定的首都社会治安环境；它是一部奋勇开拓、不断前进的发展史——在服务首都社会经济发展的过程中，始终紧跟时代前进的步伐，勇于开拓进取，积极探索符合时代特征的创新警务理念和机制；它是一部勤政为民、无私奉献的爱民史——在执法为民、服务群众的实践中坚持群众路线，依靠群众，全心全意为人民服务，维护人民群众的合法权益，受到人民群众的爱戴；它是一部正气浩荡、英雄辈出的光荣史——在血与火的考验中，始终坚持政治建警、从严治警，提高服务素质和整体战斗力，努力打造一支政治坚定、业务精通、作风优良，执法公正的优秀公安队伍。

对历史的重温，是为了铭记，铭记是为了传承，传承是为了创新发展，通过回顾历史，继承发扬优良传统，不忘初心，在新的起点上谱写新的篇章。

后记

[illegible]